John Jakes · Der Rebell

John Jakes

Der Rebell

Die Chronik der
Kent-Familie

Ullstein

Titel der amerikanischen Originalausgabe: The Rebels
Published by Pyramid Books, New York

Aus dem Amerikanischen übertragen von Karen Christian

Satz: alfa datatype, Berlin
Druck und Verarbeitung: Ebner Ulm
Printed in Germany 1987
ISBN 3 550 06140 4

Buch 1
Der Rebell

1. Kapitel
Die Saat der Einigkeit

1

Eine britische Trommel stimmte ein langsames Marschlied an, andere fielen ein. Das Dröhnen breitete sich über die Front am Südostende der Halbinsel von Charlestown aus. Für einen Augenblick klangen die Trommeln übernatürlich laut in der heißen Sommerluft. Der Kanonendonner, der von Copp's Hill-Batterie in Boston über den Charles hallte, hatte ein wenig nachgelassen. Auch an Bord der Schiffe, die die Halbinsel einkreisten, um sie von allen Seiten anzugreifen, wurde nur noch vereinzelt geschossen.

Links neben Philip Kent grinste ein dünner Mann mit schwarzem Gesicht unbehaglich. Er war mit einer Jagdflinte bewaffnet. »Die Tommies scheinen ihr Dinner beendet zu haben.«

»Wahrscheinlich«, stimmte Philip zu. Das Sprechen fiel ihm schwer. Sein Hals war so trocken, daß er nur flüstern konnte.

Er stocherte noch zweimal mit dem Ladestock in der Mündung seiner kostbaren britischen *Brown Bess*-Muskete, um den Papierladepfropf über dem Pulver und der Kugel festzustekken. Er hätte unendlich viel für einen Schluck Wasser gegeben. Sein Magen knurrte, schmerzte vor Hunger. Die Vorräte, die er gestern vor Sonnenuntergang bei der Musterung in Cambridge eingepackt hatte, waren verzehrt. Aber nicht nur der Magen tat ihm weh. Die ganze Nacht hatte er mit den anderen Soldaten auf dem Gipfel den Breed's Hill geschuftet. Sie hatten einen Schanzgraben ausgehoben, nachdem sich die Offiziere über den genauen Wortlaut des entsprechenden Befehls geeinigt hatten. Sollten die Männer den Breed's Hill befestigen oder lieber den Bunker's Hill, der die Halbinsel mit dem Festland verband? Von welcher Position aus konnte man sich leichter verteidigen?

Schließlich hatte Offizier Gridley die Entscheidung getroffen. Breed's Hill. Im Schutz der Dunkelheit legten die Amerikaner ihren quadratischen Schützengraben an, der etwa hundertfünfzig Meter je Seite maß, mit einem Redan an der Südseite, von der aus man den Wiesenhang überblicken konnte, der zum Ufer des Charles hin abfiel.

Der Schwarze neben Philip hatte sich als Salem Prince vorgestellt. Philip hatte keine Ahnung, woher der Mann kam. Er kannte kaum einen der siebenhundert Soldaten, die in der fast unerträglichen Hitze des Juninachmittags zusammengepfercht im Graben kauerten. Er bezweifelte, daß der Neger zu den Massachusetts-Regimentern gehörte. Oder zu den Streitkräften aus Connecticut unter dem alten Haudegen Putnam, der sich hinter ihnen auf einem Hügel auf Farmer Bunkers Grundstück verschanzte. Der Schwarze war plötzlich dagewesen, nachdem sich Philip vor einer heranfliegenden Kanonenkugel geduckt und die Hände über den Kopf gehalten hatte.

Die Kugel hatte einen Krater in den Hang gegraben, der links vom Graben zum Mystic River abfiel. Als Philip aufblickte, stand der Schwarze neben ihm, strich über den Lauf seiner veralteten Flinte und lächelte scheu. Wenn die ganze amerikanische Armee schon ziemlich zerlumpt war, so hatte dieser Neger kaum noch Fetzen am Leib. Wahrscheinlich war er mit keinem Regiment, sondern aus eigenem Antrieb auf die Halbinsel gekommen.

Philip und Prince wechselten besorgte Blicke. Beide hörten das Dröhnen der Trommeln. Beide zuckten mit den Schultern und grinsten naßforsch. Sie taten, als würde ihnen das Trommeln nichts ausmachen. Aber beide wußten es besser. Philip war inzwischen fast so schwarz wie Salem Prince. Dunkle Erde klebte an seiner Haut, an seinen Kniehosen, an dem schweißgetränkten Hemd. In der allgemeinen Verwirrung, die Männer liefen im Schützengraben hin und her, konnte niemand sagen, wer zu welcher Einheit gehörte. Nur wenige trugen Uniform. Es war ein ständiges Kommen und Gehen. Neue Freiwillige trafen ein. Andere stahlen sich davon, nutzten den Augenblick, wenn eine Kanonenkugel heranpfiff und alle im Graben, der Philip an ein riesiges, frisch ausgehobenes Grab erinnerte, die Köpfe einzogen.

Der Mann rechts neben Philip reckte sich auf Zehenspitzen und spähte über den Schanzenrand. Wieder bohrte sich eine Kanonenkugel in die Erde, noch eine. Näher. Erde und Staub überrieselten Philip, der die Augen geschlossen hatte. Aber die Ohren konnte er nicht verschließen. Er hörte das Trommeln.

Eine erschreckende Vorstellung durchzuckte ihn. Leichen, die unidentifiziert in dieser aufgewühlten Grube lagen. O Gott, wenn er eine von ihnen sein würde. *Philip Kent, 1753 bei Chavaniac in Frankreich geboren, gestorben an einem schönen Samstag, am 17. Juni im Jahr 1775...*

Anne..., dachte er voller Angst. Irgendwie mußte er durchkommen.

Die Trommeln dröhnten, wieder erschütterte eine Kanonenkugel die Erde. Wenigstens begannen sie sich jetzt an den Lärm dieser eisernen Monster zu gewöhnen.

Die amerikanische Befestigung war heimlich und in nächtlicher Finsternis gegraben worden, aber einem scharfäugigen Burschen an Bord des Schiffes Seiner Majestät *Lively* war die plötzliche Aktivität nicht entgangen. Schon um vier Uhr morgens war die erste Kanone vom Schiff abgefeuert worden. Einige Amerikaner hatten in panischem Entsetzen aufgeschrien. Wenig später hatte eine Kanonenkugel den Kopf eines Mannes namens Pollard weggerissen, der noch außerhalb der Schanze gearbeitet hatte. Sterbend taumelte Pollard ins taunasse Gras des ersten Morgenlichts.

Im Verlauf des heißen Vormittags dämmerte es ihnen, daß die britischen Kanonen nicht so gerichtet waren, daß sie ernsthaften Schaden anrichten konnten. Aber ihr unaufhörlicher Donner zerrte an den Nerven, und auf jedem Gesicht zeigte sich die Angst: Vielleicht muß ich heute sterben, weil ich es gewagt habe, gegen Seine Majestät, König Georg III., die Waffen zu erheben.

Jetzt nahm der Kanonendonner wieder zu. Philip wollte über den Rand des Grabens blicken, wollte sehen, was ihm und seinen Kameraden drohte, aber er hatte nicht die Nerven dazu. Ein Schrei hinter ihm ließ ihn herumwirbeln.

»Diese verdammten britischen Scheißkerle! Sie feuern auf Charlestown!«

Philip sah nun Rauch und Flammen. Unter einem zunehmenden Bombardement waren zwei- oder dreihundert Dächer in der kleinen Stadt am Fluß in Brand geraten. Die verängstigten Bewohner von Charlestown waren längst geflohen.

»Die Verstärkung ist gelandet«, sagte jemand.

»Die königliche Marine«, fügte ein anderer hinzu.

Eine dritte, zitternde Stimme warf ein: »Die regulären Truppen stoßen dazu – seht...«

»Still, damit ihr den Feuerbefehl hören könnt!«

Diese harte, heisere Stimme gehörte dem Kommandanten, dem hochgewachsenen, grauhaarigen Colonel Prescott. Inmitten des Gewirrs der Männer sah Philip, wie Prescott ein Fernglas zusammenschob und zum einzigen Ausgang an der hinteren Seite des Grabens lief. Nur ein Fluchtweg für diese vielen hundert Männer. Wenn die Schanze nun von den Briten überrannt wurde?

Plötzlich hörte er aufgeregtes Flüstern. »Warren! Es ist Dr. Warren!«

Ein gutaussehender blonder Mann mit Muskete und Säbel war gerade in den Graben geklettert. Dr. Joseph Warren, der Arzt aus Boston, war einer der ersten Anführer der patriotischen Bewegung in Massachusetts gewesen. Philip hatte ihn kennengelernt, als er in Edes' und Gills Druckerei gearbeitet hatte.

»Ihr Diener, Sir«, sagte Warren zu Prescott.

Der Colonel hatte für einen Augenblick die Fassung verloren. Aber dann erholte er sich von seiner Überraschung und überschrie das Dröhnen der Trommeln und den Kanonendonner. »General Warren!« Er salutierte. »Ich bitte Sie, das Kommando zu übernehmen.«

»Nein, Colonel, ich bin als Freiwilliger hier. Meine Beförderung muß noch unterschrieben werden. Ich nehme meinen Platz hier bei den Männern ein.«

Der Arzt in seinem eleganten, goldgesäumten Rock wurde von den Kolonialsoldaten freudig begrüßt. Er bezog Stellung an einem der Erdwälle. Prescott verschwand in der engen Schanzenöffnung, um die Aufsicht an der Brustwehr links am Abhang zu übernehmen.

Die Trommeln dröhnten lauter. Ich sollte mir den Feind ansehen, dachte Philip. In diesem Augenblick sah ihn Warren. Lächelnd kam er zu ihm herüber.

»Kent?« Er streckte die Hand aus.

»Ja, Dr. Warren. Guten Tag.«

»Ich hätte Sie kaum wiedererkannt.«

»Hier wird man ziemlich schmutzig.«

»Aber der Graben ist gut angelegt. Sie sind also im Kriegsdienst...«

»Wir alle. Das müssen wir wohl.«

»Ich höre, Sie haben Wares Tochter geheiratet.«

»Ja, Sir, vor einem Monat. Anne und ihr Vater wohnen zur Untermiete in Watertown.«

»Nun, wenn wir den Tommies einen harten Kampf liefern, werden Sie Ihre Frau bald wiedersehen können.« Warren winkte ihm noch einmal zu und kehrte zu seinem Platz am Wall zurück. Noch immer zog er erstaunte und bewundernde Blicke auf sich. Gemeinsam mit John Hancock, den Vettern Samuel und John Adams, dem Silberschmied Paul Revere und anderen hatte er die Amerikaner aus Massachusetts in den Kampf gegen die britische Krone geführt. Daß ein so berühmter Mann nun in diesen Graben geklettert war, um wie ein gewöhnlicher Soldat zu kämpfen, gab den Männern neuen Mut. Auch Philip Kent.

Wie spät mochte es sein, fragte er sich. Dem Stand der Sonne nach etwa drei Uhr, ungeachtet des unaufhörlichen Kanonendonners stand er auf den Zehenspitzen und sah zum Morton's Hill hinüber, von wo der britische Angriff drohte.

Sein Atem stockte, als er die roten Reihen über die ganze Halbinsel vorrücken sah. Seine Finger schlossen sich um die Mündung seiner *Brown Bess,* seine Handfläche war kalt und feucht. Überall rot – scharlachrot... Mindestens tausend oder zweitausend britische Soldaten. Und die amerikanischen Streitkräfte waren inzwischen auf die Hälfte dieser Zahl geschrumpft.

Die Briten rückten in geordneten Formationen an. Ihre Fahnen wehten siegessicher im schwülen Sommerwind. Die roten Reihen zogen sich am Mystic River entlang. Kompanie auf Kompanie kamen sie auf den Schützengraben, auf die hastig errichteten Wälle aus Strohballen zu, die als Schutz gegen die Musketenkugeln dienen sollten. Weiter unten näherten sich britische Truppen der Steinmauer, die man zwischen den Strohballen und dem Flußufer eilig aufgetürmt hatte. Und hinter diesen Befestigungen warteten schäbig gekleidete Rebellen.

Jenseits des Charles River in Boston beobachteten Tausende von Menschen auf Dächern und hinter Fenstern die weißen Rauchfähnchen, die aus den Mündungen der Copp's Hill-Batterie aufstiegen.

Wie hypnotisch wurden Philips Blicke wieder von den Truppen angezogen, die den Hang heraufkamen. Jemand hatte behauptet, Major General Sir William Howe würde die Truppen persönlich kommandieren, einer der drei ranggleichen Offiziere, die Mitte Mai gekommen waren, um General Thomas Gages Kommando zu stützen.

»Kein Feuer!« rief ein Offizier vom anderen Ende des Schanzgrabens herüber. »Wartet, bis ihr den Befehl hört! Die Hunde müssen nah genug heran sein, damit wir sie mit unseren Musketen treffen können.«

Philip zählte zehn Kompanien entlang der breiten britischen Front, und zehn weitere folgten unmittelbar dahinter. Hunderte und Aberhunderte von Rotröcken, ein scharlachroter Wall, der unabwendbar anrückte...

Schweißbäche rannen ihm unter seinem schmutzigen Hemd die Brust hinab. Wie mußten sich erst die Briten fühlen – in ihren roten Wollröcken, mit Ausrüstungen, Vorräten bepackt, und doch marschierten sie unbeirrt weiter. Philip begann Gesichter zu unterscheiden. Eine große Narbe quer über ein Kinn, buschige, rötliche Brauen, schweißglänzende Stirnen.

»Noch kein Feuer!« kam die Order. »Prescott wird den Befehl geben!«

Philip schluckte und lehnte die *Brown Bess* an den Erdwall. Unten links sah er Colonel Prescott im Kanonenrauch hinter der Brustwehr auf und ab marschieren. Er duckte sich nur, wenn eine Kugel über seinen Kopf hinwegstrich und einschlug.

Zusätzlich zur regulären Infanterie hatten die Briten noch den Stolz ihrer Streitmacht, die leichte Infanterie und Grenadierkompanien verschiedener Regimenter, mitgebracht. Hinter den anmarschierenden Truppen klangen gelegentlich Feldgeschütze auf. Was Philip am meisten erschreckte, war die entschlossene, furchtlose Vorwärtsbewegung der Briten. Stahl schimmerte an den Enden ihrer Musketen – der Stahl der Bajonette. Kaum ein Amerikaner hatte diese tödliche Waffe an seiner Muskete befestigt. Die Kolonisten verachteten das Bajonett. Aber jetzt fragte sich Philip, ob diese Haltung nicht unvernünftig war.

Nach dem Ausbruch der ersten Kämpfe bei Concord und Lexington im April hatte Philip mit Hunderten von Milizsoldaten die überrumpelten Briten nach Boston zurückbegleitet. Hinter Steinmauern verborgen hatten sie die Rotröcke beobachtet, die dezimiert und desorganisiert, überrascht vom tödlichen Angriff der Amerikaner, den Rückzug angetreten hatten. Danach war in den Reihen der Kolonisten siegessichere Euphorie ausgebrochen. Was brauchte man schon viel militärische Disziplin, wenn ein scharfes amerikanisches Auge mit einer Muskete zielte?

Aber heute könnte es anders sein. Hier kam das bestorganisierte Militär der Welt den Hang herauf, voll bewaffnet, hervorragend organisiert, stieg höher und höher. Wenn wir gegen diese Bajonette kämpfen müssen, dachte Philip, sind wir verloren.

2

»Verdammt, wann lassen sie uns denn endlich schießen?« schrie Salem Prince. Philip stellte sich die gleiche Frage. Aber wieder rief der Offizier: »Colonel Prescott sagt, ihr sollt erst feuern, wenn ihr das Weiße in ihren Augen sehen könnt.«

Langsam und unbeirrt stiegen die Grenadiere und die leichte Infanterie im hohen Gras bergan. Philip strich sich über die Stirn. Für einen Augenblick fühlte er sich unendlich schwach. Er hatte in der Nacht nicht geschlafen. Er war erschöpft und hungrig. Und dieser ganze Kampf erschien ihm so sinnlos. Es war doch Wahnsinn, daß die Kolonien, die er sich als Heimat erwählt hatte, eine Weltmacht herausforderten.

Wieder blickte er dem Feind entgegen, die Gesichter wurden immer deutlicher – breite und schmale, rote und blasse, junge und alte. Und jetzt konnte er das Weiße in den nervösen Augen erkennen.

Unten links an der Brustwehr explodierten Musketen in einem Schwall aus Rauch und Flammen. Entlang der britischen Front brachen Soldaten zusammen.

»Feuer!« schrie jemand im Graben. Philip zielte mit seiner *Brown Bess* und drückte ab. Einen Augenblick später sah er einen Infanteristen, kaum älter als er selbst, gekrümmt ins Gras sinken. Wie eine riesige Metallsichel fuhr das amerikanische Feuer in die britischen Formationen. Aber sie marschierten weiter, immer weiter...

Jetzt fielen ganze Reihen, schreiend und klagend, während ihre Kameraden von hinten anrückten – über Gefallene hinwegstiegen. Und im Anmarsch feuerten die Soldaten ihre Musketen ab, luden sie nach, immer wieder.

Philip hörte britische Musketenkugeln über seinen Kopf hinwegzischen, hörte sie in den Erdwall schlagen. Auch im Schanzengraben schrien Männer auf – aber im Vergleich zu den anrückenden Briten wurden nur wenige tödlich getroffen. Die Amerikaner luden nach, so schnell wie möglich, setzten das Feuer fort. Philip hatte keine Zeit, irgendwelche Gedanken zu fassen – Pulver, Ladepfropf, schneller laden, verdammt – schneller!

»Sehen Sie doch, Mister!« schrie Salem neben ihm.

Philip hob den Kopf. Die britischen Kompanien hatten angehalten. Die Frontlinien wandten sich auf Befehl um, traten den Rückzug an, marschierten zum Morton's Hill zurück, wo sie vor dem Angriff eine leichte Mahlzeit zu sich genommen und ein Pfeifchen geraucht hatten.

Die Männer im Schützengraben brachen in Freudengeheul aus. Philip stimmte nicht mit ein, er leckte sich über die Handfläche, die vom heißen Metall seiner Muskete brannte. Dann lehnte er sich an den Wall und schnappte nach Luft. Wieder sehnte er sich verzweifelt nach einem Schluck Wasser. Vergeblich. Die sengenden Sonnenstrahlen drangen auch durch den dicken Pulverrauch. Mit gefühllosen Fingern prüfte Philip sein

Pulverhorn. Er hatte so oft geladen und geschossen, daß es halb leer war. Seinen Kameraden neben ihm ging es nicht anders.

»Bleibt auf euren Stellungen!« kam der Befehl. »Sie werden nicht so schnell aufgeben.«

Philip schloß die Augen und versuchte sich auszuruhen. Neben ihm lag ein Mann aus Rhode Island, halb vom Erdreich bedeckt, den ein Schuß in den Bauch niedergestreckt hatte. Ein Soldat aus Massachusetts nahm dem Verwundeten Muskete, Pulverhorn und kostbare Munition ab.

Das Trommeln war verklungen. Aber für wie lange?

Sicher würden die Briten bald eine neue Strategie versuchen, davon war Philip überzeugt. Und wenn sie mit ihren Bajonetten bis zu den amerikanischen Linien vorstießen...

Philip wagte sich nicht auszumalen, was dann geschehen würde.

3

Nach der Schlacht von Concord hatte Philip wochenlang die gleiche Siegesfreude empfunden, die alle Kolonisten erfüllte. Die Briten waren tatsächlich davongerannt, zurück nach Boston, und die amerikanische Armee, in Lumpen, schlecht organisiert, aber doch eine Armee, hatte sie verfolgt, hatte die Stadt umzingelt, in der jahrelange Feindseligkeiten zwischen Krone und Kolonie zu diesem Höhepunkt geführt hatten. Die Belagerungstruppen aus kleinen Milizkompanien wurden zu größeren Regimentern zusammengefaßt und mehr schlecht als recht von dem alten General Artemas Ward befehligt.

Ward lag an diesem Juninachmittag auf seinem Krankenbett in Cambridge und versuchte von da aus seine Streitmacht zu dirigieren, während ihn ein Gallenstein plagte. Die Männer aus Massachusetts auf dem Breed's Hill hatten sich freiwillig gemeldet, um bis zum Jahresende in den neuen Regimentern zu dienen. Die Achtmonatearmee – so nannten die Offiziere ihre Streitmacht.

Andere Kolonien hatten Verstärkung nach Boston geschickt, Rhode Island und New Hampshire und Connecticut. Old Put hatte dreitausend Männer aus Connecticut mitgebracht, zusammen mit einer Schafherde, um die Armee mit Fleisch zu versorgen. In der Zwischenzeit wurden die politischen Angelegenheiten von Watertown aus geregelt, Cambridge diente als Hauptquartier der Armee. Aus Watertown kam der Befehl, der Colonel Benedict Arnold aus Connecticut Ende April nach Westen schickte. Er sollte neue Leute in Massachusetts rekrutieren und mit Ethan Allen zusammenstoßen, einer hartgesottenen Kämpfernatur aus den Hampshire Grants. Allen befehligte ein Kontingent, dessen Mitglieder sich Green Mountain Boys nannten.

Obwohl sie ständig miteinander darüber stritten, wer nun eigentlich den Oberbefehl hatte, gelang es Allen und Arnold doch, die kleine britische Garnison im Fort Ticonderoga am Lake Champlain zu überrumpeln und zur Kapitulation zu zwingen. Das war zwar kein bedeutender militärischer Erfolg, aber der Wert von Ticonderoga lag in seinen Waffen, vor allem in den Kanonen. Zwar wußte niemand, wie viele Kanonen man erbeutet hatte, aber schon ein paar dieser Geschütze in den Händen der Patrioten bedeuteten einen wahren Segen. Die Kolonisten hatten den britischen Streitmächten nun auch ein königliches Fort entgegenzusetzen und eine Anzahl königlicher Geschütze, »im Namen Jehovas und des Kontinentalen Kongresses«, wie Allen es ausdrückte, als er den Briten seine Forderung nach Kapitulation präsentierte. Es war zweifelhaft, ob der Zweite Kontinentale Kongreß, der im Mai in Philadelphia stattfand, überhaupt wußte, daß Ticonderoga in seinem Namen erobert worden war – bis ein Expreßkurier der Quäkerstadt die erstaunliche Neuigkeit überbrachte.

Aber in diesem Frühling war etwas geschehen, das für Philip

Kent wichtiger war als alle militärischen Entwicklungen. Ende April hatte er Anne Ware in der kleinen Kongregationskirche von Watertown geheiratet. Annes Vater, ein Anwalt mit hervorstehenden Augen, der mehrere Essays über die amerikanische Unabhängigkeit geschrieben hatte, hatte dieser Ehe nur widerwillig seinen Segen gegeben. Immerhin war Anne bereits fünf Monate schwanger.

Wie so viele junge Ehepaare in dieser Zeit sahen Philip und Anne einer ungewissen Zukunft entgegen. Philips Traum von einer eigenen Druckerei mußte warten, bis die kriegerischen Auseinandersetzungen beendet waren. Vielleicht gab es bald einen Waffenstillstand, mit einer Wiedergutmachung der Schäden, die die Kolonien erlitten hatten. Philip hatte gehört, daß sich der Kongreß damit befaßte. Aber wenn Hitzköpfe wie Samuel Adams ihren Willen durchsetzten, konnte der Krieg weitergehen, ein titanischer Kampf für Adams' einziges Ziel – die Unabhängigkeit für alle dreizehn Kolonien.

Als Philip nun seine *Brown Bess* nachlud, konnte er es kaum glauben, daß dieses leichenbedeckte Schlachtfeld dieselbe friedliche Halbinsel war, auf der er im September 1773 so ungeschickt versucht hatte, Anne zu verführen. Das alles erschien ihm so unwirklich – seine Vergangenheit, die in der französischen Provinz Auvergne begonnen und über die Schwierigkeiten mit der englischen Adelsfamilie Amberly bis zur Auswanderung in die amerikanischen Kolonien geführt hatte. Aber einer Realität war er sich bewußt: er wollte leben, mit Anne leben. Er wollte sie wiedersehen, wollte miterleben, wie sie ein gesundes Kind auf die Welt brachte...

Anne und er waren einer Meinung gewesen, er mußte in diesem Krieg kämpfen. Philip war der erste gewesen, der davon gesprochen hatte. Als er ihr sagte, er würde von nun an in den Kasernen wohnen, in die man die Gebäude des Harvard College hastig verwandelt hatte, küßte sie ihn, nickte zustimmend und schluckte tapfer ihre Tränen hinunter.

Gestern abend hatte Reverend Langton, der Präsident des College, für die Männer gebetet, die im Hof von Harvard gemustert wurden, um zur Halbinsel von Charlestown vorzurükken. Man wollte einem Unternehmen der Briten in den Dorchester Heights zuvorkommen. Einem Gerücht zufolge wollten die Briten die Heights am 18. Juni befestigen.

Mit Decken, Vorräten für einen Tag und den nötigen Werkzeugen zur Anlegung einer Befestigung waren die Amerikaner durch die Dunkelheit marschiert und hatten General Ward stöhnend im Bett zurückgelassen, während sich Reverend Langton um die Verladung der kostbaren Bücher aus der Bibliothek von Harvard kümmerte, die nach Andover in Sicherheit gebracht wurden. Denn die Briten würden nicht zögern, diese Bücher zu vernichten, wenn sie aus Boston ausrückten – genau, wie sie an diesem Nachmittag Charlestown zerstört hatten.

Jetzt, im Graben auf dem Breed's Hill, spürte Philip nichts mehr von der beglückenden Zuversicht, die ihn in den Tagen nach der Schlacht von Concord erfüllt hatte. Neben ihm stöhnten die Verwundeten. Philip blickte sich um, als Salem ruhig sagte: »Sie kommen wieder.«

Philip schloß die Augen und atmete tief durch. Salem hatte recht. Man konnte die Trommeln bereits hören.

4

Der zweite Angriff glich dem ersten. Wie dumm die Briten doch sind, dachte Philip. Wie seine Kameraden feuerte er einen Schuß nach dem anderen ab. Die Mündungsblitze, die aus den Musketenmündungen der Amerikaner zuckten, trieben die Soldaten der Krone ein zweites Mal zurück. Jetzt hatten die Kolonisten wirklich Grund zum Jubel. Aber die Freude hielt wieder nicht lange an.

»Ich habe nur noch Pulver für drei Schüsse«, sagte Philip zu dem Neger, nachdem der zweite Angriff zurückgeschlagen worden war. Der Rauch, der sich im Schützengraben ballte, war dichter denn je.

»Da sind Sie noch besser dran als ich.« Salem hielt sein leeres Pulverhorn hoch. »Ich habe gar nichts mehr. Und meine Kugeln sind auch schon fast verbraucht.«

Ein Offizier, der gerade vorbeigegangen war, drehte sich um. »Wenn ihr noch Pulver habt, könnt ihr ja auch Steine abfeuern – oder das da.«

Er hob einen verbogenen Nagel auf, der vom Bau der Holzwälle rings um den Graben übriggeblieben war, und warf ihn Philip zu. Dann verschwand er in den Rauchschwaden.

Philip starrte den Nagel mißmutig an. Wie spät war es? Halb fünf? Fünf?

Er blickte über den Erdwall, sah Hunderte von gefallenen Infanteristen und Grenadieren. Der ganze Hang war rot von scharlachrotem Wollstoff und Blut. Er blinzelte durch die beißenden Rauchschwaden, packte hastig den Arm des Schwarzen und deutete nach vorn.

»General Howe scheint endlich zur Vernunft gekommen zu sein«, bemerkte Salem. Aber seine Augen waren voller Angst.

Die neu formierten britischen Reihen sahen nun anders aus. Die Soldaten entledigten sich ihrer schweren Ausrüstung, sie warfen ihre bischofsmützenähnlichen Kopfbedeckungen und Bärenfellmützen ab, lösten die weißen Patronengurte und schlüpften aus den roten Uniformjacken.

Weiter unten im Graben legte auch Dr. Warren seinen eleganten Rock ab. »Ich glaube, diesmal wollen sie bis zu uns durchdringen. Howe hat Pulver, soviel er nur will. Er weiß, daß uns allmählich die Munition ausgeht.«

»Warum, zum Teufel, lassen wir nicht neue Munition kommen?« fragte ein Mann.

»Es ist schon jemand unterwegs«, erklärte ihm Warren.

»Und wann kommt der Nachschub, verdammt?«

»Das weiß ich nicht. Vielleicht ist unser Bote aufgehalten worden. Oder davongerannt. Ich habe festgestellt, daß so etwas heute nicht ungewöhnlich ist.«

Das Trommeln dröhnte lauter. Philip schluckte und lud seine Muskete nach. Die Briten marschierten den Hang herauf. Diesmal sahen die Gesichter grimmiger aus. Sie stiegen über ihre gefallenen Kameraden, ohne einen Blick auf sie zu werfen. Die Amerikaner begannen zu feuern. Im ersten Augenblick sah es so aus, als würde auch dieser Angriff wie die beiden ersten verlaufen. Die Frontreihen lösten sich auf, Männer brachen taumelnd und schreiend zusammen.

Der erstickende Rauch im Schützengraben legte sich wie eine dicke Decke über Philip und seine Kameraden. Seine Angst brachte ihn fast um den Verstand, als er sein letztes Pulver verschoß, um den Nagel abzufeuern. Wenn die *Brown Bess* nun explodierte...

Sie tat es nicht. Er konnte aber auch nicht sehen, ob er jemanden getroffen hatte. Bajonette schimmerten trübe durch den Rauch. Die Briten hatten bereits die Hälfte des Hangs erklommen. Plötzlich nahm Philip eine Veränderung der Geräuschkulisse wahr. Immer weniger Amerikaner feuerten ihre Musketen ab.

»Feuer!« kreischte Colonel Prescott irgendwo links unten.

Heisere Stimmen antworteten: »Wir haben kein Pulver mehr!«

Und dann glaubte Philip, das Herz müsse ihm stehenbleiben. Ein neues Geräusch drang in den Graben. »Vorwärts! Vorwärts! Vorwärts!« riefen Stimmen einander zu. So machten sich die Briten Mut.

Philip starrte über den Rand des Grabens und wußte, was auf ihn zukam: Die Einnahme ihres Bollwerks. Sie hatten nicht mehr genug Munition, um den Angriff abzuwehren. Plötzlich begannen ein paar britische Soldaten auf die Schanzenwand zu-

zulaufen, dann noch mehr, und bald stürmte die ganze Front mit erhobenen Bajonetten heran. Salem stützte seine Ellbogen auf den Erdwall, um Halt für seinen letzten Schuß zu finden – mit Pulver, das ihm Philip gegeben hatte. Die Kugel bohrte ein rotes Loch in die Stirn eines untersetzten Sergeanten.

»Vorwärts! Vorwärts! Vorwärts!« Sie wichen nicht zurück.

In diesen letzten Sekunden, in denen er mit dem Tod rechnete, hob Philip seine *Brown Bess* wie eine Keule. Er wußte, wie armselig diese Waffe im Vergleich zu den drohenden Bajonetten war. Die britische Disziplin, eine Tradition, die niemals verletzt werden durfte, machte sich also doch noch bezahlt. Nach zwei katastrophalen Fehlschlägen mußte der dritte Angriff erfolgreich sein – koste es, was es wolle.

»Vorwärts! Vorwärts! Vorwärts!«

Ein Bajonett blitzte über Philips Kopf. Mit der mit beiden Händen umklammerten Muskete wehrte er den Hieb des britischen Infanteristen ab, der über dem Rand des Grabens aufgetaucht war. Er schlug den Musketenlauf gegen das linke Schienbein des Feindes. Er stürzte kopfüber in den Graben. Sein Bajonett bohrte sich in Salems Brust. Schreiend fiel der Neger auf den Rücken, der Brite stürzte auf ihn, wollte sich aufrappeln. Ein Bajonett streifte Philips Schulter von hinten. Er wich zur Seite, packte seine Muskete bei der Mündung und schlug dem gefallenen Soldaten schweratmend über den Schädel – zweimal, dreimal. Der Mann brach über dem toten Schwarzen zusammen.

Hunderte von britischen Soldaten sprangen in den Schützengraben, die mörderischen Bajonette blitzten auf, stachen zu. In den dichten Rauchschwaden war es unmöglich, Freund von Feind zu unterscheiden. »Rückzug!« hörte Philip einen Offizier rufen. »Rückzug zum Bunker's Hill! Gebt den Graben auf!«

Panik brach aus... Hysterie...

Die königlichen Marinesoldaten, die Verstärkung der Infanterie, sprangen in den Graben und feuerten auf kurze Distanz.

Philip kämpfte sich mit seiner Muskete einen Weg zu dem engen Ausgang frei, an dem sich die verängstigten Kolonisten drängten. Seine Brust schmerzte, als ihm der Rauch immer beißender in die Lungen drang. Er hustete, seine Augen tränten. Ein Bajonett riß ihm die Wange auf. Philip trat nach dem unsichtbaren Soldaten, traf sein Bein, hörte ihn fluchen. Eine Bajonettklinge glitt an Philips Schulter vorbei und traf das Auge eines Mannes aus Rhode Island, der sich hinter ihm zum Ausgang drängte. Blut ergoß sich in Philips Nacken, warm und feucht. Übelkeit stieg in ihm auf. Er wollte schreien, tat es aber nicht.

Mitten im Kampfgetümmel sah er Dr. Warren mit erhobener Muskete. Ein Sonnenstrahl durchdrang sekundenlang den Rauch, ließ Warrens Gesicht wie eine Bronzemedaille schimmern. Ein Bajonett bohrte sich zwischen seine Rippen. Der Arzt wurde steif, als hätte ihn eine Kugel getroffen. Entsetzt beobachtete Philip, wie der Patriotenführer im rauchigen Chaos untertauchte.

Er kämpfte sich weiter, sah am anderen Ende des Ausgangs Sonnenlicht leuchten. Er hielt seine *Brown Bess* hoch und stieß damit nach beiden Seiten. Sein einziges Ziel war das gleißende Licht jenseits der Erdwälle.

Seine Brust brannte wie Feuer von dem ätzenden Rauch. Er erreichte das Freie, begann durch den Obstgarten am Nordwesthang des Breed's Hill zu laufen. Aus dem Schützengraben hinter sich hörte er noch immer Schreie und explodierende Musketen und die Schreie der Rotröcke, die bittere Rache nahmen.

5

Die Sonne versank hinter den Rauchwolken. Es mußte fast sechs Uhr sein, dachte Philip, als er dem Gipfel des Bunker's Hill entgegenkletterte. Hier hatten Old Puts Männer eine andere Befestigung gegraben. Jetzt war sie leer. Die Kolonisten waren überall auf der Flucht. Sie liefen auf den Neck zu, den einzigen Ausweg von der Halbinsel, die in den Bostoner Hafen ragt. Auch Philip schlug diesen Weg ein. Er lief um sein Leben, folgte dem Befehl, den er von allen Seiten hörte.

»Rückzug! Rückzug!«

Der Charlestown Neck erwies sich als fast unpassierbar. Schulter an Schulter schlugen und stießen Männer aufeinander ein, um einen Meter Vorsprung zu gewinnen. Draußen auf dem Mystic River explodierten die Kanonen der *Glasgow*. Kanonenkugeln rissen Erde aus dem Neck, wirbelten ganze Erdwolken auf, warfen Männer zu Boden. Philip spürte, wie etwas Feuchtes sein Gesicht streifte und zu Boden fiel. Er blickte nach unten, schluckte. Eine Hand, von einem Arm gerissen...

Er wischte das Blut von den Wangen, kämpfte sich weiter, versuchte die Übelkeit zu unterdrücken, die ihm den Magen zusammenkrampfte.

Neben ihm schrie ein müder Patriot aus Rhode Island, von falschen Hoffnungen erfüllt: »Ich habe gehört, die Tommies haben tausend Mann verloren, wir nur hundert!«

Das könnte sein, dachte Philip, als er sich würgend und hustend einen Weg über den schmalen Landstreifen bahnte. Es könnte stimmen, aber das bedeutete noch längst keinen amerikanischen Sieg. Auch wenn die Briten mehr als fünfzigmal so viele Verluste wie die Kolonisten zu beklagen hätten – wie könnte man das einen Sieg nennen? Mochten die Soldaten des Königs bei zwei Angriffen auch Niederlagen erlitten haben, beim dritten hatten sie die Amerikaner vernichtend geschlagen – mit ihren unbesiegbaren Bajonetten...

Mit einem Mal fühlte er sich entmutigt wie noch nie, war verzweifelter als in jenen Tagen, die er bisher für die schlimmsten seines Lebens gehalten hatte – während der Seereise mit seiner Mutter. Damals, auf hoher See, war Marie Charboneau gestorben, und er hatte einen neuen Namen angenommen, bevor er einen Fuß auf den Boden der neuen Heimat setzte. In vielen Jahren mochte die Schlacht vom Breed's Hill vielleicht als siegreich gelten. Aber im Augenblick sah Philip nur eine klare Niederlage.

Als er endlich sicheres Land vor sich sah, wußte er, daß er mit seiner Frau und dem ungeborenen Kind einer Zukunft entgegenblickte, die innerhalb eines zweistündigen Kampfes leer und öde geworden war.

Und die dreizehn Kolonien blickten derselben Zukunft entgegen. Trotz einzelner Niederlagen hatte sich die Macht der britischen Krone neu manifestiert. Der König würde keine Skrupel kennen, die Amerikaner in die Knie zu zwingen – mit Feuer und Stahl, diesem gräßlichen Stahl der blitzenden Bajonette.

Der Kampf der Patrioten konnte sehr lang werden.

Und hoffnungslos.

2. Kapitel
Auf Sermon Hill

1

»Jud! Liebling!«

Er griff über ihre nackte Hüfte hinweg nach dem Rumkrug, aus dem sie beide tranken. Es war warm in der Hütte an diesem Juniabend, und die Hitze verstärkte den Geruch, der von der Frau ausging – einen wildähnlichen Geruch, in dem sich Schweiß und Ackererde mischten und der niemals seine erregende Wirkung auf ihn verfehlte. Wenn er genug Rum getrunken hatte.

»Jud!« sagte sie noch einmal.

»Was?«

»War das alles für heute abend?«

»Aber nein, mein Mädchen.« Er trank den Krug leer, ließ ihn fallen, hörte ihn klirrend auf dem Boden aufschlagen. Dann rollte er sich zu ihr hinüber und streichelte ihre mondbeschienenen Hüften. Sie griff nach seiner Hand und führte sie über den Bauch hinauf zu einer ihrer Brüste. Und sie lachte; es war ein heiseres Lachen, ein Hurenlachen.

»Gut... Der alte Narr ist vor dem ersten Hahnenschrei nicht zurück, wette ich. Er will dem Adel zeigen, daß er sein Bestes tut. Reitet Patrouille mit den hohen Herrn... Wenn er wüßte, daß er einen der Herrn hier in seinem eigenen Bett finden könnte...« Sie kicherte.

»Lottie, hör auf, so verdammt viel zu reden.« Er küßte sie. Es war ein schmerzhafter Kuß, der halb Leidenschaft, halb Bestrafung war. Sie beklagte sich und schob seine Finger beiseite. Das Stroh knisterte, als sie sich aus seiner Reichweite rollte.

»Du behandelst mich heute abend sehr schlecht, Jud Fletcher. Wolltest du mir mit diesem Kuß den Kopf abreißen?«

»Tut mir leid.«

Er griff nach dem Rumkrug, erinnerte sich dann, daß der ja leer war, und fluchte leise. Ein mörderischer Durst brannte noch immer in ihm. Doch wann war das nicht der Fall?

»Ist das alles, was dir dazu einfällt? Daß es dir leid tut?«

»Was soll ich denn sonst sagen, Lottie? Die Konversation zählt nicht gerade zu deinen Stärken, also tun wir lieber was, was du kannst, einverstanden?«

Wieder griff er nach ihrer Hüfte. Seine Hand leuchtete sekundenlang im Mondlicht auf. Goldblonde Haare wuchsen auf dem gebräunten Handrücken.

Aber er hatte sie verärgert.

»Nein, Sir. Ich will wissen, wo Sie heute abend mit Ihren Gedanken sind, Mister Judson Fletcher.«

Sein Gelächter ähnelte dem wilden Kreischen, das man in Kneipen oder beim Hahnenkampf hörte. Wie das Rumtrinken fiel ihm auch dieses Lachen leicht.

»Ich werde dir zeigen, wo meine Gedanken sein sollten, mein Kätzchen...«

Er beugte sich über sie, seine Lippen suchten die ihren. Aber wieder wand sie sich aus seinen Armen. Sie begann ihn erheblich zu irritieren.

»Du hast vorhin einen Namen gestöhnt, Jud...«

»Nein, verdammt!«

»Doch, ich habe es deutlich gehört.«

»Also gut, ich war wahnsinnig erregt und habe deinen Namen gerufen.«

»Nein, Sir. Sie haben nicht ›Mrs. Lotti Shaw‹ gerufen, Mister Judson Fletcher...«

Wieder unterbrach sie ein gellendes Gelächter.

»In Gedanken hast du mit einer anderen geschlafen, Jud, und das gefällt mir gar nicht.«

Wütend wandte er sich ab. Er sprang auf, stand nackt im Mondlicht, das durch das vorhanglose Fenster der rohgezimmerten kleinen Farmhütte fiel.

»Um Himmels willen, Mädchen, was willst du denn eigentlich von mir? Was dir der alte Sack nicht geben kann, mit dem dich dein Papa verheiratet hat...«

»Ich möchte auch ein wenig Respekt«, unterbrach sie ihn weinerlich. »Ein bißchen mehr Gefühl... Jedenfalls will ich nicht, daß mich einer in den Armen hält und dabei ›Peggy, Peggy‹ schreit.«

Er packte ihre nackte Schulter. »Halt den Mund, Lottie!«

»Laß mich los!« Sie wand sich unter seinem harten Griff. »Ich habe es ganz deutlich gehört – du hast nach einer Peggy gerufen. Glaubst du, ich weiß nicht, was für eine Peggy das ist?« Ihr Zorn wuchs, und ihre Stimme klang immer schriller. »Glaubst du, dieses ganze verdammte County weiß nicht, wem du am liebsten Hörner aufsetzen würdest?«

Er fand den Rumkrug auf dem Boden und schleuderte ihn nach ihrer nur undeutlich sichtbaren Gestalt. Sie schrie auf und krümmte sich zusammen. Vor der Hütte begann der Hund ihres Mannes zu bellen.

Judson packte seine Kleider und schlüpfte hinein. Inzwischen hatte Lottie Shaw ihren Fehler erkannt. Sie glitt nackt durch den mondhellen Lichtfleck in der Mitte des Raumes, umarmte ihn, drückte die Wange an seine Rippen. Während er sein Spitzenhemd in die Hose stopfte, gab ihr Judson einen Nasenstüber mit dem Ellbogen, nicht gerade unabsichtlich.

Aber Lottie klammerte sich weiter an ihn. Judsons blondes Haar schien im Mondschein, wie ein weißes Feuer zu brennen.

»Sei doch nicht böse, Liebling«, flehte Lottie. »Ich weiß, ich habe Unsinn geredet. Komm, hab mich wieder lieb!«

Judson beugte sich zu ihr, ein hochgewachsener, gutaussehender junger Mann mit einer scharfgeschnittenen langen Nase. Es war ein hartes Gesicht, das nur an den Mundwinkeln ein wenig Weichheit zeigte. Seine Finger schlossen sich um ihren muskulösen Unterarm. Er sah wie ein biblischer Racheengel aus, als er leise sagte: »Wenn du ihren Namen in meiner Gegenwart noch ein einziges Mal aussprichst oder wenn ich dich diesen Namen zu jemanden anderem sagen höre, Lottie, dann töte ich dich. Merk dir das gut!«

Er ließ sie los, zog seine wertvollen Stiefel aus Juchtenleder an, griff nach seinem Rock aus dunkelgrünem Samt und verließ die Hütte.

Er warf einen Stein nach dem Hund, um ihn davonzujagen, dann schwang er sich in den Sattel des schönen Rotschimmels. Er hatte das Pferd am Ast eines der Apfelbäume festgebunden, die der Farmer in seinem Garten zu ziehen versuchte. Judson zitterte noch immer vor Zorn, als er über die Wiese zu der Straße galoppierte, die zum Rappahannock und nach Hause führte.

Es war eine schöne, milde Juninacht. Judson tastete hinter sich nach seiner Satteltasche, öffnete sie, griff hinein und stieß einen Fluch aus. Er war erst halb betrunken und wollte es ganz sein, aber der Rum war ihm ausgegangen.

Lottie war eine andere Art von Medizin, die er ab und zu brauchte. Aber heute nacht, als sie ihn dabei ertappt hatte, wie er unabsichtlich *ihren* Namen rief – heute nacht hatte auch die Medizin Lottie ihre Wirkung verfehlt.

Gnadenlos trieb er den Rotschimmel an. Er sprengte die staubige Straße in der süßduftenden Juninacht dahin, floh vor dem Schmerz, der ihn erfaßt hatte, weil ihm unbewußt und gedankenlos Peggys Name entschlüpft war.

2

Wenn er über die Straßen des Caroline County in Virginia ritt, mußte er immer an den besten Freund seiner Kindheit denken, an George, den zweiten von Farmer John Clarks sechs Söhnen.

Das Band der Freundschaft zwischen George und Judson war in jenen Jahren, als sie miteinander aufwuchsen, sehr stark gewesen, obwohl Georges Vater arm und Judsons Vater reich war. Vielleicht lag der Grund dafür ganz einfach darin, daß jeder Mensch in jedem Alter gern einen Schüler findet. Und George Clark, der zwei Jahre jünger war als sein Freund, hatte bald entdeckt, daß Judson nicht nur der Sohn eines Plantagenbesitzers war.

Judson verabscheute Sermon Hill. Es gefiel ihm viel besser, was George ihm so gern beibrachte. Der Farmerssohn hatte die Wälder von Virginia von Kindesbeinen an durchstreift und dabei eine ganze Menge gelernt.

Zum Beispiel die Himmelskunde. Sogar jetzt, wo er schwankend im Sattel saß, konnte Judson den Polarstern herausfinden und das Kreuz des Nordens.

In jenen Tagen und Nächten, als sie durch Wälder und Felder gewandert waren, hatte George ihm eine Menge beigebracht. Wie man die kleinen Reiher aufstöberte, die sich an den Bachufern versteckten. Wie man Bienenstöcke voll wildem Honig fand. Wie man wußte, welche Beeren und Pflanzen eßbar waren und welche nicht. Wie man am Horizont Landschaftsformationen identifizieren konnte, die zwanzig Meilen weit entfernt lagen. Wie man in der Abenddämmerung einen Ziegenmelker am anderen Ende einer Wiese erspähte. Weitsicht hatte George das genannt. Mit einiger Übung konnte man es darin zu ganz schönen Leistungen bringen. Und er hatte zu Judson gesagt, daß man diese Kunst immer und überall brauchen konnte.

Sie waren auch zum Jahrmarkt nach Richmond gegangen,

hatten mit harten, in Leder gekleideten Männern gesprochen, die mit langen Flinten bewaffnet waren und behaupteten, sie hätten den ganzen Wilden Westen durchstreift, jenseits der schimmernden Grenze der Blue Ridge Mountains. Da draußen, erzählten die Jäger, während sie so herrlich ordinär ihren Tabakpfriem ausspuckten, gäbe es riesige Wälder, ein ganzes Meer von Grasflächen und Himmel und Wolken. Genügend Tiere, um einen Menschen sein Lebtag lang zu unterhalten, ob er nun das Fell seiner Jagdbeute verkaufte, das Fleisch aß oder ob er beides tat.

Vor drei Jahren, 1772, war Judsons Freund und Lehrer in den Wilden Westen verschwunden. Er hatte die blauen Berge überquert. Er schien großen Mut zu haben, einen Mut, der Judson fehlte.

Aber George Clark war auch in keine Frau verliebt, die er unmöglich für sich gewinnen konnte.

Zweimal war George kurz daheim aufgetaucht, um seine Eltern zu besuchen. Bei diesen Gelegenheiten hatten sie Judson zum Abendessen eingeladen, damit auch er Georges aufregende, wunderbare Geschichten hören konnte.

Er schilderte, wie er zu einer Grenzsiedlung gekommen war, die neben dem Fort Pitt entstanden war, an einer Stelle, wo zwei Flüsse in einen größeren mündeten. »Das schöne Wasser« nannten die Indianer diesen Fluß, O-hi-o. Oder *La Belle Rivière,* um mit den französischen Pelztrappern zu sprechen.

George Clark war diesen Fluß hinabgerudert. Einen langen Weg hatte er auf dem Wasser des Ohio zurückgelegt, durch wildes Land, in einem zwei Meter langen Kahn, der mit Blut und dem Fett von Tierhäuten befleckt war.

Auf seiner zweiten Reise fuhr er wieder den Fluß hinab. Den Winter verbrachte er bei einem Indianerstamm, bei den Mingos. Er hatte ihre Sprache erlernt, und er erzählte begeistert von der Weisheit und dem Jagdgeschick des alten Häuptlings Logan.

Es fiel Judson schwer, all die verwirrenden Einzelheiten dieser Erzählungen in sich aufzunehmen. Aber es war nicht schwer, sich von dieser fremdartigen Welt gefangennehmen zu lassen, die George da vor ihm ausbreitete. Seine Phantasie wurde angeregt, und allmählich entstand vor seinem geistigen Auge das Bild eines endlosen bewaldeten Königreichs, in dem dunkelhäutige Eingeborene lautlos auf die Pirsch gingen. Ein Königreich, wo ein Mann jedes Stück Land für sich beanspruchen konnte, das er sich wünschte, wo er das sein durfte, was er war, nicht so sein mußte, wie andere es von ihm erwarteten.

Die Wälder im Wilden Westen – das war der Teil dieses Kontinents, für den er geschaffen sei, behauptete George während seiner kurzen Besuche. Er sah jetzt ernster und strenger aus als früher. Er war kräftig geworden und sehnig. Er kam und ging über die blauen Berge wie ein rothaariges Gespenst, und jeder seiner kurzen Besuche befreite Judson auf seltsame Weise von den Beschränkungen seines eigenen Lebens – wenn auch nur für wenige Stunden.

Aber Georges Besuche stimmten ihn auch traurig. Vielleicht gehörte auch er in die westlichen Wälder. Viele mutige, unternehmungslustige Männer gingen in den Westen, wie George erzählt hatte, auch einige Familien. Immer mehr Gruppen schlossen sich zusammen, um die weite Wildnis zu erforschen und nutzbar zu machen. Manchmal dachte Judson, daß er vielleicht ein Narr war, weil er dem Beispiel seines Freundes nicht folgte...

Da gab es nur ein Problem. Judson hatte es heute nacht angeschnitten, als er nicht Lottie Shaws Namen, sondern einen anderen geflüstert hatte.

Judson glaubte George Clarks Gesicht vor sich zu sehen, als er unter rauschenden Bäumen auf den Straßen von Virginia dahingaloppierte. Die Augen des Freundes wirkten stets ruhelos, und sie schienen immer suchend über die Schulter seines Gesprächspartners zu blicken.

Aber was suchte George, fragte sich Judson. Die Freiheit? Einen Horizont, der bis in die Unendlichkeit vor ihm zurückwich?

»Es ist dieses verdammte rote Haar«, stieß Judson hervor, kurz bevor ihm ein dicker Ast beinahe den Kopf abriß. Er richtete sich wieder auf und sagte sich, daß es vielleicht wirklich das rote Haar war, dem George seine Kühnheit zu verdanken hatte. In der Familie Clark wurde behauptet, daß rotes Haar einen Mann aus der Masse seiner Mitmenschen heraushob, ihn auszeichnete, ihn für große Heldentaten vorausbestimmte. Von John Clarks sechs Söhnen waren zwei rothaarig: George Rogers, der sein Elternhaus vor drei Jahren verlassen hatte, und der kleine William, der mit seinen fünf Jahren noch auf der Farm lebte.

Warum, zum Teufel, bin ich nicht auch mit roten Haaren auf die Welt gekommen, fragte sich Judson wütend. Diese Wut ließ ihn für Weile das Elend vergessen, das er in Lottie Shaws Hütte empfunden hatte. Und jede andere Art von Elend, die ihn hier auf der dunklen, nach Erde riechenden Straße begleitete. Auf dieser Straße, die so voller Erinnerungen waren an den Freund, der irgendwelche unfaßbaren Qualitäten besaß, die ihm selbst, Judson Fletcher aus dem Caroline County in Virginia, ungerechterweise vorenthalten worden waren.

3

Judson hatte den Rotschimmel so hart angetrieben, daß seine Flanken schweißnaß glänzten. Als er es bemerkte, wurde er mit einem Schlag nüchtern. Er zügelte das Pferd, stieg ab und wanderte ziellos auf und ab, während der Rotschimmel schnaubte und stampfte.

Judson rülpste und kratzte sich zwischen den Beinen. Das hätte ihm gerade noch gefehlt, wenn Lottie ihm die Syphilis angehängt hätte. Er bückte sich und stieß einen überraschten Laut aus, als er über eine mit weißen Lumpen bekleidete Strohpuppe tastete. Auf ihrem Schloß lag ein Stück Schiefer. Er hob es hoch, drehte es nach allen Seiten und entdeckte, daß ein Wort darauf geschrieben war. Sein Atem stockte.

»Buckra«, buchstabierte er laut. *»Buckra...«*

Das westafrikanische Wort für »weißer Mann«.

Er zerrte die Puppe auf die Straße, aus dem Schatten der Bäume. Im Mondlicht sah er, was ihm bisher entgangen war. Ein Stock war in die Brust der Puppe getrieben. Das Loch war mit etwas Dunklem beschmiert.

Judson kniete nieder und untersuchte den Stock und die beschmierten Lumpen. Der Schweiß brach ihm aus allen Poren, und er versuchte sein Entsetzen zu bekämpfen, indem er laut dachte. »Das muß Hühnerblut sein – oder Schweineblut. Woher, zum Teufel, kommt diese Puppe?«

Plötzlich klangen unten an der Straße Hufschläge auf. Seine Hand fuhr zum rechten Stiefel, wo in einer Scheide aus Juchtenleder ein schmaler Dolch steckte. Der angemessene Schutz für einen Gentleman. Er richtete sich auf und zog sich vorsichtig zurück. Jetzt war er wirklich stocknüchtern.

Er sah Laternen um eine Straßenbiegung tanzen, ein halbes Dutzend Reiter. Rasch sprang er mitten auf die Straße und rief: »Ich bin's, Judson Fletcher!«

Die Reiter zügelten ihre Pferde. Sie gehörten einer Patrouille an, die die Straßen nach flüchtigen Sklaven absuchte. Die Mitglieder dieser Patrouillen wechselten jede Nacht. Der Anführer der Gruppe, der schlanke Seth McLean mit den sanften Gesichtszügen, saß auf einem schönen Fuchs. Hinter ihm kauerte der schäbig gekleidete Tom Shaw auf einem halb zuschanden gerittenen Klepper.

Tom Shaw sprach als erster, mit unterwürfiger Höflichkeit. »Guten Abend, Mister Fletcher.«

»Guten Abend, Shaw«, erwiderte Judson arrogant. Die Antwort klang so brüsk, daß Shaw sichtlich gekränkt war, Judson betonte den sozialen Unterschied auch noch, als er die anderen mit einem Lächeln begrüßte. »Guten Abend, Mister Wells, Mister Squire, Seth.«

»Schnappst du wieder frische Luft, Judson?« erkundigte sich Seth.

»Ja.« Gott, war das köstlich! Der Mann, dem er immer wieder Hörner aufsetzte, und der Mann, dem er sie aufsetzen wollte. »Ich habe hier etwas gefunden, Gentlemen, das Sie sich ansehen sollten.«

Er zeigte ihnen die Strohpuppe und das Schieferstück, und sie betrachteten seinen Fund mit sichtlicher Sorge.

»Ich wußte, daß die Nigger irgend etwas im Schilde führen«, rief Tom Shaw. »Meine Lottie behauptete, sie hätte vor zwei oder drei Nächten Trommeln gehört. Vom Fluß her...«

»Unmöglich«, sagte Seth McLean. »Sie wissen doch, daß es in dieser Gegend keinen einzigen Pflanzer gibt, der seinen Negern den Besitz von Trommeln erlaubt. Damit könnten sie sich viel zu leicht verständigen. Meine Leute haben nichts außer trockenen Rinderknochen. Mit denen können sie klappern, wenn es ihnen Spaß macht.« Er wandte sich an die anderen. »Gentlemen, würden Sie die Patrouille ohne mich fortsetzen? Ich möchte mit meinem Freund Judson sprechen. Vielleicht kann er uns helfen.«

Judson konnte sich nicht vorstellen, auf welche Weise er helfen sollte. Aber die anderen schienen zu verstehen und erklärten sich sofort bereit, ohne Seth weiterzureiten. Judson holte seinen Rotschimmel und schwang sich in den Sattel. Bald ritt er an Seths Seite die Straße hinunter. Die Laternen der Patrouille verschwanden in entgegengesetzter Richtung.

»Ich wollte es vor Tom nicht zugeben«, sagte Seth schließlich, »aber seine Frau könnte richtig gehört haben.«

»Ich kann dazu nichts sagen. Ich höre nachts nie auf das Trommeln.«

Seth lachte. »Ich weiß, du hörst lieber die Röcke von verheirateten Frauen rascheln.«

Judson hielt den Atem an, aber als Seth ihm freundschaftlich auf die Schulter klopfte, entspannte er sich wieder. Die Bemerkung war also nicht persönlich gemeint gewesen. Seine Freunde hatten ihn oft genug als Schürzenjäger bezeichnet und ihre Scherze mit ihm getrieben. Er hatte also gar keinen Grund, sich über Seths Worte aufzuregen.

»Vor einiger Zeit sind Gerüchte aufgekommen, daß es Ärger geben wird«, sagte Seth.

»Du meinst mit den Niggern?«

Seth nickte ernst.

»Auf deiner Plantage?«

»Möglich.«

Judson war überrascht. Seth McLean behandelte seine dreihundert Sklaven vergleichsweise human.

»Ich verstehe nicht, was das mit mir zu tun hat«, sagte Judson.

»Das werde ich dir bei einem Glas Portwein erklären, wenn du nichts dagegen hast.« Seth gab seinem Pferd die Sporen und sprengte auf die Lichter seines eleganten Hauses zu, das nahe am Rappahannock lag. Judson blickte zu den erleuchteten Fenstern im zweiten Stock. Dort oben befand sich Peggys Zimmer, das wußte er ganz genau.

Er folgte Seth einen Weg zwischen dunklen, raschelnden Tabakfeldern hindurch. Die grünen Blätter reiften der Spätsommerernte entgegen. Seths schlanke Silhouette zeichnete sich sekundenlang vor den Lampen am Eingangstor ab. Judson kam sich wie ein Verbrecher vor, als er Sekunden später sein Pferd zügelte. Seth war so anständig...

Aber gleichzeitig fühlte sich Judson auf perverse Art erheitert. Es war, als würde die Fliege die Spinne zu Gast bitten, dachte er.

4

Eine große Londoner Uhr tickte in der Bibliothek. Mitternacht war schon vorüber. Die Türen der Bibliothek zur kühlen, kerzenbeleuchteten hohen Halle standen offen.

Seth goß sich ein Glas Portwein ein, Judson winkte ab. Er bediente sich statt dessen mit Rhode Island-Rum. Dann ließ er sich in einem bequemen Sessel nieder und versuchte, nicht nervös zu wirken und seine Schuldgefühle zu verbergen. Mittlerweile beherrschte er die Kunst, den Mitmenschen nichts von seinen Gedanken oder Gefühlen zu zeigen, ganz gut. Er war bereits im Alter von fünfzehn Jahren zum erstenmal mit einer verheirateten Frau ins Bett gekrochen.

Judson hörte Schritte. Sein Herz schlug rascher, bis er erkannte, daß diese Schritte für eine Frau zu schwer klangen. In der Tür erschien ein grauhaariger Neger in Livree. Seth McLean sah seinen Sklaven lächelnd an und sagte: »Ich brauche dich heute nicht mehr, Andrew.«

Der Sklave verbeugte sich höflich vor Judson und zog sich zurück. Seth drehte sein Weinglas zwischen den Fingern.

»Hast du nicht gehört, daß die Schwarzen unzufrieden sind, Judson?«

»Du kennst mich doch, mein Freund. Die Röcke rascheln viel zu verführerisch. Die Würfel rollen, die Pferde laufen, die Hähne kreischen – und mein Vater, der alte Bastard, flucht, daß sich einem die Haare sträuben. Meist auf mich.« Judson grinste. »Jedenfalls ist immer so viel Lärm um mich herum, daß ich sonst nicht viel höre. Bei dir ist es anders, nehme ich an.«

»Nun, wie ich dir schon sagte, es braut sich was zusammen. In dieser Woche war mein Aufseher schon dreimal gezwungen, seine Peitsche zu schwingen.«

»Unserer wird nie dazu gezwungen«, sagte Judson mit schiefem Lächeln. »Er sucht geradezu nach Gelegenheiten, die armen Nigger auszupeitschen.«

»Shaw – Toms jüngerer Bruder.«

Judson nickte. »Ein grausamer, ungebildeter Bastard. Nicht wie dein Williams.«

»Aber sogar Williams wird immer öfter zum Äußersten getrieben. Ich habe Angst, Judson. Wenn das Rad erst einmal ins Rollen gekommen ist... Ich habe Andrew und seine Frau gefragt. Sie sind mir treu ergeben. Sie wissen nicht viel von dem was da draußen passiert. Aber sie geben zu, daß es Unruhe unter den Schwarzen gibt. Und sie breitet sich aus.«

Judson stürzte den Rum hinunter und spürte, wie der Alkohol seinen Magen erwärmte. Aber er verschaffte ihm keine Beruhigung, sondern schien seine innere Erregung noch zu steigern. Die Uhr tickte laut, die Schatten des Raumes nahmen geheimnisvolle Gestalten an, duckten sich in den Ecken, glitten über die goldgeprägten Rücken der vielen hundert Bücher in den hohen Regalen.

»Die Unruhen breiten sich aus – von hier?«

»Von Sermon Hill. Andrew hat gehört, daß ein Neger namens Larned die Leute aufgewiegelt haben soll.«

»Larned...« Judson glaubte die muskulöse Gestalt mit der blauschwarzen Haut vor sich zu sehen. »Ein riesengroßer Bursche. Er ist an Bord eines Bostoner Schiffes aus Westafrika gekommen. Mein Vater sagt, daß er noch nie besser investiert hat als damals bei diesem Kauf. Larned hat sich bezahlt gemacht. Er ist eine gute Arbeitskraft, aber er ist auch schlau. Er besitzt diese Art von natürlicher Klugheit, wie sie manche Neger eben haben. Das ist sein Problem.«

Seth hob eine dunkle Braue, die scharf zu seinem blassen, fast asketischen Gesicht kontrastierte. »Oder unseres.«

»Du meinst, daß Larned eine Rebellion anzetteln wird?« Judson ging zum Barschrank, um sein Glas nachzufüllen. »Vielleicht. Er hat sich eine sehr hübsche Frau genommen, ein junges hellbraunes Mädchen – ich glaube, sie heißt Dicey. Vor drei Tagen war sie noch so dick...« Er zeichnete mit einer

Hand einen großen schwangeren Bauch in die Luft. »Aber inzwischen hat sie Larned Zwillinge geboren. Ich habe gehört, wie Shaw letzte Weihnachten damit angegeben hat, er sei auch zu ihr ins Bett gestiegen.«

»Das ist natürlich Grund genug für Probleme.«

»Ich glaube nicht, daß Larned das herausgefunden hat. Diese Huren sind doch viel zu ängstlich, um ihren Männern von ihren Liebhabern zu erzählen.«

»Aber Larned könnte es hintenherum erfahren haben. Weißt du sonst noch etwas?«

Judson überlegte. »Shaw hat Dicey acht Peitschenhiebe versetzt, zwei Wochen vor der Entbindung. Aus irgendeinem belanglosen Anlaß.«

»Aber nicht belanglos genug für einen besonders klugen und rachsüchtigen Neger.«

Judson nickte. »Damit könntest du recht haben. Shaw wollte vielleicht ausprobieren, wie weit er seine Rechte als Aufseher treiben kann. Er versuchte mit ihr zu schlafen, obwohl sie einen vollen Bauch hatte. Und als sie ablehnte, hatte er einen Grund, sie auszupeitschen.«

»Ein weiteres Ärgernis für Larned.«

Judson gab keine Antwort, und Seth McLean seufzte.

»Aber was immer auch die Gründe sein mögen, es braut sich jedenfalls allerlei zusammen.«

»Und du glaubst, daß die Unruhen von Sermon Hill ausgehen?« fragte Judson unbehaglich.

»Ja. Und wenn tatsächlich eine Revolte ausbrechen sollte...« Seth ließ den Satz unbeendet, aber Judson wußte auch so, was das bedeuten würde.

Er sah zu den Vorhängen, die sich im Wind bauschten, in das Dunkel dahinter. Es gefiel ihm nicht, in eine Verantwortlichkeit gedrängt zu werden, der er sich nicht gewachsen fühlte.

»Seth, ich verstehe das ja alles, aber – großer Gott, was soll ich denn tun?«

»Ich habe schon oft mit deinem Vater gesprochen. Ich wollte ihn überreden, seine Neger besser zu behandeln. Erfolglos.«

»Und du glaubst, daß ich einen größeren Einfluß auf ihn habe? Seth, zum Teufel, du weißt doch, wie sehr er mich haßt.«

»Nein«, erwiderte Seth ruhig. »Ich kann nicht glauben, daß er dich haßt.«

»Verdammt, ich bin sein zweiter Sohn. Und damit automatisch das Zweitbeste.«

»Aber du und Donald – ihr seid doch beide sein Fleisch und Blut.«

»Und wir sind beide Verräter, weil Donald letztes Jahr in die Raleigh Tavern gegangen ist und ich ihn begleitet habe.«

Er sprach von der Versammlung des House of Burgesses, die im Gasthaus von Williamsburg auf Drängen des Anwalts Patrick Henry aus Hanover County stattgefunden hatte.

Henry war der Sprecher der Abgeordneten aus dem Inneren Virginias. Während der letzten zehn Jahre hatte sich dieser Teil der Bevölkerung in ständiger Opposition zu den konservativeren Pflanzern an der Küste befunden.

Henry hatte Virginia mit seinen zündenden Reden gegen die Rechtsverletzungen der englischen Krone aufgerüttelt. Als der königliche Gouverneur, Lord Dunmore, im Mai des vergangenen Jahres das House of Burgesses vorübergehend aufgehoben hatte, hatte Henry die meisten Abgeordneten zu einem Rumpfplenum in die Raleigh Tavern einberufen. Dort hatten sie eine Delegation für die Teilnahme am Ersten Kontinentalen Kongreß gewählt.

Derzeit war Henry mit Judsons älterem Bruder und anderen Abgeordneten aus Virginia beim zweiten Kongreß, wo er nach seiner flammenden Rede im März in hohem Ansehen stand. In dieser Ansprache hatte sich Henry entschieden gegen Großbritannien gestellt. Für ihn gäbe es nur die Alternative Freiheit oder Tod. Ein Mittelweg käme für ihn nicht in Frage. Prompt erließ Lord Dunmore eine Proklamation, in der Henry als Verbrecher bezeichnet wurde, wodurch er in der Achtung der Patrioten von Virginia aber nur noch stieg.

»Ich glaube, mein Vater hätte meinen Bruder am liebsten ausgepeitscht«, fuhr Judson fort, »wenn Donald das zugelassen hätte. Zur Zeit stehen viele Leute auf der Liste seiner politischen Feinde. Seine Söhne, Henry, sogar Colonel Washington aus Fairfax County, weil der nach Philadelphia gefahren ist. Aber was dem allem die Krone aufsetzt...«

Judson füllte sein Glas erneut mit Rum. Allmählich wurde er wieder betrunken.

»Der Herr von Sermon Hill hält mich auch noch für einen nichtsnutzigen Trunkenbold, für einen Schurken, für dessen Erziehung am William and Mary College sinnlos Geld hinausgeworfen wurde. Dieses Geld hätte er seiner Meinung nach besser dazu verwendet, noch mehr Sklavenärsche auspeitschen zu lassen.« Judson prostete einem unsichtbaren Gesprächspartner zu. »Also sprach Angus Fletcher in einer seiner weniger biblischen Stimmungen.«

»Könntest du nicht trotzdem mit ihm reden?«

»Nun ja...«, sagte Judson gedehnt. »Wir sprechen so ungefähr einmal im Monat miteinander.«

»Versuche zu erreichen, daß er auf Shaw einwirkt. Der Mann soll die Schwarzen etwas menschlicher behandeln, zumindest so lange, bis wir die Ursache der Unruhen herausgefunden oder sie sich von selbst wieder gelegt haben.«

Seufzend schüttelte Judson den Kopf. »Seth, ich kann es nur wiederholen – ich habe auf Sermon Hill keinerlei Einfluß. Ich frage mich manchmal, wieso ich überhaupt noch dort wohnen darf.«

»Weil du Angus Fletchers Sohn bist! Judson – um unserer Freundschaft willen, versuch es doch wenigstens!«

Judson goß sich noch einmal Rum ein. »Also gut, ich werde bei Gelegenheit ein oder zwei Worte fallen lassen. Ich wäre ein Schurke, wenn ich dir mehr versprechen würde.«

»Das ist immerhin ein Anfang.« Seth schüttelte ihm die Hand. »Ich danke dir.«

»Ich muß jetzt gehen.« Judson trank hastig sein Glas leer und fragte sich, warum er sich von Seth hatte überreden lassen. Aber er kannte die Antwort. Es war ein billiger Weg, sich wenigstens zeitweise von seinen Schuldgefühlen dem Freund gegenüber zu befreien.

Sein Kopf fuhr hoch. Da stand sie. Schlank, dunkelhaarig, mit heller Haut, wunderschön in einem pfirsichfarbenen Negligé, dessen fließender Stoff ihre Figur nicht ganz verbergen konnte. Sie war die personifizierte Anmut, voller Liebreiz und Sanftmut, die vollendete Lady, die er seit seinem siebzehnten Lebensjahr liebte.

Aber sie war die hochangesehene Peggy Ashford gewesen und er Judson Fletcher. Viel weniger.

Ihre zweijährige Bekanntschaft vor ihrer Hochzeit hatte bei beiden Narben hinterlassen. In jenen wundervollen Zeiten hatte er sie nur geküßt, sie nicht weiter berührt, obwohl sie sich beide ungestüm nach mehr gesehnt hatten. Vielleicht war es die Zurückhaltung damals, die ihn heute so leiden ließ.

Seth wußte von den ehemaligen Beziehungen zwischen seiner Frau und seinem Freund. Peggy und Judson hatten sich bei Jagdausflügen getroffen, bei Bällen in reichen Häusern. Die Ashfords beobachteten die Liebe zwischen ihrer Tochter und Judson mit Mißtrauen. Denn schon damals hatte sich Judson seinen beachtlichen Ruf als Trunkenbold erworben.

Schließlich hatten die Ashfords Peggy verboten, sich weiterhin mit Judson zu treffen. Das brach ihr fast das Herz. Aber sie war eine gehorsame Tochter. Und dann erschien Seth auf der Bildfläche. Als die Hochzeit gefeiert wurde, erwartete Seth von seinem Freund, daß er sich wie ein Gentleman benahm. Was Judson in einer für ihn ganz untypischen Weise auch tat, denn er wollte Peggys Schmerz nicht noch vergrößern oder einen Skandal heraufbeschwören.

Und jetzt nahm Seth ganz einfach an, daß Judson gewisse Wünsche nie in die Tat umsetzen würde. Und Peggy war in seinen Augen über jeden Zweifel erhaben.

Was Judsons Affären mit anderen verheirateten Frauen betraf – es war nicht ganz sicher, ob Seth all die Geschichten glaubte, die man sich über seinen Freund erzählte. Judson wußte, daß Seth nicht begriff, wie tief seine Gefühle für Peggy waren, wie oft es Situationen gegeben hatte, die er hätte ausnutzen können. In geschäftlichen Angelegenheiten war Seth sehr klug, aber was Gefühle betraf...

Trotzdem wahrte Judson die Distanz. Für ihn war Peggy Ashford McLean ein geheiligtes Wesen, nicht von dieser Welt. Er hatte sich nie erklären können, warum er sie so liebte. Sie war bezaubernd und intelligent und attraktiv. Aber das waren viele Frauen an der Küste. Was war es, das im Blick ihrer Augen lag, in ihrem Lächeln, in ihren kleinen femininen Gesten, das ihn noch immer so peinigte, nachdem er sie verloren hatte?

Vielleicht entsprang seine Leidenschaft teilweise der Erkenntnis, die ihn schon in der ersten Zeit ihrer Liebe verfolgt hatte, daß ihre Eltern ihr nie erlauben würden, ihn zu heiraten. Für einen Mann wie Judson Fletcher hatte ein so permanenter Zwang zum Verzicht einen gewissen absurden Reiz.

»Melissa hat mir erzählt, daß wir einen Gast haben«, sagte Peggy. »Guten Abend, Judson.«

»Guten Abend, Peggy.« Er verbeugte sich. »Ich wollte gerade gehen.«

Er wagte kaum, sie anzublicken, aus Angst, seine Gefühle könnten sich in seinem Blick zeigen. Er hatte sie nach ihrer Hochzeit natürlich oft gesehen, bei Festen, beim Jahrmarkt in Richmond. Bei solchen Gelegenheiten hatte er in ihren Augen nie lesen können, was sie empfand. Er war fast sicher, daß alles, was sie je für ihn gefühlt hatte, erloschen war. Mit ihrer Hochzeit war die Liebe zu ihm zerstört worden, denn sie war dazu erzogen worden, daß es so richtig und anständig war...

Peggy wandte sich an ihren Mann. »Du bist zeitig nach Hause gekommen, Seth.«

»Um mit Judson zu sprechen. Ich brauche seine Hilfe, wenn ich das Sklavenproblem lösen will.«

»Ich habe ihm gesagt, daß er genausogut einen Holzwurm um Hilfe bitten könnte«, lachte Judson. Er ging rasch an Peggy vorbei, weigerte sich standhaft, in diese Augen zu sehen. Er ging geradewegs auf das große Portal zu und rief über die Schulter zurück: »Ich verständige dich, Seth, wenn ich mit irgendwelchen Resultaten aufwarten kann. Was ich allerdings bezweifle.«

Er schwang sich in den Sattel und sprengte hinab zum Rappahannock, dessen Wellen unter den Sternen glitzerten. Er warf keinen Blick zurück auf Seths weißes Haus mit den Säulen, hinter dem die Sklavenunterkünfte standen. Aber während des langen Ritts nach Sermon Hill war Peggy bei ihm. Das Sternenlicht, das sich im Fluß spiegelte, schimmerte auch auf den zornigen Tränen, die ihm über die Wangen liefen.

5

Angus Fletcher besaß fünftausend Morgen hervorragendes Tabakland, auf dem fünfhundert Männer und Frauen als Sklaven arbeiteten. Sermon Hill lag wie der Besitz Seth McLeans am Fluß. Aber Sermon Hill konnte mit einer eigenen Landungsbrücke prahlen, wo im Herbst die großen Tabakkanus anlegten und die Kisten aufnahmen, die je achthundert Pfund getrockneter brauner Blätter enthielten.

So weit Judson zurückdenken konnte, hatten da die Kanus jeden Herbst vor Anker gelegen. Dann waren sie flußabwärts gefahren, zu den Plätzen, an denen die seegängigen Handelsschiffe auf die Fracht warteten, um sie nach Europa zu bringen. Ob sie auch in diesem Jahr wachsender Konflikte mit England den Fluß hinabfahren würden, wußte niemand zu sagen. Die Nachricht von einer bewaffneten Auseinandersetzung königlicher Truppen mit der Kolonialmiliz, irgendwo oben an der Massachusetts Bay, hatte sämtliche kaufmännischen Überlegungen in Frage gestellt, die sich mit dem Überseehandel befaßten. Aber nicht nur der Handel sah einer unsicheren Zukunft entgegen. Das ruhige zufriedene Leben der Plantagenbesitzer insgesamt war ernsthaft bedroht.

Doch daran dachte Judson zwei Tage später nicht. Um Seths Bitte zu erfüllen, war er schon vor Sonnenaufgang aufgestanden und schlenderte durch die Sklavenquartiere.

Die Sklaven wohnten in weißgestrichenen Hütten, die einander in zwei langen Reihen gegenüberlagen. Am Ende des staubigen Weges stand das Häuschen des Aufsehers. Vor diesem Haus sah Judson eine Anzahl von Sklaven, die sich im rötlichen Morgenlicht versammelt hatten. Als er näherkam, hörte er eine Peitsche knallen. Das Opfer konnte er im Gedränge nicht erkennen.

Er begann zu laufen – vorbei an den fensterlosen Hütten, wo nackte schwarze Kinder in den Eingängen hockten, sich gegenseitig an den Haaren rissen oder Insekten auseinandernahmen. Was die Hygiene und den Lebensstandard der Schwarzen betraf, so war Sermon Hill nicht besser und nicht schlechter als die anderen Plantagen am Fluß.

Aber im Hinblick auf den Aufseher, Reuven Shaw, bildete Sermon Hill schon eine Ausnahme.

Judson rannte auf die Sklaven zu. Die ersten erkannten ihn, wichen zur Seite.

»Wer wird hier bestraft?« fragte er einen großen, kräftigen Neger.

»Dicey. Shaw sagt, sie kann wieder arbeiten. Dicey sagt, sie kann es nicht.«

»Verdammt!« explodierte Judson. »Wo ist ihr Mann?«

»Schon auf dem Feld.«

Sekundenlang starrte Judson in die braunen Augen, die stumm hinzuzufügen schienen: ›Und das ist gut für Mister Shaw.‹ Oder bildete er sich das nur ein?

Er schob sich durch die Menge, sah den mageren Shaw, Lotties Schwager, der eine lange geflochtene Lederpeitsche hochschwang, um Diceys hellbraunem Rücken einen weiteren Hieb zu versetzen.

Shaw sah auf, seine Augen funkelten. Aber die Drohung ließ nach, als er den Mann mit dem Spitzenhemd und den glänzenden Reitstiefeln erkannte.

Judson deutete auf die Sklavin, die der Aufseher gezwungen hatte, das zerlumpte Kleid auszuziehen. Shaw peitschte Frauen gern aus. Dicey kniete im Staub, den Kopf auf die Knie gesenkt. Auf ihrem Rücken zeichneten sich drei blutende Striemen ab.

»Wollen Sie auch ein paar Schläge anbringen, Mister Judson?« fragte Shaw. In seiner Stimme klang schlecht verhohlene Verachtung mit. Judson und der Aufseher haßten einander seit Jahren.

»Sie Hurensohn! Ich werde Sie auspeitschen! Diese Frau hat erst vor fünf Tagen Zwillinge auf die Welt gebracht.« Judson spreizte seine Finger. »Vor fünf Tagen!«

»Drei Tage sind das höchste, was ich ihnen zubillige«, stieß Shaw ärgerlich hervor.

»Dicey, zieh dich an und geh in deine Hütte zurück«, befahl Judson. »Du gehst erst am Montagmorgen wieder arbeiten.«

»Hören Sie! Ich habe die Aufsicht...«, begann Shaw.

Judson sprang vor, riß ihm die Peitsche aus der Hand und schlang sie ihm um den Hals. Er packte beide Enden und zog zu. »Was haben Sie gesagt?«

»N – nichts, Mister Judson...«, würgte Shaw mit vorquellenden Augen hervor.

O Gott, wie der Mann stank! Judson schob ihn von sich. »Sehen Sie zu, daß sie ihre schwarzen Ärsche in Bewegung setzen, daß sie anständig arbeiten, und vermeiden Sie unnötigen Ärger.« Judson ließ die Peitsche fallen und wandte sich ab.

»Die Peitsche ist das einzige Mittel, uns vor Ärger zu bewahren.«

Judson wirbelte herum, starrte in das wutverzerrte Gesicht des Aufsehers.

»Haben Sie noch etwas zu sagen, Shaw?« fragte er gefährlich leise.

Shaw schluckte und sah zu, wie Dicey ihr Kleid packte und mit nackten Füßen zu ihrer Hütte flüchtete.

»Nein«, sagte er. Aber der Haß in seinen Augen entging Judson nicht.

Aber auch die Feindseligkeit in den Augen der Schwarzen nicht, als sie beiseitetraten, um ihn vorbeizulassen. Und er spürte ihre Blicke im Rücken, als er zu dem zweistöckigen Haus mit den dreiundzwanzig Räumen ging, in dem er sein Frühstück einnehmen wollte.

Seltsam, dachte er. Sehr seltsam. Ihr Haß schien sich genauso gegen ihn zu richten wie gegen Reuven Shaw. Vielleicht haßten sie ihn schon allein deswegen, weil er weiß war, überlegte er seufzend. Wenn man schwarz war, wurde man gekauft, geprügelt oder vergewaltigt – ganz, wie es den Sklavenhaltern beliebte. Er hörte, wie die Neger zu ihrer Feldarbeit aufbrachen, und blickte sich nicht um.

Er wollte weder die Schwarzen noch Shaw sehen.

6

Die Silberkanne glänzte makellos, doch dann trübte sich die glatte Fläche und zeigte ein faltiges Gesicht, weißes Haar, zornige Augen.

Judson saß auf der Veranda und blickte vom Spiegelbild auf der bauchigen Kanne zum Original auf – zu seinem Vater, einem eher zierlichen Mann mit spitzem Kinn und wettergegerbter Haut.

Angus Fletcher versuchte nie, wohlhabend auszusehen, nicht einmal bei gesellschaftlichen Ereignissen. An diesem Morgen war sein Hemd schweißnaß, die Hose ausgebeult, und an den Stiefeln klebte Erde. Er trat in den Schatten der Veranda, schob den Kopf wie ein Truthahn vor und schrie seinen Sohn an: »Mister Shaw hat mir soeben Bericht erstattet. Offenbar hast du dich in seine Angelegenheiten eingemischt, als ich nach den Reparaturarbeiten an der Landungsbrücke gesehen habe.«

»Und ich habe gerade einen Brief von Donald bekommen.« Judson lächelte, um sein Unbehagen zu verbergen, als er den Briefbogen hochhielt. »Vor zehn Minuten hat ihn ein Kurier aus Richmond gebracht.«

»Ich habe mich schon gefragt, wer dieser Eindringling war«, stieß Angus Fletcher hervor und ließ sich in einen der großen Korbstühle fallen. »Du kannst den Brief behalten. Es interessiert mich überhaupt nicht, was dieses Verräternest da oben im Norden ausheckt. Daß sich mein Sohn, mein eigenes Fleisch und Blut von diesen perfiden Verbrechern aus dem Osten beeinflussen läßt...«

Judson lachte.

»Vater, jetzt mußt du Colonel Washington an die Spitze deiner Verräterliste setzen. Donald schreibt, daß die Delegierten des Kongresses dem Colonel den Oberbefehl über die Continental Army übertragen haben. Washington wird den Rang eines Generals erhalten und nach Boston reisen, um das Kommando zu übernehmen.«

Er blickte wieder auf das Schreiben und amüsierte sich über die Erregung seines Vaters.

»Und hier steht, daß es weitere Kämpfe gegeben hat. Auf irgendeiner Anhöhe, Breed's Hill. Die Briten haben die Schlacht gewonnen, aber unsere Seite hat sich ganz gut gehalten...«

»Deine Seite, nicht meine!« Angus Fletcher riß seinem Sohn den Brief aus der Hand, zerknüllte ihn und warf ihn zu Boden. »Diese Narren werden uns alle ruinieren. Wir sollten die Briten um Frieden bitten, bevor sich die Situation verschlimmert.« Wieder schnellte sein Kopf vor. »Selig sind die Friedfertigen...«

»... denn sie werden Gottes Kinder heißen«, vollendete Judson resigniert. Von den ärgerlichen Charaktereigenschaften seines Vaters ging ihm dessen Vorliebe für die Heilige Schrift am meisten auf die Nerven. In besonderer Verehrung war Angus Fletcher dem Evangelisten Matthäus zugetan. Von der Bergpredigt war er so begeistert, daß er die von seinem Vater ererbte Plantage ihretwegen umbenannt hatte – in Sermon Hill.

»Wollen wir zu einer anderen Seligpreisung übergehen?« fragte Judson. »Selig sind die Barmherzigen...«

»Ich will endlich hören, was Shaw so aufgebracht hat.«

Judson starrte seinen Vater an. Trotz seiner fast sechzig Jahre, trotz seiner zerbrechlich wirkenden Gestalt strahlte Angus Fletcher Kraft und Zähigkeit aus. Er kümmerte sich rührig um die geschäftlichen Angelegenheiten von Sermon Hill, außer sonntags. Da ging er vormittags in die Kirche und betete den ganzen Nachmittag in der Abgeschiedenheit seines Zimmers. Während des heiligen Sabbats durfte auf seinem Grund und Boden nichts geschehen, was auch nur entfernt einer Belustigung glich.

Er hat tatsächlich eine gewisse biblische Würde, überlegte Judson, und betrachtete die Gestalt im Korbstuhl, deren Silhouette sich vor dem Fluß und den Bergen abzeichnete.

Aber er konnte sich nicht erinnern, daß jemals ein Gefühl der Zärtlichkeit, der Zusammengehörigkeit zwischen Vater und Sohn aufgekommen war. Sogar in seinen allerersten Kindheitserinnerungen war der Vater nur eine strenge, strafende Autorität gewesen. Er hatte Forderungen an Judson gestellt, die ein kleiner Junge niemals erfüllen konnte. Bereits im Alter von zehn Jahren hatte Judson resigniert. Er konnte nie so klug, so stark und so fromm sein, wie Angus Fletcher es von ihm erwartete. Vielleicht lag hier die Ursache des permanenten Zwistes zwischen Vater und Sohn.

Natürlich spielte es auch eine Rolle, daß er der Zweitgeborene war. Er konnte das Erbe nicht antreten, war also weniger wichtig als Donald. Aber auch zwischen Donald, dem zehn Jahre älteren Bruder, und dem alten Mann herrschte ein gespanntes Verhältnis.

Donald wurde bereits im Alter von fünfunddreißig Jahren von der Gicht geplagt. Er schüttete Unmengen von Portwein und Bordeaux in sich hinein, wenn Angus Fletcher es nicht sah. Außerdem erklärte er immer wieder, wie stolz er darauf sei, zu den Abgeordneten zu gehören, die Virginia beim Kongreß repräsentierten.

An seine Mutter konnte sich Judson so gut wie gar nicht erinnern. Sie war gestorben, als er erst vier Jahre alt gewesen war. Donald erinnerte sich an sie als eine freundliche, religiöse Frau, die lautlos durch das Haus gehuscht, ihren Pflichten nachgegangen und in Ehrfurcht vor ihrem Ehemann nahezu erstarrt war.

Verärgert über den Ausbruch seines Vaters zum Thema Shaw sagte Judson: »Der Spruch, den ich zitiert habe, gehörte durchaus zur Sache, Vater. Erinnere dich, den Barmherzigen wird Barmherzigkeit widerfahren. Shaw tut sein Bestes, daß du genau das Gegenteil erhältst.«

Angus verzog das Gesicht und läutete mit einer Handglocke. Einen Moment später glitt ein livrierter schwarzer Hausdiener, eine höhere Kaste als die Feldarbeiter, an die Seite des alten Mannes. Er trug ein Tablett mit kaltem, frischem Quellwasser. Angus Fletcher streckte die Hand aus, ohne sich umzudrehen. Er erwartete, daß das Glas dort war, wo es zu sein hatte, und dort war es auch.

Er trank einen Schluck und sagte: »Etwas deutlicher, bitte. Ich habe zu tun.«

»Shaw hat Dicey ausgepeitscht. Ich habe es ihm untersagt.«

»Du hast es ihm untersagt... Du bist nicht der Herr auf Sermon Hill! Und wenn du deine Hurerei und deine haarsträubenden politischen Ansichten nicht aufgibst, wirst du keinen Shilling bekommen, wenn ich nicht mehr bin.«

»Damit hast du mir schon oft gedroht«, erwiderte Judson. Er blieb ruhig, aber es kostete ihn große Anstrengung. »Aber ich fürchte, daß auf dich auch eine Bedrohung zukommt...«

In kurzen Worten erzählte er seinem Vater, was er von Seth McLean erfahren hatte. Er berichtete auch von der Strohpuppe in den weißen Lumpen und der kleinen Schiefertafel, die er am Straßenrand gefunden hatte. Die Beschreibung der Puppe schien Angus Fletcher ein wenig zu beunruhigen. Zumindest zitterte die faltige Hand, die das Glas festhielt, für einen Moment.

Nur um den alten Mann zu ärgern, kreuzte Judson die Beine, streckte sich und gähnte. Es funktionierte.

»Red schon weiter!« fuhr ihn Angus Fletcher an.

Judson ließ sich Zeit, bevor er fortfuhr. »Seth hat gerüchteweise gehört, daß unser Land an den Unruhen schuld sein könnte. Und da Dicey Larneds Frau ist, habe ich Shaw daran gehindert, sie zu schlagen, um weitere Probleme zu vermeiden. Aber ich habe ihn auch daran gehindert, weil er Unrecht getan hat.«

»Erspare mir deine falsche Frömmigkeit.«

»Warum, Vater, du strebst doch unablässig nach Frömmigkeit.«

Angus lief rot an.

»Schon gut.« Judson zuckte mit den Schultern. »Wir brauchen nicht über Moralfragen zu diskutieren. Ich dachte, ich würde dir einen Dienst erweisen, wenn ich Shaws Grausamkeit unterbinde. Ist es nicht besser, die Sklaven ein wenig menschlicher zu behandeln, als eine Rebellion heraufzubeschwören? Willst du zusehen, wie sie Sermon Hill in Brand stecken? Es hat bereits Revolten gegeben.«

»Aber hier nicht. Sie würden es nicht wagen. Ich werde alle diese ungewaschenen Söhne Hams in Ketten legen, bevor...« Er blinzelte, als Judson die Hand hob. »Was, was?« schrie er.

»Ich fürchte, deine biblische Gelehrsamkeit läßt dich im Stich, Vater. Der Name Ham bedeutet dunkel, aber nicht schwarz. Die Nachkommen sind zweifellos die Ägypter oder die Berber. Nicht diese armen Bastarde, die die Sklavenjäger gewaltsam aus Westafrika anschleppen, damit sie hier unsere Arbeit tun.«

»Wann hast du dich denn zum biblischen Experten entwikkelt, wenn ich fragen darf?« zischte Angus mit spöttischem Lächeln.

Judson erwiderte das Lächeln. »Nun, am College. Du hast für meine Bildung doch genug Geld ausgegeben.«

»Du bist nicht nur Seiner Majestät untreu, sondern auch deinem Erzeuger! Wenn ich nur denke, wieviel Geld ich verschwendet habe, um deinen Kopf mit gottlosem Unsinn vollstopfen zu lassen...«

»Aber auf Sermon Hill kann ich diesen Unsinn sehr gut gebrauchen, wie mir scheint.«

Angus Fletcher schüttete seinem Sohn das kalte Wasser ins Gesicht, und Judson sprang auf. Fast wäre er dem alten Mann an die Gurgel gegangen, aber er beherrschte sich. An seinen Händen traten die Adern hervor, als er sich wieder setzte und die Armlehnen seines Korbstuhls umspannte.

Angus Fletcher stellte das Glas auf den Tisch, stand auf und kam auf seinen Sohn zu. Trotz seiner geringen Größe sah er ehrfurchtgebietend aus, wie er da im Schatten der Veranda stand. Seine Stimme zitterte.

»Monat für Monat habe ich darum gebetet, daß Gott dich erkennen lassen möge, wozu du geboren bist, Judson Fletcher.

Auf meinen Knien habe ich Gott angefleht, er möge dich begreifen lehren, welch ein unablässiger Kampf, welch eine Mühsal es war, diesen Besitz aufzubauen.«

»Du meinst den Kampf und die Mühsal der Schwarzen. Und ihr Blut.«

»Dein Großvater hat sich geplagt, ist gestorben für...«

»Um Gottes willen, hör auf!«

»Du Gotteslästerer! Du nimmst den Namen des Herrn in deinen gottlosen Mund?«

»Ja!« schrie Judson. »Ich habe mir diese Selbstbeweihräucherung bis zum Erbrechen angehört. Aber ich weiß schon lange, was sich wirklich abgespielt hat. Die Leute in unserer Gegend erzählen die Geschichte viel genauer. Dein Vater war ein Taugenichts aus Glasgow. Vielleicht sogar ein Verbrecher, denn er hat nie seinen wirklichen Namen unter seinen Arbeitsvertrag gesetzt. Und er hat sich nicht einmal an seine Verpflichtung gehalten. Zwei Tage, nachdem sie ihn in Philadelphia an Land gesetzt hatten, rannte er den Leuten davon, die ihn als Transportarbeiter verpflichtet hatten. Noch Jahre später prahlte er damit. Nach einiger Zeit tauchte er hier in Virginia auf, schwängerte eine Farmerstochter und mußte sie heiraten. Und dann stürzte der Farmer plötzlich vom Pferd und brach sich den Hals, als er mit meinem Großvater zufällig gerade durch den Wald ritt. Glaub mir, ich weiß genau, wie der Grund und Boden, auf dem diese weiße Gruft steht, in den Besitz unserer Familie gekommen ist. Und Sermon Hill wird vor die Hunde gehen, wenn du nicht endlich aufhörst, dich wie der Gesalbte Gottes aufzuführen, der über die Ungläubigen herrscht. Diese schwarzen Männer und Frauen sind Menschen! Sie sind ungebildet und schmutzig – aber sie sind trotzdem Menschen. Seth McLean hat das längst begriffen.«

»Seth McLean ist ein Schwächling und ein Narr. Er besitzt nur ein Zehntel von dem, was ich besitze, weil ich zehnmal so schlau bin wie er.«

»Und zehnmal so brutal!« stieß Judson hervor. »Und zehnmal so unmoralisch!«

Angus Fletcher schlug nach seinem Sohn, aber Judson umklammerte das dünne Handgelenk und zwang es mit Leichtigkeit nach unten. Der alte Mann keuchte. Für einen Augenblick bekam Judson es mit der Angst zu tun, aber dann erkannte er, daß dieses röchelnde Keuchen nur Ausdruck der Wut war.

»Ich habe einen Lügner großgezogen, einen Trunkenbold, einen Wüstling...«

»Der sich um Christi willen wünscht...«

»Du wirst Gott nicht in meiner Gegenwart lästern!«

»Er hat noch nie seine Hand über dieses Haus gehalten.«

»Fünfundzwanzig bist du jetzt – und sieh dich doch an! Ein ausschweifender Nichtstuer! Den Kopf voller sündhafter, liederlicher Gedanken! Geh doch zu deinen angemalten Huren in Richmond! Oder lauf deinem verrückten Freund George Clark nach, der vermutlich schon irgendwo in dieser Wildnis da hinten im Westen verwest! Oder geh zu deinem verdammten Bruder nach Philadelphia, zu diesen Verrätern!«

Judson Fletcher war so wütend, daß er befürchtete, er könnte seinem Vater allen Ernstes etwas antun. Und der zerbrechliche Vater würde sich gegen die Hand des Sohnes nicht wehren können. Um sich selbst vor einem Angriff zu bewahren, den er zeitlebens bereuen würde, versuchte er es noch einmal mit der Bibel und sagte mit gezwungenem Lächeln: »Sei willfährig deinem Widersacher bald, dieweil du noch bei ihm auf dem Wege bist, auf daß dich der Widersacher nicht dermaleinst überantwortet dem Richter, und der Richter überantwortet dich dem Diener, und du werdest in den Kerker geworfen.«

»Hüte deine schmutzige Zunge! Ich will die Worte des Erlösers nicht von deinen Lippen hören!«

»Wenn du den Erlöser richtig verstanden hättest, hättest du schon längst etwas gegen Shaw unternommen.«

»Ich werde etwas unternehmen. Ich werde ihm befehlen, noch härter durchzugreifen. Er soll ihre Hütten nach Trommeln durchsuchen. Und er soll jeden verdammten Nigger mit hundert Peitschenhieben strafen, der eine Trommel versteckt hat.«

Das Blut stieg Judson in die Wangen, er wandte sich ab. »Ich werde Seth McLean über deine Entscheidung informieren.«

»Tu das nur!« spottete der alte Mann. »Dann hast du wenigstens wieder einmal Gelegenheit, dich mit seiner Frau in einer dunklen Ecke herumzudrücken.«

Judson blieb stehen, wie vom Blitz getroffen. Angus Fletcher grinste belustigt. Jetzt war er endlich völlig Herr der Situation.

»Wenn ich Geheimnisse habe, die der Öffentlichkeit bekannt sind, so hast du sie auch. Glaubst du, ich weiß nicht mehr, wie du McLeans Frau früher nachgerannt bist? Daß du noch immer jede Nacht zu ihrem Haus reitest? Ein weiterer Grund für mich, deinen Freund Seth für einen Dummkopf zu halten. Wenn du in mein Haus kämst und ich wüßte, wie du zu meiner Frau stehst, würde ich dir den Schädel einschlagen.«

Mit widerwilliger Bewunderung sagte Judson: »Du alter Fuchs, manchmal vergesse ich, wie schlau du sein kannst. Jetzt glaubst du wohl, du hast mich durchschaut?«

»Ich habe dich längst durchschaut – zu meinem immerwährenden Entsetzen. Aber ich entdecke immer neue Beispiele deiner Sündhaftigkeit. Es hat mich damals nicht überrascht, daß die Ashfords ihrer Tochter den Umgang mit dir verboten haben.«

»Dein Glaube an mich überwältigt mich immer wieder.«

Angus ignorierte diese Bemerkung und hob den Zeigefinger. »Welche anständigen Leute wollen dich schon zum Schwiegersohn haben? Wenn dich eine Frau heiratet, so müßte sie bald wegen deines ausschweifenden Lebens verzweifeln. Und wenn sie dir ein Kind gebiert, müßte sie ständig Angst haben, es könnte deinen Charakter geerbt haben.«

Judson wirbelte zu dem alten Mann herum. »Was für einen Charakter? Doch höchstens deinen – deinen grausamen, niederträchtigen, infamen Charakter.«

Angus Fletcher schüttelte würdevoll den Kopf. »Irgend etwas ist in dir, das dich verdorben hat, Judson, von Grund auf. Von mir hast du das nicht geerbt. Aber es ist besser, du erschießt jedes Kind, das zu gezeugt hast, bevor du zuläßt, daß es mit deinem vergifteten Blut im Leib lebt, es womöglich noch an andere Generationen weitergibt, dieses Teufelsblut.«

»Halt doch endlich den Mund, du scheinheiliger Heuchler!« schrie Judson außer sich. »Wenn ich böses Blut in mir habe, so brauchst du doch nur in den Spiegel zu sehen, um zu erkennen, woher es kommt!«

Wenn diese Worte Angus trafen, so zeigte er es nicht. Auf seinem Gesicht erschien jener Ausdruck selbstgefälliger Frömmigkeit, den Judson so verabscheute.

»Du benimmst dich wie ein tobsüchtiger Narr«, sagte Angus. »Weil du weißt, daß ich recht habe. Peggy müßte Gott jeden Tag hundertmal danken, weil er es ihr erspart hat, dich zu heiraten.«

»Es...« Judson konnte kaum noch sprechen. »Es muß dich sehr befriedigen, so etwas über dein eigenes Fleisch und Blut zu sagen.«

»Nein, es macht mich unendlich traurig.«

»Du boshafter, alter...« Er brachte es nicht über sich, die Worte blieben ihm in der Kehle stecken. Er wandte sich ab, stürmte die Veranda hinab.

Angus rief ihm nach: »Du könntest wenigstens so anständig sein, Peggy mit deiner Gegenwart zu verschonen. Sie weiß sicher, warum du McLean andauernd besuchst. Und wie lautet das Gebot Gottes? Du sollst nicht begehren deines Nächsten Frau.«

Judson ballte die Hände und lief weiter. Denn wenn er jetzt umkehrte, würde er sich an seinem Vater vergreifen. Es kostete ihn seine ganze Willenskraft, weiterzugehen. Die schrille Stimme seines Vaters verfolgte ihn.

»Und wer die Frau eines anderen begehrlich ansieht, hat in seinem Herzen bereits Ehebruch begangen.«

Judson schlug das Hauptportal hinter sich zu, lief an den verwirrten Haussklaven vorbei, die ihm ängstlich auswichen.

Er stürmte die Treppe hinauf zu seinem Zimmer, riß sich das verschwitzte Hemd vom Leib und zog ein frisches an. Oh, wie er seinen Vater haßte! Aber er wußte, daß er an diesen schrecklichen Szenen nicht ganz unschuldig war. Es bereitete ihm Freude, den alten Mann zu quälen, Rache zu üben, weil sein Vater ihn quälte, seit er denken konnte. Was, zum Teufel, war nur los mit ihm?

Donalds Fehler waren vergleichsweise geringfügig. Nach der Ansicht seines Vaters lag Donalds Hauptsünde in seiner Überzeugung, daß man die Unterdrückungspolitik der Briten nicht mehr dulden könne. Zu diesem Frevel fügte Judson weitere hinzu: Er betätigte sich als Ehebrecher und Verteidiger der Sklaven.

Zehn Minuten später galoppierte er über eine der staubigen Straßen, die die Plantage kreuz und quer durchzogen. In seinen Satteltaschen steckten zwei Rumflaschen. Judson sah, wie sich auf den Tabakfeldern schwarze Köpfe nach ihm umwandten. Ein Gesicht fiel ihm auf – Larned mit bloßen Schultern. Wie eine Dämonengestalt ragte er aus den Tabakpflanzen empor.

Larned starrte dem Reiter nach, und Judson glaubte den brennenden, haßerfüllten Blick des Sklaven im Rücken zu spüren. Judson war ein Weißer und Angus Fletchers Sohn – egal, was er für Dicey getan hatte. Larned würde Judsons Eingreifen sicher so deuten, daß der Sohn des Plantagenbesitzers die Sklavin nur schonen wollte, damit sie arbeitsfähig blieb. Oder er hatte sexuelle Wünsche. Zum Teufel, was hatte es für einen Sinn, sich für die Sklaven einzusetzen, wenn nur Haß das Ergebnis war?

Daß Judson begriff, warum das Sklavenproblem sich innerhalb von hundertfünfzig Jahren so zugespitzt hatte, milderte seinen Zorn nicht, auch nicht die traurige Überzeugung, daß dieses System ständig Spannungen und Gewaltakte hervorrufen würde, bis es abgeschafft wurde.

Das landwirtschaftliche System, in dem er aufgewachsen war, basierte auf harter körperlicher Arbeit. Eigentlich konnte er es den Plantagenbesitzern der Kolonien im Süden nicht verübeln, daß sie schwarze Sklaven kauften, die mehr Leistungen erbrachten als weiße Arbeiter. Männer wie sein Großvater hatten nur so lange gearbeitet, wie ihre Verträge mit den Arbeitsvermittlern liefen. Sein Großvater hatte diesen Zeitpunkt nicht einmal abgewartet.

Das Problem, eine stabile Arbeiterschaft aufzubauen, wurde Anfang des Jahrhunderts noch größer, als ein paar geniale Köpfe im Mutterland auf die Idee kamen, England von unerwünschten Bewohnern – Räubern, Taschendieben und Huren – zu befreien. Die Verbrechen dieser Leute waren zu geringfügig, als daß sie den Strick verdient hätten. Deshalb transportierte man sie für drei bis fünf Pfund pro Kopf über den Ozean, und sie mußten sich verpflichten, nach ihrer Ankunft in den Kolonien eine gewisse Zeit lang zu arbeiten. Aber viele dieser Einwanderer flohen nach der Landung, um sich vor der Arbeit zu drücken – wie Judsons Großvater.

Welcher Pflanzer würde solchen Arbeitskräften nicht willige Schwarze aus Afrika vorziehen? Neger, deren rechtlicher Status vage formuliert war, deren auffällige Hautfarbe eine Flucht so gut wie unmöglich machte? Sogar der übelste Abschaum, der aus London herüberkam, hatte zumindest eine weiße Haut und somit gute Fluchtchancen.

Aber was als folgerichtige Maßnahme zur Beschaffung von Arbeitskräften begonnen hatte, war zu einem System ausgeartet, in dem ein Mensch andere Menschen als Eigentum betrachtete.

Es war für Judson immer wieder eine Quelle hämischer Freude, sich daran zu erinnern, daß die ersten Neger – zwanzig – von der größtenteils britischen Besatzung eines holländischen Kaperschiffs in der Kolonie Jamestown an Land gebracht und verkauft worden waren. Ein Jahr vor der Ankunft der *Mayflower* in Plymouth, bei der einundvierzig steife Puritanerfamilien von Bord gegangen waren. Kinder und Kindeskinder waren noch immer stolz darauf, daß sie von diesen »Gründervätern« abstammten. Wie schade, daß es keine Ahnentafel für die Nachkommen der ersten zwanzig Negersklaven von Jamestown gab.

In den ersten Jahren des kolonialen Negerhandels hatte man das Wort »Sklave« selten ausgesprochen. Erst allmählich ging es in den allgemeinen Sprachgebrauch ein, als die skrupelloseren Landbesitzer Neuenglands erkannten, daß die Kapitäne willig und für gutes Geld immer mehr Schwarze aus Afrika über den Ozean transportierten. Mittels cleverer Statuten wurde festgesetzt, daß sich die schwarzen Arbeiter nie ihre Freiheit verdienen konnten, eine Bedingung, die man den Taschendieben und Straßenräubern aus England keineswegs zumutete.

Jetzt war die Institution der Sklaverei fest verankert. Sie produzierte geheime Furcht und Unterdrückung auf der einen, Unterwerfung und versteckten Haß auf der anderen Seite. Für Judson war ein Zusammenstoß zwischen jenen, die auf die Stimme ihres Gewissens hörten, und denen, die nur das Geld klingeln hörten, letztlich unausweichlich.

Gegen Mittag hatten ihn seine Überlegungen in äußerst schlechte Stimmung versetzt. Er lag in einem Wäldchen am Rand der Plantage. Erstens bereitete ihm die explosive Situation der Neger auf Sermon Hill Sorgen, zweitens ärgerte er sich, weil er sich von seinem Vater zu einem Wutausbruch hatte provozieren lassen.

Er blickte auf die Tabakfelder, über denen die Luft vor Hitze flimmerte, und sah die weißen Mauern von Sermon Hill auf dem Hügel am Fluß aufragen. Und er wünschte sich, er wäre überall auf der Welt – nur nicht hier.

Er wünschte sich, er wäre jenseits der blauen Berge bei seinem Freund. In einem weiten, leeren Land, wo es keine Gesetze gab, keine scheinheiligen Bibelsprücheklopfer, keine Rebellion im Anfangsstadium, keine brutalen Sklavenaufseher – und keine Peggy, deren Bild ihn Tag und Nacht verfolgte. Mit quälender Klarheit fielen ihm die Worte seines Vaters wieder ein. Er, Judson Fletcher, hatte böses Blut in sich, das er nicht Nachkommen vererben durfte, Teufelsblut.

Obwohl er es versuchte, konnte er den Verdacht nicht ganz abschütteln, daß Angus Fletcher mit diesen Worten der Wahrheit sehr nahe gekommen war – einer Wahrheit, vor der sich Judson mit Entsetzen und Ekel abwandte. Er kannte nur einen Weg, die Furcht abzutöten: sich langsam und methodisch zu betrinken. Dann konnte er sich selbst einreden, daß er Virginia nur zu verlassen brauchte, um seinen Dämonen zu entkommen.

Er fiel in einen leichten Schlaf, der ihm bizarre Träume brachte.

Er sah den rothaarigen George Roger Clark durch die Wildnis stapfen, groß wie die Bäume, an denen er vorbeiging. Er sah die nackte Peggy, die ihn mit verführerischem Hurenlächeln zu sich heranwinkte. Er sah seinen Vater, in heiligem Zorn wie Moses, die Hand zum Schlag erhoben, während hinter ihm Blitze über einen schwarzen Wolkenhimmel zuckten...

Plötzlich erwachte er. Er lag auf dem Rücken im Gras und fror. In seiner Nähe stand der Rotschimmel mit gesenktem Kopf, reglos wie eine Statue, die sich vor dem ersten schwachen Sternenlicht abzeichnete. Im Westen war der Horizont blutrot.

Judson fuhr sich mit der Zunge über die trockenen Lippen. Er hörte ein Geräusch – so leise, daß es eine kleine Änderung der Windrichtung sofort zum Schweigen brachte. Aber er kannte dieses Geräusch.

Das dumpfe Dröhnen einer Trommel...

In dem Augenblick, als er das Geräusch identifizierte, war es auch schon verstummt. Aber er hätte schwören können, daß der Wind das unheimliche Dröhnen aus der Richtung von Sermon Hill herangetragen hatte.

3. Kapitel
Die Geburt

1

Zerlumpt und verlaust stapfte Philip Kent den Schlammstreifen entlang, der im Camp der amerikanischen Armee als Straße bezeichnet wurde.

Er war völlig erschöpft. Nicht von der harten Arbeit. Sie hatten neue Erdwälle und Befestigungen errichtet, neue Gräber ausgehoben, als die alten keine Leichen mehr aufnehmen konnten. Nein, es war die Ungewißheit, die an ihm zehrte.

Die Angst um seine Frau Anne belastete ihn zusätzlich. Wenn er sie ein- oder zweimal in der Woche sah, hatte er Glück. Die Bestimmungen in den amerikanischen Belagerungstruppen rings um Boston waren vom Zufall abhängig. Manchmal erhielt er die Erlaubnis, einen Abend in Watertown zu verbringen, manchmal nicht. Selten wußte er es im voraus. Heute abend hatte er Glück gehabt.

Ein grauer Septemberregen fiel und verschlechterte die Lebensbedingungen in dem erbärmlichen Camp noch mehr. Das Lager hatte sich immer mehr ausgedehnt, nachdem ständig neue Freiwillige gekommen waren. Aus allen Kolonien waren sie im Lauf des Sommers eingetroffen, hatten sich dicht an dicht im Camp niedergelassen. Seit der neue Oberbefehlshaber der Continental Army, George Washington aus Virginia, Anfang Juli sein Amt angetreten hatte, versuchte er Ordnung in das Durcheinander zu bringen. Er hatte nicht viel Erfolg gehabt, obwohl fast täglich neue Befehle aus dem Wadworth House in Cambridge eintrafen, die bessere Regelungen und Disziplin im Camp zum Ziel hatten.

Philip Kent, ein breitschultriger junger Mann mit dunklen Augen und braunen Haaren, die er zum Zopf zusammengebunden hatte, sah kaum wie ein Soldat aus, als er in seinen durchgetretenen Stiefeln durch das Lager ging. Aber schließlich sahen die wenigsten Freiwilligen wie Soldaten aus.

Es gab natürlich auch Ausnahmen, die Männer aus Rhode Island mit ihren sauberen Zelten zum Beispiel, die alle mit einem Sonnendach ausgestattet waren. Ihr Lager sah fast britisch aus. Das galt auch für das 21. Regiment aus Massachusetts, Freiwillige aus Marblehead, die zwar ihre Berufe als Schiffsbauer und Fischer aufgegeben hatten, aber nicht die Seefahrertradition. In ihren blauen Seemannsjacken und den weißen Hosen sahen die Marbleheader sehr adrett aus. Aber abgesehen von einer Handvoll solcher Regimenter wirkten die Amerikaner wie ein wilder Haufen. Und ihre Quartiere unterstrichen diesen Eindruck.

Die meisten Männer hausten in Unterkünften, die sie aus Baumaterial errichtet hatten, das sie entweder von daheim mitgebracht oder gestohlen hatten. Philips 29. Infanterieregiment aus Massachusetts kampierte in der Mitte der amerikanischen Linien zwischen Cambridge und den Erdwällen am Charles River. Sie hausten in schiefen Hütten, die sie aus verzogenen Brettern gebaut hatten.

Aber als er jetzt durch das Lager ging, sah Philip noch andere Behausungen – von Zelten aus Segeltuch, die unter dem unaufhörlichen Regen zusammensanken, bis zu Steinhütten, deren Fugen mit Torf verklebt waren. Manche Einheiten kampierten im Freien, auf nassen Decken.

Um die allgemeine Verwirrung noch größer zu machen, war es oft unmöglich, Offiziere von gewöhnlichen Soldaten zu unterscheiden. General Washington hatte versucht, die Freiwilligen mit einer Kleidung auszustatten, die wenigstens entfernt einer Uniform glich. Aber nichts war passiert, nachdem er den Kontinentalen Kongreß um zehntausend kittelartige Hemden ersucht hatte. Zumindest nicht, bevor die Sitzung Anfang August vertagt worden war. Inzwischen hatte Washington seinen Offizieren erlaubt, sich mit Epauletten, Kokarden und Tüchern, mit allem, was sie nur finden konnten, auszustatten, um sich auszuweisen.

Die Armee, die Boston belagerte, setzte sich hauptsächlich aus Farmern und Handwerkern zusammen. Alle warteten, ob ein großer Krieg ausbrechen würde oder ob ihn die Versöhnungsversuche des Kongresses noch abwenden konnten, in dem jede Kolonie außer Georgia vertreten war.

Die Angehörigen der amerikanischen Armee hatten keine Ahnung von militärischer Disziplin, lehnten sie sogar ab. Philip erinnerte sich an Prophezeiungen, daß diese Haltung eine Katastrophe heraufbeschwören würde. Das hatte sein Freund Henry Knox vorausgesagt, der beleibte Bostoner Buchhändler, der als eine Art leitender Pionier fungierte und für die Artillerie zuständig war.

Niemand wußte, wie viele Freiwillige seit dem Ausbruch der Feindseligkeiten in Massachusetts eingetroffen waren. Philip hatte Zahlen gehört, die von Zwölftausend bis zu Zwanzigtausend reichten. Diese Soldaten reagierten gleichgültig oder mit verbissenem Trotz, als der Oberbefehlshaber das Spielen und ordinäres Fluchen verbot und sie aufforderte, zweimal täglich am Gottesdienst teilzunehmen.

Ein paar schlaue Offiziere erkannten das Problem und versuchten es auf ihre Art zu bewältigen. Einer dieser Männer war der alte Kämpe Iz Putnam aus Connecticut, der die Interessen des Königs während der amerikanischen Phase des Siebenjährigen Krieges verteidigt hatte. Putnam fand Mittel und Wege, die Männer auf den Kampf vorzubereiten und sie doch zu gleicher Zeit abzulenken und zu unterhalten.

Seit der Niederlage von Breed's Hill und Bunker's Hill im Juni hatten die meisten kontinentalen Truppen gelernt, daß sie von den Sperrfeuern der britischen Batterien in Boston wenig zu befürchten hatten. Bei schönem Wetter war das Artilleriefeuer dennoch beständig. Da schickte Putnam seine Männer aus den Schützengräben, damit sie die verschossenen Kanonenkugeln einsammelten. Denn Munition war knapp auf der amerikanischen Seite. Die Belohnung für jede Kugel war ein Schluck Rum. Mit einer Explosivladung verdiente man sich zwei Schluck, vorausgesetzt, man ging mit dem Fund nicht in die Luft. Philip wünschte sich, daß das 29. Infanterieregiment aus Massachusetts auch einen so phantasievollen Kommandanten hätte.

Seine Gedanken wanderten vom Lagerleben in jene andere Welt, in der er lebte, wann immer er es ermöglichen konnte. In die Welt von Watertown – zu Anne. Er schenkte den Männern, die gelangweilt ihre Musketen putzten, immer weniger Aufmerksamkeit, wich Fischgräten aus, Überresten eines Abendessens, die man ihm in den Weg warf. Er ging an zwei Freiwilligen vorbei, die in aller Öffentlichkeit ihre Notdurft verrichteten, eine allgemeine Unsitte. Er passierte Zelte und Hütten, in denen schreiende, streitende und trinkende Männer saßen. In manchen Zelten frönte man dem verbotenen Kartenspiel, in anderen klang weibliches Gelächter auf, was bewies, daß man sich auch an das Gebot der Moral nicht allzu strikt hielt.

Aber Philip ging mit gesenktem Kopf an diesem Spektakel vorbei, die Hände in den Taschen seiner schmutzigen Jacke, und dachte nur an seine Frau.

Sie stand kurz vor der Entbindung. Während der letzten Monate war sie ziemlich schwach gewesen und verbrachte die meiste Zeit im Bett.

Aber noch größere Sorgen bereitete Philip, daß der Arzt aus Connecticut, den er mühsam im Sommer aufgetrieben und beauftragt hatte, einmal wöchentlich nach Anne zu sehen, letzte Woche nach einem Streit beim Kartenspiel erschossen worden war.

Philip hatte den geldgierigen Doktor mit den Ersparnissen

aus seiner Arbeit in der Druckerei Edes & Gill bezahlt. Edes, der seine patriotische Zeitung nun in Watertown herausgab, hatte das Geld für Philip aufgehoben. Jetzt hatte er es sinnlos ausgegeben. Der Arzt war auf Dauer unabkömmlich.

In den letzten Tagen hatte Philip verzweifelt nach einem anderen Arzt gesucht, aber bisher ergebnislos.

Er wischte sich die Regentropfen vom Gesicht und bog um eine Bruchbude. Als er wütende Schreie hörte, hob er den Kopf. Zwischen den Zelten weiter vorn war ein lautstarker Streit im Gang. Verdammt, er hätte aufpassen sollen, wohin er ging. Er wußte doch, daß hier die streitsüchtigsten Burschen im ganzen Camp wohnten. Aber jetzt war er mittendrin...

Er ging schnell weiter, fest entschlossen, sich von dem Dutzend Männer nicht aufhalten zu lassen, die schreiend in der Mitte der Schlammstraße standen und aufeinander losgingen. Er hielt sich dicht an den Zelten und behielt die Kampfhähne im Auge. Freiwillige aus Virginia...

Die Männer aus Virginia hatten im ganzen Lager Bewunderung erregt, als das erste Kontingent im Juli Boston erreicht hatte. In drei Wochen waren sie sechs- oder siebenhundert Meilen marschiert, und sie hatten auf dieser ganzen Strecke keine Kranken und keine Deserteure zu beklagen gehabt. Sie waren hochgewachsene, eigenartige, temperamentvolle Männer mit einer Haut von der Farbe braunen Herbstlaubs. Ihre Kleidung, besonders die voluminösen weißen Hemden und die Hüte mit den breiten Krempen und den Fellschwänzen, erregten überall Aufsehen.

Die Freiwilligen aus Virginia schoben automatisch alle Männer beiseite, die kleiner waren als sie, und viele, die keineswegs kleiner waren. Ihre Größe und ihre stolze Haltung gaben ihnen die nötige Autorität, wie ihre sonderbaren Waffen – sie trugen Gewehre, die einen viel längeren und schmaleren Lauf hatten als die herkömmlichen Musketen.

Die Männer aus den Wäldern Virginias nannten ihre Waffen

Kentucky Rifles, obwohl sie behaupteten, sie wären in Pennsylvania hergestellt. Sie forderten alle, die ihnen begegneten, zu Schießwettbewerben auf und gewannen immer. Sie zerschossen Flaschen auf die schier unvorstellbare Distanz von siebzig bis hundert Metern. Philip konnte mit seiner *Brown Bess* nur halb so weit schießen.

Das Laden dieser Gewehre dauerte länger als bei den Musketen, und sie konnten nicht mit Bajonetten ausgestattet werden. Aber sie waren tödlich zielsicher. Das waren auch die Augen, die mit ihnen zielten. Es waren Augen, die in weite Fernen geblickt hatten, wo blaue Berge in ein Meer von Wolken emporragten und Indianer umherstreiften.

An diesem Abend trugen die Freiwilligen aus Virginia wieder einmal einen Streit miteinander aus. Das geschah ziemlich oft. Sie traten sich mit wahrer Freude in die Bäuche und in die Gesichter. Die meisten der Kampfhähne lagen auf Knien, Bauch oder Rücken im Schlamm, aber sie boxten und traten weiter nach allen Seiten und rappelten sich hoch, um erneut in den Schlamm geworfen zu werden. Und zu Philips Überraschung lachten die meisten aus vollem Hals.

Unerwartet bekam Philip einen Tritt in den Hintern. Er verlor das Gleichgewicht, fluchte und ballte die Hände. Aber bevor er noch die Faust schwingen konnte, um sich für den Angriff zu rächen, stolperte er mitten ins Kampfgewühl. Eine harte Hand traf ihn in den Leib. Er krümmte sich zusammen und sank auf die Knie, wütender denn je. Doch der bullige Soldat aus Virginia, der ihn niedergeschlagen hatte, konzentrierte sich bereits auf einen Landsmann, einen großen, mageren, schlammbespritzten Mann mit einem Mund voller schiefer Zähne und nur einem Auge, dessen Lid halb geschlossen war. Es war so ungefähr das häßlichste Individuum, das Philip je gesehen hatte.

Philips Angreifer versetzte dem großen, mageren Mann einen Tritt zwischen die Beine. Der Mann verzerrte das Gesicht, verlor das Gleichgewicht, fiel auf Hände und Knie in den Schlamm. Sein bulliger Gegner lachte schallend und verschränkte die Finger beider Hände, um sie mit einem fürchterlichen Hieb auf den Nacken des Gestürzten niedersausen zu lassen.

Philip hätte sich verstohlen davonschleichen und weiteren Auseinandersetzungen aus dem Wege gehen können. Aber er war müde, gereizt und daher leicht zu provozieren. Als er endlich sein Gleichgewicht wiedergefunden hatte, packte er den bulligen Mann an der Schulter.

Der Mann fuhr herum, dem Einäugigen blieb der mörderische Hieb erspart. Der Bullige zeigte Philip ein einfältiges Grinsen und nahm zu seiner Lieblingstaktik Zuflucht – einem Tritt zwischen die Beine. Philip biß die Zähne zusammen, um nicht laut aufzuschreien.

»Zum Teufel, ich habe keine Ahnung, wer du bist, Kleiner«, lallte der Bullige. Philip erkannte, daß der Mann stockbetrunken war. »Aber hier ist Virginia-Boden. Geh woanders spielen, bevor ich dir eine Abreibung verpasse.«

Zitternd stieß Philip hervor: »Versuch es doch!«

Der Häßliche hatte sich aufgerappelt und schmetterte seinem Gegner von hinten die Faust auf's Ohr. Der Bullige schien nichts zu spüren. Nur seine Augen zeigten eine Reaktion. Seine Hand schnellte zur Seite, in ein Gewirr ineinanderverkeilter Arme und Beine. Philip sah sofort, worauf es der Mann abgesehen hatte – auf einen Spaten, den einer der Kämpfer als Waffe benutzt hatte.

Der Mann umklammerte den Spatengriff – aber Philip war nicht das Ziel seiner Wut. Der Bullige schwang den Spaten gegen den häßlichen Burschen und heulte: »Ich schlage dir den Kopf ab, Eph Tait!«

Philip warf sich auf den Bulligen, umklammerte mit beiden Händen seinen Oberarm, der Häßliche wich zur Seite, und der Spaten zischte durch die Luft. Hätte Philip nicht rechtzeitig eingegriffen, hätte die mörderische Waffe ihren Bogen vollendet und das Gesicht des Offiziers getroffen, der soeben aus einem Wagen geklettert war.

Urplötzlich schien jeder Kampfgeist aus dem bulligen Mann gewichen zu sein. Er brachte nur ein mühsames Stottern hervor.

»Oh – heiliger Jesus...«

Auch Philip war entsetzt. Es gab keinen Mann im amerikanischen Lager, der den hochgewachsenen Offizier nicht erkannt hätte. Sein zurückgeschlagener Umhang gab den Blick frei auf einen dunkelblauen Rock mit beigefarbenen Aufschlägen. Darunter trug er eine beigefarbene Weste und über den weißen Hosen sein Rangabzeichen, eine pupurrote Schärpe.

Er hatte seinen Hut verloren. Regentropfen glitzerten auf dem rotbraunen Haar. Er war Anfang Vierzig und hatte riesige Hände und Füße, deren Größe durch seine schweren Stiefel noch unterstrichen wurden. Der Mann wirkte ziemlich schwerfällig, bewegte sich aber mit erstaunlicher Behendigkeit, als er den Spaten packte und in den Schlamm schleuderte.

Philip sah die kleinen Pockennarben auf den Wangen, die Spuren von Sonnenbrand zeigten – oder die vor Wut rote Flekken bekommen hatten. Die blaugrauen Augen musterten die Kampfhähne verächtlich.

»Von Männern aus Virginia habe ich eigentlich etwas anderes erwartet. Wo ist der Kommandant?«

Die Rauferei hatte abrupt geendet. Einer der schlammbespritzten Männer rief: »Betrunken – wie üblich.«

»In eure Quartiere! Und ich will euch noch etwas zum Nachdenken geben, während ihr darauf wartet, welche Strafe ich mir für euch einfallen lasse. Seit ich in dieses Camp gekommen bin, habe ich schon einiges bewirkt. Ich habe einen Colonel und zwei Captains wegen Feigheit auf dem Bunker's Hill degradiert. Einen Colonel, einen Major, einen Captain und sechs weitere Offiziere habe ich vor's Kriegsgericht stellen lassen...

Kurz gesagt, ich schone niemanden – am wenigsten die Männer aus meiner eigenen Kolonie. Das werdet ihr bestätigt finden. Wegtreten!«

Plötzlich zeigte er auf Philip.

»Alle außer Ihnen!«

Philip stand wie angewurzelt. Er schluckte. Der Zorn des Offiziers hatte nachgelassen, seine Stimme klang etwas sanfter. In der leicht gedehnten Sprechweise seiner Heimat, des Fairfax County, fragte er: »Sie gehören nicht zu diesem Regiment?«

»Nein, Sir.«

»Wie heißen Sie?«

»Philip Kent, General.«

»Ihre Einheit?«

»Das 29. Infanterieregiment von Massachusetts.«

»Warum sind Sie nicht bei Ihrer Einheit?«

»Ich habe die Erlaubnis meines Kommandanten zu einem Besuch in Watertown, Sir. Meine Frau ist dort – sie erwartet ein Baby, und es geht ihr nicht besonders gut...«

»Ich kann die Identität dieses Mannes bestätigen, General Washington.«

Der Neuankömmling, der auf seinen dicken Beinen näherstapfte, befreite Philip von dem lähmenden Schrecken, der ihn unter den Blicken des Oberbefehlshabers der amerikanischen Streitkräfte erfaßt hatte. Der Mann hatte ein teigiges Gesicht, um seine verkrüppelte linke Hand war ein weißer Seidenschal gewickelt. Er wog fast drei Zentner und trug Zivilkleidung.

Mit einem raschen Blick signalisierte er Philip, unbedingt Haltung zu bewahren und fuhr fort: »Er hat mit mir vor Ausbruch der Feindseligkeiten in der Bostoner Grenadierkompanie gedient. Wenn er sagt, daß seine Frau in Watertown ist und daß er Urlaub hat, um sie zu sehen, so stimmt das zweifellos.«

»Ich verlasse mich auf Ihr Wort, Knox«, sagte Washington und lächelte leicht. »Insbesondere, da dieser Soldat mich durch seine schnelle Reaktion vor einem zertrümmerten Schädel bewahrt hat.« Er zeigte auf den bulligen Betrunkenen, der nun von zwei Kameraden davongeschleift wurde. »Ich danke Ihnen, Kent.«

Washington wirbelte zu seinen Landsleuten herum, die noch immer dastanden und Maulaffen feilhielten.

»In die Quartiere mit euch!«

Sie liefen davon, in ihrer Mitte der Bursche mit den schiefen Zähnen, der noch versuchte, Philip anerkennend anzugrinsen. Washington zog seinen regennassen Umhang vor der Brust zusammen, wandte sich ab und ging zu seinem Wagen zurück.

Henry Knox war neben Philip stehengeblieben. Sein rundes Gesicht strahlte vor Wiedersehensfreude.

»Danke, daß du dich für mich eingesetzt hast«, sagte Philip.

»Ich bin immer froh, wenn ich mich nützlich machen kann.«

»Man redet hier ziemlich von dir, Henry. General Washington soll sehr beeindruckt sein, weil du so viel von der Artillerie verstehst.«

»Er wird schon noch merken, wie wenig ich ihm helfen kann.« Knox lächelte nicht mehr. »Nur mit Kanonen kann die britische Garnison in Boston besiegt werden.«

»Ich habe auch gehört, daß du zum Colonel ernannt werden sollst.«

Knox antwortete nicht. Aber seine Augen leuchteten. Bevor er seinen Buchladen in Boston geschlossen hatte, um sich der amerikanischen Armee anzuschließen, hatte Henry Knox das Geschäft zu einem Treffpunkt für die Offiziere der britischen Besatzungsmacht verwandelt. Damit verfolgte er eine ganz bestimmte Absicht: dem Feind möglichst viel über die Artillerie zu entlocken, ein Thema, das ihn besonders faszinierte.

»Dein Glück, daß du einen guten Grund für deine Anwesenheit hier hattest«, sagte Knox. »Der General ist fest entschlossen, aus diesem wilden Haufen eine Armee zu machen. Er hat mit Recht gesagt, er würde niemanden schonen, am wenigsten sich selbst.«

»Nun, das mag ja stimmen, aber...« Philip zögerte.

»Sprich dich aus.«

»Lieber nicht. Es betrifft den General...«

»Du kannst offen sprechen. Das tut in diesem Camp doch jeder.«

Doch Philip hielt sich zurück, und Knox lächelte leicht. »Wolltest du mir vielleicht erzählen, daß die meisten deiner Mitstreiter nicht viel von den Fähigkeiten des Generals halten?«

Philip nickte verwirrt, und Knox machte eine wegwerfende Handbewegung.

»Mach dir darüber keine Sorgen. Das habe ich schon zehnmal gehört – von Offizieren und von gewöhnlichen Soldaten. Daß er vorher nur ein Miliz-Colonel war, daß er im Kampf gegen Franzosen und Indianer mehrere Schlachten verloren hat. Aber ich gebe dir den guten Rat, Philip, beurteile ihn nach dem, was er jetzt tut, nicht nach seiner Vergangenheit.«

»Das ist nur fair«, stimmte Philip zu. Es war sinnlos, lang und breit zu erörtern, warum die meisten Kolonisten Washington für eine schlechte Wahl hielten.

Knox wechselte das Thema, als er sah, daß der General ihn vom Wagen aus beobachtete.

»Du bist also auf dem Weg zu deiner Frau, Philip?«

»Ja.«

»Ich habe gehört, daß du Anne geheiratet hast.«

»Ja, im April.«

»Und sie bekommt ein Kind. Ich gratuliere dir.«

Philip lächelte nicht. »Wie ich schon sagte, geht es ihr ziemlich schlecht...«

»Knox!« Washingtons ungeduldige Stimme beschleunigte den Abschied des dicken jungen Mannes.

»Ich hoffe, daß ihr Zustand sich bald bessert. Grüße Anne und ihren Vater herzlich von mir, Philip. Ich habe mich sehr gefreut, dich wiederzusehen«, fügte er noch hinzu, als er auf seinen dicken Beinen zum Wagen watschelte. »Ich brauche zwei intelligente Männer für einen bestimmten Plan.«

Er winkte Philip mit der verbundenen Hand zu und kletterte auf den Wagen. Wie ein breiter Koloß hockte er neben dem General und einem anderen Offizier, als der Wagen im grauen Regen untertauchte.

Philip verließ das Virginia-Camp mit schnellen Schritten. Man hatte ihm nur für wenige Stunden freigegeben, und er war schon spät dran.

2

»Anne?« flüsterte Philip, als er neben ihrem Bett niederkniete. »Ich bin es, Annie.«

Langsam öffnete Anne Kent die Augen. Ihr Kopf bewegte sich auf dem schweißnassen Kissen. In ihren braunen Augen spiegelte sich das Licht der Kerze, die auf dem Nachttisch stand. Ihr kastanienbraunes Haar war feucht. Die lustigen Sommersprossen auf ihrer Nase waren fast verschwunden.

Plötzlich rollte sich Anne auf die Seite und preßte keuchend die Hand auf ihren Bauch.

Ängstlich beugte sich Philip über sie. »Ich werde einen Arzt für dich finden, Annie. Ich werde alles tun, was ich nur kann...«

Allmählich ließ die Wehe nach, und Anne entspannte sich wieder.

»Annie, sieh mich doch an!« flehte Philip heiser. »Erkennst du mich denn nicht?«

Die braunen Augen schlossen sich, sie atmete jetzt wieder gleichmäßiger.

Aus der dunklen Ecke des Zimmers kam ein lautes Niesen. »Ich habe mir eine Erkältung eingefangen. Vielleicht sollte ich gar nicht hier bei Annie sein...«

Abraham Ware schneuzte in sein weißes Taschentuch und ging ins Wohnzimmer zurück, das mit großen und kleinen Truhen angefüllt war. Den Habseligkeiten eines reichen Bostoner Anwalts, der wegen seiner patriotischen Anschauungen gezwungen gewesen war, aus seinem Haus zu fliehen und seine Existenz aufzugeben.

Philip hörte, daß sein Schwiegervater in das zweite Schlafzimmer ging. Sanft strich er über Annes Stirn. Wenn sie doch nur etwas sagte, wenn sie auf sein Versprechen reagierte, daß er notfalls die verdammte Armee verlassen würde, um einen Arzt aufzutreiben... Aber sie nahm nichts wahr.

Sein Herz krampfte sich zusammen, als er in ihr blasses, abgezehrtes Gesicht sah. Sie hatte nur noch wenig Ähnlichkeit mit dem hübschen, geistvollen, selbstsicheren Mädchen, das er in Boston kennengelernt hatte. Jetzt, wo sie in ihrem unruhigen Schlaf leise vor sich hinredete, wirkte sie zerbrechlich und sehr verletzlich.

Den Tränen nahe erinnerte sich Philip an die wundervolle Zeit ihrer jungen Liebe. An die Zeit, in der er an seinen Gefühlen für sie gezweifelt hatte, verführt von der Tochter des Earl of Parkhurst, die ihn nach Philadelphia gelockt hatte, fort von Anne...

Die Vergangenheit trat zurück. Jetzt zählte nur die Gegenwart. Er liebte seine Frau mit allen Fasern seines Herzens. Und diese Liebe ließ ihn seine Hilflosigkeit nur noch schlimmer empfinden.

Er blies die Kerze aus und ging auf Zehenspitzen ins Wohnzimmer. Abraham Ware sah in seinem teuren, aber abgetragenen Anzug recht heruntergekommen aus. Mit einem frischen Taschentuch in der Hand war er aus seinem Schlafzimmer zurückgekehrt und goß sich ein kleines Glas raren Rotwein ein. Da der Überseehandel wegen der Feindseligkeiten zum Stillstand gekommen war, waren Lebensmittel und Getränke knapp geworden, genauso wie das Geld für den Lebensunterhalt. Ware zehrte von seinen Ersparnissen, um sich, seine Tochter und seinen fast mittellosen Schwiegersohn zu ernähren. In einer Zeit, in der niemand sagen konnte, was der nächste Tag bringen würde.

Philip setzte sich müde auf die abgewetzte Reisetruhe, in der Anne seinen kostbarsten irdischen Besitz sorgfältig aufbewahrte. Es waren drei Gegenstände. Eine kleine Lederkassette mit Messingbeschlägen, die Briefe James Amberlys, des Herzogs von Kentland, an die französische Schauspielerin aus der Auvergne enthielt, die er geliebt und nur widerstrebend in Paris zurückgelassen hatte. Der Herzog, der noch immer in England lebte, war Philips Vater.

Erst im Frühjahr hatte Philip nach vergeblichen Versuchen, einen Teil des ihm zustehenden Amberly-Vermögens zu beanspruchen, das wichtigste Dokument aus der Kassette verbrannt. In diesem Brief hatte James Amberly seinen Entschluß bekundet, seinem illegitimen Sohn die Hälfte seiner Reichtümer zu vererben. Aber Philip hatte erkannt, daß er nicht in die Welt der Amberlys paßte, die mit Hilfe ihrer Macht und ihres Geldes andere Menschen ausbeuteten und unterdrückten. Das Verbrennen des Briefes hatte ihn endgültig zum Amerikaner gemacht.

In der Truhe befand sich auch ein Erinnerungsstück aus seiner frühen Jugend in der Auvergne, ein schönes Schwert. Ein junger Adeliger hatte ihm die Waffe als Dank dafür geschenkt, daß ihm Philip aus einer schwierigen Situation herausgeholfen hatte. Der Titel des Adeligen war Marquis de Lafayette. Aber wenn Philip sich an ihn erinnerte, so nannte er ihn in Gedanken immer nur Gil. Eines Tages würde Gils Schwert einen Ehrenplatz bekommen, über dem Kamin seines eigenen Hauses. Vorausgesetzt, er würde lange genug leben, um sich ein Haus bauen zu können.

Die letzte seiner drei Kostbarkeiten war eine kleine grüne Glasflasche mit Teeblättern. Er hatte den Tee in jener Dezembernacht 1773 in seinen Schuhen gefunden, nachdem er sich Samuel Adams' »Indianern« angeschlossen und geholfen hatte, drei Schiffsladungen englischen Tees im Bostoner Hafen zu versenken – als Protest gegen den Zoll, den das Mutterland auf den Tee erhob. Aber das Souvenir dieses Abends hatte noch eine andere, schönere Bedeutung für Philip. In dieser Nacht hatte er in einem schäbigen Keller, im Druckereigebäude von Edes & Gill in der Bassett Alley, zum erstenmal das Mädchen geliebt, das später seine Frau werden sollte – deren Zustand ihn aber jetzt mit wachsender Sorge erfüllte.

»Seit wann hat sie Fieber?« fragte Philip seinen Schwiegervater.

»Seit gestern abend.« Wares Froschaugen spiegelten seine Angst. Er war dünner geworden, wirkte gebeugt, geschrumpft. Er hielt seinem Schwiegersohn den Weinkrug hin. »Trink auch etwas, mein Junge. Du siehst aus, als hättest du im Schlamm gebadet, und deine Zähne schlagen gegeneinander wie die Knie einer Braut in der Hochzeitsnacht.«

Philip rührte sich nicht. Vom Saum seines durchnäßten Rocks tropfte es auf den fadenscheinigen Teppich. Regen trommelte auf's Dach.

»Verdammt, es muß doch hier irgendwo einen Arzt geben!« stieß er plötzlich hervor.

»Nein. Ich habe mich schon überall erkundigt.«

»Aber wir müssen doch irgend etwas tun! Ich habe keine Ahnung, wie man eine schwangere Frau pflegt. Womöglich stirbt Annie noch, wenn man sie so vernachlässigt.«

Ware trank einen Schluck Wein, ein Zittern durchlief seinen Körper. »Meinst du, ich hätte an diese Möglichkeit nicht auch schon gedacht? Ich mache mir genauso große Sorgen wie du.«

»Bist du sicher, daß es hier in Watertown keine Ärzte gibt?«

»Keinen einzigen. Sie sind alle an der Front.«

»Aber doch wenigstens eine Hebamme?«

»Ich habe eine aufgetrieben. Aber sie liegt im Bett, halb

wahnsinnig vor Kummer. Ihr Sohn wurde bei der Schlacht auf dem Breed's Hill von einem britischen Bajonett getötet. Ich weiß nicht, ob sie sich vor Annies Niederkunft erholt. Und ich möchte meine Tochter keiner Frau anvertrauen, die in einem so fragwürdigen seelischen Zustand ist.«

»O Gott, wenn wir doch endlich wieder wie normale Menschen leben könnten!«

Ware versuchte zu lächeln. »Annie würde schimpfen, wenn sie das hörte, Philip. Sie würde dir ganz schön die Hölle heiß machen...«

Sein Schwiegersohn schwieg, und Wares gezwungenes Lächeln erlosch.

Philip sprang auf und begann auf und ab zu gehen. Um sich von dem scheinbar unlösbaren Problem von Annes Zustand abzulenken, fragte er: »Weißt du etwas Neues über die Petition?«

Er sprach von der sogenannten »Ölzweig-Resolution«, die der Kongreß in Philadelphia vor seiner Vertagung gefaßt hatte. Es war ein direkter Appell an Georg III., eine Versöhnung herbeizuführen, bevor sich der Konflikt weiter verschärfte.

Ware schüttelte den Kopf. »Die Petition wurde im Juli abgeschickt und jetzt ist September. Bei dem Seeweg von sechs bis zehn Wochen hin und zurück, werden wir noch geraume Zeit auf die Antwort warten müssen. Aber du kannst dir vielleicht vorstellen, wie sie ausfallen wird. Der König und seine Marionettenminister werden den Kampf bis an die äußerste Grenze treiben. Doch das begreifen hier nur die wenigsten.«

Philip wußte, daß der Anwalt recht hatte. Er wußte auch, daß Samuel Adams und Dr. Benjamin Franklin ähnliche Standpunkte vertraten. Franklin, den bedeutenden Wissenschaftler und Diplomaten, hatte er in London kennengelernt und im April in Philadelphia wiedergetroffen. Nein, die Hoffnung, daß der Konflikt vor dem Ende seiner Militärzeit beigelegt sein würde, war nicht groß.

Noch vor wenigen Minuten war er entschlossen gewesen, keinen Rotwein zu trinken. Jetzt goß er sich ein halbes Glas ein. Der Wein erwärmte seinen Magen, aber nicht seine Stimmung.

Ware nieste geräuschvoll. »Ich zweifle nicht daran, daß Seine Majestät unser Gesuch in den Wind schlagen wird. Gestern habe ich Hancock getroffen. Bevor der Kongreß vertagt wurde, waren Gerüchte aufgetaucht, daß der König Geheimagenten nach Europa geschickt hätte. Nach Braunschweig, Ansbach, Hessen-Hanau...«

Philip schüttelte verständnislos den Kopf.

»Das sind deutsche Fürstentümer«, erklärte Ware. »Dort findet ein König aus dem Haus Hannover immer offene Ohren.«

»Offene Ohren für was?«

»Für eine Bitte um militärische Verstärkung, um die Rebellion in den Kolonien niederschlagen zu können.«

»Aber würden sich denn die Deutschen mit den Briten verbünden?«

»Für Geld vielleicht. Wenn es dazu kommt, gäbe es keine Versöhnung.«

»Nun, meine einzige Sorge gilt Anne. Wenn ich nur jemanden finden könnte...«

»Ich werde mich weiterhin umsehen. Viel Hoffnung habe ich allerdings nicht. Ich...« Ware unterbrach sich, als ein Hustenanfall seinen Körper zu schütteln begann. Die letzte Farbe wich aus seinen eingefallenen Wangen.

»Vielleicht solltest du ins Bett gehen«, schlug Philip vor.

Ware protestierte entschieden.

»Du mußt bald ins Camp zurück. Ich werde bei Annie wachen, wenn du aufbrechen mußt. Aber du brauchst nicht hier zu bleiben, um mit mir zu schwatzen, Philip. Geh dorthin, wohin dich dein Herz zieht – zu Annie.«

Philip dankte ihm und verließ das Wohnzimmer.

Fast eine Stunde lang saß er am Bett seiner Frau, hielt ihre Hand und lauschte auf ihren röchelnden Atem. Sie schrie auf, wenn sie die Schmerzen von einer Seite auf die andere warfen. Philips Hände waren kalt und steif geworden, als er die Uhr im Wohnzimmer elfmal schlagen hörte. Er würde fast eine Stunde zu spät ins Camp kommen.

»Annie! Annie!« Er fühlte sich so hilflos und verzweifelt, daß ihm nicht einfiel, was er ihr sagen sollte.

Sie gab ohnehin keine Antwort. Leise verließ er den Raum. Anwalt Ware war eingeschlafen. Er kauerte mit hängendem Kopf und offenem Mund in seinem Stuhl. Philip schlüpfte in seinen feuchten Rock und ging. Halb krank vor Angst rannte er durch den nächtlichen Septemberregen.

3

Zwei Tage später klarte der Himmel auf, und die britischen Batterien begannen wieder zu feuern.

Im sanften Licht der Dämmerung saß Philip vor seinem Quartier und versuchte das zähe Stück Leder hinunterzuwürgen, das als Tagesration Fleisch ausgegeben worden war. Das Zeug ließ sich auch kaum mit dem »Bier« hinunterspülen, das man in der Gegend von Boston aus einem Rottannenextrakt braute. Wenigstens ging es den königlichen Truppen in der Stadt nicht viel besser. Die amerikanischen Soldaten amüsierten sich köstlich über die Kunde, daß der Earl of Percy, ein prominenter Offizier, bei einem Dinner als Hauptgang gebratenes Fohlen servieren ließ.

Auf dem Boden neben Philip lag ein kurzer Brief von Abraham Ware. Ware teilte ihm mit, daß Annes Fieber gesunken war, daß sie sich aber noch immer schwach fühle und ihn sprechen wolle. Es würde zwei oder drei Tage dauern, bis Philip erneut die Erlaubnis erhielt, seine Frau zu besuchen.

Ein langer Schatten fiel über seine Beine. Er hob den Kopf, fuhr zusammen und verschüttete sein Bier. Die riesenhafte, hagere Silhouette vor der untergehenden Sonne signalisierte Gefahr. Aber als er in das Gesicht blickte, erkannte er, daß es keinerlei böse Absichten zeigte.

Der Mann entblößte verlegen eine breite Reihe schiefer Zähne. Dann kratzte sich der einäugige, häßliche Soldat aus Virginia am Kinn und trat von einem Fuß auf den anderen. In einer Hand hielt er sein Kentucky Rifle. Schließlich sagte er: »Hallo.«

Philip lächelte vorsichtig. »Hallo.«

Schweigen machte sich breit. Doch dann bequemte sich der Einäugige zum Sprechen.

»Bin mit einem Auftrag nach Cambridge geschickt worden. Habe mich verirrt. Habe Sie da sitzen sehen und mir gedacht, ich sollte mich bedanken. Wenn Sie nicht gewesen wären, würde ich sicher nicht mehr hier stehen. Der verdammte Kerl hätte mich glatt umgebracht...«

Philip winkte ab. »Ich bezweifle, daß dieser Trunkenbold viel Schaden angerichtet hätte.«

»Er hätte mir mit dem Spaten den Schädel spalten können. Ich bin Ihnen zu großem Dank verpflichtet.«

»Seid ihr sehr streng bestraft worden?«

»Verdammt will ich sein, wenn das milde war!« Die langsame, weiche Redeweise des Mannes stand in starkem Gegensatz zu Philips nasalerem Neu-England-Akzent. »Wir sind auf halbe Ration gesetzt worden und müssen in unseren Quartieren bleiben, wenn wir nicht gerade in offizieller Mission unterwegs sind. Wenn wir das nächstemal überschnappen, will uns Junker Washington mit der neunschwänzigen Katze traktieren lassen. Und was der Mann verspricht, das hält er auch.« Der magere Soldat spuckte aus.

»Ich folgere daraus, daß Sie ihn für einen verdammt guten Soldaten halten.«

»Der Unterschied zwischen dem Colonel – ich meine, dem General und einigen seiner aufgeblasenen Offiziere, wie diesem Charlie Lee, ist folgender: Wenn Washington einmal einen Fehler macht, so macht er ihn nie wieder. Er ist zwar kein vollkommener Oberbefehlshaber, aber er hat Mut und weiß, wie man kämpft. Was man von den Luxussoldaten wie Lee und seinesgleichen nicht gerade behaupten kann... Übrigens« – der häßliche Mann streckte eine narbenzerfurchte Hand aus – »da quatsche ich und quatsche ich, und dabei habe ich mich noch nicht einmal anständig vorgestellt. Ich bin Soldat Tait aus Albemarle County. Die meisten Leute nennen mich Eph.«

Sie schüttelten sich die Hände.

»Ich heiße Kent – Philip Kent.«

»Sie sind zwar ein kleiner Gockel, aber Sie schlagen sich ganz gut.« Tait grinste. »Für einen *wise man*.«

»Danke. Aus dem Mund eines Mannes aus Virginia ist das ein großartiges Kompliment.«

»Nun...« Tait spuckte erneut. »Jetzt werde ich lieber abziehen. Ich bin ja offiziell unterwegs, wie ich schon gesagt habe. Wenn ich in unser Camp zurückkomme, muß ich die Hand eines Lieutenants zusammennähen. Der Idiot kann nicht einmal mit seinem eigenen Schwert umgehen. Vielleicht sehen wir uns einmal wieder.«

»Einen Augenblick, Mister Tait!«

»Eph. Ich sagte, man nennt mich Eph.«

»Sie sagten, Sie müßten eine Hand zusammennähen. Sind Sie vielleicht zufällig Arzt?«

»Nur ein Wald- und Wiesendoktor. Bei uns in den Bergen reicht das.« Tait zuckte mit den Schultern. »Ich bin Schmied und Friseur, mische aber auch Tinkturen, mit denen ich Furunkel und andere Wehwehchen behandle. Ich helfe den hübschen Mädchen und Frauen, wenn sie Kinder kriegen. Ein bißchen was von allem, könnte man sagen. In den Blue Ridge Mountains muß man das können, wenn man überleben will.«

Ein Kloß saß in Philips Hals. Er konnte kaum sprechen vor Angst, abgewiesen zu werden. Aber sein Zögern hielt nicht lange an. »Eph, haben Sie noch eine Minute Zeit, um mit mir einen Schluck Bier zu trinken?«

Tait überlegte. »Aber wirklich nur eine Minute. Ich kann schnell trinken.« Er grinste. »Genauso schnell, wie ich mit diesem Ding schieße.« Er hob den langen, schönen Vorderlader mit dem gerillten Lauf, das Gewehr, das so zielsicher und auf so große Distanz schießen konnte.

»Dann kommen Sie«, sagte Philip.

Tait blinzelte zum Eingang von Philips Hütte. »Sitzen da drin ein paar von Ihren Freunden? Vielleicht wollen die eine Rauferei anzetteln. Das würde mir zwar großen Spaß machen, aber ich kann mir so etwas in nächster Zeit leider nicht erlauben.«

»Ich hole das Bier, und wir trinken es hier draußen. Ich möchte Sie um einen Gefallen bitten, Eph – wenn Sie mir wirklich danken wollen.«

»Scheiße, ich kann Ihnen kein Geld geben, wenn Sie das wollen«, erwiderte Eph Tait mit mißtrauischem Grinsen.

»Nein, es ist etwas anderes. Und Sie sind der richtige Mann dafür.«

»Das klingt gar nicht gut«, stellte Tait fest, als Philip sich bückte und durch die niedrige Tür in die Hütte ging. »Vor euch *wise men* haben sie uns schon oft gewarnt. Ihr Burschen aus Massachusetts seid so durchtrieben, daß ihr einem die Knöpfe von den Hosen schwindelt, ohne daß man es merkt.«

Aber er stützte sich dennoch im Licht der sinkenden Sonne auf sein Kentucky Rifle und wartete auf das Bier.

4

Philip ging auf und ab, auf und ab – seit mehr als einer halben Stunde.

Zuerst hatte sich Ware darüber geärgert und diesem Ärger zwischen Niesen und Schneuzen und ein paar Schlucken Rotwein auch Ausdruck gegeben. Aber als sich Philip trotzdem nicht beruhigte, trank der kleine Anwalt sein Glas leer und schlief ein, nachdem er noch einen letzten besorgten Blick auf die geschlossene Tür geworfen hatte.

Philip wartete nun schon seit drei Stunden. Zuerst hatte er auf einem Stuhl neben der Tür gesessen, doch dann hatte er das Stillsitzen nicht mehr ausgehalten und seine unruhige Wanderung durch das Zimmer aufgenommen. Seine Augen schmerzten, seine Kleidung roch, sein Magen knurrte. Seit dem frühen Morgen hatte er nichts gegessen. Die Uhr tickte laut, unheilverkündend...

Philip wollte diese Gedanken beiseiteschieben, aber es gelang ihm nicht. Alles, was er auf dieser Welt liebte, lag unsichtbar für ihn hinter der Schlafzimmertür. Gelegentlich hörte er leise Geräusche, Wasserplätschern, einen unterdrückten Schrei Annes, den beruhigenden Klang einer anderen Stimme. In seiner Phantasie malte er sich die gräßlichsten Bilder aus.

Tod...

Mißbildungen.

Nach diesen schrecklichen Erfahrungen würde Anne nie wieder ein Kind zur Welt bringen wollen.

Philip erstarrte, als ein schrillen Schreien aufklang. Kreideweiß starrte er die geschlossene Tür an.

Das Geschrei ging in ein Wimmern über und verstummte schließlich.

Philip strich sich über die unrasierte Wange und lief zu seinem Schwiegervater, der nahe daran war, vom Stuhl zu rutschen, und schüttelte ihn.

Ware stöhnte und holte röchelnd Atem. Philip rüttelte ihn noch einmal und starrte dabei wie hypnotisiert die Tür an. O Gott, warum hörte er nichts mehr?

Plötzlich fuhr Anwalt Ware hoch.

»Um Himmels willen, was ist passiert? Hat Anne...«

Aber bevor er zu Ende sprechen konnte, öffnete sich die Tür, und Eph Tait sagte: »Was passiert ist? Wir haben ganze Arbeit geleistet – wir alle, Ihre Frau, Gott der Allmächtige, ich und der Kleine auch. Ist um sich schlagend auf die Welt gekommen, und ich bin durstig wie die Hölle. Wenn es hier nichts zu trinken gibt, soll mir jemand was holen, denn ich habe mir eine Belohnung verdient, daß ich das so großartig hingekriegt habe.«

Eph Tait wischte sich Hände und Unterarme an dem Stoffetzen ab, den er sich als Schürze um die Taille gebunden hatte. Der lange Griff eines Jagdmessers ragte aus seinem Hosenbund.

»Nun gehen Sie schon, gehen Sie!« Tait winkte Philip zu. »Wollen Sie denn Ihr Kind nicht sehen? Und Sie laufen jetzt los und holen mir was zu trinken!« fügte er zu Ware gewandt hinzu.

»Ist sie...« Ware fuhr sich mit der Zunge über die Lippen, seine Froschaugen saugten sich schier an der Tür fest.

»Es geht ihr gut, aber sie will *ihn* sehen und nicht Sie. O du lieber Gott!« Er seufzte tief auf, als er Philip ansah, der noch immer wie gelähmt dastand. »Sie sind mir vielleicht ein Ehemann! Wollen Sie denn nicht endlich zu Ihrer Frau gehen?«

Philip warf einen raschen Blick auf die Uhr. Fünfzehn Minuten nach Mitternacht war am 29. September 1775 in Watertown, Massachusetts, sein Sohn geboren worden... Ja, Eph Tait hatte ganz deutlich gesagt – *er*...

Philip schob sich an dem einäugigen Geburtshelfer vorbei. Aus dem Halbdunkel des Schlafzimmers drang ein wunderbares Geräusch zu ihm, das schmatzende Saugen eines Babys...

»Annie?« schrie er.

»Heiliger Jesus, fallen Sie doch nicht gleich über sie her!« rief Tait hinter ihm. Aber Philip hörte nicht auf ihn. Zum zweitenmal in seinem Leben, seit er erwachsen war, weinte er, ungehemmt und ohne jede Scham.

5

Anne Ware-Kent saß im Bett, von Kissen und zusammengerollten Decken gestützt. Sie sah blaß und müde aus. Und doch lag ein Glück auf ihrem Gesicht, das die Erschöpfung überstrahlte. In ihrer Armbeuge lag ein kleines Bündel. Der rote Zwergenkopf, der aus dem Stoff ragte, war fast so sündhaft häßlich wie Eph Tait.

Philip fand keine Worte. Mit zitternden Fingern griff er nach einer Miniaturhand, deren längster Finger kürzer als sein halber Daumen war.

»Du kannst ihn ruhig anfassen«, sagte Anne lächelnd. »Immerhin gehört er ja auch dir.«

Bewundernd strich Philip über die geballte kleine Hand. Prompt verzerrte sich das Gesicht des Kindes, dessen Kopf mit dunklem Flaum bedeckt war, und es begann zu weinen.

Anne tröstete das Baby mit leisem Murmeln und sah dabei liebevoll ihren Mann an. »Wir müssen ihm einen Namen geben, Philip. Hast du schon darüber nachgedacht?«

»Ja. Ich würde ihn gern Abraham nennen, wenn es dir recht ist.«

»Darüber würde sich Papa sehr freuen.«

»Hat – hat es sehr weh getan?«

»Ziemlich.« Anne lächelte schläfrig. »Aber Mister Tait war sehr zartfühlend. Seine Hände sehen so groß und stark aus, aber seine Finger sind sanft wie die einer Frau. Wo hast du ihn denn gefunden?«

»Im Dreck.«

»Was?«

»Das erzähle ich dir ein anderes Mal. Er kommt aus Virginia, wie General Washington.«

»Das hat er mir erzählt, glaube ich. Ich kann mich nicht an alles erinnern.«

»Was ist denn das?« Philip hob ein Stück frischgeschnitztes Holz vom Boden auf. Es trug Beißspuren.

Anne blinzelte und sah auf das Holzstück.

»Darauf mußte ich beißen, als die Schmerzen am schlimmsten waren. Mister Tait hält nichts davon, Frauen bei ihren Entbindungen Wein oder Bier zu geben. Aber er selbst muß jetzt ganz schön durstig sein. Er hat die ganze Zeit nur davon geredet, ich solle mich beeilen, damit er endlich seinen Lohn vertrinken könne. Philip ...«

Anne begann das Kind sanft hin und her zu schaukeln. Der flaumige Kopf verschwand fast in den Falten des Stoffes.

»Wie fühlst du dich, Philip?«

»Es geht. Ohne dich ist es sehr einsam. Die Tage ziehen sich endlos in die Länge.«

»Passiert denn überhaupt nichts? Auf beiden Seiten nicht?«

»Die Briten schießen ab und zu, das ist alles. Washington hat Anfang des Monats eine Truppe nach Kanada gesandt. Ich weiß nicht, was er damit erreichen will. Aber die Männer im Camp werden langsam unruhig. Entweder brechen die Briten aus Boston aus, oder wir überfallen sie und schlagen sie in die Flucht. Das eine oder das andere muß passieren – wenn kein Frieden geschlossen wird.«

»Papa sagte vor ein paar Tagen, es wäre verrückt, auf Frieden zu hoffen.«

»Das glaube ich auch. Aber Ende des Jahres sind meine acht Monate vorbei, und was dann geschieht, ist mir egal. Dann bin ich endlich wieder bei dir.«

Annes Stimme klang überraschend klar und fest. »Wie meinst du das?«

»Ich meine, daß Ende des Jahres mein Kriegsdienst beendet ist. Und ich habe auch keine Lust, noch weiter zu kämpfen. Die Kolonien können keinen Krieg gegen Großbritannien gewinnen.«

»Natürlich nicht – mit Männern, die nach Hause gehen!« Ihre braunen Augen funkelten. Das war die Anne, die er kannte.

»Annie, um Gottes willen!« protestierte er. »Ich bin jetzt Vater. Mit dieser Verantwortung...«

»Ich bezweifle, daß du der einzige Vater in unserer Armee bist.«

»Aber wir müssen an unsere Zukunft denken.«

»Was hast du denn vor, Philip? Willst du ein Tory werden?«

»Annie...«

»Ich will es genau wissen. Was hast du für Pläne?« Er wußte, welche Anstrengung sie dieses Gespräch kosten mußte. Sie rutschte unruhig hin und her unter den Decken, die Eph Tait um sie festgestopft hatte. »Willst du nach Boston gehen und dort Pamphlete drucken, die den König anhimmeln? Und willst du, daß ich das später unserem Sohn erzähle?«

»Annie, du weißt es doch genausogut wie ich. Diese Rebellion hat keine Aussichten auf Erfolg. Nur ein Drittel der Kolonialbevölkerung ist für uns...«

»Sind unsere Ziele deshalb falsch?«

»Natürlich nicht, aber...«

»Gibt es dir das Recht, den Kriegsdienst zu quittieren?«

»Mein Gott, bist du stur!«

»Ja, weil du eine Entscheidung getroffen hast, als du im Frühling aus Philadelphia zurückgekommen bist. Du hast dich auf unsere Seite gestellt. Und das willst du jetzt vergessen, weil die Situation schwieriger geworden ist?«

Das Blut stieg ihm ins Gesicht. Angespanntes Schweigen lag zwischen ihnen. Dann seufzte Philip tief auf und nickte.

»Ich glaube, du hast recht. Es tut mir leid.«

Mit ihrem herben, aber liebevollen Lächeln, das er schon so gut kannte, sagte sie: »Ich bin dir nicht böse, weil du unsicher geworden bist. Papa hat mir erzählt, wie katastrophal die Zustände im Lager sind und wie schlecht die Disziplin in der Armee.«

»Dieser wilde Haufen verdient den Namen Armee nicht! Man hat das Gefühl, diese Kerle könnten nicht weiter als bis zur nächsten Minute denken und danach wieder bis zur übernächsten. Man ißt und schläft, gräbt verschossene britische Kanonenkugeln aus, und dann schläft man wieder... Und dabei verliert man allmählich die Übersicht.«

Sie lächelte noch immer und strich sanft über seine Wange. »Deshalb brauchst du eine Frau, die klar denken kann, mein Liebling.«

Er lachte, und der Bann war gebrochen. Wie damals, in der stürmischen Zeit ihrer ersten Liebe, war es Anne, die sein oft wirres Denken wieder in die richtigen Bahnen lenkte. Das war aber nur einer der vielen Gründe, warum er sie so sehr liebte.

Sie sah, daß seine Ängste trotzdem noch nicht verflogen waren.

»Mach dir keine Sorgen, wir werden für Abraham eine geordnete Zukunft aufbauen. Ein schönes Haus für unsere Familie, eine Druckerei. ›Kent und Sohn‹ – wie klingt denn das?«

»So großartig wie nichts auf der Welt.« Er nahm sie in die Arme, und das Baby begann wieder zu schreien.

Leise summend wiegte Anne das Neugeborene wieder in den Schlaf. Ehrfürchtig betrachtete Philip das kleine Bündel, das sein und Annes Fleisch war. Er wußte, daß er nur ein Mann unter Milliarden war, die im Lauf der Jahrhunderte den gleichen wunderbaren Augenblick erlebt hatten. Und doch fühlte er sich so bewegt, als wäre er Adam, der seinen Erstgeborenen ansieht.

»O Gott«, stieß er atemlos hervor. »Er ist ein großer Junge, nicht wahr?«

»Sieben oder acht Pfund, hat Mister Tait gesagt. Aber ich wünschte, du würdest ihn nicht immerzu anstarren.«

Philip hob die Brauen. »Warum denn nicht?«

Liebevoll strich sie wieder über seine Wange.

»Weil du mich küssen sollst.«

6

Als Philip und Tait im Morgengrauen ins amerikanische Lager zurückkehrten, erzählte der junge Vater seinem neuen Freund, daß er seine Pläne geändert hätte. Wenn die Auseinandersetzungen über den Dezember hinaus andauern würden, würde er sich wieder anwerben lassen.

Taits Auge schien im ersten Morgenlicht wie ein kleiner Halbmond zu glühen. »Sie verdammter Narr! Auf diese Art werden hübsche junge Frauen wie Ihre Anne trauernde Witwen. Aber ich werde wohl auch weitermachen.«

»Sie haben doch gesagt, daß Sie auch eine Frau haben, nicht wahr, Eph?«

»Ja. Und vierzehn Kinder – daheim in Albermarle County.«

»Vierzehn! Du lieber Gott, Sie sehen gar nicht so alt aus!«

»Ich habe angefangen, als ich vierzehn war.« Er stieß Philip grinsend in die Rippen. »Außerdem kommt es nicht darauf an, wie alt man ist, sondern wie steif...« Er brach ab, als er Philips finsteres Gesicht sah. »Welche Laus ist Ihnen denn jetzt wieder über die Leber gelaufen?«

»Oh, ich mußte gerade daran denken, daß ich tatsächlich die Armee verlassen wollte – bis Anne mir half, wieder klar zu sehen.«

»Machen Sie sich nichts draus, ich würde auch lieber daheim auf die Jagd gehen. Um diese Jahreszeit ist es sehr schön in den Blue Ridge Mountains. Hier oben ist es so verdammt kalt. Aber noch lieber ist es mir, daß meine Kinder später von meinem Heldentod erzählen, als daß sie mich auslachen, weil ich diesem Hannover-König in den Arsch gekrochen bin, nur um am Leben zu bleiben.«

»Genauso denkt Anne.«

»Keineswegs! Sie ist eine Lady, und Ladies drücken sich nicht so farbig aus wie wir aus Virginia.«

»Da haben Sie recht.« Philip lächelte müde. Aus der Ferne hörte er das Dröhnen der Bostoner Batterien. Das Geräusch löschte das Lächeln aus, als hätte es nie existiert.

4. Kapitel
Der Aufstand

1

Mitte August traf ein Mietwagen auf Sermon Hill ein. Er brachte den erschöpften Abgeordneten Donald Fletcher nach Hause. Der Vater begrüßte seinen älteren Sohn knapp und kühl. Die wenigen Mahlzeiten, die die drei Familienmitglieder gemeinsam im langgestreckten Speisezimmer einnahmen, verliefen angespannt und schweigsam.

Donald Fletcher, ein standfester aber phlegmatischer Mann, zog es vor, den Großteil seiner Ferien in der Gesellschaft seines jüngeren Bruders zu verbringen. Wann immer es möglich war, aßen die beiden in der Küche, um Angus aus dem Weg zu gehen. Die Gegenwart der schwarzen Köchinnen und Hausmädchen, die geschäftig um den großen Herd herumliefen, war wesentlich angenehmer als der Anblick von Fletchers düster gerunzelter Stirn.

Judson fand, daß Donald schlecht aussah. Er hatte abgenommen, seine sonst weichen Gesichtszüge wirkten jetzt schwammig. Seine Augen waren vor Müdigkeit ständig rotumrandet, und er war unfähig, sich ohne Hilfe eines Sklaven in einen Pferdesattel zu schwingen. Sein linkes Bein war von der Mitte des Unterschenkels bis zum Fuß bandagiert. Aber er bestand trotzdem darauf, den Wein zu trinken, der nach der Meinung der Ärzte seine Gicht verschlimmerte.

Donald hatte spät geheiratet, erst mit dreißig Jahren. Seine Frau, die Tochter eines reichen Tabakhändlers aus Richmond, war dreizehn Monate später im Kindbett gestorben, ihre kleine Tochter auch. Danach fand Donald sein einziges Vergnügen in seiner politischen Tätigkeit. Und darin lag die Ursache für die gespannten Beziehungen zwischen Vater und Sohn.

Angus Fletcher weigerte sich nicht nur, mit Donald über Politik zu diskutieren, er sprach mit seinem älteren Sohn auch nicht über die Verwaltung der Plantage. Theoretisch würde Donald nach dem Tod des alten Mannes Sermon Hill erben. Aber Donald war, wie er Judson mitteilte, überzeugt davon, daß Angus an eine Änderung seines Letzten Willens dachte. Vielleicht würde der alte Fletcher testamentarisch bestimmen, daß die Plantage nach seinem Tod verkauft und das Geld unter den entfernten Verwandten in Schottland verteilt werden sollte. Die Namen und Wohnorte dieser Verwandten waren in der Familienbibel verzeichnet, die auf Angus' Nachttisch lag. Angus hatte Donald diese Verwandtenliste ein paarmal gezeigt – vielleicht zur Warnung.

Donald schien in dieser Frage resigniert zu haben. Außerdem interessierte er sich für wichtigere Dinge. Sie standen zur Diskussion, als er sich an einem schwülen Tag Anfang September mit seinem Bruder unterhielt.

Sie hatten einen Ritt in die Umgebung unternommen. Gegen Mittag beendeten sie ihren Ausflug an der Landebrücke. Unter der Aufsicht von Reuven Shaws Assistenten wurden drei Plantagenwagen abgeladen. Diese Assistenten waren Schwarze, die als Antreiber der anderen Sklaven fungierten. Als die Brüder die Landebrücke hinabritten, wandten sich ihnen viele schwarze Gesichter zu. Judson blickte in viele haßerfüllte Augenpaare.

»O Gott, man kann die Wut fast riechen«, sagte Donald. Seine Stimme klang heiser von der Erkältung, die er sich in Philadelphia geholt hatte.

»Ja«, sagte Judson. »Aber der Alte steht voll und ganz hinter Shaw.«

»Ich habe gehört, daß sie den Neger mit der Trommel geschnappt haben.«

Judson nickte. Seine blauen Augen blickten den dunstigen Fluß hinab. Um diese Jahreszeit hätten die Tabakkanus bereits auftauchen sollen – zwölf Meter lang, fast zwei Meter breit, zu dreien oder fünfen zusammengelascht, um größere Ladungen zu transportieren. Aber wegen der Schwierigkeiten, die sich zusammenbrauten, wußte niemand, ob die Kanus auch tatsächlich eintreffen würden, um die Tabakkisten aufzunehmen. Die Aufkäufer und Händler, meist Tory-Sympathisanten, waren weder auf Sermon Hill noch auf den Nachbarplantagen erschienen, um Geschäfte mit den Pflanzern abzuwickeln.

»Wer hatte sie denn?« fragte Donald.

»Die Trommel? Einer von Seth McLeans Feldarbeitern. Er hat sie aus Holz und Ziegenhaut angefertigt. Seth hat sie verbrannt und dem Missetäter fünfzig Peitschenhiebe überziehen lassen. Diese Strafe hat den Mann fast zum Krüppel gemacht, und Seth hat es nicht gern getan. Aber er meinte, er hätte nicht anders handeln können.«

Donald kratzte sich die blaugeäderte Nase, als sich Judson aus dem Sattel schwang. Er wollte seinem älteren Bruder beim Absteigen helfen, und dabei fiel Donald fast vom Pferd. Er stützte sich auf Judson und humpelte zum Ende der Landebrücke, wo die Wellen des Rappahannock sanft gegen das Holz schlugen. Der Himmel im Nordwesten färbte sich grau, er kündete ein Gewitter an.

Donald versuchte so gut wie möglich aufrecht zu stehen und stützte sich auf den Stock, den er stets bei sich hatte. Ohne Judson anzusehen, sagte er: »Du scheinst nicht überzeugt zu sein, daß Seth das Richtige getan hat.«

»Wenn man hier lebt – wie kann man sich da noch irgendeiner Sache sicher sein? Bis auf die Tatsache, daß der Alte uns beide haßt.«

»Glaubt Seth, daß er das Sklavenproblem damit gelöst hat?«

»Zumindest an der Oberfläche.« Judson erschlug eine Stechmücke, die sich auf seinen verschwitzten Nacken gesetzt hatte, und starrte nach Westen, wo sich verschwommen Berge unter den dunklen Wolken abzeichneten. In seinem Blick lag der ganze Ekel, den er beim Gedanken an die Situation der Sklaven empfand.

Donald verlagerte sein Gewicht noch stärker auf das gesunde Bein.

»Wenn du Sermon Hill so gräßlich findest, warum bleibst du dann hier?«

Der jüngere Bruder zuckte mit den Schultern.

»Wohin soll ich denn gehen?«

»Darüber wollte ich mit dir sprechen.«

Judsons Kopf fuhr herum, Mißtrauen verdunkelte seinen Blick. Donald hatte schulmeisterlich geklungen. Der ältere sah, daß Judson seine Wut nur mühsam hinunterschluckte, und hob beschwichtigend die Hand.

»Damit mußt du doch gerechnet haben. Der Alte war sehr deutlich bei seinen wenigen Gesprächen mit mir. Du trinkst zuviel. Und er sagt, du bist wertlos... Reg dich nicht auf, das sind seine Worte, nicht meine. Er meint, du seist unfähig, die Plantage zu führen.«

»Das leugne ich nicht«, erwiderte Judson kühl.

»Was hält dich dann hier?« In Donalds Augen stand Mitgefühl. »McLeans Frau?«

»Verdammt, Donald, du weißt, daß das vorbei ist.«

»Praktisch ist es natürlich vorbei. Aber so leicht heilt eine Wunde im Herzen eines Mannes nicht... Ich spreche aus Erfahrung«, fügte er nach kurzem Zögern hinzu. »Aber ich will dich nicht drängen, wenn du nicht darüber sprechen möchtest.«

Das ist gut, dachte Judson verbittert, denn sonst wäre ich gezwungen, Donald weitere Lügen aufzutischen. Und es war schwer, den einzigen Verwandten anzulügen, mit dem er auf halbwegs vertraulicher Basis sprechen konnte.

»Jud...« Donald stützte sich auf seinen Stock und starrte auf den Fluß, der unter den rasch dahinziehenden Wolken spiegelglatt aussah. »Der kalte Krieg zwischen dir und Vater wird ein schlimmes Ende nehmen. Du solltest Sermon Hill für eine Weile verlassen.«

»Ich wiederhole – wohin soll ich gehen?«

»Ich hätte da einen Vorschlag. Noch nichts Definitives, aber ich möchte es doch erwähnen, zu deinem und auch zu meinem Wohl.«

Judson setzte sich an das Ende der Landebrücke und ließ einen seiner teuren Stiefel aus Juchtenleder ins Wasser baumeln. Er hörte das Ächzen der Schwarzen, die hinter ihm die großen Kisten mit getrockneten Tabakblättern abluden. Einer der Sklaventreiber begann ärgerlich zu schreien, eine Peitsche knallte zweimal. Der Geschlagene schrie. Judson zog es vor, sich nicht umzudrehen. Er wartete, bis Donald weitersprach.

»Wie du weißt, muß ich in ein oder zwei Wochen nach Philadelphia zurück. Die langen Stunden beim Kongreß, das viele Essen, das Trinken – das alles hat mir nicht gutgetan. Während der letzten Sitzungsperiode habe ich drei Wochen lang krank im Bett gelegen. Und den Rest konnte ich nur mühsam durchstehen. Aber wenn die Delegierten sich wieder an den Verhandlungstisch setzen, muß wichtige Arbeit geleistet werden. Besonders, wenn der König unsere Bitte um Versöhnung ablehnt. Wenn ich wieder in den Norden gehe, würde ich gern die Gewißheit mitnehmen, daß ein vertrauenswürdiger Mann meinen Platz einnimmt, falls meine Kräfte nachlassen.«

Als er erkannte, worauf sein Bruder hinauswollte, hätte Judson fast laut aufgelacht. Aber ein Blick in Donalds angespanntes, schmerzverzogenes Gesicht erstickte diesen Impuls. Statt dessen fragte er: »Und du meinst, ich könnte dich beim Kongreß vertreten?«

»Wenn es notwendig werden sollte – ja.«

Verblüfft von dem Vorschlag saß Judson schweigend da. Schließlich schüttelte er den Kopf.

»Ich bin geschmeichelt, weil du mich in Erwägung ziehst,

Donald. Aber ich bezweifle, daß die Mitglieder deiner Delegation einen Mann wie mich willkommen heißen würden.« Er lächelte spöttisch. »Einen Gentleman, der selten nüchtern ist und deshalb diese Bezeichnung nicht verdient.«

»Aber du bist mein Bruder. Und was noch wichtiger ist, du vertrittst die richtigen politischen Ansichten.«

»Und meine Moral?«

»Glaubst du, daß die Moral aller anderen Abgeordneten fleckenlos ist? Ich habe mit Dr. Franklin an einem Tisch gesessen und zugesehen, wie er mit jedem Glas Madeira betrunkener wurde. Ich befinde mich in keinem Konklave von Engeln, sondern in einer Versammlung menschlicher Wesen. So lange du keinen öffentlichen Skandal heraufbeschwörst, dich innerhalb der Grenzen der Anständigkeit bewegst...«

»Schon seit Jahren versuche ich herauszufinden, wo die eigentlich liegen«, sagte Judson amüsiert. »Jeder scheint sie woanders anzusiedeln.« Er überlegte. »Du weißt, daß ich dir keine Krankheit an den Hals wünsche. Aber es klingt in der Tat verlockend...«

»Gut.«

»Ich bin sogar überglücklich, wenn ich hier weg kann, noch dazu, um einem guten Zweck zu dienen. Aber brauchst du denn einfach nur mit dem Finger zu schnippen, um mich an deiner Stelle auftreten zu lassen?«

»Natürlich nicht. Du mußt ordnungsgemäß in die Delegation gewählt werden. Aber es gibt Präzedenzfälle. Richard Henry Lee sorgte dafür, daß sein Bruder Francis Lighfoot gewählt wurde, als der alte Bland wegen Gebrechlichkeit nach Hause gehen mußte. Mit den richtigen Worten in die richtigen Ohren könnte ich es schaffen. Zum Beispiel verstehe ich mich gut mit Tom Jefferson aus Albermarle County. Er ist trotz seiner Jugend hoch angesehen... Ja, ich könnte es tatsächlich erreichen. Mein Gott, ich sage nicht, daß es wirklich nötig sein wird. Aber ich wäre wesentlich ruhiger, wenn ich wüßte, daß mein

Platz von dem richtigen Mann eingenommen wird, falls mich die Gicht wieder aufs Krankenbett wirft. Von einem Mann, der sich genauso entschlossen wie ich gegen den König und seine Minister stellt.«

Einen Augenblick lang war Judson ernsthaft in Versuchung. Zu seiner geheimen Schande wünschte er es sich fast, daß sein älterer Bruder aus Gesundheitsgründen sein Mandat nicht ausüben konnte. Doch dann siegte sein Realitätssinn. Er schüttelte erneut den Kopf.

»Ich glaube nicht, daß es funktionieren würde, Donald. Ich bin politisch völlig unerfahren.«

»Das weiß ich. Einige der anderen Delegierten sind auch keine großen Kirchenlichter. Ich will dir etwas anderes sagen, Judson. Ich sage dir das als Bruder, der Zuneigung zu dir empfindet. Irgendwann mußt du dich entscheiden, mußt wissen, wer du bist und wohin du gehörst. Das Leben, das du hier führst – das kann dir doch kein Vergnügen bereiten.«

»Ich hasse es!« stieß Judson hervor. »Aber was ich bin – das ist da hinten in dem großen Haus entschieden worden.«

»Dann schlag doch die Möglichkeit nicht aus, die dich aus dieser Situation retten könnte. Ich will heute nicht mehr von dir als das Versprechen, daß ich mich auf dich verlassen kann, wenn ich dich brauche.«

In den Wolken, die im Westen rasch dahinzogen, flackerten weiße Lichter auf. Judson sah, daß das gebleichte Holz der Landebrücke von den ersten Regentropfen dunkel gesprenkelt wurde.

»Also gut«, sagte er mit einem Schulterzucken, das kaschierte, daß er dieses Versprechen für ziemlich sinnlos hielt. Donald hatte die schmerzliche Frage berührt, mit der sich Judson schon so lange herumschlug. Er wußte, daß er nicht nach Sermon Hill gehörte, wo ihn die Geringschätzung seines Vaters und Peggys Nähe ständig quälten. Aber genausowenig gehörte er in die Versammlung der Patrioten in Philadelphia.

Aber wohin gehörte er dann?

Wohin?

Er starrte düster in die von Blitzen durchzuckten Wolken am westlichen Horizont, sah sich erneut mit der niederschmetternden Wahrheit konfrontiert: Er war ein Außenseiter. Sein Vater hatte nicht ganz unrecht gehabt, als er behauptete, in den Adern seines zweiten Sohnes fließe schlechtes Blut – Teufelsblut. Und was alles noch schlimmer machte – Judson hatte nicht nur keine Ahnung, wohin er gehörte, er wußte auch nicht, wie er das herausfinden sollte.

Überrascht spürte er Donalds Finger auf seiner Schulter. Der mitfühlende Ausdruck in Donalds müden, rotumränderten Augen verwirrte ihn und erfüllte ihn dann mit einer inneren Wärme, die er schon seit vielen Jahren nicht mehr gespürt hatte.

»Ich danke dir«, sagte Donald.

»Du hast einen groben Fehler gemacht, das weißt du hoffentlich.« Judson lachte gezwungen munter und half Donald, zurück zu den Pferden zu humpeln.

»Wer weiß? Vielleicht entdeckst du eine Veranlagung zur politischen Beredsamkeit und taktischen Winkelzügen. Außerdem – wenn die Wintermonate in Philadelphia auch eine Katastrophe sind, die Damen sind einem Flirt durchaus nicht abgeneigt.«

»Tatsächlich? Hast du denn schon eine dazu überredet, mit dir ins Bett zu springen?«

Donald beantwortete diesen gequälten Scherz mit einer Grimasse. »Ich bezweifle, daß meine Bandagen sehr verführerisch wirken. Aber du – das ist etwas anderes. Siehst du endlich ein, daß du allen Grund hast, dich auf Philadelphia zu freuen?«

»Aber du hast Vater doch noch nichts davon gesagt, Donald?«

»Was hätte das für einen Sinn? Wir haben doch nur über die entfernte Möglichkeit gesprochen.«

»Ob diese Möglichkeit nun entfernt ist oder nicht, tu mir den Gefallen und behalte es für dich. Sonst werde ich womöglich noch zur Zwangsarbeit auf den Feldern verurteilt.«

Donald lachte. »Damit könntest du recht haben. Ich werde schweigen.«

Der erste der leeren Wagen wurde gerade weggezogen, als sie im strömenden Regen die Pferde bestiegen. Die großen Kisten auf der Landebrücke erinnerten unheilvoll an die Kanus, die vielleicht gar nicht kommen würden.

Ein Neger auf dem zweiten Wagen starrte sie haßerfüllt an, als sie vorbeiritten. Donald stöhnte vor Schmerz und bemerkte es nicht. Und Judson tat so, als hätte er es nicht gesehen.

2

In der zweiten Septemberwoche reiste Donald Fletcher ab. Ein Brief seines Freundes Tom Jefferson hatte den Abschied beschleunigt. Jefferson hatte geschrieben, daß im Kongreß bald erstmals alle dreizehn Kolonien der Ostküste vertreten sein würden. Sogar das widerstrebende Georgia habe vor, endlich eine Delegation nach Philadelphia zu schicken.

Nach Donalds Abreise erhielt auch Judson eine unerwartete Nachricht. Einer der Söhne des alten Clark brachte vier engbeschriebene große Briefbögen nach Sermon Hill, die vor fast acht Monaten datiert waren und zusammengefaltet in einem Beutel steckten. Der Brief war einer von mehreren, die Judsons Freund George in einem Paket gesandt hatte. Es war in Pittsburgh aufgegeben.

Der Junge erzählte, George hätte seiner Familie versichert, es ginge ihm gut und er sei guten Mutes. Als Mitglied der Grenzmiliz von Virginia hatte er dem königlichen Gouverneur Earl of Dunmore im Kampf gegen die »Wilden« im letzten Dezember als Späher gedient.

An der Spitze eines Expeditionstrupps von tausend Mann hatte Dunmore die Berge überquert. Er wollte Plünderzüge von Indianerstämmen unterbinden. Diese Plünderzüge hatte Dunmore provoziert, indem er Land im westlichen Pennsylvania besetzte und Leute im Land unterhalb des Flusses mit dem indianischen Namen ansiedelte – am Ohio.

Im Brief an Judson schrieb George über ein erfolgreiches militärisches Engagement in einem Ort namens Point Pleasant. Dort waren der Shawnee-Häuptling Cornstalk und seine Männer vernichtend geschlagen worden. Der Rest des Briefes befaßte sich hauptsächlich mit der atemberaubenden Schönheit der Wildnis südlich des Ohio.

Bei früheren Expeditionen hatte George Clark von einem Kanu aus Pappelholz aus die dunklen, üppig bewachsenen Ufer des Ohio bewundert. Aber inzwischen hatte er seinen Fuß nach Kentucky hineingesetzt und das Land erforscht.

Der Brief beschrieb eigenartige, unheimliche Sumpfsenken, in die Tiere kamen, um an weißen Salzablagerungen zu lecken, und wo man merkwürdige Knochengebilde bestaunen konnte, die aus dem Morast ragten. George schrieb, daß er gebleichte Rippen gesehen hatte, lang wie die Dachsparren eines Hauses, und Schenkelknochen, dick wie Baumstämme.

»Ich glaube, daß ich da die Überreste phänomenaler Tiere sah, die unsere Erde vor dem Entstehen der menschlichen Rasse bevölkert haben. Nie zuvor habe ich von so riesigen Skeletten gehört, höchstens in Märchenerzählungen...«

Judsons Verstand konnte so bizarre Kuriositäten nicht ganz erfassen. Aber er wußte, daß George niemals etwas erfinden würde, nur um ihn zu beeindrucken. Ihm lief sogar ein ehrfürchtiger Schauer über den Rücken, als er diesen Absatz las.

Kentucky, bereits in drei große Countys aufgeteilt, die nominell zu Virginia gehörten, besaß inzwischen mehrere weiße Siedlungen. 1769 hatte ein Mann aus dem Hinterland North Carolinas die Grenzberge überquert, um das Land zu erforschen. Mit der Zeit führte er immer mehr Familienangehörige in das reiche Land. Der Boone-Clan kam durch einen Engpaß namens Cumberland Gap in die neue Heimat und errichtete ein paar isolierte, mit Palisaden geschützte Anwesen.

Die Bewohner des Grenzlandes lebten in ständiger Gefahr. Die Gründe dafür lagen auf der Hand. Kentucky war jahrhundertelang Jagdgrund der Creek- und Cherokee-Stämme gewesen, die vom Süden heraufkamen, auch für die wilderen Miamis, Shawnees und Wyandots, die die Wälder nördlich des Ohio für sich beanspruchten. Trotz des Risikos von Indianerangriffen aus zwei Richtungen sah Clark in der Wildnis von Kentucky ein gelobtes Land für unabhängige Menschen.

»Hier kann der Mensch frische, unverdorbene Luft atmen. Tagelang kann man durch Wälder wandern, deren Äste sich wie hohe Kirchengewölbe über dem Kopf zusammenschließen. Der Kalkboden ist fruchtbar, der Reichtum an Wild erstaunlich. Dicke Truthähne und Büffel grasen im Rohrdickicht, das höher aufragt als ein Mann zu Pferd, die Elche und Hirsche kann man nicht zählen – ein Paradies, trotz aller Gefahren. In Kentucky ist ein Mann einzig und allein auf sich selbst angewiesen und auf ein paar vertrauenswürdige, gleichgesinnte Kameraden. Hier, so kann ich mit Überzeugung sagen, habe ich genug Schönheit gefunden, die meine Seele erfreuen kann, und ein weites Land, dessen Erforschung und Verteidigung meinem Leben einen Sinn geben wird.«

Der Brief schloß mit dem kurzen, aber aufrichtigen Wunsch, daß Judson bei guter Gesundheit sein möge. Dann fügte George Rogers Clark noch hinzu, daß er dem Freund vielleicht bald persönlich von seinen Abenteuern würde erzählen können. Denn es war möglich, daß ihn der wachsende Konflikt mit England nach Virginia zurückriefe, das einen großen Teil der westlichen Wälder für sich beanspruche.

Der Brief regte Judsons Phantasie ebenso an, wie die beiden Besuche seines Freundes. Aber er erfüllte ihn auch mit einem gesteigerten Gefühl seiner Einsamkeit und vertiefte seine Verwirrung. In einem Gasthaus am Flußufer setzte er sich in eine stille Ecke und las die Seiten wieder und wieder. Der Rum half ihm, ein lebhaftes Bild seines schlanken, rothaarigen Freundes vor sein inneres Auge zu malen, wie er unter hohen grünen Gewölben dahinging, dem Ruf wilder Vögel lauschte und mit Freunden an einem nächtlichen Lagerfeuer saß. Die Namen klangen immer wieder an Judsons inneres Ohr...

Pittsburgh.

Kentucky.

Ohio.

Shawnee.

Mit jedem Tag wurden die Bilder von dem Land hinter den blauen Bergen schöner und farbiger.

Und es wurde immer schmerzlicher, daran zu denken.

Er ritt nach Richmond. Zu keinem anderen Zweck, als zwei Tage im Bett einer fröhlichen Hure zu verbringen, die ihn nicht ständig um Liebesbeweise anjammerte wie Lottie Shaw. Unterwegs erfuhr er, daß sich George Clark tatsächlich in der Schlacht von Point Pleasant hervorgetan hatte. Sein Name wurde in den Schenken in einem Atem mit den Namen anderer berühmter Grenzer genannt – mit Namen wie Kenton, Girty und Boone. Lord Dunmore hatte es Männern wie George zu verdanken, daß der Krieg im Westen so erfolgreich für ihn verlief. Gott allein wußte, wann Judson Fletcher von sich behaupten konnte, daß auch seine Existenz irgend jemandem von Nutzen war.

Anfang November schrieb Donald seinem Bruder, daß schlimme Nachrichten mit einem Überseeschoner nach Philadelphia gebracht worden waren. Georg III. hatte sich geweigert, der Bitte um Versöhnung zu entsprechen. Offiziell hatte der König erklärt, daß sich die amerikanischen Kolonien in offener Rebellion befänden.

»Männer wie John Adams aus Massachusetts brechen natürlich in Jubelgeschrei aus«, schrieb Donald. »Es ist allen klar, daß es für Kompromisse bald vorbei sein dürfte – wenn es das nicht schon ist. Ich ruhte mich gerade in meiner Unterkunft aus, als man mir die unerfreuliche Nachricht brachte. Die verdammte Gicht hat mich wieder einmal auf das Krankenbett geworfen, die Gicht und eine zusätzliche Unpäßlichkeit, die einer der hiesigen Quacksalber als Blutandrang in den Atemwegen diagnostizierte. Dieses Übel habe ich mir durch das langanhaltende naßkalte Wetter zugezogen.«

4

»Diese niederträchtige, perfide Satansbrut!« schrie Angus Fletcher. Er war viel zu wütend, um das Schweinekotelett und das Gemüse auf seinem Teller anzurühren. »Dieser verdorbene, scheinheilige Lump!« Der alte Mann schlug so hart mit der Faust auf den Tisch, daß die Kerzenleuchter klirrten und ein Löffel zu Boden fiel.

Judson Fletcher saß bei seinem vierten oder fünften Glas Rotwein am anderen Ende des langen Eßtisches. Ein nervöser Hausdiener trat vor, um den Löffel aufzuheben. Er schreckte zurück, als ihn Angus Fletcher wütend anfunkelte.

Der alte Mann flüsterte unverständliche Flüche vor sich hin und bedeckte die Augen mit den Händen. Die hohen Fenster des schwach erleuchteten Raumes standen offen, um die ungewöhnliche Wärme des Novemberabends hereinzulassen.

»Und ich dachte immer, ihr beide, du und Seine Exzellenz, seid verwandte Seelen«, sagte er.

Angus ließ die Hände sinken. »Von dir will ich keinen Kommentar hören, du verfluchter Verräter!«

Judson lächelte. »Der Verräter ist doch wohl Lord Dunmore, den ihr für euren Freund gehalten habt. Man konnte erwarten, daß er eine regierungstreue Armee rekrutieren würde. Aber jedem Neger die Freiheit zu versprechen, der seinen Herrn verläßt, um zu den Soldaten zu gehen – damit hat er euch allen, gelinde gesagt, ein reizendes Schnippchen geschlagen. Nachdem Seth von dieser Neuigkeit erfahren hatte, redete er wie der heißblütigste Rebell daher.«

Angus öffnete die Lippen, war aber zu wütend, um auch nur ein Wort hervorzubringen. Judson wich seinem Blick aus, einen Augenblick lang schämte er sich, den alten Mann so aus der Fassung gebracht zu haben.

Die Angelegenheit war aber auch zu köstlich. Mit einem Streich hatte der Tory-Gouverneur die Macht der Pflanzer, seiner treuesten Anhänger, untergraben. Männer wie Seth McLean konnten die Seiten sehr rasch wechseln, wenn ihre wirtschaftliche Position bedroht wurde. Aber Angus, der an das Sklavensystem und an die Autorität des Königs glaubte, war nicht so flexibel. Er litt sichtlich, seit die Neuigkeit gestern in der Nachbarschaft die Runde gemacht hatte.

»Ich habe erwartet, daß dich mein Unglück freut!« schrie Angus seinen Sohn an. »Du triumphierst – weil du keinen Funken Verstand im Kopf hast, keine Ahnung von dem Chaos, das Dunmore mit dieser unseligen Entscheidung angerichtet hat. Wir haben den Deckel auf den Topf getan, in dem es den ganzen Sommer über gebrodelt hat. Und nun bringt ihn dieser verdammte Idiot wieder zum Überlaufen. Nur Jehova in Seiner Weisheit mag wissen...«

Stiefelschritte erklangen, und Judson wandte sich um.

Reuven Shaw stand vor einem der hohen Fenster und sah seinen Herrn entschuldigend an. Seine lange Peitsche war über die linke Schulter geschlungen.

»Verdammt, Shaw, du sollst mich nicht beim Essen stören«, rief Angus. »Das weißt du genau.«

»Ja, Sir, das weiß ich, aber...« Der Aufseher schluckte. »Der Trockenschuppen Nummer zwei steht in Flammen.«

Im Zimmer war es absolut ruhig. Angus war so weiß wie sein Aufseher.

»In Flammen?«

»Ja, Sir. Ich habe den ganzen Tag schon etwas geahnt. Die Nigger waren aufgeregt wie die Teufel. Ich habe einen Trupp losgeschickt, um das Feuer unter Kontrolle zu bringen, aber...«

Angus sprang auf. »Die Nigger haben das Feuer gelegt?«

»Wer sonst, Mister Fletcher? Die Hälfte von ihnen ist nicht in den Hütten. Wahrscheinlich sind sie nach Sonnenuntergang auf und davon...«

Judson war die Lust zu lachen vergangen. Draußen, vor den Fenstern, verbreitete sich roter Schein. Schrille Stimmen durchschnitten das Novemberdunkel.

»Auf und davon?« donnerte Angus. »Hast du denn keine Wachen aufgestellt? Wo ist denn dein Sklaventreiber? Warum hat er nicht Alarm geschlagen?«

Reuven Shaw wischte sich mit einer Hand über den Mund. »Heute nacht war Beau mein Assistent. Sie kennen Beau – ein braver Nigger. Ich habe ihn gerade am Teich gefunden. Sein Körper lag am Ufer – und sein Kopf – sein Kopf schwamm im Wasser...« Shaw brach ab, er sah aus, als müßte er sich übergeben.

Judson fror trotz des milden Abends. Die Sklaven hatten schon früher in den südlichen Kolonien rebelliert. Nicht oft. Aber die Revolten hatten meist katastrophal geendet, weil die weißen Plantagenbesitzer und Aufseher in der Minderzahl waren.

»Willst du sagen, daß die Nigger mit ihren Tabakmessern frei herumlaufen?« flüsterte Angus.

Shaw nickte. Seine Lippen zitterten.

»Ich nehme an, sie haben Beau... mit ihren Messern geschlachtet. Larned ist verschwunden. Ich habe nachgesehen...«

Judson prostete dem Aufseher zu.

»Gratuliere. Ich habe gehört, daß Sie Larned heute nachmittag zweimal ausgepeitscht haben.«

»Der verfluchte Bastard hat geprahlt, daß er sich für Dunmores Niggerarmee anwerben läßt. Ich hätte ihn im Sommer kastrieren sollen, bevor alles außer Kontrolle gerät.«

»Offensichtlich *ist* bereits alles außer Kontrolle geraten!« schrie Angus Fletcher. »Warum habe ich die Glocke nicht gehört?«

»Ich wollte zuerst Bericht erstatten. Wir können nicht viel tun, um den Schuppen zwei zu retten...«

»Läuten Sie endlich diese gottverdammte Glocke!« kreischte Angus. »Wir müssen jeden Weißen am Fluß alarmieren, bevor sich dieser Wahnsinn weiter ausbreitet!«

Daß der alte Mann einen für ihn so ungewöhnlichen Fluch ausstieß, zeigte die Tiefe seiner Angst. Judson bemerkte, daß der Hausdiener, der das Essen serviert hatte, verschwunden war. Angus stürmte aus dem Eßzimmer in sein Büro. Seine schnellen Bewegungen ließen die Kerzenflammen tanzen. Ihr Schein warf Judsons verzerrten Schatten an die Wand, als er vom Tisch aufstand.

Beim Hinausgehen warf der Aufseher dem jungen Mann einen fragenden Blick zu.

»Wenn Sie erwarten, daß ich Ihnen helfe, die Nigger abzuschlachten...« Judson erkannte, daß er mehr als nur leicht angetrunken war; er hatte Schwierigkeiten, die letzten Worte zu artikulieren – »dann haben Sie sich verrechnet.«

Shaw runzelte die Stirn. »Aber wir brauchen jeden Mann.«

Judson winkte ab. »Blödsinn! Ich habe diesen Aufruhr nicht heraufbeschworen, also werde ich auch nicht mithelfen, ihn niederzuschlagen.«

Reuven Shaw zitterte, aber nicht vor Angst. Er spuckte in

hohem Bogen auf den Holzboden, dann wirbelte er herum und rannte hinaus in die rotglühende Dunkelheit.

Judson trank den Rest seines Weines. Er stellte den Kristallkelch auf den polierten Tisch, als er einen markerschütternden Schrei hörte. Er lief durch eine der Terrassentüren ins Freie, rast über den Rasen. Er sah Flammen aus dem Trockenschuppen schlagen. Aufgeschreckte Schwarze liefen hin und her.

Judsons Stiefelspitze stieß gegen etwas im sorgfältig gemähten Gras. Er blieb stehen und bückte sich. Sein Magen drehte sich um.

Reuven Shaw lag in unnatürlich verkrümmter Haltung vor ihm. Der Aufseher war tot. Ein tiefer Schnitt zog sich quer über seinen Hals. Der ferne Feuerschein erhellte die noch feuchten Blutflecken auf seinem rechten Ärmel und vorn auf seinem Hemd.

Die Alarmglocke an der hohen Eisenstange begann zu läuten. Doch zuvor hatte Judson ein Geräusch zu seiner Linken gehört, in der Nähe der unbeleuchteten Fenster des Wintergartens.

»Jesus Christus«, stieß er keuchend hervor und schnellte hoch, als sich eine ebenholzschwarze Gestalt aus dem Schatten auf ihn stürzte. Der Feuerschein glitzerte auf einem Messer, wie man es zum Ernten der Tabakblätter benutzte.

Die Arme des Schwarzen waren rot bis zu den Ellbogen. Sogar Judsons vom Alkohol benebelter Verstand erkannte die Gefahr. Irgendwie gelang es ihm, sich zu ducken, als das verzerrte Gesicht dicht vor ihm war, mit weiß leuchtenden Zähnen, glühenden Augen. Die lange Messerklinge schnitt durch die Luft – dorthin, wo vor einem Sekundenbruchteil noch Judsons Kopf gewesen war.

Er fiel auf die Knie, griff nach der zerfetzten Hose des Sklaven. Eine kräftige, von der Arbeit rauhe Hand packte seinen Hals und schnürte ihm die Luft ab. Die Klinge zuckte nach Judsons Stiefel, zerschnitt das Leder, traf aber nicht die Haut.

Der Schwung nach unten hatte den Rebellen aus dem Gleichgewicht gebracht. Judson sprang auf und rammte dem Schwarzen den Schädel in den Magen.

Der Sklave fiel nach hinten und verfluchte Judson in einer afrikanischen Sprache. Der Fluch endete in einem schrillen Schrei, als Judson auf das Handgelenk des Negers trat. Die rechte Hand begann sich zu öffnen. Judson riß blitzschnell das Messer aus den schwarzen Fingern und sprang zurück. Er keuchte, seine Lungen schmerzten...

Ein Schatten fiel aus einer erleuchteten Tür auf den Rasen. Judsons Kopf schnellte herum. Er sah seinen Vater, mit einem Schwert in der Linken und einer Pistole in der Rechten.

»Töte ihn!« befahl Angus, als sich der verschreckte Neger hochrappelte.

Judson zögerte, und Angus stieß einen verächtlichen Fluch aus. Mit zwei Schritten war der alte Mann bei dem zitternden Sklaven, der schützend die blutroten Unterarme vor sein Gesicht hob.

»Mister Fletcher – nicht!« kreischte er.

Angus stieß die Pistolenmündung hart gegen die Brust des Schwarzen und drückte ab.

Die Glocke von Sermon Hill rief ihre Botschaft in die Nacht, eine Botschaft des Schreckens und der Angst. Angus warf seinem Sohn noch einen verächtlichen Blick zu, dann verschwand er um die Hausecke.

Judson wandte der Leiche den Rücken zu. Der Trockenschuppen brach knisternd in einem Funkenregen zusammen. Sklaventreiber peitschten die Neger zur Ordnung, formten sie zu einer Kette, die Eimer vom Brunnenhaus zur Brandstelle beförderte. Er hörte noch zwei weitere Schüsse, neue Schreie – und dann klangen jenseits der Felder heulende Rufe auf, die ihm Schauer über den Rücken jagten.

Die rebellischen Sklaven waren nicht nur auf Sermon Hill ausgebrochen, sondern in der ganzen Umgebung.

Er stürzte ins Haus, die Treppe hinauf, in sein Zimmer, holte seine Pistole und ein Messer, das er sich in den Stiefel steckte. Dann lief er durch das glutrote Chaos zum Stall, wo er einen Sattel auf den Rücken seines Rotschimmels warf und versuchte, nicht auf die mitleidlosen Peitschenhiebe zu hören, die die Sklaven zurück in ihre Hütten trieben – die weniger kräftigen Sklaven, die man nicht zum Löschen brauchte.

Das Feuer schien unter Kontrolle zu sein. Es hatte zwar auf die Dächer der anderen Trockenschuppen übergegriffen, aber die Sklaven ertränkten die Flammen in Wasserfontänen. Judson riß hart an den Zügeln und galoppierte an den Hütten vorbei, hinunter zur Hauptstraße.

An einer Kreuzung traf er ein Dutzend Männer von den Nachbarplantagen, die das Glockenläuten angelockt hatte. Sie zügelten ihre Pferde und bestürmten ihn mit Fragen.

»Zur Seite!« rief er ihnen zu.

Als sie nicht gehorchten, gab er seinem Pferd die Sporen, lenkte es in den Straßengraben und sprengte an der verwirrten Reitergruppe vorbei.

Was er in der Ferne zwischen den Bäumen sah, ließ sein Herz schmerzhaft gegen die Rippen schlagen.

Seth McLeans Haus stand in Flammen!

Er trieb den Rotschimmel noch härter an. Noch zweimal trug der Wind die Schreie zu ihm heran, dann hatte er die Wiese erreicht, die sich zu Seths Haus hinauf erstreckte.

Er galoppierte auf die geschwungene Auffahrt zu und sah, daß seine erste Vermutung falsch gewesen war. Nicht das Haupthaus brannte, sondern die Sklavenhütten standen in hellen Flammen. Aber das Tor des großen Hauses stand offen. Aus dem Inneren hörte er Angstschreie.

Er sprang aus dem Sattel und lief zwischen hohen weißen Säulen auf die Terrasse. Hinter sich hörte er Hufschläge. Die Reiter waren ihm gefolgt. In der Tür blieb er stehen und wandte sich um. Er sah weitere acht oder zehn Männer auf das

Haus zugaloppieren, Säbel hingen an ihren Hüften, Pistolen oder Musketen schimmerten in ihren Händen. In der Ferne läutete noch immer die Glocke.

Judson wischte sich über die Augen. Schweiß brannte zwischen den Lidern. Er trat in die Eingangshalle, und das Blut gefror ihm in den Adern.

Seth McLean lag auf dem Boden, von einem Feldmesser getötet. Ein Ohr fehlte, ein Arm, ein Bein, und der Geruch von Blut erfüllte die Halle. Judson wurde übel.

Er hörte, wie sich im dunklen Salon etwas bewegte. Er wirbelte herum und richtete die Pistole auf die Tür.

Zwei schwarze Mädchen, zwei Hausdienerinnen in langen Kleidern traten aus dem Schatten. Beide waren jung, sie weinten.

»Oben«, sagte die eine mit versagender Stimme. »Lieber Gott, Mistreß Fletcher – oben...«

Draußen vor dem Portal stiegen die Pflanzer von ihren Pferden. Judson stand einen Augenblick lang schwankend da, fühlte sich erneut benommen. Doch daran war nicht der Wein schuld, sondern die Erkenntnis der Wahrheit.

So etwas muß unvermeidlich geschehen, wenn ein Mensch einen anderen in Ketten legt. Gott verdamme meinen Vater, weil er das nicht begreift.

Irgendwo oben schrie eine Frau.

Judson stürmte die Treppe hinauf, nahm immer drei Stufen auf einmal. Sein Herz schlug so heftig, daß seine Brust schmerzte. Ein Übelkeitsgefühl schnürte ihm die Kehle zu, als er das Bild Seths wieder vor sich zu sehen glaubte – Seth, der niedergemetzelt da unten lag... Aber er rannte weiter in die Richtung der gellenden Schreie, den langen Korridor hinab, an zwei flackernden Kerzen vorbei, gelben Lichtinseln im Dunkel.

Am Ende des Korridors stand links eine Tür offen. Die Schreie kamen aus diesem Zimmer – Schreie, in denen sich

Wahnsinn mit Todesangst mischte. Er schrie Peggys Namen, als er auf das Lichtrechteck zuraste, das die Tür auf den Läufer warf. Rutschend hielt er an, als er die Tür erreichte, und erbitterter Haß stieg in ihm auf bei dem Anblick, der sich ihm bot. Sie lag mitten im Zimmer auf dem Boden. Die Hälfte ihres Nachthemds hing in Fetzen herunter, die andere Hälfte fehlte. Ein junger Schwarzer beugte sich über sie, seine Hose schlotterte um die Fußknöchel. In seiner Hand glänzte ein Messer.

Beim Klang von Judsons Schritten fuhr der Neger herum. Hinter ihm wand sich Peggy schreiend, mit gespreizten Beinen. Für einen Augenblick nahm Judson ein verzerrtes Bild in sich auf, ein Bild, das er sich so oft in seinen Träumen vorgestellt hatte: Dunkles, lockiges Haar, das sich von heller Haut abhob, kleine, feste Brüste... Aber jetzt war keine Erregung in ihm – nur Entsetzen. Seths Frau bedeckte das Gesicht mit den Unterarmen, während sie schrie und schrie...

Der Sklave sprang auf, holte mit dem Messer aus, wollte sich auf Judson stürzen. Aber er stolperte über seine Hose. Judson schmetterte den Lauf seiner Pistole auf das schwarze Handgelenk, und das Messer fiel scheppernd zu Boden.

Der Schwarze schwankte. Jetzt lag nackte Angst in seinem Blick. Judson benutzte seine freie Hand, um das schwitzende Kinn des Negers zu packen, den Kopf hochzustemmen. Das Gewicht lastete schwer auf seinem Arm, auf seiner Schulter. Sein rechtes Knie knickte ein. Aber er brauchte nur noch einen Augenblick...

Der Sklave sah, was auf ihn zukam. Sein Mund öffnete sich wie ein elfenbeingesäumter Schlund. Judson schob die Pistole zwischen die Zähne des Schwarzen und drückte ab.

Der Körper des Negers bäumte sich auf und landete halb auf Peggy. Sie krümmte sich zusammen, als das Gewicht sie traf, zerrte mit zitternden Händen daran und schrie weiter. Judson versuchte, nicht auf die Blutspritzer zu sehen, die der Schuß auf dem zerwühlten Bett und an der Wand hinterlassen hatte.

Er schob die Leiche des Sklaven mit dem Fuß beiseite, legte die noch rauchende Pistole auf den Teppich und beugte sich über die leise wimmernde junge Frau. Er wollte sprechen, aber die Stimme gehorchte ihm nicht.

Er schloß die Augen und verbarg das Gesicht in den Händen, bis er seine Selbstbeherrschung wiedergefunden hatte. Dann berührte er sanft ihr Haar.

»Peggy?« flüsterte er. »Peggy, sieh mich doch an! Ich bin es – Judson.«

Seine Fingerknöchel berührten unabsichtlich ihre Wange. Wieder schrie sie auf, versuchte ihm ihren nackten Körper zu entziehen. »Peggy, es ist ja gut! Um Himmels willen, sieh mich doch an!« flehte Judson und spürte die Tränen nicht, die ihm über die Wangen liefen. »Sieh mich doch an!«

Sie öffnete die Augen – diese schönen, dunklen Augen, die er schon so lange liebte, doch ihr Blick war leer.

Sie hob die Hand, als stünde sie auf der Schwelle des Erkennens. Aber dann zerriß dieser Augenblick, sie krümmte sich zusammen, schlug die Hände vor das Gesicht und begann wieder zu schreien, noch lauter und schriller als zuvor. Sie zog die Knie an, wollte sich verkriechen vor dem Grauen, das ihr ganzes Sein erfaßt zu haben schien.

Judsons Tränen waren versiegt. Er lief die Treppe hinab, fand die beiden zitternden Hausmädchen. Durch offene Fenster drang das vertraute Geräusch knallender Peitschen und krachender Pistolenschüsse.

»Geht hinauf zu ihr!« befahl Judson. »Sperrt euch mit ihr ein und kümmert euch um sie. Öffnet nur die Tür, wenn jemand kommt, den ihr persönlich kennt. Und nur, wenn es ein Weißer ist. Wenn ihr irgend etwas zustößt, komme ich zurück und töte euch beide.«

Sie gehorchten, ohne zu zögern, und Judson lief hinaus in die Dunkelheit.

5

Etwa vierzig Männer hatte die Alarmglocke von Sermon Hill in dieser Nacht aus ihren Häusern gerufen. Sie galoppierten über Tabakfelder, mit Fackeln in den Händen. Sie erschossen oder erdolchten jeden Schwarzen, den sie frei umherlaufen sahen.

Judson schloß sich einer Gruppe an und schoß wie die anderen. Er saß wie ein Halbtoter im Sattel, war sich nur teilweise der Geschehnisse bewußt.

Der Sklavenaufstand, der sich auf Sermon Hill entzündet hatte, war anders als die Rebellionen der vergangenen Jahre, ähnelte ihnen aber doch in einer Hinsicht: Er war mehr von blinder Wut als vom Verstand getragen. Schlecht organisiert, mangelhaft geplant, brach er sofort zusammen, als sich die Pflanzer in die Sättel schwangen und ihre überlegenen Waffen hoben. Der Aufruhr zerbröckelte, als die Weißen von den Feldern zurückritten und einen Zug von Sklaven hinter sich her führten, die zu zweien oder zu dreien aneinandergekettet waren. Der letzte Funke des Widerstands erlosch, als eine andere Pflanzergruppe die Leiche des hochgewachsenen Larned heranschleifte, an einem um einen Fußknöchel gebundenen Strick.

Eine Kugel hatte ihn in den Rücken getroffen, als er versucht hatte, durch den Rappahannock zu schwimmen. Das Plätschern des Wassers hatte eine Gruppe weißer Reiter angelockt.

»Armer dummer Nigger«, sagte einer der Pflanzer ohne echtes Mitleid. »Er wollte auf die andere Seite schwimmen. Wahrscheinlich hatte er die verrückte Vorstellung, ungeschoren Williamsburg zu erreichen.«

Angus Fletcher befahl, Larneds Kopf abzutrennen und ihn auf einen Pfahl zu stecken. Dieses abschreckende Mal sollte vor der Hütte des toten Aufsehers aufgestellt werden.

In den Stunden nach Mitternacht wurden immer mehr flüchtige Sklaven zusammengetrieben. Die meisten flehten um

Gnade und behaupteten, sie hätten nur tun wollen, was sie für richtig gehalten hätten.

»Wir wollten für Gouverneur Dunmore kämpfen.«

Um den Aufstand anzustacheln, hatten Larned und ein paar Mitverschwörer die Nachricht von Dunmores Angebot verbreitet.

Judson hörte sich die angstvollen, ungeschickt vorgebrachten Bitten an und schüttelte traurig den Kopf. Zumindest würde jeder Sklave, der zu fliehen versucht hatte, zur Strafe so verprügelt werden, daß er für den Rest seines Lebens ein Krüppel war.

Aber nicht alle unterwarfen sich den Weißen. Ein halbes Dutzend männliche und weibliche Sklaven hatten den Widerstand noch nicht aufgegeben. Aber sie waren nicht schnell genug von Sermon Hill geflohen. Die Sklaven hatten sich gedankenlos im Räucherschuppen versteckt. Angus Fletcher befahl, rings um den Schuppen Brennholz zu stapeln. Er hatte erfahren, daß sich auch Larneds Frau Dicey darin aufhielt.

Judson saß ein wenig abseits auf seinem Rotschimmel und sah zu, wie Angus eine Fackel anzündete. Der alte Schotte wandte der offenkundigen Mißbilligung seines Sohnes den Rücken zu und hielt die Flammen an die trockenen Zweige. Innerhalb weniger Minuten brannte der Schuppen lichterloh. Die Schreie der Todesangst mischten sich in das Knistern der Flammen...

Eine verkohlte Tür brach zusammen, Dicey taumelte heraus, flehte rußbedeckt um Gnade. Angus Fletcher befahl, man solle sie erschießen. Ein Pflanzer legte seine frisch geladene Muskete an die Schulter und führte den Auftrag aus.

Judson schwang seinen Rotschimmel herum, fort von diesem grauenhaften Strafgericht. Jetzt brauchte er den Trost des Alkohols, soviel Alkohol er nur trinken konnte, und er brauchte ihn rasch...

Trotzdem sah er zunächst nach den loyalen Haussklaven in

McLeans Haus. Die Situation dort war unter Kontrolle. Peggys Eltern waren von der Ashford-Plantage gekommen.

Etwa dreißig Schwarze waren sofort getötet worden, weitere würden noch sterben müssen. Doch das stellte einen geringeren wirtschaftlichen Verlust dar, als wenn es nicht gelungen wäre, die Rebellion im Keim zu ersticken. Judson hörte, wie sich die Pflanzer lachend gratulierten, während er die Treppe hinauflief.

Er sperrte sich in seinem Zimmer ein und begann sich sinnlos zu betrinken. Aber aus irgendeinem Grund gelang ihm das nur mühsam. Noch lange, nachdem ihn längst die barmherzigen Nebel der Trunkenheit hätten umhüllen sollen, hörte er die letzten Todesschreie aus dem Räucherschuppen.

Oder bildete er sich das nur ein?

Judsons Kinn fiel auf die Brust. Halb benommen überlegte er, daß der alte Angus gut investiert hatte, sechs Sklaven bei lebendigem Leib zu verbrennen. Damit hatte er sich für Monate, vielleicht für Jahre Ruhe erkauft und die bedingungslose Unterwerfung der Schwarzen.

Endlich versetzte ihn der Rum in Schlaf. Aber noch im Traum hörte er die Schreie der Sklaven.

Und Peggys Schreie.

6

Die Trauerfeier für Seth McLean fand in der weißgestrichenen presbyterianischen Kirche statt, die sechs Meilen von Sermon Hill entfernt lag. Die ganze Umgebung war zu der Feier erschienen – alle außer Seths Witwe waren gekommen. Ihr Vater hatte sie drei Tage zuvor in einer Kutsche fortgebracht, damit sie sich in der Obhut ihrer engsten Verwandten erholen konnte – falls das überhaupt möglich war. In der Zwischenzeit sollte McLeans Aufseher Williams die Plantage leiten.

Judson ritt erst zur Kirche, als Angus das Haus bereits verlassen hatte. Er vermied die Gesellschaft des alten Mannes.

Als der Pfarrer seine Würdigung Seth McLeans beendet hatte und sich nun in Spekulationen über den unergründlichen Willen Jehovas erging, ein blühendes Menschenleben zu nehmen, erhob sich Judson von der hintersten Bank. Er hatte seit dem Morgengrauen getrunken. Seinen letzten Schluck hatte er noch vor der Tür der kleinen Kirche genommen.

»Jehova hat Seths Leben nicht genommen!« rief er dem erschrockenen Pfarrer zu. »Die Neger waren es auch nicht! Das haben wir getan!«

Ein paar Männer stürzten sich auf Judson und schleiften ihn aus dem geheiligten Raum. Er brach in ein bitteres Gelächter aus, als sie ihn auf sein Pferd hoben und die Straße hinunterjagten. Dann kehrten sie in die Kirche zurück und schüttelten bestürzt die Köpfe.

Angus Fletcher würde nun in der vordersten Kirchenbank sitzen, überlegte Judson, während er seine Rumflasche aus der Satteltasche holte. Mit gesenktem Kopf würde er die Hände falten und in Demut um die Vergebung seiner Sünden flehen...

Besonders um Vergebung der Sünden, die sein vom Teufel besessener Zweitgeborener begangen hatte.

7

An einem grauen Dezembermorgen trommelte Regen gegen die Fensterscheiben. Judson zog die Vorhänge zu, nachdem er lange auf die halb von Nebelschleiern verborgene Landebrücke am Rappahannock gestarrt hatte.

Die Brücke war leer. Angus Fletcher hatte einen Händler gefunden, der ihm seinen Tabak abkaufte. Die Kanus waren endlich doch noch den Fluß heraufgekommen, und die Ernte hatte einen anständigen Preis erzielt. Der Handel mit den englischen Häfen war nicht gänzlich eingestellt worden. Aber die meisten Pflanzer sahen es als unvermeidlich an, daß der Handel eines Tages beendet sein würde, genauso, wie ein Krieg unvermeidlich wäre.

Judson sah noch einmal in seinem Schrank und in der Kommode nach, ob er nichts vergessen hatte. In einer Schublade fand er noch zwei Leinenunterhosen, die er zuoberst auf die vollgepackte Truhe legte.

Er war mit seinen Gedanken nicht ganz bei der Sache. Die Bilder von Peggy McLean verfolgten ihn immer wieder. Zuerst die Peggy, der er den Hof gemacht hatte, eine Peggy mit lachenden, liebevollen Augen. Dann das verzerrte Gesicht der schreienden jungen Frau, die er im Schlafzimmer des McLean-Hauses gefunden hatte...

Als er sich noch einmal vergewisserte, ob er auch alles eingepackt hatte, was er brauchte, entstand das grausige Bild wieder vor seinem inneren Auge. Er fröstelte und griff nach der Rumflasche. Das tat er oft in diesen Tagen. Da er gelegentlich seinen Vater sehen mußte, fand er es nur zu gerechtfertigt, hin und wieder Trost bei der Flasche zu suchen.

Er stellte die Flasche wieder auf den Tisch und griff nach den gefalteten Briefbögen. Mit ihnen stieg er die schön geschnitzte Treppe hinab und ging ins Büro seines Vaters hinter dem Wintergarten.

Er stieß die Schiebetür auf und trat ein. Dann schob er die Tür heftig wieder zu.

Angus Fletcher stand an einem Fenster, von dem aus man die Sklavenhütten überblicken konnte – und die Holzstapel, die man bereits für den Bau eines neuen Räucherhauses und eines neuen Trockenschuppens bereitgelegt hatte. Er nahm seine alte Tonpfeife aus dem Mund und runzelte die Stirn. Der ganze Raum roch nach Sermon Hill-Tabak.

»Du weißt, daß ich nicht gern gestört werde, wenn ich die

Abrechnungen durchsehe.« Angus Fletcher wies mit dem Pfeifenstiel auf verschiedene geöffnete Aktenordner, die auf seinem Schreibtisch lagen.

»Es sieht so aus, als würdest du rauchen, Vater, nicht arbeiten.«

Angus seufzte. »Möge dir Gott deine immerwährende Respektlosigkeit verzeihen...«

»Oh, ich glaube, er ist mit wichtigeren Menschen zu beschäftigt, als um sich mit meiner Wenigkeit abzugeben«, sagte Judson lächelnd. Er hob die Bögen hoch. »Ich dachte, du möchtest vielleicht Donalds Brief lesen. Er ist vor zwei Tagen eingetroffen, und du hast noch nicht einmal gefragt...«

Angus schnitt ihm das Wort ab. »Es interessiert mich nicht, was in diesem Schlangennest geschieht.«

»Nun...« Judson lächelte wieder. »Du brauchst Donald nicht mehr zu diesen Schlangen zu zählen.«

Verbittert erkannte Judson, daß er mit seinen letzten Worten die steinerne Fassade Angus Fletchers durchbrochen hatte. Für irgend etwas, das mich betrifft, würde er sich nie so interessieren, dachte er.

»Was hat Donald denn geschrieben?« fragte Angus.

»Daß die Gicht ihm ernsthaft zu schaffen macht. Und jetzt hat er auch noch eine Rippenfellentzündung. Sobald ihm der Arzt die Reise erlaubt, wird er nach Hause kommen.«

Eine blaugeäderte Hand schnellte vor. »Laß sehen!«

»Tut mir leid, einzelne Passagen dieses Briefes sind persönlich.« Judson faltete die Blätter zusammen und schob sie in seinen Gürtel.

Angus Fletcher sog heftig an seiner Pfeife. »Es macht dir wohl Freude, mir eins auszuwischen.«

»Ja, da könntest du recht haben«, gab Judson zu.

»Das ist dein einziges Vergnügen. Außer deiner Trunksucht...«

»Um Christi willen, fang nicht schon wieder damit an!«

»Wie oft habe ich dir schon gesagt, du sollst in meiner Gegenwart nicht Gott lästern, Judson?«

»Schon gut.« Judson zuckte mit den Schultern und überspielte damit, daß er sich plötzlich verletzt fühlte.

Trotz aller Differenzen, trotz der ernsten Fehler und Irrtümer auf beiden Seiten wußte Judson, daß er diesen alten Mann eigentlich lieben sollte. Und daß er wiedergeliebt wurde. Manchmal erweckte die Tatsache, daß sie beide unfähig zu sein schienen, einander zu lieben, einen Schmerz in ihm, der fast unerträglich war.

Aber er gewann rasch seine Selbstbeherrschung wieder. Die übliche Maske des leicht arroganten Lächelns lag auf seinem Gesicht, als er fortfuhr: »Von nun an mußt du meine Gotteslästerungen nicht mehr ertragen.«

»Was soll das heißen?«

»Ich packe gerade meine Sachen, um nach Philadelphia zu reisen. Ich werde Donald im Kongreß vertreten, bis er sich erholt hat.«

Angus Fletcher setzte sich wie betäubt auf seinen Schreibtischstuhl. Aber es hatte ihm nur für wenige Sekunden die Sprache verschlagen. »Offenbar kennt deine Launenhaftigkeit keine Grenzen.«

Judson wippte auf den Zehenspitzen und erwiderte: »Du mußt doch zugeben, daß ich seit jenem Zwischenfall in der Kirche ein Muster an Tugend bin.«

»Du bist das Paradebeispiel eines Wüstlings«, stieß der alte Mann hervor. »Jeden Tag besäufst du dich!«

»Ich habe gesagt, fang nicht wieder damit...«

»Und fast jede Nacht verbringst du bei dieser Hure Lottie Shaw. O ja, das weiß ich auch.« Er begann die Aktenordner zu schließen, als wolle er etwas Privates verbergen, das nur ihn selbst anging. Dann legte er die Ordner aufeinander. »Es wird Zeit, daß wir miteinander abrechnen.«

»Das ist nicht nötig, Vater. Ich reise ab – das ist alles.«

»Und wie willst du reisen?«

»Auf dem Pferderücken.« Der Sinn dieser Frage war Judson entgangen.

Aber Angus half dem ab. »Ich kann dir keinen einzigen Nigger als Begleitung mitgeben. Ist das klar? Ich brauche sie alle.«

»Natürlich, das verstehe ich völlig. Dann werde ich eben irgendeinen weißen Abschaum beauftragen, sich um die Truhe zu kümmern.«

»Du bist ein wahres Greuel für die Augen Gottes!« rief Angus wütend. »Du machst deinem Erbe Schande, deiner Erziehung...«

»Verdammt, ich habe jetzt genug von deinem Gerede!« explodierte Judson. »Meine politischen Ansichten stimmen mit denen Donalds überein.«

»Donald ist im Vergleich zu dir ein armer, irregeleiteter Junge. Du hast mich vor der Gemeinde der Gläubigen in der Kirche mit Schmach und Schande befleckt. Du hast den Namen Fletcher beschmutzt mit deinem übertriebenen Interesse für das Wohlergehen von McLeans Witwe... Nein, leugne es nicht. Ich weiß, daß du fast täglich einen Hausdiener zu den Ashfords hinübergeschickt hast, damit er sich erkundigt, wie es ihr geht. Und wenn sie in jener Nacht nicht verletzt worden wäre, du wärst niemals mit über die Felder geritten, um die aufständischen Nigger einzufangen.«

»Das hast du sehr richtig erkannt«, erwiderte Judson kühl. Wenn der alte Mann doch nur einmal freundlich mit ihm sprechen würde, *ein einziges Mal.* Aber diese Hoffnung war vergebens. Und er erkannte, daß auch er unfähig war, sich um eine Verbesserung ihrer Beziehungen zu bemühen. »Ich kann deinen präzisen Darlegungen meiner Nichtswürdigkeit nichts hinzufügen. Ich stehe da, der Schuld überführt. Aber ich bin stolz darauf, Sir...«

»Wann wirst du endlich dieses unverschämte Benehmen ablegen?« kreischte der alte Mann.

Judson lächelte freundlich. »An dem Tag, an dem du in der Hölle schmorst. Und ich hoffe aufrichtig, daß dies dein Los sein wird.«

Angus Fletcher wurde blaß und zwinkerte ein paarmal. Tränen traten in seine Augenwinkel. Mit seltsamer, angestrengter Stimme fragte er: »Was hast du eigentlich gegen mich, Judson? Warum haßt du mich so sehr?«

»Ich habe mich auch schon oft gefragt, warum du mich so haßt, Vater. Leb wohl...«

Als er gehen wollte, hatte Angus' Stimme die gewohnte Härte wiedergewonnen. »Einen Augenblick noch!«

Judson wandte sich um und sah wieder die vertraute strenge Unnachgiebigkeit auf dem faltigen Gesicht. Der Augenblick des Zögerns, des Schmerzes, in dem sie vielleicht beide symbolisch die Hände ausgestreckt hatten, um einander zu berühren, war vorüber. Er spürte einen überwältigenden Durst, eine unbändige Sehnsucht nach Vergessen im Alkohol...

In gleichmütigem Ton sagte Angus Fletcher: »Du billigst meine Regierungstreue nicht, die den Wohlstand der Familie Fletcher ermöglicht hat. Du billigst auch nicht das System, das es dieser Plantage ermöglicht, gewinnbringend zu arbeiten. Du hast nie entsprechend reagiert, wenn ich dir vorgeschlagen habe, deine lässige Moral etwas zu festigen. Ich glaube, daß du tatsächlich auf Sermon Hill nichts mehr zu suchen hast.«

Er beugte sich vor, legte die Hände auf die Aktenordner.

»Habe ich mich klar genug ausgedrückt? Du hast hier nichts zu erwarten – nicht einen Viertelpenny.«

»Willst du damit sagen, daß du mich in deinem Testament nicht bedenken willst?« Diese Mitteilung brachte Judson zwar etwas aus der Fassung, aber sie kam nicht unerwartet.

»Genau. Du hast mich zum Äußersten gereizt. Wenn du nach Philadelphia gehst, wenn du die Plantage aus diesem Grund verläßt, werde ich dafür sorgen, daß du nie wieder einen Fuß auf den Boden von Sermon Hill setzt.«

»Oh...« Judson versuchte zu lächeln, aber es gelang ihm nicht. »Eine kleine Erpressung? Alles ist in Ordnung, wenn ich nachgebe?«

»Was wäre so verwerflich daran? Ich würde deine Seele retten, da du offenbar selbst nicht die Kraft dazu hast.« Plötzlich klang die Stimme des alten Mannes müde. »Du scheinst dazu geboren zu sein, dich selbst zu zerstören.«

»Diese Gedankengänge sind zu hoch für mich«, sagte Judson und hob die Schultern. Irgend etwas in seinem Inneren zerriß mit brennendem Schmerz. Sekundenlang schloß er die Augen. Dann öffnete er sie wieder, brachte ein Lächeln zustande und ging zur Tür. »Leb wohl, Sir«, sagte er.

»Hast du verstanden, was ich gesagt habe, Judson?«

»Natürlich. Ärgert dich deine rechte Hand, so hacke sie ab und wirf sie von dir, denn es ist besser, daß...«

»Hör auf!«

»...daß eins deiner Glieder verderbe...«

»Hör auf, verdammt!«

Aber Judson fuhr unbeirrt fort: »...und nicht der ganze Leib in die Hölle geworfen werde. Schon gut, ich nehme deinen Platz in der Hölle ein. Zumindest vorerst. So kannst du dich für makellos und sündenfrei halten. So lange, bis du in die Hölle kommst, um mir Gesellschaft zu leisten.«

Er ging hinaus, die Schiebetür schloß sich hinter ihm mit lautem Knall.

Regen peitschte gegen die Fenster, als er durch den Wintergarten lief. Plötzlich hörte er einen erstickten Aufschrei aus dem Büro, einen Schrei der Verzweiflung. Sein Herz machte einen Sprung...

Er zögerte. Sollte er umkehren?

Aber er tat es nicht.

Es war viel zu spät.

8

Eine halbe Stunde später verließ Judson Fletcher Sermon Hill. Sein Umhang wehte hinter ihm her, der Dreispitz war tief in die Stirn gezogen, um den Regen abzuhalten, als er zum Fluß hinabgaloppierte. Er wandte sich nach Südosten, in die Richtung der Fähre, die ihn hinüber zur Straße nach Norden bringen würde. Hinter einem Fenster des großen weißen Hauses schob eine Hand den Vorhang beiseite, bis Judsons wehender Mantel im Dezembernebel verschwunden war. Dann sank der Vorhang langsam wieder an seinen Platz.

5. Kapitel
Kanonen im Winter

1

Vom Atlantik her schleuderte ein bitterkalter Sturm Hagel durch die Novemberdämmerung. Philip ging auf das Vassall House an der Brattle Street in Cambridge zu. Er war durchfroren und nervös. Vor einer Stunde war einer der gelegentlichen Besuche bei Frau und Sohn auf unerwartete Weise beendet worden.

Als Philip in Watertown eingetroffen war, hatte Anne gerade das Baby gestillt. Ihr Gesicht hatte wieder Farbe bekommen, und sie fühlte sich von Tag zu Tag kräftiger. Aber was Anne im Augenblick außer der Möglichkeit eines totalen Kriegs Sorgen bereitete, war der Gesundheitszustand ihres Vaters.

Der Anwalt lag seit mehr als drei Wochen auf seinem Krankenbett, von Erkältungen und anhaltendem Husten geschwächt, hatte er keinen Appetit und verlor ständig an Gewicht. Während der knappen Stunde, die Philip bei seiner Familie verbrachte, war immer wieder heiseres Husten aus Wares Schlafzimmer gedrungen.

Auf dem Rückweg zu seinem Regiment hielt Philip bei dem kleinen Laden am Charles River, wo sein ehemaliger Arbeitgeber Ben Edes seine Druckpresse wieder zusammengesetzt hatte, nachdem er die einzelnen Teile in einem Ruderboot aus Boston herausgeschmuggelt hatte. Mit Hilfe einiger weniger Typensätze versuchte Edes nun sein patriotisches Blatt, die *Gazette,* mehr oder weniger regelmäßig erscheinen zu lassen.

Aber Philip traf Ben Edes an, wie er gerade Papiergeld

druckte – besonderes Geld, dessen Herstellung die gesetzgebende Körperschaft von Massachusetts genehmigt hatte.

In Philips Regiment war bereits das Gerücht aufgetaucht, man wolle mit diesem Geld die Soldaten bezahlen. Das führte zu Protesten. Geld, das durch einen legislativen Akt einer rebellierenden Kolonie geschaffen worden war, konnte nicht viel wert sein. Mit Sicherheit wäre es dem Pfund Sterling nicht vergleichbar. Das neue Papiergeld war mit dem Mut der Verzweiflung gedruckt worden, um Vorräte und Munition für die Armee zu beschaffen. Ben Edes, der ziemlich müde aussah, betonte diese Tatsache, als er Philip mehrere Druckplatten für die unterschiedlichen Werte der Banknoten zeigte. Als Edes die Platten umdrehte, erkannte Philip, daß sie von Revere bearbeitet worden waren. Es handelte sich um Druckplatten, die Edes in seinem alten Geschäft verkauft hatte. Revere hatte ein neues Muster ausgearbeitet, dem seine populäre Darstellung des Massakers von Boston zugrunde lag.

»Man kann nicht einmal Kupfer bekommen, um neue Platten zu ätzen«, beklagte sich Ben. In diesem Augenblick öffnete sich die Ladentür.

»Sind Sie Philip Kent vom 29. Massachusetts-Regiment?«

Philip wirbelte beim Klang der unfreundlichen Stimme herum. Der Besucher war ein Offizier des 21. Marblehead-Regiments. Diese gut ausgestattete Einheit war zur persönlichen Wachtruppe für das Hauptquartier des Oberbefehlshabers gewählt worden.

»Ja, Sir, ich bin Kent.«

»Lieber Gott, Sie treiben sich ziemlich viel herum! Zuerst bin ich zu Ihrem Regiment geritten, dann zur Wohnung Ihrer Frau... Kommen Sie mit, wenn ich bitten darf. Ich habe draußen ein Pferd für Sie.«

»Wohin soll ich mitkommen?« fragte Philip. »Ich habe den Befehl, ins Lager zurückzukehren...«

Der Mann mit dem geröteten Gesicht schien selbst nicht ganz

zu glauben, daß mit diesem Auftrag alles seine Richtigkeit hatte.

»Nein, Sie kommen mit mir. Zu General Washington.«

Sogar Ben Edes sah ziemlich entgeistert drein.

Während des Ritts nach Cambridge nahm Philips Unbehagen zu. Der Offizier sagte, er hätte keine Ahnung, warum man Philip sprechen wollte.

Bald erreichten sie die imposante Residenz an der Straße, die später Tory Row genannt werden sollte. Wie viele seiner Nachbarn war Mr. Vassall, der Besitzer des Hauses, das von Washington übernommen worden war, zu den Briten nach Boston geflohen. Ein paar andere Loyalisten, die noch in Cambridge geblieben waren, bekundeten ihre Königstreue mit schwarzen Ringen, die sie um ihre Schornsteine gemalt hatten.

Als er sein Pferd festband, war Philip zu der Überzeugung gelangt, daß er wegen seiner Beteiligung an der Rauferei im Camp der Einheiten aus Virginia doch noch eine Strafe erhalten sollte.

Er rutschte auf dem von Graupeln bedeckten Weg aus. Drei Offiziere traten plaudernd aus dem hell erleuchteten Haus. Philip wich ihnen aus und erinnerte sich gerade noch rechtzeitig daran, daß er salutieren mußte. Die Offiziere erwiderten den militärischen Gruß beiläufig, warfen ihm über die Schultern kurze Blicke zu und liefen dann zu ihren Pferden. Ihren Gesichtern war das Erstaunen über den Anblick eines gewöhnlichen Soldaten deutlich anzumerken, der auf das Hauptquartier zuging. Noch dazu ein völlig durchnäßter, verschmutzter Soldat wie Philip…

Philip ging unbehaglich zögernd weiter. Vor dem Haus zerrte der Wind an einer schwankenden Stange. An ihrer Spitze flatterte eine Fahne. Eine Fahne, die Philip noch nie gesehen hatte. Der britische Union Jack in der oberen linken Ecke war ihm vertraut, aber nicht die roten und weißen horizontalen Streifen. Er zählte dreizehn, bevor die bewaffneten

Marblehead-Soldaten an der Tür von ihm verlangten, daß er sich auswies.

Philip nannte seinen Namen und seine Einheit. Er war erstaunt, als er daraufhin sofort eingelassen wurde. Man erklärte ihm, daß er nach links gehen und an die Tür des Arbeitszimmers klopfen solle.

»Herein!« rief eine Stimme.

Nicht nur wegen der Kälte mit den Zähnen klappernd, folgte er der Aufforderung.

2

Hinter einem von Papieren übersäten Schreibtisch saß General George Washington. An der Wand hing eine Karte von Boston und seiner Umgebung. Ein paar Kerzen füllten den Raum mit warmem Schein. Philip blinzelte erstaunt, als er eine bekannte Gestalt sah, unter deren Gewicht der Stuhl fast zusammenzubrechen schien. Henry Knox.

Knox hob seine mit Seide umwickelte Hand, um Philip zu begrüßen. Noch jemand war anwesend – eine Frau, die gerade ein Tablett auf eine Ecke des Schreibtisches stellte. Auf dem Tablett standen Gläser und ein Krug Madeira. Daneben lagen mehrere Orangen.

Die kleine Frau mit den runden Wangen trug ein elegantes, blaßblaues Kleid. Sie lächelte Philip freundlich an. Von Washington oder Knox konnte man das nicht behaupten. Beide wirkten müde und abgespannt.

»Kent vom 29. Massachusetts-Regiment meldet sich zur Stelle …«, begann Philip.

Der große, kräftig gebaute General in der dunkelblauen, sandfarben abgesetzten Uniform winkte ab.

»Wir können uns die Formalitäten schenken. Die Zeit ist knapp.« Die blaugrauen Augen glitten zu der Frau hinüber, der

Blick wurde ein wenig sanfter. »Danke für die Erfrischungen, Liebes. Wenn du jetzt so freundlich wärst, uns allein zu lassen.«

»Natürlich«, erwiderte sie, ging rasch hinaus und schloß die Tür hinter sich. Philip nahm an, daß sie die Frau des Generals war, die erst vor kurzem von der Familienplantage am Potomac in Virginia gekommen war.

Was man sich im Camp über Martha Custis Washington erzählte, war ausschließlich wohlwollend. Sie sei nett und liebenswürdig und ziehe es vor, an der Seite ihres Mannes zu sein, statt auf dem fernen Mount Vernon. Jedermann wußte, daß der General seinen Grund und Boden liebte, das zurückgezogene Leben des Gutsbesitzers. Und jedermann wußte auch, daß Mount Vernon sofort niedergebrannt werden würde, falls die Briten jemals bis an den Potomac vorstoßen sollten.

Und doch hatte Washingtons Frau ihr luxuriöses Heim verlassen und war bei schlechtem Wetter auf holprigen Straßen in den Norden gefahren, um bei ihm zu sein. Unerwarteterweise hatte Mrs. Washingtons Ankunft in Cambridge die Stellung des Generals gefestigt, seine Reputation bei der Armee verbessert. Washington wirkte nun weniger streng, seit sie bei ihm war. Irgendwie war er seither in den Augen der Männer, die unter ihm dienten, menschlicher geworden.

Der General zeigte auf den Wein und auf die Früchte.

»Bitte, bedienen Sie sich, Kent. Mister Knox hat vorgeschlagen, daß Sie kommen.«

»Ich habe auch vorgeschlagen, daß du uns hilfst, Philip.«

»Sicher, Henry – Sir. Was kann ich tun?«

»Du müßtest wenigstens einen weiteren vertrauenswürdigen Mann finden, der uns auf eine äußerst dringliche Mission begleiten könnte.«

Philip nahm eine Orange und begann sie ungeschickt zu schälen. Als er die Schale mit dem Daumennagel aufriß, spritzte er sich Saft auf den Rock, was seine Nervosität noch verstärkte. Uns, hatte Knox gesagt. Dann erinnerte er sich daran, daß der junge, dicke Mann im September auf einen Plan angespielt hatte.

Um sein Unbehagen zu bemänteln, setzte sich Philip auf den Stuhl, den Knox ihm anwies, und verzichtete darauf, die zerdrückte Orange zu essen. Washingtons Schatten lag schwarz und ehrfurchtgebietend auf der Landkarte an der Wand. Sein Finger zeichnete die Küstenlinie nach.

»Die Situation hier in Boston wird immer gefährlicher, Kent. Aber Mister Knox mit seinen speziellen Fähigkeiten könnte uns aus dieser Lage heraushelfen. Ich hatte gehofft, ihn zum Colonel ernennen zu können, noch bevor er diesen Auftrag übernimmt. Aber das verzögert sich leider. Es ist unglaublich, welcher Papierkram erforderlich ist, nur um die Zustimmung des Kongresses zu einer Beförderung zu erhalten. Aber Henry wird trotzdem als Kommandant der geplanten Expedition fungieren.«

Washington trommelte mit den Fingern auf der Landkarte.

»Es ist ziemlich sicher, daß die Feindseligkeiten andauern werden. Besonders, seit Seine Majestät erklärt hat, daß wir uns im Zustand der Rebellion befinden. Wir müssen jeden Augenblick damit rechnen, daß Billy Howe mit seinen königlichen Truppen unsere Stellungen von Boston aus angreift.«

Philip wußte, daß General Howe an die Stelle des willfährigen, aber erfolglosen Thomas Gage getreten war. Er kommandierte jetzt die königlichen Streitmächte auf der Halbinsel von Boston.

»Und hier...«, Washington zeigte wieder auf die Landkarte, auf die Höhen von Dorchester, die den Neck und die Stadt überragten. »Hier sind wir verwundbar.«

»Aus diesem Grund habe ich vor, Waffen und Munition zu beschaffen«, warf Knox ein. »Wir brauchen Kanonen, um unsere Verteidigungsposition zu befestigen und zu verhindern, daß Howe aus Boston ausbricht. Dafür suche ich noch einen oder zwei verläßliche Männer, Philip.«

»Knox hat Sie mir empfohlen, Kent«, sagte Washington mit einem forschenden Blick, während Philip an seine Frau, seinen Sohn und seinen kranken Schwiegervater dachte. »Sie werden natürlich nicht dazu gezwungen, diesen Auftrag auszuführen...«

Zwei Augenpaare richteten sich auf ihn, sahen ihn abwartend an. Washingtons Bemerkung entsprach nicht ganz den Tatsachen: Diese Blicke ließen ihm keine Wahl.

»Wenn ich mich nützlich machen kann, General, werde ich selbstverständlich gern...«

Washington lächelte trocken. »Eine erfrischende Einstellung, nicht wahr, Henry?« Er wandte sich wieder an Philip. »Mister Knox hat erfahren, daß Sie sich erneut verpflichten wollen, Kent.«

»Ja, Sir, das habe ich vor.«

»Da gehören Sie zu einer Minderheit. Es scheint, daß sich die meisten unserer Leute nichts anderes wünschen, als sich hinter ihren Öfen verkriechen zu können. In dieser Armee herrscht ein erschreckender Mangel an Gemeinschaftssinn und Tapferkeit. Jeder ist nur auf seinen eigenen Vorteil bedacht, so daß es mich nicht wundern würde, wenn wir einer Katastrophe entgegentreiben...«

Die leidenschaftliche Stimme brach abrupt ab. Es half Philip über seine eigene Verlegenheit hinweg, als er sah, wie verwirrt der General nach diesem Temperamentsausbruch war.

»Wie dem auch sei...« Washington räusperte sich. »Sie haben gehört, daß Knox noch zwei Männer braucht, auf die er sich verlassen kann.«

»Könntest du jemanden aus deiner Einheit vorschlagen?« fragte Knox.

Philip dachte nach und wählte seine Worte sehr sorgfältig. »Ich kenne viele Männer. Aber ich bin nicht ganz sicher...«

»Ob sie vertrauenswürdig sind?« unterbrach ihn Washington.

Philip nickte. Zögernd fuhr er fort: »Ich habe allerdings einen Mann kennengelernt, der sehr mutig und tüchtig zu sein scheint. Er stammt aus Ihrer Kolonie, General.«

Das schien Washington zu gefallen. »Wie heißt er?«

»Eph Tait. Ich weiß natürlich nichts über seine militärischen Fähigkeiten, aber als meinen Freund kann ich ihn nicht hoch genug loben. Als ich keinen Arzt finden konnte, kam er nach Watertown und half, meinen Sohn zur Welt zu bringen.«

»Für Geld?« fragte Washington.

»Nein, er wollte hinterher nur einen Drink haben.«

»Typisch für einen Mann aus Virginia.« Der General sah Knox an. »Holen Sie ihn.«

Knox nickte und sagte zu Philip: »Ich werde alles Weitere mit deinem Kommandanten regeln. Wir brechen so schnell wie möglich auf.«

»Wenn ich fragen darf...«

Die beiden Männer schwiegen und ließen Philip weitersprechen.

»...wohin geht es? In eine der umliegenden Städte?«

Vor dem Ausbruch der Feindseligkeiten in Concord und Lexington hatten verschiedene patriotische Gruppen kleine Geschütze versteckt, um sie vor dem Zugriff der Briten zu schützen.

Knox starrte auf seine verbundene Hand, während Washington eine Landkarte auf seinem Schreibtisch ausbreitete. Philip beugte sich vor und hielt den Atem an. Vor Washington lag keine Karte der Kolonie Massachusetts, sondern des gesamten östlichen Küstengebiets. Philip begann zu begreifen.

»Wir brauchen viel mehr Kanonen, als wir in Scheunen und Kellern rund um die Massachusetts Bay finden können«, sagte Washington. »Es gibt nur einen Ort, an dem wir uns zufriedenstellend ausrüsten können. Er ist schwierig zu erreichen, und doppelt schwierig ist es, um diese Jahreszeit von dort zurückzukehren. Aber Mister Knox hat sich freiwillig bereit erklärt, die

Kanonen ungeachtet aller Hindernisse zu holen. Mit Ihrer Hilfe wird er die Geschütze herbringen, die in diesem britischen Fort hier vor einigen Monaten erobert wurden.«

Die grobknochige Hand des Generals senkte sich auf einen blauen Punkt auf der Landkarte, weit weg von der Bostoner Küste. »Ticonderoga.«

Die Fenster des Arbeitszimmers erzitterten unter dem Anprall des Novembersturms. Die Orange fiel aus Philips plötzlich schlaffer Hand. Sie fiel zu Boden und rollte Knox vor die Füße.

Der junge, dicke Mann hob die Frucht auf und warf sie Philip mit leerem Lächeln zu.

»Ich bin nicht überrascht über deine Reaktion. Die Straßen sind schlecht, die Entfernung ist beträchtlich. Und der Winter steht vor der Tür. Aber wir werden die Kanonen hierherschaffen, weil wir ohne sie unmöglich der Gefahr begegnen können, die uns droht. Vielleicht sollten wir dir sagen, daß du deine Zustimmung rückgängig machen kannst...«

Philip schüttelte rasch den Kopf. »Ich komme mit.«

Washington und Knox wechselten einen kurzen Blick und lächelten sich zu. Aber das befreite Philip nicht von der Last der Probleme, die die bevorstehende Expedition mit sich bringen würde. Hagel prasselte gegen die Fensterscheiben.

3

Am Neujahrsabend 1776 glaubte Philip Kent, er sei in einem Alptraum untergetaucht, um nie wieder zu erwachen.

Er wußte nicht, wie lange er schon arbeitete. Seit einer Ewigkeit, kam es ihm vor. Die Axt fühlte sich zwanzigmal schwerer an, als sie war. Wieder schwang er sie hoch, ließ sie herabsausen, hieb auf die glatte Eisfläche ein...

Da hörte er ein furchterregendes Knacken rechts neben sich.

»Nicht weiter!« rief ihm Eph Tait zu. »Das Eis scheint nachzugeben!«

Kaum war das letzte Wort ausgesprochen, fühlte Philip auch schon, daß sich die Eisdecke des Mohawk River unter seinen Füßen zu bewegen begann. Ein großes Stück brach unter seinem Stiefel ein, und er fuhr mit beiden Armen in die Luft, um sein Gleichgewicht zu halten.

Sein rechter Fuß tauchte ins eisige Wasser. Eph Tait ließ seine Axt fallen, sprang hinzu und riß Philip zurück. Tait ließ ihn los, und Philip setzte sich hart auf das Eis, das krachte, aber nicht nachgab. Er rappelte sich auf, rieb sich die Kehrseite und verzog das Gesicht.

»Besser als ein kühles Bad, was?« wollte Tait wissen.

»Nicht viel besser.«

»Nun, wenigstens hast du ein paar Dankesworte für deinen Lebensretter übrig«, grinste Tait.

Auf dem Mohawk River fuhren schattenhafte Gestalten fort, Löcher in die Eisdecke zu hacken. Die Leute waren bezahlte Fuhrmänner oder Freiwillige, die sich von der Überredungskunst des zu allem entschlossenen Knox hatten anlocken lassen. Durch die Löcher flutete neues Wasser nach oben und gefror zu einer neuen Eisschicht über der gefährlich dünnen Eisdecke. Ein blasser Wintermond warf unheimliches weißes Licht auf die Landschaft und die gebeugten Gestalten. Hinter Philip und Tait funkelten die Lichter der Siedlung Half Moon an der Mündung des Mohawk in den Hudson. Im Moment war Knox in Half Moon damit beschäftigt, um Schlitten, Pferde, Ochsen und Fuhrleute zu feilschen, die die bizarre Karawane weiter nach Süden befördern sollten.

»Diese Arbeit ist doch völlig sinnlos!« explodierte Philip. Sein Atem war eine weiße Wolke im Mondlicht. Er war erschöpft, spürte jeden einzelnen Muskel. Seine in Lumpen gewickelten Hände waren steif gefroren. »Wir bringen sie doch nie sicher über das dünne Eis.«

»Doch, wenn es erstmal richtig kalt wird.« Eph Tait schlug seinem Freund auf die Schulter. »Komm, gehen wir zurück. Ich finde, wir sind reif für unsere Whiskyration, was meinst du? Eine halbe Stunde Pause wird unseren Knochen guttun.«

»Wenn ich eine halbe Stunde lang stillstehe, friere ich an.«

»Ich habe wohl eher Grund, mich zu beklagen als du«, erwiderte Tait, als sie über das glatte Eis gingen. Die schwarze Baumreihe am Ostufer des Hudson zu ihrer Rechten war silbern gesäumt. »Dir habe ich es zu verdanken, daß ich bei dieser verdammten Expedition mitmachen darf. Eine große Ehre! Wahrscheinlich die einzige Ehre, die mir bleibt, wenn ich dabei umkomme und verscharrt werde. Erscheint dein Freund Washington eigentlich persönlich zu unseren Begräbnissen, Philip?«

»Wenn er Zeit hätte, würde er sicher kommen«, sagte Philip geistesabwesend.

»Das mindeste, was er für zwei so feine Freiwillige tun kann.«

Wie immer half Taits Geplauder Philip über seine düstere Stimmung hinweg. Die Aussicht auf einen wärmenden Drink ließ ihn die Sehnsucht nach Anne und seinem Sohn vergessen. Er humpelte weiter auf das Ufer zu, an dem Ochsen mit gesenkten Köpfen standen und sich Männer um ein Holzfeuer kauerten, das in der Nähe der Schlitten mit ihrer kostbaren Fracht aufloderte.

Zuerst war die Expedition unter Knox' Leitung ein reines Vergnügen gewesen. Philip konnte sich nicht sattsehen an der Schönheit der Berglandschaft und den weiten, schweigenden Wäldern von York State, deren Zweige mit Pulverschnee überpudert waren. Anfang Dezember hatten sie Fort George erreicht, dann waren sie weiter nach Norden gezogen, zum sternförmig angelegten Fort Ticonderoga, wo »feine und erstklassige Artillerie« auf sie wartete, wie sich Knox ausdrückte.

Fünfundachtzig Stück, Geschütze aller Art, von Vierpfündern bis zu Zwanzigpfündern, Haubitzen, ein paar kleine Coehorns und einige Mörser, zu denen ein riesiges Geschütz mit dem Spitznamen »Alte Sau« gehörte. In der Länge reichten die eroberten Kanonen von dreißig Zentimeter bis zu über drei Meter, im Gewicht von hundert Pfund zu mehr als fünftausend. Im ganzen hundertzwanzigtausend Pfund, wie Knox errechnet hatte. Und das alles sollte nun durch die Wildnis transportiert werden, zuerst nach Süden und dann nach Osten, vierhundertfünfzig Kilometer weit im tiefsten Winter.

Ursprünglich hätte die Artillerie zusammen mit einem unschätzbar wertvollen Behälter voll britischer Flinten und dreiundzwanzig Munitionskisten in mehreren Piroggen über den Lake George befördert werden sollen. Eine große Schute nahm das schwerste Geschütz auf. Aber sie sank bei Sabbath Day Point. Glücklicherweise befand sie sich gerade in seichtem Wasser, und das Geschütz konnte gerettet werden.

Mit der Hilfe des reichen Philip Schuyler aus York, der bereits zum Major General der kontinentalen Streitkräfte ernannt worden war, beschaffte sich Knox achtzig Spezialschlitten und achtzig Joch Ochsen. Aber der aufgeweichte Boden verhinderte, daß sich die Karawane sofort in Bewegung setzen konnte.

Schließlich war gegen Ende Dezember die Schneedecke fest genug. Die Ochsentreiber schlugen auf die Tiere ein, und die Schlitten traten die weite Reise an. Am Neujahrstag erreichten die erschöpften Männer und Tiere und das kostbare Arsenal die Flußmündung, wo ihnen das launische Wetter erneut einen Strich durch die Rechnung machte. In der Hoffnung, eine befahrbare Wegstrecke zum Südufer des Mohawk zu schaffen, hatte Knox den bezahlten Fuhrmännern und den einheimischen Freiwilligen befohlen, Löcher ins Eis zu schlagen.

»Verdammt will ich sein, wenn ich nicht bald mitsamt meinem Gespann nach Hause gehe«, hörte Philip einen Mann jammern, als er mit Tait die willkommene Wärme des Lagerfeuers erreicht hatte. »Vierundzwanzig Shilling pro Tag sind viel zuwenig, wenn die Tiere nach diesem Unternehmen nicht mehr zu gebrauchen sind. Womöglich ersaufen die Ochsen, bevor wir das andere Ufer erreicht haben.«

Philip erkannte Crenkle, einen Farmer mit blondem Bart. Knox hatte den Mann mitsamt seinen Ochsen in Glens Falls angestellt.

»Aber Sie waren mit vierundzwanzig Shilling einverstanden, Nachbar«, sagte Tait unfreundlich und griff nach einem schmutzigen Steingutbecher. Er zog den Spund aus dem Whiskyfaß auf einem Gestell. »Hätten Sie doch damals gemeckert, als Sie mit dem Colonel Ihren Vertrag ausgehandelt haben.«

»Hören Sie doch mit diesem verdammten Unsinn vom Colonel auf!« rief Crenkle. »Der ist doch nur Zivilist! Und noch dazu ein stinkfauler! Sitzt den ganzen Tag auf seinem fetten Arsch im Dorf und stopft sich voll, während wir uns hier draußen fast zu Tode rackern...«

»Nein, Sir, ich habe mich nicht vollgestopft. Leider hatte ich keine Zeit für ein Abendessen.«

Crenkle wirbelte beim scharfen Klang der Stimme herum. Der Feuerschein färbte seine Atemwolke gelblich.

Mit seinem weiten Umhang kam Henry Knox aus dem Dunkel gewatschelt und zog sein schlechtgelauntes Pferd hinter sich her. Trotz seines Umhangs und seines puddingähnlichen Gesichts, das so wenig Autorität ausstrahlte, ließ sein harter Blick den Farmer zurückweichen.

»Ich habe nach Männern gesucht, die hier die Feiglinge und Drückeberger Ihrer Sorte ablösen können.« Knox riß Crenkle den Becher aus der Hand und schleuderte ihn in hohem Bogen weg. Der Becher klirrte gegen eine Haubitzenmündung. Die halb erfrorenen, verschmutzten Männer um das Feuer wechselten verstohlene Blicke. Einige wirkten belustigt, andere fanden die Szene alles andere als erheiternd und machten schuldbewußte Gesichter.

»Verschwinden Sie, Crenkle«, fuhr Knox fort. »Gehen Sie nach Hause! Aber wenn Sie das tun, brechen Sie Ihren Vertrag. Ich würde mich dann berechtigt fühlen, zum Ausgleich des Schadens, der durch Ihren Vertragsbruch entsteht, Ihre Ochsen zu konfiszieren.«

»Zu konfiszieren!« schrie Crenkle. »Sie haben überhaupt kein Recht...«

»Sicher hat er, Bruder. Dieses Recht!«

Philip fuhr überrascht herum. Er hatte nicht bemerkt, daß Eph Tait im Dunkel davongeschlichen war. Jetzt war er mit seinem Kentucky Rifle wieder da, das sorgsam am Schlitten der »Alten Sau« festgebunden gewesen war. Im langen Gewehrlauf spiegelte sich der Feuerschein.

»Die Waffe ist geladen und bereit, den Streit zu schlichten.« Tait sah den wütenden Crenkle grinsend an. »Was haben Sie da gerade über die Rechte des Colonels gesagt?«

»Diese verdammte, anmaßende Bande! Diese verfluchten Bastarde von der Armee...«, begann Crenkle und wischte sich mit einer rotgefrorenen Hand über den Bart. Aber seine Stimme klang nicht mehr ganz so selbstsicher wie zuvor.

»Gehen Sie jetzt zum Fluß zurück oder nach Hause!« stieß Knox hervor. »Sofort!«

Crenkle flüsterte etwas Unverständliches vor sich hin und verließ das Lagerfeuer.

Er ging zum Fluß.

Knox seufzte angewidert und watschelte zu Tait und Philip.

»Heute abend habe ich einen Brief an General Washington abgeschickt und ihm mitgeteilt, daß sich der Transport verzögert. Ich habe ihm versichert, daß wir den Mohawk überqueren, sobald die Eisdecke fest genug ist. Können wir hoffen, daß es bald soweit sein wird?«

»Das Eis ist noch immer ziemlich dünn, Henry«, sagte Philip mit steifgefrorenen Lippen.

»Wir müssen es riskieren. Unten bei Albany müssen wir

noch einmal ein Wasser überqueren, und dann liegt im Osten das schwierigste Terrain vor uns. Je länger wir warten, desto größer wird die Gefahr, daß ein Blizzard über uns hereinbricht.«

Knox brauchte weder Tait noch Philip auseinanderzusetzen, wie tödlich diese Gefahr sein konnte. Nachdem sie mit Knox nach Westen geritten waren und sich täglich über seine Landkarten gebeugt hatten, wußten sie, welche Berge das Hudson Valley von Boston trennten. Es gab weder Straßen noch Pässe, die über diese Bergketten führten. Und wenn sie auf den einsamen Höhen von einem Schneesturm überrascht wurden, konnte das eine tage- oder wochenlange Verzögerung bedeuten.

Eph Tait seufzte. »Wir wollten gerade eine halbe Stunde Pause machen, wie die anderen hier. Aber das lassen wir wohl lieber bleiben. Komm, Philip, gehen wir wieder aufs Eis.«

»Und paßt auf diesen Crenkle auf!« rief Knox ihnen nach. »Der würde die Geschütze und uns alle opfern, um seine niederträchtige Haut zu retten.«

4

Einen Tag später überquerten sie den Mohawk und hatten nur vorübergehend den Verlust eines Achtzehnpfünders zu beklagen. Nach mehrstündiger mühseliger Arbeit mit Flaschenzügen und Ketten zogen sie die gesunkene Kanone wieder aus dem Fluß.

Am Ende der ersten Januarwoche erreichte die Karawane Albany, eine wohlhabende Stadt, deren Bewohner stärker von patriotischem Geist erfüllt waren als Crenkle. Mit strahlenden, geröteten Gesichtern kamen einige Bürger den Schlitten und den halberfrorenen Männern entgegen, um sie freudig zu begrüßen.

General Schuyler war hier zuhause. Seinem Einfluß war es zu verdanken, daß neue Freiwillige mithalfen, die Artillerie über den Hudson zu befördern. Die Eisdecke auf dem Fluß war inzwischen wegen der Kälte stark genug. Beim Transport über den Hudson versank eine weitere schwere Kanone, aber am nächsten Tag wurde sie durch eine viereinhalb Meter große Lücke, die man in das Eis gehauen hatte, wieder aus dem Wasser geholt. Um sich für die Hilfe der Stadtbewohner zu bedanken, die sich an der Bergungsaktion beteiligt hatten, taufte Henry Knox das Geschütz »Albany«.

Die Karawane hatte sich beträchtlich verspätet. Im November hatte Knox dem General erzählt, die Strecke von vierhundertfünfzig Kilometern könne in fünfzehn Tagen bewältigt werden. Am zehnten Januar begannen die ersten Ochsengespanne den Aufstieg zu den schneebedeckten Kiefern und Rottannen am Fuß der Bergkette.

5

Eines Abends, nachdem sie ihr Nachtlager im knöcheltiefen Neuschnee aufgeschlagen hatten, erkundigte sich Eph Tait, wie Philip zur Armee gekommen war.

»Manchmal habe ich eigenartige Sätze aus deinem Mund gehört – als wärst du ein Ausländer.«

Philip hielt die steifgefrorenen Hände über die Flammen des Lagerfeuers und ignorierte einen finsteren Blick Crenkles, der ihm gegenübersaß.

»Ich bin auch ein Ausländer, Eph. Ich wurde in Frankreich geboren. Obwohl ich schon als Junge Englisch gelernt habe, kann ich manche Wörter noch immer nicht richtig aussprechen.«

»Verdammt will ich sein...« Tait blinzelte erstaunt. »Und wie bist du nach Boston gekommen?«

Philip erzählte seinem Freund seine Lebensgeschichte. Er schilderte, wie ihm die Amberlys in England das Erbe seines adeligen Vaters streitig gemacht, wie sie Philip und seiner Mutter eingeredet hatten, daß James Amberly tot wäre. Weil Philip den mörderischen Zorn Rogers, des legitimen Amberly-Sohnes, auf sich gelenkt hatte, war er gezwungen gewesen, mit seiner Mutter von Kentland, dem Familiensitz der Amberlys, zu fliehen. In London hatten sie Zuflucht gesucht, hatten gehofft, in den Menschenmassen untertauchen zu können.

Eine Zeitlang blieben sie ungeschoren. Philip erlernte das Druckerhandwerk bei der Familie Sholto. Dann traf er den Amerikaner Dr. Franklin, der ihn ermutigte, in die Kolonien auszuwandern.

Aber Philip hatte auf Kentland nicht nur den Zorn seines Stiefbruders geweckt, er hatte auch bei einer Schlägerei Roger Amberlys Hand verkrüppelt. Der rachsüchtige junge Mann setzte professionelle Meuchelmörder auf die Spur von Philip und seiner Mutter. Erneut sahen sie sich zur Flucht gezwungen.

Philip befolgte Dr. Franklins Rat und entschloß sich, ein neues Leben in einem neuen Land zu beginnen, statt nach Frankreich in die Armut zurückzukehren. Philips Mutter starb auf See an gebrochenem Herzen, weil ihr Traum vom Reichtum und der hohen Position ihres Sohnes zerstört worden war.

In Boston fand Philip eine Stellung in Ben Edes' Druckerei. Allmählich wurde seine Verbindung zu den Patrioten, denen auch Edes angehörte, immer enger. Er lernte Samuel Adams kennen, den reichen, eleganten Kaufmann Hancock, Paul Revere...

Philip zeigte Eph einen seiner Vorderzähne, einen Zahn, den ihm Revere aus dem Stoßzahn eines Flußpferdes geschnitzt und eingesetzt hatte. Revere betätigte sich als Zahnarzt, um den Lebensunterhalt für sich und seine Familie zu verdienen, wenn er nicht gerade Kupferplatten ätzte, Silberarbeiten anfertigte oder als Expreßreiter für patriotische Komitees fungierte.

Philip erzählte Eph auch von dem unerwarteten Auftauchen seines Stiefbruders Roger. Der junge Amberly war als Offizier der britischen Streitmächte in der Garnison von Boston eingetroffen. Er schilderte auch, wie er einem Hummerfrack, dem Infanteristen George Lumden, bei der Desertation geholfen und wie er Roger mit einem britischen Bajonett durchbohrt hatte, um Anne zu retten.

»Ich glaube, solche Geheimnisse spielen jetzt keine Rolle mehr.«

»Das denke ich auch«, sagte Eph. Unwillkürlich blickten die beiden zu den steilen, dunklen Hängen hinüber, wo große Tannen im Nachtwind seufzten. Morgen würde der Aufstieg auf die winterlichen Höhen beginnen.

Eph fröstelte, kauerte sich näher an das Feuer und umschlang seinen Oberkörper mit den Armen.

»Mein Gott, ich ahnte ja nicht, daß ich mich in so vornehmer Gesellschaft befinde. Ein Herzog als Papa...«

»Und das Blut seines Sohnes an meinen Händen«, erwiderte Philip ernst.

Nur einen Teil seiner Lebensgeschichte hatte er ausgelassen – die stürmische Affäre mit der jungen Frau, die später Rogers Frau geworden war. Alicia Amberly, die Tochter des Earls von Parkhurst, hatte den Atlantik überquert, um am Krankenbett ihres schwerverwundeten Mannes zu wachen. Alicias Verwandte, reiche Tories aus Philadelphia, hatten Roger zu sich genommen und gepflegt. Auf einen Brief von Alicia hin war Philip in die Quäkerstadt geritten, um sie zu sehen. Eine Zeitlang glaubte er, er könne die früheren Beziehungen wieder aufleben lassen, hatte sogar mit dem Gedanken gespielt, die schöne, leidenschaftliche Frau zu heiraten.

Aber dann hatte er zufällig Dr. Franklin wiedergetroffen, der aus England zurückgekehrt war. Philip erfuhr, daß ihn Roger und Lady Jane Amberly niederträchtig betrogen hatten. Philips Vater war noch am Leben. Und Alicia hatte das gewußt. Sie hatte den neuerlichen Kontakt zu Philip nur gesucht, weil er nach Rogers Tod nun einziger Erbe des Amberly-Vermögens war.

Obwohl Alicia ihre Liebe zu ihm beteuerte, bedeutete die Erkenntnis ihres Betrugs einen Wendepunkt in Philips Leben. Endlich wußte er, wer er war, wohin er gehörte, konnte er seine Gefühle und Gedanken ordnen. Er kehrte nach Boston zurück, um das Mädchen zu heiraten, das er wirklich liebte, und um in der patriotischen Armee zu kämpfen.

»Keine sehr distinguierte Karriere«, beendete er seine Erzählung. »Ich bin nicht besonders stolz auf einige Taten, die ich begangen habe, um zu überleben. Ich habe mehr Menschen getötet als nur meinen Halbbruder...«

»Das dachte ich mir schon«, sagte Eph Tait. »Das sieht man in den Augen eines Mannes. Philip – glaubst du eigentlich, daß diese verrückte Armee überhaupt eine Chance hat? Ich habe gehört, daß die Hummerfräcke deutsche Söldner herüberholen wollen.«

»Das habe ich auch gehört. Um deine Frage zu beantworten – das weiß ich nicht, Eph.«

»Aber glaubst du, daß sich das alles lohnt – egal, was geschieht?«

»Ich denke schon. Aber meistens mache ich mir darüber keine Gedanken. Ich lebe einfach von einem Tag zum anderen...«

»Sehr weise.« Tait blickte wieder zu den vom Sternenlicht versilberten Hängen hinüber. »Aber ich wette, der morgige Tag wird nicht zu den besten zählen.«

6

»Noch ein Halteseil! He – Sie da. Machen Sie es schnell fest!«

Philips Befehl setzte den Fuhrmann in Bewegung. Tiefer Neuschnee lag auf den Bergen, schimmerte in blendendem Weiß, gefleckt von bläulichen Schatten, die hohe Bäume im Schein der Januarsonne warfen. Die Sonne schmolz die Schneedecke gerade so stark, um den ohnehin schwer passierbaren Boden noch tückischer zu machen.

Am dritten Tag in den unwegsamen Bergen zog sich der Artilleriezug über Kilometer hin. Jeder Abstieg mußte mit besonderer Sorgfalt vorbereitet werden, zwischen den Schlitten wurde genügend Abstand gehalten, um Unfälle zu vermeiden. Philip war fast am Fuß des Hanges angekommen; er stieg neben dem Schlitten abwärts, der die »Alte Sau« beförderte.

Vor ihm nahm ein anderer Schlitten mit zwei Coehorns bereits den nächsten Hang in Angriff. Eph Tait rannte nebenher, während die Treiber auf die unwilligen Pferde einschlugen. Tait trug mehrere schwere Bremsketten über dem Arm, die er von den Schlittenkufen gelöst hatte, sobald das Gefährt den Fuß des steilen Hangs erreicht hatte.

Nun wurde die »Alte Sau« den Hang hinabbefördert. Vier Halteseile, die oben an Baumstämmen befestigt waren, erwiesen sich als nicht stark genug. Eines war bereits gerissen, und deshalb hatte Philip dem Mann nahe dem Gipfel den Befehl zugerufen. Der Fuhrmann begann ein anderes Seil um einen Stamm zu winden, so langsam, daß Wut in Philip aufstieg.

Die Bremsketten unter den Kufen schienen kaum Wirkung zu erzielen. Der Schlitten glitt immer schneller abwärts. Die Zugochsen begannen unter dem Druck von hinten zu stolpern. Ihr Treiber Crenkle schlug unter Flüchen auf die Tiere ein. Aber das half auch nichts.

Der Schlitten rutschte zur Seite. Philip sprang schnell zurück, um nicht mit den Füßen unter die Kufen zu kommen.

Trotz der Kälte war er unter seiner schmutzigen Kleidung schweißnaß.

»Crenkle, hören Sie auf, die Ochsen zu schlagen, sie sind ohnehin schon nervös genug!« schrie Philip den Farmer an. Crenkle warf ihm einen herausfordernden Blick zu und hieb weiter auf die Tiere ein.

Das Hinterende des Schlittens rutschte weiter nach links, einem fast senkrechten, sieben Meter tiefen Abhang zu. Glitt der Schlitten auch nur zum Teil über die Kante, wären die Ochsen und die kostbare Fracht verloren. Das Geschütz würde zerschellen und sich vielleicht nicht mehr reparieren lassen.

»Beeilen Sie sich mit dem Seil!« schrie Philip, die Hand als Trichter vor dem Mund. Der Mann, der oben mit dem Seil hantierte, bewegte sich noch immer mit entnervender Langsamkeit. Insgesamt waren sechs Seile um verschiedene Haken des Schlittengestells geknüpft. Eines war gerissen, ein weiteres schlängelte sich lose den Hang hinab und zeichnete ein Schlangenmuster in den Schnee.

Mit angehaltenem Atem beobachtete Philip, wie der Schlitten erneut zu rutschen begann. Nur noch ein halber Meter zum Abgrund...

Er blickte wieder zu dem Mann hinauf, der das Seil um den Stamm knüpfte. Verdammt, warum konnte der Mann denn nicht schneller arbeiten?

Einer der Ochsen brüllte; es war ein angsterregender Laut, der durch die schweigende Bergwelt echote. Philip wirbelte herum und sah, wie Crenkle auf den linken Ochsen einschlug. Immer wieder traf der Stock die Vorderbeine. Erneut rutschte der Schlitten ein Stück weiter auf den Abgrund zu...

Als der Mann, der das Seil um den Stamm band, den letzten Knoten geknüpft hatte, schwang das hintere Ende des Schlittens ganz nach links und zeigte geradewegs auf den Abgrund. Die neuen Knoten hielten nicht, das Seil lockerte sich und löste sich vom Baumstamm, das lose Ende schnellte hinab.

Noch ein Seil riß; der Schlitten wurde nur noch von zwei Stricken gehalten. Im selben Augenblick zeigte sich, was Crenkle mit seinen Schlägen erreicht hatte – eine Katastrophe. Der Ochse an der linken Seite bäumte sich auf und stürzte vorwärts, der andere, durch das Joch an den ersten Ochsen gefesselt, spürte die Bewegung und folgte ihr. Der Schlitten wurde zu jäh nach vorn gerissen. Jetzt drohte ihm zwar nicht mehr die Gefahr, in den Abgrund zu stürzen, aber die plötzliche Bewegung ließ ihn den schlüpfrigen Hang hinabrutschen.

Der Schlitten gewann rasch an Geschwindigkeit, Schnee stob von den Kufen auf, und trotz der Bremsketten sauste das schwere Gefährt unaufhaltsam hinab. Crenkle sah, daß die Geschwindigkeit des Schlittens zunahm. Die Vernunft ließ ihn im Stich. Bevor Philip reagieren konnte, ließ er den Stock fallen, zerrte ein Beil aus seinem Gürtel und hieb auf die Zugriemen ein.

»Nicht das Gespann losmachen!« schrie Philip. Aber der Farmer achtete nicht auf ihn. Er zerhieb das letzte Zugtau, streckte die freie Hand aus und riß den Bolzen los, der das Joch mit dem Vorderteil des Schlittens verband.

Die befreiten Ochsen sprangen nach rechts, der Schlitten sauste an Philip und Crenkle vorbei.

Mit einem einzigen gezielten Fausthieb streckte Philip den Farmer nieder.

»Sie verdammter, feiger, stinkender Hundesohn...«

Crenkle lag auf den Knien, schnaufte und versuchte das Blut abzuwischen, das aus seiner Nase tropfte. Der Schlitten donnerte auf den Fuß des Hanges zu, wo Eph Tait gerade die letzten Bremsketten von den Kufen des Coehorn-Schlittens löste.

Als er das Rumpeln hinter sich hörte, wirbelte er herum. Einen Augenblick lang leuchtete sein halbgeschlossenes Auge im Sonnenlicht wie ein Stern auf.

Die Sekunden schienen sich plötzlich zu Ewigkeiten zu dehnen. Philip spürte kaum, daß er den Hang hinabstolperte, daß seine Beine im Tiefschnee versanken. Er wußte nicht, daß er heiser unzusammenhängende Warnschreie hervorstieß.

Er sah, daß Eph Tait im sonnengleißenden Schnee vor Überraschung zu versteinern schien. Taits Kinn sank herab, als er den Schlitten auf sich zurasen sah. Endlich setzte er sich in Bewegung, begann zu laufen...

Die Bremsketten, die über seinen Arm hingen, fielen zu Boden. Ephs Fuß verfing sich, und er stürzte der Länge nach in den Schnee.

Der Schlitten mit dem schweren Geschütz erreichte den Fuß des Hanges, Tait hob einen Arm schützend vor sein Gesicht...

Dann glitt der Schlitten über ihn hinweg, raste an den Coehorns vorbei und verlor auf der ebenen Strecke allmählich an Geschwindigkeit. Am Fuß des nächsten Hanges kam er endlich zum Stehen.

Hinter dem Schlitten tauchten grotesk verbogene Glieder aus dem Schnee auf.

Philip lief auf seinen Freund zu. Der Mann aus Virginia schrie.

Philips bärtiges Gesicht verzerrte sich. Andere Fuhrleute stürzten auf Eph zu. Philip blinzelte im grellen Sonnenlicht, dann wirbelte er herum, rannte den Hang wieder hinauf, fiel immer wieder taumelnd in den Schnee. Verbissen kämpfte er sich nach oben. Über ihm stand Crenkle in geduckter Haltung, um den Angriff mit seinem Beil abzuwehren. Philip kam näher, das Gesicht des Farmers mit dem blonden Bart nahm fast tierische Züge an.

Crenkle ließ sein Beil fallen und sprang über den Rand in den Abgrund. Er rappelte sich auf, schlitterte schräg den Hang hinab und verschwand in einer dichten Fichtengruppe. Philip hob das Beil auf und rannte zum Rand des Abgrunds. Eine Stimme drang zu ihm. Einer der Männer, die neben dem Coehorn-Schlitten standen, rief herauf: »Lassen Sie ihn laufen, Kent! Helfen Sie uns lieber, Tait zu versorgen! Er lebt noch!«

Philip zögerte. Die Hand, die den Griff des Beils umklammerte, begann zu zittern. Unten sah er Crenkle, der immer mehr Entfernung zwischen sich und die Artilleriekarawane legte – eine stolpernde Gestalt, die kleiner und kleiner wurde, abwechselnd im Sonnenlicht auftauchte und in blauen Schatten verschwand.

Der Fuhrmann am Fuß des Hangs rief erneut Philips Namen. Mit einem Schrei schleuderte Philip das Beil in den Abgrund. Mit einem letzten Blick auf die winzige Gestalt, die durch den Schnee floh, folgte er dem Ruf. Er sah Crenkle nie wieder.

7

Der Artilleriezug kam zum Stillstand. Der Schlitten, der die »Alte Sau« beförderte, hatte keinen Schaden erlitten. Aus frischgeschnittenen Zweigen und Decken hatten Philip und einige Fuhrleute ein provisorisches Zelt gebaut.

Zehn Minuten, nachdem das Zelt stand, kroch Philip wieder heraus und ließ das Deckenende hinter sich fallen. Blinzelnd gewöhnten sich seine Augen an den gleißenden Schnee. Aber auch durch das Blinzeln sah er nicht viel klarer.

Ein Reiter kämpfte sich den Hang herab, an dessen Fuß der Schlitten mit der »Alten Sau« zum Stehen gekommen war. Philip beobachtete, wie das Pferd stolperte, strauchelte, dann weitergaloppierte. Die füllige Gestalt Henrys schwankte im Sattel hin und her.

Aus dem improvisierten Zelt drang schmerzliches Stöhnen. Philip tat so, als müsse er sich die Nase putzen. Aber die anderen Fuhrleute sahen ihn nicht an. Sie studierten die Baumwipfel oder starrten in den Schnee, in dem Eph Taits Blutspuren rot leuchteten, oder sie blickten ganz einfach auf ihre mit Lumpen umwickelten Stiefelspitzen. Keiner sagte ein Wort. Nur das Flüstern des Windes unterbrach dann und wann das

Schweigen, das Knarren eines gefrorenen Astes, die gedämpften Hufschläge im Schnee. Dann schwang sich Henry Knox aus dem Sattel.

»Ich habe deine Nachricht erhalten und sofort einen Mann nach Westfield geschickt, um einen Arzt holen zu lassen«, sagte er zu Philip. Dann ging er zum Zelteingang.

Philip hielt ihn am Arm zurück. »Nicht, Henry...«

»Ich muß doch sehen, wie man ihm helfen kann.«

»Von hier an...« Philip schluckte und zeigte dann von seiner Gürtellinie abwärts. »Von hier an braucht er keine Hilfe mehr.«

Knox wurde so weiß wie der Schnee ringsum. »Mein Gott... Ist er bei Bewußtsein?«

Philip schluckte seine Tränen und nickte.

»Wir haben ihn mit Whiskey betäubt. Damit konnten wir ihn ein wenig beruhigen. Ein oder zwei Minuten lang habe ich sogar mit ihm gesprochen. Er – er weiß, wie schwer er verletzt ist. Er will sein Gewehr haben.«

Philip zeigte mit seiner steifgefrorenen Hand in einer traurigen Geste auf den Schlitten. Am Gestell war Eph Taits Kentucky Rifle festgebunden. Es leuchtete blau durch den feinen Schnee, der sich darauf festgesetzt hatte.

»Nun, dann hol es, wenn er sich dadurch getröstet fühlt«, sagte Knox. »Es wird eine Weile dauern, bis der Arzt eintrifft, und so müssen wir alles versuchen, um...«

Er brach ab, als Philip den Kopf schüttelte. »Eph hat mich gebeten, später an seine Familie zu schreiben, Henry. Er will, daß ich das Gewehr lade.«

Knox schwankte. Philip hatte ihn noch nie so erschüttert gesehen. Er blickte sich im kleinen Kreis der Treiber aus York um, sah in ein wettergegerbtes Gesicht nach dem anderen, als hoffe er, einer der Männer würde sprechen, würde ihm diese Pflicht abnehmen. Aber sie schwiegen, und so sagte Philip: »Ich finde, daß die Entscheidung bei dir liegt, Henry.«

»Nein, sie liegt einzig und allein bei ihm. Trotzdem ...« Knox strich sich über die Stirn. »Es ist auch eine ethische Frage.«

»Dann sag ihm das, Henry. Sieh dir an, was von ihm übriggeblieben ist, und dann sag es ihm. Ich kann es nicht.«

Schweigen. Der Wind strich klagend durch die Bäume. Ein Ast brach mit lautem Knacken und fiel in den Schnee.

»Würdest du bitte das Gewehr holen, Philip? Ich bringe es ihm hinein. Oder willst du lieber ...«

»Wir haben genug geredet. Vielleicht brauchst du mehr Whiskey, um ihn wach zu bekommen.«

Er wandte sich ab und ging zu dem Schlitten mit dem schweren Geschütz. Von der anderen Seite des Berges drangen Flüche und Peitschenknallen herüber. Vielleicht hatten die Boten, die von der Unfallstelle aus in alle Richtungen ausgesandt worden waren, einen der Schlitten verpaßt, die sich durch die Wälder quälten. Der Lärm erschien Philip fast wie eine Schmähung, als er die gefrorenen Stricke löste, die Munitionskiste neben dem Gewehr öffnete, die Waffe lud und sie Henry Knox brachte.

Wieder klang im Inneren des Zeltes ein Stöhnen auf. Dann schrie Eph Tait einen Namen – den Namen einer Frau. Knox nahm das Gewehr und bückte sich, um in das Zelt zu treten. Philip wandte sich ab und ging davon.

Fünf Minuten später, als Philip die Arme auf das kalte Eisen des schweren Geschützes stützte, hörte er den Schuß. Er krachte ohrenbetäubend und unheimlich laut. Sein Echo hallte mehrfach zwischen den bewaldeten Hängen. Er starrte in den Rachen der Kanone, als könne er sie mit einem einzigen Blick vernichten, und zuckte zusammen, als ihn jemand berührte.

Es war Knox.

Die Treiber entfernten sich von dem provisorischen Zelt, der Wind wehte die Deckenenden hoch.

Wolken zogen am Himmel auf und verhüllten die Sonne. Der Wind wirbelte Schwaden weißen Pulverschnees auf, die über die Hänge tanzten. Der Schlitten, der den Hang heraufgekommen war, hielt inne. Die Fuhrleute starrten auf die seltsame Szenerie herab. Wieder sang der Wind in den Zweigen, ein leises, schmerzerfülltes Lied.

»Ich glaube, wir sollten ihn hier begraben, Philip.«

»Ja.«

»Das Gewehr gehört dir. Das hat er mir gesagt. Wir heben ein ordentliches Grab aus, dann spreche ich ein paar Worte und...« Henrys Stimme brach. »Und dann sehen wir, daß wir diese verdammten Kanonen über die Berge kriegen.«

»Ja, schon gut«, sagte Philip und starrte ins Nichts. Knox ließ ihn allein in einer Wolke aus hochgewirbeltem Schnee.

8

Die Ankunft der Artillerie in Westfield verursachte dort nahezu Karnevalsstimmung. Die Einwohner folgten den Schlitten zu beiden Seiten, und kleine Jungen sprangen immer wieder hinauf, um das kalte Eisen der schweren Geschütze zu berühren.

Die Bürger von Westfield luden die müden Ochsentreiber und Fuhrleute zum Essen und Trinken ein. Die Männer nahmen begeistert an. Sie waren halb verhungert nach dem schwierigen Transport der schweren Waffen über die unwegsamen Berge.

Als Lohn für ihre Gastfreundschaft baten die Bewohner von Westfield Henry Knox, er möge das schwerste Geschütz, die »Alte Sau«, einmal abfeuern. Der erschöpfte Knox kam dieser Bitte nach. Philip suchte während der eindrucksvollen Demonstration Zuflucht in der dörflichen Schankwirtschaft. Aber er hörte trotzdem das Donnern der Kanone, den Applaus, die Begeisterungsschreie, die Schimpfworte, die König Georg galten. Er goß sich ein zweites Bier ein. Der Wirt war wie alle anderen

Dorfbewohner draußen, um das große Schauspiel nicht zu versäumen.

9

»Annie? Annie! Ich bin wieder da!«

Aus vollem Hals schreiend stürmte Philip am Abend des 26. Januar die Treppe des Hauses in Watertown hinauf. Am Tag zuvor war der Artilleriezug in Framingham angekommen, die lange, harte Reise war beendet. Philip war mit Knox vorangeritten, der ihm für einen Besuch bei seiner Familie freigegeben hatte. Knox galoppierte zum Vassall House, um General Washington Bericht zu erstatten.

Verschmutzt und entkräftet kam Philip oben an. Er rief noch einmal nach seiner Frau. Er verlagerte Ephs Kentucky Rifle in die linke Hand und wollte an die Tür klopfen.

Aber er erstarrte mitten in der Bewegung, als er den Trauerkranz aus schwarzem Krepp an der Tür hängen sah. Angst um Anne und den kleinen Abraham schnürte ihm fast die Kehle zu. Reglos stand er da, nahm kaum wahr, daß sich unten Türen öffneten, Köpfe heraussahen. Das Haus hatte sich in eine Bienenwabe voller Notquartiere verwandelt. Jetzt war er schon fast überzeugt davon, daß seine Frau und sein Kind während seiner Abwesenheit gestorben waren.

Die Tür schwang auf. Philip brach fast in Tränen aus, als er Annes müdes Gesicht sah. Das kastanienbraune Haar hing ihr wirr in die Stirn. Ihr Kleid war fleckig und zerknittert. Philip konnte nicht sprechen. Er brachte es nicht über sich, die Frage zu stellen, die ihm auf der Seele brannte.

»Dem Baby geht es gut«, sagte Anne ruhig. »Es schläft.«

»Dann ist dein Vater... O Annie!«

Plötzlich lag sie an seiner Brust, unfähig, das Schluchzen länger zu unterdrücken. Er ließ das wertvolle Gewehr fallen. Es war ihm egal, daß er sie mit seinem schlammverkrusteten Mantel schmutzig machte, er drückte sie an sich und vergrub sein ungewaschenes, bärtiges Gesicht in ihrem Haar. Eine Minute lang schluchzte sie hemmungslos, dann fand sie ihre Selbstbeherrschung wieder.

Philip hob sein Gewehr auf, führte sie in das schwach erleuchtete Wohnzimmer und schloß die Tür vor den neugierigen Gesichtern, die von unten heraufstarrten.

»Wann, Annie?« flüsterte er.

»Am vierten Januar. Während des Dezembers verschlechterte sich sein Zustand immer mehr. Und du weißt doch, daß es unmöglich ist, einen Arzt aufzutreiben. Schließlich hat Mister Revere einen Doktor gefunden, der sich schon aus dem Berufsleben zurückgezogen hat – einen senilen alten Burschen. Revere hat ihn praktisch entführt, ihn aus Roxbury hergeschleppt. Der Arzt diagnostizierte eine Rippenfellentzündung, aber das war ja nichts Neues für mich. Natürlich konnte er nichts anderes verschreiben als die üblichen Brech- und Abführmittel. Als er dann einen rostigen Aderlaßschnäpper und eine blutverkrustete Wanne auspackte, bezahlte ich ihn, dankte ihm und schickte ihn weg. Ich wußte, daß es sinnlos war.«

Ihr Gesicht war schneeweiß. Sie sah sich wie gehetzt im Zimmer um, starrte in die Ecken, als suche sie ihren Vater.

»Papa hatte wenigstens in einer Hinsicht Glück«, erzählte sie dann weiter. »Er schlief ganz friedlich ein. Aber, Philip – zur gleichen Zeit war ich ohne jede Nachricht von dir. Man hörte nur Gerüchte aus Cambridge, daß Henry Knox noch immer unterwegs war. Daß er Schwierigkeiten hatte, daß Unfälle passiert wären...« Ihr Schmerz brach sich in einem erstickten Schrei Bahn. »O Philip, ich hatte solche Angst, du wärst auch gestorben!«

Wieder zog er sie an sich, streichelte ihre Schultern, versuchte die Erinnerung an ihren Kummer wegzuwischen. Plötzlich hörte er das ungeduldige Wimmern seines Sohnes im Nebenzimmer, das in ein energisches Geschrei überging. Und er spürte den völlig unpassenden Drang zu lachen.

Anne löste sich aus der Umarmung und wischte sich die Tränen von den Wangen.

»Tut mir leid, daß ich mich so habe gehen lassen. Das Schlimmste ist ja nun vorbei. Ich bin eben ganz einfach zusammengebrochen.«

»Mußtest du ihn selbst begraben?«

»Ja, hier auf dem Friedhof. Ben Edes hat mir geholfen. Wir wissen ja nicht, wann wir wieder nach Boston zurückkehren können. Philip – zu Weihnachten bat mich Papa, ich soll dir seine Grüße bestellen – und seine besten Wünsche für die Zukunft. Er ahnte wahrscheinlich schon, daß er nicht mehr lange leben würde...« Sie wandte sich ab, weil das Baby inzwischen ohrenbetäubend schrie. »Ich muß ihn füttern – und dir muß ich auch etwas zu essen geben. Du siehst aus, als hättest du zwanzig Pfund abgenommen.«

Sie zwang sich zu einem kleinen Lächeln. Das sieht ihr ähnlich, dachte Philip und war von wortloser Zärtlichkeit erfüllt, die ihn seine Erschöpfung, den Hunger, die ungewaschenen Kleider vergessen ließ. Anne gibt nicht auf, was sie auch durchgemacht hat – sie kämpft weiter.

»Trotz aller Trauer haben wir aber auch ein bißchen Glück«, fügte Anne hinzu. »Papa hat uns beiden sein ganzes Geld hinterlassen, und... So warte doch, Abraham, ich komme ja schon!« rief sie, als das Schreien immer schriller wurde. »Papa meinte, wir sollten uns eine Druckerei aufbauen, wenn wir das Geld nicht für unseren Lebensunterhalt brauchen. Er hat viel von dir gehalten, Philip, wirklich. Er wollte, daß du das weißt.«

Diese Worte sollten ihn aufmuntern, ihm neue Hoffnung geben. Aber es gelang ihm nicht, optimistisch in die Zukunft zu schauen.

Er dachte an Dr. Warren, der im Schützengraben den Tod gefunden hatte.

Oder an Eph Tait, der in der winterlichen Einöde des westlichen Massachusetts begraben lag, weit von den Bergen seiner südlichen Heimat entfernt.

Und er dachte an Abraham Ware, den die schwere Krankheit vielleicht nicht dahingerafft hätte, hätte er in seinem warmen, komfortablen Haus in der Launder Street von Boston bleiben können.

Wer würde das nächste Opfer dieses unseligen Kampfes sein?

Wenn Philip sich die Zukunft seines kleinen Sohnes ausmalte, konnte er nur resignieren. In Leidenschaft gezeugt, in Liebe geboren – aber wo würde das Kind Halt finden, wenn es aufgewachsen war, wofür würde es leben in diesem Land, das von Rebellion und Krieg erschüttert wurde?

Der Kampf konnte sich über Jahre hinziehen – wie es bei europäischen Kriegen so oft geschah. Daß Amerika den Krieg gewinnen würde, erschien ihm äußerst zweifelhaft. Daß es schnell siegen könnte, war undenkbar. Es war sinnlos, sich über die Zukunft des Jungen oder über sein Erbe Gedanken zu machen. Tote hatten für Geld keine Verwendung. Konnte man eine Druckerei aus dem Grab heraus kaufen?

Mitten in seinem Pessimismus hatte Philip plötzlich das Bedürfnis, die Freuden des Augenblicks zu genießen, die warme Schulter seiner Frau in seinem Arm... Und noch etwas anderes.

»Ich möchte meinen Sohn sehen.«

Eine Stunde später servierte ihm Anne kaltes Lamm, frischen Käse, altbackenes Brot und heißen Tee. Wenn das Essen auch nicht luxuriös war, es gab genug, um satt zu werden. Aber trotz der mageren Rationen, von denen er während seiner Expeditionsreise gelebt hatte, war ihm nicht nach Essen zumute.

Aus seiner Angst und Unsicherheit heraus griff er nach Annes Hand.

Sie sah ihn prüfend an und verstand. Ein sanftes Lächeln vertrieb die Müdigkeit aus ihren Augen. Sie war voller Sehnsucht, genau wie er.

Sie stand auf und blies die Lampe in der Ecke des Wohnzimmers aus. Liebevoll nahm sie auch seine andere Hand in die ihre.

»Ich sollte mich vielleicht zuerst rasieren«, sagte er mit verlegenem Lächeln. »Mit diesen Bartstoppeln zerkratze ich ja die zarten Wangen einer Dame.«

»Das macht nichts. Komm!« Sie führte ihn zur Tür.

Als sie in dem großen, hohen Bett lagen, neben dem ihr Sohn in seinem Körbchen schlief und manchmal leise gluckste, war Anne voller Wärme und Hingabe. Sie weinte, als er sie zum erstenmal nach langen Wochen wieder küßte. Die Berührung, das Streicheln, dann der Rhythmus ihrer Körper – all das schien die Dunkelheit ein wenig zu erhellen, die sich über der Welt zusammenballte.

Später fand er keinen Schlaf.

Leise ging er ins Wohnzimmer, zündete die Lampe an und brauchte zwei Stunden, um einen kurzen Brief an Eph Taits Frau in Albemarle County zu schreiben.

6. Kapitel

Mr. Paines revolutionäre Ideen

1

»Gentlemen«, sagte Dr. Benjamin Franklin, und der Krug in seiner plumpen Hand schimmerte im Widerschein des Kaminfeuers, »ich stelle Ihnen unseren verehrten Gast vor. Von Geburt Engländer, ist er von ganzem Herzen Amerikaner. Gott schenkte ihm eine Begabung, die einen erstklassigen Journalisten aus ihm machte. Wie so viele Schriftsteller in diesen unsicheren Zeiten hielt er es für angebracht, seine Pamphlete anonym unter die Leute zu bringen. Aber dem Erfolg nach zu schließen, den seine Veröffentlichungen innerhalb einer kurzen Woche erreichten, wird es ihm wohl nicht mehr lange gelingen, seine Identität zu verbergen. Deshalb sollen die hier Anwesenden seinen Namen erfahren, da sie ihm die Ehre zukommen lassen werden, die er verdient. Wir alle bewundern seine geistvolle Prosa, seine unwiderstehliche Logik.«

Franklin wandte sich an den Gast, der ziemlich unscheinbar und schäbig aussah, an einen Mann mit langer Nase, unregelmäßigem Teint und melancholischen Augen. Seine Haltung verriet, daß er im Alter von etwa vierzig Jahren die Fehlschläge seines Lebens erkannt hatte. Aber heute abend lächelte er.

Franklin prostete ihm zu. »Auf Ihr Wohl, Mister Paine!«

Spazierstöcke hämmerten auf den Boden des Hinterzimmers in der City Tavern von Philadelphia. »Hört! Hört!«

Die Gäste, die keine Stöcke bei sich hatten, trampelten mit den Stiefelsohlen auf die Holzdielen.

Langsam verebbte der Lärm, die Männer begannen sich angeregt zu unterhalten. Im Kamin brach ein schweres Holzscheit in sich zusammen, Funken sprühten. Franklin setzte sich neben den Ehrengast. Während er als Handelsbevollmächtigter verschiedener Kolonien durch England gereist war, hatte er Paine kennengelernt und ihn überredet, nach Amerika zu kommen, nachdem er als Steuerbeamter, Miederfabrikant und Ehemann diverse Katastrophen erlitten hatte. Ein Gast bat ihn, vor der Versammlung zu sprechen, allgemeiner Applaus unterstützte die Bitte, und Thomas Paine erhob sich mit verlegen gerötetem Gesicht.

»Gentlemen, ich danke Ihnen aufrichtig. Aber ich habe keine Ansprache vorbereitet. Ich will nichts weiter als dieses Dinner und die Gesellschaft von Männern genießen, die ich für die klügsten und vorurteilsfreisten Mitglieder des Kongresses halte.«

Erneutes Stockklopfen, Stiefeltrampeln, vermischt mit Applaus und Gelächter.

Judson Fletcher saß an einem Tisch neben dem Kamin und schwitzte. Wahrscheinlich würde er bald all das dunkelbraune Bier wieder herausgeschwitzt haben, das er in sich hineingeschüttet hatte. Obwohl ihm höllisch heiß war, applaudierte er begeistert.

Es waren in der Tat ausgewählte Kongreßmitglieder, die sich an diesem verregneten Abend im späten Januar in der City Tavern eingefunden hatten. Eine auserwählte Gruppe von Patrioten – oder eine auserwählte Gruppe von Verrückten. Das kam darauf an, auf welcher Seite des Zaunes man stand.

Judson hatte Zugang zu dieser Gruppe gefunden, weil ihr Donald Fletcher angehört hatte. Rings um ihn saßen Politiker, deren Namen in allen Kolonien bekannt waren – Franklin, John Adams, der korpulente kleine Anwalt aus Braintree mit der hohen Stimme, der an Paines linker Seite saß. Aus Virginia waren die Brüder Lee und der schlaksige, rothaarige Thomas Jefferson gekommen, der Judson gegenübersaß. Judson wurde ab und zu von der Erkenntnis beunruhigt, daß all diese gebildeten, noblen Gentlemen fest entschlossen waren, die Kolonien auf einen Weg zu führen, der im Verderben enden mußte.

John Adams sprang auf. »Dann will ich für Sie sprechen, Mister Paine.«

Der Anwalt aus Massachusetts war Judson stets ziemlich selbstsicher und wichtigtuerisch vorgekommen. Aber der Ehrengast war sichtlich erleichtert.

»Um auf Mister Jeffersons Bemerkung zurückzukommen – wir alle, als Kongreß und als Volk, wünschen weder einen Anlaß noch die Macht, um eine Trennung von Großbritannien zu proklamieren. Es ist der Wille allein, der...«

»Oh, wir sind doch gewillt, in die andere Richtung davonzugaloppieren, im Wilson-Stil«, sagte Francis Lightfoot Lee und spielte damit auf den Abgeordneten aus Pennsylvania an, der am 9. Januar eine Resolution des Kongresses in die Wege geleitet hatte. Eine Koalition von gewissenhaften Konservativen und ausgesprochen Kleinmütigen hatte ihre Verabschiedung ermöglicht. Wie Judson sich etwas verschwommen erinnerte, war es in der Resolution darum gegangen, daß die Kolonien nicht beabsichtigten, die Unabhängigkeit zu fordern. Die Erwähnung Wilsons wurde mit wütendem Zischen beantwortet, an dem sich auch Judson lautstark beteiligte.

Tom Jefferson, der die langen Beine dem Kaminfeuer entgegenstreckte, warf Judson einen prüfenden Blick zu und wandte sich dann wieder ab. Judson rülpste. Was sollte das alles überhaupt?

»...aber mit der Veröffentlichung von Mister Paines Pamphlet sind wir einen großen Schritt weitergekommen«, fuhr Adams fort. »Damit hat sich das Freiheitsdenken der Öffentlichkeit gefestigt. Wir stehen tief in seiner Schuld.« Wieder brachten die Gäste durch Trampeln und Applaus ihre Zustimmung zum Ausdruck, und Adams nahm sichtlich zufrieden Platz.

Judson mußte zugeben, daß John Adams, einer der eifrigsten Verfechter der Unabhängigkeit, nicht übertrieben hatte.

Seit der Veröffentlichung von Paines fünfzigseitigem Traktat hatte die Bewohner von Philadelphia eine Art Fieber ergriffen. Die Leute stürmten Robert Bells kleinen Buchladen in der Third Street, rissen sich gegenseitig das Pamphlet aus den Händen, die Luxusausgaben in Leder oder die billigen mit dem Papp-Einband.

Am Nachmittag hatte endlich auch Judson eine Ausgabe der berühmten Schrift in die Hände bekommen. Bisher hatte er nicht viel mehr getan, als das Titelblatt zu studieren. Aber er wußte ein wenig über die Geschichte dieses Buches.

Aitken, der Druckereibesitzer, für den Thomas Paine arbeitete, war der Meinung gewesen, die Flugschrift seines Angestellten enthalte zuviel Zündstoff, um sie drucken zu lassen. Aber Franklin und der Ultraradikale Samuel Adams aus Boston, der heute abend nicht anwesend war, hatten die Sache in die Hände genommen und einen Kontakt zu Bell hergestellt. Aber Bell, der die Erstausgabe der Flugschrift veröffentlichte, verdiente nicht viel an seinem Wagnis. Andere Druckpressen in Philadelphia und in den Nachbarstädten spuckten weitere Ausgaben aus, und die erregte Öffentlichkeit kümmerte es nicht, ob sie legale oder Raubdrucke in die Hand bekam – Hauptsache, sie konnte Paines revolutionäre Ideen verschlingen.

Auch Judson wollte Paines Schriften lesen. Am liebsten hätte er diese entnervende, wenn auch erlauchte Versammlung verlassen, um in seine Unterkunft in der Windmill Street in der Nähe des Flusses zurückzukehren und sich in das Werk zu vertiefen.

Als Stuhlbeine über den Boden scharrten, sich die Türen öffneten und Serviermädchen eintraten, die leere Teller und Gläser abräumten, glaubte er eine Gelegenheit zum unauffälligen Aufbruch gefunden zu haben. Er schätzte, daß es nach neun Uhr sein mußte. Hoffentlich kam Alice nicht auf den Gedanken, die Nacht bei ihm zu verbringen. Ihre Launen waren recht unberechenbar. Meist hingen sie davon ab, wieviel Rotwein sie getrunken hatte.

Natürlich war sie eine verdammt attraktive Hure – eine willkommene, wenn auch verwirrende Abwechslung, Persönlichkeit mit erschreckenden Variationen und rätselhafter Vergangenheit.

Aber heute nacht hatte er keine Lust auf Alice. Er freute sich darauf, lediglich mit Paines *Common Sense* das Bett zu teilen.

Er griff nach seinem Hut, als sich die Versammlung auflöste, und wandte sich verärgert um, als eine Hand seinen Arm berührte.

»Judson? Nur ein Wort...«

Thomas Jefferson war über ein Meterachtzig groß. Er erwiderte das Lächeln seines Landsmanns aus Virginia seltsam geistesabwesend. Judsons Mundwinkel senkten sich.

Seit seiner Ankunft in Philadelphia Mitte Dezember war er besonders gut mit Thomas Jefferson ausgekommen. Die anderen Mitglieder der Delegation aus Virginia, die beiden Lees, Ben Harrison, Jeffersons Lehrer George Wythe, Braxton, Nelson, behandelten ihn zuvorkommend. Aber Jefferson stand ihm näher, weil er außer Judson das jüngste Delegationsmitglied war. Judson schätzte ihn auf knapp über dreißig.

Jefferson stand in dem Ruf, der beste Formulierer des Kongresses zu sein. Und er sprach mit einer Direktheit, die seine Zuhörer stets in Bann schlug. Wenn er in Stimmung war, konnte sein Lachen einen ganzen Saal mitreißen. Aber heute abend war er offensichtlich nicht bei Laune – wie Judson schon vor einer Weile festgestellt hatte, als der reiche junge Mann ihm einen so merkwürdigen Blick zugeworfen hatte.

»Wollen wir uns noch ein wenig in die Schankstube setzen?« fragte Judson mit hochgezogenen Brauen. »Ich würde gern noch ein Bier trinken, bevor ich nach Hause gehe.«

Jefferson schüttelte den Kopf. »Ich glaube, für heute abend haben wir genug getrunken.«

Judsons Augen wurden schmal. Die höfliche Antwort hatte eine unmißverständliche Kritik enthalten. Wütend griff Judson nach einem halbvollen Bierkrug, den irgend jemand hatte stehen lassen, und trank die warme, abgestandene Flüssigkeit in wenigen Zügen.

Dann wischte er sich mit seiner spitzenbesetzten Manschette über die Lippen und lächelte liebenswürdig. »Wir können uns ja auch hier unterhalten, Tom. Worüber willst du denn mit mir sprechen?« Er wußte bereits, was Jefferson auf dem Herzen hatte.

Jefferson wich seinem Blick nicht aus. »Über dich, Judson.«

Judsons Lächeln blieb. »Ein faszinierendes Thema! Fang an!«

»Wie du weißt, haben wir deine Anwesenheit und deine liberale Gesinnung im Kongreß begrüßt. In dieser Hinsicht machst du Virginia genausoviel Ehre wie dein Bruder.«

Judsons Lächeln wurde etwas gequält. »Wollen wir uns die Einleitung nicht schenken? Ich nehme das Kompliment auf, wie es gemeint ist – als Vorspiel zu weniger schmeichelhaften Äußerungen.«

»Also gut. Wir haben erfahren, daß neulich abend im ›Keg‹ eine ziemlich deprimierende Demonstration von Patriotismus stattgefunden hat.«

»Das war keine Demonstration von Patriotismus, sondern eine Schlägerei«, verbesserte Judson fröhlich und zeigte die Kratzer auf seinem rechten Handgelenk. »Ich ging in die Kneipe, um ein Bier zu trinken, und hatte keine Ahnung, daß sich dort die Tories von Philadelphia zu treffen pflegen. Ich hatte gerade zwei oder drei Bier getrunken, als einer dieser parfümierten Burschen behauptete, Georgie würde es dem Kongreß bald zeigen. Der König würde demnächst Verträge mit deutschen Fürsten unterzeichnen, die ihn mit Söldnern versorgen wollen.«

Judson zuckte mit den Schultern.

»Dann ging es Schlag auf Schlag... Als ich mit ihnen fertig war, sahen zwei der hübschen jungen Gentlemen weniger hübsch aus als zuvor – ich meine, bevor sie den Mund so weit aufgerissen hatten.«

Der schlanke Mann aus Virginia nickte, ohne eine Miene zu verziehen. »Das hat man uns erzählt. Ich möchte dich nur daran erinnern, Judson, daß wir hier eine historische Aufgabe zu erfüllen haben. Noch nach Jahren wird man nicht vergessen haben, wie wir uns jetzt benehmen.«

»Willst du mir eine Lektion erteilen?«

»Judson, beruhige dich!«

»Nein, verdammt, ich höre mir das nicht länger an.«

»Doch, du wirst mir zuhören«, sagte Jefferson mit so leiser Stimme, daß Judson unwillkürlich den Atem anhielt. »Dein Privatleben ist deine Sache. Aber in der Öffentlichkeit...«

»Nun – was ist in der Öffentlichkeit?«

»Wir möchten dich bitten, unsere Sache nicht noch härterer Kritik auszusetzen.« Er lächelte, um die Situation ein wenig zu entspannen. »Ich bezweifle nicht, daß wir in manchen künftigen Publikationen nicht allzu gut wegkommen.«

Jefferson schien sich ein wenig zu entspannen, aber er beobachtete Judson aufmerksam, wartete auf eine Antwort. Judson hielt sein Temperament nur mühsam im Zaum.

»Du redest immer von ›uns‹, Tom. Du sprichst also nicht für dich allein?«

»Nicht ganz.«

»Für die Delegation?«

»Und für einige andere. Sagen wir – ich wurde gebeten, mit dir zu sprechen. Ich habe es nicht gern getan – falls das nicht ohnehin offenkundig war. Aber ich habe mich bereit erklärt, weil ich mit dem Gentleman einer Meinung bin, der mich darum gebeten hat.«

Das Blut stieg in Judsons Wangen. »Und was ist das für ein Gentleman?«

»Der Name tut nichts zur Sache.«

»Ich will ihn aber hören!«

Jefferson seufzte. »Es war Mister Hancock – im Einverständnis mit Mister John Adams.«

»Hancock! Dieser aufgeblasene Dandy!« stieß Judson wütend hervor.

Aber sein Zorn kühlte sofort ab. Der gutaussehende Bostoner Kaufmann und vormals wichtigste Finanzier der patriotischen Bewegung von Massachusetts war der gewählte Präsident des Kongresses. Er war also nicht von irgendeinem Niemand kritisiert worden. Für den Bruchteil einer Sekunde schien sich das Bild Angus Fletchers vor Thomas Jeffersons schmales Gesicht zu schieben...

Aus den Ecken des Raumes krochen Schatten heran, als die Serviermädchen die Kerzen löschten. Alle anderen Gäste waren gegangen. Winterregen schlug gegen die Fensterscheiben.

Mit ruhigerer Stimme fragte Judson: »Du sagst, daß dich auch John Adams gebeten hat, mir ins Gewissen zu reden?«

»Du mußt das verstehen, Judson. Was wir hier in Philadelphia tun, wird in anderen Teilen der Welt als ruchloses Verbrechen betrachtet. Deshalb muß unser Benehmen über jeden Tadel erhaben sein, wenn wir ernstgenommen werden wollen.«

»Mit anderen Worten – wir können saufen und huren und fluchen, soviel wir wollen, wenn es sich nur hinter geschlossenen Türen abspielt und unsere Weste in der Öffentlichkeit fleckenlos weiß ist?«

Jefferson schien verwirrt. »Wenn du es so ausdrücken willst – ja.«

»Das ist die einzige Art, auf die ich mich ausdrücken will.«

Jefferson unterdrückte eine scharfe Entgegnung und sagte: »Judson, du wirst einsehen, daß Hancock und Adams recht haben, wenn du nur ein wenig nachdenkst.«

»Ich werde darüber nachdenken, während ich woanders noch ein Bier trinke.« Judson wandte sich ab und stürmte hinaus. Er ließ Jefferson neben dem verglimmenden Kaminfeuer zurück, eine rotumrandete Gestalt, vage an ein Mahnmal erinnernd.

Er konnte nur eines denken, als er durch den Regen lief: Wieder einmal hatte man ihn gewogen und für zu leicht befunden.

2

Der Winterregen verwandelte die Pflasterstraßen in glänzende Spiegel, sammelte sich in kleinen, windbewegten Pfützen, in denen sich der Schein der Straßenlampen kräuselte. Die Leute sagten, daß Dr. Franklin diese Lampen mit ihren Zylindern selbst entworfen hatte. Judson wickelte sich enger in sein Cape, als er zur Windmill Street rannte und unablässig vor sich hin fluchte.

Er verfluchte Jefferson, den Hancock und Adams losgeschickt hatten, ihn zu demütigen. Im nächsten Augenblick verfluchte er sich selbst, weil er wieder einmal die Erwartungen nicht erfüllen konnte, die man in ihn gesetzt hatte. Was immer das auch war.

Er konnte Jeffersons Warnung nicht ignorieren. Obwohl der rothaarige Abgeordnete noch jung war, hatte er sich bereits durch seine Kenntnisse, die von der Jurisprudenz bis zu den Naturwissenschaften reichten, einen Namen gemacht. Daß Hancock ihn beauftragt hatte, mit Judson zu sprechen, war ein Beweis seiner wachsenden Reputation.

Judson beruhigte sich ein wenig, als er erkannte, daß Jeffersons Argumente wahrscheinlich richtig waren. Der Kongreß hatte eine schwierige Aufgabe zu erfüllen. Die Fraktion, der Jefferson und Judson angehörten, sah die Unabhängigkeit als letzten Ausweg an, da sich der König konstant weigerte, Amerikas Rechte anzuerkennen. Judson hatte wiederholt die Feststellung Adams' gehört, daß die Idee der Unabhängigkeit, auch wenn sie einem hohen moralischen Zweck diene, von dem Großteil der Bevölkerung nicht unterstützt werde. Und wenn sich herumsprach, daß die Verfechter der Unabhängigkeit in öffentlichen Gaststätten den Tories die Nasen blutig schlugen, wurden Adams' Ideen gewiß nicht populärer.

Und gerade jetzt konnten sich die Radikalen keinen Rückschlag leisten.

Die konservativen Kongreßteilnehmer unter Führung Wilsons und des in London ausgebildeten Anwalts John Dickinson aus Pennsylvania formierten eine entschlossene Opposition gegen das Unabhängigkeitsstreben. Die Konservativen würden begierig jeden Zwischenfall aufgreifen, der die Reputation der Radikalen erschüttern und ihnen selbst neue Stimmen einbringen konnte. Nein, Judson konnte Jefferson keinen Vorwurf machen.

Besonders jetzt, da Paines Pamphlet die Phantasie der Massen anregte, sich das Volk dem Standpunkt der Radikalen anzunähern begann, war der hochgewachsene Mann aus Virginia im Recht. Plötzlich fühlte sich Judson wie ein moralischer Zwerg inmitten lauter Giganten.

Als er vor dem Haus in der Windmill Street stand, in dem ihm ein Kesselflicker einfach möblierte Räume vermietet hatte, war sein Gefühl tiefer Scham fast unerträglich geworden. Er gelobte sich, Donald keine Schande mehr zu machen, was er bisher mit Sicherheit getan hatte. Er würde sich von jetzt an bemühen, den Schaden wiedergutzumachen.

Seit er in die Stadt am Schuylkill River gekommen war, war mit Judson eine gewisse Veränderung vor sich gegangen. Zuerst hatte ihm die Ernennung zu Donalds Stellvertreter wenig mehr bedeutet als eine willkommene Fluchtmöglichkeit, als eine Chance, Sermon Hill und seinen Qualen endlich zu entkommen.

Dann hatte er Wochen gebraucht, um sich an die Routine des Kongresses zu gewöhnen, an die Sitzungen, bei denen er kaum das Wort ergriff. Er gehörte zwei Komitees an. Das eine überprüfte die Ernennung der Offiziere in den siebenundzwanzig kontinentalen Regimentern, die im letzten November vorgenommen worden war, das andere überwachte das neue Post Office Department, dessen Einrichtung John Adams angesichts schwerwiegenderer Probleme »frivol« nannte.

Die ersten Wochen waren für Judson verwirrend, aber auch angenehm gewesen. Er genoß das Zusammensein mit Männern, die für ihn bis dahin nur Namen gewesen waren.

Und dann begann er sich aktiv für das ständige Auf und Ab des Kampfes zwischen Konservativen und Radikalen zu interessieren. Er stellte sich auf die Seite der Männer, die die Unabhängigkeit anstrebten, aber über zu wenige Stimmen verfügten und nicht einmal eine Resolution vorzuweisen hatten, über die man abstimmen konnte. Den Konservativen war jedes Mittel recht, um eine solche Resolution zu verhindern. Obwohl der König das Gesuch um Versöhnung abgelehnt hatte, glaubten die Konservativen und viele Gemäßigte noch immer, daß es nicht nur moralisch falsch sei, wenn sich die Kolonien vom Mutterland trennten, sondern daß dies auch deren wirtschaftlichen Selbstmord bedeuten würde.

Judson stieg die halsbrecherische Außentreppe hinauf und betrat das muffige Wohnzimmer des Kesselflickers. Er legte seinen nassen Umhang und den Hut ab und ging automatisch zu der Kommode, auf der die Rotweinkaraffe stand. Für Alice hatte er immer Rotwein im Haus.

Nun, nicht nur für Alice...

Aber mitten im Schritt hielt er inne, überzeugt, daß er die Männer verriet, deren Ansichten er teilte, wenn er jedem körperlichen Bedürfnis nachgab. Er fuhr sich mit der Zunge über die Lippen, dann wandte er sich von der Kommode ab und zündete die Lampe an.

Wieder einmal war er sich des grundsätzlichen Makels bewußt, der sein ganzes Sein überschattete. Seine Schwäche für

Alkohol war nur einer seiner Fehler. Aber heute abend würde er anfangen, sich zu bessern, bei Gott – wenn auch vorerst nur im Kleinen. Indem er sich zum Beispiel zwang, die Rotweinkaraffe nicht anzurühren.

Er schlüpfte aus seinem gutgeschnittenen Rock aus pflaumenblauem Samt und war froh, daß Alice ihn heute abend mit ihrer Anwesenheit verschonte. Er trug die Lampe in sein Schlafzimmer, nahm Paines Traktat vom Nachttisch, warf sich auf das Bett und schlug die erste Seite auf.

Er las das Buch in weniger als einer Stunde und erfreute sich an der polemischen Scharfzüngigkeit. Dann nahm er sich einzelne Passagen erneut vor.

Er lachte laut über Paines Charakteristik der Monarchie als der erfolgreichsten Erfindung des Teufels, der verwerflicher Götzendienst zugrunde lag. Er stimmte mit Paines Aufruf zur Tat überein: »Die Zeit des Redens ist vorbei. Als letzte Instanz müssen die Waffen den Kampf entscheiden. Indem man von Worten zu Waffen übergeht, beschwört man eine neue politische Ära herauf, ist eine neue Methode des Denkens gefunden. Alle Pläne und Vorschläge usw., die dem 19. April, dem Ausbruch der Feindseligkeiten, vorangegangen sind, haben nun keine Bedeutung mehr, genau wie Zeitungen aus dem vergangenen Jahr...«

Er stimmte auch mit Paines Ansichten über das Benehmen des Königs überein.

»Sogar geistlose Tiere vernichten nicht ihre Jungen, nicht einmal Wilde führen Krieg gegen die eigene Familie.«

Sein Atem ging rascher, als er die Worte las, mit denen der Journalist die absolute Trennung der Kolonien vom Mutterland forderte – Sätze, die wie Glocken klangen.

»Nie beschien die Sonne ein würdigeres Vorhaben. Diese Sache geht nicht nur eine Stadt an, ein County oder eine Provinz – sie betrifft einen Kontinent, ein Achtel der bewohnten Erde...«

Judson lehnte sich in die Kissen zurück und dachte an George Clark, der die westliche Wildnis durchstreifte. Paine schien einige Visionen seines Freundes zu teilen, wenn er schrieb: »Dieser Kampf hat nicht nur für die Gegenwart Bedeutung, nicht nur in diesem Jahr oder in diesem Zeitalter. Unsere Nachwelt ist in diese Auseinandersetzung verwickelt, wird mehr oder weniger bis zum Ende aller Zeiten von dem zehren, was wir jetzt erreichen.«

Das hatte auch Jefferson gesagt.

»Jetzt ist es Zeit, die Saat der kontinentalen Einheit in die Erde zu bringen, die Saat des Glaubens an uns und unsere Ehre...«

Fast ehrfürchtig schlug Judson die letzte Seite auf. Er las die sieben großgedruckten Wörter, die entscheidende Herausforderung Paines an seine Leser.

Ein Schauer durchlief seinen Körper, als er auf die sieben Wörter starrte. Sie nahmen ihn so gefangen, daß er die leichten Schritte auf der Außentreppe nicht hörte, auch nicht das leise Klicken der Türklinke.

Aber er merkte plötzlich, daß der Regen lauter rauschte. Er sprang auf, legte das Buch mit den aufgeschlagenen Seiten nach unten auf das Bett und ging ins dunkle Wohnzimmer.

Er erkannte die Schritte seines Gastes. Wenig später trat sie in den Lichtschein, der aus der offenen Schlafzimmertür fiel. Alice. Sie nahm die Kapuze ihres billigen Umhangs aus grauer Wolle ab. Sie war genauso schön wie immer.

Und genauso betrunken.

3

»Hallo, Liebling«, sagte Alice lächelnd. Sie schwankte ein wenig, eine schmutzige Hand schob eine Strähne ihres Haars zurück, das golden schimmern könnte, wenn sie es jemals waschen würde. Wie üblich trug sie ihren geflickten dunkelbraunen Rock und eine schäbige tiefausgeschnittene Bluse.

Judson verbarg seine Verärgerung. »Hallo, Alice. Ich habe dich heute abend nicht erwartet.«

»Ist meine Anwesenheit unerwünscht?« Ihr Lächeln, das plötzlich eine Spur Bosheit zeigte, verwirrte ihn. Aber das war nicht ungewöhnlich.

Sie schwankte auf ihn zu und legte ihm die Hände auf die Schultern, beugte sich vor, um ihm einen verlockenden Anblick in ihren Blusenausschnitt zu gewähren, einen Anblick, der eine vertraute Erregung in ihm hervorrief.

Sie war ein seltsames Mädchen – seltsam in mehr als einer Beziehung. Vielleicht machte das einen Teil der Faszination aus, die sie auf ihn ausübte. Sie war eine eigenartige Mischung von vorgetäuschter Zurückhaltung und vulgärer Direktheit.

Manchmal bewegte sie sich mit der Grazie elegant gekleideter Ladies, hoheitsvoll wie die Frauen, die juwelengeschmückt über die Chestnut Street flanierten. Aber im Gegensatz zu diesen Ladies zeigte sie ein unverhülltes Interesse an sexuellen Dingen. Sie wußte genau, wie sie ihn in Erregung versetzen konnte. Und sie verschwendete auch jetzt keine Zeit, als ihre geöffneten Lippen seinen Mund suchten.

Judson resignierte, und das nicht einmal ungern. Er legte einen Arm um sie und nahm den Kneipendunst wahr. Ihr Atem verriet ihm, daß sie wieder einmal von morgens bis abends Rotwein getrunken hatte.

»Deine Anwesenheit ist mir keineswegs unangenehm«, flüsterte er ihr ins Ohr.

Sie kicherte, ihre Hand glitt in seine Hose, ihre Finger begannen zu spielen, und sie rief sofort die erwünschte Reaktion hervor.

»Wir haben die ganze Nacht vor uns, Liebster. Bei diesem verdammten Wetter gehe ich nicht mehr hinaus. Wie wäre es mit einem Drink für eine Lady, Mister Fletcher aus Virginia?«

Er zeigte auf die Kommode. »Du bist keine Lady. Aber bitte – bediene dich.«

»Keine Lady? Darauf würde ich an deiner Stelle keine Wetten abschließen«, sagte sie lachend und warf ihm einen sonderbaren Blick aus ihren blauen Augen zu, als sie nach der Rotweinkaraffe griff. Er hörte ein Glas klirren. »Willst du auch einen Schluck, Liebling?«

Er ging ins Schlafzimmer, sank auf die Bettkante und blickte bedauernd auf Paines Pamphlet. »Nein, ich denke nicht.« Plötzlich glaubte er Jeffersons Gesicht vor sich zu sehen. »Zum Teufel, warum eigentlich nicht?«

Er hörte, wie sie ihr Glas füllte. Sie trank zuviel, mehr als er, und sein Alkoholkonsum war alles andere als bescheiden. Manchmal war ihre Ausdrucksweise ziemlich vulgär, aber die Gossensprache hörte sich aus ihrem Mund eigenartig unbeholfen an. Sie ruinierte sich, geistig und körperlich, dabei konnte sie kaum älter als vierundzwanzig sein.

Noch etwas an ihr war sonderbar: Ihre Wangen waren mit kleinen Narben übersät. Irgendwann einmal mußte sie die modischen, aber schädlichen Kosmetika benutzt haben, wie sie bei hochgeborenen Ladies beliebt waren. Aber wann hatte sie sich derartige Extravaganzen leisten können?

Manchmal machte sie versteckte Anspielungen auf mysteriöse bessere Zeiten, die sie erlebt hatte. Aber wenn Judson Fragen stellte, wich sie jedesmal aus. Er wußte nichts von ihr als den Namen Alice und die Tatsache, daß sie als Kellnerin in einer übelbeleumundeten Hafenkneipe arbeitete.

Kurz nach Weihnachten war er in dieser Kneipe gelandet, als er wieder einmal stundenlang unter der Erinnerung an Seth McLeans Frau gelitten hatte. In seiner Trunkenheit hatte ihn Alices offen zur Schau gestellter Körper gereizt. Ein direktes Angebot hatte zu einem schnellen Schäferstündchen in einer schäbigen Dachkammer geführt – für Geld natürlich. Die Hälfte ihres Lohnes mußte sie dem Wirt geben, wie sie sagte.

Er war noch immer leicht betrunken gewesen, als er sie in seine Zimmer in der Windmill Street eingeladen hatte. Sie sollte ihn doch einmal besuchen, hatte er gesagt, ohne Entlohnung. Zwei Nächte später war sie gekommen, um zwei Uhr morgens. Seither sah er sie mindestens einmal in der Woche.

Alice kam mit den vollen Rotweingläsern ins Schlafzimmer, gab ihm eines und beachtete nicht, daß ihre Bluse bei der leidenschaftlichen Umarmung verrutscht war. Eine rosa Brustwarze ragte halb aus dem Ausschnitt. Sie prostete ihm zu und leerte das Glas in, wie Judson schätzte, vier Schlucken.

»Kein gutes Geschäft heute abend?« fragte er ironisch.

»Nicht viel, und mit den paar Freiern wird Peggy allein fertig.«

Judson wurde blaß. »Wer?«

»Oh, diese andere Hure aus New Jersey, die der alte Bastard angeheuert hat. Peggy ist fett wie ein Schwein...« Judson wischte sich den Schweiß von der Stirn und sank auf das Bett zurück, als Alice fortfuhr. »Wenn sie mit einem Kunden zusammen ist, kann man sie bis in die Schankstube hinunter grunzen hören – einfach widerlich.« Sie rümpfte die Nase.

Dann lachte sie heiser. Judson sah in ihre Augen und fragte sich wieder einmal, ob sie geistig ganz normal war.

Alice warf sich neben ihm auf das Bett.

»Ich kann den Freiern was Besseres bieten, nicht wahr, Liebster?« Mit einer Hand trank sie, mit der anderen streichelte sie seine Schenkel. »Es kostet dich nichts – und zum Dank darf ich in einem Bett schlafen, das nicht voller Flöhe ist. Ein nettes Geschäft, findest du nicht?«

»Wenn du die Kneipe so sehr verabscheust, warum arbeitest du dann dort?«

»Ich habe meine Gründe. Wo sollte eine arme Farmerstochter denn sonst arbeiten?«

»Du hast mich noch nie davon überzeugen können, daß du eine arme Farmerstochter bist, Alice.«

»Was bin ich denn sonst?« Sie warf den Kopf in den Nacken, und ihr Haar hatte den fettigen Glanz, den er so abstoßend fand – wenn er nüchtern war.

»Du bist eine attraktive junge Frau, die aus unerklärlichen Gründen lieber schmutzig bleibt, obwohl sie wie die Sonne glänzen könnte, wenn sie nur einmal baden würde...«

»Baden ist nur etwas für reiche Leute.«

»Und die mehr trinkt, als gut für sie ist«, fuhr Judson fort.

»Eine passende Bemerkung für einen Burschen, der den Alkohol in solchen Unmengen hineinschüttet wie du.«

»Nun, ich versuche wenigstens nicht, mich mit dem Alkohol umzubringen.«

Ein eigenartiges Funkeln trat in ihre blauen Augen. »Nein?«

»Alice, zum Teufel, sag mir endlich, wer du bist. Wovor läufst du davon? Vor einem Ehemann? Vor einem Arbeitsvertrag für Einwanderer?«

»Nichts dergleichen...« Mit lauter Stimme wiederholte sie: »Nichts dergleichen, hast du verstanden? Übrigens könnte ich dir die gleichen Fragen stellen, Mister Fletcher.«

Er wich ihrem Blick aus.

»Liebling«, sagte sie mit sanfterer Stimme, »warum bist du heute abend so böse mit mir?« Sie griff an seinem Oberschenkel vorbei zu dem Pamphlet. »Ist das der Grund für den kühlen Empfang?«

»Da hast du es!« rief er. »›Ein kühler Empfang!‹ Ist das etwa der übliche Kneipenslang?«

Aber sie ignorierte seinen Einwand und studierte das Titelblatt des Traktats.

»Ah, ich verstehe. Das Buch, das zur Zeit jedermann verschlingt. Heute abend war ein Steuermann in der Kneipe, der dieses Buch auch hatte. Lauter Unsinn. Und genau solchen Unsinn treiben diese grauenvollen alten Knaben im State House. Warum kümmerst du dich darum? Natürlich, wenn du nicht aus Virginia gekommen wärst, um deine Zeit bei diesem idiotischen Kongreß zu verschwenden, hätten wir uns nie kennengelernt, nicht wahr, Liebling? Ich würde immer noch jede Nacht auf schmutzigem Stroh schlafen, anstatt mit dir ein sauberes Bett zu teilen. Und einen Gentleman zu lieben...«

Eine Hand glitt zwischen seine Beine, in der anderen hing noch das Weinglas, als sie den Arm um seinen Nacken legte. Ihre Lippen strichen über die seinen, er roch den Wein, spürte ihr Verlangen.

»Wir wollen uns lieben, nicht wahr, Judson? Für heute hast du dein Gehirn genug gefüttert, findest du nicht? Der Verstand ist nicht das Wichtigste im Leben.« Ihre Hand wurde kühner. »Der da muß auch trainiert werden...«

Verdammt, sie war geschickt. Irgend jemand mußte ihr raffinierte Liebespraktiken beigebracht haben. Er preßte den Mund auf ihre Lippen, der Kuß dauerte lange, verführerisch glitt ihre Zunge zwischen seine Zähne.

Aber auch in der Umarmung konnte er seiner Vergangenheit nicht entfliehen.

Seine Hände spannten sich grob um Alices Taille, als er sie auf das Bett drückte. Sie ließ das leere Glas fallen und schlang beide Arme um seinen Hals. Das Glas landete auf dem Teppich, das Buch auch.

Er kümmerte sich nicht mehr darum. Sie zog ihre Bluse hinunter, damit er ihre Brüste küssen konnte. Der Geruch ihrer Haut erregte ihn so sehr, daß er fast den Verstand verlor.

»Warte doch, Liebling, noch ein wenig Wein«, stieß sie keuchend hervor und glitt unter ihm hinweg zum Rand des Bettes.

Mit hochrotem Kopf stand er auf. Sie hob das Weinglas auf und ging ins Wohnzimmer. Ihre Bluse hing um ihre Taille. Er hörte den Weinkrug klirren und schlüpfte aus dem Hemd. Judson verstand nicht ganz, warum er sich so nach diesem Mädchen sehnte, das ihm nichts bedeutete. Er verstand auch Alice nicht. Jeder von ihnen hatte eine Mauer um sich errichtet, die der andere nicht durchbrechen durfte.

Aber es war auch nicht nötig, diese Mauer zu durchdringen, um aneinander Vergnügen zu finden. Er zog die Hose aus, dann die Unterhose. Zum Teufel, was spielte es denn schon für eine Rolle, wer sie war? Im physischen Sinn verbarg sie nichts vor ihm, und das zählte.

Sie hatte ihre Kleider im Wohnzimmer gelassen. Mit langen, geschmeidigen Schritten kam sie aus der Dunkelheit. Ihre blauen Augen glitzerten wie die Kristallkaraffe in ihrer rechten Hand. Ihre Brüste wippten mit jedem Schritt. An ihrem Unterleib schien feingesponnenes Gold zu schimmern. Ihr Körper besaß eine blasse Schönheit, die nicht einmal die Schmutzringe an ihrem Hals und den Unterarmen beeinträchtigen konnten.

Als sie neben dem Bett stand, liebkoste sie lasziv die Weinkaraffe. Sie blickte auf Judsons Hüften und lächelte, als sie die ersehnte Antwort auf ihr Verlangen sah.

»Ich bin nicht die einzige, die sich mit Geheimnissen umgibt, Liebster.« Sie kicherte, als sie sich neben ihn auf das Bett setzte, und hob in spöttischer Enttäuschung die Brauen, als sie sah, daß seine Leidenschaft bei ihrer Bemerkung abgekühlt war.

»Wie meinst du das, Alice?«

»Ich sah, wie du blaß wurdest, als ich den Namen Peggy erwähnte.«

»Den Teufel bin ich blaß geworden!«

»Wer ist sie, Liebster? Eine Geliebte in Virginia? Eine Ehefrau, die du mir verschweigst? Es macht mir nichts aus, wirklich nicht. Ich bin nur neugierig.«

Seine Hand schnellte vor. »Gib mir was zu trinken!«

»Was für ein unhöflicher Kavalier du doch bist!« Sie hielt den Krug außerhalb seiner Reichweite.

Kavalier, dachte er, das klingt viel zu gebildet für eine Farmerstochter.

Und doch, sie spielte ihre Rolle gut. Sie goß ein wenig Rotwein über ihre Brüste, ließ ihn auf seinen Bauch tropfen. Dann warf sie sich auf den Rücken und brach in ein wildes Gelächter aus, und er fragte sich erneut, ob sie nicht doch geisteskrank war. Welches unselige Ereignis in ihrer Vergangenheit hatte sie in diese unverblümte Hemmungslosigkeit getrieben?

»Warum stillst du deinen Durst nicht, Liebling?« flüsterte sie.

Er beugte sich über sie, wischte sich mit dem Handrücken über den Mund...

Bald schwankte das Bett in einem Rhythmus, der sich ständig steigerte. Alice grub ihm ihre abgebrochenen Nägel in den Rücken und schrie in schmutzigem Kneipenslang ihre Wünsche hervor. Die Karaffe auf dem Teppich fiel um, der Rest des Rotweins tropfte auf Paines Pamphlet. Die letzte Seite des Buches war aufgeschlagen, auf der nur sieben Wörter standen – sieben Wörter, die jetzt vergessen und vom Wein befleckt waren.

Die freien und unabhängigen Staaten von Amerika...

4

Der milde Winter von Pennsylvania schmolz unter der wärmenden Sonne und den ersten milden Brisen. Die Straßen belebten sich mit den steigenden Temperaturen. Ob die Bürger von Philadelphia nun den Brokat der Reichen oder den rauhen Wollstoff der Handwerker trugen, die Livree der Dienstboten oder die Lumpen der Jungen, die Blumen oder frisches Brot verkauften – es war anzunehmen, daß sie alle Paines Traktat entweder gelesen oder davon gehört hatten. Genau wie sie die erstaunlichen Neuigkeiten erfuhren, die berittene Kuriere aus Boston brachten.

Über Nacht hatte General Washington die Dorchester Heights mit Kanonen befestigt, die sein Artilleriechef, ein Colonel Knox, aus Fort Ticonderoga geholt hatte. In der kurzen

Zeitspanne zwischen Sonnenuntergang und Morgengrauen hatten zweitausend Männer die Tat vollbracht, Schützengräben anzulegen und die Geschütze in Position zu bringen.

Und das zur rechten Zeit.

General Howe hatte geplant, auf dem Landweg aus der Stadt auszubrechen. Der amerikanische Spionagedienst hatte zuverlässige Informationen über einen unmittelbar bevorstehenden Angriff. Aber ein heftiges Unwetter verhinderte die Attacke. Dann starrten plötzlich Washingtons Kanonenmündungen auf die Dächer von Boston hinab. Am Morgen des 17. März war kein einziger königlicher Soldat mehr in der Stadt. Sie waren an Bord ihrer Schiffe gegangen und mit mehr als tausend Tory-Familien nach Halifax gebracht worden. In Halifax, so wurde behauptet, sollten die Schiffe mit schwereren britischen Geschützen bestückt werden.

Die patriotische Fraktion des Kongresses brach in Jubel aus. Die Continental Army hatte einen ersten bedeutenden Sieg errungen, wenn auch nicht auf dem Schlachtfeld, so doch im Herzen ihrer Anhänger.

Aber bald mischte sich Furcht in die Begeisterung. Wo würde Howe zuschlagen? Denn daß er zuschlagen würde, daran bestand kein Zweifel. Amerika befand sich noch immer »in Rebellion«.

Einen weiteren Grund, die Unabhängigkeit zu erklären, führten die Radikalen im großen Weißen Raum des State House aus. Es sei Zeit, daß sich die dreizehn Kolonien zusammenschlössen, um mit vereinter Kraft gegen die englische Krone zu kämpfen. Man dürfe den Krieg nicht mehr hinauszögern, den Krieg, der Amerika für immer die Freiheit sichern sollte.

Die Konservativen zögerten. Eine Resolution war erforderlich, um die Dinge voranzutreiben, meinten die Radikalen, zu denen sich auch Judson zählte.

5

Alice besuchte Judson weiterhin regelmäßig. Nach jener Nacht im Januar hatten sie einander keine Fragen mehr über ihre Vergangenheit gestellt, auch nicht über die Motive ihrer Liaison.

Judson kannte seine Dämonen und vermutete, daß auch Alice ihre hatte. Aber er entschied, es sei sinnlos, diese Dämonen ans Licht zu zerren. Damit würde er nur Schwierigkeiten heraufbeschwören, da Alice fest entschlossen zu sein schien, ihr Geheimnis zu wahren. So fand er Vergnügen an ihren sexuellen Fähigkeiten und bemühte sich gleichzeitig, seinen Alkoholkonsum einzuschränken. Das Ergebnis seiner Anstrengung war befriedigend. Tom Jefferson sprach keine Warnungen mehr aus und behandelte ihn wieder wie einen guten Freund, obwohl es dem Mann aus Virginia in diesen Tagen schwerfiel, zuvorkommend und gutgelaunt zu wirken. Seine Mutter war Ende März an einem Schlaganfall gestorben, und kurz darauf begann Jefferson an heftigen Kopfschmerzen zu leiden.

Für Judson war das Leben jetzt etwas leichter. Wenn er Alice leidenschaftlich umarmt hatte, schlief er tief und fest, die Träume von Seth McLeans Frau quälten ihn nicht mehr.

Die Komitees des Kongresses arbeiteten vom frühen Morgen bis in die Nacht. Eine Sitzung Anfang April dauerte besonders lange. Judson kam erst kurz vor Mitternacht in die Windmill Street. Als er seine Wohnungstür öffnete, sah er eine Lampe im Schlafzimmer brennen. Alice stand vor dem fleckigen, hohen alten Spiegel.

Als er ihren Namen rief, erhielt er keine Antwort. Er ging auf sie zu, erstarrte aber, als er ihre Stimme hörte.

Sie war total betrunken und sah mit großen Augen auf ihr Spiegelbild. Sie strich über ihren nackten Körper, Tränen liefen über die Wangen. Ihre gelallten Worte verblüfften ihn.

»Philip – warum hast du mich verlassen? Warum hast du mich nicht genug geliebt, Philip?«

Er schlich in den Hausflur zurück und kam dann noch einmal herein, so lärmend, daß er ihre Aufmerksamkeit erregte. Er ließ sich nicht anmerken, daß er die Verzweiflung in ihren Augen gesehen hatte oder daß er gehört hatte, wie sie den Namen eines verlorenen Geliebten aussprach – mit einer Stimme, als würde ihr dabei das Herz brechen.

6

Aus dem Süden kamen alarmierende Neuigkeiten. Britische Schiffe mit Truppen an Bord kreuzten vor der Küste Carolinas und schienen bereit zu sein, jederzeit anzugreifen. Die Rebellion war nun kein Problem mehr, das nur Massachusetts anging, sondern ganz Amerika.

Im Kongreß bemühten sich die Radikalen weiterhin, ihre Forderungen durchzusetzen. Schließlich ermächtigte North Carolina seine Delegierten, die Unabhängigkeitserklärung zu unterstützen. Nach einer Sitzung des House of Burgesses von Virginia im Mai folgte auch diese Kolonie dem Beispiel North Carolinas. Als Reiter auf schweißüberströmten Pferden die Nachricht nach Philadelphia brachten, daß die britische Flotille vor Charleston in South Carolina vor Anker gegangen war, daß ein Angriff der Streitmächte unter General Clinton und dem neu eingetroffenen General Cornwallis unmittelbar bevorstand, schritt Virgina zur Tat. Judsons Delegation leitete die Beschlußfassung ein.

Judson war stolz, daß seine Kolonie den Kongreß endlich zum Handeln gezwungen hatte. Er saß zwischen den anderen Delegierten aus Virginia und beobachtete den gutaussehenden Präsidenten des Kongresses, John Hancock. An der Wand hinter Hancocks Schreibtisch hingen eine Trommel, britische Schwerter und Fahnen, die im Fort Ticonderoga erobert worden waren. Richard Henry Lee erhielt das Wort.

John Dickinson und seine konservativen Anhänger machten besorgte Gesichter. Sie wußten, was auf sie zukam. In Judsons Augen hatte das Morgenlicht, das durch die hohen Fenster in den Saal fiel, erhebende und erleuchtende Qualität.

Lee begann die Resolution vorzulesen, deren Wortlaut fast genau mit jener übereinstimmte, die in seiner Heimat entstanden war.

»Diese Resolution enthält drei Anträge. Der erste besagt, daß die vereinigten Kolonien freie und unabhängige Staaten sind und von Rechts wegen bleiben müssen. Daß sie von den Verpflichtungen der britischen Krone gegenüber entbunden werden und daß alle politischen Verbindungen zwischen ihnen und dem Staat Großbritannien aufgelöst sind...«

Es war stickig im Raum. Das Sonnenlicht brannte auf die Fensterscheiben, schimmerte auf dem Messing der beiden Kamine. Männer husteten, Füße scharrten über den Boden, sehnsüchtige Blicke glitten zu den schmalen, offenen Oberlichtern, als verlangten sie mehr Luft. Die großen Fenster waren fast immer geschlossen, um zu verhindern, daß die oft lautstarken Debatten auf der Straße gehört werden konnten.

Aber trotz der Hitze, trotz des körperlichen Unbehagens war Judson von einem Glück erfüllt, wie er es nie gekannt hatte – von dem Gefühl, daß auch in seinem Leben ein Sinn war.

Als Lee zu lesen fortfuhr, sah Judson zu Tom Jefferson hinüber. Der schlanke Mann saß vornübergeneigt am Tisch, die Handflächen an die Wangen gepreßt, die Fingerspitzen über die geschlossenen Augen gelegt. Judson nahm an, daß sein Landsmann wieder an den Kopfschmerzen litt, die ihn seit dem Begräbnis seiner Mutter in Virginia immer wieder befielen. Am anderen Ende des Raumes beobachtete Dr. Franklin John Adams, der mit verschränkten Armen dasaß, in sichtlicher Anspannung, als sei er jeden Augenblick bereit, aufzuspringen und in die Debatte einzugreifen.

Judson, der nie besonders religiös gewesen war, hatte das

Gefühl, als würde an diesem Morgen seine Seele geläutert. Es war, als nähme er an einer heiligen Handlung teil – die sofort in Lärm und Gehässigkeit unterging, als die Antragsteller und ihre Opponenten in hitziger Diskussion aufeinanderprallten.

7

»Verdammt, Sirs, ich werde kein Dokument vorbereiten, das die Zustimmung vieler finden soll«, erklärte Benjamin Franklin drei Tage später, als er abends im »Souvereign« in der Nähe des State House saß und Tee trank. »Ich kann schon jetzt sehen, was das für ein Hin und Her geben wird.«

»Ben, sei doch nicht so verflucht eigensinnig!« sagte John Adams.

»Was dieses Thema betrifft, bin ich eigensinnig. Ich werde dir eine Geschichte erzählen...«

»Hoffentlich hat sie etwas mit der Sache zu tun«, stieß Adams hervor.

»Sehr viel. Ich kannte einmal einen Burschen hier in Philadelphia, der ein Hutmachergeschäft eröffnen wollte. Er bemühte sich, das wichtigste Utensil dieses Ladens besonders attraktiv zu gestalten – das Schild, mit dem er seine Kundschaft anlocken wollte. Er malte sorgfältig einen Hut darauf und die Inschrift: ›John Thompson, Hutmacher, stellt Hüte her und verkauft sie gegen bares Geld‹. Dann fragte der arme Narr seine Freunde um ihre Meinung. Einer sagte, wegen der Zeichnung sei das Wort ›Hutmacher‹ überflüssig. Also strich er es mit dem Pinsel durch. Ein anderer meinte, der Begriff ›herstellen‹ sollte wegfallen, da es den Leuten verdammt egal sei, wer ihre Hüte anfertigte. Ein dritter wies darauf hin, das ›bare Geld‹ sei ebenfalls unnötig, da jedermann wisse, daß John Thompson nichts zu verschenken habe. Also blieb von dem schönen Entwurf nur die kurze Mitteilung übrig: ›John Thompson verkauft Hüte‹ und der gemalte Hut, der nicht gerade ein Kunstwerk war. Also sei so nett und erspare es mir, irgend etwas zu entwerfen, das die Zustimmung eines ganzen Kongresses finden soll«, schloß Franklin lächelnd. »Ich überlasse die Arbeit – und später die Streiterei über diese oder jene Einzelheit unseren beredsameren Gentlemen aus Virginia.«

»Aber nicht mir, Doktor«, erklärte Judson, als Franklin ihn ansah, und wünschte sich, er hätte statt des schwachen Tees einen guten, starken Rum bestellt. »Ich bin ein schlechter Schriftsteller.«

»Dann machst du das, Tom.« Franklins merkwürdige Brillengläser mit den verschieden starken Linsen blitzten im Lampenlicht. »Ich helfe euch, wo ich kann, aber ihr seid beide wortgewandt und habt genug jugendliche Energie, um euer Werk zu verteidigen.«

Adams verzog die Lippen. »Aber du wirst doch sicher ein paar Ideen beitragen.«

Franklin strahlte. »Natürlich. Andere zu korrigieren ist immer leicht. Was meinst du, Tom?«

Jefferson sah skeptisch drein. Er zog ein Stück Papier aus seiner Westentasche und legte es auf den Tisch. »Meine Stärke liegt darin, möglichst kurze Schriftsätze abzufassen.«

Die anderen lachten, und Jefferson schien es nichts auszumachen, daß man sich auf seine Kosten amüsierte. Seine Freunde wußten, daß er es liebte, peinlich genaue Listen anzufertigen – vom täglichen Wetter in Philadelphia oder von den Delegierten, die für beziehungsweise gegen die Unabhängigkeit waren. Tag für Tag, Woche für Woche machte er solche Aufstellungen. Listen wie die, die gerade auf dem Tisch lag. Judson beugte sich vor und sah, daß sie Jeffersons augenblickliche Lebenshaltungskosten enthielt.

Als er das Papier wieder in seine Tasche schob, fügte Jefferson hinzu: »Ich würde es wirklich vorziehen, nicht die alleinige Verantwortung zu tragen.«

»Verdammt, wir haben doch ein Komitee!« Adams hieb mit der Faust auf den Tisch. »Erst heute eingesetzt...«

Franklin schüttelte den Kopf.

»Ein Komitee ist Zeitverschwendung und die Zerstörung guter Ideen. Das Komitee kann den Entwurf unterstützen, aber irgend jemand muß ihn zu Papier bringen. Sonst können wir nie darüber beraten und am Ersten des Monats abstimmen.«

Adams runzelte mißgelaunt die Stirn. »Und da die Entscheidung aufgeschoben ist, solange wir kein Dokument haben, muß eben eins her. *Ipse ſacto* brauchen wir einen Autor. Wie Ben lehne ich diese Aufgabe nachdrücklich ab und verweise auf dich, Tom.«

»Warum?« wollte Jefferson wissen.

»Zunächst einmal bist du aus Virginia, und ein Mann aus diesem Staat sollte in dieser Angelegenheit an der Spitze stehen. Am Namen Massachusetts klebt bereits zuviel Schmach. Zweitens bin zum Beispiel ich als radikaler Verfechter der Unabhängigkeit verdächtig, unpopulär und verhaßt.« Adams' Stimme klang fast stolz, aber Judson mußte zugeben, daß er mit dieser Bemerkung durchaus recht hatte. »Und drittens, und das ist der wichtigste Grund, du kannst viel besser schreiben als ich.«

»Schluß der Debatte, du bist der Erwählte, Tom«, stellte Franklin fest.

Jefferson seufzte. »Also gut, ich werde es versuchen. Aber da gibt es ein paar Probleme. Was ist mit der Abschaffung der Sklaverei, über die wir diskutiert haben? Obwohl ich selbst Sklaven besitze, finde ich, wir sollten dieses Thema erwähnen. Natürlich werden die meisten Delegierten aus den Südkolonien in diesem Punkt widersprechen...«

Die Diskussion dauerte bis kurz vor zehn Uhr und erzielte kaum Ergebnisse außer dem Beschluß, Jefferson das Dokument entwerfen zu lassen, das dem Kongreß vorgelegt werden sollte. Als sich die Versammlung auflöste, ging Judson langsam in die Windmill Street und genoß den milden Juniabend.

Er hoffte, daß Alice ihn heute nacht besuchte. Er freute sich darauf, ihr zu erzählen, was geschehen war – daß ein Komitee eingesetzt worden war, das die Unabhängigkeitserklärung entwerfen sollte. Er wußte, daß sie sich nicht sonderlich dafür interessieren würde. Aber seine Begeisterung brauchte ein Ventil.

Im Schatten gegenüber seiner Unterkunft blieb er stehen. An der Straßenecke sah er einen Mann an einer Ziegelmauer lehnen, einen hochgewachsenen Mann, dessen Gesichtszüge im Dunkel lagen. Der Mann trug einen weiten Umhang und einen Dreispitz und schien die Fenster von Judsons Schlafzimmer zu beobachten.

Da, eine Lampe leuchtete auf. War Alice bereits da?

Eine warnender Instinkt ließ Judsons Handflächen feucht werden. Aber er zögerte nur wenige Augenblicke, bevor er seinen Entschluß traf. Er ging auf den Mann zu, der prompt herumwirbelte und die Windmill Street hinablief.

Aber Judson hatte noch etwas Metallisches aufblitzen sehen, als der Unbekannte an einer Straßenlaterne vorbeigerannt war.

Eine Pistole, die im Gürtel des Mannes steckte.

Beunruhigt stieg Judson die ausgetretenen Stufen zu seiner Wohnung hinauf. Plötzlich war er wieder sehr durstig.

8

Alice war in spielerischer Laune. Er beschloß, den heimlichen Beobachter nicht zu erwähnen. Aber er fragte sich, ob der Mann zuvor schon mal hier gewesen war.

Judson und das Mädchen tranken Rotwein und taumelten ins Bett. Eine Stunde später schlief Alice, unruhig in seine Armbeuge geschmiegt. Ein milder Frühsommerwind, der den Geruch des Flusses herantrug, bewegte die Vorhänge.

Irgendwie hatten ihre Umarmungen eine ungewohnte Wirkung auf ihn. Normalerweise schlief er danach sofort ein. Aber heute nacht war er innerlich zu angespannt, aber dieses Gefühl war nicht einmal unangenehm.

Vielleicht lag es an der Situation im Kongreß, die einem Höhepunkt zustrebte. Vorhin beim Wein hatte er Alice den Tag geschildert und ihre offensichtliche Langeweile ignoriert. So oder so – das Problem mußte Anfang Juli gelöst werden, wenn Jeffersons Erklärungsentwurf vom Komitee vorgelegt wurde.

In seine Gedanken versunken, reagierte er einen Sekundenbruchteil zu spät, als er die leisen Schritte hörte.

Die Tür wurde aufgebrochen, der schwache Riegel in Stücke getreten.

»Keine Bewegung!« befahl eine rauhe Stimme. »Ich habe eine Pistole!«

Der Mondschein spiegelte sich in Metall, und Judson erkannte, daß der Eindringling nicht gelogen hatte. Es war der Mann, den er unten an der Straßenecke gesehen hatte.

Mit zwei Schritten war der Mann im Wohnzimmer. »Zünden Sie eine Lampe an!«

Judson zögerte. Er fror unter der Bettdecke.

»Ich habe gesagt, Sie sollen eine Lampe anzünden! Sonst drücke ich ab!«

Judson tastete nach der Lampe und nach einem Schwefelholz. Wenige Sekunden später war das Schlafzimmer von rosarotem Schein erfüllt. Alice drehte sich auf den Rücken und begann im Schlaf zu flüstern. Ein Zipfel der Decke glitt zur Seite und gab ihre Brüste frei.

Judson lag noch immer im Bett. Er sah, wie der hochgewachsene Mann ins Schlafzimmer trat. Unter seinem Umhang war eine kostbare Livree zu sehen. Das Lampenlicht ließ die messingbeschlagene Pistole schimmern. Es entging Judson nicht, wie verächtlich die Blicke des Fremden über Alices nackten Körper glitten.

»Stehen Sie auf, und stellen Sie sich an die Wand!« befahl der Mann. Als Judson nicht sofort gehorchte, stieß der Diener hervor: »Wenn Sie noch lange zögern, wird es mir unbändigen Spaß machen, Sie zu töten. Das wäre ein bedauernswerter Verlust für den Kongreß – eh, Mister Fletcher?«

Nackt und zitternd vor Angst sprang Judson aus dem Bett und lief zur Wand.

»Es hat ziemliche Mühe gekostet, sie aufzustöbern«, sagte der Livrierte. »Viele Monate. Wir hätten nie gedacht, daß sie so tief sinken würde. Aber daraus haben Sie offenbar Ihren Vorteil gezogen. Doch wie dem auch sei, wenn Sie sich ruhig verhalten, wird Ihnen nichts geschehen.« Seine Stimme klang, als würde er das zutiefst bedauern.

Der hochgewachsene Mann wandte sich um und rief in die Richtung der Treppe: »Sie ist hier, Sir. Sie können hereinkommen. Unser Gentleman aus Virginia ist für den Augenblick außer Gefecht gesetzt.«

Ein untersetzter, elegant gekleideter Mann mittleren Alters ging auf Zehenspitzen durch das Wohnzimmer. Entsetzt starrte er auf das Mädchen, das sich ruhelos hin und her wälzte.

»Mein Gott, wie sie nach Wein riecht! Kein Wunder, daß sie nicht aufwacht...« Mit verzerrtem Gesicht wandte er sich an Judson. »Beim Himmel, Sir, wenn Sie sie auf Abwege geführt haben...«

»Auf Abwege geführt?« wiederholte Judson. Plötzlich hatte sich der Alptraum in eine lächerliche Farce verwandelt. »Sie ist eine Kneipenhure! Und wer sind Sie, zum Teufel?«

»Hüten Sie Ihre Zunge, wenn Sie mit Mister Trumbull sprechen«, riet ihm der Diener.

»Verdammt, ich will endlich wissen, wer...«

»Das spielt keine Rolle. Wir wissen, wer Sie sind, und das genügt.«

Der untersetzte Mann beugte sich über das Bett und zog an Alices Handgelenk. Sie stöhnte, warf den Kopf von einer Seite auf die andere, wehrte sich. Trumbull, Trumbull, wiederholte Judsons Gehirn immer wieder. Er hatte den Namen schon gehört.

Die Trumbulls aus der Arch Street waren eine bekannte Tory-Familie. Das Oberhaupt dieser Familie besaß eine florierende Seilerei. Ob das dieser dicke Mann war?

»Alicia, wach auf! Alicia, Onkel Tobias ist gekommen, um dich nach Hause zu holen...«

»Alicia?« wiederholte Judson. »Sie heißt doch Alice.«

Der untersetzte Mann warf ihm einen haßerfüllten Blick zu. Judson erkannte, daß er wahrscheinlich schon eine ganze Zeitlang unter Beobachtung gestanden hatte – Tage, vielleicht sogar Wochen.

Das nackte Mädchen, das nun die himmelblauen Augen öffnete und sich eine schmutzige Haarsträhne aus dem Gesicht strich, war also doch nicht das, was es zu sein vorgab.

Plötzlich wurden Alices Augen klar. Sie fuhr aus dem Bett hoch, wie von einem Peitschenhieb getroffen. Angst und Wut spiegelten sich in ihrem Blick.

»Was tust du hier, Onkel Tobias? Verschwinde!«

Der dicke Mann wurde blaß. »Alicia, bedecke doch endlich deine Blöße! Was ich hier tue?« Mit einer beringten Hand wies er auf seinen Diener, der Alice und Judson abwechselnd beobachtete. »Seit Monaten durchsuchen wir ganz Philadelphia nach dir! Und was ich hier tue – ich hole dich zurück in die Arch Street. Zu deiner Tante, die ans Krankenlager gefesselt ist, seit du im letzten Herbst verschwunden bist. Wir haben dich gesucht – um dich als Hafendirne aufzufinden, im Bett eines Mannes, der alles tut, um die Kolonien zu vernichten.«

Die moralische Entrüstung verschlug Mr. Tobias Trumbull die Sprache. Aber er schaffte es, Alices Handgelenk erneut zu umklammern.

»Ich bin genau dort, wo ich sein will!« schrie sie und entriß ihm die Hand. »Laß mich in Ruhe!«

»Sie hat den Verstand verloren«, stieß Trumbull keuchend hervor und sah seinen Diener hilfesuchend an. »Der Kummer hat sie um den Verstand gebracht.«

»Schert euch zum Teufel!« schrie Alice in ihrem besten Hafenslang. Dann begann sie Trumbull mit Ausdrücken zu verfluchen, die ihm das Blut in die Wangen trieben. Sogar der hochgewachsene Diener sah überrascht drein, und in diesem Augenblick schnellte Judson mit langen Schritten vor.

Der Diener fluchte und hob die Pistole. Einen schrecklichen Augenblick lang starrte Judson in die Mündung. Dann packte er blitzschnell das Handgelenk des Livrierten, hieb es gegen seinen Schenkel, ergriff die Pistole und rammte sein Knie in den Bauch des Mannes.

Er sprang zurück, als der hochgewachsene Diener mit zusammengebissenen Zähnen gegen die Wand taumelte. Aber er erholte sich rasch und warf sich auf Judson.

Doch dann erstarrte er mitten in der Bewegung. Judson zielte mit der Pistole auf seine Stirn.

Judson fühlte sich qualvoll nüchtern und irgendwie lächerlich, wie er da nackt mitten im Zimmer stand, eine Pistole in der Hand.

»Bevor diese Komödie ihren Fortgang nimmt, will ich endlich eine Erklärung hören.« Er wandte sich an den dicken Mann. »Sie behaupten, daß Sie mit ihr verwandt sind...«

»Meine Frau ist ihre Tante. Und sie ist Mrs. Alicia Amberly, die Witwe eines königlichen Offiziers und die Tochter des Earl of Parkhurst.«

»Des Earl?« schrie Judson, und sein Kinn sank herab. Alice hatte die Decke über ihre Brüste gezogen und beobachtete die Szene wie ein Tier, das in eine Falle geraten war. Wahrscheinlich ist sie jetzt auch nüchtern, überlegte Judson. Aber bei Verstand war sie noch immer nicht. Er hatte diese blauen Augen schon oft auf so seltsame Weise glänzen sehen.

Er konnte kaum glauben, was er soeben erfahren hatte.

Aber wenn es stimmte, so würde es die widersprüchliche Persönlichkeit Alices erklären.

Trumbull drehte sich zu Alice um und zeigte auf Judson. »Weißt du überhaupt, was für einem Mann du da in die Hände gefallen bist? Einem dieser politischen Marktschreier, die...«

»Jetzt verstehe ich, warum Sie soviel über mich wissen«, unterbrach ihn Judson. »Sie haben mir nachspioniert.«

»Wir haben nur Mrs. Amberly gesucht«, korrigierte der noch immer wütende Diener.

»Aus den menschlichsten Motiven!« rief Trumbull. »Die Trauer über den Tod ihres Gatten, des Lieutenant Colonel Amberly, trieb sie dazu, die Flucht zu ergreifen. Und weil sie den Verstand verloren hatte, suchte sie in der Gosse Zuflucht, in...«

»Ich bin davongelaufen, weil mein Liebhaber mich verlassen hat, du alter Narr!« schrie Alice. »Mein amerikanischer Liebhaber! Er hat sich von mir abgewandt – deshalb bin ich davongelaufen!«

Trumbull fand nur mit Mühe seine Sprache wieder. »Alicia – was du da sagst – verstößt gegen jeden Anstand. Das ist obszön – das ist Beweis genug für deinen kranken Geist.« Er faßte erneut nach ihrer Hand. »Aber jetzt kommst du nach Hause, wirst gesund gepflegt...«

Sie spuckte in das dicke Tory-Gesicht.

Trumbull wischte sich den Speichel vom Kinn. Bittend wandte er sich an Judson »Um Gottes willen, Sir, helfen Sie mir!«

Judson schüttelte den Kopf. »Warum sollte ich? Die Entscheidung liegt bei Alice.«

»Sie heißt Alicia, Sie arroganter Hund!«

»Trotzdem liegt die Entscheidung bei ihr. Sie haben kein Recht, sie mit Gewalt fortzuschleppen.«

Der Diener fuhr sich mit der Zunge über die Lippen. »Er hat sie verführt, Sir. Das ist jetzt offenkundig.«

»Ich bin hier, weil es mir Spaß macht!« schrie Alice.

»O Gott – Kind – bitte...« Trumbull schluchzte fast.

Judson hob die Pistole und zeigte zur Tür, durch die die milde Luft der Juninacht hereinströmte.

»Ich glaube, Sie gehen jetzt besser. Sofort. Es gibt meines Wissens kein Gesetz, das Alice zwingen könnte, mit Ihnen zu gehen. Ich halte sie hier nicht gefangen. Aber wenn sie bei mir bleiben will, können Sie nichts dagegen tun.«

Fassungslos starrte Tobias Trumbull ihn an. »Und Sie wollen mir nicht helfen? Obwohl sie so offensichtlich ärztlichen Beistand braucht?«

»Nein. Es sei denn, sie will sich freiwillig in ärztliche Behandlung begeben.«

»Nein«, flüsterte Alice, die Finger in die Decke gekrallt.

»Ich...« Trumbull schluckte. Dann kehrte ein Teil der alten Energie in das dicke Gesicht zurück. »Es gibt noch einen Weg, um mit einem Mann von Ihrer Sorte fertig zu werden, Mister Fletcher. Von Gentleman zu Gentleman...« Das letzte Wort troff geradezu vor Verachtung. »Ich kann Satisfaktion von Ihnen verlangen.«

Judson maß den keuchenden, übergewichtigen Mann von oben bis unten.

»Seien Sie kein Idiot. Ein Duell mit mir würden Sie nie durchstehen.«

»Bitte...«

Alice wimmerte und wiegte sich stöhnend hin und her. Judson wußte, daß Trumbull zumindest in einem Punkt recht hatte. Irgend etwas war in Alices Vergangenheit geschehen, das den Geist des Mädchens zerstört hatte.

Plötzlich brach sie in Tränen aus. »Hört doch mit der Streiterei auf! Laßt mich endlich in Ruhe!« Sie hielt sich die Ohren zu.

Ihr herzzerreißendes Schluchzen hallte von den Wänden wider, und Trumbull wurde schneeweiß. Wieder starrte er Judson an, und hinter ihm lächelte der Diener ironisch.

»Sie weigern sich, meine Herausforderung anzunehmen?« fragte Trumbull. »Sie sind also nicht nur ein Landesverräter, sondern auch ein Feigling?«

Die Beleidigung versetzte Judson in Wut. »Verdammt, wenn Sie unbedingt in Ihr Verderben laufen wollen, dann schicken Sie mir Ihren Sekundanten!«

Sofort bereute er seinen Zornesausbruch. Trumbull schien körperlich ziemlich schwach zu sein. Dennoch gab es Judson eine eigenartige Befriedigung, die Herausforderung angenommen zu haben.

Der hochgewachsene Diener verneigte sich. »Ich werde mich bei Ihnen melden, Mister Fletcher. Kommen Sie, Mister Trumbull.« Sanft griff er nach dem zitternden Arm des Torys. »Die Angelegenheit ist geregelt. Wenn wir uns dieses Gentlemans entledigt haben, können wir Mrs. Amberly nach Hause holen.«

Auf dem Treppenabsatz wandte der Diener sich noch einmal um und sah Judson belustigt an.

»Behalten Sie vorläufig die Pistole, Mister Fletcher. Ich werde sie mir wieder holen, wenn Mister Trumbull Sie ins Jenseits befördert hat.«

Die Tür mit dem zersplitterten Riegel fiel zu.

Judson starrte auf die messingbeschlagene Waffe in seiner Hand. Müde und wütend schleuderte er die Pistole auf den Boden. Sie rutschte am Bett vorbei und prallte gegen die Wand.

Judson setzte sich neben... Wie hatten sie das Mädchen genannt? Alicia Amberly? Es spielte keine Rolle. Er war überwältigt von Entsetzen und Mitleid. Ihre himmelblauen Augen blickten ihn jetzt fast kindlich an.

Ihre Hand berührte sein Kinn, und sie sagte mit flehender Stimme: »Du darfst dich nicht mit ihm schlagen, Liebling. Es ist schon zuviel Blut vergossen worden. Versprich es mir!«

Plötzlich klammerte sie sich an ihn. Ihre Brüste, die sich an seine Brust preßten, waren kalt, ihre Fingernägel gruben sich in die Muskeln seines Rückens.

»Versprich es mir, daß du nicht kämpfen wirst, Philip, versprich es mir...«

»Alice, ich – ich bin nicht...«

Es war sinnlos. Sie weinte wieder. Ihr wildes Schluchzen verriet ihm, wie anfällig ihr inneres Gleichgewicht war.

Erst jetzt hörte er den Lärm, der schon vor einiger Zeit den Rand seines Bewußtseins erreicht hatte, den er aber nun erst identifizierte. Von unten klang die Stimme des Kesselflickers herauf, der wissen wollte, was denn los sei.

»Es ist alles in Ordnung!« schrie Judson, um Alices hysterisches Schluchzen zu übertönen. »Es wird gleich Ruhe sein.«

»Ein solches Benehmen dulde ich nicht in meinem Haus...« Die Stimme verklang.

Judson strich über das verfilzte Haar des Mädchens und starrte über ihre Schulter auf die Pistole, die an der Wand lag. Sanft sprach er auf Alice ein, aber sie gab keine Antwort. Sie krallte nur die Finger in seine Muskeln und weinte wie ein krankes Kind.

7. Kapitel
Dreizehn Uhren

1

Als der überraschende Besuch gegangen war, schlüpfte Judson in einen Morgenmantel und überredete Alice, die einzige Medizin zu trinken, die er zur Hand hatte: Rotwein. Sie hielt das Glas mit beiden Händen fest und trank in gierigen Zügen. Dann erschauerte sie, und ihre Augen blickten ihn nicht mehr so glasig an wie zuvor.

Erleichtert sah Judson, daß sie ihn und ihre Umgebung wiedererkannte.

»Alice...« Obwohl der Name nach Trumbulls Enthüllungen seltsam in seinen Ohren klang, brachte er es nicht über sich, jenen anderen zu benutzen. »Ist dieser Mann wirklich der Mann deiner Tante?«

Sie senkte den Kopf, wich seinem Blick aus. »Ja.«

»Und du bist aus seinem Haus in der Arch Street weggelaufen?«

»Ich pflegte meinen Mann, der – bei Boston verwundet worden war. Er starb und... Bitte, Judson, frag nicht weiter«, flüsterte sie.

»Aber er hat gesagt, daß du die Tochter eines Earls bist. Stimmt das?«

»Ich war es – früher einmal.«

»Wer war Philip?«

»Hör auf!« schrie sie und warf das Glas nach ihm.

Er duckte sich, und das Glas zerschellte an der Wand. Wieder trommelte der Kesselflicker mit einem Stock gegen seine Decke und rief: »Ruhe!«

Judson versicherte ihm, es würde nun bald Stille herrschen, und begann im Zimmer auf und ab zu gehen. Alice wickelte sich in die Decke, als fröre sie erbärmlich.

Er sah, daß Trumbull die Wahrheit gesagt haben könnte. Ihre Gesichtszüge waren fein geschnitten – oder waren es einmal gewesen, bevor das ausschweifende Leben sie zerstört hatte.

Alice strich über ihren Arm, der von Gänsehaut bedeckt war. »Judson...«

Er sah sie an, noch immer verwirrt von den neuen Erkenntnissen, die seine Beziehung zu ihr in ein neues Licht rückten. Sie hatte ihm nichts bedeutet – bis zu dem Augenblick, da er erfahren hatte, wer sie war und was sie in ihre jetzige Situation getrieben hatte. Jetzt fühlte er ein neues, tiefes Interesse für sie – und mit diesem Interesse kam die verwirrende Frage, was er tun sollte.

»Ich habe gehört, was sie gesagt haben, Judson. Sie haben von einem Duell gesprochen.«

»Dein unvernünftiger Onkel will Satisfaktion.«

Sie sprang nackt aus dem Bett und klammerte sich an ihn. »Du darfst dich nicht mit ihm duellieren! Schwöre, daß du es nicht tun wirst! Ich habe schon genug angerichtet...«

Er strich ihr sanft über das Haar. »Ich habe keine andere Wahl, Alice.«

»Du hast die Alternative, nein zu sagen.«

Judson schüttelte den Kopf.

»Warum nicht?« stieß sie hervor.

»Weil...« Er konnte ihr nur eine ziemlich dürftige Erklärung bieten: »Weil das unter Gentlemen nicht üblich ist.«

Wenn dies auch eine wahrheitsgemäße Antwort war, klang sie doch unbefriedigend. Einen Augenblick später verstand er, warum. Er wollte die wirkliche Wahrheit nicht zugeben. Tief in seinem Inneren war etwas, das zuschlagen und vernichten wollte.

Er schämte sich und war im selben Augenblick seltsam erregt. O Gott, wie verachtenswert er doch war.

»Dann versprichst du mir also nicht...«

»Ich kann höchstens versuchen, den armen Kerl dazu zu bewegen, seine Herausforderung zurückzunehmen.«

»Und wenn du ihm gegenüberstehst – würdest du ihn dann töten?«

»Er ist dick, schwerfällig und doppelt so alt wie ich. Ja, ich glaube, ich würde ihn töten.«

Sie starrte ihm noch sekundenlang in die Augen, dann ging sie zum Bett zurück, kroch unter die Decke und vergrub das Gesicht in den Kissen. Ihre Schultern begannen zu zittern, als sie schluchzte. Der Klang ihres Schluchzens erinnerte ihn an Peggy McLeans schrille Schreie – damals in der Nacht des Sklavenaufstands.

Er goß sich noch etwas Rotwein ein – das einzige verfügbare Mittel, das ihm über die verworrene Situation hinweghalf. Und dann legte er sich zu Alice ins Bett.

Er zog sie an sich, versuchte sie zu trösten. Allmählich ließ ihr hysterisches Schluchzen nach, und sie schlief ein. Irgendwann, als die Sterne bereits zu verblassen begannen, fiel auch er in traumlosen Schlaf.

Als er nach dem Sonnenaufgang mit Kopfschmerzen erwachte, war sie fort.

Jede Spur ihrer Anwesenheit in diesem Raum war mit ihr verschwunden – bis auf zwei Ausnahmen: In den noch warmen Bettüchern fand er eine dünne rotblonde Haarsträhne, und in einem Strahl der Morgensonne glänzte die messingbeschlagene Pistole.

2

Die Neuigkeiten, die während des milden Juniwetters in Philadelphia eintrafen, ermutigten die Patrioten. Die britische Flotille war vor Charleston zurückgeschlagen und schwer beschädigt worden, dank des gezielten und stetigen Feuers der Amerikaner, die sich hinter Zwergpalmenstämmen im Hafen von Sullivan's Island verschanzt hatten.

Die Mitglieder des Kongresses begannen im Flüsterton über die Rodrigue Hortalez & Cie. zu sprechen, eine mysteriöse private Handelsgesellschaft, die gerade in Frankreich gegründet worden war. Die Gesellschaft hatte ein Hauptanliegen: Sie verschiffte ganze Ladungen von Kriegsmaterial in die Kolonien, unter anderem fässerweise Schwarzpulver, das dringend gebraucht wurde.

Manche vermuteten, daß König Ludwig XVI., kein besonders guter Freund der Engländer, eine Gelegenheit gesucht und gefunden hatte, den traditionellen Feind seines Landes auf dem Umweg über Amerika zu schlagen. Wenn das der eigentliche Grund für die Gründung dieser Gesellschaft war, würde sich niemand daran stören, der auf der Seite der Kolonien stand. Dr. Franklin erzählte seinen wenigen Vertrauten, daß eine ähnliche Hilfe auch von Karl III. von Spanien zu erwarten sei. Aber was die Patrioten am meisten anspornte und ermutigte, war eine große Hoffnung. Wenn die Franzosen sich insgeheim mit den amerikanischen Rebellen solidarisiert hatten, konnte man mit diplomatischem Geschick vielleicht erreichen, daß es sich auch offen mit Amerika verbündete. Franklin glaubte, daß dies nicht unmöglich sei. Und er war gewillt, aus der jahrhundertalten Feindschaft zwischen England und Frankreich jeden nur erdenklichen Nutzen zu ziehen.

Was immer auch bei solchen diplomatischen Bemühungen herauskommen würde, die Aussicht auf den Krieg war nun, da die Hortalez & Cie. existierte, nicht mehr ganz so deprimierend. Die Gesellschaft operierte unter einem erstaunlichen Leiter – dem geistreichen Schriftsteller Beaumarchais.

Judson schnappte die Neuigkeiten in den Gängen des State House auf oder entnahm sie geflüsterten Gesprächen im Sitzungssaal, in dem es immer stickiger wurde, je stärker die Junisonne herabschien. Die Fenster blieben geschlossen, während der Kongreß auf den Deklarationsentwurf des Sonderkomitees wartete.

Seine Sorge um Alice hatte Judsons Interesse an den radikalen Bestrebungen etwas abgeschwächt. Er trank jetzt wieder oft und viel und verbrachte einen Großteil seiner Zeit damit, in der Stadt nach dem Mädchen zu suchen. Aber sie hatte die Hafenkneipe, in der sie gearbeitet hatte, verlassen und war wie vom Erdboden verschwunden.

Von Trumbull hörte er nichts. Eines Tages nahm ihn Francis Lightfoot Lee diskret beiseite und sagte ihm, daß die Forderung des Seilereibesitzers zum Lieblingsthema der Stadt geworden war. Im Namen von Judsons Freunden unter den Delegierten hoffe Lee inständig, daß sich der Streit auf weniger skandalöse Art beilegen ließe als durch ein öffentliches Duell.

Judson versprach sein Möglichstes zu tun. Er schrieb einen sorgfältig formulierten Brief in die Arch Street, in dem er Mr. Trumbull bat, sich die Sache mit dem Duell noch einmal zu überlegen. Einen Tag später überreichte ihm sein Vermieter die Antwort, als er aus dem State House zurückkam.

Er befragte den Kesselflicker – ja, der Mann, der den Brief überbracht hatte, sei sehr groß und für einen Diener verdammt arrogant gewesen. Judson erbrach das kunstvolle Wachssiegel und faltete das Pergament auseinander. Er las das Schreiben, knüllte es zusammen und warf es fort.

Mr. Tobias Trumbull dachte nicht daran, auf das Duell zu verzichten. Er wiederholte seine Herausforderung in energischem Ton. Die unglückliche Mrs. Amberly könne nirgendwo gefunden werden. Mr. Trumbull fürchte für ihre Sicherheit und gebe Judson die Schuld an ihrem Verschwinden. Deshalb möge Judson bitte Zeit und Ort und Waffen bestimmen, damit man den Streit endlich beilegen könne.

3

In der letzten Juniwoche kündigte sich eine Hitzewelle an. Eines Nachmittags suchte Judson das große Backsteinhaus an der Ecke High und Seventh Street auf, in dem Jefferson wohnte.

Das sonst so aufgeräumtc Wohnzimmer, das Judson schon ein paarmal gesehen hatte, befand sich in heillosem Durcheinander. Der junge Mann saß am Fenster, auf dem Tisch neben ihm lag seine geliebte Geige, Noten mit Kompositionen von Purcell und Vivaldi setzten Staub an. Ein Arm Jeffersons hing über der Stuhllehne, zwischen den tintenbefleckten Fingern steckte ein Federkiel. Auf dem Boden häufte sich Papier.

Auf der anderen Seite des Raumes saß Franklin auf einem Sofa. Er nickte Judson mit herzlichem Lächeln zu und tippte dann mit dem Zeigefinger auf das Blatt, das er gerade las.

»Tom, ich finde das etwas hochtrabend – ›wir halten diese Wahrheiten für geheiligt und unabweisbar‹. Würde da nicht ›selbstverständlich‹ genügen?«

»Ja, das ist gut, streich das andere durch«, antwortete Jefferson. Seine Stimme klang müde und gleichgültig. Franklin hob einen zweiten Federkiel vom Boden auf, tauchte ihn in ein Tintenfaß und fügte seine Korrektur ein.

Als er Judson unsicher in der Tür stehen sah, nahm Jefferson das tragbare Schreibpult aus poliertem Holz von seinen Knien und setzte es auf dem Tisch ab. Er hatte diesen Miniaturschreibtisch selbst entworfen.

Jefferson stand auf, streckte sich und gähnte. »Wenn ich mit diesem verdammten Entwurf endlich fertig wäre... Trinkst du einen Tee mit mir, Judson?«

»Wenn du etwas Stärkeres hättest, wäre ich dir dankbar.«

Wieder einmal lag eine vage Anklage im Blick Jeffersons, und er runzelte die Stirn, auf der die Junisonne zahlreiche Sommersprossen hervorgerufen hatte. Aber er nickte höflich und goß ein Glas Madeira ein.

Franklin warf das Papier auf den Boden, schob seine Brille nach oben und massierte seinen Nasenrücken.

»Wir nähern uns dem endgültigen Entwurf, würde ich sagen.« Dann wandte er sich lächelnd an Judson. »Und was führt Sie her, Judson? Haben Sie ein paar Ideen, die Tom in sein Werk einfügen könnte?«

»Nein, es geht um eine persönliche Angelegenheit.«

»Nun, bevor Sie damit anfangen – vielleicht könnten Sie uns noch sagen, was Sie von einem Absatz über die Sklaverei in der Deklaration halten. Tom ist immer noch dafür.«

Judson hob die Brauen und nippte an seinem Glas. Der Madeira nahm ihm vieles von seinem Unbehagen. »Soll dieser Absatz die Sklaverei verdammen?«

Jefferson nickte. »Sie soll als Instrument der Unterdrückung bezeichnet werden, das Seine Majestät nicht nur erlaubt, sondern auch noch fördert.«

»Es geht wohl ein bißchen zu weit, den König für den Sklavenhandel verantwortlich zu machen. Er erlaubt ihn vielleicht – aber wir praktizieren ihn.«

Jefferson starrte aus dem Fenster auf die belebte High Street hinab. »Auch ein Gesichtspunkt. Und ich habe in dieser Angelegenheit auch keine sauberen Hände.«

»Wenn ein Absatz über die Sklaverei in den Entwurf aufgenommen wird, kommt er nicht durch«, sagte Judson überzeugt. »Dickinson und seine Freunde kämpfen um jede Stimme. Eine Antisklavenklausel dürfte uns eine Menge kosten.«

»Ich verabscheue den Sklavenhandel«, sagte Franklin. »Und ich habe den ersten Antisklavenverein in dieser Stadt gegründet. Aber ich stimme mit Ihrer Einschätzung überein, Judson.«

»Ich bin dennoch im Moment nicht gewillt, den Absatz zu streichen«, erklärte Jefferson.

Franklins Augen verengten sich. »Im Moment?«

»Nur wenn dieser Punkt über Erfolg oder Mißerfolg entscheidet.«

Franklin stemmte sich vom Sofa hoch, wischte sich mit einem Taschentuch über den Hals, griff nach seinem braunen Samtrock und sagte: »Dieser Punkt wird entscheidend sein, ganz sicher, Tom. Und nun überlasse ich euch eurem privaten Gespräch.«

Als Franklin gegangen war, goß sich Judson ein zweites Glas ein. Er hatte das Gefühl, daß der Gelehrte wußte, warum er Jefferson aufsuchte, und daß sich Franklin absichtlich der Diskussion entzogen hatte. Mittlerweile wußte der ganze Kongreß von Judsons Mißgeschick.

»Tom, ich komme gleich zur Sache. Ich werde mich mit Trumbull duellieren.«

»Hat Francis Lee denn nicht mit dir gesprochen?«

»Doch.«

»Hat er dir nicht gesagt, daß du dir die Sache noch einmal überlegen sollst?«

»Ich habe Trumbull geschrieben, es sei besser, den Streit zu vergessen. Aber er besteht auf dem Duell. Wir haben uns für den Morgen des dritten Juli verabredet, irgendwo oben am Delaware. Ich komme als dein Freund zu dir, Tom. Ich kenne nur wenige Leute in Philadelphia, und ich brauche einen Sekundanten.«

Unbehaglich strich sich Tom Jefferson durch das zerzauste rote Haar. Und mit einem Blick, der Judsons Hoffnungen zunichte machte, sagte er zögernd: »Unter anderen Umständen würde ich es erwägen, aber jetzt ist es unmöglich.«

»Wegen der Gründe, die du im Januar erwähnt hast? Wegen der moralischen Entrüstung, die ich heraufbeschwöre?«

Jefferson nickte. »Dir ist doch klar, was geschehen wird,

wenn du dich duellierst, Judson, nicht wahr? Präsident Hancock weiß von deinen Schwierigkeiten. Er hat mir nicht verschwiegen, was er davon hält. Wenn du darauf bestehst, dich zu duellieren, wird man dich sehr wahrscheinlich diskret ersuchen, Philadelphia zu verlassen, dich aus der Delegation von Virginia zurückzuziehen. Und ich fürchte, ich müßte dieses Ersuchen unterstützen. Es tut mir leid, Judson, aber ich verstehe nicht, daß es eine Hafenhure wert sein soll...«

Judson unterbrach ihn mit blutleeren Lippen. »Über die Einzelheiten brauchen wir nicht zu diskutieren.«

»Doch, das müssen wir. Verdammt, Judson, keiner deiner Freunde, am wenigsten die Männer aus unserer Heimatkolonie können begreifen, wie du dich auf eine so schäbige Affäre einlassen konntest. Ein sinnloses Duell wegen einer Frau, die...«

»Jetzt reicht es, Tom!«

»Im Gegenteil! Du bist uneinsichtig. Du benimmst dich fast so, als hättest du den Verstand verloren.«

Judson wandte sich ab. »Vielleicht habe ich das.«

»Eine Schande! An einem Tag engagierst du dich für unsere Bestrebungen, arbeitest mit uns, diskutierst mit uns, wirfst deinen bemerkenswerten Intellekt in die Waagschale – und am nächsten Tag besäufst du dich so, daß Franklin neben dir wie ein Abstinenzler wirkt. Ich begreife das einfach nicht, Judson...«

Kalt sah ihn Judson an. »Warum machst du dir meinetwegen Sorgen?«

»Weil...« Er zuckte mit den Schultern. »Weil du mir in kurzer Zeit wie ein wahrer Freund ans Herz gewachsen bist. Immer wieder versuche ich zu verstehen, was dich zu diesen Exzessen treibt.«

»Das versuche ich auch«, sagte Judson mit bitterem Lächeln.

»Und hast du eine Antwort gefunden?«

»Nur eine, und die ist nicht sehr befriedigend. Ich habe festgestellt, daß es auf dieser Welt Männer gibt, die stärker sind als andere. Die schwächeren sind unfähig, sich normal zu benehmen. Sie können sich nicht anpassen. Sie werden von ihren Lebensumständen vernichtet – oder sie zerstören sich selbst.«

»Bist du sicher, daß das nicht nur trunkenes Gewäsch ist?«

»Ganz sicher.« Er trank sein Glas leer. »Mein Vater hat mich oft in dieser Auffassung bestärkt.«

»Es ist doch idiotisch, sich einer so hoffnungslosen Philosophie zu unterwerfen.«

»Ich bin ein Außenseiter, Tom. Ich werde es immer sein. Indem ich das erkenne, erfülle ich wenigstens einen der Wünsche meines Vaters.« Er grinste gequält. »Er hat mir geraten, nie zu heiraten, damit ich keine nichtswürdigen, charakterlosen Kinder zeuge.«

»Unsinn! Du vergräbst dich in Selbstmitleid.«

Judson lächelte wieder, diesmal äußerst liebenswürdig.

»Jeder Versager tut sich leid.«

Aber Jefferson ließ sich nicht ablenken. »Wenn wir die Unabhängigkeit erreichen, Judson – wenn wir diesen Krieg bald zu einem guten Ende bringen...«

»Das sind zu viele ›wenns‹.«

»Zugegeben. Aber überleg doch einmal, was wir gewinnen können. Du würdest alle Chancen haben, aus diesem Schema auszubrechen, in das du nicht paßt, das du verachtest.«

»Ich verstehe nicht.«

»Hast du eine Ahnung, wie groß dieser Kontinent ist, Judson? Wir hocken hier doch nur ganz am Rand. Aber dieser Kontinent erstreckt sich von Florida bis zur Hudson Bay und darüber hinaus. Draußen im Westen, hinter dem Ohio, haben die Franzosen einen Fluß gefunden, den man sich wohl gar nicht vorstellen kann, wenn man ihn nicht gesehen hat. Der Sieur de La Salle hat ihn Colbert genannt, aber die Indianer nennen ihn den großen Fluß, den *Misi Sipi.*« Jefferson ging auf und ab, seine Augen leuchteten.

»Wir kommen vom Thema ab, Tom.«

»Keineswegs. Dieses Land ist riesengroß und reich. Wer kennt schon das Ausmaß der Schätze, die zwischen diesem Fluß und dem Pazifik liegen? Die Spanier sind bereits auf dem besten Weg, die Antwort auf diese Frage zu finden, mit Hilfe ihrer Missionen in dem Landstrich, den sie die ›neuen Philippinen‹ getauft haben. Stell dir vor, wenn nur ein Teil dieses Territoriums uns gehören würde, wenn die ausländischen Flaggen eingeholt würden... Die Löwen und Schlösser von León und Kastilien flattern jetzt über dem Südwesten, über dem Gebiet, das *Tejas* genannt werden soll. Wenn eines Tages dort unsere Flagge aufgezogen würde – denk nur an die Möglichkeiten! Welche Perspektiven würden sich Wirtschaft und Handel eröffnen, welche neuen Forschungsgebiete der Wissenschaft erschließen. Damit will ich dir sagen, Judson, daß sich kein Mensch in seiner unmittelbaren Umgebung gehemmt zu fühlen braucht, wenn ein so weites, offenes, freies Land woanders auf ihn wartet. Bei Gott, ich würde mich nicht unterkriegen lassen. Bevor ich sterbe, will ich eine wissenschaftliche Expedition sehen, die von hier aus zum Pazifik vorstößt.«

Nach einem Augenblick des Schweigens sagte Judson: »Ich verstehe, was du sagen willst. Ein guter Freund hat die Blue Ridge Mountains bereits überquert. Manchmal habe ich gedacht, auch ich würde dorthin gehören – zu ihm.«

»Wer ist dein Freund?«

»George Clark.«

»George Rogers Clark?«

»Ja.«

»Er hat sich einen guten Namen in der Miliz von Virginia gemacht. Aber lassen wir den Westen einmal beiseite...«

»Ja, weil diese Idee unrealistisch ist. Ich werde nie dorthin kommen.«

Judsons bittere Bemerkung hatte Jefferson unterbrochen. Jetzt war seine Begeisterung verschwunden. Bedauernd sah er Judson an, doch dann kam Unnachgiebigkeit in seinen Blick.

»Vielleicht hast du recht. Aber jeder erwachsene Mensch ist verpflichtet, – sich in Selbstbeherrschung zu üben – gleichgültig, wo er wohnt und wie seine Lebensumstände aussehen.«

»Diese Lektion habe ich auch schon von meinem Vater gehört.«

Jefferson nagte an seiner Unterlippe, dann sagte er: »Du bist also nicht bereit, dein Verhalten zu ändern und dich anderen Dingen zuzuwenden als der Frage, was unter einem Weiberrock oder in einem Glas ist?«

»Ich versuche es immer wieder – bis jetzt ohne Erfolg.«

»Heißt das, daß du in der Trumbull-Affäre nicht umdenken wirst?«

»Es ist zu spät. Ich kann nicht.«

»Auch nicht angesichts der Konsequenzen? Hancock wird dich nach Virginia zurückschicken.«

»Soll er.«

»Judson, was willst du dir oder anderen beweisen?«

»Ich verstehe nicht ganz...«

»Wem willst du deine Unabhängigkeit demonstrieren? Deine Männlichkeit...«

Judson stellte das Madeiraglas hart auf den Tisch. »Ich bin nicht in der Stimmung, so subtile Gespräche zu führen.«

Jefferson winkte ab. »Das ist überhaupt nicht subtil. Ich sehe dich, wie du dich nicht sehen kannst. Manchmal läßt du es zu, daß wahre Natur zum Vorschein kommt, ein starker Charakter, hoher moralischer Mut. Doch dann wieder scheinst du alle diese Qualitäten aus den Augen zu verlieren. Oder du unterdrückst sie absichtlich. Ich glaube, daß sich nur ein Mann, der sich selbst verabscheut, so benimmt. Du hast deinen Vater erwähnt. Ist er es, gegen den du beständig...«

»Auf Wiedersehen, Tom.« Judsons Kinnmuskeln zitterten, als er zur Tür ging.

»So warte doch! Hör mir zu! Du zerstörst dich selbst, du versuchst, etwas zu beweisen, das gar keines Beweises bedarf...«

Der Satz riß ab, als die Tür krachend ins Schloß fiel.

Judson stürmte die Treppe hinab und auf die High Street hinaus, auf der Wagen vom Land hereinrumpelten, beladen mit der ersten Ernte. Der scharfsinnige Thomas Jefferson war in Tiefen vorgedrungen, in die Judson sich nie vorgewagt hatte. In sehr unbequeme Tiefen.

Als er durch die Schwüle des Nachmittags ging, achtete er nicht auf die neugierigen Blicke – das bevorstehende Duell war ein stadtbekannter Skandal –, sondern dachte an Alice. Die Trumbulls waren für ihren bemitleidenswerten Zustand verantwortlich. Und diese Überzeugung genügte ihm für das, was er vorhatte.

Dann schoben sich Gedanken an einen anderen Menschen in den Vordergrund seiner Überlegungen, Gedanken an seinen Vater.

Ja, Jefferson war der Wahrheit viel zu nahe gekommen. Judson war besessen von dem unkontrollierbaren Wunsch, gegen Konvention und Autorität anzukämpfen, einen Weg einzuschlagen, wenn er wußte, daß ein anderer der allgemein anerkannte war.

Aber wer trug die Schuld daran? Als ob das noch eine Rolle spielen oder etwas ändern würde...

Statt zur Sitzung des Komitees zurückzukehren, ging er in die nächstbeste Kneipe, versteckte sich in einer düsteren Ecke, entzog sich für eine Weile der Realität der Außenwelt. Es dauerte nicht lange, bis auch seine innere Welt ähnlich entfernt war.

4

Ein Donnerschlag erschütterte das State House. Blitze loderten wie ein infernalisches Feuer aus dem Inneren der Erde. Sturm fegte über Philadelphia hinweg und peitschte den Regen gegen festverschlossene Fensterläden. Sein Lärm drang auch in den Raum, in dem John Hancock erneut den Präsidentenstuhl eingenommen hatte.

Die Luft im Saal schien zu kochen. Judsons Gesicht war schweißüberströmt. Er schlug nach einer der riesigen Bremsen, die in den Raum eingefallen waren, um die schwitzenden Männer zu peinigen, die John Dickinsons Rede lauschten.

»...und deshalb kann ich nicht reinen Gewissens den Beschluß unterstützen, über den gestern in diesem Kongreß debattiert wurde, in dem Komitee unter Mister Harrisons Vorsitz...«

Die fahrige Stimme irritiere Judson. Er versuchte nüchtern zu werden und fühlte sich gar nicht gut. Er wollte in die nächste Kneipe, seinen Durst löschen...

Welcher Tag war eigentlich heute? Er hatte jedes Zeitgefühl verloren. Aber dann fiel ihm plötzlich ein, daß heute der zweite Juli war. Morgen würde er Trumbull gegenüberstehen, ohne Sekundanten. Vielleicht war das unabwendbare Näherrücken dieses Termins der Grund dafür, daß er die letzte Woche in einem Dauerrausch verbracht hatte. Das, und daß er nichts von Alice gehört hatte. Sie war und blieb verschwunden.

Judson wurde von Minute zu Minute gereizter. Lautstark verlagerte er sein Gewicht auf seinem Stuhl und war sich den mißbilligenden Blicken der Lees und George Wythes in seiner Nähe bewußt. Sogar Jefferson, der nervös an seinem Entwurf für die Unabhängigkeitserklärung herumfingerte, warf ihm einen unfreundlichen Blick zu. Und Dickinsons unerträglich langweilige Stimme leierte weiter.

Judson sank in sich zusammen und starrte gleichgültig vor sich hin. Sollten sie doch alle zum Teufel gehen. Er hatte in dieser erlauchten Versammlung nichts verloren. Er war genau das, was Angus Fletcher immer von ihm behauptet hatte: ein Taugenichts.

Verdammt, was erzählte Dickinson da eigentlich?

»... ich habe mich oft genug gegen Verstöße der königlichen Minister gewandt...«

Ein paar Stöcke klopften Zustimmung. Ein neuer Donnerschlag krachte, ein Blitz zuckte vor den Fensterscheiben.

»... und ich habe diese Verstöße in aller Öffentlichkeit verdammt, wie Sie alle wissen. Aber die Resolution, über die wir heute abstimmen sollen, kann uns nur ins Verderben reißen. Wenn wir uns für die Unabhängigkeit entscheiden, wäre das genauso, als würden wir unser Haus im Winter anzünden, bevor wir ein anderes Dach über dem Kopf haben. Ich bitte Sie, die Konsequenzen des Krieges in Betracht zu ziehen, der einer Unabhängigkeitserklärung mit Sicherheit folgen würde. Denken Sie daran, daß große Städte wie Boston nicht stillschweigend von den Truppen Seiner Majestät verlassen, sondern bis auf die Grundmauern niedergebrannt würden. Wir verfügen über Informationen darüber, daß britische Offiziere über die Grenze gehen, um Indianerstämme zu Verbündeten zu gewinnen. Was kann dies anderes bedeuten, als daß die Siedler in den Westgebieten meiner Heimat Pennsylvania niedergemetzelt würden? Außerdem würde ein längerer Krieg beide Seiten in den Bankrott führen. Er würde England finanziell ruinieren – und uns auch.«

»Verdammt, das ist doch ödes, unerträgliches Feiglingsgefasel!« Judson sprang auf. »Wir reden hier nicht über Geschäftsinteressen, sondern über die Wahl zwischen Freiheit und Tyrannei, zwischen Mut und Feigheit!«

Erschrockenes Flüstern zog sich durch den Saal, Hancock klopfte mit seinem Hammer auf den Tisch.

»Bitte, Mister Fletcher! Sie werden zu gegebener Zeit das Wort erhalten.«

Judson lief rot an und setzte sich wieder. Er fühlte sich wieder elend, und sein Unbehagen wuchs, als er die ärgerlichen Blicke auf sich spürte. Offensichtlich erbost beendete Dickinson seine Rede mit einer knappen Feststellung.

»Ich kann an dieser Sitzung nicht mehr teilnehmen.«

Verwirrt fragte Hancock: »Wollen Sie damit andeuten, Mister Dickinson, daß Sie sich von den weiteren Verhandlungen dieses Kongresses zurückziehen?«

»Ja.«

Ein Donnerschlag krachte wie ein Kanonenschuß aus dem schwarzen Himmel. Mit quälender Offenheit fügte Dickinson hinzu: »Ich bin mir bewußt, daß ich mit diesem Entschluß die kurzlebige Popularität verscherze, die ich mir vielleicht als Verteidiger englischer Rechte gewonnen hätte. Dennoch verzichte ich lieber auf Popularität, als daß ich an einer Abstimmung teilnehme, die Glück und Leben meiner Landsleute aufs Spiel setzt.«

John Dickinson setzte sich unter lautem Stöckeklopfen, Anerkennung seines moralischen Mutes, wenn auch nicht seines Entschlusses. Judson unterdrückte ein Rülpsen. Gott sei Dank, auf ihm lasteten nicht solche Gewissenskonflikte. Vielleicht hätte er Dickinson nicht so hart angreifen, hätte warten, sich zu Wort melden und dann Dickinsons Argumente vernünftig widerlegen sollen.

Ein weißer Blitz zuckte auf. Judsons Kopf fuhr herum, als John Adams ums Wort bat. Auf der weiß schimmernden Fläche eines hohen Fensters sah er ein geisterhaftes Bild.

Wirres Haar.

Geöffnete Lippen.

Ein gehetzter Blick in blauen Augen.

Zitternd schlug Judson die Hände vors Gesicht. Kalter Schweiß brach ihm aus allen Poren.

Thomas Jefferson beugte sich zu ihm. »Judson«, flüsterte er, »bist du krank?«

»Betrunken«, sagte jemand spöttisch.

»Verdorbene Wurst«, stieß Judson heiser hervor. »Zum Frühstück, glaube ich.« Sein Magen krampfte sich zusammen. Er spürte, daß er sich übergeben mußte.

Taumelnd stand er auf, hörte die entrüsteten Rufe der Kongreßteilnehmer. Hancock sah ihm mitleidslos nach, als er auf die geschlossene Tür zurannte, von der peinigenden Angst getrieben, er müßte sich übergeben, bevor er draußen war.

Seine Übelkeit hatte nichts mit dem Frühstück zu tun. Er hatte keine Wurst gegessen, verdorben oder nicht. Er hatte überhaupt nichts gegessen, sondern vier oder fünf Liter Bier getrunken.

Im strömenden Regen, im Hof des State House, übergab er sich. Als er wieder hineingehen wollte, rutschte er auf den nassen Stufen aus. Er sah Trumbulls Schweinegesicht im orangefarbenen Licht eines Blitzes. Er fiel auf Hände und Knie und verlor das Bewußtsein.

Und dann schien eine Stimme durch den Nebel zu dringen, der ihn einhüllte – eine vage vertraute Stimme.

Er lag jetzt auf dem Rücken, hob mühsam den Kopf, hörte, wie jemand seinen Namen rief. Vor dem schwarzen Himmel sah er Thomas Jefferson, regendurchnäßt. Jefferson bückte sich, um ihm auf die Füße zu helfen.

»Steh auf, Judson.«

»Tut mir leid, daß ich diesen Wirbel veranstaltet habe«, murmelte Judson. »Diese verdammte Wurst...«

Traurig blickte Jefferson auf Judsons schmutzige Kleidung.

»Aus welchem Grund auch immer – der Kongreß hat soeben mit Mehrheit beschlossen, daß du die Delegation Virginias verläßt. Sofort. Es tut mir leid, dir das sagen zu müssen, aber du hast die Grenzen endgültig überschritten. Hancock ist noch immer wütend, weil du Dickinson unterbrochen hast. Wenn seine Ansichten den unseren auch widersprechen – Dickinson ist ein respektabler Mann und verdient es, als solcher behandelt zu werden. Hancock wäre herausgekommen und hätte dich mit seinem Stock verprügelt, hätte er nicht im Saal Wichtigeres zu tun.«

Es donnerte, als würde die Erde auseinanderreißen. Der Regen strömte, und Judson haßte Jeffersons ruhige Kraft ebenso, wie er seine eigene Schwäche verabscheute.

Er wischte sich über den Mund. »Es tut mir leid. Ich wollte dabei sein, wenn der Beschluß gefaßt wird...«

Jefferson schüttelte den Kopf. »Es ist schon geschehen. Du hast fast zwei Stunden hier gelegen.«

»Die Abstimmung ist schon vorüber?«

»Ja.«

»Und wie...«

»Zwölf dafür, niemand dagegen. New York hat sich enthalten. Morgen beginnen wir mit der Formulierung des endgültigen Wortlautes.« Jefferson konnte seine Verachtung nicht mehr verbergen. »Aber du hast ja morgen Wichtigeres vor, Judson. Du hast dich eine Zeitlang für unsere Bestrebungen engagiert. Ich wünschte, du hättest auch die Kraft besessen, den Erfolg unserer Bemühungen mitzuerleben.«

Er wandte sich ab und verschwand im State House. Die Tür schloß sich lautstark.

Judson fühlte sich erniedrigt, unsauber. Sich immer noch übel fühlend stand er mit gesenktem Kopf im Regen. Der Regen hatte den Schmutz von seiner Kleidung gespült – aber nicht aus seiner Seele.

5

Im Morgengrauen des nächsten Tages stand Judson in einem Ahornhain am Ufer des Delaware Tobias Trumbull und dem spöttisch grinsenden Diener gegenüber. Judsons Pferd war in der Nähe festgebunden. In einiger Entfernung zeigten sich verschwommene Gesichter hinter den Felsen einer eleganten Kutsche. Ein paar Freunde hatten Mr. Trumbull begleitet, um ihm Mut zuzusprechen.

Der Tory trommelte nervös auf seinem Pistolengriff und

stieß keuchend hervor: »Ich frage Sie zum allerletztenmal, Sir – wo ist Alicia?«

»Ich habe sie seit jener Nacht nicht mehr gesehen, und ich weiß auch nicht, wo sie ist.« Judson fühlte sich scheußlich. Der Kater. In seinem Magen rumorte es noch immer, seine Hände zitterten.

»Lügner!« rief Trumbull. »Verdammter Lügner!«

Judson hätte dem fetten Narren am liebsten ins Gesicht geschlagen. Statt dessen wandte er sich an den Diener: »Bringen wir es hinter uns.«

Der Livrierte zeigte auf eine Markierung im schlammigen Boden. »Gehen Sie von hier aus zurück. Ich zähle Ihre Schritte, und beim zehnten Schritt drehen Sie sich um und feuern.«

Die beiden Männer nahmen ihre Position ein, hielten die Pistolen mit den Mündungen nach oben. Judson machte sich Sorgen um sein Pulver, dem das feuchte Wetter sicher schaden würde, als die durchdringende Stimme des Dieners erklang.

»Eins!«

Die Duellanten entfernten sich voneinander. Judson versuchte, die Pistole mit sicherem Griff zu umspannen.

»Zwei! Drei!«

Die Bäume entlang des Flusses tropften noch vom gestrigen Regen. Judson war vor Tagesanbruch aufgestanden, aber die Einwohner von Philadelphia hatten sich bereits auf den Straßen gedrängt. Die Leute wollten etwas über den unglaublichen Beschluß erfahren, den man im State House gefaßt hatte. Die Kongreßmitglieder hatten für die Unabhängigkeit gestimmt, so sagte man.

»Vier! Fünf!«

Judson fingerte am Abzug seiner Pistole, hörte seinen eigenen keuchenden Atem. Was war mit Alice geschehen?

»Sechs! Sieben! Acht!«

Judsons Stiefel versanken im Schlamm. Dunst lag über dem Fluß, Friedhofsstille. Ein Tag wie zum Sterben gemacht.

Verdammt, hör auf, so zu denken! Er mußte sich nur genügend Zeit nehmen und ruhig bleiben. Trumbull würde sicher danebenschießen...

»Neun!«

Mit einem Mal erfüllte ihn heißer, wilder Zorn auf alles und jeden in der Welt, drohte die schwer errungene innere Ruhe zu besiegen, die Kontrolle über den Finger am Abzug...

»Zehn!«

Er fuhr herum und kämpfte um sein Gleichgewicht. Er sah, wie der Seilereibesitzer die Pistole zog und zielte.

Judson stand reglos im Schlamm, die rechte Seite seines Körpers bot ein kaum zu verfehlendes Ziel. Trumbulls Unterarm zitterte, die Pistole explodierte mit einem roten Mündungsblitz, einem Rauchschwall. Trumbull trat einen Schritt zurück, während Judson dem Pfeifen der Kugel nachlauschte, die etwa einen Meter an seinem Herzen vorbeischoß.

Dieser verfluchte Narr, es soweit zu treiben...!

Er konnte so zielen, daß er Trumbull nur verwundete, und damit wäre die Affäre aus der Welt geschafft. Das wäre am vernünftigsten. Langsam hob Judson seine Duellpistole, streckte den Arm aus, blickte mit zusammengekniffenem Auge den Lauf entlang. Der hochgewachsene Diener hielt den Atem an, fürchtete offenbar, daß sein Herr zurückweichen würde.

Aber Trumbull stand, wenn auch mit sichtlichen Schwierigkeiten. Judson grinste, als er den nassen Fleck vorn an Trumbulls Hose sah. Er zielte auf Trumbulls linke Schulter.

Plötzlich sah er nicht einen lächerlichen, vor Angst schlotternden Tory, sondern seinen eigenen Vater, einen Geist im Dunst des Flusses...

Ohne sich dessen bewußt zu sein, schwang Judson die Pistole leicht nach links und feuerte. Trumbull schrie auf, versuchte auszuweichen, war aber nicht schnell genug. Die Kugel traf ihn in die Schläfe, sie schlug ein Loch, das im trüben Licht schwarz aussah.

Entsetzensschreie drangen aus der Kutsche. Der Diener schlug seinen Mantel zur Seite, seine rechte Hand zuckte zum Gürtel. Judson gratulierte sich. Er hatte mit einem Betrug gerechnet. Der Livrierte zog seine Pistole und stieg über den Körper seines gefallenen Herrn hinweg.

Aber Judson hatte bereits eine zweite Pistole unter seinem Umhang gezogen. Er zielte auf den Lakaien.

»Ich hatte mich mit ihm zu duellieren. Ich habe fair geschossen. Gehen Sie zum Ufer, und werfen Sie Ihre Waffe in den Fluß.«

Der hochgewachsene Diener rührte sich nicht.

»Werfen Sie die Pistole weg, oder ich töte Sie!« rief Judson. »Die feinen Gentlemen da drüben in der Kutsche können bezeugen, daß ich angegriffen wurde!«

Das wirkte. Wütend ging der Diener durch den Schlamm zum hohen Schilf am Flußufer. Er warf die Pistole ins Wasser. Judsons Gesicht war leichenblaß. Er lachte. Er zielte auf den Boden, schoß und warf die Waffe zwischen sich und den Diener.

»Das ist die Pistole, die Sie sich wiederholen wollten!« rief er, wandte sich ab und ging zu seinem Pferd. Rasch schwang er sich in den Sattel, gab dem Tier die Sporen und lenkte es zur Straße nach Philadelphia.

Obwohl es ein faires Duell gewesen war, gab sich Judson keinen Illusionen über die Gerüchte hin, die schon bald über den Zwischenfall kursieren würden. Er hatte keinen Sekundanten, keine Zeugen, die ihm wohlgesinnt waren. Der Boden von Philadelphia würde zu heiß für ihn werden.

Die Pferdehufe wirbelten dicke Schlammklumpen auf, als er zur Stadt ritt. Jetzt erst kam die Reaktion auf das Duell, er schwitzte und zitterte am ganzen Körper und fragte sich dumpf, wen er eigentlich am Ufer des Delaware erschossen hatte.

6

Müde öffnete er die Tür zu seiner Wohnung in der Windmill Street – und blieb wie erstarrt auf der Schwelle stehen.

»Alice! Mein Gott, was ist denn mit dir geschehen?«

Sie stand schwankend vor ihm, zerlumpt und schmutzig. »Judson – heute früh war doch...«

»Wo bist du gewesen?« Er lief auf sie zu.

Sie wehrte seine Hände ab. Erschrocken stellte er fest, daß sie Fieber hatte. Ihre Augen waren glasig, ihre schäbigen Kleider dunkel vor Schlamm und an mehreren Stellen zerrissen. In ihren Mundwinkeln waren häßliche Entzündungen.

In ihrem Blick lag ein solches Elend, daß Judson es kaum über sich bringen konnte, sie anzusehen. »Ist der Mann meiner Tante...«

»Er ist tot.« Judson schluckte. »Ich habe ihm eine faire Chance gegeben. Alice...« Wieder ging er auf sie zu. »Ich muß dich waschen, ins Bett bringen. Du bist krank. Um Himmels willen, Mädchen, warst du denn die ganze Zeit auf der Straße?«

Als er nach ihr griff, stieß sie einen gurgelnden Schrei aus, schnellte an ihm vorbei, lief aus dem Zimmer, die Treppe hinab.

Er folgte ihr, rief ihren Namen, aber sie rannte ihm davon, tauchte im Morgennebel unter. Er lief die Windmill Street hinauf und hinunter, suchte nach ihr. Aber sie war verschwunden.

Obwohl er wußte, daß er wenig für die Gesundung ihres gestörten Geistes tun konnte, fühlte er sich aber trotzdem für ihre Sicherheit verantwortlich. Es war nicht Liebe, die ihn zu Alice zog – nur das Wissen, daß sie niemanden hatte, der sie vor sich selbst schützte. So wie er niemanden hatte.

Er überlegte, was er tun sollte.

Sollte er sein Pferd besteigen und nach ihr suchen? Nein, das hatte er oft genug getan – ohne Erfolg.

Aber er konnte sie nicht einfach sich selbst überlassen, wo sie sich in einem solchen Zustand befand. Er lief die Treppe zu seinen Zimmern hinauf, um die nasse Kleidung zu wechseln – und da sah er etwas, was ihm zuvor entgangen war.

Fußspuren auf den Holzstufen – feuchte, rotbraune Spuren.

Er bückte sich, berührte den Fußabdruck.

Blut...

Wie lange lief sie schon so umher – mit diesen Schmerzen? Er senkte den Kopf und schluchzte.

7

Er suchte den ganzen Tag nach ihr – ergebnislos. Als die Dunkelheit hereinbrach, ging er erschöpft in ein Gasthaus. Er hörte kaum die angeregten Gespräche, die hitzigen Debatten über die neuesten Gerüchte aus dem State House. Ja, der Kongreß stand kurz vor der Fertigstellung der endgültigen Formulierung der Unabhängigkeitserklärung.

Aber Judson kümmerte sich nicht darum und trank, bis ihn dunkle Nebel einhüllten.

Er erwachte mit einer Beule am Kopf und einer leeren Geldbörse, in einer Seitengasse, zwei Blocks von dem Lokal entfernt, in dem er eingeschlafen war. Er rappelte sich auf, taumelte auf die nächste größere Straße zu. Ein Zeitungsjunge klingelte mit einer Glocke. Judson ging an ihm vorbei, doch dann hörte er den Jungen rufen: »Schrecklicher Tod einer Angehörigen der Familie Trumbull!«

Er riß dem Jungen ein Blatt aus der Hand, hörte nicht auf seinen jammernden Protest. Die Druckerschwärze war noch feucht.

Eine Frau war am Abend zuvor im Fluß gefunden worden. Die Wellen hatten sie gegen die Docks getrieben. Eine Mrs. Alicia Amberly, die Witwe des Lieutenant Colonel Amberly von der Armee Seiner Majestät, angeheiratete Nichte Mr. Tobias Trumbulls, der ebenfalls am selben Tag den Tod gefunden hatte, »in einem Ehrenhändel«, wie es hieß. Trumbulls unglückliche Witwe hatte die Ertrunkene identifiziert. Die Erbin des Parkhurst-Vermögens hatte offenbar Selbstmord begangen.

Judson warf dem Jungen das Blatt wieder zu und ging weiter – zu ausgelaugt, um Schmerz empfinden zu können. Jetzt ging es darum, ob er in den Trümmern weiterleben wollte, die er selbst verursacht hatte.

8

Aber das war eine weitere Schwäche unter den unzähligen anderen, die ihn quälten: Er hatte nicht die Kraft, seine Schuld zu tilgen, indem er sich auslöschte.

Er dachte oft an diese Möglichkeit, als er die nächsten zwei Tage allein in seiner Wohnung verbrachte und trank. Draußen liefen Zeitungsjungen vorbei und verkündeten, daß der Text der Unabhängigkeitserklärung die Zustimmung des Kongresses gefunden hatte.

Das riß Judson endlich aus seiner Benommenheit. Er fand eine Münze in einer Rocktasche, lief auf die Straße und holte sich eines der Extrablätter. Es war in aller Eile gedruckt worden, wie er der verwischten Schrift entnahm. Als er langsam die Treppe hinaufstieg, las er die Neuigkeiten.

Am Donnerstag, dem vierten Juli, hatten die dreizehn Staaten von Amerika einstimmig ihre Unabhängigkeit erklärt, und der Präsident des Kongresses, John Hancock, hatte die Deklaration unterzeichnet mit einem so großen Namenszug, »daß ihn sogar John Bull lesen kann«. Judson nahm an, daß heute bereits Samstag war. Rasch las er weiter.

Die offizielle Unterzeichnung der Unabhängigkeitserklärung durch alle Kongreßmitglieder würde frühestens in einem

Monat erfolgen. Eine stark korrigierte Kopie des Jefferson-Textes war einem Drucker namens Matlack übergeben worden, der den Wortlaut in sauberer Urkundenschrift auf Pergament festhalten sollte. Weitere Kopien hatte man der Armee und in andere große Städte geschickt. Am achten Juli, stand in dem Extrablatt, würde den Bewohnern von Philadelphia der Text im Hof des State House öffentlich verlesen.

Plötzlich fühlte sich Judson hungrig – hungrig und hellwach. Seine seelische Verfassung hatte sich nicht gebessert, aber er war hartnäckig am Leben geblieben. Das Drama hatte seinen Abschluß gefunden. Wahrscheinlich würde er zu dieser öffentlichen Lesung gehen. Als er sich noch einen Drink eingoß, überlegte er, daß auch ein kleiner Schauspieler, der seine kleine, unbedeutende Nebenrolle verpfuscht hatte, immer noch das Recht besaß, am Schluß auf der Bühne zu stehen, wenn auch ganz hinten.

Trotz des Grauens der vergangenen Tage durchlief Judson ein stolzer Schauer, als er sich die ganze Tragweite dessen vorstellte, was in Philadelphia vollbracht worden war. Wenn er auch nur ein unbedeutender Statist auf der Bühne des Weltgeschehens war, so durfte er doch im letzten Akt des Schauspiels ein wenig mitwirken. Dieser Gedanke genügte ihm, um den Weinkrug beiseitezustellen. Es war viel wichtiger, daß er endlich etwas Handfestes in den Magen bekam, um neue Kraft zu gewinnen.

Am Montag würde er zum State House gehen. Danach war immer noch Zeit, daß die Umstände seiner trostlosen Existenz wieder von ihm Besitz ergriffen.

9

Mehr als tausend Menschen drängten sich am Montagmorgen vor dem State House. Im Hof fanden längst nicht alle Platz, die Menge verteilte sich über den Platz und die Seitenstraßen, redete aufgeregt durcheinander. Einige Männer blickten ängstlich zu Boden, andere prahlten, daß die Kolonien nun König Georgs Soldaten den Garaus machen würden.

Judson band sein Pferd an einer Holmenstange fest; es fand kaum Platz zwischen den anderen Tieren. Dann drängte er sich zum Hofeingang, und mit Hilfe seiner Ellenbogen gelang ihm das Kunststück, einen guten Platz zu bekommen. Die Aufmerksamkeit der Menge konzentrierte sich auf ein rundes Podium, auf dem sonst die Fernrohre der Philosophical Society standen. Aber an diesem Morgen war der Mann, der mit Pergamentblättern in der Hand auf die Plattform stieg, kein Himmelsforscher. Judson erkannte den Mann, den er schon oft im State House gesehen hatte, John Nixon, Mitglied des lokalen Sicherheitskomitees.

Judson studierte die Umstehenden. Nur wenige gehörten zur wohlhabenden Schicht, meist waren es Handwerker und Arbeiter, die sich eingefunden hatten, ihrer Kleidung nach zu schließen.

Ein oder zwei Reihen vor ihm entdeckte Judson drei vertraute Rücken: Dr. Franklin, John Adams und Thomas Jefferson. Sie unterhielten sich angeregt. Judson wollte nicht von ihnen gesehen werden, aber dann trieb ihn ein unerklärlicher Zwang dazu, sich vorzudrängen, um etwas von ihrem Gespräch mitzubekommen.

»... jeder Jahrestag wird von kommenden Generationen groß gefeiert werden«, sagte Adams gerade. »An diesen Tag der Freiheit wird man sich noch in tausend Jahren erinnern. Und die Leute werden ihn mit glanzvollen Paraden feiern, mit Pomp und Prunk, mit Theateraufführungen, mit Sportveranstaltungen, mit Feuerwerk und Glockenläuten und Freudenfeuern – an jedem vierten Juli...«

Judson hörte Jefferson antworten: »Es ist dein gutes Recht, John, so stolz und froh zu sein. Du bist der Vater unseres Erfolges.«

»Ich hätte nie gedacht, daß ich diese Stunde noch erleben würde«, sagte Franklin mit einem tiefen Seufzer. »Wißt ihr noch, was ich über die Uhren gesagt habe?«

»Sicher«, erwiderte Adams. »Daß es genauso unmöglich sei, die dreizehn Kolonien in Einklang zu bringen, wie dreizehn Uhren, die von dreizehn verschiedenen Uhrmachern hergestellt worden sind, im gleichen Takt schlagen zu lassen.«

»Und jetzt ist das Unmögliche Wirklichkeit geworden«, sagte Franklin. »Wir haben es geschafft, bei Gott.«

»Wir wollen hoffen, daß wir die Folgen unseres Tuns überleben«, fügte Jefferson trocken hinzu.

»Jetzt keine Unkenrufe, Tom!« rief Adams. »Wenn wir nur alle zusammenhalten, wenn wir an einem Strang ziehen...«

»Sonst hängen wir bald alle einzeln am Strang«, unterbrach ihn Franklin belustigt.

Nixon bat um Ruhe, und die Menge schwieg. Die klare, kraftvolle Stimme des Abgeordneten drang über die Mauern des Hofes hinaus zur Menge, die sich auf der Straße drängte.

»Hiermit verlese ich die einstimmige Erklärung der dreizehn Vereinigten Staaten von Amerika, für die sich die Delegierten der verschiedenen Staaten in der Kongreßsitzung am vierten Juli entschieden haben...«

Applaus klang auf, einige Hochrufe, und Nixon wartete, bis wieder Ruhe eintrat. Judson hörte, wie Jefferson zu Adams sagte: »Ich habe einige der Kopien gesehen, die von Matlacks Pergament angefertigt worden sind. O Gott, was wird man von uns denken, wenn diese Kopien in Boston oder in Richmond eintreffen.«

»Was ist denn mit ihnen nicht in Ordnung?« fragte Adams.

»Die Rechtschreibung! Die Interpunktion! Matlacks Leute haben sich weder an den verabschiedeten Entwurf noch an den Verstand noch an irgendwelche Regeln gehalten, die seit Anbeginn der Menschheit...«

Adams lachte und legte den Finger an den Mund, um Jefferson zum Schweigen zu bringen. Nixon fuhr fort: »Wenn es im Verlauf der Geschichte der Menschheit für ein Volk notwendig wird, die politischen Bande zu zerreißen, die es mit einem anderen Volk vereint haben, wenn es unter den Mächtigen der Erde die einzelne und gleichberechtigte Stellung einnimmt, zu der es die Naturgesetze und das Gesetz Gottes berechtigen, erfordert es der Respekt vor der Meinung der Menschheit, daß dieses Volk die Gründe darlegt, die es zu der Loslösung veranlaßt haben.«

Jetzt herrschte völlige Stille, die Menschen schienen jede Silbe begierig in sich aufzunehmen. Judson hatte das unangenehme Gefühl, beobachtet zu werden. Er wandte den Kopf und sah den Kesselflicker, der ihm die Wohnung vermietet hatte, auf der Hofmauer sitzen. Der kleine alte Mann runzelte die Stirn, seine weißen Haarsträhnen flatterten im Juliwind. Er schien Judson mit Blicken etwas mitteilen zu wollen.

Was das war, konnte Judson nicht ergründen. Er wandte seine Aufmerksamkeit wieder Nixon zu.

»Folgende Wahrheiten erachten wir als selbstverständlich: daß alle Menschen als Gleiche geschaffen werden...«

Hochrufe, frenetischer Beifall.

»...daß ihnen von ihrem Schöpfer bestimmte unveräußerliche Rechte verliehen sind und daß zu diesen Rechten das Leben, die Freiheit und das Streben nach Glück gehören; daß zur Sicherung dieser Rechte unter den Menschen Regierungen errichtet werden, die ihre berechtigten Befugnisse aus der Zustimmung der Regierten herleiten; daß jedesmal wenn sich eine Regierungsform im Hinblick auf diesen ihren Zweck als zerstörerisch zu erweisen beginnt, es das Recht des Volkes ist, sie zu ändern oder abzuschaffen und ein neues Regierungssystem zu errichten, indem es die Regierungsfundamente auf den Prinzipien aufbaut und die Regierungsbefugnisse in den Formen organisiert, die ihm als die zur Verwirklichung seiner Sicherheit und seines Glücks bestgeeigneten erscheinen...«

Die Menge wurde unruhig. Jeffersons erhabene Sätze waren wohl ein bißchen zu hoch für den Geschmack der Allgemeinheit. Aber bald kam Nixon zu einem Absatz, der begeistertes Händeklatschen hervorrief. Der Redner verlas die siebenundzwanzig Beschwerdepunkte gegen König Georg und klagte ihn der Ungerechtigkeit und Usurpation an. Jede neue Beschuldigung wurde enthusiastischer gefeiert als die vorangegangene.

»...er hat gesetzgebende Körperschaften an abgelegene Orte einberufen, weit entfernt vom Aufbewahrungsort der öffentlichen Akten, zu dem einzigen Zweck, die Abgeordneten so zu ermüden, daß sie seinen Maßnahmen zustimmten. Er hat wiederholt Abgeordnetenhäuser aufgelöst, weil ihre Mitglieder sich mannhaft gegen seine Mißachtung der Rechte des Volkes gestellt haben...«

Judsons Aufmerksamkeit schweifte ab, der Glockenturm des State House zog seinen Blick an. Er meinte, dort oben eine Gestalt herumklettern zu sehen, die sich vom blauen Sommerhimmel abhob. Dann blickte er noch einmal zu dem Kesselflikker hinüber, aber der alte Mann hörte Nixon zu.

»...weil er uns ohne unsere Zustimmung Steuern aufgezwungen hat, weil er uns in vielen Fällen den Nutzen der Gerichtsbarkeit entzogen hat...«

Judson begann sich wegen des eigenartigen Blickes des Kesselflickers Sorgen zu machen. Es hatte ausgesehen, als wollte ihn der alte Mann warnen. Aber wovor? Wenn die Lesung beendet war, mußte er das herausfinden.

»Er hat unsere Meere geplündert, unsere Küsten verwüstet, unsere Städte niedergebrannt und Menschenleben zerstört...«

Während die sonore Stimme weitere Anklagen vorbrachte,

fühlte Judson erneut die tiefe Beschämung, die Rolle nicht zu Ende geführt zu haben, die ihm sein Bruder vertrauensvoll übertragen hatte. Wenn er doch nur bis zum Schluß am Kongreß teilgenommen hätte... Der Name Fletcher würde dann neben den Namen der Männer stehen, die das historische Dokument unterzeichnen durften.

Judson preßte die Lippen zusammen. Es konnten eben nicht alle große, bedeutende Männer sein. Es mußte auch Schwächlinge und Versager auf dieser Welt geben.

Wieder erfüllte ihn Selbstverachtung, aber die Stimme Nixons lenkte ihn von diesen quälenden Gedanken ab. Der Redner hob die Stimme, kam offenbar zum Schluß der Erklärung.

»Wir, die Vertreter der Vereinigten Staaten von Amerika, versammelt im Allgemeinen Kongreß, rufen deshalb den höchsten Richter der Welt zum Zeugen an für die Rechtlichkeit unserer Ansichten. Im Namen und in Vollmacht des guten Volkes dieser Kolonien geben wir feierlich bekannt und erklären, daß diese Vereinigten Kolonien sind und von Rechts wegen sein sollen, freie und unabhängige Staaten, daß sie von jeder Untertanenpflicht gegen die britische Krone befreit sind und daß jeder politische Zusammenhang zwischen ihnen und dem Staate Großbritannien völlig gelöst ist und sein soll und daß sie als freie und unabhängige Staaten die volle Macht besitzen: Krieg zu führen...«

An dieser Stelle war auch das letzte Flüstern in der Menge verstummt.

»...Frieden zu schließen...«

Bewegung. Flüstern und Wispern. Vielleicht ließ sich der Konflikt doch noch schnell und ohne Waffen lösen.

»...Bündnisse einzugehen...«

Frankreich, dachte Judson. Wenn Frankreich doch nur in aller Öffentlichkeit dem eben flügge gewordenen Land zu Hilfe käme.

»...Handelsbeziehungen anzuknüpfen und alle anderen

Handlungen und Dinge vorzunehmen, die unabhängige Staaten von Rechts wegen tun dürfen. Und zur Bekräftigung dieser Erklärung, in festem Vertrauen auf den Schutz der göttlichen Vorsehung, verpfänden wir uns gegenseitig...«

Judson sah wieder zum Glockenturm hinauf, sah, daß sich die Glockenstränge bewegten.

»... unser Leben, unser Gut und unsere heilige Ehre.«

Die Menschen jubelten, schrien, sprangen hoch, lachten und weinten. Judson stand eingeklemmt in der wogenden Menge, wurde von allen Seiten gestoßen und geschoben. Vergeblich versuchte er, sich zum Ausgang durchzukämpfen.

Thomas Jefferson drehte sich um. Das rote Haar des Mannes aus Virginia leuchtete wie Feuer in der Sonne. Ihre Blicke begegneten sich. Jefferson wirkte von einer Sekunde zur anderen traurig.

Er schien etwas sagen zu wollen, über den Tumult der begeisterten Menschen und die ersten dumpfen Klänge der Glocken hinweg. Beschämt wandte sich Judson ab.

Ding Dong! tönten die Glocken mit ohrenbetäubendem Klang. Als sich Judson durch die Menge schob, glaubte er, jeden Augenblick müsse sein Trommelfell platzen. Er hörte Echos antworten, die von einem Ende des Himmels bis zum anderen zu reichen schienen. Große und kleine Glocken, aus allen Teilen der Stadt, antworteten dem Aufruf zur Freiheit, füllten das Firmament mit eherner Musik.

Ding Dong!

Die freien und unabhängigen Staaten von Amerika... Judson empfand keine Scham, als er sich Tränen von den Wangen wischte. Er würde vergessen werden, und doch war er dabeigewesen.

Ding Dong! Ding Dong!

Der alte Kesselflicker kletterte von der Mauer herab und bahnte sich mit den Ellenbogen einen Weg zu Judson. Er sah mehr als erregt aus.

»Mister Fletcher! Hören Sie doch auf zu stoßen, Frau, ich habe es eilig, es ist dringend... Mister Fletcher, Sie haben das Haus vor mir verlassen...«

»Ja – und?«

»Als ich aus dem Haus ging, kam eine Gruppe von Gentlemen. Sie haben nach Ihnen gefragt.« Der Kesselflicker war sichtlich unglücklich über diese neueste Störung seines ruhigen Lebens.

Judsons graublaue Augen verengten sich. »Ich kenne keine Gentlemen, die nach mir suchen könnten.«

»Den einen habe ich schon ein paarmal in der Nähe des Hauses gesehen. Hat eine verdammt häßliche Fratze. Und auch zwei Pistolen. Das waren sicher Tories.«

Trumbulls Dienerschaft... Er hatte Glück, daß er den Leuten bisher entkommen war.

»Ich will keinen Ärger, Mister Fletcher. Wenn Sie in die Wohnung zurückgehen, warten Sie wenigstens, bis es dunkel ist. Ich werde keine Auseinandersetzungen mehr dulden. Und auch keine Beschädigung meines Eigentums...«

Judson hatte seine Entscheidung bereits getroffen. »Ich glaube nicht, daß ich zurückgehen werde. Ich habe in Ihrem Haus keine Wertsachen zurückgelassen. Und meine Miete habe ich doch bezahlt, oder?«

»Ja. Aber was soll ich denn mit Ihren Sachen machen?«

»Verkaufen Sie das Zeug, verbrennen Sie es – das ist mir verdammt egal.«

Er wandte sich ab und drängte sich durch die Menge. Nach wenigen Minuten saß er auf seinem Pferd, bahnte sich mit Hilfe der Reitpeitsche einen Weg und sah nicht einmal, wen die Peitschenschnur traf.

10

Am frühen Nachmittag des 8. Juli 1776 ritt Judson Fletcher den Delaware entlang nach Südwesten, heim nach Virginia.

Er kannte die Willensstärke seines Vaters. Auf Sermon Hill war kein Platz mehr für ihn. Aber mit diesem Problem würde er sich später beschäftigen. Virginia war der einzige Zufluchtsort, das einzige Land, das er kannte.

War es nicht ohnehin gleichgültig, wo man lebte, wenn der einzige Lebensinhalt der Selbstzerstörung diente, der Zerstörung all dessen, was um einen herum existierte?

Aber trotzdem – wie Jefferson gesagt hatte, schien es auf diesem Kontinent eine Gegend zu geben, in der man zur Ruhe kommen, ein geordnetes Leben führen konnte, selbst wenn man Judson Fletcher hieß. Frieden und Ruhe für den gequälten Geist. Unglücklicherweise hatte Judson keine Ahnung, wo dieser Ort genau zu finden war.

Die kurze Freude, die er noch am Morgen im Hof des State House empfunden hatte, ließ unter den einschläfernden Hufschlägen des Pferdes nach. Jefferson hatte noch in anderer Hinsicht recht. Die Patrioten, die ihr Leben und ihre Zukunft mit einem Stück Pergament aufs Spiel setzten, die Männer, die ihre ganze Kraft eingesetzt hatten, um Uneinigkeit in Einigkeit zu verwandeln – diese Männer würden den Namen Judson Fletcher nicht unter ihrer Unabhängigkeitserklärung sehen wollen. Sie würden sich nicht auf eine Stufe mit einem Mann stellen, der ehrlos und verdammt war.

Aber warum, verdammt? Warum?

War er tatsächlich, wie sein Vater behauptete, von einem bösen Dämon besessen, den er nicht besiegen konnte? War seine Seele von einem Gift zerfressen? Vorausgesetzt, es gab überhaupt eine Seele... Der alte Mann hatte das Böse in seinem zweitgeborenen Sohn »Teufelsblut« genannt. Aber Judson war eher geneigt, es »Fletcherblut« zu nennen.

Aber wie immer er diesen Makel auch bezeichnete, war er wirklich unfähig, den Auswirkungen seiner Schwäche zu entfliehen? Manchmal war er davon überzeugt – so wie in diesem Augenblick. Aber er fand nie eine restlos befriedigende Antwort auf diese Frage, und es war anstrengend und schmerzlich, darüber nachzudenken.

Ob es ein Gasthaus an der Anlegestelle der Fähre gab? Er war verdammt durstig...

Während er weiterritt, verklang das Läuten der Glocken von Philadelphia allmählich im Singen des heißen Juliwindes.

Was würde aus der neuen Nation werden?

Er versuchte das Bild Alices zu verbannen, das plötzlich vor seinem inneren Auge aufgetaucht war.

Was würde aus ihm werden?

Zum Teufel, er war durstig – und ein großer Narr.

Die erste Frage war mit Sicherheit die einzig wichtige. Die zweite – und ihre Antwort – ohne jede Bedeutung.

Buch 2
Die Armee

1. Kapitel
Die Freibeuter

1

Die Eiszapfen vor dem Fenster glitzerten wie Kristall. Die Februarsonne glänzte auch in den dunklen Augen des kleinen Kindes, das Philip Kent im Wohnzimmer durch die Luft schwang.

»Philip, du machst ihm Angst«, rief Anne.

Das Kind, kräftig wie sein Vater und mit den gleichen dichten, dunklen Haaren, protestierte, als Philip es vorsichtig auf den Boden stellte.

»Im Gegenteil, es gefällt ihm«, lächelte Philip, trat zwei Schritte zurück und breitete die Arme aus. »Komm, Abraham, komm zu Papa.«

Der kleine Abraham gluckste vergnügt, machte drei wackelige Schrittchen und plumpste auf den Boden.

Anne hob das Kind auf und drückte es an die Brust.

»Du bist ein richtiges Rauhbein«, tadelte sie scherzend. »Mit einem Baby kann man nicht umgehen wie mit einem Schießeisen. Ich lege ihn ins Bettchen, dann können wir essen.«

»Ein prächtiges Kerlchen, Philip«, sagte George Lumden, als Anne gegangen war, und stopfte sich die Pfeife. »Wie alt ist er jetzt?«

»Gerade sechzehn Monate.«

»Ich hoffe, daß uns im Frühjahr das gleiche Glück beschieden ist.« Lumden war ein gutherziger Mann mit grauen Augen und einem Muttermal auf der Stirn. Als britischer Infanterist in Boston stationiert, war er auf die amerikanische Seite übergelaufen – mit Philips Unterstützung.

»Dann ist das jetzt sicher euer letzter Besuch in Concord – vor der Geburt des Kindes«, sagte Philip zu der schwangeren Frau Lumden.

Daisy Lumden nickte. Sie hatte rote Wangen und kupferfarbene Haare. Sie saß neben ihrem Mann und hielt seine Hand. »Ich will meinen Vater noch einmal sehen, bevor mir das Reisen zu beschwerlich wird«, sagte sie.

Anfang 1775 hatte Philip eine Zeit auf der Farm von Daisys Vater am Concord River verbracht. Das rothaarige Mädchen war Köchin bei den Wares in Boston gewesen, wo Lumden einquartiert war. Seine Liebe zu Daisy hatte Lumdens Entschluß beschleunigt, die Armee zu verlassen. Hunderte von englischen Soldaten, »Hummerfräcke« genannt, hatten sich damals aus dem Staub gemacht. Sie hatten nicht in einem Krieg kämpfen wollen, der sich gegen Menschen richtete, die sie für ihre Brüder hielten.

»Selbst bei einsetzendem Tauwetter ist eine Reise von Connecticut herauf beschwerlich«, fügte Daisy hinzu.

Philip streckte seine Füße dem Kaminfeuer entgegen. Er konnte dem nur zustimmen.

»Und wie gefällt es euch in Connecticut, George?« fragte er.

»Ausgezeichnet, wirklich ausgezeichnet«, lächelte Lumden. »Mein Vetter in Hartford hat mir etwas Geld geliehen, und ich nutze das, was ich in der Schmiede meines Vaters gelernt habe.« Er zog ein langes, schmales Paket aus der Reisetasche. »Soldat werde ich nie wieder sein, aber ich trage auf andere Weise zum Kampf bei. Hier, das habe ich dir mitgebracht.«

Freudig überrascht wickelte Philip das Paket aus, das George Lumden ihm gegeben hatte. Die Sonne spiegelte sich auf dem glänzenden Metall eines neuen Bajonetts.

»Ich habe eine kleine Waffenschmiede eröffnet«, fuhr Lumden fort. »Ich beliefere die Armee.«

»Ein wundervolles Stück.« Philip betrachtete es von allen Seiten. »Und überaus geschätzt. Als wir versuchten, Breed's

Hill zu halten, war das keineswegs so. Ich denke, daß inzwischen ein Viertel unserer Männer damit ausgestattet ist. Jeden Tag werden mehr ausgegeben. Vielen Dank, George.«

Daisy strich sich eine Strähne aus der Stirn.

»Als Anne schrieb, daß Sie heimkommen, Philip«, sagte sie, »dachte ich, das sei für immer.«

Philip schüttelte den Kopf. »Das hatte ich mir auch gewünscht«, sagte er. »Aber im Januar habe ich mich für drei weitere Jahre verpflichtet.«

»Bald wäre keine Armee mehr übrig gewesen, der du dich hättest verpflichten können«, stellte Lumden fest.

»Das stimmt.«

»In Connecticut war die Kritik an General Washington nahezu unverschämt, zumindest bis vor einem Monat«, sagte George. »Die Leute behaupteten, er wäre ein so schlechter Kommandeur, daß seine Männer zu Hunderten nach Hause marschierten.«

»Der Fehler liegt nicht beim General, sondern bei der Truppe«, sagte Philip, obwohl er im Herbst 1776 die Fähigkeiten des Mannes aus Virginia selbst stark angezweifelt hatte. Aber jetzt, wo er auf Urlaub zu Hause war, kamen ihm die Ängste und Schrecken der vergangenen Monate unwirklich vor. Eine grausame Tatsache jedoch blieb: Die amerikanische Armee hatte auf der ganzen Linie versagt.

Im August hatte Washington Long Island verloren, dann hatten die Briten die Stadt New York besetzt und Washingtons Armee zu einem Rückzug nach dem anderen gezwungen.

»Die Truppe ist nicht gut genug ausgebildet«, fuhr Philip fort. »Die meisten haben keine Ahnung, was Soldatenleben bedeutet. Mir macht es weiß Gott auch keinen Spaß, die Befehle irgendeines Dummkopfs auszuführen. Ein Freund von mir – er ist bei der Artillerie – hat einmal gesagt, daß man aus Farmern und Handwerkern keine disziplinierte Streitmacht bilden kann, und er hat recht. Als die Briten zum Beispiel in der Kips

Bay gelandet sind, hat die Miliz schier Flügel bekommen und ist abgehauen. Washington ritt auf seinem herrlichen weißen Pferd heran und fluchte, wie ich nie zuvor einen Menschen habe fluchen hören. Er hat mit dem Schwert um sich geschlagen...«

»Ist persönlich auf den Feind losgegangen?« fragte Lumden.

Philip schüttelte den Kopf. »Nein, auf seine eigenen Leute. Er war in einem Zustand, daß ein Stabsoffizier sein Pferd vom Schlachtfeld führen mußte. So etwas vergiftet natürlich die Atmosphäre. Als wir über den Hudson nach Jersey zurückgetrieben wurden, war die Armee drauf und dran, auseinanderzufallen – wenn uns der General Weihnachten nicht über den Delaware geführt hätte.«

»Ja, seither spricht man besser von ihm«, stimmte Lumden zu. »Das war ein großartiger Sieg.«

»George«, lachte Philip. »Du hörst dich neuerdings wie ein Patriot an.«

»Bin ich irgendwie auch«, sagte Lumden und errötete. »Meinungen und Loyalitäten ändern sich. Wie viele von diesen deutschen Söldnern habt ihr gefangengenommen?«

»Mehr als neunhundert. Sie sind übrigens nicht so, wie man sie geschildert hat. Sie wurden zum Kämpfen verpflichtet, nicht immer ganz freiwillig, und das tun sie.«

In einem hatte Lumden jedoch recht. In den letzten Wochen hatte sich die öffentliche Meinung über Washington total geändert. Sein verzweifelter Entschluß, die hessische Garnison in Trenton anzugreifen, die ahnungslos Weihnachten feierte, hatte die amerikanische Armee vor dem Auseinanderbrechen bewahrt. Philip erinnerte sich voll Grauen an die Überquerung des mit Eisschollen bedeckten Delaware in den offenen Booten und den Marsch nach Trenton.

Obwohl Philip alle Einzelheiten klar vor Augen hatte, konnte er die Dinge mit sachlicher Gelassenheit betrachten. Er hatte dem Tod im vergangenen Jahr oft ins Gesicht gesehen.

Und obwohl er nach wie vor Angst hatte, sich zu engagieren, war seine frühere Besorgnis um die eigene Person völlig verschwunden. Wahrscheinlich was das ein Ergebnis seiner Erfahrungen. Wie Johann Ralls hessische Soldaten bei Trenton tat er seine Pflicht und hoffte auf ein schnelles Ende, damit er endlich und endgültig in das kleine Haus zurückkehren konnte, das Anne hier in Cambridge gemietet hatte.

Aber daran war im Moment noch nicht zu denken. Washingtons Armee lag wie die Streitkräfte des Königs im Winterquartier. Im Frühjahr würde es mit Sicherheit zu neuen Kämpfen kommen – gegen York State, meinten die einen, gegen Philadelphia, die anderen.

Die Siege bei Trenton und Princeton und die Erkenntnis, daß die deutschen Söldner nicht unschlagbar waren, hatten der Armee den Rücken gestärkt. Aber nicht genug, dachte Philip.

»Kommt, das Essen ist fertig«, rief Anne. »Ich fürchte, es geht nicht besonders vornehm zu.«

»Euch wiederzusehen, wiegt zehn Bankette auf.« Lumden half seiner Frau beim Aufstehen.

»Anschließend müssen wir los, George«, sagte Daisy. »Ich möchte vor Einbruch der Dunkelheit in Concord sein.«

»Selbstverständlich, Liebling«, murmelte Lumden.

Philip und Anne tauschten amüsierte Blicke über George.

Am liebevoll gedeckten Tisch vergaß Philip das Soldatenleben in Morristown und die ständigen Spekulationen über eine Frühjahrsoffensive. Er freute sich, mit den alten Freunden am Tisch sitzen zu können.

2

Gegen drei Uhr verabschiedeten sich Daisy und George Lumden. Sie stiegen in die gemietete Kutsche, und Anne und Philip winkten ihnen vom Gartentor aus nach.

Als Philip und Anne zum Haus zurückgingen, bewegte sich im Parterre des Nebenhauses ein Vorhang.

»Das neugierige Weibsbild beobachtet uns schon wieder«, grinste Philip.

Anne lachte. »Mrs. Brumple ist eine liebe Frau, Philip«, sagte sie. »Exzentrisch, aber lieb.«

»Es gibt nichts Schlimmeres als eine Witwe, die den lieben langen Tag nichts zu tun hat. Sie spioniert pausenlos hinter uns her. Abends, wenn wir früh ins Bett gehen und die Vorhänge zugezogen sind, zerreißt es sie fast vor Neugierde.«

»Aber sie ist immer sehr nett und hilfsbereit.«

»Mich hat sie schon zweimal gefragt, wieviel Geld uns dein Vater hinterlassen hat.«

»Nur zweimal?« Anne lachte. »Ich kann gar nicht mehr zählen, wie oft sie mich gefragt hat.« Anne lächelte fröhlich. »Ich weiche ihr immer aus.«

»Ich fürchte, da bin ich unhöflicher«, sagte Philip. »Ich ignoriere sie einfach.«

»Das darfst du nicht, Philip. Es ist doch viel befriedigender für Mrs. Brumple, wenn du etwas von einem Vermögen andeutest. Dann hat sie etwas, worüber sie bei ihren Marktbesuchen klatschen kann.«

Wieder im Wohnzimmer, wärmte sich Philip die Hände vor dem Kamin. Auf dem Sims stand die Schatulle seiner Mutter. Daneben die kleine grüne Flasche mit Tee. Über dem Kamin hingen Eph Taits Kentucky Rifle und das Schwert, das ihm sein Freund Gil geschenkt hatte.

»Möchtest du dich nicht hinlegen, bis Abraham aufwacht?« fragte Anne.

Philip gähnte und sagte: »Lust hätte ich schon«, sagte er, »aber ich muß endlich den Brief meines Vaters beantworten.«

3

Philip saß an dem Schreibtisch neben ihrem Bett. Eine Kerze erleuchtete die winterliche Dämmerung. Er faltete die sorgfältig beschriebenen Pergamentbögen auseinander.

Im Frühherbst geschrieben, war der Brief im Januar in Boston eingetroffen, an Bord eines französischen Postschiffes, das sich an den britischen Küstenpatrouillen vorbeigemogelt hatte. Als Philip im vergangenen Sommer die Verbindung mit seinem Vater wiederaufgenommen hatte, hatte er kaum zu hoffen gewagt, daß der Brief auf Kentland ankommen, geschweige denn, daß er Antwort bekommen würde.

Wie beim ersten Lesen überkamen ihn auch jetzt wieder tiefe Gefühle. Sein Blick fiel auf einen Absatz gegen Ende des Briefes:

»Es ist seltsam – nein, eigentlich ist es wie ein Wunder –, nach Jahren des Schweigens zu erfahren, daß mein geliebter Sohn Philippe Charboneau am Leben und ein Mann geworden ist. Dein kurzer Brief ist wie strahlender Sonnenschein in meine graue Existenz eingebrochen. Meine Frau wurde vor zehn Monaten zu Grabe getragen, und mein anderer Sohn Roger ist in Philadelphia an Wunden gestorben, die er sich in Boston zugezogen hatte. Wie es zu seinem Tod kam, liegt für uns bis heute im Dunkeln.«

Philip wischte sich Schweißperlen von der Oberlippe. Er hatte im letzten Sommer dem Drang nicht widerstehen können, an den Mann zu schreiben, der ihn gezeugt hatte, war in seinem Brief aber zurückhaltend geblieben. Er hatte lediglich berichtet, daß er sich in den Kolonien unter einem anderen Namen eine Existenz aufgebaut hatte, und daß Marie Charboneau während der Überfahrt gestorben war. Daß Lady Jane Amberly versucht hatte, ihn um das Erbe zu bringen, das sein Vater ihm versprochen hatte, hatte er nicht geschrieben. Er war fest entschlossen, das nie zu tun.

Auch wer Roger Amberly getötet hatte, würde immer sein Geheimnis bleiben – und seine Schuld.

Aus Philippe Charboneau ist also Philip Kent geworden. Daß der Familienname kein Zufall ist, habe ich wohl gemerkt. Mit Freude habe ich vernommen, daß Du glücklich verheiratet bist und mir einen Enkel geschenkt hast. Untröstlich bin ich allerdings, daß die Umstände, unter anderem meine unpassende Krankheit zum Zeitpunkt Deiner Anwesenheit auf Kentland, dazu beigetragen haben, Dich des Anteils zu berauben, den ich Dir zugedacht hatte. Die Andeutung, daß Du meinen Brief an Deine geliebte Mutter verbrannt hast, den Brief, in dem ich von Deinem Erbe sprach, hat mich im ersten Moment betrübt. Nach einigem Nachdenken jedoch verstand ich Deine Handlungsweise und weiß sie zu schätzen. Über den Ozean hinweg, der uns trennt, und trotz des Krieges, dessen Ursachen zwischen Vater und Sohn besser nicht diskutiert werden sollten, sende ich Dir meine wärmste Zuneigung. Ich bin stolz auf Dich – verzeih, wenn ich mich wiederholen muß –, glücklich, daß Du lebst. Ich hoffe, daß das augenblickliche Zeitgeschehen den eben wieder aufgenommenen Kontakt nicht erneut zerreißt. Mit väterlicher Liebe,

James Amberly

Philip suchte ein Blatt Papier, versah seine Feder mit einer schärferen Spitze und – zögerte. Er war immer noch unsicher, wie man einen Herzog korrekt anredete.

Schließlich gab er alle Überlegungen auf und schrieb:

Mein lieber Vater,

auch ich war überglücklich, als ein Schiff mit Deinem Brief unsere Küsten erreichte. Laß mich Dir als erstes sagen, daß ich Dir trotz der Zwistigkeiten zwischen unseren Nationen Gesundheit und Glück wünsche. Wie die meisten meiner Landsleute hoffe ich, daß die Streitigkeiten unter gebührender Beachtung der Interessen beider Seiten beigelegt werden können, bevor noch viel Zeit verstreicht.

Was das Erbe angeht, von dem Du sprichst, muß ich Dir sagen, daß ich es noch nicht eine Sekunde bereut habe, den Brief vernichtet zu haben. Ich habe es getan, weil ich beschlossen hatte, auf alle Forderungen zu verzichten. Eine Bitte habe ich allerdings: daß ich Dich meinen Vater nennen darf. Liebe und Stolz drängen mich dazu. Der Stolz auf einen Mann, dessen Charakter und Tugenden viele schätzen, nicht zuletzt der berühmte amerikanische Gelehrte Dr. B.Franklin...«

Die Kerze brannte immer weiter herunter, während Philip Anne in schwärmerischen Worten schilderte und von Abraham berichtete. Nachdem er die Worte sorgsam abgewogen hatte, fügte er noch einen Satz über seinen Dienst unter General Washington hinzu.

Er unterzeichnete mit »Philip« und versiegelte den Brief. Anschließend ging er in die Küche, wo Anne gerade die Reste des Mittagessens zu einer kräftigen Suppe verarbeitete.

Philip trat hinter sie und küßte sie aufs Ohr. Sie griff nach seiner Hand, die auf ihrer Taille lag, und drückte sie gegen ihre weiche Brust, legte den Kopf zurück und schloß die Augen.

»Annie«, sagte er zärtlich, »meinst du, wir...«

Sie drehte sich um und küßte ihn leidenschaftlich. »Ja«, flüsterte sie. »Die Suppe kann warten. Du bist so selten zu Hause, und Abraham schläft bestimmt noch ein Weilchen.«

Philip lachte. »Das war es nicht, was ich dir vorschlagen wollte, aber es ist eine blendende Idee. Ich wollte dich eigentlich fragen, ob du mit mir nach Boston fahren willst.«

»Jetzt?« rief sie aus.

Philip lächelte. »Jetzt haben wir was Besseres vor. Morgen, dachte ich. Du kannst einkaufen, was du brauchst, und ich gehe inzwischen zu Ben Edes und frage ihn, ob er eine Möglichkeit hat, einen Brief nach England zu befördern.«

»Gern komme ich mit, Philip. Mrs. Brumple kümmert sich bestimmt um Abraham.«

Philip verzog das Gesicht. »Ich bin froh, daß sie wenigstens für etwas gut ist.« Er nahm ihre Hand. »Komm' laß uns die Vorhänge zuziehen. Geben wir der armen Seele ihr Vergnügen.«

4

Obwohl sie zu Fuß über schlammige Straßen unterwegs waren, wurde der Ausflug in verschiedener Hinsicht ein Erfolg. Am North Square konnte Anne zwei relativ frische Schweinsfilets erstehen. Und Philip kaufte eine bunt angemalte Blechtrommel für Abraham. Er ignorierte Annes spitze Bemerkung, sie könne Spielzeug nicht leiden, das an den Krieg erinnere.

Die ehemalige Werkstatt Ben Edes' war von den Briten niedergebrannt worden, aber der Drucker hatte ein paar Häuser weiter in der Dassett Alley einen Ersatz gefunden. Dort fand das junge Ehepaar seinen alten Freund an der Handpresse vor. Er brachte nach wie vor die *Gazette* heraus, inzwischen jedoch ohne jede Hilfe.

Edes schloß sofort die Werkstatt ab und lud Anne und Philip in den »Green Dragon« zu Tee und Kuchen ein. Philip erkundigte sich schon bald nach den Postverbindungen mit England.

»Das braucht sicher seine Zeit«, sagte Ben Edes, »aber irgendwann kommt alles an. Ich kümmere mich darum, daß der Brief auf den Weg gebracht wird.« Er steckte ihn in die Tasche.

»Dann darf ich Ihnen aber für das Porto...« begann Philip.

»Kommt nicht in Frage«, fiel ihm der Drucker ins Wort. »Das ist das mindeste, was ich für jemanden tun kann, der bei der Armee ist.«

»Dann meinen Sie also, daß der Brief durchkommt?« fragte Philip.

»Beschwören kann ich es nicht. Aber es gibt genug Freibeuter aus Neu-England, die südlich die Küste herabkommen und nach britischen Schiffen zum Plündern Ausschau halten. Sie geben die Post für Europa in der Karibik auf. Von dort aus wird weiter nach England befördert. Wenn wir Glück haben, können wir uns den Umweg sparen und die Post einem Franzosen mitgeben, der hier Pulver gelöscht hat und leer zurückfährt.«

»Im Hafen ist ja allerhand los«, sagte Anne. »So viele Schiffe habe ich dort noch nie vor Anker liegen sehen.«

»Ja«, sagte Ben Edes. »Kennen Sie schon den neuen Slogan? Er heißt: Alles, was schwimmt, muß bewaffnet werden. Täglich taucht ein neues Freibeuterschiff auf. Das Problem ist bloß, die Gelder und die Besatzungen aufzutreiben.«

Er faltete eine Ausgabe der *Gazette* auf und deutete auf eine fettgedruckte Annonce:

Aufruf an alle braven Seeleute, die ihrem Land dienen und ein Vermögen verdienen wollen. Das große Freibeuterschiff »Eclipse« unter dem Kommando von Captain Wm. Caleb wird demnächst gegen die Feinde der Vereinigten Staaten von Amerika auslaufen. Die »Eclipse« ist für Angriff, Verteidigung und Verfolgung bestens ausgerüstet. Jeder abenteuerlustige Bursche, der sein Land liebt und auch das Geld, sollte sich auf der Werft Seiner Exzellenz des Gouverneurs Hancock an Bord der »Eclipse« einfinden, wo bereits eine Anzahl abenteuerlustiger Burschen wartet, um ihn mit Grog, dem Lebenssaft der Seeleute, zu empfangen.«

»Anne, das mußt du lesen«, sagte Philip, als er fertig war. »Mit der *Eclipse* habe ich den Atlantik überquert.«

Edes hob die Brauen. »Du kennst Will Caleb?«

»Natürlich«, sagte Philip.

»Ein erstklassiger Mann«, sagte Edes. »Er stammt aus Maine.«

»Ich weiß«, erwiderte Philip. »Seine Mutter lebt dort. Aber, daß Captain Caleb seinen Leuten das Trinken erlaubt, ist mir neu.«

»Ohne Grog kann man heute keinen mehr hinter dem Ofen hervorlocken«, stellte Edes fest. »Und Caleb braucht mehr als eine Besatzung. Er zieht die Freibeuterei in großem Stil auf. Die *Eclipse* und ein weiteres Schiff sind bereits entsprechend ausgerüstet. Jetzt versucht er, das Geld für zwei weitere Schiffe aufzubringen. Von seinem Glück auf See hängt es dann ab, ob die Leute, die sich einkaufen, Unsummen verlieren oder steinreich werden.«

Anne sah von der Zeitung auf. »Hat dieser Captain Caleb die nötigen Patente?« fragte sie.

»Ich glaube schon. Für seine beiden ersten Schiffe hat der Kongreß bereits die Genehmigungen erteilt. Sobald die neuen fertig sind, bekommt er auch dafür die nötigen Papiere. Das hat ihm zumindest die zuständige Behörde von Massachusetts garantiert. Ein unternehmungslustiger Mann, dieser Caleb.«

»Und wo ist sein Büro?« fragte Anne.

»Auf der Hancock-Werft.«

Anne wandte sich an Philip. »Ich finde, wir sollten deinen alten Freund besuchen«, stellte sie bündig fest.

»Wieso denn das?«

»Um zu erfragen, ob wir einen Teil von Papas Geld nicht gewinnbringend bei ihm investieren können.«

»Anne, das wollten wir aufheben.«

»Damit du eines Tages mein Konkurrent werden kannst, Philip«, sagte Edes und lachte.

»Das Geld liegt herum«, stellte Anne fest. »Zum Leben brauchen wir es nicht, und wenn wir damit unserer Sache dienen und gleichzeitig einen bescheidenen Profit machen können...«

»Diese Art von Geldanlage«, fiel Philip ins Wort, »fällt höchstwahrscheinlich buchstäblich ins Wasser.«

»Aber man kann es doch versuchen«, entgegnete Anne.

»Anne, du bringst es doch immer wieder fertig, mich zu erstaunen«, sagte Philip.

»Sie ist eine Frau«, meinte Ben Edes schmunzelnd. »Das erklärt alles.«

»Ich denke, sie will das erreichen, was ihrer Mutter versagt wurde – im Schiffsbau tätig zu werden. Ihr Großvater war Besitzer der Sawyer-Werft.«

»Gefallen Sie sich nur in Ihrer Pose männlicher Überlegenheit, meine Herren«, sagte Anne. »Ich bin jedenfalls entschlossen, mich um die Interessen von Kent und Sohn zu kümmern.«

»Ist das der Name der Firma, die mir eines Tages Konkurrenz machen will?« fragte Ben Edes.

Anne lächelte ihr süßestes Lächeln. »Ja.«

»Wenn sie dein Geschäftsführer ist, Philip, kann ich den Kram gleich hinwerfen. Keine Druckerei in Neu-England wird gegen einen Betrieb ankommen, in dem du an der Presse stehst und deine Frau die Buchführung macht.«

»Da könnten Sie recht haben«, lächelte Philip und stand auf, denn Anne wollte offensichtlich den verqualmten Schankraum verlassen. »Auf Wiedersehen, Mister Edes.«

»Hoffentlich kennen Sie mich noch, wenn ich bankrott bin und einen Kredit brauche, Mrs. Kent.«

»Das hängt von den Zinsen ab, die Sie zahlen können«, entgegnete Anne.

Edes lachte und Anne auch, als sie mit Philip das Wirtshaus verließ.

Sie traten in den Februarsonnenschein hinaus. Schmelzwasser floß in den Rinnstein. Philip schüttelte den Kopf.

»Ich muß es noch einmal sagen, Annie, du bist eine verdammt erstaunliche Frau.«

»Aber wieso denn?« fragte Anne und hängte sich ihren Marktkorb über den Arm. »Du kennst unsere Pläne so gut wie ich. Du mußt diesen gräßlichen Krieg hinter dich bringen, den wir gewinnen werden, und du kannst deine Druckerei ebensogut mit zwei oder drei Pressen eröffnen anstatt nur mit einer. Und noch etwas übrig haben, um ein paar Lehrlinge einzustellen. Captain Caleb könnte das möglich machen. So ist doch alles klar.«

»Ja, dieses Gefühl hatte ich schon vor ein paar Minuten«, lachte er. Insgeheim bedauerte er, nicht selbst auf diese Investitionsidee gekommen zu sein.

5

In einem winzigen Büro in einem Lagerhaus der Hancock-Werft stellte Philip seine Frau einem mehr als verblüfften Will Caleb vor.

»Mein Gott, Sie waren doch noch ein Junge, als Sie auf der *Eclipse* herüber kamen«, sagte er. »Ich erkenne Sie kaum wieder.«

»Seit dieser Überfahrt ist auch eine Menge passiert, Captain Caleb«, sagte Philip. »Im Moment habe ich Urlaub von einem Massachusetts-Regiment, das zur Zeit in Jersey liegt.«

»Sie sind also in der Army?«

»Ja.«

Caleb hatte sich kaum verändert. Er mußte inzwischen auf die Sechzig zugehen, aber er war noch genauso schlank und drahtig wie damals, als Philip auf seinem Schiff Bristol verlassen hatte. Seine scharfgeschnittene Nase und die weiße Haarmähne erinnerten Philip an den Bug eines dieser behenden Handelsschiffe, auf denen Caleb sein Leben verbracht hatte.

»Wenn Sie bei der Army sind«, fuhr er fort, »wollen Sie mit Sicherheit kein Besatzungsmitglied bei mir werden.«

»Nein«, schaltete sich Anne ein. »Mister Edes hat uns erzählt, daß Sie Geld für zwei neue Schiffe suchen.«

Calebs Augen wurden schmal. »Sie haben Geld für ein solches Unternehmen?«

»Möglicherweise – unter einem Kapitän mit außergewöhnlichen Erfolgen«, entgegnete Anne. »Sowohl Philip als auch Mister Edes sagen, Sie sind genau das. Wenn uns die Bedingungen zusagen, könnten wir zweihundert Pfund aufbringen.«

Philip kostete es ungeheure Anstrengung, keinen Protest einzulegen. Zweihundert Pfund – das waren zwei Drittel der Summe, die ihnen Annes Vater hinterlassen hatte. Philip hatte eher an fünfzig Pfund gedacht. Es wurde ihm immer klarer, daß Anne die geschäftlichen Angelegenheiten in die Hand genommen hatte.

Bei der Summe brach auch Kapitän Caleb fast der Schweiß aus. Ohne ein Wort schloß er eine Schublade seines Schreibtisches auf und förderte eine Flasche Rum und zusammengerollte Pläne zutage. Anne lehnte den Rum ab, aber Philip genehmigte sich auf den Schrecken hin einen ordentlichen Schluck. Eifrig breitete Caleb die Pläne aus.

»Wissen Sie überhaupt etwas von seetüchtigen Schiffen, Mrs. Kent?« fragte er.

»Ein wenig«, sagte Anne. »Mein Großvater hat die Sawyer-Werft gegründet.«

»Teufel! Genau auf dieser Werft sollen die beiden Schönheiten gebaut werden. Hier, darf ich Ihnen zeigen...«

Anne beugte sich interessiert vor. Für Philip waren die Pläne ein einziges Durcheinander von Strichen und Linien. Von Calebs Erklärungen verstand er so gut wie nichts.

»Das Modernste vom Modernen, Mrs. Kent«, sagte Caleb stolz. »Und die besten Kanonen, die es im Moment gibt. Mehr Segel werden zugelegt, denn Geschwindigkeit ist alles. Wir müssen die schwerfälligen Briten einholen. Und wenn wir zuschlagen, dann ordentlich.«

»Und wie sind die finanziellen Regelungen, wenn Sie ein feindliches Handelsschiff kapern?«

»Folgendermaßen: Ein Prisenkommando bringt das Schiff in einen amerikanischen Hafen. Leute in Frankreich und der Karibik zu postieren, kann ich mir nicht leisten. Außerdem verliert der Besitzer jeden Anspruch, wenn die Beute in einem ausländischen Hafen verkauft wird. Das ist nach den Gesetzen der Freibeuterei üblich.«

»Gut, das ist klar.«

»Wir veröffentlichen den Namen des gekaperten Schiffs in den Zeitungen und warten fünfzehn Tage. Dann findet eine Verhandlung statt – meist reine Formsache –, und es wird entschieden, ob das Schiff Beute ist oder nicht. Und glauben Sie bloß nicht, daß die Briten über den Atlantik gehüpft kommen, um vor einem Gericht ihre Forderungen geltend zu machen. Sobald das gekaperte Schiff zur Beute erklärt ist, zahlen wir die Gerichtskosten und geben es zum Verkauf frei. Schiff und Fracht. Natürlich kostet auch die Versteigerung etwas, aber der Preis ist verschwindend klein. Ganz gleich, was der Verkauf einbringt, in meinen Statuten steht, daß für den Captain und die Crew nicht mehr als ein Drittel einbehalten werden darf. Die restlichen zwei Drittel werden an die Mitbesitzer ausgeschüttet. Der jeweilige Betrag errechnet sich aus der investierten Summe.«

»Das hätte ich gern schriftlich«, sagte Anne. »Ich meine die genaue Höhe unserer Beteiligung an beiden Schiffen.«

»Beide?« echote Caleb. »Sie wollen in beide investieren?«

Anne nickte. »Jeweils hundert Pfund. Die Pläne überzeugen mich. Wenn wir die Investitionssumme teilen, verdoppeln wir die Gewinnchancen, und ein Verlust ist halb so groß.«

»Wie Sie wünschen«, strahlte Caleb. »Ich kann Ihnen sofort ...«

»Nein«, fiel Anne ins Wort. »Wir können uns nicht sofort entscheiden, würden uns aber sehr freuen, wenn sie uns mit den nötigen Unterlagen zu Hause in Cambridge besuchen würden. Außerdem würde ich gern Ihre Kaperbriefe sehen.«

»Abgemacht«, sagte Caleb. »Vor Ablauf einer Woche bin ich bei Ihnen. Wenn mir zweihundert Pfund versprochen sind ...«

»Nicht versprochen«, sagte Anne. »Möglicherweise verfügbar.«

»Natürlich. Falls Sie sich dazu entschließen könnten, wäre

das eine große Hilfe für mich, denn dann könnte ich wenigstens eines der beiden Schiffe bald in Auftrag geben.«

Anne stand auf und reichte Kapitän Caleb die Hand. »Kommen Sie, und wir besprechen alles Weitere«, sagte sie.

»Ja, Madam. Ich werde mit Sicherheit...«

In dem Moment betrat ein Mann mit einer Wollmütze das Büro. Er war an die dreißig, hatte dunkle, gelockte Haare, dichte Brauen und eine weiße Narbe am rechten Augenwinkel. Er war Philip auf Anhieb unsympathisch.

»Entschuldige, Will«, sagte er. »Ich wußte nicht, daß du Besuch hast.«

»Die Herrschaften wollen möglicherweise bei mir investieren, Malachi«, sagte Caleb. »Mister und Mrs. Kent – mein Partner Captain Rackham. Er ist der Kapitän der *Nancy,* meines zweiten Schiffes, das bereits zur See fährt.«

»Angenehm«, sagte Rackham und machte eine linkische Verbeugung. Philip bemerkte, wie der Blick des Mannes auf Annes Brüsten hängen blieb. Unbehaglich nestelte Anne an dem Tuch auf ihrem Einkaufskorb.

»Was gibt's, Malachi?« fragte Caleb, dem Rackhams schamloser Blick ebenfalls unangenehm zu sein schien.

Rackham legte einen Packen Papiere auf Calebs Schreibtisch. »Hier sind die Verträge mit zwei weiteren Besatzungsmitgliedern für die *Nancy*«, sagte er. »Der Küfer und der Segelmacher, die du schon lange für die *Eclipse* haben wolltest, haben endlich auch unterschrieben.« Er griff nach der Rumflasche und goß sich ein. »Aber das hat Zeit, unterhalten wir unsere Gäste.«

»Wir wollten sowieso gerade gehen«, sagte Philip und nahm Annes Arm.

»So ein Jammer«, sagte Rackham. »Ich habe gehofft, besser mit Ihnen und Ihrer Frau bekannt zu werden.« Er deutete auf Philips Dreispitz. »Sie dienen, Mister Kent?«

»Ja«, sagte Philip kalt.

»Wo stationiert?«

»In Jersey. Ich gehe bald zurück.«

Philip hatte spontan geantwortet. Jetzt hätte er sich ohrfeigen können. Es ging den Kerl nichts an, wie lange sein Urlaub dauerte. Rackham tat so, als gelte sein ganzes Interesse seinem Rumglas, aber aus einem Augenwinkel beobachtete er Anne.

Oder bildete sich Philip das bloß ein?

»Philip, ich wünsche Ihnen alles Gute«, sagte Caleb, der die Peinlichkeit der Situation spürte.

»Vielen Dank, Captain«, sagte Philip. »Sobald das Wetter umschlägt, kann es bei uns wieder recht hitzig werden. General Howe ist keiner von den Angriffslustigen, aber Lord Cornwallis wird immer heißblütiger.«

Caleb brachte das junge Ehepaar vor die Tür. »Mrs. Kent«, sagte er, »mit Ihrer gütigen Erlaubnis werde ich Sie bald aufsuchen.«

»Ich freue mich auf Ihren Besuch.«

»Wir kommen beide, wenn Sie wollen«, rief Captain Rackham von der Tür zum Büro her.

»Das wird nicht nötig sein«, entgegnete Philip kühl.

Caleb bedachte den Partner mit einem vorwufsvollen Blick, aber Rackham ignorierte ihn. Er hob das Glas. »Wie Sie meinen, Sir«, rief er lachend.

»Ist mir dieser Kerl unsympathisch«, sagte Philip, als sie außer Hörweite waren.

»Mir auch«, sagte Anne. »Hast du bemerkt, wie unverschämt er mich angesehen hat?«

»Ja, halte dich von ihm fern.«

»Darauf kannst du dich verlassen. Ich werde nur mit Caleb verhandeln. Wenn wir Glück haben, können wir bei dem Unternehmen viel Geld verdienen.«

»Ja«, sagte Philip. »Wenn man diesen Rackham ausklammert, lohnt sich die Sache vielleicht wirklich.«

Philip lächelte, war aber besorgt. Innerhalb von Sekunden

war das finanzielle Risiko für ihn in den Hintergrund getreten. Das größere Problem schien Calebs Partner zu sein.

»Mach dir keine unnötigen Gedanken«, sagte Anne, die sein Unbehagen spürte. »Ich werde zur Not auch mit einem ungehobelten Seemann fertig.«

Trotzdem schien die Februarsonne kühler, und die Aussichten auf finanziellen Gewinn waren mit einem Mal weniger wünschenswert geworden.

Aber Philip kannte seine Frau. Sie wußte, was sie wollte, und so sagte er nichts mehr.

2. Kapitel
In der Hitze der Nacht

1

Manchmal, wenn die Hitze in der Hütte zu drückend war, begann Lottie ihr Liebesspiel gern im Freien. Heute war so ein Abend. Judson hörte ihren Lockruf aus dem Schatten des Apfelbaumes, der im Frühjahr zu blühen vergessen hatte.

»Darling, beeil dich.«

Judson lehnte in der Hüttentür, hob den Whiskeykrug an die Lippen, leerte ihn und ließ ihn neben den dösenden Hund fallen. Die Zunge des Hundes leckte den Rest der Flüssigkeit Tropfen für Tropfen auf.

Ein roter, dunstig verhangener Mond hing dicht über dem Horizont. Judson konnte hören, wie sich Lottie für ihn bereit machte. Ihre Geräusche beim Ausziehen des Rockes und der Bluse mischten sich in das Zirpen der Zikaden. Judson hatte längst genug von Lottie. Aber als er im Sommer zuvor von Philadelphia aus heim nach Virginia geritten war, hatte er keinen anderen Ort gewußt.

Er hatte nicht einmal daran gedacht, nach Sermon Hill zu reiten. Um seine Rückkehr nach Caroline County hinauszuschieben, hatte er eine Woche in den Elendsquartieren von Richmond verbracht. In einem Bordell hatte er dort einen Bekannten aus seinem Heimat-County getroffen. Nachdem der hochrote Sohn eines Plantagenbesitzers die Peinlichkeit überwunden hatte, erkannt worden zu sein, hatten Judson und er zu trinken begonnen. Und dabei hatte Judson erfahren, daß Lotties Mann Tom Shaw nicht mehr bei ihr war. Zu ihren Eltern konnte sie nicht zurück, da diese sie eigens verheiratet hatten, um sie loszuwerden und so ein bißchen mehr Platz für die sechs kleineren Kinder in ihrer engen Behausung zu schaffen. So sah sich Lottie gezwungen, jeden Farmerjungen bei sich aufzunehmen, der ein paar Shilling in der Tasche und ein dringendes Bedürfnis in der Hose hatte. Judson suchte Lottie auf, und sie kamen zu einer Übereinkunft, die von Donalds Verantwortungsbewußtsein entscheidend gestützt wurde.

Schon bald nach seiner Ankunft war Donald aufgetaucht – Judson hatte aus seiner Anwesenheit nicht gerade ein Geheimnis gemacht. Höflich hatte Donald seinen jüngeren Bruder aufgefordert, Caroline County zu verlassen. Bei dieser Gelegenheit war Judson – wie üblich – halb betrunken gewesen. Unverblümt hatte er Donalds Forderung abgelehnt und die recht einleuchtende Erklärung geliefert, er wisse nicht, wohin.

Aufgebracht hatte Donald reagiert. »Das ist mir egal. Ich habe genug von deiner verdammten Impertinenz. Du hast dich selbst entwürdigt, Judson. In Philadelphia hast du das Vertrauen, das ich in dich gesetzt habe, schändlich mißbraucht...«

»Oh, das weißt du also schon.«

»Natürlich weiß ich es. Du bist jetzt seit drei Wochen zu Hause. Ein Eilbrief braucht auch nicht länger.«

»Wer hat dir geschrieben?«

»Das tut nichts zur Sache.«

»Willst du mir vielleicht vorwerfen, daß ich diesen verdammten Tory getötet habe? Das stand doch sicher auch in dem Brief, oder?«

»Ja, auch das stand in dem Brief.« Donald hatte geseufzt. »Ich mache dir keine Vorwürfe, du bist offenbar weit über den Punkt hinaus, wo Worte noch...«

»Gerechter Himmel, hör auf, wie der Alte zu reden.«

»Du scheinst nur Gehässigkeiten zu kennen, Judson. Aber zurück zum Ausgangspunkt. Wenn du darauf bestehst, hierzubleiben...«

»Ich sage dir doch, daß ich nicht weiß, wo ich hingehen soll.«

»... dann verhalte dich wenigstens diskret, und laß dich mit deiner Hure so wenig wie möglich blicken.«

Judson hatte mit den Schultern gezuckt. »Das wird nicht weiter schwierig sein. Ich habe keinen Penny mehr. Die letzten habe ich in Richmond für einen, äh – Urlaub ausgegeben.«

»Dann schlage ich dir jetzt einen Handel vor. Du läßt dich nicht blicken, und ich komme von Zeit zu Zeit...« Er hatte einen kleinen Beutel hervorgezogen und damit geklingelt.

Judson hatte plötzlich gelächelt. »Du hast dich also auf eine kleine Erpressung gut vorbereitet?«

»Weil ich mir gedacht habe, daß du nicht gehen wirst.«

»Sehr schlau. Du bist schon immer der Klügere von uns gewesen, Donald. Derjenige, den Vater sogar ein bißchen bewundert...«

»Lasse wenigstens dieses Thema aus dem Spiel. Es ist schändlich genug, was aus dir geworden ist. Ich sollte dich einfach ignorieren, wie es jeder anständige Bürger in diesem County tun wird...«

»Wenn sich die Chance einer Begegnung in der Öffentlichkeit ergibt«, hatte Judson gegrinst. Er dachte an den Sohn des Plantagenbesitzers im Bordell vom Richmond. Die Pointe entging Donald. Er fuhr fort:

»Fallenlassen sollte ich dich, aber ich bringe es nicht fertig.«

Diesmal hatte Judson laut aufgelacht: »Also verbessern sich die Charakterveranlagungen doch von Vater zu Sohn. Der Alte vertritt den entgegengesetzten Standpunkt. Jedenfalls was mich anbelangt.«

»Erspar mir deinen Haß, Judson.« Donald hatte den Geldbeutel auf den Boden geworfen. »Ich komme wieder. Aber eines schwöre ich dir, Judson, ein Skandal in der Öffentlichkeit und ich kenne dich nicht mehr.«

Judson hatte sich gebückt und das Geld aufgehoben. »Du hast das Pech, ein ehrenwerter Mann zu sein, Donald.«

»Von wegen ehrenwert – schwach und idiotisch bin ich.«

Donald rief den Schwarzen, der unten an der Straße gewartet hatte. Mit seiner Hilfe bestieg Donald sein Pferd und ritt davon.

An diesem Abend im Juli 1777 dachte Judson an das Zusammentreffen mit seinem Bruder, weil die letzte finanzielle Zuwendung fast aufgebraucht war. Ob Donald bald...

»Verdammt, warum brauchst du denn so lange?« rief Lottie ungeduldig. »Komm endlich und mach's mir.«

Wer in Virginia kann sich schon rühmen, seine Privathure zu haben, dachte Judson spöttisch, als er durch die Dunkelheit auf Lottie zu stolperte. Er hatte im letzten Jahr fast zwanzig Pfund abgenommen. Sein Bart war ungepflegt, sein Mund schlaffer denn je. Der Schweiß lief ihm über die nackte Brust. Er hatte eine abgerissene Hose an, aber was machte das schon? Für wen sollte er sich zurechtmachen? Überleben – das war alles.

Ein Jahr lang war er mit dem Hund durch die Gegend gezogen. Er hatte kaum gearbeitet und viel geschlafen. Wenn ihm auch das zuwider gewesen war, hatte er Karten gespielt. Und die Liebe? Die Liebe lenkte ihn manchmal ab, aber nicht genug.

»Du hättest ruhig einen Schluck Whiskey für mich aufheben können«, beschwerte sich Lottie. »Mein Hals ist ganz trocken.«

Judson zog sich die Hose aus, legte sich neben sie und begann mit der ermüdenden Routine.

»Das haben wir gleich«, sagte er.

Sie kicherte und machte die Beine breit. Judson nahm sie lieblos und lustlos. In ihrer Umarmung glitten ihre Körper vom Apfelbaum fort. Es dauerte einen Moment, bis Judson begriff, wo sie nun lagen.

Lottie hatte nicht das Geld gehabt, Tom Shaw ordentlich bestatten zu lassen, nachdem er vom Pferd gestürzt war und sich tödlich verletzt hatte, und ihn auf eigenem Grund und Boden beerdigt.

Als sie Judsons entsetzten Blick sah, lachte sie und griff ihm zwischen die Beine. »Du glaubst doch hoffentlich nicht an das Pfaffengeschwätz«, sagte sie. »Seine Seele flattert nicht durch die Nacht. Er hat keine Ahnung davon, daß wir direkt auf ihm liegen.«

Er konnte nur noch den Kopf schütteln.

»Hör mal, Judson Fletcher«, keifte Lottie, »du kannst mich nicht hochbringen und dann nicht weitermachen.«

Er schlug sie mitten ins Gesicht. Sie stieß einen leisen Schmerzensschrei aus. Judson sprang auf, lief zum Apfelbaum und lehnte sich gegen den Stamm.

»Du verlierst immer mehr den Verstand, du bist verrückt!«

Judson schwieg, und das erregte Lottie noch mehr.

»Redest du mit mir, oder willst du wie ein Mondsüchtiger...«

Er fuhr zu ihr herum. Sie sprang auf, schien ihm das Gesicht zerkratzen zu wollen, aber als sie seinen Blick sah, ließ sie die Arme sinken.

»Ich kann dich nicht mehr ertragen, Lottie. Verschwinde.«

»Verschwinden? Das hier ist mein Besitz, nicht deiner...«

»Willst du auf deinem Besitz verscharrt werden, Lottie? Denn nur als Leiche wirst du hier bleiben, unter der Erde neben dem armen Teufel da. Ich gebe dir bis zum Morgengrauen Zeit, um zu verschwinden.«

Er stieß ihre Hand fort, ergriff seine Hosen und lief auf die Straße zu.

Er hörte, wie sie hinter ihm herrief: »Es wird dir noch leid tun, mich so behandelt zu haben, Mister Judson Fletcher. Es wird dir verdammt leid tun, das schwöre ich dir...!«

Drohte sie ihm? Vielleicht meinte sie, daß sie seine ernste Drohnung mit ihrem Verschwinden beantworten würde. Das wäre ein kleiner Trost...

Ihr erbittertes Rufen hatte er jedoch noch eine ganze Weile hinter sich zu ertragen, bevor die Entfernung und die Zikaden sie verstummen ließen.

2

Drei Tage später wälzte sich Judson stöhnend auf dem Strohsack in der Hütte herum. Der Hund leckte ihm die Hand.

Judson hörte, wie es durch das Loch im Dach neben der Feuerstelle hereinregnete – und dann ein anderes Geräusch. Pferdehufe. Er hatte nicht einmal Zeit, in seine Hose zu steigen, als die Tür auch schon aufging.

Auf seinen Stock gestützt, humpelte Donald herein. Der Schwarze, der ihn stets begleitete, wartete mit ihren Pferden vor der Tür.

»Mach die verdammte Tür zu!« brummte Judson und hielt sich den Kopf.

»Ich möchte, daß du dir die Hosen anziehst und wenigstens versuchst, dich halbwegs menschlich zu benehmen«, sagte Donald und stieß die Tür mit dem Stock zu.

Judson zog sich die Hosen an. Es kam ihm sauer hoch. »Vielleicht eine Moralpredigt, bevor ich mein Geld bekomme? Du kannst dir beides sparen.«

Donald wurde rot, ließ sich aber nicht provozieren. »Deine Hure hat dich verlassen?«

»Ja, ich konnte sie nicht mehr ertragen und habe ihr gesagt, sie soll verschwinden.«

»Sehr nobel, wenn man bedenkt, daß die Hütte und das bißchen Land ihrem Mann gehörten.«

Judson spuckte aus. »Und woher weißt du schon wieder, daß sie fort ist?«

»Ganz einfach, sie bietet sich bereits in Richmond feil. Ein Freund von mir kam gestern von dort zurück. Lottie Shaw erzählt jedem, daß du den Verstand verloren hast.«

Judson grinste. »Durchaus möglich, Donald, durchaus möglich. Wie hat Herr Sermon Hill die Nachricht aufgenommen?«

»Es gibt Schmerzen, die ich ihm erspare. Er weiß, daß du zurück bist, spricht aber nicht von dir.«

»Nie?«

Donald zögerte kurz. »Nein, nie.«

»Himmel«, sagte Judson sehr leise.

Donald runzelte die Stirn. »Judson, du haust hier in einem Schweinestall. Nachdem die Schlampe weg ist, könntest du wenigstens einmal saubermachen.«

»Großer Gott, fang bloß nicht schon wieder an...«

»Warum nicht? Irgendwann mußt selbst du einmal damit aufhören, in Schmutz und Unwürde zu leben...«

»Da hast du recht. Ich werde bald etwas finden, was besser für mich geeignet ist...« Judson gähnte und ging dann zu dem Bord hinüber, wo die Maiskuchen aufbewahrt wurden. Doch da war nichts mehr. Er erinnerte sich, daß er den letzten Kuchen gestern als einzige Mahlzeit des Tages zu sich genommen hatte.

Donald griff nach dem unvermeidlichen Geldbeutel, dessen Schnur aus seiner Jackentasche hing. Mit der Schnur spielend, fragte er: »Weißt du eigentlich, daß sie ständig Freiwillige für die Bürgerwehr von Virginia suchen?«

Judson kratzte sich den Nabel.

»Soldat von Virginia? Das ist das letzte, was ich sein möchte.«

»Sondern? Alles, was normal und anständig ist...«

»Raus!«

»Ich denke nicht daran. Sieh dich doch endlich so, wie du wirklich bist, was aus dir geworden ist.«

»Verdammt, was ist dir denn heute früh über die Leber gelaufen? Habe ich dich vielleicht gebeten zu kommen?«

Donald biß sich auf die Unterlippe. »Du fragst, was mir über die Leber gelaufen ist... Nun, ich habe gestern einen ziemlich deprimierenden Brief bekommen und weiß nicht, was ich antworten soll.«

»Einen Brief von wem?«

»Von Seth McLeans Witwe.«

Judson fuhr zusammen und schluckte. »Ist sie wieder zu Hause?« fragte er.

»Seit fast einem Monat. Mit Williams' Hilfe kümmert sie sich um die Plantage. Ich habe sie noch nicht gesehen, mir aber erzählen lassen, daß sie sich sowohl gesundheitlich als auch seelisch einigermaßen erholt hat. Unglücklicherweise hat sie von dir gehört...« Donald machte eine resignierte Handbewegung, »von deinem jetzigen Zustand. Sie fragt, ob man dir nicht irgendwie helfen kann.« Donald verzog den Mund. »Siehst du, weshalb mir die Antwort so schwer fällt? Offensichtlich lautet die Antwort nein.«

Judson ergriff den Arm seines Bruders. Eine seltsame nervöse Aktivität schien seine Trägheit aus Verschlafenheit und zuviel Alkohol zu durchdringen. »Vielleicht sollte ich persönlich antworten. Ich habe Peggy seit Seths Tod nicht gesehen. Ich könnte ihr einen Besuch abstatten...«

Donald schüttelte den Kopf. »Ich weiß nicht, ob das so klug wäre«, sagte er; aber es klang nicht ganz überzeugend.

»Verdammt, ich reiße mich zusammen. Das verspreche ich dir. Bloß ein ganz kurzer Besuch. Das bin ich ihr schuldig.«

»Vielleicht empfängt sie dich gar nicht«, sagte Donald.

»Ich denke doch.«

»Sind in Sermon Hill noch Kleidungsstücke von mir?«

»Ich glaube schon. Auf dem Boden.«

»Dann schick mir einen von den Schwarzen mit einem Anzug. Suche ihn heimlich heraus, wenn du mußt...« Judson fuhr sich durch den struppigen Bart. »Den rasiere ich mir auch ab. Ich wasche mich...«

»Und das alles für einen Kondolenzbesuch?« erkundigte sich Donald.

»Was denn sonst? Ich bleibe nur zehn oder fünfzehn Minuten. Lediglich lange genug – was lächelst du denn so seltsam?«

»Nichts, nichts. Mal sehen, wie ich dir einen Anzug zukommen lassen kann.« Er deutete nach draußen, auf den regendurchnäßten jungen Schwarzen. »Lemon ist zuverlässig. Aber Vater darf es nicht erfahren. Es kann ein oder zwei Tage dauern...«

»So schnell wie möglich.«

Donald nickte und ging zur Tür. Auf der Schwelle drehte er sich noch einmal um. »Ich brauche dich wohl nicht daran zu erinnern, daß sie Witwe ist. Da ist äußerste Höflichkeit und Feinfühligkeit geboten.«

»Keine Angst. Ich benehme mich, wie es sich gehört. Ich will sie lediglich sehen und ihr sagen... Verdammt, was ist denn nun schon wieder?«

»Du liebst sie sehr, was?« fragte Donald überraschend sanft.

Judson schwieg. »Ich habe sie immer geliebt«, sagte er dann. »Hoffnungslos. Aber ich kann nichts dagegen tun.«

»Vielleicht tut es ihr doch gut, wenn du sie besuchst«, sagte Donald unerwartet heiter. »Und auf dich hat es vielleicht auch eine heilsame Wirkung.«

»Mit einem Mal verstand Judson Donalds Taktik. Er lachte laut auf. »Deshalb bist du heute gekommen. Nicht ihretwegen, sondern weil du hoffst, daß ich mich wegen Peggy McLean ändere. Gibt es zu.«

»Du hast mich durchschaut. Ich habe gedacht, wenn dich etwas aus deinem bedauernswerten Zustand reißen kann, dann Peggy McLean.«

»Vielleicht hast du recht. Aber es wundert mich, daß du dir so viele Gedanken um mich machst.«

»Das wundert mich selbst«, sagte Donald. »Daß man einen Bruder gleichzeitig haßt und liebt, läßt sich wohl nicht erklären. Und auch nicht, warum gerade eine bestimmte Frau einen Mann verändern kann.«

Oder total ruinieren, dachte Judson, als Donald in den Regen hinausging.

3

Von Kopf bis Fuß gewaschen, glattrasiert und anständig gekleidet, ritt Judson Fletcher am folgenden Dienstag zur McLean-Plantage. Über den grauen Wolken am Horizont lag ein goldener Streifen. Das schwüle Wetter war umgeschlagen. Es war kühler geworden, man konnte wieder freier atmen.

Judson war so nervös, wie ein junger Mann vor seinem ersten Ball. Er schwor sich, nur ganz kurz zu bleiben. Ein Anstandsbesuch, weiter nichts. Vorausgesetzt, Peggy ließ ihn ein.

Im Haus waren bereits die Lampen angezündet. Ein leichter Wind raschelte in den Bäumen. Die Szene hatte etwas Melancholisches. Nur zögernd griff Judson nach dem Türklopfer.

Das glänzende schwarze Gesicht, das einen Moment später vor ihm auftauchte, gehörte einem der Mädchen, die ihn in der Nacht, in der Peggy vergewaltigt worden war, zu ihr hinaufgeschickt hatten.

»Mister Fletcher!« rief sie verblüfft, aber auch erfreut. »Guten Abend, Sir.«

»Guten Abend, Melissa. Ist – ist Mrs. McLean zu Hause?«

»Ja, Sir, im Gartenhaus.«

»Meinen Sie, ich kann sie sprechen?« Judson vermied jeden Blick auf das Parkett der Halle. Er wollte keine Erinnerungen an Seths zerschundenen Körper aufkommen lassen.

»Aber sicher, Sir. Sie freut sich bestimmt.«

»Ich höre, daß es ihr gut geht?«

»Ja, sie war lange zu Hause bei ihren Eltern. Mister Williams hat sich hier um alles gekümmert. Aber wir sind alle froh, daß sie wieder da ist. Gehen Sie doch einfach ins Gartenhaus, Mister Fletcher.«

Judson schüttelte den Kopf. »Nein, melden Sie mich bitte lieber an. Vielleicht will sie niemanden sehen.«

»Wie Sie wünschen, Sir«, sagte das Mädchen erstaunt und ging.

Im Westen ertrank der letzte Lichtschein im Schatten der Bäume. »Ich warte hier!« rief Judson hinter Melissa her.

Er ging nervös auf und ab. Vergiß nicht – nur ein ganz kurzer Besuch!

Das Mädchen schien eine Ewigkeit zu brauchen. Als es endlich zurückkam, wäre Judson am liebsten davongelaufen.

Melissa strahlte ihn an.

»Und?« fragte er aufgeregt.

»Mrs. McLean sagt, daß sie sich freut.«

Judson mußte sich zwingen, langsam zu gehen.

4

Das Gartenhaus der McLeans stand auf einem flachen Hügel, ungefähr hundert Meter vom Haupthaus entfernt. Als Judson über die Rasenflächen eilte, sah er Lichtschein aus den Hütten der Sklaven am Rande des Besitzes. Jemand schlug Rinderknochen rhythmisch gegeneinander. Ein anderer summte dazu.

Im Sommerhaus brannte eine Laterne, aber die Jalousien waren heruntergelassen. Es roch nach frisch gemähtem Rasen.

Voller Angst und Aufregung klopfte Judson an der Tür.

»Komm herein.«

Als Judson die Tür hinter sich zumachte, stand Peggy McLean aus einem Korbsessel auf und legte eine Zeitung weg.

Peggy trug ein weißes Seidenkleid. Die Zeit der Trauer war vorüber. Ihr dunkles Haar glänzte im Schein der Laterne. Sie war immer noch gertenschlank, elegant und unbeschreiblich schön. Nur ihre Augen hatten sich verändert. Sie waren nicht mehr so lebhaft wie früher.

Peggy errötete leicht, als sie ihm die Hand entgegenstreckte. »Judson, wie ich mich freue, dich wiederzusehen.«

»Peggy...« Er konnte kaum sprechen. »Du siehst blendend aus.«

»Vielen Dank.«

»Ich... Man hat mir erzählt, daß du dich jetzt um die Plantage kümmerst.«

»Ja. Ich lerne von Tag zu Tag dazu. Allerdings muß ich zugeben, daß es mir nicht immer leicht fällt. Früher war mir das alles so egal... Aber setz dich doch bitte, Judson.«

»Ich kann aber nur kurz bleiben, Peggy. Ich bin nur gekommen, weil ich dich so lange nicht gesehen habe. Seit – seit Seths Tod nicht.«

»Ich kann mich kaum an die Nacht erinnern«, sagte Peggy ruhig. Sie setzte sich wieder und faltete die Hände. »Im Grunde bin ich froh darüber.«

»Das verstehe ich.«

Judson war unfähig, eine Unterhaltung mit ihr zu führen, aber Peggy kam ihm zu Hilfe.

»Ich weiß aber sehr gut, was du getan hast«, sagte sie. »Ich stehe tief in deiner Schuld.«

Wieder folgte Schweigen, und Judson wußte plötzlich, daß es ein Fehler war, hierhergekommen zu sein. Er hatte Peggy sehen wollen, nur einen Moment, aber es war zu qualvoll. Das Öffnen alter Wunden war so sinnlos.

»Möchtest du etwas trinken? Da drüben steht eine Karaffe mit Portwein.«

Judson schüttelte den Kopf. »Nein, vielen Dank.«

»Ich hoffe, es macht dir nichts aus, wenn ich ein Gläschen trinke. Ich tue das gern am Abend.«

»Dann leiste ich dir doch Gesellschaft«, sagte Judson, stand auf, holte die Karaffe, zwei Gläser und goß ein. Als er Peggy das Glas gab, berührten sich ihre Finger. Ein Schock ging durch seinen Körper. Verdammt, er mußte gehen, sofort.

Er trank viel zu schnell. Peggy entging es nicht. Der Schein der Laterne flackerte.

»Man hat mir erzählt, daß du fast seit einem Jahr wieder zu Hause bist«, begann Peggy.

Wieviel wußte sie? Hatte man ihr auch die Sache mit Lottie Shaw berichtet?

»Ja, davor habe ich eine Zeitlang in Philadelphia verbracht.«

»Aber du wohnst nicht in Sermon Hill?«

»Nein.«

»Ich habe gehört, daß du und dein Vater – daß ihr Streit hattet...«

Er trank sein Glas leer. Seine Hände waren feucht. Ihr Parfüm verwirrte ihn. Ein Abglanz seines alten, bezaubernden Lächelns huschte über sein Gesicht.

»Ich glaube, das mußte früher oder später so kommen«, sagte er. »Seine Art zu leben war mir schon immer fremd. Ich weiß, daß ich zu wild bin, um gezähmt zu werden.«

»Was mit deinen Charme ausmacht«, sagte Peggy und lächelte. Als ob ihr die Bemerkung plötzlich peinlich wäre, trank sie schnell einen kleinen Schluck und deutete dann auf die Zeitung. »Ich habe gerade die letzten Neuigkeiten gelesen«, fuhr sie fort. »Hier im *Leader* steht, daß wir eine neue Fahne haben.«

»Das weiß ich noch gar nicht. Wie sieht sie aus?«

»Dreizehn Streifen in rot und weiß und in einer Ecke ein blaues Feld mit dreizehn weißen Sternen. Der Kongreß hat den Entwurf im Juni gebilligt.«

»Sehr passend.« Judson stand auf und griff nach der Karaffe. »Darf ich?«

»Selbstverständlich.« Pause. »In der Zeitung steht auch, daß die Lage im Norden gar nicht gut aussieht...«

»Ich bin ehrlich gesagt nicht auf dem laufenden.« Seine Hand zitterte. Er verschüttete etwas Wein.

»Und in Paris haben wir jetzt Gesandte, Mister Deane, Dr. Franklin...«

»Ich habe Franklin in Philadelphia kennengelernt. Ein Genie. Ein verdammt – verzeih – ein ausnehmend witziger Mann.«

»Aber bisher haben er und seine Kollegen noch keine Zusagen für direkte Unterstützung von einem der europäischen Länder erhalten können.«

»Ich nehme an, derartige Verhandlungen brauchen ihre Zeit.«

Judson fühlte sich wie in einer Falle. Er konnte seine Augen kaum von Peggys Ausschnitt abwenden. Schweiß trat ihm auf die Stirn. Er sah wieder ihren nackten Körper auf dem Schlafzimmerboden vor sich...

Er kämpfte gegen die Erinnerung an und trank schweigend seinen Port. Wieder kam sie ihm zu Hilfe.

»Dieser britische General, der, den sie ›Gentleman Johnny‹ nennen...«

»Heißt er nicht Burgoyne?«

»Genau. In der Zeitung steht, daß er möglicherweise eine große Zahl deutscher Söldner und diese furchtbaren Indianer nach York State holt. Und im Westen ist es auch mehr als unruhig.«

Seit Monaten hatte Judson nicht an seinen Freund George Clark gedacht. »Mich würde interessieren, wie es George geht.«

»Er soll im letzten Herbst in Virginia gewesen sein.«

»Tatsächlich? Aus welchem Grund?«

»Mein Vater hat mir erzählt, daß er Gouverneur Henry in Williamsburg aufgesucht hat. Er hat um mehrere hundert Pfund Pulver zur Verteidigung der Siedlungen in Kentucky gebeten. Indianerstämme rauben und plündern dort, provoziert durch das Verhalten der Briten in Detroit. Dort gibt es einen Kommandeur, der zahlt Silber für jeden Skalp.«

Judson blickte Peggy erstaunt an. Aus dem jungen, unbekümmerten Mädchen war eine reife Frau geworden, die sich für die Zeitgeschehnisse interessierte und sich ihre eigene Meinung bildete.

Judson stellte das leere Glas auf den Tisch. Sein Kopf

schwirrte. Das Gartenhaus war zu beengt, gefährlich. Peggy war zu begehrenswert.

»Ja«, sagte er mühsam. »Donald hat mir erzählt, daß die Situation in Kentucky bedrückend ist. Die Siedler verschanzen sich aus Angst, erschossen zu werden und ihre Frauen verge...« Er brach ab. »Peggy, ich glaube, ich muß gehen.«

Sie stand auf und kam schnell auf ihn zu. Er glaubte, etwas Eigenartiges in ihren Augen entdecken zu können.

»Du darfst nicht gehen, ohne mir von deinen Zukunfstplänen erzählt zu haben«, sagte sie.

Der Portwein tat seine Wirkung. »Ich habe keinerlei Pläne«, sagte er. »Donald hat mich an seiner Stelle in den Kongreß geschickt. Du hast bestimmt gehört, daß ich ihm wenig Ehre gemacht habe. Seit ich wieder hier bin, ist mein Leben noch weniger ehrenvoll geworden.«

»Judson.«

»Was?«

»Warum bist du so verbittert? Du kannst mich nicht schokkieren. Ich weiß alles. Man hat mir alles erzählt.«

»Auch die Geschichte mit Lottie Shaw?«

»Ja, auch die.«

»Und du hast mich trotzdem empfangen?«

»Oh, nach den allgemeinen Anstandsregeln hätte ich es vielleicht nicht tun sollen...« Sie wandte sich ab, ihre Wangen glühten. »Aber so sehr ich meine Eltern liebe, hoffe ich doch, nicht so engstirnig zu sein wie sie damals. Die wenigen Jahre Ehe mit Seth waren ein Segen für mich. Ich habe viel von ihm gelernt. Dinge, die du verstehst, weil du sein Freund gewesen bist. Vor allem habe ich Freundlichkeit gelernt, Liebe...« Sie senkte den Kopf. »Mein großer Kummer ist der, daß du dich so wegwirfst, Judson.«

Ohne zu wissen, was geschah, berührte er sie.

Vielleicht war es die Abgeschiedenheit in dem Gartenhaus – oder der Wein – oder ihr Liebreiz und das Parfüm...

Verdammt, geh, bevor es zu spät ist!

Er ging nicht. Er sagte:

»Das war die einzige Konsequenz, nachdem ich dich verloren hatte«, sagte er. »Obwohl ich es nicht wollte, habe ich mich von dir ferngehalten. Wahrscheinlich, weil ich Seth sehr geschätzt habe.«

»Ich weiß, Judson.« Sie stand immer noch abgewandt.

»George Clark und Seth McLean waren meine einzigen wahren Freunde. Ich mußte versuchen, dich zu vergessen. Du weißt, daß es mich viel zu oft in die Nähe eures Hauses getrieben hat. Jeder wußte es. Es tut mir leid – und ich bedauere auch, daß ich wieder davon anfange, aber ich kann es nicht ändern.«

Ihr Duft hüllte ihn ein. Gegen alle Vernunft beugte er sich vor und küßte ihren Nacken.

Sofort erkannte er seinen Fehler. Er ließ ihre Schultern los.

Alles Weitere wäre nicht geschehen, wenn Peggy nicht aus einem Impuls heraus schwach geworden wäre. Sie ergriff seine Hand und drückte sie gegen ihre Brust und schloß die Augen.

»Ich war Seth eine gute Ehefrau. Aber ich habe nur einen Mann in meinem Leben wirklich geliebt.«

»Die Haut unter ihrem Kleid schien seine Hand aufzuheizen, seinen ganzen Körper. Sie spürte seine Anspannung, schlug erschreckt die Augen auf und zog sich zurück.

»Judson, verzeih...«

»Es gibt nichts zu verzeihen, Peggy.«

»Doch. Deine Hand einfach zu nehmen und...«

Peggy Ashford McLean hatte immer nach dem Ehrenkodex der Menschen an der Chesapeake Bay gelebt.

Akzeptierte ihn vielleicht nicht, aber richtete sich danach. Und dieser Kodex, für den das Verhalten ihrer Eltern symbolisch war, verbot den Umgang mit gewissen Menschen und Judson Fletcher gehörte zu diesen Männern, würde stets zu ihnen gehören.

Schamröte brannte auf ihren Wangen. »Vielleicht sollten wir uns jetzt verabschieden.«

»Küß mich, Peggy.«

»Lieber Gott, nein...«

»Es sieht doch niemand. Wir sind weit weg vom Haus...«

»Bitte, geh! In deiner Gegenwart bin ich nicht so stark, wie ich es sein sollte.«

Peggy war zu begehrenswert. Alle guten Vorsätze waren vergessen. Sie waren allein...

Ungeschickt nahm er sie in die Arme. Sie wollte ihn fortstoßen, aber sein Mund preßte sich auf ihre Lippen. Er trank all die Wärme und Süße, die ihm so lange verwehrt gewesen war. Sie spürte, wie sein Körper nach ihr verlangte.

»Es darf nicht sein, Judson«, flehte sie. »Bitte, nicht...«

»Gib zu, daß du es dir auch wünscht, Peggy.« Er liebkoste ihre Schultern. Etwas Wildes, Ungezähmtes brach in ihm los, überwältigte ihn...

»Ich wage es nicht zuzugeben. Wenn wir Mann und Frau wären...«

»Wir werden nie Mann und Frau sein. Das weißt du.«

»Ja, ja.«

»Aber wir können doch wenigstens so tun.«

Jetzt zwang er sie. Sie wehrte sich nur wenig, als er sie küßte, aber ihre Lippen reagierten nicht auf seinen Kuß. Einen Moment lang war ihm bewußt, was er ihr antat, doch die wilden Kräfte in ihm waren stärker als sein Gewissen. Er küßte ihre Brauen, ihre Lider, während sie ihm die ganzen Ängste ihrer moralischen Erziehung ins Ohr flüsterte.

Plötzlich schlang sie ihre Arme um seinen Hals. Ihr Mund öffnete sich unter seinem Kuß. Er hob sie hoch – sie war so leicht, federleicht – und trug sie zur Chaiselongue. Seine Stiefel traten auf die Zeitung mit ihren Berichten über irgendwelche fernen, bedeutungslosen Kämpfe...

Judson setzte sich neben Peggy und streifte ihr das Kleid von den Schultern. Sie ließ es willenlos geschehen. Judson liebkoste ihre Brüste.

Plötzlich stemmte sie beide Hände gegen seine Brust. »Ich – ich kann nicht«, stöhnte sie. »Nicht, seit...«

»Du kannst, Liebling. Natürlich kannst du...«

»Nein, ich habe Angst. Ich... Oh!«

Sie stieß einen Schrei aus, als er in sie eindrang. Er war sich ihrer Angst bewußt, konnte sich aber nicht beherrschen. Tränen liefen ihr über das Gesicht.

Sie versuchte, ihm Gefühl vorzutäuschen, aber es war, als hätte eine seltsame Lähmung ihren ganzen Körper erfaßt.

Judson blickte in ihr gequältes Gesicht. Wen sah sie mit diesen tränenerfüllten Augen? Nicht ihn, sondern den Mann, der in jener Nacht in ihr Schlafzimmer gestürzt war und sie genauso genommen hatte wie er jetzt. Großer Gott, fast genauso!

Zum Glück war es schnell vorbei.

Er ließ von ihr ab. Viel zu spät erkannte er, daß er sie zu etwas gezwungen hatte, wozu sie vielleicht nie mehr fähig sein würde.

Sie sah ihn nicht an, weinte mit abgewendetem Kopf. Judson hob eine Hand, wollte ihr die Tränen von den Wangen wischen. Sie zog den Kopf noch weiter weg.

»Peggy...«

»Sag nichts.«

»Ich habe die Beherrschung verloren, ich...«

»Das macht keinen Unterschied. Du hast gespürt, daß ich..., daß ich nicht konnte...«

»Das wird sich geben, Peggy, wenn ein Mann zärtlich ist... ich war nicht zärtlich, Peggy. Verzeih mir. Es tut mir leid. Du mußt mir glauben, ich wollte dich nicht...«

»Die Sünde liegt bei uns beiden. Bitte geh.«

»Peggy, man kann nicht von Sünde sprechen, wenn zwei Menschen...«

»Doch!« rief sie. »Du hast Seth entehrt.«

»Seth ist tot!«

Sie sah ihn an. Einen Moment lang lag abgrundtiefe Abneigung in ihrem Blick.

»Ich bin immer noch seine Frau«, sagte sie mit einer Stimme, die ihn erschreckte.

Judson lief aus dem Gartenhaus, schwang sich auf das Pferd und galoppierte in die Nacht hinein. Er hatte geschworen, daß so etwas auf keinen Fall geschehen würde. Aber er hatte schon Hunderte von Schwüren getan – und jeden einzelnen gebrochen. Was er auch tat, alles wurde böse, schlecht...

Und jetzt hatte er das für ihn Teuerste zerstört.

Er war sicher – für immer.

5

Judson ging die ganze Nacht lang in der Hütte auf und ab und machte sich die bittersten Vorwürfe. Im Morgengrauen schrieb er einen einzigen Satz auf einen Zettel:

Ich bitte von ganzem Herzen um Vergebung.

Er faltete den Zettel zusammen, steckte ihn ein und ritt zur McLean-Plantage.

Die Schwarzen waren schon bei der Arbeit. Im Haupthaus war alles noch still. Judson klopfte. Diesmal öffnete ihm ein anderes Mädchen.

»Bitte, geben Sie das Mrs. McLean«, sagte er und drückte dem Mädchen den Zettel in die Hand.

In der Hütte fand Judson einen Rest Whiskey. Er jagte den Hund vor die Tür, schloß die Fensterläden und trank.

Als er einige Stunden später aufwachte, war der Hund weg.

Ein paar Tage später bekam Judson Antwort auf seine Bitte.

Alle Schande und Verantwortung muß von uns beiden getragen werden. Ich halte es für das Klügste – und Sicherste –, wenn wir uns nicht mehr sehen. P.

Während des ganzen Sommers ließ sich Judson nicht mehr in der Nähe der McLean-Plantage blicken. Ob er dadurch strafte oder bestraft wurde, wußte er selbst nicht.

Der Hund kam nie mehr zurück.

3. Kapitel
Wiedersehen in Pennsylvania

1

»Laß los, Adams! Verdammt, du sollst loslassen!«

»Stell dich doch nicht so an, Royal. Ich will doch nur mal dein Käppchen aufsetzen.«

»Komm mir nicht zu nahe!«

Philip und der vierschrötige Lucas Cowper stürzten gleichzeitig in das Zelt. Mayo Adams, der ewige Querulant, hatte es wieder einmal auf den kleinen Rothman abgesehen, der auf dem Bücherpaket hockte, das er von seinen Eltern geschickt bekommen hatte.

»Du stellst dich an wie eine alte Jungfer, Royal. Ich will dein Käppchen doch bloß ein einziges Mal aufsetzen.«

Der schmalgliedrige Rothman schlug die ausgestreckte Hand des viel stärkeren und viel älteren Soldaten zur Seite. »Es gehört zu meiner Religion und geht dich nichts an«, sagte er entschlossen.

Adams war angeblich bei einem Brauer in Boston in die Lehre gegangen. Ob es stimmte, wußte niemand, Muskeln hatte er allerdings wie ein Preisboxer und die Intelligenz eines Ochsen. Royal Rothman war gerade neunzehn Jahre alt und hatte früher bei seinem Vater, einem wohlhabenden jüdischen Bostoner Kerzenzieher, im Büro gearbeitet.

»Los, her mit dem Ding!«

Adams wollte Rothman das Yarmulke vom Kopf ziehen, wurde jedoch von Philip und Cowper an den Schultern gepackt und herumgerissen.

»Laß ihn in Ruhe, Mayo«, sagte Cowper.

»Halt du dich da raus«, maulte Adams. »Das geht dich nichts an.«

»Daß du dich bloß nicht täuschst«, sagte Philip. »Wenn sechs Leute zusammen in einem Zelt hausen, dann ist Kameradschaft oberstes Gesetz, sonst geht das nicht. Seit Royal bei uns im Camp ist, hast du es auf ihn abgesehen.«

Mayo Adams, der damit prahlte, mit Samuel Adams verwandt zu sein – was gelogen war –, spuckte aus.

»Er geht mir auf die Nerven«, sagte er. »Die halbe Nacht betet oder liest er.«

»Beides wird doch wohl noch erlaubt sein«, sagte Rothman.

»Nicht, wenn man so einen Vornamen hat«, schnappte Adams

»Was ist denn heute bloß mit dir los, Mayo?« sagte Cowper. »Du hast wohl wieder einmal zuviel Schnaps erwischt?«

»Du kannst mich am Arsch lecken, du Bauerntölpel. Ich kann die Juden nun einmal nicht ausstehen.«

»Jetzt reicht's aber!« schrie Philip. »Noch ein Wort, und du beziehst Prügel von uns. Wir sind hier, um gegen den Feind zu kämpfen und nicht, um uns gegenseitig fertigzumachen. Mach, daß du rauskommst und geh spazieren, bis du wieder nüchtern bist.«

Adams schäumte vor Wut. »Zwei gegen einen, das ist typisch für euch Hosenscheißer«, brüllte er. »Aber eines könnt ihr euch einstweilen merken: Sobald hier etwas mehr Schwung in die Bude kommt, dann braucht ihr nicht bloß die Engländer zu fürchten. Dann könnt ihr auch aufpassen, was in eurem Rükken passiert.« Damit stolperte er aus dem Zelt.

Lucas Cowper wischte sich mit dem Ärmel über die Stirn.

»Ich glaube, das meint der Esel durchaus ernst«, sagte er.

»Natürlich«, erwiderte Philip knapp.

Der Zwischenfall ärgerte ihn. Als ob nicht jeder von ihnen schon genug Sorgen hätte. Philip ging wieder hinaus und hockte sich vor das Zelt.

Über den Hügeln hinter der Neshaminy-Brücke im Nordosten von Philadelphia hing der Rauch von Hunderten von Kochfeuern. Die Wimpel der einzelnen Regimenter hingen schlaff von den Zeltpfosten. Nicht ein Lüftchen regte sich. Seit Wochen campierten hier mehr als elftausend Mann. So weit das Auge reichte nur Zelte.

Wenig später kamen Breen und Pettibone, die restlichen Mitbewohner auf das Zelt zu. Breen stammte aus Andover und war fünfunddreißig. Einen Beruf hatte Breen nicht erlernt. Er war zur Army gegangen, um dem Gerichtsvollzieher und seiner Frau zu entkommen.

Pettibone war ein kleiner Mann Mitte Zwanzig mit Brille. Bevor er zum Militär gegangen war, hatte er in Roxbury als Lehrer gearbeitet.

»Habt ihr Post mitgebracht?« fragte Philip.

Pettibone zog einen Brief aus der Tasche. »Von meiner Frau«, sagte er. »Für euch war nichts dabei.«

Philip machte sich Sorgen. Er hatte seit mehr als einem Monat nichts von Anne gehört.

Er wußte, daß die Beförderung der Post ein Problem war. Manchmal platzte ein Sack, und Regen oder andere Witterungseinflüsse ruinierten Hunderte von Adressen. Viele Briefe brauchten Monate, bis sie den Empfänger erreichten. Philip wußte das, sehnte sich aber nach einem Lebenszeichen.

Seit seinem Abschied von den beiden hatte er zwei Briefe bekommen. Im ersten hatte Anne geschrieben, daß Kapitän Caleb sie besucht hatte. Ohne Rackham. Anne hatte sich nach genauer Überprüfung der Unterlagen dazu entschlossen, die zweihundert Pfund in den Schiffsbau zu investieren. In ihrem zweiten Brief, der im Juni geschrieben war, stand nichts über diese Angelegenheit.

Nach dem Abendessen nahm Philip das Nähzeug, das ihm Anne mitgegeben hatte, und machte sich daran, seine Uniform in Ordnung zu bringen.

Royal Rothman war bereits im Zelt, hatte die Laterne angezündet und blätterte in den Büchern, die ihm seine Eltern geschickt hatten. Daß auch Philip von diesen Sendungen profitierte, versteht sich von selbst. Auch er las begierig jede Zeile und diskutierte nächtelang mit dem jungen Mann.

Lucas Cowper, weniger an Gesprächen und Literatur interessiert, saß neben Philip und schnitzte an einem neuen Pulverhorn. Breen und Pettibone starrten in die Dunkelheit.

2

Der Zapfenstreich war längst verklungen, aber Mayo Adams war immer noch nicht im Zelt. Philip lag auf seinem Schlafsack. Der Schweiß lief ihm über das Gesicht. Die Langeweile, die Unsicherheit, das Ungewisse – es machte ihn rasend und raubte ihm den Schlaf.

Er war kaum eingedöst, als er wieder in die Höhe fuhr, von Schnauben und Stiefelscharren aufgeschreckt.

»Wer ist da?« fragte er.

»Adams.«

Adams roch immer noch drei Meilen gegen den Wind nach Gin. General Washington vertrat die Meinung, daß jeder Soldat eine gewisse Ration Alkohol brauche, zuviel aber verderblich sei. Adams hatte ganz offensichtlich Möglichkeiten, sich zuviel zu beschaffen.

»Schlaf nur weiter, Kent«, lallte Adams. »Hoffentlich wachst du morgen auch wieder auf.«

Lachend rollte sich Adams in seinem Schlafsack zusammen.

Anschließend wurde es still. Philip konnte nicht wieder einschlafen. Er hatte das Gefühl, daß Adams ihn durch die Dunkelheit anstarrte, daß er ihn beobachtete.

3

Zwei Dinge plagten die amerikanischen Soldaten, die oberhalb Philadelphias Lager bezogen hatten.

Zum einen beeinträchtigten die Nachrichten aus dem Norden die Moral. Fast genau ein Jahr nach der Unabhängigkeitserklärung hatten die Verteidiger von Fort Ticonderoga ihre Stellung aufgeben müssen. »Gentleman Johnny« Burgoyne marschierte mit achttausend britischen Soldaten, mit Kanadiern und Indianern vom Stamm der Irokesen Richtung Süden.

Die Nachricht von der Wiedereinnahme des Forts hatte das Camp Mitte Juli erreicht. Jedermann sah darin ein böses Omen. Horatio Gates, ein fähiger amerikanischer General, sollte mit seinen Truppen Burgoyne entgegenziehen, um den Vormarsch aufzuhalten. Aber wer konnte garantieren, daß es ihm gelang?

Zum zweiten wußte niemand, wo sich General Sir William Howe, der Oberbefehlshaber Seiner Majestät, im Moment aufhielt und was er vorhatte.

Monatelang war Howe in New York gewesen. Anfangs hieß es, daß er nach Norden ziehen und sich mit Burgoyne zusammentun würde. Dann wurde behauptet, Philadelphia sei sein Ziel. Und während der ganzen Zeit lagen seine Truppen in New Brunswick und Amboy und warteten auf den Marschbefehl.

Aber Howe war zu beschäftigt, um Befehle erteilen zu können. Ein Fest jagte das andere in der besetzten Stadt. Außerdem widmete er viel Zeit seiner blonden Mätresse, einer gewissen Mrs. Loring.

Der Ehemann der bezaubernden Dame, ein überzeugter Anhänger der Krone aus Boston, war zum Generalkommissar für die Kriegsgefangenen ernannt worden. Daß er sich dabei in die eigene Tasche wirtschaftete, indem er die für die Gefangenen bestimmten Rationen anderweitig verkaufte, war allgemein bekannt. Auch daß es ihn nicht im mindesten störte, wenn seine Frau mit dem General ins Bett ging. Vielleicht hielt er ihre Willfährigkeit für einen Dienst an der Krone, der ihm gleichzeitig den Beutel füllte.

Ende Juli hatte Howe dann endlich seine Truppe bewegt – aber in eine völlig unerwartete Richtung. Er und seine Armee verschwanden auf den Atlantik, auf dreihundert Schiffe unter dem Kommando von Howes Bruder verladen. Die Armada kreuzte hinter dem Horizont, und niemand konnte vorhersagen, wo die achtzehntausend britischen und deutschen Soldaten wieder an Land gehen würden. Fast täglich erreichten neue Gerüchte das Camp in Pennsylvania.

Howe war vor der Küste Virginias gesichtet worden...

Doch er war kurz gesichtet worden, war aber wieder davongesegelt...

Nein, das war ein Irrtum...

Für Philip und seine Zeltgenossen war jedoch ziemlich klar, daß Howe den Plan, sich mit Burgoyne zusammenzutun, fallengelassen hatte. Was führte er dann im Schilde? Einen Hafen im Süden zu besetzen? Vielleicht Philadelphia, wo ein nervöser Kongreß einen ganzen Strom ausländischer Offiziere empfing, die mit Papieren von Silas Deane, dem Gesandten in Paris, über den Atlantik gesegelt waren? Die Papiere garantierten diesen fremden Offizieren einen hohen Rang in der Continental Army. Garantierten! Die amerikanischen Offiziere maulten, und das zu Recht.

Manche von diesen unternehmungslustigen Militärs waren allerdings äußerst fähige Leute. Washington hatte bereits einen polnischen Ingenieur namens Koscinsko zum Colonel gemacht. Aber das Gros zeichnete sich nicht gerade durch besondere Talente aus.

4

Die Trommler trommelten in der brennenden Sonne, die Pfeifer bliesen *The White Cockade.* Das Gewehr präsentiert, stand Philip auf dem Paradefeld und blickte über das versengte Gras den Reitern entgegen. Philips Kompaniechef, Captain Walter Webb aus Worcester, stand steif wie ein Ladestock vor seinen Leuten. Der Schweiß lief Philip in Strömen herunter.

General Washington war leicht zu erkennen. Er ritt wie immer auf seinem Schimmel. Die beiden Offiziere neben ihm sah Philip nur verschwommen, da ihm der Schweiß über die Brauen in die Augen rann.

Vor Philips Kompanie angekommen, zügelte einer der beiden Begleiter das Pferd, und Philip hätte beim Anblick eines lang vergessenen Gesichts fast einen lauten Schrei ausgestoßen. Ein junges, aristokratisches Gesicht. Feuerrote Haare unter dem Dreispitz. Philip war sicher, daß ihm seine Augen einen Streich spielten.

Nein, doch nicht. Es war dasselbe Gesicht, das er zum erstenmal während eines Schneesturms in der Nähe des Gasthauses seiner Mutter in der Auvergne gesehen hatte. Zufällig war er damals dazugekommen, als der Dreizehnjährige gegen zwei Entführer kämpfte. Der junge Adelige war schon damals für eine militärische Karriere vorgesehen gewesen.

Der Marquis de Lafayette wandte sich an Washington und deutete in die Reihen der Soldaten.

»Großer Gott«, flüsterte Lucas Cowper neben Philip. »Er sondert einen aus unserer Kompanie aus.«

Washington richtete sich in den Steigbügeln auf und blickte in Philips Richtung. Er sagte etwas zu Lafayette, und der begann strahlend zu lächeln.

»Ich kann es nicht sein«, zischte Royal Rothman, dessen Yarmulke unter seinem breitkrempigen Jagdhut verborgen war. »Es ist jemand hinter mir.«

»Ich fresse einen Besen, wenn du nicht gemeint bist, Kent«, brummte Adams. »Was hast du denn jetzt schon wieder ausgefressen?«

Unglaublicherweise ritt Washington nun zurück, um mit einem Stabsoffizier zu verhandeln, während der Inspektionstrupp weiterritt. Lafayette warf ein strahlendes Lächeln über die Schulter zurück. Der Stabsoffizier trieb sein Pferd vor Captain Webb, der wegen der allgemeinen Aufmerksamkeit einer Ohnmacht nahe zu sein schien.

Der Stabsoffizier saß ab und sprach mit Webb. Über was, konnte Philip nicht verstehen. Dann fielen Webb fast die Augen aus dem Kopf.

Als der Stabsoffizier wieder aufsaß und wegritt, starrte der Captain Philip fassungslos an.

»Kennst du den Offizier, Kent?« flüsterte Lucas Cowper.

»Ja.«

Die Erinnerung überwältigte Philip. Nicht im Traum hätte er zu hoffen gewagt, den Mann wiederzusehen, der ihm als Junge das Schwert geschenkt hatte.

Aber hatte Gil damals nicht gesagt, daß Waffenbrüder sich immer wieder träfen? Waffenbruder hatte Gil Philip genannt, weil dieser ihm das Leben gerettet hatte.

Offiziere begannen Befehle zu rufen, die Reihen lösten sich auf. Captain Webb bellte Philips Namen und kam auf ihn zu.

»Kent, wissen Sie, wer dieser Franzose ist?« fragte er. »Derjenige, der auf Sie gedeutet hat?«

»Ja, Captain. Lassen Sie sehen, ob ich Ihnen alle seine Namen nennen kann...«

Philips Freunde traten näher, ließen sich kein Wort entgehen. Selbst Mayo Adams stand dabei, angewiderte Neugier im Gesicht.

»Marie Josephe Paul Yves Roch Gilbert du Motier...«

Webb sah immer noch höchst verblüfft aus, während Philip hinzufügte:

»Sein Titel lautet Marquis de Lafayette. Ich habe ihn jedoch nur Gil genannt.«

»Verdammt vertraulich«, stellte Webb fest.

»Ich bin in Frankreich geboren, Captain«, erklärte Philip. »Ich kenne ihn von zu Hause. Seine Familie lebte in derselben Provinz wie ich.«

»Nun, es ist mir völlig gleichgültig, wie Sie ihn damals genannt haben«, sagte Webb, »wenn Sie mit ihm zu Abend essen, werden Sie ihn mit Sir ansprechen, verstanden?«

»Zu Abend essen?«

»Ja, was glauben Sie denn, was der Major sonst von mir gewollt hat? Sie sollen um Punkt sechs im Zelt des Marquis sein. Und vergessen Sie nicht, daß er gerade vom Kongreß zum Generalmajor ernannt worden ist.«

»Aber er ist doch noch keine zwanzig«, sagte Philip.

»Das mag schon sein, aber er gehört zum Stab General Washingtons. Der Major hat mir gesagt, daß der General ihn ganz besonders schätzt. Ich würde Ihnen also raten, Kent, sich von der besten Seite zu zeigen.«

Philip war plötzlich nicht mehr so ganz glücklich in seiner Haut. Natürlich freute er sich auf das Treffen mit dem Freund aus früheren Tagen. Aber ein gemeiner Soldat, von einem Generalmajor zum Essen eingeladen – das war etwas ganz anderes.

Den Rest des Nachmittags verbrachte Philip damit, seine Uniform und sich selbst auf Hochglanz zu bringen, während die anderen spöttelten und lachten.

Mayo Adams allerdings verlor kein einziges Wort. Er ging mit schweigender Nichtachtung über die Sache hinweg.

5

»Sir?«

Der junge Franzose sprang von seinem Klappsessel auf und lief um den Tisch herum, der mit Porzellan, Kristall und Silber gedeckt war.

Er packte Philip an beiden Schultern.

»Mein Gott, Phillipe, du bist es tatsächlich!« rief er auf französisch. »Was heißt hier Sir? Ich bin immer noch Gil für dich. Und du bist... Ach, nein, du hast ja einen anderen Namen angenommen, habe ich mir sagen lassen.«

»Ja, Philip Kent.«

»Wie ich mich freue, dich wiederzusehen, Philip!« Er umarmte Philip und küßte ihn auf beide Wangen. Dann nahm er Philips Arm. »Komm, steh nicht herum wie jemand, der auf Besuch ist. Wir wollen essen und ausführlich miteinander reden. Es macht dir doch nichts aus, wenn wir französisch sprechen? Mein Englisch ist miserabel.«

»Und mein Französisch ist fast vergessen.« Philip lächelte entschuldigend. Obwohl er ein paar Jahre älter war als der neunzehnjährige Freund, hatte er sich ihm immer irgendwie unterlegen gefühlt. Selbst mit dreizehn Jahren war Gil der erwachsenere gewesen. Derjenige, der Philip beigebracht hatte, wie man mit einem Gewehr umgeht. »Aber wir können es gern versuchen«, fügte Philip hinzu.

»Komm, setz dich doch«, sagte Gil und schob dem Freund einen Stuhl zurecht. »Erzähl! Ich will alles wissen. Wo du lebst und wie, alles.«

»Das werde ich gern tun, Gil«, sagte Philip. »Aber es ist nicht nötig, daß du mich bewirtest. Du bist Mitglied des Stabs, und ich bin nur ein einfacher...«

»Du bist mein Freund und hast mir das Leben gerettet, Philip«, sagte Gil mit ernstem Gesicht. »Ich weiß sehr gut, daß ich nicht hier in diesem Land der Freiheit wäre, wenn du mir damals nicht zu Hilfe gekommen wärst. Also kein weiteres Wort über Rang und Würden.« Gil grinste. »Das ist ein Befehl.«

Philip lachte. »Zu Befehl – Generalmajor. Das Schwert, das du mir geschenkt hast, habe ich übrigens noch. Es hängt in unserem Haus in Massachusetts über dem Kamin.«

»Unser Haus?« fragte Gil. »Dann bist du verheiratet?«

»Ja, mit einem Mädchen, das ich in Boston kennengelernt habe.«

»Kinder?«

»Einen Sohn. Er wird im September zwei.«

»Ich gratuliere.« Gil zog ein goldenes Medaillon aus dem Waffenrock, öffnete es und zeigte Philip stolz eine Miniatur.

»Das ist meine Frau«, sagte er.

Das Mädchen war sehr schön und kaum älter als sechzehn.

Gil de Lafayette schloß das Medaillon wieder und wandte sich an die Ordonnanz, die neben dem Eingang des Zelts stand.

»Bringen Sie bitte das Essen«, sagte er auf englisch. »Und den Wein. Und dann lassen Sie uns allein.«

Die Ordonnanz machte auf dem Absatz kehrt und verschwand.

»Und wie kommst du eigentlich hierher, Gil?« fragte Philip.

»Ganz einfach«, sagte Gil und lachte. »Deinem neuen Land zu dienen, ist in vielen Teilen Europas Ehrensache geworden. Die fabelhafte Unabhängigkeitserklärung im letzten Sommer – du kannst dir nicht vorstellen, wie sehr sie viele Franzosen begeistert hat.«

»Und inoffizielle Unterstützung eures Königs hat sie auch gebracht.«

»Du meinst die angebliche Handelsgesellschaft? Ja, davon habe ich auch gehört. Offiziell bezieht Frankreich natürlich keine Stellung.« Er zuckte mit den Schultern. »Im Moment ist es auch ausreichend, daß Freiwillige den Atlantik überqueren und deinem Land ihr Schwert zur Verfügung stellen. In meinem Fall allerdings war König Louis nicht begeistert. Er hält den Namen Lafayette offensichtlich für zu einflußreich.« Er verzog das Gesicht.

»Soll das heißen, daß man dir nahegelegt hat, zu Hause zu bleiben?«

»Nahegelegt?« Gil lachte trocken. »Eine glatte Untertreibung. Ich war gerade in Metz stationiert, als ich von der Unabhängigkeitserklärung hörte. Nie zuvor war ich so beeindruckt – so bewegt. Ich habe auf der Stelle beschlossen, herzukommen und eurer Sache zu helfen.«

Philip lächelte. »Wenn ich mich recht erinnere, hast du nie viel von den Engländern gehalten.«

»Schon wieder eine Untertreibung. Unglücklicherweise war meine Familie der Meinung, daß ich meine Karriere nicht durch dieses Abenteuer aufs Spiel setzen sollte. Außerdem sollte der Name Lafayette nicht mit einer – wie es in offiziellen Kreisen immer noch heißt – unrechtmäßigen Nation in Verbindung gebracht werden. König Louis hat mir die Reise persönlich untersagt. Hätte mich die Note des Königs rechtzeitig erreicht, dann hätte man mich in die Bastille gesperrt, bis meine Begeisterung für Amerika abgekühlt war. Aber ich bin heimlich nach Spanien geritten, dort auf ein Schiff gegangen und Anfang Juli in Charlestown angekommen.«

»In South Carolina?«

»Genau. Anschließend habe ich dreizehnhundert Kilometer in Kutschen und zu Pferd zurückgelegt, und als ich beim Kongreß in Philadelphia ankam, wurde ich recht rüpelhaft empfangen. Ein gewisser Lovell sagte mir, französische Offiziere zeichneten sich vor allem dadurch aus, daß sie nach Amerika kämen, ohne dazu aufgefordert zu sein. Ich wurde behandelt wie der letzte Landstreicher.«

»Wir haben aber auch einige schlechte Erfahrungen gemacht.«

»Das kann schon sein, aber trotzdem war es eine Beleidigung. Da ich aus den ehrlichsten Motiven und mit eigenen Mitteln in dieses Land gekommen war, habe ich den Kongreß gebeten, mich als Freiwilligen und auf meine Kosten dienen zu lassen – ohne Rang und ohne Kommandostellung. Ich hoffe allerdings, daß mir irgendwann die Ehre zuteil wird, eine Truppe zu befehligen. Schließlich bin ich dafür ausgebildet. Und was diese Armee braucht, sind Leute, die die Soldaten anleiten. Ich war heute früh sprachlos. Wirklich sprachlos. Nicht einmal richtige Uniformen haben sie. Lediglich diese – verzeih – diese seltsamen Kittel, wie du auch einen trägst. Ich habe einen Moment beim Exerzieren zugesehen. Eine Katastrophe! Die Leute müssen ausgebildet und gedrillt werden.«

»Schon«, sagte Philip. »Aber Washington hat weder das Geld noch das Talent, eine Armee zusammenzustellen, wie du sie kennst und sie dir vorschwebt.«

»Warum gibt man dann nicht den europäischen Offizieren die Gelegenheit, diese Aufgabe zu übernehmen? Wenn diesbezüglich nichts getan wird, ist euer Anliegen – ich meine unser Anliegen zum Scheitern verurteilt.«

»Ich zweifle nicht, daß der General an der Hilfe fähiger Offiziere interessiert ist, Gil.«

»Ein fabelhafter Mann, dieser Washington. Ich habe ihm gesagt, daß ich mir nichts mehr wünsche, als in seiner Nähe zu dienen, bis er den Zeitpunkt für gekommen hält, mir eine Division anzuvertrauen. Ich habe mich nicht um den Generalmajor gerissen – wirklich nicht, aber es ist ein Schritt in die richtige Richtung.«

In diesem Augenblick kam die Ordonnanz zurück, gefolgt von zwei Franzosen. Der eine war der Koch, der andere fungierte offensichtlich als eine Art Diener.

Gil lächelte. »Ich möchte nicht, daß auch nur ein Mann hier denkt, ich lebe auf Kosten der Amerikaner. Alles, was du siehst, ist von meinem Geld gekauft – der Wein, der Rehrükken, diese Uniform, das Zelt und sogar meine Pferde und Wagen. Ich bin der Meinung, daß ich vielleicht mehr Interesse an der amerikanischen Sache habe, als manches ungehobelte Kongreßmitglied.«

»Daran zweifle ich nicht. Auch mehr Geld.«

»Getroffen«, stöhnte Gil gespielt gequält. »Genau getroffen.«

Zwischen den beiden jungen Männern gab es keine Schranken mehr. Philips Unsicherheit war verschwunden. Er genoß das Abendessen, den Wein und die Unterhaltung in vollen Zügen. Das Gespräch kam nicht eine Sekunde ins Stocken.

Philip erzählte, wie es ihm ergangen war, seit er Frankreich verlassen hatte. Nur die sehr unangenehmen Details ließ er aus. Der Tod Roger Amberlys und das Zwischenspiel mit Alicia blieben unerwähnt.

Gil gab Anekdoten aus seinem Soldatenleben zum besten. Aber auch spitze Bemerkungen über den amerikanischen Gesandten in Paris, der europäischen Offizieren wilde Versprechungen machte, ohne vom Kongreß bevollmächtigt zu sein.

»Auf meinen Freund und Kameraden Philip!« sagte Gil und hob sein Glas, als der Tisch abgeräumt war. »Mögen er und sein Land für immer in Freiheit leben!«

Sie waren bei Kaffee und Cognac angelangt, und ihre Zungen wurden immer gelöster.

»Gil«, sagte Philip, »ich will nicht pessimistisch klingen, aber der Ausgang dieses Krieges hängt von Männern wie Johnny Burgoyne und General Howe ebenso wie von uns ab.«

»Genau! Aber das ist in keinem Krieg anders gewesen. Mach dir keine Sorgen, der Feind wird die falschen Schritte tun, und wir die richtigen.«

Philip seufzte. »Ich wollte, ich könnte deine Zuversicht teilen.«

Gil wurde ernst. »Scheinzuversicht. Im Stab des Generals herrschen Spannung und Ungeduld, weil niemand weiß, was Howe vorhat.«

»Er kann nicht ewig auf See bleiben.«

»Schon allein deshalb nicht«, sagte Gil und hob erneut das Glas, »weil zwei tapfere Haudegen darauf brennen, ihn in die Schranken zu weisen.«

Die beiden Freunde unterhielten sich bis spät in die Nacht hinein. Ziemlich angeheitert taumelte Philip schließlich zu seinem Zelt. Er war müde und freute sich auf seinen Schlafsack – aber zu früh. Die anderen waren noch wach und platzten fast vor Neugier. Philip mußte bis ins letzte Detail Bericht erstatten.

Der einzige, der in seinem Schlafsack lag und wütend vor sich hinbrummte, weil er nicht schlafen konnte, war Mayo Adams. Die Tatsache, daß Philip einen Freund hatte, der zum persönlichen Stab General Washingtons gehörte, schien seinen Haß noch zu vertiefen.

6

Am 23. August, einem Samstag, schlugen die Trommler einen anderen Rhythmus. Es war das Signal, das Camp abzubrechen.

Schon nach kurzer Zeit stand kein Zelt mehr. Die Artillerie und die schweren, breiträdrigen Planwagen rumpelten über das Feld. Es war aus mit der gähnenden Langeweile und der Untätigkeit. Admiral Howes Flotte war vor der Chesapeake Bay gesichtet worden. Wenn die feindlichen Truppen dort an Land gingen, trennten sie nur noch hundertfünfzig Kilometer von der wesentlich schwächeren amerikanischen Streitmacht. Und dazwischen lag Philadelphia, wo der Kongreß noch tagte.

Jedes seiner Mitglieder war ein Kandidat für den Galgen, wenn die Briten seiner habhaft wurden.

Die Amerikaner marschierten Richtung Süden. Philip war deprimiert, weil er von Anne immer noch nichts gehört hatte.

7

Am Sonntagmorgen regnete es. Gegen Mittag jedoch riß die Bewölkung auf, und ein großer Teil der vierzigtausend Einwohner von Philadelphia sah die amerikanischen Kompanien durch die Stadt marschieren. Gil bekam Philip nicht zu Gesicht. Der Freund ritt mit General Washington, Henry Knox und den anderen Mitgliedern des Stabes an der Spitze der Marschkolonne.

Captain Webbs Truppe entsprach dem schlechten Bild, das Gil von der amerikanischen Armee gezeichnet hatte, genauso jämmerlich und schlecht gekleidet wie die Einheiten, die aus den anderen Staaten kamen. Elftausend Mann insgesamt.

Auf Geheiß des Oberbefehlshabers hatte sich jeder Mann einen grünen Zweig an den Hut gesteckt – als Zeichen der Vitalität und Energie.

Webbs Einheit bestand aus fünfzig Mann. Sie marschierten an zweiter Stelle der vier Kompanien, die zusammen ein Bataillon bildeten. Aus zwei Bataillonen bestand ein Regiment. Vom ersten bis zum letzten Mann war Unordnung das Hauptmerkmal. Kaum einer marschierte im Schritt. Wenn die Pfeifer ein Lied anstimmten, sang jeder seinen eigenen Text.

Die Bürger Philadelphias lehnten aus den Fenstern und schwenkten Taschentücher. Sie säumten die Straßen und winkten den Soldaten zu.

Neben Philip marschierte Lucas Cowper. Obwohl er absolut unmusikalisch war, sang er aus vollem Hals. Philip sah zu den Dächern hinauf und zum aufklarenden Himmel. Anne hätte bestimmt geschrieben, wenn etwas passiert wäre...

Der Singsang und die aufmunternden Zurufe der Menschen konnten seine Laune nicht verbessern. Im Süden lauerte der Feind. Es war seine Aufgabe, Befehle auszuführen und diesen Feind zu bekämpfen. Philip war froh, daß sein Freund Gil ihn nicht sehen konnte.

Direkt hinter Philip und Cowper kamen Mayo Adams und Royal Rothman, der genauso aufgeregt und nervös wirkte wie der ehemalige Schulmeister Pettibone eine Reihe vor Philip.

Nur Cowper war offensichtlich mit sich und der Welt zufrieden. Und natürlich Breen, der neben Pettibone marschierte und betrunken war.

Breen hatte sich irgendwie eine Extraration Rum beschafft und sie stolz vor dem Aufbruch in seine Feldflasche abgefüllt. Und jetzt nuckelte er dann und wann daran. Er war nicht der einzige, der seinen Durst mit Alkohol löschte.

»Kent?«

Philip drehte sich um. Mayo Adams grinste. Seine Augen glitzerten wie polierte Steine in der Augustsonne.

»Alles in Ordnung, Kent?«

»Ich denke schon.«

»Bestens. Ich wollte dich bloß daran erinnern, daß ich direkt hinter dir bin.«

4. Kapitel
Rückzug bei Brandywine

1

»Heiliger Florian! Philip, sieh mal, da im Graben!«

Mit Hunderten von Männern floh Philip durch die Herbstdämmerung auf den Chester Creek zu. Er wischte sich den Schweiß von den Augen und sah in die Richtung, in die Lucas Cowper deutete. Von Philips Zeltgenossen war Lucas der einzige, den er gesehen hatte, seit der Rückzug vor einer Stunde in vollem Umfang begonnen hatte.

Jetzt sah er einen zweiten. Pettibone lag im Straßengraben mit einem Loch in der Brust.

Bis hierher hatte es der Schulmeister geschafft, dann war er zusammengebrochen und gestorben. Durch den Staub und den Rauch drangen die letzten Strahlen der untergehenden Sonne. Eine Fliege setzte sich auf Pettibones Unterlippe.

»Jemand muß seine Frau benachrichtigen«, sagte Cowper. Er zitterte.

Philip packte den Kameraden am Arm. »Später. Komm weiter. Wir können ihm nicht mehr helfen.«

Um sie herum rannten und humpelten Männer durch den milden Abend. Fluchend und jammernd schleppten sie sich dahin, ihre Wunden und die Bitterkeit der Niederlage verlangsamten ihre Schritte. Cowper ließ sich weiterzerren.

Fast den ganzen Tag hatten die Amerikaner am Chad's Ford das Ostufer des Brandywine Creek verteidigt und dem Feuer der hessischen Söldner unter Knyphausen standgehalten. Und dann, am späten Nachmittag, waren auf den Hügeln in ihrem Rücken plötzlich Scharen von Hummerfräcken aufgetaucht.

Drei Divisionen hatten sich unter dem Kommando von Cornwallis ins Tal heruntergestürzt und angegriffen.

Die Brigaden General Sullivans hatten vergeblich versucht, den Feind aufzuhalten. Und die Hessen waren nach Osten vorgestoßen, um den Brandywine Creek zu überqueren. Von der Stunde an war der Ausgang der Schlacht klar gewesen. Die Amerikaner waren auf einen Angriff vom Wester her gefaßt gewesen, aber nicht auf den Doppelangriff von vorn und hinten. Der Rückzug war chaotischer als der bei Breed's Hill. Ein Rückzug, der sich als noch katastrophaler erweisen konnte als der von Long Island und New York.

Philip wußte, daß die Schlacht verloren war. Cowper wußte es auch. Und die anderen Männer auf der Straße wußten es ebenfalls. Angst und Demütigung zeigten sich auf jedem Gesicht.

In der Dämmerung glaubte Philip zu seiner Linken Soldaten durch den Wald huschen zu sehen, etwa hundert Meter von der Straße entfernt. Amerikaner auf dem Rückzug, nahm er an.

Er war so erschöpft, daß er sich zu jedem Schritt zwingen mußte. Seine rechte Schulter schmerzte vom Rückstoß der *Brown Bess.* Seit dem Morgengrauen hatte er nichts mehr gegessen, gegen drei Uhr den letzten Tropfen Wasser getrunken.

»Und wo sollen wir eigentlich hin?« schrie er über die Hufschläge hinter sich hinweg.

»Über den Chester Creek«, rief Cowper zurück.

»Und dann?«

»Keine Ahnung.«

»Straße frei, Straße frei!« kam es von hinten.

Philip riß Cowper zur Seite. Pferdeleiber tauchten auf. In vollem Galopp zogen sie zwei Haubitzen über die Straße.

Alles hatte Platz gemacht. Jeder einzelne Mann wußte, daß die Artillerie unter keinen Umständen in die Hände des Feindes fallen durfte. Menschen konnten ersetzt werden.

Wenig später packte Philip einen Soldaten am Ärmel.

»Zu welcher Einheit gehörst du?« fragte er.

»Zu der aus Maryland.«

»Ist denn die ganze Front aufgerissen?« rief Cowper.

»Ja. Wenn es so weitergeht, treibt uns dieser Howe bis Philadelphia zurück.« Damit rannte der Soldat weiter.

Mehr Artillerie polterte vorbei. Diesmal waren es Feldkanonen, ebenfalls von Pferden gezogen. Ein Soldat hörte die Warnrufe zu spät, stolperte und geriet unter die Pferdehufe. Mit schneeweißem Gesicht drehte sich Cowper immer wieder um.

»Verdammt, Lucas!« rief Philip. »Du kannst nicht jedem helfen wollen, sonst bleibst du selbst noch auf der Strecke.«

Trotz der fast oberflächlich klingenden Bemerkung war Philip genauso entsetzt wie der junge Farmer. Er hatte den Eindruck, daß die Kommandeure, daß Washington, seine Stabsoffiziere und selbst Gil, nur noch in Begriffen von Einheiten dachten, das Einzelschicksal gar nicht mehr sahen. Wenn sie einen Blick auf die toten Pettibones im Straßengraben werfen würden, hätten sie wahrscheinlich nicht den Mut, zur nächsten Schlacht zu blasen.

Bittere Empörung stieg in Philip auf, eine Wut, die das Ergebnis des allgemeinen Chaos und seiner Erschöpfung war. Hier wurden Menschenleben vergeudet – für nichts.

Warum hatte niemand gemerkt, daß sich die Engländer im weiten Bogen hinter die amerikanische Front geschlichen hatten? Schlief Washington? War er doch der Pfuscher, für den ihn viele gehalten hatten?

In der plötzlichen Gefühlsaufwallung kam der Angriff für Philip völlig überraschend. Von links aus dem Wald wurde geschossen. Männer schrien auf und sprangen in den Straßengraben. Philip und Cowper duckten sich und luden ihre Gewehre. Die Männer, die Philip durch den Wald hatte schleichen sehen, waren keine Amerikaner, es waren deutsche Söldner.

Lucas Cowper rannte auf den Graben zu, als ihm plötzlich

die Beine unter dem Leib wegrutschten. Philip begriff sofort. Der junge Farmer aus Massachusetts war getroffen.

Cowper ließ sich vornüber in den Graben fallen. Er schrie vor Schmerzen. Aus seinem linken Oberarm schoß das Blut.

Die deutschen Söldner hockten zwischen den Bäumen und schossen zielsicher. Philip sprang in den Graben, lud, legte an und feuerte ganz automatisch. Ein blonder Junge sackte in sich zusammen.

Cowper stöhnte. Philip betrachtete sich die Wunde. Der Knochen war zersplittert. Die Hessen kamen näher an den Graben heran, in den sich ungefähr zwölf Mann gerettet hatten und jetzt verzweifelt versuchten, den Angriff abzuwehren.

Auf der Straße hinter ihm liefen noch immer Soldaten. Philip wußte, was sie dachten: Warum das Leben riskieren, wenn sowieso alles verloren war?

»In den Graben! Den Feind zurückschlagen! Verdammt, was seid ihr für feige Säcke!«

Philip war gerade dabei, neu zu laden. Er drehte den Kopf. Auf der Straße stand ein Offizier mit gezogenem Säbel und trieb die flüchtenden Männer in den Graben.

Der Offizier war knapp dreißig Jahre alt. Seine Uniform war ziemlich ramponiert. Er war im Grunde ein gutaussehender Mann, aber Wut entstellte seine Züge.

Philip gab den nächsten Schuß ab, konnte aber nicht sehen, ob er getroffen hatte. Die Söldner kamen immer näher.

Der Offizier sprang neben Philip in den Graben. Er traf mit dem rechten Stiefel zufällig Cowpers Bein.

»Idiot!« schrie Philip. »Der Mann ist verwundet!«

»Dann kann er auch nicht kämpfen«, bekam er zur Antwort. »Aber du kannst es. Los, greif an!«

In einer anderen Situation hätte Philip den Mann geschlagen, aber dazu war jetzt keine Zeit. Gebückt rannte der Offizier durch den Graben und trieb die anderen zum Kampf an. Schließlich sprang er mit glühenden Augen auf die Straße.

Der Kerl ist wahnsinnig, dachte Philip, der sich am liebsten um den verwundeten Kameraden gekümmert hätte.

»Habt ihr denn alle die Hosen voll?« schrie der Offizier. »Los, angreifen!« Er duckte sich. Gerade rechtzeitig, um einer Kugel auszuweichen. Er stieß einen wilden Schrei aus.

Die Söldner brachen ihren Angriff plötzlich ab. Sie warfen sich in den Staub und luden nach.

Der Offizier stürmte weiter nach vorn. Er rannte furchtlos in den Kugelregen der Hessen hinein und blieb dabei wie durch ein Wunder unverletzt. Er schwang den Säbel und schrie. Damit brachte er schließlich alle aus dem Graben. Auch Philip. Die ersten Söldner flohen zum Wald zurück.

Auf einer Länge von fünfzig bis sechzig Metern stürmten die amerikanischen Soldaten nach vorn, ein Hesse geriet ins Stolpern. Der Offizier durchbohrte ihm die Brust. Der Deutsche brach schreiend zusammen. Die Amerikaner folgten dem Beispiel des tollkühnen Offiziers, sie steigerten sich durch laute Schreie in Kampfesmut.

Von Panik ergriffen, rannten die deutschen Söldner um ihr Leben. Wie die anderen folgte ihnen Philip in das Dunkel des Waldes. Hier war die Sicht so schlecht, daß ein Kampf von Mann zu Mann kaum möglich war. Plötzlich kam jemand auf Philip zugelaufen. Er riß seine *Brown Bess* hoch.

Ein Säbel blitzte auf, Philips Waffe wurde zur Seite geschlagen. Philip wollte gerade zu einem Faustschlag ausholen, als er den vermutlichen Angreifer erkannte. Es war der Offizier.

Das Gesicht des Mannes konnte Philip nicht klar sehen, aber seine Stimme verriet Stolz.

»Etwas Mut«, sagte er, »und sie rennen wie die Hasen. Etwas Mut ist alles, was man braucht.« Er holte tief Luft. »Gut gemacht, Leute«, rief er in den Wald hinein.

Die Männer kamen herangelaufen und klopften einander auf den Rücken. Der Offizier steckte den Säbel in die Scheide. Der Kampf hatte höchstens drei bis vier Minuten gedauert.

Philip dachte an Cowper und lief zum Graben zurück. Der Offizier folgte ihm durch das hohe Gras.

»Verflucht und zugenäht!« sagte er. »Wenn wir drunten am Creek den Kampfgeist gehabt hätten, wäre alles anders ausgegangen.«

»Unsinn!« widersprach Philip spontan. »Es ist nicht der Kampfgeist, der uns fehlt, es sind die Kommandeure. Wenn nicht einmal sie wissen, wo der Feind steckt, wie sollen wir dann eine Schlacht gewinnen. Wenn unser Nachrichtendienst besser gearbeitet hätte, hätten wir nicht verloren.«

Der Offizier blieb stehen, seine Stimme klang eisig. »Ich werde Ihre Meinung dem Oberbefehlshaber weitergeben. Vielleicht sollte ich ihm auch Namen und Einheit des Mannes nennen, der zu dieser Erkenntnis gelangt ist.«

»Philip Kent, Massachusetts Infanterie.«

»Sie haben eine flinke Zunge, Mister Kent.«

»Vielleicht, aber ich stehe zu meiner Meinung. Wenn wir gewußt hätten, daß uns die Briten von hinten angreifen, hätten wir uns nicht zurückgezogen.«

»Das ist mir völlig klar. Glauben Sie, ich bin glücklich über den Ausgang dieses Tages?«

Philip stutzte über den Ton, den der Offizier angeschlagen hatte. »Nein, Sir, sicherlich nicht«, sagte er. »Es tut mir leid, daß ich meinen Mund zu weit aufgerissen habe.«

Der Offizier wirkte wieder zugänglicher. »Es braucht Ihnen nicht leid zu tun«, sagte er. »Sie waren sehr offen, aber sie haben auch recht. Ich habe mich auch im Ton vergriffen. Sie haben eben sehr gut gekämpft und die anderen auch...«

»General Wayne?« kam eine Stimme aus der Dunkelheit.

»Hier!« rief der Offizier zurück.

»Ich habe Ihr Pferd eingefangen, Sir.«

»Ich komme gleich. Mister Kent...« Er schlug Philip auf die Schulter. »Sie sind ein tapferer Soldat.«

Damit ging er, und Philip sah ihm mit offenem Mund nach.

Nie wäre er auf den Gedanken gekommen, daß der Offizier in der abgerissenen Uniform einer der besten Kommandeure General Washingtons war. Anthony Wayne, ein junger Grundbesitzer aus Pennsylvania, war ein furchtloser, unbekümmerter Mann, der für sein aufbrausendes Temperament bekannt war. Philip war froh, daß das Gespräch mit ihm so glimpflich abgegangen war.

Er hörte, wie Wayne Richtung Chester Creek davongaloppierte, erinnerte sich an Cowper und rannte zum Graben.

Die Masse der rückflutenden Armee schien vorüber zu sein. Es waren nur noch wenige Soldaten auf der Straße. Der Abend war still und unheimlich.

Philip sprang in den Graben und tastete sich vorsichtig weiter. Schon nach ein paar Metern hörte er zwei Männer. Der eine stöhnte, das konnte nur Cowper sein. Der andere Mann atmete heftig.

»Wer ist da?« fragte er.

Angst stieg in Philip hoch. »Ich bin's, Kent«, antwortete er. »Was machst du denn hier, Mayo?«

Mayo stand neben dem schmerzgepeinigten Cowper.

»Ich bin zufällig auf Lucas gestoßen«, sagte er, einen bösen Unterton in der Stimme. »Ich will seine Feldflasche und seine Patronentasche. Meine sind in dem ganzen Durcheinander verloren gegangen.«

»Du rührst ihn nicht an!« sagte Philip. »Er ist schwer verwundet.«

»Schwer verwundet? Er stirbt. Und ein Toter braucht keine Feldflasche mehr.«

»Du sollst ihn in Ruhe lassen«, sagte Philip. »Mach, daß du weiterkommst.« Philip hob drohend die leere Flinte. Das Bajonett glitzerte im Licht der Sterne.

Adams lachte. »Du hast ja immer noch dein elegantes Schießeisen. Das nehme ich auch gleich mit.«

»Wo ist denn deines?«

»Ich habe es fallengelassen. Aus Versehen. Konnte es nicht wiederfinden. In diesen Zeiten braucht ein Mann aber eine Flinte. Daß ich dich treffe, das kommt mir gerade recht. Ein oder zwei Leichen – das geht auf das Konto der Hummerfräcke.«

Mayo holte tief Luft, und Philip wußte, daß er angreifen würde. Er schlug mit der Flinte zu, traf aber nicht.

Mayo Adams sprang zur Seite und packte den Lauf der *Brown Bess* mit beiden Händen. Mit einem Ruck hatte er Philip die Flinte entrissen.

Adams schwang das Gewehr wie einen Prügel. Seine kleinen Augen funkelten. Philip duckte sich verzweifelt zur Seite.

Adams fluchte, als der Hieb ins Leere ging. Philip warf sich nach vorn, ergriff das Gewehr und trat den Gegner gleichzeitig gegen das Schienbein. Adams holte mit dem Stiefel aus und revanchierte sich. Philip mußte die Flinte erneut loslassen.

Als Philip versuchte, dem nächsten Schlag mit dem Gewehrkolben auszuweichen, stolperte er und fiel hart auf den Rükken. Er rang nach Luft.

Adams lachte und warf die Flinte ins Gras. »So, Kent«, sagte er, »jetzt ist der Moment gekommen, ein paar Dinge zu klären, was meinst du?«

Philip schrie auf, als sich Adams mit seinem ganzen Gewicht auf Philips Bauch fallen ließ. Große Hände schlossen sich um seinen Hals.

Plötzlich spürte er etwas Hartes an seiner Hüfte. Das Jagdmesser steckte noch in der Lederhülle. Wenn es ihm doch gelänge, es zu ergreifen...

Er mußte den rechten Arm freibekommen. Adams' Finger bohrten sich ihm in den Hals, und er fürchtete, die Besinnung zu verlieren.

Oben auf der Straße kamen Männer vorbei, aber er konnte nicht schreien. Und Adams' Keuchen ging in dem Getrampel von Stiefeln unter.

Mit letzter Kraftanstrengung zog Philip den rechten Arm unter Adams' Körper weg.

»Deine arme Frau wird sich fragen, was aus ihrem Mann geworden ist, Kent. Sie denkt natürlich, daß dich so ein verdammter Hummerfrack umgebracht hat. Vielleicht gehe ich eines Tages zu ihr und erzähle ihr, wie es wirklich gewesen ist. Sie soll wissen, daß du dich vor dem Falschen aufgespielt hast – findest du nicht auch?« Adams ließ plötzlich Philips Hals los. »Na, sag doch was, du feiner Pinkel.«

Adams rutschte von Philips Bauch herunter. Philip konnte nur noch heisere, keuchende Laute ausstoßen. Er versuchte, die Hüfte zu heben, war aber zu schwach.

Adams packte ihn an den Haaren und zerrte ihm den Kopf hoch. »Du sollst etwas sagen, du Dreckskerl.«

Ihn hochzuziehen, das war Adams' Fehler. Philip riß das Messer aus der Lederhülle und stach zu.

Adams stieß einen erstickten Schrei aus. Seine Hand wurde schlaff, er ließ Philips Haare los und brach tot zusammen.

Mit zusammengebissenen Zähnen stieg Philip über Adams' Leiche hinweg und kniete sich neben Cowper auf den Boden.

»Lucas?« sagte er. »Lucas, hörst du mich?«

Cowper nickte schwach.

»Reiß dich zusammen, ich hebe dich jetzt auf.«

Er schob dem schwerverwundeten Mann eine Hand in den Nacken. Der junge Farmer stöhnte vor Schmerzen. Sein Kopf fiel zur Seite. Philip wußte, daß er den Mann auf die Beine stellen mußte. Wenn Cowper noch lange so liegenblieb, verblutete er.

»Ich bring dich in ein Lazarett, Lucas«, sagte er. »Irgendwo ist bestimmt eines. Wahrscheinlich am Chester Creek. Mach dir keine Sorgen. Ich schaffe dich hin, dort behandeln sie dich.«

Unter Aufwendung seiner ganzen Kraft gelang es Philip endlich, den Farmer in die Höhe zu bringen und sich dessen rechten Arm um seine Schultern zu legen.

Den linken Arm um Cowpers Hüften geschlungen, bückte sich Philip und hob seine *Brown Bess* auf. Schritt für Schritt schleppte er sich mit dem schweren Mann vorwärts.

2

An der Brücke über den Chester Creek stand ein Planwagen mit gebrochener Achse. Als die beiden Kutscher den Schaden behoben hatten, halfen sie Philip, den inzwischen bewußtlosen Cowper auf die zusammengerollten Zelte zu legen.

»Steig du auch auf«, sagte einer zu Philip. »Du bist ja fast so fertig wie dein Kamerad.«

»Vielen Dank«, sagte Philip und kletterte auf den Wagen.

Er legte sich flach auf den Bauch, vergrub das Gesicht in einem Arm. Mit dem anderen hielt er Cowper am Gürtel fest. Der Wagen holperte und schaukelte über die Landstraße. Bei jedem Schlagloch stöhnte Cowper auf, kam aber nicht zur Besinnung.

Der Wagen brauchte mehr als eine Stunde, bis er das notdürftig errichtete Nachtlager hinter Chester erreicht hatte.

3

»Stützen Sie ihm den Kopf, damit er den Rum trinken kann. So ist es gut. Kamerad, bist du wach?«

Ausgestreckt auf blutigen Planken, die auf Holzböcken ruhten, lag Cowper. Er erschauerte und öffnete die Augen. Philip stand am Kopfende des provisorischen Operationstisches. Eine Ordonnanz war dabei, Cowper den Kittel aufzuschneiden und auszuziehen.

Der Arzt war Mitte Dreißig. Seine Schürze war blutverschmiert wie die eines Schlächters. Er hielt Cowper eine Flasche an den Mund. Cowper verschluckte sich, aber es lief ihm dennoch eine ordentliche Portion Rum den Hals hinunter.

Philip nahm Geräusche in sich auf, Geräusche, die er nicht hören wollte.

Das Fluchen der überarbeiteten Ärzte, die grauenhaften Laute von nebenan, wo zwei Chirurgen mit einer Säge ein Loch in die rasierte Schädeldecke eines Verwundeten schnitten. Und das Stöhnen und Schreien...

Es stank nach Urin, Exkrementen, Schweiß und faulendem Fleisch. In dem Durchgang links von Philip lagen ein abgetrenntes Bein und ein Stück Darm in einer Zinkwanne.

Obwohl auch der Arzt, der Cowper behandelte, total erschöpft war, redete er ruhig und freundlich auf seinen Patienten ein. »Kannst du verstehen, was ich sage, Kamerad?«

»Ja, ich verstehe Sie«, antwortete Cowper mit schwacher Stimme.

»Hast du noch Gefühl in deinem Arm?«

»Er schmerzt. Und ich kann ihn nicht bewegen.«

»Die Kugel hat zuviel Muskelgewebe und Knochen zerstört. Ich muß dir den Arm an der Schulter abnehmen.«

Der Arzt streckte eine Hand aus. Eine Ordonnanz gab ihm eine Patronenhülse. Der Arzt hielt sie Cowper vor die Augen.

»Die stecke ich dir jetzt zwischen die Zähne«, erklärte er. »Beiße ganz fest zu, dann tut es nicht so weh.«

Plötzlich versuchte Cowper sich aufzurichten. »Was haben Sie über meinen Arm gesagt, Doc?« fragte er.

»Daß ich ihn nicht retten kann, Kamerad. Ich muß ihn abnehmen.«

»Bitte nicht. Großer Gott, tun Sie das nicht. Ich bin Linkshänder. Ich brauche beide Arme für den Pflug. Ich bin doch Farmer. Mit einem Arm...«

Cowper begann zu schreien. Philip wandte sich ab. Er schloß die Augen und drückte die Schultern des Mannes hinunter, der vom blutigen Tisch springen wollte.

»Halten Sie ihn fest!« schrie der Arzt Philip an.

Die Ordonnanz setzte Cowper die Flasche Rum gewaltsam an die Lippen. Der Farmer schluckte verzweifelt. Sein Widerstand ließ langsam nach, sein Körper wurde schlaff.

Immer mehr Verwundete wurden in das Lazarettzelt getragen und reihenweise neben dem Eingang abgestellt. An sechs provisorischen Operationstischen wurde gearbeitet. Das entsetzliche Geräusch der Sägen trieb Philip die Galle in die Kehle.

Cowper fielen die Augen zu. Der Alkohol tat seine Wirkung. Der Arzt steckte ihm die Patronenhülse zwischen die Zähne.

»Und jetzt zubeißen«, sagte er.

Cowper reagierte nicht. Mit beiden Händen drückte der Arzt dem halb bewußtlosen Mann die Kiefer zu.

»Beiß zu, Kamerad!« Der Arzt wischte sich den Schweiß von der Stirn. »Die Säge!« befahl er.

Eine Ordonnanz gab sie ihm. Das Blut der letzten Amputation klebte noch an ihr. Der Arzt ging zur linken Seite des Tisches. Er betrachtete die Wunde, überlegte einen Moment und setzte das Instrument an.

Mit schnellen Bewegungen machte er sich daran, den Arm abzutrennen, um dem armen Cowper wenigstens das Leben zu retten.

Blut floß. Cowper wurde leichenblaß und wollte schreien, aber eine Ordonnanz legte ihm die flache Hand auf den Mund. Die Säge drang immer tiefer.

Philip stemmte sich mit letzter Kraft gegen die Schultern des Farmers. Schließlich verstummte das grauenvolle Geräusch. Der abgetrennte Arm fiel zu Boden.

Der Arzt wischte sich wieder über die Stirn, sah um sich und wurde plötzlich krebsrot. »Verflucht, wo ist denn der Teer?« rief er.

»Wir haben einen neuen Kessel aufheizen müssen, Sir«, sagte eine der Ordonnanzen. »Hier...«

Zwei Sanitäter trugen einen Topf herein, der vor dem Zelt auf einem Feuer gestanden war.

»Vorsicht mit den Augen«, sagte der Arzt, tauchte einen breiten Holzspachtel in die schwarze Masse und bestrich damit den Stumpf.

Cowper kam kurz zu sich, schrie gellend auf und verlor erneut die Besinnung.

»Vielen Dank für Ihre Hilfe, Soldat«, sagte der Arzt zu Philip. Er wandte sich an die Ordonnanzen. »Tragt ihn weg und bringt den nächsten.«

4

Vor dem Zelt stand ein Wassertrog. Philip wusch sich das Gesicht und trocknete es mit einem Fetzen ab, der auf dem Boden lag. Er versuchte, die Ohren vor dem ständigen Schreien und Stöhnen in dem Lazarettzelt zu verschließen. Aber es war unmöglich – genauso unmöglich, wie diesen verfluchten Krieg zu gewinnen.

Sein Blick fiel auf einen jungen Mann mit feuerroten Haaren auf der anderen Seite des Troges. Die elegante Uniform des Marquis de Lafayette war voller Flecken und an einigen Stellen zerrissen.

»Philip!« rief er. »Ich habe schon vorhin geglaubt, dich zu erkennen. Gott sei Dank hast du diesen Tag überlebt.«

Gil kam um den Trog herumgehumpelt. Erst jetzt sah Philip, daß er einen Verband trug. Der junge Franzose war am Oberschenkel getroffen worden.

»Bist du verwundet?« fragte Gil. »Man sieht nichts.«

Philip schüttelte den Kopf. »Nein«, sagte er. »Ich habe einen Kameraden hergebracht. Sie mußten ihm einen Arm abnehmen.«

Ein verzweifelter Ausdruck trat in Gils Gesicht. Er versuchte ihn hinter einem Lächeln zu verstecken. »Wie du siehst, haben mich die Briten auch mit einem Schuß beehrt. Aber es ist nur eine Fleischwunde. Ich warte, bis die Ärzte die dringenden Fälle behandelt haben.«

»Wo hat es dich denn erwischt?«

»Das weiß ich nicht einmal ganz genau. Ich war von General Sullivans Leuten umringt, als mich plötzlich eine Kugel aus dem Sattel gerissen hat.«

Im Zelt schrie jemand wie ein Tier.

Gil schüttelte den Kopf. »Noch nie habe ich ein derartiges Chaos erlebt«, sagte er. »Und so viel Feigheit. Der Feind war heute siegreich, und gegen einen geordneten Rückzug ist nichts zu sagen, aber sie sind ja geflohen wie die Feldhasen. Diese Männer unter Kontrolle zu halten, ist ein Ding der Unmöglichkeit.«

Philip seufzte. »Deswegen verlieren wir ja eine Schlacht nach der anderen.«

»Das wird noch unser Untergang sein. Von Disziplin keine Spur. Befehle werden einfach nicht befolgt. So können wir die Engländer nicht besiegen. Das geht nur mit einer richtigen Armee.«

»Ich weiß, Gil«, sagte Philip müde. »Und die haben wir nicht.«

Gil nickte schweigend.

5

Die Stellung am Brandywine Creek war am 11. September aufgegeben worden. Zwei weitere Wochen starteten die feindlichen Truppen im Gebiet um Philadelphia einen Scheinangriff nach dem anderen. Dann zogen sich die geschlagenen Amerikaner endgültig zurück und errichteten an der Pennybaker's Mill ein behelfsmäßiges Lager. Die Zelte wurden am Rand eines Bachs aufgeschlagen, der in den Schuylkill fließt. Die ersten Anzeichen des Herbstes lagen in der Luft, als Philip und seine Kameraden das Zelt aufbauten. Sie waren mittlerweile nur noch zu dritt. Adams und Pettibone waren tot, Cowper war zur Genesung hinter der Front.

Philip hatte Lucas Cowper einmal besucht, aber der Farmer hatte sich geweigert, Philip zu begrüßen, geschweige denn mit ihm zu sprechen. Der Stumpf war mit einem grauen Verband umwickelt. Cowper hatte an die Decke des Zelts gestarrt und sich nicht gerührt. Nachdem Philip ihm eine Reihe von Fragen gestellt, aber keine Antwort bekommen hatte, war er niedergeschlagen gegangen.

»Es ist offiziell«, sagte Breen am Nachmittag des 27. September, als er von der Marketenderei zurückkam.

»Was ist offiziell?« fragte Royal Rothman.

»Daß der ganze Kongreß nach Lancaster getürmt ist. Vor einer Woche. Und gestern hat der alte Cornwallis seine Grenadiere nach Philadelphia marschieren lassen.«

»Die Stadt ist also gefallen?«

»Scheint so. Die verdammten Tories reiben sich bestimmt die Hände.«

»Und was ist mit uns, zum Teufel?«

»Mit uns? Wir holen uns täglich unsere Ration Rum ab und tun, was man uns befiehlt. Der Winter ist bald da. Ich glaube kaum, daß noch viel gekämpft wird.«

Philip, der bis jetzt geschwiegen hatte, schüttelte den Kopf. »Ich begreife das alles nicht«, sagte er. »Warum versuchen wir nicht, Philadelphia zurückzuerobern?«

Breen zuckte mit den Schultern. »Das mußt du General George fragen«, sagte er lakonisch. »Ich würde mich allerdings hüten, selbst wenn ich die Gelegenheit dazu hätte. Es heißt, daß er zur Zeit ausgesprochen mieser Stimmung ist. Vielleicht weiß es dein französischer Freund. Ich nicht.«

Breen kratzte sich am Bauch, rülpste und machte ein paar

unsichere Schritte auf das Zelt zu. »Und wenn du schon am Fragen bist«, rief er über die Schulter hinweg, »dann kannst du dich ja auch gleich erkundigen, warum wir keinen Sold kriegen.«

»Seit drei Monaten haben wir keinen Penny gesehen«, protestierte Rothman.

»Was im Grund egal ist«, meinte Breen. »Die Scheine hat man nur für den Zahlmeister gedruckt. Man kann sie sowieso nicht ausgeben. Bloß in der Marketenderei wird man sie los. Ich habe gehört, daß sich die Hälfte der Kolonien...«

»Der Staaten«, verbesserte ihn Rothman, aber Breen überhörte es.

»...über das Geld lustig machen. Es sei absolut nichts wert, sagen sie.« Er machte plötzlich einen völlig nüchternen Eindruck. »Der gute Pettibone fehlt mir irgendwie. Meinst du, daß sie uns jetzt irgend so einen Neuen ins Zelt setzen?«

»Ist schon möglich«, sagte Philip.

»Und Cowper – was macht der arme Teufel bloß? Er hat mir einmal erzählt, daß sein Vater nicht mehr arbeiten kann. Er ist zu alt. Mit einem Arm die Felder zu bestellen, das geht doch nicht.«

»Ich weiß auch nicht, was er machen soll. Ich will auch nicht darüber nachdenken.«

»Du warst doch dabei, als sie seinen Arm...«

»Ja, ich war dabei, aber jetzt hör endlich damit auf.«

»Tut mir leid, Kent.«

»Mir auch.«

Breen kaute auf seiner Unterlippe herum. »Du bist in Ordnung, Philip. Ich entschuldige mich nämlich nicht bei jedem. Und wenn mir einer nicht fehlt, dann ist es Mayo Adams. Aber interessieren würde es mich schon, was aus ihm geworden ist.«

»Vielleicht ist er gefallen«, meinte Philip.

Breen zog den Kittel in die Höhe und kratzte sich erneut den Bauch. In seinem Hosenbund steckte ein Umschlag.

»Was ist denn das, Breen?« fragte Philip.

Breen sah an sich hinunter. »Mein Nabel«, sagte er einfältig.

»Das weiß ich auch«, rief Philip gereizt. »Ich meine das da.«

»Ach du meine Güte, habe ich völlig vergessen. Der ist für dich.«

Philip riß Breen den Brief fast aus der Hand. »Für mich?« fragte er.

»Ja. Die Post ist endlich durchgekommen. Ich habe den Brief abgeholt, bevor ich mir meine Ration Rum habe geben lassen. Ich hatte es völlig vergessen. Vielleicht möbelt dich der Brief wieder etwas auf, Philip. Verdammt, Royal, wann machst du endlich Feuer? Mir knurrt der Magen.«

Annes Handschrift! Philip hätte vor Freude fast gejubelt. Er öffnete den Brief. Er war Ende Juli geschrieben. Philip überflog die Zeilen.

Seiner Frau ging es gut. Abraham wuchs, erfreute sich bester Gesundheit und plapperte den ganzen Tag.

Kapitän Calebs neue Schiffe waren fast fertiggestellt.

Die zweite Hälfte des Briefes ließ Philip allerdings fast das Blut in den Adern stocken:

Du hast genug Sorgen, mein Geliebter, und ich möchte Dir nicht noch mehr aufladen, aber ich habe außer Dir niemand, mit dem ich über das Problem sprechen kann.

Ich habe von Kapitän Calebs Partner, diesem Rackham – Du erinnerst Dich sicher an ihn – zwei kurze Briefe bekommen. Er hat mich in beiden aufgefordert, zur Werft zu kommen, um mich selbst vom Fortgang der Arbeiten zu überzeugen. Auf Grund seines doch sehr seltsamen Benehmens im letzten Winter hielt ich diese Aufforderungen für recht impertinent. Ich habe natürlich nicht geantwortet, was ihn aber nicht abgehalten hat, mir weiterhin sein unverschämtes Interesse zu zeigen. Dieser Rackham hat doch die Dreistigkeit besessen, hier auf unserer Schwelle in Cambridge zu erscheinen.

Ich habe dem Mann unmißverständlich zu verstehen gegeben,

daß ich keinen Wert auf seine Gesellschaft lege. Zu meinem größten Bedauern schien Rackham meine Reaktion nicht ernstzunehmen. Ich habe den unangenehmen Verdacht, daß der Mann ein rücksichtsloser Draufgänger ist. Leider sind aber auch viele Frauen, deren Männer an der Front stehen, von unglaublicher Schamlosigkeit. Sie klagen jedem Mann, der ihnen über den Weg läuft, ihre Einsamkeit. Rackhams Lächeln und seine Anspielungen waren so impertinent, daß ich beschlossen habe, unsere Nachbarin Mrs. Brumple mit ins Haus zu nehmen. Mrs. Brumple sehnt sich nach Gesellschaft, und ich bin überzeugt davon, daß Rackham seine Avancen sein läßt, wenn sie bei mir wohnt.

Anfangs wollte ich Dir gar nichts davon sagen, mein geliebter Philip, aber jetzt konnte ich doch nicht an mich halten. Du bist so weit weg von mir, und ein großer Teil der Stärke, derer ich mich immer so gerühmt habe, scheint plötzlich nicht mehr vorhanden zu sein. Für mich ist das der Beweis, daß wir – Mann und Frau – zu einer Einheit zusammenwachsen. Vielleicht habe ich Dir alles nur erzählt, um Dir und mir zu versichern, daß alles in Ordnung ist und keine weiteren Schwierigkeiten entstehen können, wenn Mrs. Brumple bei mir wohnt. Des weiteren verspreche ich Dir, daß ich bei erster Gelegenheit mit Kapitän Caleb sprechen und mich über das ungehörige Verhalten seines Partners beschweren werde. Leider ist der Kapitän im Moment auf See und wird erst in zwei Wochen wieder zurück sein. Sobald die »Eclipse« jedoch wieder im Hafen von Boston liegt, werde ich Kontakt mit ihm aufnehmen.

Gott schütze Dich, mein Geliebter. Mögen dein Sohn und Deine Dich liebende Frau bald mit Deiner Rückkehr beschenkt werden. Bis zu diesem glücklichen Tage bleibe gesund und schreibe uns bitte.

Alles Liebe
Deine Anne.

Der kühle Septemberwind strich über die Seiten. Philip sah

zum grauen Himmel empor. Ein Schwarm Wildgänse zog im Süden über den Horizont. Aber Philip sah nur das Gesicht von Kapitän Malachi Rackham.

In der Nacht spielte Philip ernsthaft mit dem Gedanken, zu desertieren. Diesen sinnlosen Krieg zu ignorieren und nach Hause zu eilen, war im Moment sein sehnlichster Wunsch.

Aber schon wenig später verwarf Philip den Gedanken wieder. Ganz gleich, wie andere dachten und handelten, für ihn gab es keine Flucht in die Sicherheit. Seine persönlichen Ängste zählten nicht, wenn es um die Sache der Nation ging. Außerdem hatte Anne ja längst Schritte unternommen, um sich diesen Rackham vom Hals zu halten.

Auch aus anderen Gründen schämte sich Philip, an Desertion gedacht zu haben. Wenn er tat, was schon viele gemacht hatten, wenn er die Flinte wegwarf und nach Hause lief, gehörte er zu jenen, die Thomas Paine als Sommersoldaten und Gutwetterpatrioten bezeichnete. Wenn die Massenfahnenflucht anhielt, war bald nichts mehr übrig, was man auch nur entfernt eine Armee nennen konnte.

Philip war inzwischen felsenfest davon überzeugt, daß Amerika ein Recht hatte, für seine Sache zu kämpfen. Zu desertieren hätte beides verraten – die Sache und seine Überzeugung.

Und Anne.

Wenn plötzlich ein Deserteur auf der Schwelle ihres Hauses in Cambridge stehen würde, dann wäre es nicht der Mann, den Anne geheiratet hatte. Philip würde auf den nächsten Brief warten, der sicherlich bessere Nachrichten enthielt. Kapitän Caleb würde den Partner in die Schranken weisen.

Es gelang Philip fast, sich das einzureden.

5. KAPITEL
Marsch in feindliche Lager

1

Judson Fletcher ritt über das Land, als wäre der Teufel hinter ihm her.

Schaum bedeckte die Flanken seines Pferdes. Neunzig Kilometer lagen hinter ihm, und er hatte nur einige Male kurz angehalten. Fast die ganze Nacht saß er schon im Sattel, und der dünne Mantel bot ihm kaum Schutz gegen den beißenden Oktoberwind.

Der erste Morgenschein vergoldete die Getreidegarben auf den Feldern. Ein gähnender Farmer lud dicke Kürbisse auf einen Wagen. Er sah dem Reiter kopfschüttelnd nach.

Donald hatte am Tag zuvor bei einem seiner üblichen Besuche in Shaws Hütte eine Bemerkung fallen lassen. Sie war der Auslöser für den Ritt nach Süden gewesen.

Wie immer hatte Donald versucht, den Bruder aus seiner Teilnahmslosigkeit zu reißen. Er hatte von den letzten Kriegsereignissen gesprochen, vor allem vom Verlust Philadelphias im September.

»Sogar in Virginia hat dieses Ereignis scharfe Kritik an General Washington ausgelöst«, hatte Donald gesagt. »Aber die Kapitulation der Expeditionsstreitkräfte von ›Gentleman Johnny‹ Burgoyne bei Saratoga vor zwei Wochen tröstet wenigstens ein bißchen über die Schlappe hinweg.«

Burgoyne, der auf Verstärkung gewartet hatte, war in York State praktisch sitzengelassen worden, während Howe nur die Einnahme von Philadelphia, der größten amerikanischen Stadt, im Auge gehabt und sich dort gemütlich eingerichtet hatte, um die Gunst seiner Mätresse zu genießen. Durch die dreifache Überzahl der Truppen unter General Gates wie gelähmt, hatte Burgoyne aufgegeben. Das war der einzige Lichtblick seit langem gewesen.

»Es sei denn, man bezieht das Ende der Wortgefechte über den Wortlaut der *Articles of Confederation* mit ein«, hatte Donald gesagt. »Es heißt, daß der Entwurf fast fertig ist.«

Mehr als ein Jahr lang hatte der Kongreß an der Abfassung eines Dokuments gearbeitet, das die dreizehn Kolonien zu einem losen Bündnis zusammenschließen, die einzelnen Autoritäten festlegen und die finanziellen Verpflichtungen im Krieg gerechter verteilen sollte...

»Aber bis der Entwurf zur Verabschiedung kommt«, hatte Donald gemeint, »kann es noch Jahre dauern. Jeder Staat soll seine Souveränität behalten, und der Kongreß hat nur in gewissen begrenzten Gebieten Jurisdiktion. Er kann zum Beispiel einen Krieg erklären, ihn aber erst führen, wenn alle Staaten einverstanden sind. Eine Klausel besagt, daß der Kongreß Geld leihen darf, aber nicht ein Wort ist darüber verloren worden, wie die Zentralregierung das Geld zur Rückzahlung beschaffen soll.«

»Tatsächlich?« Judson war total desinteressiert.

Donald hatte traurig gelächelt. »Dir ist wohl alles egal, was?«

»Ziemlich«, hatte Judson geantwortet.

»Auch, daß dein Freund George vierzehn Tage lang in Williamsburg gewesen ist?«

»Was macht er dort?« Judsons Augen hatten kurz aufgeleuchtet.

»Das weiß ich nicht. Irgend etwas Wichtiges scheint sich zusammenzubrauen. Er hat an Geheimsitzungen teilgenommen, die von Gouverneur Henry einberufen worden sind. Mister Jefferson, Mister Wythe und noch ein paar andere Abgeordnete haben ebenfalls teilgenommen.«

»Hast du George persönlich gesehen?«

»Ja, in der ›Raleigh Tavern‹, bevor ich nach Hause geritten bin.«

»Wie sieht er aus?«

»Kerngesund, aber besorgt. Die Situation im Westen wird aber auch immer schlimmer. Die Indianerstämme lehnen sich gegen die Siedler auf. Ich vermute, daß George in den Osten gekommen ist, um zusätzliche Milizeinheiten zusammenzustellen.«

Donald schwieg, betrachtete seinen Bruder. »Er hat nach dir gefragt«, fügte er dann hinzu.

»Und was hast du ihm gesagt?«

»Genau das, was ich Vater sage. Sowenig wie möglich. Ich nehme an, daß Thomas Jefferson und andere offener sprechen ...«

Judson hatte den Blick abgewandt.

»George läßt dich grüßen. Er bedauerte, dich nicht besuchen zu können. Ich hatte den Eindruck, daß er sofort nach Abschluß der Sitzungen nach Kentucky zurück will.«

In diesem Augenblick hatte Judson das Gefühl gehabt, als hätte sich ihm eine Tür geöffnet. Vielleicht die letzte.

Es war eine verzweifelte, vielleicht sinnlose Hoffnung. Die Abgeschiedenheit in der Hütte war ihm unerträglich geworden. Zu häufig hatte er sich dabei ertappt, an Selbstmord zu denken.

Williamsburg glitzerte unter dem Rauhreif einer kalten Morgendämmerung, als Judson in die Stadt ritt. Er kam an den Backsteinhäusern der Kaufleute und wohlhabenden Bürger vorbei, galoppierte über den Markt, wo ein Schwarm Gänse schnatternd vor den Hufen seines Pferdes davonstob, sprang wenig später auf dem Hof der ›Raleigh Tavern‹ aus dem Sattel und übergab das total erschöpfte Pferd einem Stallknecht.

In der dunkelgetäfelten Diele fegte ein verschlafener Junge den Boden. Judson hatte tiefe Ringe der Erschöpfung unter den Augen. Er hatte sich zwar für die Reise rasiert, aber sein

Kinn zeigte schon wieder unregelmäßige Stoppeln. Der Junge sah mit einem Blick, daß Judson nicht zu den Leuten gehörte, die üblicherweise in der ›Raleigh Tavern‹ abstiegen.

»Ihr habt einen Gast hier...«

»Wir haben acht oder neun«, sagte der junge Kerl und stützte sich auf seinen Besen. »Die meisten schlafen noch. Und der Wirt hat es nicht gern, wenn man so früh so laut redet.«

Judson unterdrückte seine Verärgerung und dämpfte die Stimme. »Der Gast, den ich meine, heißt Clark«, sagte er. »Er ist doch noch nicht abgereist, oder?«

Der Junge ließ sich Zeit mit der Antwort. »Meinen Sie vielleicht Major Clark, den Kommandeur der Bürgerwehr von Kentucky?«

»Ja, verdammt! Ist er noch da?«

»Der Wirt macht einen Heidenkrach, wenn Sie weiter so schreien.«

»Dann stell dich nicht so an und beantworte meine Fragen.«

Der Junge trat einen Schritt zurück und deutete mit dem Besen auf die Tür zum Schankraum. »Major Clark ist vor ungefähr einer Viertelstunde heruntergekommen«, sagte er. »Der springt jeden Morgen in aller Herrgottsfrühe aus den Federn. Nehme an, das ist da draußen im Westen so üblich. Er sitzt am Tisch neben dem Kamin, nehme ich an.«

»Vielen Dank.«

Er hatte es geschafft! Rechtzeitig!

Im Türrahmen blieb Judson stehen. Neben der Tür hing ein Silberteller an der Wand. Judson betrachtete sein verzerrtes Spiegelbild und versuchte, sein wirres Haar zu glätten. Das Band, mit dem er es im Nacken zusammengehalten hatte, war während des nächtlichen Ritts verlorengegangen. Großer Gott, bot er einen Anblick...

Aber es war zu spät. Im Schankraum wurde ein Stuhl zurückgeschoben. Tritte von Stiefeln auf dem Holzfußboden, jemand kam auf die Tür zu. Judson drehte sich um. Seine Hände zitterten. Vor ihm stand, wie aus dem Boden gewachsen, George Clark, die roten Haare im Nacken zusammengebunden.

»Judson!«

»Guten Tag, George.«

»Mein Gott, ich habe gedacht ich träume, als ich deine Stimme hörte. Wie kommst du nach Williamsburg?«

Judsons Mund war wie ausgedörrt. Sein Freund sah blendend aus. Er hatte klare Augen, war braungebrannt – wirkte angesichts Judsons jämmerlichen Aufzugs und seiner ungesunden Hautfarbe unangenehm berührt.

»George, ich freue mich, dich wiederzusehen...«

Er streckte George Clark eine unsichere Hand entgegen. Der Händedruck des Freundes war fest. Jetzt, nachdem Judson den langen Weg zurückgelegt hatte, verließ ihn der Mut. Er brachte es nicht fertig, George zu sagen, warum er nach Williamsburg gekommen war.

Er befürchtete, George würde ihm geradewegs ins Gesicht lachen.

2

Der Junge stützte sich auf seinen Besen und starrte die beiden Männer an. Ihm entging nicht, daß zwischen den beiden Männern eine eigenartige Spannung herrschte. Der mit dem gutgeschnittenen Gesicht sah aus, als wäre er geradewegs aus einem Erdloch gekrochen, während der andere Selbstbewußtsein ausstrahlte. Offensichtlich hatte es beiden die Sprache verschlagen.

»Donald hat mir gesagt, daß du hier bist«, brach es plötzlich aus Judson heraus. »Ich bin fast die ganze Nacht geritten.«

»Das nenne ich einen Freundschaftsbeweis«, sagte George Clark. »Ich fürchte, ich habe sie in letzter Zeit sehr vernachlässigt.«

»Ich weiß, daß du Verpflichtungen hat, George...«

»Und zuwenig Leute. Und auch zuwenig Pulver. Und jeder Indianerstamm trägt die Blutwurz auf... Aber komm, gehen wir essen.«

Als ihm der Freund einen Arm um die Schultern legte, fühlte sich Judson ein bißchen sicherer.

»Ich habe das eben nicht ganz verstanden«, sagte er, als sie in den Schankraum gingen. »Was ist denn... eine Blutwurz?«

»Damit bemalen sich die Indianer das Gesicht, bevor sie auf den Kriegspfad gehen.«

George drückte Judson auf einen Stuhl, winkte einem gähnenden Serviermädchen und nahm wieder vor seinem opulenten Frühstück Platz. Ein halber Laib Maisbrot, fast ein ganzer Napf Butter und etliche der acht oder neun Pfannkuchen mit klarem, farblosem Sirup waren bereits verputzt.

»Sämtliche Indianerstämme ziehen gegen Kentucky in den Krieg«, sagte er. »Die Mingos, die Shawnees, die Piankashaws, die Delawares, die Wyandots – das Jahr mit den drei Sieben ist verhängnisvoll für mein Land. Das Jahr der blutigen Sieben sagen die Leute aus Kentucky.«

Der Schatten des Serviermädchens fiel auf Georges braune Hand, die den Kaffeebecher umspannte. Er sah hoch.

»Mein Freund hat Hunger.«

»Was darf ich Ihnen bringen, Sir?« fragte das Mädchen.

»Nur etwas zu trinken.«

Als er Georges erstaunten Blick sah, fügte er schnell hinzu: »Das gleiche, was mein Freund trinkt. Kaffee. Meinen bitte mit Milch.«

Das Mädchen schlurfte gähnend davon.

»Ich habe mich sehr gefreut, Donald zu treffen«, sagte George. »Wenn er ein paar Pfund abnehmen würde, hätte er es bestimmt leichter mit seiner Gicht.«

»Vielleicht, aber seine einzigen Freuden auf Sermon Hill sind Essen und Trinken.«

»Er hilft also deinem Vater auf der Plantage?«

»Ja, wenn er nicht hier mit den Abgeordneten zu tun hat.«

George zögerte. »Und du lebst nicht auf Sermon Hill?« fragte er schließlich.

»Nein.« Judson biß sich auf die Unterlippe. »Vater und ich hatten eine unserer Meinungsverschiedenheiten. Sie hat sich als dauerhafter erwiesen als die vorangegangenen.«

»Wie dauerhaft?«

»Ich werde nie wieder zurückgehen. Darüber hinaus ist es mir auch verboten.«

»Das tut mir leid.«

Judson zuckte mit den Schultern. »Ich war eine Zeitlang in Philadelphia, um Donald im Kongreß zu vertreten...«

George nickte. »Tom Jefferson hat es mir erzählt.«

»Was hat er dir noch erzählt? Daß ich meine Pflichten vernachlässigt habe, wie ich in letzter Zeit alles...«

Judson brach ab, denn das Serviermädchen kam mit dem Kaffee. George Clark war vom Ausbruch des Freundes peinlich berührt. Er starrte in das Kaminfeuer. Judson wischte sich über die Stirn und trank hastig ein paar Schluck Kaffee. Seine Nerven waren zum Zerreißen angespannt. Er war immer mehr überzeugt davon, daß George Clark seinen Vorschlag zurückweisen würde.

»Ich habe schon immer den Verdacht gehabt, daß ich in diese Kreise nicht passe«, sagte er. »Jetzt weiß ich es.«

In Georges Augen war kein Tadel, nur Mitgefühl.

»Donald hat mir erzählt, daß du dich wegen des Sklavenproblems mit deinem Vater zerstritten hast.«

»Es geht um viel mehr. Wie gesagt, ich habe mir und meiner Familie in Philadelphia keine Ehre gemacht. Ich habe einen Tory erschossen, der mich zum Duell gefordert hatte. Dabei war ich von Jefferson und dem Präsidenten des Kongresses gewarnt worden, mich aus der Sache herauszuhalten. Da gab es auch noch einen Skandal wegen einer Frau und ein Dutzend andere Dinge. Und seit ich zurück bin, lebe ich ins Blaue hinein – ohne Sinn und Zweck, ohne Ziel.« Er sah seinen Freund an. Er konnte seine Hoffnungen nicht länger für sich behalten. »Ich habe viel über das nachgedacht, was du in deinen Briefen geschrieben hast, über das weite Land im Westen.«

»Das hat sich geändert, Judson.«

»Du meinst durch den Krieg?«

»Ja. Wir haben nur noch drei Siedlungen in Kentucky, Harrodsburg, Boonesborough und Fort Logan. Das ganze Frühjahr und den Sommer über haben die Menschen wie Gefangene innerhalb der Befestigungen leben müssen. Wenn auf den Feldern gearbeitet wird, dann nur unter Bewachung. Dein eigenes Stück Land zu bebauen oder allein auf die Jagd zu gehen, kommt praktisch dem Selbstmord gleich. Alles hat sich hinter die Mauern der Forts gerettet. In Fort Detroit gibt es einen Gouverneur, der für jeden Skalp eines Amerikaners britisches Silbergeld zahlt.«

»Ich habe von ihm gehört.«

»Haarkäufer nennen sie ihn. Der Mann weiß, wie leicht das Nordwest-Territorium einzunehmen ist, wenn man die Indianer genügend reizt. Außerdem hat er den Wert des Landes erkannt, was man von einigen unserer eleganten Abgeordneten nicht behaupten kann, die hier in Williamsburg herumhocken und Tabak aus ihren Silberdosen schnupfen.«

Judson näherte sich seinem Thema: »Donald meinte, du willst neue Männer für die Miliz werben.«

George Clark antwortete nicht gleich. Er ließ den Blick durch den Raum schweifen, als suche er nach unwillkommenen Lauschern. Aber außer ihnen und dem dösenden Mädchen war niemand da.

Er beugte sich vor. »Donald hat richtig vermutet«, sagte er leise. »Nach langem Gerede und einigen Faustschlägen auf den Tisch habe ich von den Abgeordneten die Genehmigung bekommen, dreihundertfünfzig Mann aus Virginia zur Verteidigung von Kentucky anzuwerben. Sie stellen mir sechstausend Kontinental-Dollar zum Kauf von Munition und Proviant zur Verfügung.«

»Wo willst du die dreihundertfünzig finden?«

»Überall wo ich kann. Hier, in Pittsburgh.«

»Ich wäre gern einer von ihnen.«

Die Stille war quälend. Er lehnt ab, dachte Judson.

George Clark nahm die Gabel hoch und legte sie wieder hin. In der Küche stritten ein Mann und eine Frau darüber, wer den halben Korb Eier zerbrochen hatte. Draußen auf der Straße quietschten Wagenräder. Der Besen des Jungen scharrte in der Halle über den Fußboden.

George runzelte die Stirn.

»Als du gesagt hast, daß du die Nacht durchgeritten bist, habe ich schon vermutet, daß die Freundschaft nicht der einzige Grund für unser Wiedersehen ist.«

»Ich möchte nach Kentucky, George. Ich will von vorn anfangen.«

»Ich glaube, du weißt nicht so recht, was du da verlangst.«

Die freundlichen Worte entsetzten und deprimierten Judson. Eine Sekunde später wallte Zorn in ihm hoch. Er setzte den Kaffeebecher hart auf den Tisch.

»Ich werde wohl einfach von vornherein für untauglich abgestempelt, was?« brauste er auf.

»Wie meinst du das?«

»Du hast Tom Jefferson und Donald gehört und weißt, daß ich ein Versager war. Nun ziehst du den Schluß daraus, daß ich auch künftig einer sein werde.«

»Judson, das ist ein absolut unberechtigter Vorwurf, den du da erhebst.«

»Wirklich?«

»Ja!«

»Verzeih, George, aber ich glaube, du lügst. Vielleicht aus Mitleid, aber gelogen ist es trotzdem.«

Wenn das so war, ließ George es sich nicht anmerken. »Du bist dir einfach nicht klar darüber, daß Kentucky nicht die Chesapeake Bay ist.« Er deutete auf die Butter, das Brot, den Sirup, die Pfannkuchen. »Es gibt dort kaum etwas zu essen. Einen Schluck Wasser aus der Feldflasche und eine Handvoll trockener Mais aus der Provianttasche. Unterwegs mußt du Tage damit auskommen, oder Wochen.«

»Ich kann das. Ich weiß, daß ich es kann.«

George holte tief Luft. »Judson, es ist schwer für mich, es auszusprechen....«

»Also abgelehnt.«

»Mein Gott!« George stöhnte. »Sie haben nicht übertrieben. Du bist zornig auf alles und jeden.«

Judson wurde rot. »Verzeih.«

»Dann hör mir zu. Du bist mein Freund, Judson. Der engste Freund meiner Kinder- und Jugendzeit. Ganz gleich, was passiert, an der Freundschaft wird sich nichts ändern. Aber gerade weil du mein Freund bist, kann ich dir weder schmeicheln noch dir etwas vormachen. Kentucky kennt keinen Frieden. Du hast nicht die Freiheit, über Land zu ziehen, es zu erkunden und dich irgendwo niederzulassen. Die Indianerstämme räubern, plündern und morden. Auch Frauen und Kinder. Es tut mir leid, wenn ich es so unumwunden sagen muß, aber ich brauche Soldaten, keine Gentleman-Abenteurer.«

»Und du glaubst, du kannst dreihundertfünfzig Mann auftreiben, die deinen hohen Ansprüchen genügen?« fragte Judson aufgebracht.

»Wenn ich Glück habe.«

»Und wenn nicht, wirst du dich zwangsläufig mit weniger qualifizierten Männern zufriedengeben müssen.«

»Judson, ich kann es mir kaum noch anhören.«

»Was?«

»Deine Verbitterung. Was ist nur mit dir geschehen?«

»Ich sterbe, George, das ist mit mir geschehen.«

Er sagte es schnell, sanft. Aber George zuckte auf seinem Stuhl zurück, tief getroffen von der Wucht und dem Schmerz der Feststellung.

»Ich meine es ernst, George«, fuhr Judson fort. »Ich sterbe Tag für Tag, Stunde für Stunde, Minute für Minute…«

»Das tun wir alle.«

»Aber nicht so. Ich sterbe am Versagen. Ich sterbe, weil ich an etwas festhalte, was die falschen Überzeugungen zu sein scheinen. Ich sterbe daran, meinen Vater zu hassen und gehaßt zu werden…«

»Und stirbst daran, nicht stark genug zu sein, das alles zu überwinden und daraus zu lernen?« fragte George ruhig. Wenn überhaupt, war seiner Stimme nur ein leiser Hauch von Vorwurf anzumerken.

»Ja, auch das«, erwiderte Judson.

»Aber etwas habe ich vielleicht doch gelernt. Ich glaube, noch eine Chance zu haben. Die Chance, die Scherben meines Lebens aufzusammeln und zu beweisen, daß ich etwas leisten kann, mag es auch klein und unbedeutend sein…«

George wurde sichtlich distanzierter.

»Die Verteidigung der Gebiete westlich von Virginia ist weder klein noch unbedeutend.«

»George, ich hatte nicht die Absicht…«

»Was da draußen im nächsten Jahr passiert, wird darüber entscheiden, wie groß Amerika sein wird, wenn dieser Krieg endlich zu Ende ist. Es wird entscheiden, ob wir in den Osten zurückgetrieben werden, uns an der Küste drängen müssen…«

»Glaub mir doch, ich wollte nicht…«

»Ich weiß.« Ein schwaches Lächeln, ein Nicken. »Die Schuld liegt bei mir. Ich bin in letzter Zeit nicht gerade in bester Stimmung.« Er trank einen Schluck Kaffee. »Aber das ändert nichts an der Situation. Ich brauche Leute, die über gute Nerven verfügen, bei Kräften sind und ein scharfes Auge haben. Ich bin weiß Gott keiner von denen, die jeden Tropfen Alkohol verdammen, aber es ist eine Tatsache: In unseren Wäldern ist jeder verloren, der trinkt.«

Wie sehr hatte sich George Clark verändert. Von dem jungen Mann, der aus reiner Freude durch die Wälder Virginias gezogen war, war nichts mehr zu erkennen. George war Soldat geworden, Kommandeur.

Judson gab seinem Freund die Antwort, von der er glaubte, daß er sie hören wollte. »Dann schwöre ich, nie wieder einen Tropfen zu trinken.«

»Das genügt nicht.«

»Was denn noch? Ich flehe um mein Leben, verdammt, verstehst du mich denn nicht?«

Judson hatte Tränen in den Augen. Aber das merkte er erst, nachdem er geschrien hatte. Das Mädchen fuhr von seinem Hocker hoch, und ein grauhaariger Kopf tauchte in der Küchentür auf. Judson versank in einer Welle der Scham.

Er stieß seinen Stuhl zurück und wollte hinauslaufen. Sein Freund sah ihn erschreckt, aber auch voller Mitleid an. Er packte Judson am Arm und hielt ihn zurück.

»Setz dich wieder«, bat er.

»Wozu denn?« sagte Judson. »Ich bin keiner von denen, wie du sie haben willst. Scharfes Auge, reines Herz...«

»Du sollst dich setzen«, sagte George Clark. »Wenn du ernsthaft über die Angelegenheit sprechen willst, hör zunächst mal mit deinem Selbstmitleid auf.«

»Darüber sprechen?« fragte er. »Mit dir?«

»Mit wem sonst? Es wird nicht einfach sein, die Männer aufzutreiben, die ich brauche. Ich habe also guten Grund, dein Angebot eventuell anzunehmen.«

Judson setzte sich, stützte die Ellenbogen auf den Tisch und streckte George die offenen Handflächen entgegen.

»Ich werde nüchtern sein wie ein Heiliger, George«, sagte er. »Du hast immer wieder geschrieben, ich müsse das Land im Westen mit eigenen Augen sehen. Und falls du befürchtest, daß ich keinen Befehl von dir annehmen würde, weil wir Freunde sind...«

»Das könnte tatsächlich ein Problem werden.«

»Nein, darauf gebe ich dir mein Wort.«

»Ein Wort ist leicht gegeben, Judson. Ich möchte, daß du begreifst, um was du mich bittest. Denk allein daran, welche Mühe es kostet, nach Pittsburgh zu reiten.«

»Ich bin kräftig. Ich bin die ganze Nacht geritten...«

»Und bist kreidebleich und zitternd angekommen. Ich will mich nicht vor dir aufspielen, Judson, aber bist du in der Lage, im Freien zu übernachten, wenn der Schnee kniehoch liegt?«

»Ja.«

»Bist du in der Lage, zu marschieren, bis du kein Gefühl mehr in den Beinen hast und trotzdem weiterzugehen?«

»Ja.«

»Bist du in der Lage, einen Mann zu töten, ohne ein Geräusch zu machen?«

Judson versuchte zu lächeln. »Das erste ist kein Problem. Das zweite werde ich üben.«

George lächelte nicht zurück. »Die Bezahlung ist minimal. Das Geld, das ich zur Verfügung habe, wird für andere Dinge gebraucht.«

»Das ist mir egal. Nichts kann schlimmer sein als die Falle, in der ich mich selbst gefangen habe.«

»Kannst du mit einem Gewehr umgehen?«

»Meinst du diese langen Kentucky Rifles?«

»Ja.«

»Ich habe noch keins in der Hand gehabt, aber ich bin überzeugt davon, daß ich es lernen kann.«

George stand auf. Er warf ein paar Münzen auf den Tisch.

»Dann komm«, sagte er.

»Wohin?«

»Wir reiten vor die Stadt, und du zeigst mir, wie gut du triffst.«

»Mit einem Gewehr?«

»Ja.«

Ein seltsamer Ausdruck lag auf George Clarks Gesicht, den sich Judson nicht erklären konnte.

3

George Clark streifte sich die lederne Jagdtasche von der Schulter, ließ sie ins Gras fallen, legte sein Pulverhorn darauf und das Gewehr daneben. Aus einem Seitenfach der Tasche zog er ein Jagdmesser mit einem Hirschhorngriff. Er ging zu einem der Bäume am Rande der Lichtung und schnitt ein etwa handtellergroßes Stück Rinde aus dem Stamm. Judson bewunderte die ruhige Hand seines Freundes und verfluchte sein ständiges Zittern.

George kniete sich auf den Boden und ritzte in die feuchte Innenseite des Rindenstücks einen kleinen Kreis. Er steckte das Messer in den Stiefel und rieb den Kreis mit Erde ein.

»Das müßte sichtbar genug sein«, sagte er und zeigte Judson die Zielscheibe.

»Ist es«, sagte Judson, der selten zuvor so nervös gewesen war. Aber selten hatte auch so viel für ihn auf dem Spiel gestanden.

George ging mit der Zielscheibe quer über die Lichtung und heftete sie mit seinem Messer an einen Baumstamm. Er kam zurück. Ihre Pferde stampften und schnaubten am Rand der Lichtung.

George winkte Judson zu sich. Die beiden Männer knieten sich nieder. George nahm das langläufige Gewehr in beide Hände.

»Ich zeige dir jetzt, wie man diese Waffe lädt. Es geht langsamer als bei einer Muskete, aber die Zielsicherheit ist um vieles größer.«

Judson nickte. Sein Blick ging immer wieder zu der Zielscheibe. Die treffe ich nie im Leben, dachte er.

Mit großer Geduld erklärte im George das Gewehr. Zuerst füllte er die Pfanne mit Zündkraut. Dann schraubte er das Pulverhorn auf und hielt die Verschlußkappe in die Höhe.

»Diese Kappe gestrichen voll, das ist genau das richtige Maß«, sagte er.

Er ließ das Pulver in den Lauf rieseln, dann öffnete er eine Klappe im Schaft.

»Hier sind die eingefetteten Leinenläppchen drin«, sagte er. »Du legst eines auf die Mündung, darauf kommt die Kugel, und dann wird mit dem Ladestock gestopft.«

George gab Judson das Gewehr, der vor Aufregung fast den Ladestock fallen ließ. Er setzte an und stieß ihn in den Lauf.

»Fester«, sagte George. »Ja, so ist es richtig. Und jetzt legst du an, zielst und schießt. Denk immer daran, daß das keine Muskete ist. Du darfst also nicht einfach die Augen schließen und losballern. Versuch es von da drüben.«

Judson kam sich vor wie auf dem Weg zum Schafott. Das Gewehr schien Zentner zu wiegen. Er legte an. Trotz der kühlen Herbstluft rann ihm der Schweiß über den Rücken. Er hatte einen metallischen Geschmack im Mund.

George stand links von ihm und stützte sich auf den Ladestock. Der Wind rauschte in den Bäumen. Judson kniff ein Auge zusammen und sah an dem blauglänzenden Lauf entlang. Verdammt, warum bekam er seine Hände nicht zur Ruhe?

Die Zielscheibe schien am Baumstamm zu tanzen. Judson korrigierte die Richtung des Laufes.

»Warte, bis sich der Wind gelegt hat«, sagte George. »Ein Treffer ist mehr wert als ein Dutzend hastig geschossene Nieten. Er kann dir das Leben retten, wenn du einen betrunkenen Indianer zum Gegner hast.«

Judson begann den Abzug durchzuziehen.

Etwas mehr Druck. Noch mehr.

Er versuchte, nicht daran zu denken, was dieser Schuß für ihn bedeutete, aber es gelang ihm nicht. Seine Chance, sich aus dem Morast zu ziehen, in den er sich hatte fallen lassen, hing von dieser einzigen Kugel ab.

Ruhig.

Ganz ruhig!

Er schoß.

Der Rückstoß warf ihn fast um. Ein donnerndes Echo rollte über die Lichtung. Vögel schreckten auf und flogen zum Himmel empor. Der Pulverdampf vernebelte ihm die Sicht. Er hatte die Kugel nicht einschlagen hören. Es war ein Fehlschuß, total verfehlt.

Enttäuscht ließ er das Gewehr sinken. George war zum Baum gelaufen und kam mit der Zielscheibe zurück.

»Also, ins Schwarze hast du nicht gerade getroffen«, rief er.

Versagt. Wieder einmal.

Doch dann sah er – ungläubig – das Lächeln auf dem Gesicht des Freundes. George hatte den kleinen Finger durch das Loch gesteckt, das die Kugel geschlagen hatte.

»Aber die Scheibe hast du getroffen«, stellte er fest. »Beim ersten Versuch gelingt das nur wenigen.«

»Ich habe die Kugel gar nicht einschlagen hören.«

»Bei dem Krach ist das auch gar nicht möglich.«

»George, das war nicht gut genug. Laß es mich noch einmal versuchen.«

»Nein.« George schleuderte die Scheibe fort. »Jeder Schuß ist kostbar. Mit etwas Übung wirst du ein einwandfreier Schütze. Außerdem bin ich eigentlich aus einem anderen Grund mit dir hier herausgekommen, einem wichtigeren.«

George Clark ging auf einen Baum zu, das Jagdmesser in der Hand. Wieder hatte er den eigenartigen Ausdruck im Gesicht. »Bevor ich irgend etwas mit dir ausmache«, sagte er, »möchte ich, daß du dir voll im klaren darüber bist, was dich im Westen erwartet.«

»Aber du hast doch schon...«

»Ich meine nicht die Mühen und Entbehrungen. Ich spreche von dem eigentlichen Zweck meiner Rekrutierungen.«

Ein Hase hüpfte in die Lichtung, bekam Wind von den beiden Männern und war mit einem Satz wieder im Wald verschwunden.

»Zur Verteidigung Kentuckys gegen die Indianerstämme, oder?« sagte Judson, der sich langsam überhaupt nicht mehr auskannte.

»Auch das«, erwiderte George. »Aber ich habe noch einen zweiten Auftrag, und der ist streng geheim. Nur der Gouverneur und ein von ihm bestimmtes Sonderkomitee des House of Burgesses wissen davon. Die Männer, die ich für mich gewinnen kann, werden zu gegebener Zeit von diesem Geheimauftrag erfahren. Mit dir mache ich eine Ausnahme. Du sollst jetzt schon davon erfahren, damit du es dir noch einmal überlegen kannst.« George schnitt ein kleines Stück Rinde aus dem Baumstamm. »Ich bin hergekommen, um dem Gouverneur einen Plan vorzulegen, an dem ich seit Monaten arbeite. Da Henry die Entscheidung nicht allein treffen wollte, hat er das Sonderkomitee geschaffen. Vor wenigen Tagen wurde mein Plan genehmigt. In Williamsburg wollte ich nicht darüber sprechen. Wer unter meinem Kommando steht, wird erst davon erfahren, wenn kein Tory in Hörweite ist. Und jeder, der davon hört, wird sich verpflichten müssen, kein Wort darüber verlauten zu lassen. Ist das klar?«

Judson nickte.

George Clark schälte ein zweites Stückchen Rinde aus dem Stamm, links unter dem ersten. Dann noch etwas weiter links ein drittes. Er deutete mit dem Messer auf den obersten Punkt.

»Das ist Detroit, das Hauptquartier des Haarkäufers. Von hier aus wird Handelsware – Beile, Skalpmesser, Rum und so weiter – Richtung Süden zu den beiden von den Briten besetzten Posten im Territorium transportiert.«

Er deutete auf den zweiten Punkt. »Das ist Fort Vincennes am Wabash River und hier« – er deutete auf den dritten Punkt – »noch weiter westlich liegt Fort Kaskaskia. Das sind die drei britischen Stützpunkte im Nordwesten, von denen aus sie das ganze Gebiet einnehmen wollen.«

George steckte das Messer in den Schaft seines rechten Stiefels und ging langsam zur Mitte der Lichtung.

»In befestigten Siedlungen zu hocken und auf den Angriff des Feindes zu warten, ist eine Strategie, die nur mit einer Niederlage enden kann, Judson. Deshalb habe ich Gouverneur Henry vorgeschlagen, daß wir aktiv um die Kontrolle über den Nordwesten kämpfen. Daß wir die Schlagkraft der Briten zerstören, indem wir ein Fort nach dem anderen angreifen.«

»Angreifen?« fragte Judson.

»Einnehmen«, korrigierte George.

»Ist das möglich?«

»Um das herauszufinden, habe ich zwei meiner besten Männer zum Auskundschaften losgeschickt.«

»Etwa direkt in die britisch besetzten Städte?«

»Das war gar nicht so schwierig. Die Städte sind hauptsächlich von Franzosen bewohnt. Die Briten kontrollieren lediglich die Forts. Linn und Moore, so heißen meine Leute, haben sich als neutrale Pelzhändler ausgegeben. Sie haben genaueste Pläne der britischen Befestigungsanlagen mitgebracht. Sowohl von Kaskaskia als auch von Vincennes. Jede Schießscharte für die schwenkbaren Kanonen ist auf ihnen verzeichnet. Die Franzosen sind nicht gerade dicke Freunde der britischen Soldaten. Sie haben nicht vergessen, daß das Lilienbanner früher über dem Gebiet wehte. Sie haben sich deshalb nicht gescheut, frei von der Leber weg zu reden. Sie haben bestätigt, daß die Krieger, die in Kentucky einfallen, von Detroit dirigiert und von den anderen beiden Forts mit Waffen ausgestattet werden. Vincennes und Kaskaskia stellen die Kriegsbeile und locken mit Silbergeld für jeden Skalp. Ich habe vor, dem ein Ende zu machen. Und wenn die beiden Posten erst in unserer Hand sind, dann gehe ich auf meinen besonderen Freund, den Gouverneur Hamilton in Detroit los. Wenn die drei Forts gefallen sind, droht den Gebieten westlich von Pittsburgh keine Gefahr mehr. Dann besteht auch kein Zweifel mehr, wem das Land gehört, wenn es zum unvermeidlichen Feilschen kommt.«

»Du meinst, bei den Friedensverhandlungen?«

»Genau. Irgendwann muß dieser Krieg ja zu Ende sein. Ich will von vornherein sicherstellen, daß die Verhandlungen über den Nordwesten ein für uns günstiges Ergebnis bringen. Jeder Mann, der sich mir anschließt, muß dieses Ziel genau kennen und seinen Sinn begriffen haben. Trotz der besonderen Umstände unserer Situation – man hat mir zum Beispiel gesagt, daß König Georg noch immer nicht offiziell den Krieg erklärt hat...«

»Weil er uns dadurch als Nation anerkennen würde, meint Donald.«

»Ganz gleich, was der Grund dafür ist. Ich kenne den Feind und weiß, wo er steckt«, erwiderte George. »Wenn du dich mir anschließt, geht es auch für dich um mehr als die Verteidigung eines Gebietes. Ich habe vor, direkt in das feindliche Lager zu marschieren und dort unsere Flagge aufzuziehen.«

»Damit ist meine Frage beantwortet«, sagte Judson. »Du bist überzeugt, daß die Forts zu nehmen sind.«

»Hätte ich sonst tagelang mit dem Komitee verhandelt? Ich habe fünfhundert Mann gewollt und dreihundertfünfzig bekommen. Wenn ich die richtigen Männer finde, kann ich meinen Plan auch mit dreihundertfünfzig durchziehen.«

»Ich wäre stolz, einer von ihnen zu sein«, erklärte Judson.

»Ich muß dir leider sagen, daß ich immer noch gewisse Bedenken habe, Judson.«

»Ich schwöre bei Gott, daß ich jeden Befehl durchführen und das Äußerste an Disziplin aufbringen werde.«

»Gut, abgemacht«, sagte er schließlich.

Judson stieß einen Freudenschrei aus.

»Moment.« George hob die Hand. »Wenn du dein Versprechen nicht hältst, verfahre ich mit dir, wie ich mit jedem verfahre, der mich enttäuscht und im Stich läßt. Wenn möglich, schicke ich ihn nach Hause – und wenn nicht, lasse ich ihn einfach in der Landschaft stehen.«

»Verstanden.«

»Hoffentlich.«

Nun kamen Judson doch Zweifel. War er wirklich in der Lage, alle Bedingungen zu erfüllen, die George stellte?

Wie sein Vater diese Fragen beantworten würde, wußte er. Angus Fletcher war überzeugt, daß sein jüngerer Sohn nicht gegen seine Natur ankämpfen konnte. Wieder hörte er das Wort des alten Mannes:

Teufelsblut...

Es war eine passende, wenn auch bösartige Bezeichnung für einen häßlichen Makel seines Charakters. doch Judson bezweifelte längst nicht mehr die Existenz dieses Makels. Er war ein Feind, der in ihm darauf wartete, ihn zu zerstören. Ein Feind, dem er sich stellen, den er vernichten mußte.

Aber war das möglich?

Judson hatte ernsthafte Zweifel. Er hatte jedoch keinerlei Zweifel daran, daß dies seine letzte Chance war. Das gab den Ausschlag. Obwohl er kaum Hoffnung hatte, setzte er alles auf diese letzte Möglichkeit.

»Einverstanden, George«, sagte er. »Ohne jeden Vorbehalt.«

George Clark lächelte. Es war ein herzliches Lächeln. »Dann laß uns zurückreiten«, sagte er. »Erledige du zu Hause, was du zu erledigen hast...«

»Das werde ich, auf der Stelle.«

»Und wenn du fertig bist, treffen wir uns wieder in Williamsburg. Spätestens heute in drei Wochen. Ich warte keinen Tag länger.«

»Ich werde da sein, du kannst dich darauf verlassen. Und dann überqueren wir die Berge?«

»In Etappen«, sagte George. »Ich will zwischen Williamsburg und dem Ohio noch einige Siedlungen besuchen, um Männer anzuwerben. Im April oder Mai möchte ich dann mit allen von Pittsburgh aus aufbrechen. Die Indianerstämme ziehen sich genau wie die Armee in ihre Winterlager zurück.« Er deutete auf sein Gewehr. »Wenn du zu Hause bist, dann kauf dir so eine Waffe. Und einen Kompaß. Schieß dich einstweilen ein.«

»Wenn ich zurück bin, treffe ich das Auge eines Rotkehlchens auf hundert Meter Entfernung«, sagte Judson und grinste.

»Lieber auf zweihundert Meter Entfernung«, sagte George ernst. »Und stell dir dabei vor, daß es das Auge eines Rotrocks über der Brüstung des Forts von Vincennes ist.«

Die ernste Miene des Freundes konnte Judsons Gefühl nicht beeinträchtigen, daß er vielleicht endlich einen Ausweg gefunden hatte. Eines wußte er mit Sicherheit: Er würde George nicht enttäuschen.

Eher würde er sterben.

4

Noch ein paar hundert Meter, dann war Judson Fletcher wieder zu Hause.

Er war ausgelaugt, erschöpft nach dem langen Ritt. Jeder Knochen tat ihm weh, und sein Magen knurrte, aber er war in Hochstimmung. Nachdem er sich gründlich gewaschen und etwas gegessen hatte, würde er sofort ins Bett gehen und erst einmal richtig schlafen. Am Morgen würde er seine Pläne in die Tat umsetzen. Als erstes mußte er mit Donald über ein Darlehen sprechen. Wenn alles glatt ging, konnte er noch vor Ende der Woche auf dem Weg nach Richmond sein.

Judson atmete die frische Oktoberluft tief ein. Auf seinem Gesicht lag ein Lächeln. Er sprang aus dem Sattel und ließ die Zügel fallen. Das Pferd würde schon allein in den Stall finden.

In diesem Moment sah er, daß eine magere, graue Schindmäre am Apfelbaum festgebunden war.

Das Pferd wieherte. Hudsons Hände wurden feucht. In der Hütte brannte Licht. Er hörte die Stimme einer Frau.

Lottie!

Verflucht, damit hatte er nicht gerechnet. Nun mußte er sich ein Gasthaus suchen, wo man ihn auf Kredit übernachten ließ, bis er mit Donald gesprochen hatte.

Er hörte Schritte in der Hütte, aber keine Stimme mehr. Die Tür blieb geschlossen.

Warum war sie zurückgekommen? War das Geschäft in Richmond nicht so gut gelaufen, wie sie gedacht hatte?

Die Tür ging auf.

»Lottie«, begann er und runzelte die Stirn.

Ungepflegt und schlampig sah sie aus. Wie immer. Aber sie war nicht allein. Hinter ihr stand ein Mann.

Der Mann versperrte breitbeinig den Eingang. Er war in den Dreißigern, sah nicht schlecht aus, war aber ziemlich aufgeschwemmt. Er trug schmutzige weiße Kniehosen, ein zerknittertes Hemd und eine Jacke, die einmal recht elegant gewesen sein mußte. Er hatte ein teigiges Gesicht und sich seit Tagen nicht rasiert.

Lottie packte den Mann am Arm und lächelte boshaft.

»Ja, sieh mal, wer da kommt!« rief sie.

»Guten Abend, Lottie«, sagte Judson ruhig. Er war fest entschlossen, jeden Streit zu vermeiden. »Ich war ein paar Tage in Williamsburg.«

»Dann sind wir ja im richtigen Moment heimgekommen. Stimmt's, Mister Carter?«

Mr. Carter wirkte angetrunken. Er murmelte etwas vor sich hin, aber Judson verstand nicht ein Wort.

»Mister Carter und ich, wir leben jetzt hier«, sagte Lottie. »Du solltest besser keinen Ärger machen.«

»Das habe ich nicht vor, Lottie«, sagte Judson, der sofort begriffen hatte, als was Mr. Carter für Lottie fungierte. »Ich wollte nur ein paar Sachen holen. Mein anderes Hemd und mein...«

»Da gibt es nichts mehr zu holen«, schnitt ihm Mr. Carter das Wort ab.

»Wir haben das Zeug verbrannt«, sagte Lottie und grinste.

Judson zuckte mit den Schultern. »Gut, dann werde ich wieder gehen.«

Er bemühte sich, ruhig zu bleiben. Lottie und ihr neuer Beschützer waren es nicht wert, daß er sich aufregte. Er drehte sich um und ging zu seinem Pferd.

»So leicht kommst du hier nicht weg, Mister Judson Fletcher«, rief Lottie. »Du hast wohl vergessen, wie du mich aus meiner eigenen Hütte gejagt hast?«

»Ja, wir haben Sie erwartet«, sagte Mr. Carter in einem Ton, der Judson gar nicht gefiel. »Lottie findet, daß sie sich nicht alles gefallen lassen kann – und recht hat sie.«

Judson zwang sich zu einem Lächeln. »Ich gebe zu, daß ich dich ziemlich schäbig behandelt habe, Lottie. Ich möchte mich in aller Form bei dir entschuldigen. Aber jetzt einen Streit anzufangen – das hat doch keinen Sinn. Die Hütte gehört dir. Ich verlasse Caroline County und schlage vor, daß wir uns wie Erwachsene voneinander verabschieden und...«

»Das denkst du so einfach!« schrie Lotti, schoß an ihrem dubiosen Freund vorbei und wollte die Zügel von Judsons Pferd ergreifen. Aber Judson war schneller. Er hatte sie bereits in der Hand und trat zwei Schritte zurück. Das Pferd legte die Ohren an, Lottie merkte es und lief zur Hütte zurück.

»Ich kann deinen Zorn verstehen, Lottie«, sagte Judson, »aber du mußt mir glauben, daß ich dir keine weiteren Schwierigkeiten machen will.«

»Ich muß dir erstens gar nichts glauben, und zweitens ist es mir egal, was du willst und was nicht. Ich habe dir gesagt, daß du noch bereuen wirst, was du mir angetan hast.«

Judsons Lächeln verschwand. Er wollte zwar jeden Zusammenstoß vermeiden, aber die Angelegenheit war wohl doch nicht friedlich zu lösen. Er mußte den beiden die Zähne zeigen.

»Du hältst jetzt den Mund, Lottie«, sagte er, »und ich besteige mein Pferd und reite fort. Du und dein – dein Geschäftspartner, ihr könnt in der Hütte tun und lassen, was euch gefällt.«

»Ihr Ton paßt mir nicht, Mister.« Mr. Carter kam schwankend auf Judson zu. »Was meinen Sie denn mit Geschäftspartner?«

Großer Gott! Langsam war es mit seiner Geduld vorbei. Den linken Fuß bereits im Steigbügel, schwang sich Judson in den Sattel und sah Mr. Carter direkt an. »Ich hielt es nicht für nötig, das Wort Zuhälter zu benutzen, Mister Carter.«

Carter konnte Judsons Blick nicht ertragen. Er sah zu Boden.

Judson schwang das Pferd herum und ritt auf die Straße zu. Als er die Schritte hörte, drehte er sich noch einmal um. Lottie schob Mr. Carter zur Seite und stürzte in die Hütte.

»Er hat doch gesagt, daß er fortreitet, Lottie«, rief Carter hinter der Frau her. »Ich finde, wir sollten ...«

»Weil du die Hosen voll hast, was?« schrie Lottie von innen. »Wenn du zu feige dazu bist – bitte. Aber ich lasse mir so eine Behandlung nicht gefallen.«

Plötzlich stand sie wieder in der Tür und stieß Carter erneut zur Seite. Und Judson begriff, wie sehr er ihren Haß unterschätzt hatte.

Er wollte das Pferd aus der Schußlinie drängen. Lottie hielt die Pistole mit beiden Händen umklammert. Carter wollte sie ihr entreißen.

»Hör mal, wir haben doch in Richmond schon genug Schwierigkeiten mit der Polizei gehabt. Willst du vielleicht auch noch einen Mord...«

Lottie zog den Abzug durch, die Mündung spuckte Rauch und Feuer.

Judson duckte sich, aber nicht schnell genug. Die Kugel traf ihn in die linke Seite und riß ihn aus dem Sattel. Sein einziger Gedanke war George Clark.

...In spätestens drei Wochen. Ich warte keinen Tag länger.

Judson landete im Staub. Die Kugel hatte ihn direkt unter der linken Achsel getroffen. Er spürte, daß sein Hemd feucht wurde. Hustend versuchte er, auf Händen und Knien zu kriechen.

»Allmächtiger, Lottie!« rief Carter. »Du hast doch gesagt, daß er Freunde und Verwandte hier hat. Sie werden...«

»Wer soll herausbekommen, wer ihn erschossen hat, wenn man seine Leiche am Plum Creek findet, wie wir es besprochen haben?«

Judsons Arme wurden schwach. Er konnte sein Gewicht nicht mehr halten. Ausgerechnet jetzt, wo der Wendepunkt...

In seinem Kopf dröhnte es. Er hörte, wie sein Pferd über die Landstraße fegte.

Er schlug mit dem Gesicht im Staub auf, um ihn herum wurde es dunkel.

6. Kapitel
Der Ausbilder

1

Wieder ein totes Pferd am Straßenrand. Philip wandte den Blick ab.

Der Hagel ging langsam in Regen über. Vor und hinter Philip marschierte eine endlose Kolonne von Männern durch den Dezemberschlamm. Royal Rothman, der sich ein Stück Saum seines Mantels als Schal um die untere Gesichtshälfte gebunden hatte, stieß Philip an.

Philip drehte den Kopf. Selbst diese kleine Anstrengung schmerzte. Jeder Schritt, jeder Atemzug war eine Qual. Das Schlimmste waren seine Füße.

Von Zeit zu Zeit hatte er überhaupt kein Gefühl mehr in ihnen. Dann kam von einer Sekunde zur anderen der Schmerz wieder. Wie tausend Nadeln, die ihm in die Sohlen stachen. Die Lappen, die er sich um den linken Fuß gewickelt hatte, waren blutig.

»Sie haben uns belogen«, krächzte Royal Rothman mit versagender Stimme.

»Schon möglich«, sagte Philip. »Zwanzig Kilometer, haben sie behauptet. Zwanzig Kilometer von Whitemarsh zum Camp.«

»Wahrscheinlich zweihundert«, sagte Breen hinter ihnen. »Scheißlügner. Und unfähig bis dort hinaus. Jeder einzelne.«

»Ich kann nicht mehr«, stöhnte Royal Rothman.

»Leg deinen Arm um meine Schultern«, sagte Philip. »Stütz dich auf mich.«

Etwas Gewicht mehr oder weniger machte auch nichts mehr

aus. Nichts machte mehr etwas aus. Es zählte nur noch der nächste Schritt. Und dann der nächste. Und der nächste.

Nichts zu essen. Nichts zu trinken. Keine Winterkleidung. Und keine Hoffnung mehr, daß jemand wußte, wohin sie eigentlich marschierten.

Die Welt bestand nur noch aus dieser endlosen Straße. Die Spuren im Schlamm waren hart gefroren, die Kanten scharf wie Rasierklingen. Seit einer Woche waren sie nun schon auf dem Marsch, und viele hatten aufgegeben, mußten zurückbleiben, weil sie nicht mehr weiter konnten. Mit blutenden Füßen lagen die Männer am Straßenrand.

Es konnten unmöglich nur zwanzig Kilometer von dem letzten Lager bei Whitemarsh bis zu dem neuen sein, das irgendwo am Schuylkill liegen sollte. Dort, an die dreißig Kilometer von Philadelphia entfernt, sollten sie überwintern, endlich Verpflegung bekommen.

Aber eine Woche, um das Lager zu erreichen? Es war unverständlich. Aber alles war ja in letzter Zeit unverständlich.

Im Oktober war die Armee nahe daran gewesen, bei Germantown die Niederlage vom Brandywine Creek gutzumachen. George Washington hatte einen Angriffsplan gegen die Truppen General Howes ausgeheckt. Aber ein Durcheinander in der Schlachtordnung und plötzlich eintretender Nebel hatten das Blatt gewendet. Von einem Sieg hatte nicht mehr die Rede sein können. Es war sogar das Gerücht umgegangen, daß amerikanische Einheiten im Nebel total die Orientierung verloren und sich gegenseitig beschossen hätten.

Eine Stunde lang war Germantown in den Händen der Amerikaner gewesen. Dann war der Nebel gekommen und mit ihm die Katastrophe. Siebenhundert Mann gefallen und mehr als vierhundert in Gefangenschaft.

Sie schleppten sich weiter. Am Straßenrand lag ein umgestürzter Planwagen. Ein Pferd hing noch an der Deichsel, den Hinterleib unter dem Wagen begraben. Ein Offizier zog die Pistole und jagte dem gequälten Tier eine Kugel in den Kopf. Das Echo des Schusses rollte über die Kolonne hinweg. Royal Rothman begann zu schluchzen.

An der Spitze der Kolonne schien das Gelände anzusteigen. Es hörte sich plötzlich so an, als wateten Männer durch Wasser.

»Wir sind am Valley Creek«, ging es von Mann zu Mann.

»Wir sind da.«

»Heute abend werden die Zelte aufgeschlagen – weitersagen!«

Philip drehte sich um und schrie es Breen zu. Royals Arm rutschte von seiner Schulter. Der junge Mann brach zusammen und fiel mit dem Gesicht in den Schlamm.

Philip und Breen hoben Royal auf und schleppten ihn weiter, trugen ihn durch den Fluß.

Die Strömung riß Philip die Lappen von den Füßen. Aber auf der anderen Seite lockte das Lager, dort, auf dem bewaldeten Hügel.

Es war mehr ein Plateau. Mühsam schleppten sie sich hinauf. Wenigstens gab es Holz zum Feuermachen. Und vielleicht auch Verpflegung. Noch ein paar hundert Meter. Vielleicht waren die Qualen dann endlich vorbei.

Ein schneidender Dezemberwind fegte über das drei Kilometer breite Plateau zwischen dem Schuylkill und dem Fluß aus dem Norden. Die kahlen Bäume boten kaum Schutz gegen den Wind. Und Verpflegung gab es auch nicht.

Als Philip, Breen und Royal Rothman mehrmals versucht hatten, die Zeltpflöcke in den vereisten Boden zu schlagen, gaben sie auf. Sie legten die nassen Planen auf den Boden und krochen darunter.

Die Bäume ächzten im Wind. Philip dachte an Anne und Abraham. Er sah sie in Cambridge vor dem Kaminfeuer sitzen. Wenigstens sie waren in Sicherheit und hatten es warm. Wenigstens sie würden überleben.

Ein Stück verschimmeltes Brot hatte er am Abend gegessen,

sonst nichts. Er rollte sich von einer Seite auf die andere. Der Wind pfiff über das Gelände. Man hörte die Befehle von Offizieren und das Rollen von Wagenrädern in der Ferne. Immer mehr Einheiten der Continental Army kamen heran.

Neben Philip begann Royal Rothman wieder zu weinen. Philip legte dem jungen Mann eine Hand auf die Schulter. Er sollte wenigstens das Gefühl haben, daß er nicht allein war.

Breen lag links von Philip. Plötzlich begann er wie ein Droschkenkutscher zu fluchen.

»Den Lagerplatz hat der General angeblich ausgesucht, weil man von dort notfalls leicht fliehen kann«, schimpfte er. »Das ist doch Irrsinn! Glaubt ihr vielleicht, daß Howe bei diesem Wetter angreift? Der läßt uns in unserem Lager verrecken.«

»Hör auf, Breen«, sagte Philip. »Versuch zu schlafen.«

»Damit ich erfroren aufwache? Ohne mich.« Er stand auf und stapfte davon. »Und wenn ich die ganze Nacht herumlaufe.«

Royal Rothman hatte einen Anfall von Schüttelfrost. Philip hielt ihn mit beiden Armen fest. Es dauerte gut zehn Minuten.

Schließlich wurde sein Körper schlaff. Auch Philip döste ein.

Plötzlich fuhr Royal Rothman wieder hoch. »Wo sind wir?«

»Schlaf weiter«, sagte Philip.

Royal Rothman klammerte sich an Philip und schluchzte. »Ich kann nicht mehr...«

Es fing wieder an zu regnen.

2

Im Januar wurde auf dem Plateau, am Rande des Valley Creek, Holz gefällt. Der Kommandierende General hatte angeordnet, daß jede Einheit genau vorgeschriebene Hütten zu bauen habe.

Philip und die Männer seiner Kompanie verbrachten ihre

Tage damit, die Hütten in den angegebenen Maßen zu errichten: Grundriß 4.20 mal 4.80 Meter, und zwei Meter hoch. Die Hütten hatten Blechdächer und einen Kamin aus Lehm, aber keine Fenster.

Fleisch gab es nicht, höchstens dann und wann eine spärlich bemessene Ration gepökeltes Schweinefleisch.

Sie hatten keine Seife, um ihre wundgelaufenen, infizierten Füße waschen zu können.

Es gab kein Trinkwasser, außer dem, was sie sich aus dem halbzugefrorenen Creek holten.

Und das Schlimmste: Es gab keine Hoffnung.

3

Als es an der Hüttentür klopfte, hob Breen kurz den Kopf, dann schnarchte er weiter. Er hatte beim Marketender drei Pence für Pfirsichschnaps angelegt. Philip hatte sich dafür einen Liter Essig gekauft.

Einer der Lagerärzte hatte ihm geraten, gegen sein Zahnfleischbluten Essig zu trinken. Philip brachte das Zeug kaum hinunter, aber der Arzt hatte recht, es wirkte. Breen verschwendete keinen Penny für Essig, und litt demzufolge schwer unter Skorbut. Diese Krankheit hatte inzwischen einen hohen Prozentsatz der Soldaten befallen, die den Winter auf dem Plateau verbrachten.

Es klopfte ein zweites Mal. Diesmal stärker. Philip hockte vor der Feuerstelle und drehte gerade die »Brotfladen« um, die es zum Abendessen geben würde: ein Brei aus Mehl und Wasser wurde in der fettlosen Pfanne gewendet, bis er trocken war und entfernt an Brot erinnerte. Der Wind heulte im Kamin und blies Philip den Rauch in die Augen.

»Sieh doch mal nach, wer es ist, Royal«, sagte Philip.

Der junge Mann nickte apathisch und schlurfte in seinen

Fußlappen zur Tür. Draußen in Sturm und Schnee stand Captain Webb, dessen Erscheinungsbild nur noch entfernt an einen Offizier erinnerte.

Schneekristalle glitzerten auf seinen Haaren. Er trug einen alten gesteppten Morgenrock als Schutz gegen die Kälte. Über das Heulen des Windes hinweg hörte Philip aus der Ferne Gesang. Soldaten, vermutlich um ein Lagerfeuer versammelt, schmetterten zur Melodie des *Yankee Doodle* den verhöhnenden Text:

»First we'll take a pinch of snuff, and then a drink of water...«

Breen hob wieder den Kopf, sah den Vorgesetzten und ließ einen fahren.

»Vielen Dank für die respektvolle Begrüßung«, sagte Webb.

»Gern geschehen«, sagte Breen. »Bringen Sie uns irgendwelchen Ersatz? Anständige Verpflegung wäre zu viel verlangt.«

»Ich wollte fragen, ob ihr Spielkarten oder Würfel bei euch habt. Der General macht heute abend eine Inspektionsrunde.«

»Er will sich wohl unser Luxusquartier anschauen, was?«

»Hör doch auf, Breen«, sagte Philip. »Das bringt doch nichts.«

»Ihr wißt, daß der General rot sieht, wenn er jemand beim Kartenspielen oder Würfeln erwischt«, sagte Webb, der es schon längst aufgegeben hatte, sich über Mangel an Disziplin oder Höflichkeit aufzuregen. »Heute nachmittag sind ein paar hohe Tiere aus York eingetroffen...«

»In York hält sich doch jetzt der Kongreß auf, oder?« fragte Royal Rothman.

»Ja«, sagte Captain Webb. »Das Komitee soll das Lager inspizieren und Vorschläge zur Verbesserung machen.«

Ein herzhafter Fluch von Breen deutete an, was er davon hielt. Die Sänger draußen wiederholten ihren Refrain mit einer unmißverständlichen Betonung der letzten Zeilen:

»And then we'll say, How do you do?
And that's a Yankee supper!«

»Bessere Bedingungen sind dringend nötig«, sagte Philip. »Bei Gott, Captain, wenn wir nicht bald anständige Verpflegung bekommen, wird es hier einen Aufstand geben, von dem keiner zu träumen wagt.«

»Und Bekleidung«, fügte Royal hinzu und zeigte auf seine umwickelten Füße. Neben dem getrockneten Blut waren Eiterspuren unübersehbar.

»Im Moment kann ich nichts tun«, erklärte Webb. »Ich wollte euch nur Bescheid sagen, daß hoher Besuch unterwegs ist.«

»Wissen Sie, wohin Sie sich diese hohen Tiere stecken können?« Breen ließ erneut einen fahren. »Und würden Sie die Güte haben, die verdammte Tür zu schließen, bevor wir hier drin alle stocksteif frieren...«

Resigniert zog sich Captain Webb in die eisige Dunkelheit zurück. Philip schloß die Tür.

Philip hätte Breen am liebsten die Meinung gesagt, verzichtete aber darauf. Daß die Offiziere respektlos behandelt wurden, war mittlerweile üblich und wurde selten bestraft. Außerdem wußte Philip, daß das nicht das Übel war, sondern lediglich ein Symptom. Die Krankheit, die Henry Knox vorausgesehen hatte, plagte sie alle. Sie waren Amateure in der Kriegführung, und bis auf ein paar längst vergessene Siege hatten sie versagt. Man konnte von Männern, die nicht zu Soldaten ausgebildet waren, kaum diszipliniertes soldatisches Verhalten erwarten.

Wortkarg verzehrten Breen, Royal Rothman und Philip ihr Abendessen. Philip hatte kaum den letzten Bissen hinuntergeschluckt, als es ihm wieder einmal schlecht wurde. Der Gestank in der Hütte war unerträglich. Die ungewaschenen Körper, Royals infizierte Füße und Breen, der sich weigerte, draußen in der Kälte zu pissen – das war einfach zuviel. Philip stürzte hinaus in die Kälte.

Zwischen zwei Hütten sah er plötzlich Laternen durch die

Dunkelheit tanzen. Philip meinte die große, vierschrötige Gestalt General Washingtons zu erkennen. Er war von Offizieren und Zivilisten umringt. Es schien Streit zu geben.

Philip drückte sich an die Wand einer Hütte und lauschte.

»... Schmutz und Gestank spotten jeder Beschreibung, General«, sagte gerade einer der Zivilisten. »Unverzüglich müssen entsprechende Maßnahmen eingeleitet werden.«

Washington riß sich den Dreispitz vom Kopf und schlug ihn gegen seinen Oberschenkel. »Entsprechende Maßnahmen, Sir? Warum ergreifen die Herren im Kongreß nicht die entsprechenden Maßnahmen? Vielleicht sorgen Sie erst einmal dafür, daß die Verpflegung auch wirklich bei uns ankommt und nicht unterwegs verschwindet. Vielleicht sorgen Sie dafür, daß das wenige, was bei uns ankommt, in genießbarem Zustand ist.«

»Ihre Kritik ist berechtigt, General. Der Kongreß ist sich bewußt...«

»Ob sich der Kongreß bewußt ist oder nicht, ist mir völlig egal. Ich will wissen, was zur Verbesserung der Situation unternommen wird.«

»Wir werden einen umfassenden Bericht ablegen.«

»Über die hundsmiserablen Zustände, die hier herrschen?«

»Wir werden sie mit Sicherheit erwähnen, aber...«

Washington stieß einen Fluch aus. »Anstelle von Hilfe für meine tapferen Leute bekomme ich einen Einwand nach dem anderen zu hören. Nun, ich kann Ihnen und all den Herren im Kongreß versichern, daß sich Einwände sehr viel leichter vorbringen lassen, wenn man mit vollem Bauch vor einem Kaminfeuer sitzt. Entschieden leichter als hier in eisiger Kälte und ohne Verpflegung. Einige von meinen Männern müssen sogar noch im Freien schlafen. Sagen Sie ihnen, daß sie als Resultat Ihrer Inspektion einen Bericht anstelle von Decken und Nahrung erhalten werden!« Washington sah wütend in die Runde. »Und wo ist der deutsche Offizier, den man mir versprochen hat?«

»Baron von Steubens Empfehlungsschreiben werden von einem unserer Komitees überprüft«, sagte ein Kongreßmitglied.

»Zum Teufel mit Ihren Komitees!« rief der General. »Was ich über die Fähigkeiten dieses Mannes gehört habe, ist mehr als befriedigend. Sorgen Sie dafür, daß er endlich herkommt, um mir zur Seite zu stehen. Ich brauche dringend jemanden, der meine Soldaten ausbildet. Dann lernen sie wenigstens etwas, während sie verhungern.«

»Wir werden tun, was in unserer Macht steht...«

Den Rest verstand Philip nicht mehr. Der General stapfte wutschnaubend weiter, die anderen folgten ihm mit ihren Laternen.

Also wieder einer dieser Freiwilligen aus Europa, dachte Philip. Er zitterte vor Kälte. Gut, einige waren sicher ein Gewinn für die amerikanische Armee, andere wiederum hätten ruhig zu Hause bleiben können. Aber es war interessant gewesen, zu erfahren, daß General Washington einem Kongreßkomitee gegenüber zugab, für die Ausbildung seiner Soldaten nicht kompetent zu sein. Bei vielen stand Washington als Feldherr noch immer in schlechtem Ruf. Dennoch hatte Philip nur wenige öffentlich erklären hören, sie würden unter ihm nicht länger dienen. Beschwerden wurden meist an seinen Stab gerichtet – oder an den Kongreß. Der General entging bisher lautstarker Kritik.

Das konnte Philip verstehen. Der Mann war ein Aristokrat. Er verfügte über eine verblüffende Offenheit, wenn es darum ging, eigene Fehler zuzugeben und zu korrigieren. Vielleicht war das der Grund, daß ihn viele bewunderten, auch wenn sie seine Fähigkeiten als Feldherr in Frage stellten. Vielleicht war das der Grund, daß es im Winterlager trotz der unzumutbaren Bedingungen noch nicht zu Massendesertationen gekommen war.

Philip kehrte zur Hütte zurück und kroch in seinen Schlafsack. Ein deutscher Offizier, dachte er. Ein Baron. Die Deutschen standen in dem Ruf, ausgezeichnete Soldaten zu sein. Die Söldner aus Hessen, obwohl von allen gehaßt, verteufelt und verflucht, wurden als Gegner respektiert. Und jetzt bekam Washington auch einen Deutschen. Es blieb abzuwarten, ob der Mann etwas bewirkte.

Die letzten Flammen verglommen in der Feuerstelle. Breen schnarchte, Royal Rothman atmete schwer. Der Wind war stärker geworden. Er heulte im Kamin und wirbelte die Asche auf. Der deutsche Offizier war vergessen. Philip dachte an Anne, und die alte Sorge stieg wieder in ihm auf.

Warum kam keine Post von ihr? War zu Hause alles in Ordnung? Bedeutete das lange Schweigen Krankheit oder sogar Schlimmeres?

Der Wind riß die Tür auf. Philip kroch aus seinem Schlafsack und schloß sie wieder. Es hatte zu schneien begonnen.

Anne, dachte Philip, um Christi willen, schreib mir. Ich halte sonst nicht durch. Ich halte es einfach nicht mehr aus.

4

Schon kurz nach der Ankunft des Barons Friedrich Wilhelm Ludolf Gerhard Augustin von Steuben im Februar wehte ein anderer Wind in dem Lager Valley Forge. In seinem Gefolge befanden sich drei Adjutanten und ein schmaler Windhund. Das Tier folgte dem neuernannten Generalinspekteur auf Schritt und Tritt.

Philip sah von Steuben zum ersten Mal zwei Tage nach seiner Ankunft. Er wußte nicht recht, was er von dem Offizier halten sollte.

Der Mann war ein guter Reiter, wirkte im Sattel groß und respekteinflößend, trotz seines mittleren Alters und seiner Säbelbeine. Einige, die von Steuben durchs Lager hatten eilen sehen, lachten schallend und behaupten, er watschele. Sie sagten auch, bis auf *goddamn* spräche er kaum Englisch. Dieses Wort benutze er jedoch gern und häufig. Er und sein Gefolge waren im Dezember in New Hampshire gelandet und hatten den Kongreß informiert, sie stünden General Washington zur Verfügung.

Als Philip in der Dämmerung eines Februarnachmittags Gil beim Marketender traf, wirkte der von dem Neuankömmling nicht beeindruckt.

»Diese rote Uniform mit den blauen Aufschlägen, die er offenbar überaus schätzt? Ich weiß aus sicherer Quelle, daß er sie selbst entworfen hat. Und dieser Orden – pah!«

Gils Lippen verzogen sich verächtlich. Philip betrachtete das Gesicht des Freundes und meinte, dort mehr als nur eine Spur Neid oder Eifersucht entdecken zu können.

»Hast du den schon gesehen?« erkundigte sich Gil.

»Ja. Er ist ziemlich groß...«

»Groß? Er ist riesig! Ein Strahlenkranz so groß wie ein Suppenteller. Unwürdiger Prunk, absolut unwürdig! Den Ordensstern der Treue zu Baden-Durlach nennt er ihn. Nun, mein guter Freund, ich bin nicht sicher, daß er je für Baden-Durlach gekämpft hat, schon gar nicht unter Friedrich dem Großen, den er seinen ›engen Gefährten‹ nennt. Ich bin fest überzeugt, daß sein Besitz in Schwaben eine Erfindung ist, genau wie das ›von‹ in seinem Namen – das hat er vermutlich eigenhändig hinzugefügt, um seine Empfehlungen aufzuwerten... Und gestern, gestern hatte er die Unverfrorenheit, *mon ami* General Washington zu erklären, die Offiziere im Lager hätten zuviele Diener! Daß die Soldaten nicht damit beschäftigt werden dürften, die Stiefel der Offiziere zu putzen, sondern endlich das Soldatenhandwerk lernen müßten! Wer ist er denn? Ein Schwindler, ein Scharlatan, ein Windbeutel – nicht mehr als einer von diesen hessischen Söldnern. Ich habe gehört, daß sein Sold schwindelerregend hoch sein soll – ein erneuter Affront des Kongresses! Und von diesem Mann sollen wir das Soldatenhandwerk lernen? Schon die Vorstellung ist eine Beleidigung aller Freiwilligen!«

»Nun«, erwiderte Philip, »ich habe einige seiner Vorstellungen gehört, und sie erscheinen mir ganz vernünftig.«

»Himmel, meinst du etwa diese Uhrengeschichte?«

»Ja. Ich frage mich, warum bisher noch niemand darauf gekommen ist.«

Gil wedelte verächtlich mit der Hand. »Weil das absolut nebensächlich ist.«

Es war Philip zu Ohren gekommen, daß von Steuben sich darüber erregt hatte, daß praktisch jede Uhr im Lager eine andere Zeit zeigte. Er hatte darauf bestanden, daß die Chronometer auf die Zeit in Washingtons Hauptquartier abgestimmt wurden. Philip hatte den Verdacht, daß Gils abwertende Bemerkung ein Beweis für seine Verärgerung war, nicht selbst auf diese Verbesserungsidee gekommen zu sein.

»Ich sage es noch einmal – du wirst von einem Mann nichts lernen können, der ein erwiesener Hochstapler und Schwindler ist«, sagte Gil abschließend.

Philip verbarg seine Erheiterung über Gils offene Abneigung und beschloß, erst einmal abzuwarten.

Allzu lange brauchte er nicht zu warten.

»Rothman, Kent, Breen«, sagte Captain Webb, als er wenige Tage später in ihrer Hütte auftauchte. »Ihr habt morgen um sechs auf dem Exerzierplatz zu erscheinen. Mit euren Musketen.«

Breen kratzte sich den Kopf. »Sechs Uhr nachmittags?«

»Sechs Uhr früh!«

»Großer Himmel, warum?«

»Der Baron stellt eine Sonderkompanie zusammen. Einhundert Männer aus allen Einheiten. Er will sie an der Waffe und im Marschieren ausbilden. Diese Männer werden nach Beendigung ihres Trainings andere ausbilden. Dieser verdammte Deutsche kehrt in dieser Armee das Unterste zuoberst! Er springt morgens um drei aus den Federn, um einen Drill-Befehl zu verfassen, und wie ich gehört habe, will er auch einen Verhaltenskodex für Offiziere entwerfen.« Es war offensichtlich, was Webb von dieser Vorstellung hielt.

»Nun, ich bin nicht sicher, daß ich um sechs wach werde ...« begann Breen.

»Sie werden um fünf Uhr dreißig wach sein«, unterbrach ihn Webb.

»... um Befehle von irgendeinem deutschen Fettarsch entgegenzunehmen«, beendete Breen seinen Satz.

»Ob es Ihnen paßt oder nicht – ich fürchte, Sie müssen! Der Befehl, eine Kompanie von hundert Männern aufzustellen, kommt von Washington persönlich. Sie werden also den Anordnungen des Oberbefehlshabers folgen oder Spießruten laufen.«

»Verflucht.« Breen schüttelte bekümmert den Kopf. »Ich nehme an, ich werde da sein.«

Royal Rothman wirkte über die Neuigkeiten ausgesprochen erfreut. Er griff unter sein Jarmulke, holte etwas hervor, zerdrückte es zwischen den Fingern und warf es weg. Dann sagte er: »Es könnte sich doch durchaus als sinnvoll erweisen. Was meinst du, Philip?«

»Auf jeden Fall ist es abwechslungsreicher als die Läusejagd oder die Beobachtung deiner kranken Füße.«

»Heilige Mutter Maria«, jammerte Breen, während Webb in den eisigen Februarwind hinaustrat. »Sechs Uhr!«

5

Philip zitterte im Morgenwind und rieb sich die Augen. Er gähnte. Baron von Steuben, wie immer aufrecht im Sattel, kam keine Sekunde zu spät. Captain Benjamin Walker sollte ihm als Dolmetscher dienen.

Der Baron ließ einen Schwall von französischen Befehlen auf Walker los. Der Captain nickte beflissen. Der Redestrom war mit deutschen Brocken durchsetzt, und Philip verstand nur wenig.

Neben Philip ließ Breen ein paar Obszönitäten vom Stapel. Captain Walker überhörte sie geflissentlich, nicht aber Baron von Steuben. Auch wenn er die einzelnen Worte nicht verstanden hatte, so war ihm doch ihre Bedeutung klar. Er bedachte Breen mit einem Blick, der diesen fast im Boden verschwinden ließ.

Walker räusperte sich.

»Männer«, begann er, »der General hat mir aufgetragen, Ihnen zu sagen, daß er die Ausbildung persönlich übernehmen wird. Daß er..., äh...«

Walker zögerte, fuhr sich mit der Zunge über die trockenen Lippen und wand sich förmlich, als von Steuben ihn anblitzte.

»Daß er«, fuhr er fort, »die Zustände in diesem Lager, äh, katastrophal findet. Der General stellt mit Entsetzen fest, daß keine festen Regeln für das Marschieren und den Gebrauch von Waffen bestehen.«

Walker sah General von Steuben fragend an und bekam prompt den nächsten Wortschwall geliefert.

»Der General sagt, daß der Hauptunterschied zwischen amerikanischen und europäischen Soldaten darin zu bestehen scheint, daß in Europa Befehle befolgt werden, während man hier zunächst nach den Gründen für den Befehl zu fragen scheint. Daher ist er bereit, die Gründe für jedes Manöver vorab zu erklären.«

Erstaunte Ausrufe und sogar Applaus folgten der Ankündigung. Ganz gleich, was er bezweckte, dachte Philip, der General schätzt die Männer hier richtig ein und handelt entsprechend. Philip nahm das wohlwollend zur Kenntnis.

»Das erste, was der General überprüfen möchte, ist das Laden und Abfeuern der Flinten. Ich beginne zu zählen – eins...«

Philip und die anderen vollführten die zwanzig Kommandostufen eher zufällig. Bei fünfzehn war von Steuben krebsrot. Er schrie und donnerte in die Morgendämmerung hinein.

»Der General möchte«, übersetzte Walker, »Ihnen seine Meinung nicht verhehlen, daß er noch nie eine so nachlässige und zeitraubende Übung gesehen hat...«

Eine neue Ladung Französisch.

»...in irgendeinem Land der Welt...«

Noch mehr.

»...und in seinem ganzen Leben.«

Der General bellte guttural in die Runde, um das Gesagte zu unterstreichen.

»Der General wird Sie mit einer neuen Methode bekanntmachen. Sie werden in Kürze die schriftliche Anweisung dazu erhalten. Die neue Methode besteht aus lediglich zehn Handgriffen...«

Plötzlich war kein Laut mehr zu hören. Die Männer hingen an Walkers Lippen.

»Dadurch wird Zeit gespart, die besser für Schüsse auf den Feind genutzt werden kann.« Walker bückte sich und hob die Muskete auf, die neben seinen Stiefeln lag. »Ich demonstriere Ihnen jetzt die neue Methode.«

Das saure Gesicht Walkers sprach Bände. Es war unter der Würde eines Offiziers, beim Exerzieren eine Waffe in die Hand zu nehmen.

Von Steuben entging der Gesichtsausdruck des Captains keineswegs. Er fluchte, sprang aus dem Sattel und watschelte auf seinen Dolmetscher zu, riß ihm die Flinte aus der Hand.

Er ließ sich die Patronentasche geben, hängte sie sich über die Schulter und baute sich vor den Soldaten auf.

»Eins!« brüllte er und knickte den Lauf ab.

Augen wurden groß und Unterkiefer fielen herunter. Einfach unglaublich. Ein hoher Offizier stieg vom Pferd und nahm höchtspersönlich eine Flinte in die Hand?

»Zwei!«

Von Steuben nahm eine Kartusche, biß das Ende ab und hielt die Öffnung mit dem Daumen zu.

»Drei!«

Er ließ das Zündpulver in die Pfanne rieseln.

Als die zehn Handgriffe vollführt waren, war die Waffe geladen und schußbereit, und das alles in der Hälfte der bisher üblichen Zeit.

Der General trat vor und suchte einen Mann, der die Übung nachmachte. Unglücklicherweise fiel seine Wahl auf Breen. Er mußte vortreten.

»Eins!« brüllte der General.

Breen erinnerte sich gerade noch an den ersten Griff, aber beim zweiten war es vorbei.

»Zwei, *goddamn,* zwei!« schrie von Steuben.

Breen ließ vor Schreck die Flinte fallen. Der General beförderte Breen mit einem Schubs auf seinen Platz zurück und zog einen anderen vor. Der Mann aus Maryland kam wenigstens bis fünf. Von Steuben war außer sich.

Der Baron wiederholte die Übung noch dreimal selbst, bis er den nächsten Mann aus den Reihen holte. Dieser, ein Soldat aus Virginia, schaffte die zehn Handgriffe fast fehlerfrei, und der General strahlte – die meisten seiner Schüler auch. Das Lächeln baute etwas von der Anspannung ab.

Während der Februarwind immer stärker wurde und vereinzelte Schneeflocken vor sich hertrieb, exerzierten die hundert Soldaten, und der General watschelte vor ihnen auf und ab und korrigierte sie.

Gegen zehn Uhr bestieg von Steuben wieder sein Pferd. Er gab den Befehl zu einer letzten Übung, die Walker vor der Truppe mitexerzieren sollte. Von Steuben zählte.

Inzwischen hatte Philip begriffen, worum es ging. Er war erstaunt, wieviel Zeit der Drill einsparte. Aber die hundert Männer reagierten längst nicht einheitlich. Als man bei Handgriff

Nummer sechs angelangt war, schrie von Steuben schon wieder los und deutete auf ein paar Soldaten, die nachhingen.

»Nein, nein!« Ein weiterer Schwall unfeiner Worte, dann: *»Viens,* Valkair, *mon ami! Sacre! Goddamn,* die *gaucheries of* diesen *imbeciles! Je ne puis plus*?« Seine Stimme schien ihm den Dienst zu versagen, er kreischte in höchsten Tönen: »Scheißen Sie sie zusammen, Valkair, Sie!«

Er wendete das Pferd und ritt davon. Der Windhund strich hinter ihm durch den Schnee. Walker räusperte sich.

»Äh, Männer, Sie sind sich wohl klar, äh, ich habe Befehl...«

»Nun komm' schon zur Sache, Mann. Bring's hinter dich!« rief eine Stimme aus den hinteren Reihen. Gutmütiges Gelächter erscholl.

Errötend setzte Walker an und hielt den Soldaten in ruhigem, gleichmäßigem Ton die befohlene Gardinenpredigt. Erleichtert, es hinter sich zu haben, sagte er dann: »Gut, nun laßt uns die Übungen wieder aufnehmen. Eins...!«

Philip bemerkte, daß von Steuben sein Pferd am Rande des Exerzierplatzes angehalten hatte. Es dauerte nicht lange, da kehrte er an den Ort des Geschehens zurück. Gegen Mittag hatte er dann seine Truppe soweit, daß sie die Übung einigermaßen präzise und einheitlich durchführen konnte.

Philip machte eine erstaunliche Feststellung: Die Abgestumpftheit und Verzweiflung der hundert Soldaten war wie weggeblasen. Jeder hatte Zutrauen zu sich gefaßt und schien die Hoffnung zu hegen, daß die amerikanische Armee doch nicht zum Scheitern verurteilt war.

Schultern strafften sich, Augen blickten lebhafter, frostklamme Finger griffen schneller zu...

6

Auf dem Weg zu ihrer Blockhütte sprachen die drei Männer aus Massachusetts über den erstaunlichen Ausbilder aus Deutschland.

»Meiner Meinung nach ist das ein sehr fähiger Mann«, stellte Philip fest.

»Der Mann ist ein Irrer«, war Breens Beitrag.

»Wahrscheinlich ist er beides«, meinte Royal Rothman. »Mir gefällt er.«

7

Von einigen Offizieren abgesehen, die – wie Gil – von Steubens Methoden unorthodox und entwürdigend fanden, war der Baron nach General Washington innerhalb kurzer Zeit der beliebteste Kommandeur im Lager.

Während der Winter zu Ende ging, waren bereits Tausende von Soldaten von den ersten hundert nach General von Steubens Methode ausgebildet. Selbst Breen hatte es zum Ausbilder gebracht.

Auch die Marschordnung war geändert worden. Statt in Zweierreihen stellte sich die Truppe mittlerweile in Viererreihen auf. Eins der Ziele des Generals war es, jeden einzelnen Mann mit einer Flinte auszustatten, und Philip mußte oft an George Lumden denken, der wahrscheinlich in seiner Waffenschmiede in Connecticut auf Hochtouren arbeitete.

Die Uniformen sahen besser und gepflegter aus. Die Männer hatten großen Ehrgeiz entwickelt, wie richtige Soldaten auszusehen. Und sie wollten plötzlich kämpfen. Sie wollten sich und ihren Kommandeuren beweisen, daß sie nicht umsonst exerziert hatten.

Es ging dem Frühjahr entgegen. Philip hatte nur eine große

Sorge, die ihn am Tag plagte und nachts im Schlaf verfolgte: Er hatte immer noch keine Post von Anne.

8

Bei einem Abendappell zwischen den Blockhütten, verlas Captain Webb einen Aufruf General Washingtons. Der Text lautete:

»Der Generalkommandeur spricht seinen tapferen Offizieren und Soldaten herzlichen Dank für die Beweise an Treue und Durchstehvermögen aus, die er in den letzten Wochen und Monaten erleben durfte. Die Standhaftigkeit, die seinen Männern unter den gegebenen Umständen abverlangt wurde und die sie ausnahmslos gezeigt haben, ist für ihn ein weiterer Beweis, daß sie wert sind, für die Rechte der Menschen und die Freiheit und Unabhängigkeit ihres Landes zu kämpfen.«

Philip sah, wie Breen vor Stolz die Brust schwoll. Auch alle anderen fühlten sich persönlich angesprochen und geehrt. Nachdem Webb hatte abtreten lassen, lief alles in die Marketenderei.

»Ich glaube, es ist völlig egal, was sie von den Führungsfähigkeiten Washingtons halten«, sagte Philip zu Breen und Royal Rothman. »Wenn wir diesen Krieg gewinnen und der General den Ehrgeiz hätte, König von Amerika zu werden, niemand würde sich dagegen sträuben.«

Keiner widersprach.

9

Die Teilnahme am Gottesdienst war Pflicht. Aber die Kirche des Winterlagers war sonntags nur spärlich besucht. Der letzte Sonntag im März war eine Ausnahme. Der Gottesdienst wurde auf dem Exerzierplatz abgehalten, da man mit großem Andrang rechnete – ohne jeden Druck.

Die Vermutung erwies sich als richtig. Von allen Seiten strömten die Soldaten auf den Platz – nur wegen des Predigers. Sogar Breen entschloß sich zur Teilnahme.

Der Morgen war zwar grau verhangen, aber mild. Philip schätzte, daß zwei- bis dreitausend Männer ringsum auf der Erde hockten. Vorn hatten Regimentstrommler ihre Instrumente in Dreierreihen aufgestellt. Darübergelegte Bretter bildeten eine Art Podium für den Prediger.

Die Feldkaplane, die sonst den Gottesdienst abhielten, sangen und beteten mit der Gemeinde. Alles wartete jedoch gespannt auf die Predigt, die von einem der loyalsten Offiziere General Washingtons gehalten werden sollte: General Peter Muhlenberg, der in Pennsylvania geboren war und die Truppen aus Virginia anführte.

Als Muhlenberg mit der Bibel in der Hand das Trommelpodium bestieg, ging erstauntes Gemurmel durch die Menge. Der General trug nicht die Uniform, sondern den schwarzen Talar seiner früheren Tätigkeit.

Es gab kaum einen Mann im Winterlager, der Muhlenbergs Geschichte nicht kannte: Sein Theologiestudium in Europa – das er zu fade fand –, seinen Militärdienst als Dragoner in einer deutschen Provinz, und – dieser Teil wurde am häufigsten erzählt – der Sonntagmorgen im Januar 1776.

Schließlich doch als Priester ordiniert, war Muhlenberg in seiner kleinen Kirche in den Blue Ridge Mountains auf die Kanzel gestiegen, während seine Gemeinde *Ein feste Burg* schmetterte. Nachdem der Choral verklungen war, hatte Muhlenberg den Talar ausgezogen und sich der erstaunten Gemeinde in der Uniform eines Obersten gezeigt. Dann hatte er eine glühende Predigt gehalten, die sich vor allem gegen einen Sünder gerichtet hatte, gegen König Georg III. Danach führte er das 8. Regiment von Virginia in den Krieg.

Seine hochgewachsene, imponierende Gestalt hob sich gegen den grauen Himmel ab, als General Muhlenberg durch die Seiten der Bibel blätterte. Die Taktik verfehlte nicht ihre Wirkung. Auch das letzte Gemurmel erstarb. Nur Breen mußte schnell noch etwas flüstern. »Was für ein Priester ist der denn?«

»Lutheraner.«

»Noch nie gehört. Schau mal, wer da ist. Was macht denn der hier? Ich denke, bei denen ist am Samstag Sonntag?«

Royal Rothman stand ganz am Rand der Gemeinde und sah ängstlich um sich, als würde er Einwände gegen seine Anwesenheit befürchten.

Philip zuckte lächelnd mit den Schultern. »Er will eben auch den General predigen hören«, sagte er. »Das ist sein gutes Recht.«

Die Predigt war ein Genuß. Der General hatte seinen Text mit Bedacht ausgesucht. Er stammte aus dem 2. Buch Moses und paßte genau zur Stimmung der Soldaten. Zunächst verlas er die Bibelverse:

Siehe, ich sende einen Engel vor dir her, der dich behüte auf dem Wege und bringe dich an den Ort, den ich bereitet habe.

Dann wob Muhlenberg geschickt Militärisches in die Theologie. Er machte den Engel Gottes zu einem Kommandeur, dessen Befehle ohne Frage ausgeführt werden mußten. Disziplin und Gehorsam brachten das erwünschte Ergebnis, ob man nun ein gemeiner Soldat war oder zu den Kinden Israels zählte.

Wirst du aber seine Stimme hören und tust alles, was ich dir sagen werde, so will ich deiner Feinde Feind und deiner Widersacher Widersacher sein.

Denn wenn mein Engel vor dir her geht, und dich bringt an die Amoriter, Hethiter, Perisiter, Kanaaniter, Meviter und Jebusiter, und ich sie vertilge...

Die Männer brauchten nicht lange nachzudenken, um die Namen zu verstehen und zu wissen, daß die leichte Infanterie, die Grenadiere und die hessischen Söldner gemeint waren.

Am Ende der Predigt sprangen die Soldaten auf und klatschten höchst unziemlich Beifall. Selbst Breen gab zu, »richtig gepackt« gewesen zu sein und sich nie überlegt zu haben, wie wichtig Befehlsgehorsam sei – was ihn aber nicht davon abhielt, sich anschließend an die Quellen seiner irdischen Freuden zu verdrücken.

Philip ging mit Royal Rothman zurück zur Blockhütte.

»Daß du auch kommst, hätte ich nicht gedacht«, sagte Philip. »Hat dir die Predigt gefallen?«

»Ich habe selten eine bessere gehört«, sagte der junge Mann. »Ich muß allerdings zugeben, daß ich das Gleichnis mit dem Engel etwas verwunderlich fand. Kannst du dir General Washington oder Captain Webb als Engel vorstellen?«

Philip lachte. »Nein, ganz bestimmt nicht.«

Royal Rothman blieb ernst. »Trotzdem«, sagte er. »Wenn ich mich entscheiden müßte, ob ich einem Engel vertraue oder General Washington, ich würde mich wohl für den General entscheiden.«

10

»Die Alsen sind da! Die Alsen schwimmen flußabwärts!«

An einem Aprilmorgen war das ganze Lager in Aufruhr. Philip, Breen und Royal Rothman stürzten aus der Blockhütte. Aufgeregte Soldaten rannten zum Fluß hinunter.

»Tausende von Alsen!«

Unter einem kühlen, blaßblauen Himmel griff jeder nach dem nächstbesten Gerät. Mit Eimern, Schaufeln, Körben und dem unentbehrlichen Salz bewaffnet, wälzte sich die Flut von Soldaten zum Schuylkill. Dort bot sich Philip ein unbeschreiblicher Anblick.

Der Fluß war dunkel, fast schwarz. Tausende und Abertausende von Fischen. Der ganze Fluß schien zu zappeln und zu brodeln. Die Passage der ungeheuren Schwärme erfüllte die Luft mit einem eigenartigen, wispernden Summen.

Wie Kinder lagen die Soldaten schreiend und grölend am Ufer auf dem Bauch und holten heraus, was sie kriegen konnten. Frischer Fisch zum Kochen oder zum Einsalzen, es kam allen wie ein Wunder und ein Geschenk des Himmels vor.

Ein Major von den Dragonern galoppierte mit seinen Leuten flußaufwärts, um die Fische zurückzujagen. Die Strategie erwies sich als richtig. Der Schuylkill schäumte schon nach kurzer Zeit. Die Fischschwärme, flußabwärts getrieben, stießen auf die, die noch flußaufwärts schwammen. Die Hungerzeit in Valley Forge endete mit dem größten Fischessen, das Philip je erlebt hatte.

Am Abend roch die Luft über dem Plateau nach gekochtem Alsen und war von Gesang erfüllt – ein Geräusch, das seit Monaten nicht mehr gehört worden war, es sei denn aus Protest. Während der Rauch der Feuerstellen in den Himmel stieg, kaufte Captain Webb für jeden seiner Männer einen Viertelliter Rum. Er kam mit Neuigkeiten von der Marketenderei zurück.

»Es heißt, daß sich die Franzosen einschalten«, sagte er im Flüsterton. »Sie stellen uns Schiffe und Soldaten zur Verfügung. Aber nicht weitersagen. Es ist noch nicht offiziell...« Er kramte in seiner Jackentasche, zog einen zerknitterten Brief heraus und gab ihn Philip. »Da habe ich übrigens einen Brief für Sie, Kent«, sagte er. »Moore vom 4. Rhode Island hat ihn mir gegeben. Er ist fälschlicherweise an sein Regiment gegangen, weil es da einen Philemon Kent gibt.«

Der Umschlag war mit Regimentsbezeichnungen vollgekritzelt. Die ursprüngliche Anschrift war verwischt. Aber der Name Kent in Annes Handschrift war noch deutlich zu lesen.

Philip riß den Brief auf und las ihn im Schein des Feuers. Er war im November 1777 geschrieben.

Nachdem Anne von Abraham und ihrem Alltag in Cambridge berichtet hatte, schrieb sie, daß Kapitän Rackham ihr einen weiteren Brief geschickt habe, den auch Mrs. Brumple unverschämt und erschreckend freizügig gefunden habe.

Philip wurde blaß und las weiter.

Ich allerdings rege mich nicht so darüber auf, und Du solltest es auch nicht tun, mein Geliebter. Ich hatte Gelegenheit, mit Kapitän Caleb über das absonderliche Benehmen dieses Rackham zu sprechen. Er hat mir versprochen, mit dem Mann zu reden und ihn zurechtzuweisen. Rackham sei einer der besten Kapitäne, versicherte er mir, aber er sei leider für sein unberechenbares Temperament bekannt. Er habe ihn nur gezwungenermaßen und mit sehr viel Vorbehalt angestellt. Rackhams Hauptproblem scheint zu sein, daß er sich für unwiderstehlich hält – was mir nur ein Beweis dafür zu sein scheint, daß er sich insgeheim als das Gegenteil empfindet, also für einen Mann, der bei Frauen nicht ankommt. Daher wohl sein ständiges Bedürfnis, sich seine Erfolge zu beweisen. Wie dem auch sei, die Tatsache, daß Mrs. Brumple bei uns wohnt, ist für mich mehr als beruhigend. Falls dieser Rackham es wagen sollte, noch einmal hier aufzutauchen, wird sie ihm schonungslos die Tür weisen…

11

»Henry, ich gehe heim.«

Henry Knox traute seinen Ohren nicht und starrte den Besucher fassungslos an.

Nach einer schlaflosen Nacht hatte Philip um vier Uhr morgens an die Hütte des Offiziers geklopft. Knox war in einem abgetragenen Morgenmantel zur Tür gekommen, eine Laterne in der Hand. Jetzt stand die Laterne neben Knox' Feuerstelle. Die Blockhütten der Offiziere unterschieden sich kaum von denen der einfachen Soldaten, waren nur eine Winzigkeit größer.

Der dicke Artillerieoffizier legte die Fingerspitzen seiner

Hände aneinander. »Philip«, sagte er, »ich verstehe nur zu gut, daß du überarbeitet bist, aber ich fürchte, ich habe dich mißverstanden.«

»Nein, das hast du nicht«, sagte Philip. »Ich gehe nach Cambridge zurück.« Er fuhr sich durch die dichten dunklen Haare. »Noch vor Tagesanbruch verlasse ich das Lager. Ich hatte lediglich den dringenden Wunsch, es jemandem mitzuteilen, der mich versteht. Die beiden Männer in meiner Unterkunft würden mich nicht begreifen. Sie kennen Anne nicht. Außerdem brauche ich...«

»Moment!« sagte Knox und war nun hellwach. »Soll das heißen, daß du desertieren willst?«

»Ich will nicht nur, ich werde.« Philip zog den Brief aus der Tasche. »Das habe ich gestern abend bekommen. Geschrieben wurden diese Zeilen im letzten November.«

Knox überflog den Brief. »Wann er geschrieben wurde, ist klar ersichtlich. Aber ich sehe nicht, warum dich dieses Schreiben so durcheinanderbringt.«

Philip erzählte in kurzen Worten von der Beteiligung an Kapitän Calebs Freibeuterschiffen, dem ersten Zusammenstoß mit Malachi Rackham und den weiteren Ereignissen, die Anne in ihren Briefen berichtet hatte.

»Sie hat mich zwar jedesmal gebeten, mir keine Sorgen zu machen«, fuhr Philip fort, »aber ich kann zwischen den Zeilen lesen. Anne hätte die Sache überhaupt nicht erwähnt, wenn sie sich nicht sorgen würde. Sie hat Angst vor dem Mann. Wenn du ihn kennen würdest, Henry, könntest du es verstehen. Ein gutaussehender Mann. Aber etwas Bösartiges umgibt ihn...«

Philip brach ab. Er hatte das unangenehme Gefühl, nicht überzeugend, sondern eifersüchtig zu wirken.

Knox bestätigte das. »Du hast mir immer noch nicht gesagt, Phil, warum du glaubst, etwas sehr Unbesonnenes und Gefährliches begehen zu müssen.«

»Weil ich Angst habe, daß Anne etwas passiert ist. Wir haben April, und der Brief ist im letzten November geschrieben. Ich habe seither keine Post von ihr bekommen.«

»Keiner hat Post bekommen, das weißt du ebensogut wie ich. Die Post braucht lange.«

»Aber nicht so lange«, widersprach Philip.

Knox runzelte die Stirn. »Aber ist da nicht eine Frau zu Anne gezogen?«

»Ja, eine Mrs. Brumple. Sie wohnt seit ein paar Monaten bei Anne – eben weil Anne Angst vor diesem Rackham hat.«

»Und jetzt hast du beschlossen, nach Cambridge zurückzugehen, nur um nach dem Rechten zu sehen?«

»Ich muß, Henry. Ich bin überzeugt davon...«

»Du mußt keineswegs, Philip«, fiel ihm Knox ins Wort. »Es ist sogar verboten.«

»Großer Gott!« stöhnte Philip. »Ich weiß selbst, daß es nicht gestattet ist. Ich erzähle es dir nur, damit...«

»Damit ich deine Handlungsweise gutheiße? Das kann ich nicht. Ich bin Offizier in dieser Armee.«

»Tu bitte nicht so, als würden wir uns heute zum erstenmal sehen.«

»Dann sei du so freundlich, nicht zu schreien.«

Schweigen. Schließlich seufzte Philip tief auf.

»Also gut, entschuldige, Henry. Ich brauche Geld für die Reise. Nicht viel, aber ich muß schließlich etwas in der Tasche haben und weiß nicht, wen ich sonst fragen soll.«

»Die Antwort lautet nein.«

»Verdammt, Henry, du mußt...«

»Philip!« Diesmal schrie Knox. »Zwing mich nicht, dich auf meinen Rang als Offizier hinzuweisen, aber du vergißt dich. Du hast vielleicht Grund, besorgt zu sein. Vielleicht! Einen Beweis, daß deine Sorge berechtigt ist, hast du nicht. Glaubst du, du bist der einzige Mann in dieser Armee, der sich Sorgen um seine Familie macht? Wenn jeder einfach nach Hause ginge, wo kämen wir da hin? Noch dazu, wo die Frühjahrsoffensive vor der Tür steht. Mit einer Urlaubsgenehmigung ist nicht zu rechnen.«

»Das ist mir egal. Ich gehe.« Philip stand auf.

Aber Knox packte ihn an der Schulter und riß ihn zu sich herum. »Wirst du dich endlich zusammennehmen, Phil?«

»Laß mich gefälligst los. Ich werde...«

»Nichts wirst du. Entweder, du gehst jetzt zu deiner Einheit zurück, oder ich lasse dich einsperren und Spießruten laufen.«

Philip starrte Henry Knox entgeistert an. »Aber du bist mein Freund«, sagte er. »Annes Freund...«

»Das tut nichts zur Sache. Dich treibt im Moment die Angst. Du weißt nicht, was du tust. Wenn du desertierst, sorge ich dafür, daß du zurückgebracht wirst. Du hast hier eine Pflicht zu erfüllen – wie wir alle. Nach diesem grauenvollen Winter, nach den Fast-Rebellionen im Lager, nach den vielen Todesfällen, nach der Arbeit mit von Steuben wäre jedes andere Aufgeben als das durch eine Kugel des Feindes Verrat.«

»Verrat?« Philip brachte das Wort kaum heraus. Diese Anschuldigung seines langjährigen Freundes traf ihn wie ein Schlag.

Sie zerstörte aber auch die mühevoll errichtete Fassade seiner Rechtfertigungsversuche...

»Freund oder nicht«, fuhr Knox fort, »wenn du die Truppe verläßt, melde ich es und sorge dafür, daß du zurückgeholt und entsprechend bestraft wirst.«

Philip hob den Brief auf, der auf den Boden gefallen war. Er fühlte sich wie ausgelaugt. Natürlich hatte Henry Knox recht. Er ging zur Tür.

»Es tut mir leid, daß ich gekommen bin«, sagte er.

»Mir auch«, sagte Knox.

Philip fuhr herum und funkelte Knox an.

»Weil wir Freunde sind, Philip. Es fiele mir nicht leicht, dich einsperren zu lassen. Aber ich würde es tun.«

Philip öffnete die Tür.

»Und wohin gehst du jetzt?« fragte Henry Knox hinter ihm.

Philip schluckte. »In meine Hütte.«

»Stimmt das?«

»Ja.«

Henry Knox holte tief Luft. »Gott sei Dank.«

Mit hängenden Schultern ging Philip durch die Dämmerung. Er schämte sich, daß er überhaupt auf den Gedanken gekommen war, seine Kameraden im Stich zu lassen.

Und gleichzeitig hatte er Angst. Er sah zu den verblassenden Sternen hinauf.

Annie, dachte er, geht es dir gut?

7. Kapitel
Rackham

1

Anne war am Ende ihrer Geduld. »Abraham, ich bitte dich jetzt zum drittenmal – iß endlich deinen Haferbrei.«

»Ich will aber nicht«, erklärte der stämmige kleine Junge mit den dunklen Augen. Er wippte auf den drei Büchern hin und her, die die Sitzfläche seines Stuhls erhöhten und tauchte den Löffel in den Teller. Schließlich klatschte er hinein, daß der Brei nur so durch die Küche spritzte.

Anne sprang vom Tisch auf. »Oh, Abraham«, rief sie. »Du bist manchmal eine echte Plage.«

Der kleine Kerl sah sie erschreckt an, und Anne tat es sofort leid, daß sie so aufgebraust war. Aber in letzter Zeit ließen sie ihre Nerven immer häufiger im Stich.

»Ich will keinen Brei«, sagte der Junge. »Ich will Papa.«

»Papa kann nicht nach Hause kommen«, sagte sie. »Papa ist in Pennsylvania. Ich habe dir doch seine Briefe gezeigt.«

Sie strich dem Kind über das Haar, aber Abraham war immer noch verschreckt, weil sie ihn angeschrien hatte, und zog den Kopf weg.

»Ich will Papa. Keinen Brei. Papa!«

Die Anspannung und Nervosität, unter der Anne in diesen kalten Wintertagen litt, brach sich wieder ungewollt Bahn.

»Hör endlich auf, Abraham! Du kannst Papa nicht sehen, weil er nicht hier ist. Wenn du jetzt deinen Brei nicht ißt, werde ich böse.«

Sie drohte ihm mit der flachen Hand, und genau das hätte sie nicht tun dürfen.

Abraham Kent, knappe zweieinhalb Jahre alt, schleuderte den Löffel auf den Boden und schob mit seinen dicken Fingerchen den Teller vom Tisch. Der Teller zerbrach, der klebrige Brei spritzte auf Annes Rocksaum.

Anne gab ihm einen Klaps auf die Hand.

Abraham verzog das Gesicht, wurde puterrot und plärrte aus vollem Hals los.

»Um Himmelswillen, halten Sie das Kind fest, bevor es auf dem Boden landet!«

Mrs. Eulalie Brumple, eine kleine zierliche Person, kam in die Küche gestürzt und packte den kleinen Kerl sicher bei den Schultern.

Anne schlug beschämt die Hände vors Gesicht. »Ich weiß nicht, wer heute schlechter aufgelegt ist, Abraham oder ich.«

Sie versuchte, die Tränen hinunterzuschlucken, während Mrs. Brumple Abraham auf dem Schoß wiegte und versuchte ihn zu beruhigen, aber es half wenig.

»Papa soll kommen!« jammerte das Kind. »Ich will, daß Papa kommt.«

»Na, na, na«, sagte Mrs. Brumple. »Benimmt sich so ein kleiner Gentleman? Sollen wir die Trommel suchen, die dir Papa aus Boston mitgebracht hat?«

»Trommel«, schluchzte der Kleine.

»Ja, die Trommel«, wiederholte Mrs. Brumple. »Dann kannst du deine Enttäuschung an der Trommel auslassen.« Sie warf einen schnellen Blick auf Anne. »Aber nicht hier. Im Wohnzimmer.«

Den kleinen Abraham an der Hand, verließ Mrs. Brumple die Küche. Einen Moment später ging der Krach im Wohnzimmer los.

Das Trommeln zehrte an Annes Nerven. Aber was regte sie in letzter Zeit nicht auf? Sie setzte Wasser für den Tee auf.

In der Küche in Cambridge war es kalt an diesem Morgen im Februar. Anne war früh aufgestanden. Wieder einmal hatte sie während der Nacht kaum geschlafen. Sie hatte am Abend zuvor versucht, an Philip zu schreiben. Schon nach ein paar Zeilen hatte sie es aufgegeben, hatte dagesessen und in die Luft gestarrt.

Während das Trommeln im Wohnzimmer andauerte, kam Mrs. Brumple wieder in die Küche marschiert. Die sechzig Jahre alte Dame mit der zierlichen Figur, den Adleraugen und dem schmalen, energischen Mund ging nicht, sie marschierte – prinzipiell.

Anne war froh, daß die Nachbarin mit ihren paar Habseligkeiten zu ihr gezogen war. Seit die Witwe im Haus war, hatte Anne weniger Angst vor den nicht mißzuverstehenden Aufmerksamkeiten, die ihr Kapitän Rackham gezollt hatte. Zum Glück hatte Anne seit Herbst nichts mehr von dem Mann gehört. Wahrscheinlich war er endlich auf See.

Anne brühte den Tee auf. Sie sah Mrs. Brumples Gesichtsausdruck und machte sich auf eine weitere Predigt gefaßt.

»Mrs. Kent?«

»Ja, Mrs. Brumple?«

»Ich hoffe, Sie sind mir nicht böse, wenn ich Sie wieder einmal auf etwas aufmerksam mache, von dem ich glaube, daß es geändert werden sollte.« Mrs. Brumple begann ihre Erklärungen stets mit einer überlangen Einleitung.

»Eine Tasse Tee?« fragte Anne und hoffte, das Schlimmste noch abwenden zu können.

»Gleich, aber erst möchte ich Ihnen sagen, was mir schon lange auf dem Herzen liegt.«

»Aber bitte.« Anne setzte sich.

»Ich möchte nicht nörgeln, ich versuche nur hilfreich zu sein.«

»Ich weiß.« Auch das hatte Anne schon ein dutzendmal gehört.

»Ich finde, es ist ein Jammer, daß Sie dem lieben Kind nicht zeigen können, wie sein Vater aussieht.«

»Sie haben sicherlich recht, aber ich habe leider kein Bild von meinem Mann.« Schon wieder traten ihr die Tränen in die Augen. »Wir gehören nicht zu den Leuten, die es sich leisten können, Miniaturen malen zu lassen.«

Mrs. Brumple überlegte einen Moment. »Vielleicht hätten Sie besser getan«, sagte sie dann spitz, »sich einen zweitklassigen Maler zu leisten, als Geld in Piratenschiffe zu stecken. Noch dazu, wo Ihnen das Unternehmen bis jetzt noch keinen Penny eingebracht hat.«

»Es handelt sich nicht um Piraten, Mrs. Brumple, sondern um autorisierte Freibeuter.«

»Trotzdem haben Sie Ihnen noch keinen Penny gezahlt.«

Anne schwieg. Mrs. Brumple hatte ja recht. Calebs kleine Flotte hatte bis jetzt noch nicht ein Schiff gekapert, und Anne bedauerte es bereits, zweihundert Pfund in die *Gull* und die *Fidelity* gesteckt zu haben.

»Aber ein Kind muß doch wenigstens das Gesicht seines Vaters kennen«, fuhr Mrs. Brumple fort. »Es ist wirklich zu bedauerlich, daß Ihr Mann nicht so eitel ist, wie Brumple – Gott hab ihn selig – es gewesen ist.«

Die Witwe sprach von ihrem verstorbenen Mann immer nur per Nachnamen. Brumple war Schneider mit mäßigem Erfolg gewesen. Anne kannte nur seine schlechten Seiten. Gute schien der arme Mann keine gehabt zu haben.

»Brumple kam immer wieder mit einer kleinen Kohlezeichnung nach Hause. Er hat sich für gutaussehend gehalten. Der arme Narr! Darf ich mir noch eine Tasse Tee einschenken, meine Liebe?«

»Aber natürlich«, sagte Anne, die nicht mehr wußte, ob sie lachen oder weinen sollte.

»Wenn wir Kinder gehabt hätten, hätte ich mich natürlich über die Zeichnungen gefreut«, fuhr Mrs. Brumple fort. »Aber nach den ersten Jahren unserer Ehe ... Also ich muß Ihnen sagen, daß mir das alles mehr als lästig war und ich mich nur widerstrebend dazu hergegeben habe, aber was will man denn machen, wenn man einmal eheliche Pflichten eingegangen ist? Wo war ich stehengeblieben? Ach ja, ich sprach davon, daß Brumple und ich nach ein paar Jahren einsahen, daß wir keine Erben auf dieser Welt hinterlassen würden. Und dann, das können Sie mir glauben, habe ich aber dafür gesorgt, daß er mir meine Ruhe gelassen hat. Auf alle Fälle«, sie trank einen Schluck geschmuggelten holländischen Tee – »halte ich es für notwendig, daß man einem Kind den Vater zeigen kann, wenn er schon nicht zu Hause ist. Können Sie nicht eine kleine Zeichnung für Abraham anfertigen?«

Anne schüttelte den Kopf. »Ich kann nicht einmal einen geraden Strich ziehen, Mrs. Brumple«, sagte sie.

»Schade.« Mrs. Brumple trank ihre Tasse aus.

Anne fuhr in die Höhe. Aus dem Wohnzimmer war ein dumpfer Schlag zu hören gewesen. Auch die Witwe sprang auf.

»Oh, jetzt hat er etwas umgeworfen!« rief sie. »Bleiben Sie nur, ich sehe schon nach. Sie sind viel zu müde, um richtig mit dem Kind umgehen zu können.« Damit marschierte sie aus der Küche.

Anne setzte sich wieder. Sie war tatsächlich müde und manchmal richtig mutlos. Dem Kind fehlte der Vater. Anne kam bisweilen nur schwer mit dem kleinen Abraham zurecht. Sie machte sich Sorgen um Philip, sie machte sich Vorwürfe, Caleb die zweihundert Pfund zur Verfügung gestellt zu haben. Die Angst vor Rackham war immer noch nicht ganz überwunden. Dazu kam, daß das Ende des Krieges nicht abzusehen war und niemand wagte, Prognosen über seinen Ausgang zu stellen.

Die Vorstellung, daß Philip nie wieder nach Hause kommen konnte, daß er sie nie mehr in den Armen halten und küssen würde...

Anne war voll von Sorgen und Ängsten und glaubte manchmal, es nicht mehr ertragen zu können.

Plötzlich liefen ihr die Tränen über das Gesicht. Sie saß am Küchentisch und starrte mit leeren Augen vor sich hin, als sich ihr plötzlich eine Hand auf die Schulter legte. Sie zuckte zusammen.

»Mrs. Kent – legen Sie sich doch noch einmal hin. Haben Sie vergangene Nacht denn nicht geschlafen?«

»Nur wenig.«

»Es tut mir leid, daß ich dann obendrein noch an Ihnen herumkritisiert habe. Ich ziehe jetzt Abraham warm an und gehe mit ihm auf den Markt, und Sie versuchen, wenigstens ein Stündchen zu schlafen.«

Bald lag Anne im Bett und lauschte auf die Stille im Haus. Schnee rutschte vom Dach und klatschte auf die Straße. Anne war erschöpft und sehnte sich nach Philip.

Aber so sehr sie sich auch bemühte, sie konnte nicht einschlafen.

2

An einem häßlichen, verregneten Aprilabend saßen Anne und Mrs. Brumple im Wohnzimmer vor dem Kamin. Anne las in einer alten Ausgabe von Ben Edes' *Gazette,* Mrs. Brumple strickte an einem Schal für Abraham und unterbrach Anne immer wieder mit guten Ratschlägen. Wie meistens lag der Witwe Abrahams Erziehung am Herzen. Anne konnte tun und lassen, was sie wollte, Mrs. Brumple hatte stets einen Kommentar dazu abzugeben und dies oder jenes zu kritisieren.

Als es an der Tür klopfte und Mrs. Brumple hinausging, um nachzusehen, war Anne froh, einen Moment in Ruhe lesen zu können. Daß Mrs. Brumple einen ungewöhnlich scharfen Ton anschlug und offenbar freche Antworten von einem Mann bekam, hörte Anne nur mit halbem Ohr. Nach ein paar Minuten fiel die Tür wieder ins Schloß.

Mrs. Brumple kam ins Wohnzimmer zurückmarschiert. Ihre Wangen glühten.

»Also, das war einmal ein unsympathischer Mensch!« schimpfte sie. »Ein geradezu gräßlicher Kerl.«

Anne sah von der Zeitung auf. »Wer war es denn?«

»Irgendein Seemann«, sagte Mrs. Brumple. »Ausgesprochen ungehobelt. Er wollte wissen, wo eine Familie Russell wohnt.«

»In der ganzen Gegend gibt es keine Familie Russell«, sagte Anne und schüttelte den Kopf.

»Eben, das habe ich ihm auch gesagt. Ich glaube, das war bloß ein Vorwand. Also dieser Mann war mir ausgesprochen zuwider. Ein ganz unsteter Blick. Augen wie Brumple – Gott hab ihn selig.«

Obwohl Mrs. Brumple wahrscheinlich wieder einmal übertrieben hatte, machte sich Anne Sorgen. Sie legte die Zeitung weg. Warum konnte sie nicht erklären, aber allein das Wort Seemann hatte sie wieder auf Malachi Rackham gebracht.

Bevor sie zu Bett ging, sah sie auf die Straße hinunter, ob da jemand herumlungerte. Sie sah niemanden. Trotzdem vergewisserte sich Anne zweimal, daß die Haustür abgeschlossen und die Fenster verriegelt waren, bevor sie nachsah, ob Abraham ordentlich zugedeckt war.

3

Zwei Abende später, es regnete in Strömen, nahm Mrs. Brumple ihren Mantel, ihre Handschuhe und ihren Schirm, um mit christlichem Mut den Elementen zu trotzen.

»Macht es Ihnen ganz bestimmt nichts aus, Mrs. Kent, wenn ich Sie heute abend allein lasse?« fragte sie.

Anne lächelte. »Sie werden bis auf die Haut naß, Mrs. Brumple, nicht ich.«

»Schon, aber im Dienst des Herrn – und General Washingtons. In unserem Bibelkreis wird nicht nur gesungen und gebetet. Wir stopfen gleichzeitig Socken und flicken Uniformkittel. Von jetzt an treffen wir uns jeden Mittwoch abend. In zwei Stunden bin ich wieder da.«

»Gut. Ich bin dann bestimmt noch auf.«

Trotz des nahenden Frühlings war es noch ziemlich kalt im Haus. Anne machte Feuer im Kamin, setzte sich davor und nähte. Nach ungefähr einer Stunde hörte sie ein Geräusch aus Abrahams Zimmer.

Anne legte die Näharbeit weg und lief zu dem Kind. Es atmete heftig und wälzte sich von einer Seite auf die andere.

Sie legte eine Hand auf seine Stirn. Kein Fieber. Vielleicht hatte Abraham nur schlecht geträumt.

Es klopfte an der Haustür. Anne runzelte die Stirn. Wer kam noch so spät?

Sie lief ins Wohnzimmer und zog im Erker den Vorhang etwas zur Seite. An der Ecke stand eine Kutsche. Das Pferd war an einem Laternenpfahl angebunden. Von einem Kutscher nichts zu sehen.

Annes Hände wurden kalt. Die Schatten des Kaminfeuers flackerten an der Wand. Ihr Magen krampfte sich nervös zusammen. Vielleicht ging der unbekannte Besucher wieder...

Es klopfte wieder. Diesmal lauter.

»Mrs. Kent, sind sie zu Hause?«

Ihr Atem stockte. Die Stimme war ihr bekannt.

Mit klopfendem Herzen eilte Anne in die Diele. Nach Mrs. Brumples Fortgang hatte sie die Tür nicht verriegelt.

Zu spät. Die Tür ging mit einem Ruck auf. Von draußen stob Regen herein.

Der große Mann kam in die Diele. Sein dunkles, gelocktes Haar glitzerte, der Saum seines Umhangs tropfte. Der Schein des Kaminfeuers fiel auf das rechte Auge mit der Narbe.

»Verzeihen Sie, daß ich einfach eintrete, aber ich habe gedacht, daß Sie das Klopfen vielleicht nicht gehört haben.« Kapitän Malachi Rackham machte eine kleine Verbeugung.

4

Ein selbstsicheres Lächeln auf den Lippen, starrte Rackham in das Gesicht der jungen Frau. Er schwankte leicht, roch nach Rum.

Ein schrecklicher Verdacht stieg in ihr hoch. Der Mann vor zwei Tagen, der Seemann, hatte vielleicht auskundschaften sollen, ob sie allein war. Hatte Rackham sie beobachten lassen? Hatte er abgewartet, bis Mrs. Brumple nicht im Haus war?

»Ich wollte Sie nicht so erschrecken, daß Sie die Sprache verlieren«, sagte Rackham. »Ich bin vorbeigekommen, weil ich dachte, daß Sie ein Bericht über Ihre Beteiligung an der *Gull* vielleicht interessiert.« Er sah an ihr vorbei zur Wohnzimmertür. »Wollen wir uns nicht darüber unterhalten?«

»Ich ...« Ihr Mund war so trocken, daß sie kaum sprechen konnte. »Ich habe gerade in der Küche ... Auf dem Herd steht ein Kessel Wäsche.«

Rackham schnupperte. »Merkwürdig. Man riecht es gar nicht.«

»Ich wollte gerade das Feuer anzünden, aber dann hat es geklopft.«

»Dann haben Sie ja doch einen Moment Zeit. Der Wäsche kann nichts passieren, wenn das Feuer noch nicht brennt.«

Er strich über ihren Arm, als er an ihr vorbei ins Wohnzimmer ging.

Rackham nahm den Umhang ab und legte ihn über eine Stuhllehne. Er drehte sich zu ihr um. Seine Kleidung war gekkenhaft. Taubenblaue Kniehosen, eine gelbe Veloursjacke und zu viele Spitzen an Kragen und Manschetten.

Er streckte die Hände aus und wärmte sie am Kaminfeuer.

»Kommen Sie, Mrs. Kent«, sagte er spöttisch. »Sie können wenigstens gastfreundlich sein, wenn Sie auch schlecht über mich sprechen.«

»Captain Rackham« – Anne versuchte, möglichst ruhig zu sprechen – »Sie dürften inzwischen gemerkt haben, daß Sie in diesem Haus nicht willkommen sind.«

»Das mag schon sein, meine Liebe, aber trotzdem werden Sie mich eine Weile ertragen müssen, denn Sie sind mir etwas Freundlichkeit schuldig.«

»Freundlichkeit?« wiederholte Anne. »Ich bin Ihnen gar nichts schuldig.«

»O doch! Daß Sie mit Caleb über mich gesprochen haben, schätze ich gar nicht.«

»So? Das tut mir aber leid. Ich kann Ihnen allerdings versichern, daß ich erneut mit ihm sprechen werde.« Sie ging zur Tür. »Würden Sie jetzt bitte gehen.«

»Ich gehe, wenn es mir paßt.« Rackham setzte sich und schlug die Beine übereinander.

Anne stand im Türrahmen und wußte nicht, was sie tun sollte. Abraham war durch die Stimmen aufgewacht und rief nach ihr.

»Ist schon gut, Abraham«, rief Anne zurück. »Schlaf weiter, ich bin da.«

Wieder kam Quengeln aus dem Kinderzimmer, dann war Ruhe.

Langsam drehte sich Anne wieder um. Rackham betrachtete ihre Figur. Er gab sich nicht die geringste Mühe, sein Interesse zu verbergen.

Ob sie notfalls das Schwert von der Wand reißen konnte? Das Gewehr neben dem Schwert war nicht geladen.

Fest entschlossen, sich nicht von der eigenen Angst unterkriegen zu lassen, verschränkte Anne die Arme. »Waren Sie es«, fragte sie in scharfem Ton, »der vor zwei Abenden jemanden an meine Tür geschickt hat?«

»Ja. Das war einer von meinen Leuten von der *Gull.* Er hat auch heute abend Ihr Haus beobachtet und mich geholt.«

»Sie haben also herumspioniert?«

»Sie können es nennen, wie Sie wollen. Wir haben private Dinge zu besprechen, und ich hasse es, wenn jemand dabei ist.« Er lächelte. »Die *Gull* ist am vergangenen Sonntag in den Hafen von Boston gelaufen. Wir haben eine fette Beute aus Carolina zurückgebracht. Wie ich schon sagte, vielleicht interessiert Sie das.«

»Tatsächlich?«

»Bringen Sie mir ein Glas Port, oder auch Rum, dann erzähle ich Ihnen die Details.«

»Ich kann Ihnen leider nichts anbieten.«

»Mrs. Kent«, sagte Rackham und sein Lächeln wurde breiter, »da täuschen Sie sich gewaltig.« Er ließ keinen Zweifel an der Doppeldeutigkeit seiner Bemerkung.

»Gehen Sie!« sagte Anne scharf. »Auf der Stelle.«

»Ich muß doch sehr bitten, Mrs. Kent. Nicht diesen Ton. Ich bin schließlich nicht Ihr Mann. Apropos Mann. Ich nehme an, er ist noch im Krieg und dient seinem Land, während seine Frau untröstlich ist, Nacht für Nacht allein im Bett liegen zu müssen.«

»Raus!« schrie Anne mit geballten Händen.

Rackham ließ die falsche Höflichkeit fallen. Mit zwei Schritten war er bei ihr, packte sie und zog sie an sich.

»Jetzt hören Sie mir einmal gut zu, Mrs. Kent«, sagte er. »Gleich beim erstenmal habe ich Sie offensichtlich richtig eingeschätzt. Sie sind eine Person, die sich einbildet, stärker als jeder Mann zu sein. Dazu will ich Ihnen folgendes sagen: Captain Rackham ist nicht der Mann, der sich so behandeln läßt. Mit Ihrem arroganten, hochnäsigen Getue kommen Sie bei mir nicht an. Ich nehme mir, was ich will und frage nicht lange um Erlaubnis.«

»Nehmen?«

»Stellen Sie sich nicht noch obendrein prüde.« Das Lächeln wurde gemein. »Ich treibe es seit gut zwanzig Jahren, und mich hat bisher noch keine abgelehnt.«

»Sie betrunkener...«

Er packte sie am Handgelenk. »Hüte deine Zunge, Weib.«

Anne kratzte ihm mit der freien Hand über das Gesicht. Rackham schlug zu.

Sie taumelte zurück. Der Mann war betrunken und äußerst gefährlich.

»Mama?«

Das Kind rief wieder nach ihr. Sie wollte aus dem Zimmer laufen, aber Rackham packte sie von hinten. Er schob ihr die großen, behaarten Hände unter die Arme und strich über ihre Brüste.

»Wenn du wütend bist, gefällst du mir noch besser«, lachte er.

»Lassen Sie mich auf der Stelle los!«

Jetzt lachte Rackham aus vollem Hals. »Verstell dich nicht. Du bist so wild auf einen Mann, daß dir alles weh tut. Der schmächtige Kerl, mit dem du da verheiratet bist, kann im Bett doch gar nicht gut sein. Gib's doch zu.«

Sie riß sich von ihm los und spuckte ihm ins Gesicht.

Rackham schlug sie wieder. Sie stieß einen Schrei aus. Das Kind begann laut zu weinen.

Rackham packte Anne an den Haaren. »Wenn du nicht auf der Stelle friedlich bist«, drohte er, »dann sollst du mich kennenlernen. Ich nehme dich jetzt mit auf die *Gull,* und da machen wir uns einen netten Abend. Dann siehst du wenigstens gleich das Schiff, an dem du dich beteiligt hast. Daß du mich bei Caleb angeschwärzt hast, verzeihe ich dir, wenn du schön lieb bist.«

Anne schrie aus vollem Hals. Sie konnte nur noch hoffen und zu Gott beten, daß es jemand hörte. Abrahams Weinen wurde immer verzweifelter.

»Bist du ruhig!« schrie Rackham und schlug sie mitten ins Gesicht.

Sie sprang zum Kamin und wollte Philips Schwert von der Wand reißen.

Rackham schlug noch fester zu. Anne brach zusammen und blieb reglos liegen.

5

Ein gelber Lichtpunkt. Er tanzte hin und her. Das Schlagen von Wasser gegen einen Schiffsrumpf. Das Quietschen von Ketten.

Anne öffnete die Augen. Ihr Unterkörper war nackt. Sie lag in einer Schiffskajüte und war mit einem Laken quer über den Bauch an die Koje gefesselt.

Ihr Kopf schmerzte, als sie ihn zur Seite drehte. An der Decke hing eine Laterne. An den beiden Bullaugen lief Regen herunter. Rackham saß in einem Sessel neben einem Tisch aus roher Eiche. Er hatte einen Drink in der Hand und beobachtete Anne mit einem spöttischen Lächeln. Seine Kniehose und die Veloursjacke hingen an einem Haken an der Tür. Kapitän Rackham hatte nur noch graue Unterhosen aus Leinen an, sonst nichts.

»Hallo, Mrs. Kent«, sagte er und kratzte sich an der behaarten Brust. »Wird Zeit, daß du endlich aufwachst. Wir sind schon über eine Stunde an Bord.« Er hielt ihr das Glas entgegen. »Einen Schluck Rum?«

»Das...« Sie konnte kaum sprechen, so benommen war sie. »Fährt das Schiff?«

»Noch nicht. Aber bald. Sobald die Flut einsetzt, steuert uns mein Mann durch die Kanäle. Wir kriegen wahrscheinlich schlechtes Wetter, aber das müssen wir riskieren. Ich habe es nämlich für ratsam gehalten, Caleb nichts von der Beute zu sagen, die wir eingestrichen haben. Caleb und ich, wir sind nicht gerade die dicksten Freunde. Das wird ihm auch aufgehen, wenn er nach Boston zurückkommt. Die Beute, von der ich gesprochen habe, hat uns ein nettes Sümmchen eingebracht. Wir haben sie natürlich nicht hier verkauft.« Er grinste. »Wir hätten es ja gern getan, aber die Winde waren gegen uns. Sie haben uns zu den Leeward Inseln getrieben. In unserer Not sind wir dann nach Saint Eustatius gesegelt und haben dort Anker geworfen. Aber die Holländer waren wenigstens sehr hilfsbereit. Die Versteigerung ging völlig problemlos vonstatten. Tja, und wenn die Beute in fremden Gewässern verkauft wird, dann geht der Erlös an den Captain und seine Crew. Die Besitzer des Schiffs bekommen leider nichts. Das, was eigentlich dir und deinem Mann zugestanden hätte, haben wir schon verteilt. Verstehst du jetzt, warum meine Leute alles tun, was ich von ihnen verlange? Wenn ich jemand beauftrage, mir eine Lady an Bord zu bringen, dann wird das ohne Widerrede gemacht.«

»Sie – Sie haben Caleb betrogen!« rief Anne.

»Aber nein, Mrs. Kent. Die Winde waren schuld daran.«

»Sie lügen. Das war von Anfang an geplant.«

Rackham zuckte mit den Schultern. »Vielleicht, aber das ist jetzt egal. Vor uns liegt ein noch besserer Schachzug. Wir nehmen Kurs auf New York.«

»Aber die Briten haben doch...«

»New York besetzt? Natürlich. Warum, glauben Sie, segle ich nach New York? Ich bin überzeugt davon, daß ich einen Käufer für dieses schöne Schiff finde. Ein paar Umbauten und schon ist die *Gull* ein Frachter und kann eines der gekaperten Schiffe ersetzen. Einer von den Tories in New York wird zuschlagen, das schwöre ich dir.«

»Sie können doch nicht etwas verkaufen, das Ihnen gar nicht gehört! schrie Anne.

»Und ob ich das kann, meine Liebe. Und dann leben wir auf großem Fuß. Diesem arroganten Schwein Caleb will ich schon lange eins auswischen.«

Rackham stand langsam auf, stellte sein Glas auf den Tisch und streifte sich die Unterhose vom Leib.

»Und dir, mein Täubchen, auch.« Er kam auf Anne zu. »Du wirst noch gehorchen lernen. Du hast mich behandelt wie den letzten Dreck, und dafür wirst du bestraft. Immer abwechselnd Lust und Strafe, Lust und Strafe...«

Er griff nach seinem steifen, geröteten Glied.

»So, mein Täubchen«, sagte er mit heiserer Stimme. »Und jetzt bist du schön brav und nimmst ihn in den Mund.«

Anne schrie in wilder Angst und Verzweiflung, aber Rackham lachte bloß und stieg auf sie.

6

Bei Tagesanbruch wachte sie auf.

Nie in ihrem Leben hatte sie größere Schmerzen ausgestanden, nicht einmal bei Abrahams Geburt. Die ganze Nacht hatte Rackham sie gequält, geschlagen, genommen und von neuem gequält.

Anne wälzte sich aus der Koje, schleppte sich zu einem Schiffsfenster und sah hinaus. Nichts als Wasser. Kein Land mehr zu sehen.

Anne sank in den Sessel neben dem Tisch und sah an ihrem nackten Leib herunter. Blutspuren überall. Ihre Brüste zeigten blaue Flecken.

Die Tränen liefen ihr über das Gesicht. »Philip!« schluchzte sie. »Philip, hilf mir aus diesem Alptraum...«

Sie stand auf und hämmerte gegen die Tür, die von außen abgeschlossen war, ging zum Tisch zurück und ließ sich wieder in den Sessel fallen.

Und plötzlich spürte sie etwas, das stärker war als alle Schmerzen, die sie zu ertragen hatte: Haß, grenzenloser Haß.

Sie war von einer Sekunde zur anderen wie verwandelt.

Wenn sie Philip und Abraham wiedersehen wollte, mußte sie kämpfen und durfte sich nicht ihrem Leid hingeben. Sie mußte die Bestie bezwingen, die sie geschändet hatte.

Mit wildem Blick sah sie sich in der Kajüte um. Rackham konnte jeden Moment zurückkommen.

Ihr Blick fiel auf die Laterne an der Decke. Anne nahm ihre ganze Kraft zusammen, kletterte auf den Tisch und schlug mit der nackten Faust das Glas ein. Zum Glück zersplitterte es nicht, sondern bekam nur einen Sprung, so daß Anne eine Scherbe herausnehmen konnte. Sie war von einer Ruhe, die sie selber kaum fassen konnte.

Trotz ihres Ekels vor der Koje legte sie sich mit der Glasscherbe in der rechten Hand hin und wartete.

7

Nach ungefähr einer Stunde drehte sich der Schlüssel im Schloß. Anne schloß die Augen und stellte sich schlafend.

Die Tür ging auf. Anne hörte Rackhams keuchenden Atem, seinen plumpen Schritt.

»Na, mein Täubchen?«

Philip, dachte sie, bete für mich! Hilf mir! Das ist meine letzte Chance.

»Wach auf, ich will wissen, wie du die Nacht...«

Er griff nach ihren Brüsten – und schrie auf, als ihm Anne das Glas durch das Gesicht zog. Einmal, zweimal.

»Du Hure!« schrie Rackham, packte Anne an den Haaren und zerrte sie von der Koje.

Das Blut lief ihm in die Augen. Er ließ Anne los und schlug eine Hand vor das Gesicht. Anne zerschnitt ihm die Finger. Er zog die Hand zurück.

Annes Haß kannte keine Grenzen mehr. Sie bohrte ihm die Glasscherbe in das rechte Auge.

Rackham schrie, wie Anne nie zuvor einen Menschen hatte schreien hören. Er packte sie an den Schultern und schlug mit der Faust auf sie ein. Anne klammerte sich an ihn und wollte ihn erneut angreifen. Rackham versuchte sie zurückzustoßen.

Sie verkrallte sich in seinem Gesicht. Der Bug der *Gull* hob sich, Anne und Rackham taumelten zurück, prallten gegen eines der Schiffsfenster.

Als das Glas zersplitterte, ließ Anne los. Sie fielen beide in die schäumende See.

Anne hörte noch den entsetzlichen Schrei ihres Peinigers. Ihre Angst war längst vorbei. Ihre Seele schrie nach Philip.

Das Wasser schlug über ihr zusammen und zog sie in die Tiefe.

8. Kapitel
Die Wölfe

1

Eine Uhr tickte in seinem Gehirn. Sie tickte unaufhörlich, trieb ihn weiter, immer weiter.

Die Uhr trieb ihn noch an, als sein erschöpfter Körper schon aufgeben wollte. Sie weckte ihn jeden Tag vor dem Morgengrauen, wenn die Frühlingsluft noch schneidend kalt war und die Finken durch das hohe, bewegte Gras von Virginia zu flattern begannen. Eine Handvoll getrocknetes Korn aus dem Brotsack, ein Bissen zähes Rindfleisch, hinuntergespült mit einem Schluck aus der Feldflasche, die er an einem sprudelnden Bach gefüllt hatte – dann war er wieder unterwegs, ritt auf dem großen Rotbraunen, den er an der Handelsstation von Will's Creek gekauft hatte.

Er hatte sich das Pferd ausgesucht, weil es widerstandsfähig aussah, nicht weil es sich besonders schnell vorwärtsbewegte. Aber als ein Tag nach dem anderen verstrich, wuchs seine Ungeduld, und er trieb das Tier immer schneller an.

In kleinen Tälern zwischen den Berghängen hielt er manchmal an, um einen Abend bei Siedlern zu verbringen, bei einer Familie oder mehreren, die in dicht aneinandergedrängten Hütten wohnten. Dann genoß er den Luxus eines Stuhles, der neben einem verrauchten Herd stand. Und immer wieder stellte er den Leuten in Variationen die gleiche Frage.

»Wissen Sie, welcher Tag heute ist? Ich glaube, es müßte der Vierzehnte sein. Ich lag drei Tage lang im Fieber, nachdem ich den Savage Mountain überquert hatte, dabei verlor ich irgendwie das Zeitgefühl.«

»Heute ist der Sechzehnte.«

Und die Uhr tickte lauter, in einem quälenden Rhythmus, der ihn daran erinnerte, daß er vielleicht zu spät kommen könnte. Dann verließ er die Siedlung schon vor Sonnenaufgang, ignorierte die verheilte Wunde an seiner linken Seite, die noch immer schmerzte, wenn es kalt war.

In den ersten ein oder zwei Wochen, als er die Blue Ridge Mountains überquerte, die sich in den Dämmerstunden in rauchigem Blau zeigten, als er über die Wiesen entlang des gewundenen Shenandoah ritt, hatte er sich oft gefragt, ob die Prognosen nicht zutrafen, die man ihm bei seinem Abschied gestellt hatte. Vielleicht war er wirklich ein Narr, weil er allein aufgebrochen war.

Sicher, er war gut ausgerüstet. Und so weit südlich brauchte er nicht mit Indianerangriffen zu rechnen. Der Großteil ihres Zorns, den die Briten angefacht hatten, konzentrierte sich auf den Norden, vom Tal des Genesee bis zum Mohawktal in York State. Aber es gab andere Gefahren, die auf einen einsamen Mann in der Wildnis lauerten.

Und er war unerfahren. Er kannte sich nicht aus in der Wildnis, hatte nur sein Gewehr, einen Kompaß und ein paar nicht sehr genaue Landkarten.

Aber er hatte einen fast dämonischen Willen zum Erfolg. Er wollte dem Mann folgen, wollte den Mann finden, der ihm Vertrauen geschenkt hatte, der nun sicher annahm, daß dieses Vertrauen ungerechtfertigt war. Er ritt weiter, wenn Gewitterstürme ihn durchnäßten, hielt nur an, wenn das Fieber seinen Kopf in einen wirbelnden Kreisel verwandelte, wenn sein Durchfall unerträglich war, wenn er sich so geschwächt fühlte, daß er glaubte, nie wieder aufstehen zu können.

Aber irgendwie schaffte er es dann doch, wieder in den Sattel zu steigen, wenn er auf die Uhr horchte, die in seinem Gehirn tickte – die stundenlang tickte und tickte und ihn wie mit Peitschenhieben vorantrieb.

Er folgte den Pfaden, die sich den dunklen, bewaldeten Hang des Little Allegheny Mountain hinaufwanden, dann ritt er den Savage Mountain hinauf, wo ihn das Fieber zum zweitenmal befiel und er drei Tage verlor. Er war zu schwach, um mehr zu tun, als sich eine Handvoll Getreide in den Mund zu stecken.

Endlich erreichte er den Allegheny Mountain. Die bewaldeten Gipfel hoben sich fast schwarz vom Aprilhimmel ab. Adler kreisten über ihm, Hasen sprangen in die Büsche, als er den Hang hinaufritt, das Kentucky Rifle fest umklammert, das auf seinen Knien lag. Sein Gewehr ließ er nie aus dem Augen, selbst dann nicht, wenn er in einem der kleinen grünen Täler in einer gemütlichen Hütte saß, die zwischen beackerten Feldern stand.

Als die Uhr weitertickte, brannte irgend etwas in ihm aus. Sein früheres Ich war ihm fremd geworden.

Und als er wochenlang auf dem Pferderücken unterwegs war, fühlten sich die Lederhose und das Lederhemd nicht mehr steif an, schmiegten sich an ihn wie eine zweite Haut. Seine Haut wurde dunkler, das tödliche Weiß des winterlichen Krankenbetts war erst in einen roten Sonnenbrand übergegangen, dann in tiefe Bräune, nachdem er die ersten Tage in Wind und Wetter überstanden hatte. Als der April seinem Ende zuging, schimmerten seine Wangen wie Mahagoni. Kein Gramm überflüssiges Fleisch war mehr an seinen Knochen. Seltsamerweise gab ihm die neue Hagerkeit kein kränkliches Aussehen, im Gegenteil.

Als er den Chestnut Ridge hinabritt, als er die Great Meadows überquert hatte, wo General Washington einmal ein Fort gebaut hatte, um einer Belagerung der Franzosen standzuhalten, brach sich sein Pferd ein Bein. Es war in einen Fuchsbau getreten. Er erschoß das Tier, ließ es in der Gruppe von schimmernden Berglorbeerbäumen zurück und ging zu Fuß weiter. Er folgte einem Weg, der ihn zu der Stelle führen sollte, wo der aus dem Süden heranströmende Monongahela und der Allegheny aus dem Norden zusammentrafen – wenn sein Kompaß und die Landkarten ihn richtig informiert hatten.

Jetzt mußte es bereits Mai sein. Die atemberaubende Schönheit der Berge und der grünen Täler dazwischen bereitete ihm keine Freude mehr. Die Uhr in seinem Gehirn tickte immer lauter...

George Clark hatte gesagt, er würde Mitte April oder Anfang Mai von der Flußmündung aus aufbrechen.

Er war stolz, daß er allein so weit gekommen war, stolz auf sein Überleben. Und er war stolz darauf, daß er ohne einen Schluck Alkohol ausgekommen war, seit er die Chesapeake Bay verlassen hatte. Die Nächte, in denen er krank und zitternd in Wäldern gelegen hatte, von fremden, unsichtbaren Kreaturen gequält, waren vorbei, jene Nächte, in denen der Durst so unerträglich in seiner Kehle gebrannt hatte.

Er hatte es geschafft, war ohne einen Tropfen Alkohol ausgekommen. Er hatte auf Kräfte in seinem Inneren zurückgegriffen, die er lange nicht mehr genutzt hatte. Und es hatte ihn zutiefst befriedigt, diese Kräfte noch vorzufinden, die ihm die Widerstandsfähigkeit und die Hartnäckigkeit gaben, die Reise anzutreten.

Aber sogar dieser Stolz schwand, als er weiterging, von der Angst erfaßt, zu spät zu kommen. Diese Angst verdichtete sich fast zur Gewißheit.

Das Wetter wandelte sich von Frühlingssonnenschein in kaltes, windiges Grau, als er durch Schluchten ging, in deren Wänden schwarze Kohlenadern schimmerten. Er schlief jede Nacht weniger, kauerte neben dem kleinen Feuer, das er jeden Abend mit seinem Feuerstein und dem kleinen Vorrat an Zündstoff entfachte, den er sorgfältig im trockenen Brotbeutel neben seiner Munition aufbewahrte. Er döste ein und wußte, daß er den Schlaf brauchte, wünschte sich aber gleichzeitig, er würde ohne diese Ruhepausen auskommen. Manchmal hörte er ein Heulen fern zwischen den Bäumen, gelegentlich sah er auch ein glänzendes Tierauge, in dem sich der Feuerschein spiegelte. Die Wölfe witterten ihn. Sie kamen oft heran. Aber die Flammen hielten sie in sicherer Entfernung.

Als er an einem grauen Morgen die Wälder verließ, griff eine Farmerfrau nach der Muskete. Die Waffe lag nur ein paar Fuß neben dem Pflug, den sie über den kargen Boden der kleinen Lichtung führte. Mißtrauisch sah sie ihm entgegen.

Er berührte die Krempe seines alten, verbeulten Hutes. Diesen Hut hatte ihm eine Familie geschenkt, am Beginn seines langen Trails in Maryland, wo er Holz gehackt hatte, um sich ein warmes Abendessen zu verdienen. Er versuchte freundlich zu lächeln.

»Guten Morgen, Ma'am. Ich heiße Fletcher, und ich bin zum Fort an der Flußmündung unterwegs. Können Sie mir sagen, wie weit es noch ist?«

Die magere Frau sah erschöpft aus. Sie war kaum über dreißig, hatte aber schon fast alle Zähne verloren. Seufzend lehnte sie sich an den Pflug, während das Zugpferd ungeduldig mit einem Huf stampfte. Er sah, daß die eine Handfläche der Frau voller häßlicher Blasen war.

»Noch fünfundvierzig Kilometer, vielleicht auch ein bißchen mehr oder weniger«, erwiderte sie. »Woher kommen Sie denn?«

»Aus Virginia.«

»Sind Sie allein zur Flußmündung unterwegs?«

»Ja. Ich hatte gehofft, Anfang Mai dort anzukommen.«

»Da sind Sie zwei Wochen zu spät dran.«

Er tippte sich wieder an die Hutkrempe. »Dann werde ich mich beeilen. Vielen Dank.«

»Sie...«

Er wandte sich um beim Klang ihrer müden Stimme.

»Wollen Sie nicht eine Weile hier bleiben? Ich könnte jemanden brauchen, der mir hilft, das Feld zu bebauen.«

»Tut mir leid, ich habe keine Zeit.«

»Schon gut.«

Er ging eine der frischen Ackerfurchen entlang. Am westlichen Horizont rollte schwacher Donner. Die Frau wischte sich mit dem Unterarm über die Stirn und zeigte zu der halbverfallenen Hütte, die am Rand des Feldes stand, von Baumstümpfen umgeben.

»Dort an der Quelle können Sie Ihre Feldflasche füllen.«

»Vielen Dank, das werde ich tun.«

Er sprach rasch, sein Ton verriet die Ungeduld, die ihn erfüllte. Die Uhr in seinem Kopf tickte drohend. Er wird nicht mehr da sein...

Er wird nicht mehr da sein.

Hinter der Hütte sprudelte Wasser aus einem Felsen. Als er den Flaschenhals darunterhielt, wünschte er sich plötzlich, die Erde würde nicht nur Wasser ausspucken. Der alte Durst quälte ihn wieder, machte seine Zunge pelzig.

Neben der Quelle stand ein Holzkreuz, in das ein Männername geschnitzt war. Wahrscheinlich war das der Vater der beiden kleinen Mädchen, die er in der Hütte schwatzen und kichern hörte. Vielleicht sollte er bleiben, der Frau helfen, sich ein paar warme Mahlzeiten verdienen, ein paar Nächte ausruhen und dann umkehren und in den Osten zurückgehen. Und er fühlte sich unbeschreiblich müde bei dem Gedanken, auch nur noch hundert Meter in dem Bewußtsein zu gehen, daß er seinen Freund doch nicht mehr antreffen würde.

Nein, sagte er sich entschlossen, du wirst ihn finden. Du wirst ihn finden, und wenn du allein zum Ufer des Kentucky gehen mußt. Aber seine Hoffnung war klein.

Seine Kehle brannte, als er die Flasche zustöpselte und um die Hütte ging. Er winkte der Frau am Pflug noch einmal zu, dann ging er weiter durch die Wälder, während Donnerschläge den Maihimmel erfüllten.

Judson nahm an, daß ihm zwei Umstände das Leben gerettet hatten. Erstens war die Pistolenkugel Lottie Shaws sauber in das Fleisch an seiner linken Schulter eingedrungen und wieder ausgetreten. Zweitens war Carter sehr feige.

Judson wußte nicht, ob Carter die junge Frau daran gehindert hatte, eine weitere Kugel auf ihn abzufeuern und ihn damit endgültig zu töten. Er konnte sich nicht mehr an die Stunden erinnern, die unmittelbar auf die Schießerei gefolgt waren.

Lottie und Carter hatten ihn offenbar im feuchten Herbstlaub am Ufer des Plum Creek liegen lassen. Irgendwie hatte er sich aufgerappelt, war davongestolpert, von einem instinktiven Orientierungssinn geführt. Dann hatte er die Straße erreicht, die sich am Rappahannock in der Nähe von Sermon Hill entlangwand. Später hatte er erfahren, daß ihn ein schwarzer Feldarbeiter über die Straße hatte taumeln sehen und Hilfe geholt hatte.

In einem Wagen wurde er nach Sermon Hill gebracht. Dort hatte sich Angus Fletcher um ihn gekümmert, wenn er Donalds Bericht Glauben schenken konnte. Der alte Mann hatte erkannt, daß sein Sohn verbluten würde, wenn man ihm nicht half und hatte einen Arzt gerufen. Dann hatte er Donald gesagt, Judson dürfe auf der Plantage bleiben, bis er entweder gesund oder tot sei. Aber er hatte darauf bestanden, daß Judson in einer Sklavenhütte untergebracht wurde.

Angus Fletcher wich nur bis zu einem gewissen Grad von seinen Prinzipien ab.

3

Judson erinnerte sich noch, wie er in der Hütte erwacht war, wie er um sich geschlagen und geschrien, wie er sich in dem Verband unter dem kratzenden Nachthemd beengt gefühlt hatte.

Donald hatte sich von dem Stuhl neben dem Krankenbett erhoben. Sanft versuchte er den Bruder in die Kissen zurückzudrücken.

»Hör auf, dich so aufzuführen! Du bringst dich noch selbst um!«

»Ich habe George Clark versprochen, ihn in Williamsburg zu treffen«, lauteten Judsons erste Worte.

»Was hast du getan?«

Keuchend, in mühsamen Sätzen erklärte Judson seinen Plan.

Donald schüttelte den Kopf. »Du liegst schon fast zwei Wochen hier. Du schaffst es nicht, die Verabredung einzuhalten.«

»Dann mußt du ihm eine Nachricht schicken. Du mußt...«

Donald erklärte sich damit einverstanden. Aber der schwarze Bote kehrte nach drei Tagen mit der Nachricht zurück, daß George Clark bereits aufgebrochen war.

»Dann...« Das Sprechen bereitete Judson noch immer ungeheure Mühen und Schmerzen. »Dann... sobald ich aufstehe... in einer Woche oder so... folge ich ihm.«

Donald rieb sich sein krankes Bein und schüttelte zum zweitenmal den Kopf.

»Wahrscheinlich wird es einen Monat dauern, bis du wenigstens halbwegs humpeln kannst. Die Wunde ist sauber, aber sie ist ziemlich tief.« Donald lächelte ironisch. »Vater sagte, man solle dir die bestmögliche Pflege zukommen lassen. Weißt du, daß er sogar einen zweiten Arzt aus Richmond kommen ließ, weil er dachte, der hiesige Quacksalber hätte keine Ahnung, wie man dich behandeln müsse? Ich habe ihn noch nie so verlegen gesehen wie in dem Augenblick, als er mir das sagte.«

Judson war zu erstaunt, um sofort antworten zu können. Er starrte auf den schmutzigen Hüttenboden, horchte auf die Stimmen der Neger, die draußen die Straße entlanggingen, seine Gefühle wechselten von bitterem Spott zu wildem Jubel.

Schließlich sagte er: »Ich kann gar nicht glauben, daß Vater nicht befohlen hat, mich sofort in den Fluß zu werfen, um sich die Begräbniskosten zu ersparen.«

»Hör mit diesem Unsinn auf«, sagte Donald ärgerlich. »Er ist ein engstirniger, boshafter alter Mann, aber er ist kein Monstrum. Und du bist sein Sohn. Also laß das. Durch den Haß ist auf beiden Seiten genug Unheil angerichtet worden.«

Judson legte sich mit schmerzverzerrtem Gesicht zurück. »Ja, ich glaube, du hast recht.« Er schloß die Augen, aber nach wenigen Minuten öffnete er sie wieder. »Wenn ich aufstehen kann, werde ich George folgen.«

»Ganz allein? Das ist doch Wahnsinn.«

»Vielleicht, aber ich gehe trotzdem. Aber zunächst knöpfe ich mir Lottie Shaw vor.«

Donald winkte ab. »Das kannst du dir sparen. Sie ist zusammen mit diesem Gentleman verschwunden. Entweder ließen sie dich liegen, weil sie glaubten, du wärst tot, oder sie hatten plötzlich Angst, das zu Ende zu führen, was sie begonnen hatten, weil sie sich die Konsequenzen vor Augen führten. Vater hat ein paar Sklaventreiber losgeschickt, die sie suchen sollen. Mit Pistolen und Musketen.«

»Neger?«

»Drei Männer, denen er absolut vertraut. Er hat ihnen die Waffen persönlich gegeben.«

»Das kann doch nicht dein Ernst sein.«

»Doch.«

»Verdammt will ich sein...«

»Warum überrascht dich das so? Alles überholt sich einmal – auch der Haß. Und die Bande des Blutes haben große Heilkraft.«

»Die Bande des Blutes...«, wiederholte Judson langsam. »Der Alte glaubt doch, daß ich böses Blut in mir habe. Er nennt es Teufelsblut.«

»In seinen Adern fließt das gleiche Blut.« Wieder lächelte Donald ironisch. »Sag mir nicht, du hättest das noch nie bemerkt. Natürlich hat es ihn beschäftigt, daß du angeschossen worden bist. Einer verwundeten Kreatur kann man leichter vergeben als einem Wesen, das zum Sprung ansetzt, um nach einem zu schnappen. An deiner Stelle würde ich keine großen Fragen stellen, ich würde einfach dankbar sein. Der Haß hat euch beide jahrelang gequält.«

Judson seufzte schläfrig. »Ich fühle mich viel zu erschöpft, um irgend jemanden außer mich selbst zu hassen. Ja – ich bin froh, daß er nachgegeben hat. Würdest – würdest du ihm bitte ausrichten, daß ich ihm danke?«

»Natürlich. Ich bezweifle aber, daß er darauf irgendwie reagiert.«

»Ich erwarte keine Reaktion. Sag es ihm nur.«

»Das werde ich tun.«

»Sag ihm auch, daß ich George folgen werde. Das ist die einzige Möglichkeit, meinem Leben eine Wende zu geben. Auch wenn ich ihn nicht erreiche – wenn mir unterwegs etwas zustoßen sollte, dann habe ich es wenigstens versucht. Verstehst du das?«

»Ja«, erwiderte Donald ruhig. »Und das ist eine große Tugend dieses Landes. Eine Tugend, die diesem entmutigenden, ermüdenden Krieg eine Berechtigung gibt.«

»Wovon redest du?«

»Wir haben mehr zu gewinnen – etwas, das über die erlauchten Prinzipien der Erklärung von Philadelphia hinausgeht, Judson. Ich habe Tom Jefferson oft davon sprechen hören – von dem Land im Westen. Von der Chance zu einem Neubeginn, die es den Menschen bietet. O Gott...« Er seufzte. »Manchmal wünschte ich, ich könnte auch dorthin gehen.«

Seine Augen suchten die des jüngeren Bruders.

»Aber ich hoffe, du nimmst dieses Wagnis nicht nur auf dich, um Vater irgend etwas zu beweisen.«

»Nein. Wie ich George schon sagte, habe ich mein Leben in diesem Teil der Welt so durcheinandergebracht, daß ich Sermon Hill verlassen oder hier sterben muß.«

Donald zeigte auf Judsons linke Seite und versuchte zu scherzen. »Da hast du recht. Und du warst verdammt nah daran, wie?«

4

An einem sonnigen Morgen Ende März ging Donald mit seinem Bruder zur Straße am Fluß hinunter. Judson war noch blaß, hatte sich aber sonst erholt. Er trug einen Brotbeutel bei sich und ein Kentucky Rifle, das Donald aus Richmond hatte kommen lassen. An nebligen Nachmittagen hatte er auf einem einsamen Feld Schießübungen veranstaltet. Sein Ziel war ein Ast oder ein Baumstumpf gewesen. Nach wenigen Tagen hatte er ein Ziel, das 15 Zentimeter breit und 10 Zentimeter hoch war, fast mit jedem Schuß getroffen.

Donald wirkte müde und erschöpft, als er sich an der Stelle, wo die Straße von Sermon Hill auf die Hauptstraße führte, schwer auf seinen Stock stützte. Bei Sonnenaufgang hatte Judson seinen Brotbeutel gepackt, das Geld eingesteckt, das Donald ihm lieh, sich angezogen und die Hütte verlassen. Kein einziges Mal während seiner Rekonvaleszenz auf Sermon Hill hatte er das Hauptgebäude betreten, kein einziges Mal hatte er seinen Vater gesehen, außer kurz aus der Ferne, wenn der alte Mann über die Tabakfelder geritten war.

»Ich glaube noch immer, daß du verrückt bist«, sagte Donald. »Aber ich bin auch zu der Überzeugung gelangt, daß du mit ein wenig Glück das finden kannst, was du suchst.«

»Ich weiß nicht, was das ist, Donald.«

»Wenn du es findest, wirst du es erkennen.«

»Du bist zuversichtlicher als ich.«

»Eine brüderliche Intuition...« Donald lächelte. »Du hast dich verändert.«

»Das war notwendig. Manchmal muß man seine Dämonen verjagen, so gut man kann, um zu überleben. Ich weiß noch nicht, wohin ich gehe, aber ich weiß, daß ich hier nicht bleiben kann. Eine sehr einleuchtende Darlegung meiner Absichten, nicht wahr?«

Und er schenkte Donald ein gezwungenes Lächeln, das einen tiefen Schmerz verbarg. Auf dem kurzen Weg zum Fluß hatte ihn unvermutet tiefe Melancholie überwältigt.

»Es ist eine ehrliche Erklärung«, sagte Donald. »Übrigens – ich werde Peggy McLean verständigen.«

Judsons Kopf fuhr hoch.

»Sie ist wieder zu Hause?«

»Ja. Über den Reisevorbereitungen in den vergangenen Tagen muß ich vergessen haben, es zu erwähnen. Ich habe Williams getroffen, und er erzählte, sie sei vor einer Woche zurückgekehrt. Sie blieb bisher zu Hause, offenbar, weil ihre Gesundheit ziemlich angegriffen ist.«

Judson erschrak. »Was fehlt ihr denn?«

»Williams behauptete, es nicht zu wissen. Es ist sehr seltsam. Williams sagte, sie hätte eine Bemerkung über ihre Heimreise an Bord eines Küstenschiffes fallen lassen.«

»An Bord eines Küstenschiffes? Warum sollte sie eine Seereise riskieren, wo es doch überall von Briten wimmelt?«

»Und von amerikanischen Kaperschiffen. Aber ich bin deiner Meinung, zu Kriegszeiten ist eine Seereise kein reines Vergnügen. Und es ist erstaunlich, daß sie so lange Ferien gemacht hat. Wohin sollte sie reisen? Weder nach Philadelphia noch nach New York noch in den Norden – nur nach Boston. Oder vielleicht nach Charleston oder Savannah...«

»Ich bin sicher, daß Peggy in Charleston oder Savannah keine Verwandten hat. Aber sie erzählte mir vor Jahren, daß ihre Mutter Verwandte irgendwo in Neu-England hat. Vielleicht täusche ich mich, aber...«

»Wahrscheinlich leidet sie noch immer unter der Erinnerung an den Sklavenaufstand. Ich nehme an, mit ihren Reisen sucht sie Vergessen. Williams sagte nichts von« – Donald suchte nach den richtigen Worten – »von psychischen Schwierigkeiten. Aber er ist sehr loyal, er würde nie über so etwas sprechen.«

Ich bezweifle, daß es nur die Erinnerung an den Sklavenaufstand ist, dachte Judson. Vielleicht kann sie ein gewisses Erlebnis nicht vergessen, das erst danach geschah...

Einen Augenblick lang überlegte er, ob er kurz bei McLeans Haus vorbeigehen sollte. Aber dann verwarf er diesen Gedanken. Er konnte nichts tun, um sie sein nichtswürdiges Benehmen im Sommerhaus vergessen zu lassen.

Er sah Peggys Gesicht vor sich, schob diese Vorstellung dann aber entschlossen beiseite. Dies war ein Teil seiner Vergangenheit, den er für immer hinter sich lassen mußte.

»Nun...« Er konnte den Abschied nicht noch länger hinauszögern. »Wenn du Gelegenheit dazu findest, sag ihr, wohin ich gegangen bin – und warum.«

»Das verspreche ich dir. Ich weiß, es wird Monate, wenn nicht Jahre dauern, bis wir etwas von dir hören.«

»Ich werde schreiben, wenn es mir möglich ist.«

»Ja. Aber da die Indianerstämme rebellieren, wird es zwischen Kentucky und dieser Gegend hier wohl kaum eine regelmäßige Postverbindung geben.«

Und schon gar nicht zwischen Sermon Hill und dem von den Briten kontrollierten Gebiet jenseits von Kentucky, fügte Judson in Gedanken hinzu.

»Ich will dir keine Predigt halten, Judson, aber ich glaube, du hast die richtige Entscheidung getroffen. Und ich bin dankbar, daß es trotz all des Wirbels im Westen noch ein offenes Land gibt, in das ein Mann gehen kann, wenn er ein neues Leben beginnen will.« Tränen glänzten in seinen Augen, er wischte sie hastig fort. »Gott schütze dich, mein Bruder.«

»Und auch dich«, antwortete Judson und ging die Straße hinauf.

»Oh, warte! Verdammt, das hätte ich beinah vergessen.«

Judson drehte sich um und sah, wie sein Bruder ein kleines, in schwarzes Leder gebundenes Buch aus der Rocktasche zog. »Ich war bei Vater, als du deine Sachen zusammengepackt hast. Das ist ein Geschenk...«

Judsons Kinn sank herab. »Doch nicht für mich?«

»Sei nicht zu überwältigt, bevor du es dir angesehen hast. Es ist genau das, was du von ihm erwarten kannst.«

»Ich erwarte gar nichts.«

»Ich meine die Art des Geschenks.« Donalds Daumen fuhr über die Goldprägung auf dem Buchrücken.

»Das Neue Testament. Jetzt weiß ich, was du gemeint hast.« Judsons Gesicht zeigte das alte spöttische Lächeln.

»Schlag es auf.«

Judson griff nach dem Buch. Ein Kloß saß in seinem Hals, als er die vertraute Handschrift sah, die inzwischen etwas zittriger war. ›Für meinen Sohn Judson‹, lautete die Inschrift. ›Angus Fletcher, am 29. März 1778.‹

Judsons Lächeln erstarb.

Donald grinste gezwungen. »Vater hält dich natürlich für noch verrückter als ich. Aber obwohl er gegen deinen Eigensinn wetterte, war er doch insgeheim mit deinem Entschluß einverstanden.«

Zorn leuchtete in Judsons Augen auf. »Ich habe dir gesagt, daß ich es meinetwegen tue – nicht, um ihm etwas zu beweisen.«

»Das weiß er wohl auch zu schätzen. Und deshalb billigt er deine Entscheidung. Vielleicht hat er erkannt, daß du ein Mann geworden bist.«

»Ich wußte gar nicht, daß ich etwas anderes war.«

»Bis vor ein paar Monaten hast du diese Bezeichnung nicht verdient«, erwiderte Donald ruhig. »Nicht...« Er hob die Hand. »Kein Temperamentausbruch bitte! Es ist die Wahrheit. Die meisten von uns werden auf ihre eigene Art erwachsen, manche nie. Aber du hast es geschafft. Und wenn du auch nicht ganz so geworden bist, wie Vater sich das gewünscht hat...« Er zuckte mit den Schultern. »Nun, das Leben ist ein einziger Kompromiß. Du wolltest Peggy, und konntest sie nicht bekommen. Ich habe meine Frau geliebt und sie verloren. Vater wollte zwei pflichtbewußte Söhne, überzeugte Tories, da er im Herzen noch immer gegen die Rebellion ist. Statt dessen hat er einen alten Gichtklumpen bekommen, der ihm kaum helfen kann, die Plantage zu bewirtschaften und auch noch auf der falschen politischen Seite steht. Und außerdem hat er einen atheistischen Schurken bekommen, der sich erdreistet, in diese rauhen Grenzländer zu ziehen.«

Donald lächelte. »Jeder Vater wünscht sich viel von einem Sohn, nehme ich an. Wenn er nicht alles haben kann, gibt er sich eines Tages mit dem zufrieden, was ihm vergönnt ist.«

»Ich glaube nicht, daß Vater sich wirklich etwas aus mir macht.«

»Hör doch auf, verdammt! Natürlich macht er sich was aus dir. Er sagte mir, er sei überzeugt, daß du an Schüttelfrost sterben wirst, nachdem du eine Woche lang in den Wäldern geschlafen hast. Aber ich schwöre dir, seine Stimme klang mächtig stolz, als er das sagte.«

Judson wollte sprechen, aber die Stimme gehorchte ihm nicht. Seine Finger schlossen sich fester um das Neue Testament, und er steckte es in seinen Brotbeutel. Irgend etwas in ihm zwang ihn, die Worte auszusprechen, die ihm auf dem Herzen lagen, Worte, die ihm so unendlich schwer fielen. Etwas anderes in ihm widerstand diesem Bedürfnis, und er kämpfte sekundenlang mit sich.

Dann platzte er heraus.

»Sag ihm, ich bedanke mich herzlich für das Geschenk.«

»Gewiß.«

»Und...«, Tränen traten ihm in die Augen. »Und sag ihm...«

Das Gefühl brach sich Bahn. Es war älter als die schrecklichen Mauern des Hasses, die er darum errichtet hatte, stärker, mächtiger...

»Sag ihm, daß ich ihn liebe.«

»Darüber wird er sich am meisten freuen.«

Judson grinste. »Aber er wird es nicht glauben, der alte Bastard.«

Sie lachten, schüttelten sich die Hände, und dann wandte sich Judson nach Westen, der Sonne zu.

5

Am frühen Abend des Tages, an dem er die Frau hinter dem Pflug getroffen hatte, spürte Judson die ersten Regentropfen. Bald steigerten sie sich zu einem Wolkenbruch. Innerhalb weniger Minuten war er bis auf die Haut durchnäßt.

Das Waldgelände wurde dunkler, es war immer schwieriger, dem kaum sichtbaren Pfad zu folgen. Als er durch den Regen blinzelte, sah er, daß ihm ein großer, vom Blitz gespaltener Baum den Weg versperrte.

Er war froh, daß er die derben Lederhosen trug, denn zwischen dem Farnkraut wuchs Dorngestrüpp. Der Wald roch nach fruchtbarer Erde. Sie dampfte, als der Regen nachließ.

Er erreichte den Rand eines etwa drei Meter tiefen Abhangs. Vorsichtig ging er am Rand entlang. Als er den Baum umrundet hatte, kehrte er auf den Pfad zurück und...

Der Rand des Abhangs, vom Regen aufgeweicht, gab unter seinem linken Stiefel nach.

Judson verlor das Gleichgewicht und stürzte mit einem Schrei hinab. Als er auf dem Boden der Schlucht aufschlug, knickte das linke Bein unter seinem Gewicht ein. Ein stechender Schmerz durchfuhr ihn. Keuchend blieb er etwa eine Minute lang liegen. Dann suchte er nach seinem Gewehr und dem Brotbeutel, die ihm bei dem Sturz entfallen waren. Dabei stützte er sich auf den schlammigen Boden, streckte sein linkes Bein...

Erneut schien wilder Schmerz in ihm zu explodieren.

Verdammt, er hatte sich das Bein verrenkt.

Mühsam stemmte er sich wieder hoch. Aber sobald er auf den Füßen stand, biß er vor Schmerzen die Zähne zusammen. Mit diesem Bein würde er keine hundert Meter schaffen. Er mußte sich zumindest eine Nacht ausruhen.

Er versuchte ein paar vorsichtige Schritte, um sofort mit schmerzverzerrtem Gesicht aufzugeben. Wieder war er sich der Uhr bewußt, die in seinem Gehirn tickte, jeder verschwendete Augenblick festigte den Mißerfolg, vernichtete die Hoffnung, Clark in Pittsburg zu finden. O Gott, er würde notfalls weiterkriechen...

Aber seine Vernunft behielt die Oberhand. Der geringe Zeitgewinn, den er errang, wenn er den Weg fortsetzte, würde ihm später nichts mehr nützen, wenn das verletzte Bein ihn endgültig zum Aufgeben zwang. Besser, er schlug hier ein Lager auf und wartete auf den neuen Tag. Dann würde er vielleicht wieder schneller vorankommen.

Er unterdrückte seinen Zorn auf das Schicksal, das ihm diese ungewollte Pause aufbürdete, kroch durch den Schlamm und das Geröll der Schlucht zu seinem Gewehr und warf es nach oben über den Rand der Schlucht. Dann schleuderte er den Brotbeutel hinterher und begann den mühsamen Aufstieg. Nach einer Kletterei, die kein Ende zu nehmen schien, kam er oben an. Er zog sich über den Rand der Schlucht, blieb liegen, die Wange gegen Farn gepreßt, und rang nach Atem. Donnerschläge erschütterten den Wald. Regen tropfte in seinen Nacken.

Hier würde er kaum trockenes Holz finden. Am besten kroch er unter den nächsten großen Baum in der Hoffnung, daß die Blitze, die er zwischen den Stämmen aufzucken sah, nicht ausgerechnet in seinen Baum einschlagen würden. Aber hier konnte er den Bäumen ohnehin nicht ausweichen, sie standen viel zu dicht. Einer war so gefährlich wie der andere.

Er packte das Gewehr und den Brotbeutel, humpelte zu einem großen Ahorn, lehnte sich erschöpft an den Stamm. Die jungen Blätter über seinem Kopf würden ihn vor dem Regen schützen.

Das verletzte Bein pochte schmerzhaft. Was für ein verdammtes Pech er doch hatte. Und dabei war er dem Ziel so nahe. Nicht einmal mehr fünfundvierzig Kilometer bis zur Flußmündung...

Er ließ seine Gedanken wandern, versuchte die Wut und die Enttäuschung zu vergessen. Die Regentropfen, die auf die Blätter trommelten, und das Donnerrollen schläferten ihn allmählich ein. Er lehnte den Kopf an den Ahornstamm und gähnte...

Plötzlich riß er erschrocken die Augen auf. Er hatte jede Orientierung verloren.

War er blind geworden?

Nein, nein – er hatte nur geschlafen. Und inzwischen war die Nacht hereingebrochen.

Der Wald rings um ihn schwieg. Die leisen Geräusche irgendwelcher Nachttiere, die Wassertropfen, die hie und da von den Zweigen fielen, betonten die Stille noch. Die Luft war kühl und feucht. Er tastete nach seinem schmerzenden Bein und stöhnte.

Durstig griff er nach seiner Feldflasche, setzte sie an die Lippen und wollte gerade trinken, als er ein seltsames Geräusch hörte.

Ein gellendes Bellen, das in ein Heulen überging.

Wölfe – irgendwo im Dunkel waren Wölfe.

Plötzlich begriff er, welchen Gefahren er ausgesetzt war. Das Heulen verstärkte sich. Drei, vielleicht auch vier Tiere stimmten in den unheimlichen Chor ein, der ihm einen Schauer über den Rücken jagte. Er konnte nicht vor den Wölfen davonlaufen, er mußte sich hier unter diesem Baum verteidigen.

Wenigstens hatte er sein Gewehr und das Jagdmesser, das im Stiefelschaft steckte.

Wieder dröhnte ein Donnerschlag. Schweiß brach ihm aus. Er griff nach dem Brotbeutel und nahm die Munition heraus. Mit zitternden Fingern lud er sein Gewehr nach. Schußbereit hielt er es auf den Knien, während das Geheul immer lauter anschwoll.

Als ein neuer Donner verhallte, hörte er ein anderes Geräusch. Das Wasser begann rascher von den Bäumen zu tropfen, es hatte wieder zu regnen begonnen, und bald regnete es so stark, daß das Wasser auch durch die schützenden Blätter drang und ihn erneut durchnäßte.

Ein Lichtstreifen fuhr im Zickzack über den Himmel und erhellte sekundenlang drei schwarze Schnauzen, die keine vier Meter von ihm entfernt waren. Weiß schimmerten die Fänge, die Augen glühten, als der Blitz erlosch.

Er schluckte, hörte ein gutturales Knurren, hörte Pfoten, die sich über die nasse Erde bewegten.

Er riß das Gewehr an die Schulter, zielte blindlings ins Dunkel und drückte ab.

Aber das feuchte Pulver entzündete sich nicht.

Fluchend erhob er sich. Unwillkürlich verlagerte er das Gewicht auf das verletzte Bein und schrie fast auf. Aber er mußte aufrecht bleiben. Sie kamen auf ihn zu – mindestens drei. Gott allein mochte wissen, wie viele da draußen in der undurchdringlichen Schwärze des Waldes noch lauerten.

Er bückte sich, zog das Messer aus dem Stiefelschaft, schloß die Zähne um die stumpfe Seite der Schneide und umklammerte mit beiden Händen den Gewehrlauf. Dann konzentrierte er seine ganze Aufmerksamkeit auf die Geräusche der Wölfe, die immer näher kamen. Er mußte sie töten, oder er würde nie die Flußmündung erreichen.

Der Regen strömte herab, und es wurde immer schwieriger, die Geräusche zu unterscheiden. Wenn dies das Ende ist, dachte er, brauche ich mich der Todesart wenigstens nicht schämen.

Er versuchte sich Mut zuzusprechen, versuchte sich einzureden, daß er sich von diesen Bestien nicht töten lassen würde.

Gut und schön... Aber das änderte nichts an den Tatsachen. Am bedrückendsten beim Gedanken an den Tod war die Erkenntnis, daß George Clark nie erfahren würde, wie er alles daran gesetzt hatte, um ihn einzuholen, um sein Versprechen zu halten.

Doch eigenartig, als er an die Möglichkeit des Sterbens dachte, kam kalte Ruhe über ihn. Er konnte den Gewehrlauf fester umfassen, die Schmerzen in seinem Bein fast vergessen.

Ein knurrendes, pelziges Etwas aus Fängen und Krallen warf sich gegen ihn. Judson bog den Kopf zur Seite, sein verletztes Bein gab unter ihm nach.

Er stieß gegen den Baum, landete auf der Seite, das Messer, das er mit den Zähnen umklammerte, schnitt ihm in den Mundwinkel. Fänge zerrissen seine Lederhose. Er hob das Gewehr hoch, ließ es herabsausen. Knochen brachen, die Fänge lockerten sich.

Judson trat nach dem zuckenden Tier und schlug mit dem Gewehrschaft auf den Wolf ein, immer wieder...

Das Tier stieß ein schwaches Bellen aus und ließ von ihm ab.

Aber im gleichen Augenblick schnappten zwei andere nach ihm. Er hieb und trat nach ihnen im strömenden Regen, nahm das Gewehr in die linke Hand, riß sich mit der rechten das Messer aus dem Mund, stach und schlug gleichzeitig zu. Kaum ein menschliches Gefühl war mehr in ihm. Er war zum Tier geworden, fast so wild wie seine Angreifer.

Sein Messer schlitzte den Hals eines Wolfes auf. Der andere hieb seine Fänge in seinen linken Arm und riß das Fleisch auf. Blut rann herab.

Halb von Sinnen vor Schmerzen ließ Judson das Gewehr fallen, seine rechte Hand schnellte herüber, bohrte das Messer in den Bauch des Wolfes. Im Todeskampf biß das Tier Judsons Fleisch bis auf die Knochen durch.

Judson schrie auf, sank nach hinten und schlug hart gegen den Baumstamm. Der Wolf zuckte zu seinen Füßen und blieb dann still liegen. Keuchend versuchte er, die linke Hand zur Faust zu ballen, aber es gelang ihm nicht. Er spürte warmes Blut über die Finger rinnen.

Aber sie waren tot, alle drei – er war sicher vor ihnen.

Ein Blitz erhellte den Wald. Judson stieß ein verzweifeltes Schluchzen aus.

Das Glühen eines Blitzes zeigte ihm zwei weitere Wölfe mit geifernden Lefzen. Der Donner grollte, als sie sich duckten, um ihn anzuspringen.

9. Kapitel
Kanonen im Sommer

1

Der Augenblick war Philip Kent auf furchterregende Weise vertraut. Die Hitze erinnerte ihn an Breed's Hill. Und auch das dumpfe Schimmern der Bajonette, die scharlachroten Röcke....

Die britischen Fußsoldaten näherten sich von Osten, kamen durch den Dampf, der nach dem letzten Regen aus der Erde stieg. Der sonnendurchleuchtete Schleier schwebte zwischen den Bäumen hinauf wie Rauch aus einem Höllenofen und verlieh dem anmarschierenden Feind ein gespenstisches Aussehen.

Er war in Schweiß gebadet. Schweiß tropfte von seiner Nasenspitze, rann über seine Brust und seine Beine, in die Kleidung, die ohnehin schon naß vom Juniregen waren. Er nahm an, daß sie irgendwo westlich des kleinen Dorfes Monmouth Court House lagen. Während die Geistersoldaten weiter durch den Nebel von Jersey auf sie zumarschierten, warteten die Amerikaner in nordsüdlicher Aufstellung an der Ostseite des McGallaird's Brook, einer Schlucht, deren Boden mehr einem Sumpf als einem Bach glich.

Die Armee von dreizehntausend Soldaten war vor einer Woche von Valley Forge nach Norden marschiert. Bisher war Philips Kontingent kaum auf Widerstand gestoßen.

In den Wäldern war es schwül und heiß. Entlang der Linie lagen Ohnmächtige, andere Soldaten bemühten sich ohne großen Erfolg, sie wieder zum Leben zu erwecken.

Philips Muskete rutschte ihm fast aus den schweißnassen

Händen. Blinzelnd starrte er in die dampfende Luft. Jeder Atemzug strengte ihn an. Er hörte die britischen Infanterietrommeln dröhnen, irgendwo hinter den verschwommenen Gestalten, die durch den Nebel zwischen den dicht beieinanderstehenden Bäumen herankamen.

Mit gezogenem Schwert rannte General Anthony Wayne hinter der amerikanischen Linie entlang. Der Ausdruck seines schweißglänzenden Gesichts konnte Enttäuschung bedeuten – oder Wut. Aus dem Gebüsch, an dessen Rand er geduckt neben Breen und Royal Rothman kauerte, hörte Philip Wayne ständig den gleichen Befehl rufen.

»Nicht feuern! Nicht feuern! Wartet, bis euch euer Offizier das Zeichen zum Angriff gibt!«

Der gutaussehende junge General, der heute genauso schmutzig und von Insekten zerstochen war wie seine Soldaten, rannte in etwa einem Meter Entfernung an Philip vorbei. Er verhielt den Schritt, als er ihn erkannte.

Philip war zu müde, um das kameradschaftliche Lächeln des Generals zu erwidern. Aber er stellte eine Frage.

»Sollen wir halten, General? Unsere Trommelsignale ergeben keinen großen Sinn.«

Wayne verzog die Lippen. »Solange ich hier das Kommando habe, werden wir nicht nur halten, wir werden auch angreifen. Und was die Signale betrifft – ich will verdammt sein, wenn irgendein Offizier hier schlau daraus wird oder weiß, was unser geschätzter Kommandant ausbrütet. Befehl, Gegenbefehl, zunehmende Verwirrung – das scheint an diesem Morgen die Regel zu sein. Charlie Lee war anfangs gegen dieses Unternehmen. Also vergessen wir ihn wohl am besten, was?«

Wayne grinste. Es war jenes draufgängerische Grinsen, das dem jungen Mann aus Pennsylvania den Ruf eines Kommandanten ohne langes Zögern und ohne Rücksicht auf die persönliche Sicherheit eingetragen hatte. Philip sah dem General nach, als er durch das nasse Gras davonlief und sich dem Südende der ungeordneten Linie näherte, die die Rotröcke erwartete.

Sie waren jetzt sehr viel näher. Philip konnte bereits einzelne Gesichtszüge im Wechselspiel von Sonnenlicht und Dampfschleiern unterscheiden. In weiter Ferne grollte Donner, kündigte ein neues Gewitter an.

Oder war das Kanonendonner?

In Breens und Royals Augen, in den Augen aller bärtigen, schwitzenden Männer, die den anmarschierenden Feind beobachteten, las Philip die gleiche Angst, die auch sein eigenes Herz rascher schlagen ließ.

Die Briten hatten einen neuen Kommandanten.

Unglücklicherweise hatten auch die Amerikaner, die an diesem Morgen den Außenposten besetzten, einen neuen Oberbefehlshaber. Ein Mann, dem sie mißtrauten, gab nun die Befehle. Wie Wayne gesagt hatte, hatte sich Charles Lee mit dieser Aktion nicht einverstanden erklärt. Trotz von Steubens ausführlichem Training war Lee nach wie vor überzeugt, daß die Amerikaner keine ebenbürtigen Gegner für die Briten waren.

Schon bald würde sich zeigen, ob er recht hatte. In diesem Teil des Sumpfgebiets von Jersey, in dem die Bäume von kleinen Regentümpeln umgeben waren, würde es sich zeigen. Philip beobachtete die Briten, die in den geordneten Reihen heranmarschierten, die ihm vom Breed's Hill her so vertraut waren.

Plötzlich folgte den Rotröcken ein neues, alarmierendes Geräusch.

»O Jesus!« rief Breen aus. »Sie kommen mit ihrer Kavallerie!«

Philip blinzelte durch den Schweiß, der in seine Augen rann und ihm die Sicht vernebelte. Die britischen Infanteristen wichen rechts und links zu den Flanken aus, und durch die Mitte brachen galoppierende Einheiten, Reiter in grüngesäumten blauen Röcken und Husarenmützen, ihre gezogenen Säbel blitzten im Sonnenlicht...

»Die Queen's Rangers!« schrie in Philips Nähe jemand voller Angst.

Sie warteten auf den Feuerbefehl, aber Philip hörte Walter Webb schreien: »Wartet auf das Signal!«

Sie sahen unmenschlich groß in ihren Sätteln aus, die Queen's Rangers, die zwischen den Bäumen mit erhobenen Säbeln auf die Amerikaner zusprengten.

Philip sah eine Husarenmütze, die so schief auf dem Kopf ihres Trägers saß, daß sie seine rechte Braue berührte. Konnte der Mann überhaupt sehen?

Jetzt waren sie nur noch sechzig Meter entfernt.

Fünfzig...

Sie kamen im Galopp herangeprescht, Dutzende, Hunderte, eine Welle aus blauen Röcken und Stahl...

Ein Mann links neben Philip kreischte vor Entsetzen, warf seine Muskete weg und lief durch die Schlucht zurück. Webb schrie ihm einen Befehl nach, ließ ihn dann aber laufen und wirbelte wieder herum, um seine Aufmerksamkeit auf die Kavallerie zu konzentrieren. In der Ferne glaubte Philip eine amerikanische Trommel zu hören, die das Zeichen zum Rückzug gab.

Oder war das wieder ein Donnerschlag?

Wo war General Washington? Warum wurden sie auf diese Weise in den Kampf getrieben, unter dem Kommando eines Mannes, den jeder für einen Prahlhans, für einen Narren, sogar für einen Feigling hielt?

Die Pferde der Kavalleristen sprengten heran.

Noch vierzig Meter.

Dreißig...

Die großen Angreifer rollten mit den Augen, entblößten große gelbe Zähne. Die in der Sonne blitzenden Säbel rollten wie ein allesverschlingendes Meer aus Stahl heran.

Endlich – viel zu spät, fürchtete Philip – hallte der langersehnte Befehl in den Reihen der Amerikaner von Kompanie zu Kompanie.

»Feuer!«

2

Die Nachricht von der Unterstützung durch die Franzosen war begeistert aufgenommen worden. Aber die Freude war kurz.

Anfang Januar hatten die amerikanischen Gesandten in Paris und die Regierung König Ludwigs XVI. ihre Vereinbarungen getroffen. Ein Vertrag sah vor, daß Frankreich dem neuen Land mit Soldaten und Material zu Hilfe kommen sollte, wenn zwischen Amerika und Großbritannien, dem traditionellen Feind der Franzosen, ein Krieg ausbrechen sollte.

Nur noch wenige zweifelten daran, daß dieser Krieg unvermeidlich war. Den Gerüchten zufolge, die Valley Forge im späten Frühling erreicht hatten, provozierte Frankreich sogar Zwischenfälle, die einen offenen Konflikt herbeiführen mußten. Eine französische Flotte unter dem Kommando des Admirals Comte d 'Estaing war bereits von Toulon abgesegelt, mit viertausend Soldaten an Bord. Die Soldaten sollten amerikanischen Boden betreten, falls während der Überfahrt der Krieg zwischen Amerika und England ausgebrochen sein sollte.

Daraufhin hatten die aufgeschreckten königlichen Minister in London den trägen, dem Luxusleben ergebenen Howe durch einen neuen Kommandanten in Amerika ersetzt, Sir Henry Clinton. Als Clinton die Neuigkeiten von der französichen Flotte hörte, hob er sofort die britische Besetzung Philadelphias auf und ließ die Stadt Mitte Juni räumen. Washington befahl ein paar Tage später den Abmarsch von Valley Forge. Die amerikanischen Truppen bewegten sich nach New Jersey, in eine Hölle feuchter Sommerhitze, sandiger Straßen und plötzlich ausbrechender Gewitter.

Clinton marschierte mit seinen Truppen und seinem kostbaren Vorrats- und Ausrüstungstransport von fünfzehnhundert Wagen im Zickzack auf New York zu. Wie amerikanische Späher berichteten, bewegte er sich derzeit in nordöstliche Richtung, um über Sandy Hook die Sicherheit der Stadt zu erreichen. Nur General Charles Lee und ein paar andere ältere Offiziere plädierten dafür, ihn unbehelligt marschieren zu lassen.

Die Verfolgung der britischen Truppen war bisher ein Fiasko gewesen.

Washington nahm keinen direkten Kontakt mit dem Feind auf, der sich auf dem Rückzug befand. Er hörte sich die Ratschläge seiner Generäle an und wog die Meinungen gegeneinander ab. Jeder kannte Anthony Waynes kurzen und bündigen Rat: »Kämpfen Sie, Sir!«

General von Steuben hatte die Armee theoretisch auf ein höheres kämpferisches Niveau gebracht. Und doch hatte sich Washington letzten Endes für einen Kompromiß entschieden. Die Amerikaner würden nur Clintons Nachhut angreifen. Wenn diese Aktion erfolgreich verlaufen sollte, sollte die gesamte amerikanische Streitmacht vorrücken.

Bedauernswerterweise war der General, der das Kommando der Unternehmung für sich beanspruchte, der dünne, egoistische Charles Lee, der nominell ranghöchste Offizier nach Washington.

Lee hatte sich in Europa über den Militärdienst informiert und betrachtete sich als Experten, dessen Fähigkeiten die seines Vorgesetzten bei weitem übertrafen. Man sprach davon, er habe dem Kongreß keineswegs geheim die Mitteilung zukommen lassen, er hielte Washington für »schwachsinnig«. Lee blieb hartnäckig bei seiner Meinung, daß die amerikanische Armee nie eine größere Schlacht gegen die britischen und hessischen Einheiten gewinnen könne.

Aber da er sich der Einkünfte bewußt war, die sein Rang mit sich brachte, wollte er das Kommando führen, als die Amerikaner die Verfolgung der Briten aufnahmen. Nur widerstrebend stimmte Washington zu.

Aber Lee begann keine entschlossene Verfolgungsjagd, sondern trödelte langsam und ziellos dahin. Als die Männer an diesem heißen 28. Juni 1778 auf dem Schlachtfeld standen, wußten sie bereits, daß Clinton sich Lees Zögern zunutze machte und seine kostbaren Materialwagen wieder in Bewegung gesetzt hatte. Während der vergangenen Nachtstunden hatten die Briten ihren Vorsprung vergrößert.

Und jetzt wappneten sich die ungeordneten amerikanischen Linien in der Nähe des winzigen Dorfes Monmouth Court House gegen einen Angriff der britischen Nachhut. Wie General Wayne angewidert feststellte, hatte General Lee bis jetzt keine klaren Instruktionen erteilt.

»Befehl, Gegenbefehl, Unordnung...« Es schien, daß es jedem Mann selbst überlassen blieb, ob er kämpfen oder nicht kämpfen wollte.

Oder fliehen... Oder sterben

3

Der erste der Tory Queen's Rangers hatte die amerikanische Linie beinahe erreicht. Philips Muskete spuckte Rauch und Flammen, der Rückstoß prellte seine Schulter.

Seine Kugel traf den großen Schimmel eines Offiziers in den Hals. Das Tier wieherte schrill auf und ging zu Boden. Sein Blut tränkte die Hosen des Offiziers.

In Dreier- und Viererreihen griff die Kavallerie die Linie der explodierenden Musketen an. Einige der blauuniformierten Reiter stürzten aus den Sätteln, andere brachen sich mit erhobenen Säbeln Bahn. Vor Philips Augen entstand ein wildes Durcheinander reiterloser oder zusammengebrochener Pferde, verwundeter oder toter Männer, während immer neue Rangers aus dem Hintergrund angriffen. Hastig lud er nach.

Der Offizier, dessen Pferd Philip getötet hatte, schnellte rechts an ihm vorbei und packte die Zügel eines Pferdes, dessen Reiter gefallen war. Philip hantierte mit Pulver und Kugel und versuchte nach von Steubens Anweisung bis zehn zu zählen. Ringsumher hörte er Schreie, Schüsse, Flüche, das nervenzerreißende Geräusch der Säbel, die ins Fleisch der amerikanischen Soldaten schnitten.

Der Offizier mit der blutbefleckten Hose hatte sich in den Sattel geschwungen und gab seinem neuen Pferd die Sporen. Einzelne Teile der amerikanischen Linie brachen auseinander, die Soldaten flohen tiefer in die Schlucht hinein. Philip und Royal Rothman hielten ihre Positionen in dem niedrigen Gestrüpp, das kaum Deckung bot. Der Pulverrauch, der Dampf, das Trommeln der Hufe, das Geschrei, die explodierenden Musketen – das alles engte Philips Welt auf einen kleinen Umkreis von wenigen Metern ein.

Als Philip seine Waffe neu geladen hatte, hob der Offizier mit der blutigen Hose die Zügel. Er wollte sein neues Pferd über die Köpfe der Soldaten hinwegsetzen lassen, um die Amerikaner zu verfolgen, die in die Schlucht geflohen waren.

Royal Rothman sprang auf, trat beiseite und rammte sein Bajonett in den Bauch des Pferdes, als es vorbeisprengte. Ein Huf traf Philips Ohr, warmes Blut rann ihm den Hals hinab...

Das große Kavalleriepferd krümmte sich zusammen. Der Ranger schrie auf, sein Bajonett flog in hohem Bogen durch die Luft, als Reiter und Pferd zu Boden gingen. Breen sprang zurück und lud gleichzeitig seine Muskete nach. In der schlammigen Erde rutschte er aus, der Säbel des gestürzten Offiziers bohrte sich in seinen Hals.

Breens Kopf sank nach vorn, Blut ergoß sich auf seine Brust. Das erstochene Pferd wand sich im Todeskampf.

Der Offizier kroch unter dem schweren Tierleib hervor, kam taumelnd auf die Beine. Philip zielte mit seiner Muskete auf den blauuniformierten Rücken. Aber dann beschloß er, keine

Munition zu verschwenden. Er sprang über das sterbende Pferd. Der Offizier hörte ihn, wirbelte herum, ein Strahl der Junisonne spiegelte sich in angstgeweiteten blauen Augen. In verzweifelter Gegenwehr hob er den Säbel. Philip wich blitzschnell zur Seite und stach mit dem Bajonett zu.

Als er die Klinge wieder herauszog, sank der Queen's Ranger mit dem Gesicht nach unten in den Schlamm. Wieder spuckten amerikanische Musketen Flammenblitze.

»Schlagt sie mit euren Bajonetten!«

Philip erkannte zu seiner Rechten Waynes Stimme, die sich zu einem wütenden Kreischen gesteigert hatte. Ein reiterloses britisches Pferd schnellte vorbei und stieß Royal beinahe um. Das Tier versuchte den Rand der Schlucht zu erreichen. Philip beobachtete, wie es strauchelte und sich überschlug, und im selben Augenblick trommelten hinter ihm neue Hufschläge.

Immer mehr Rangers griffen die amerikanische Linie an. Schulter an Schulter mit Royal feuerte Philip eine Kugel ab. Ihre Schüsse töteten einen Kavalleristen, verwundeten einen zweiten. Sie sprangen vorbei, um die Pferde vorbeirasen zu lassen. Der tote Ranger hing mit einem Fuß im Steigbügel, sein Kopf schleifte durch den Schlamm.

Wieder befahl Wayne, den Feind mit den Bajonetten anzugreifen. Diesmal gerieten einzelne Teile der amerikanischen Linie in Bewegung.

Philip und Royal stolperten mit eingezogenen Köpfen zu den Bäumen. Philip rang nach Luft. O Gott, er war wie betäubt. Die Hitze raubte ihm fast das Bewußtsein.

Rasch blickte er die amerikanische Linie entlang. Was er sah, weckte seine Lebensgeister. Das amerikanische Musketenfeuer hatte dem britischen Angriff die Spitze genommen und warf jetzt die Rangers sogar zurück. Die letzten Kavalleristen schwangen ihre Pferde herum und zogen sich wie schemenhafte Gestalten in die Dunstschleier zurück, die zwischen den Baumstämmen hingen.

Eine Kugel sauste an Philips Kopf vorbei. Automatisch duckte er sich und erkannte, daß die Infanteristen, die angehalten hatten, um die Rangers vorzulassen, nun ein Verteidigungsfeuer eröffneten.

Aber die Rangers, diese großartigen Soldaten, waren geschlagen – von der amerikanischen Armee.

Philip und Royal stürzten sich auf einen knienden Infanteristen, der offenbar überlegte, auf welchen der beiden Amerikaner er schießen sollte. Sein Gesicht war von Schlamm und Schweiß verschmiert. Royal nutzte das Zögern des Feindes zu seinem Vorteil und tötete ihn mit einem Säbelstreich.

Als der Mann fiel, warf Philip einen Blick auf seinen Freund. Da war etwas Seltsames, Schreckliches und Altes in Royals Augen. Als er nun grinste, löste sich Sand von seinen Wagen und rieselte auf sein schmutziges Hemd. Seine Zähne schimmerten weiß wie die eines Totenschädels.

Wieder drangen Waynes Schreie zu ihnen. Vor seinen Soldaten führte er den Angriff mit den Bajonetten an. Philip und Royal stürzten dem Klang der Stimme nach, jagten nach Rotröcken. Aber im diffusen Sonnenlicht waren sie schwer zu finden. Und jetzt traten auch die Infanteristen den Rückzug an.

Philip stolperte und fiel in eine Wasserpfütze. Als Royal ihm wieder auf die Beine geholfen hatte, kam ein neues, undefinierbares Geräusch aus den Wäldern.

Amerikanische Trommeln dröhnten in vertrautem Rhythmus.

Anthony Wayne kam angelaufen und schwang ein blutiges Sponton.

»Formiert euch in Viererreihen!«

»General, warum geben Sie das Signal zum Rückzug?« rief Philip. »Wir haben sie doch in die Flucht geschlagen...«

Wayne blieb nur so lange stehen, um sich mit dem Ärmel über die Stirn zu wischen. Er zitterte am ganzen Körper.

»Sagen Sie das General Lee! Sie finden ihn wahrscheinlich

hinter den Linien beim Frühstück. Anscheinend haben wir Clinton den Schwanz ein bißchen zu stark gestutzt. Ein Späher kam gerade zurück, als wir mit dem Angriff begannen. Er sagte, Clinton würde nun das Hauptkorps seiner Armee gegen uns in den Kampf schicken. Er hat Angst, seine kostbaren Wagen zu verlieren. So dicht sind wir ihm schon auf den Fersen.«

Mit Zeigefinger und Daumen zeigte Wayne an, wie nah sie an die Briten herangekommen waren. Sein Gesicht war noch immer weiß vor Wut. »Und deshalb läßt Charles Lee natürlich zum Rückzug blasen.«

Er rannte tiefer in die Schlucht hinein.

»Ihr sollt Viererreihen bilden, verdammt!« brüllte er. »Rückzugsformation!«

Müde trotteten Philip und Royal hinter ihrem General her. Philips Schläfen schmerzten, ebenso seine Brust. Sand und winzige Insekten quälten seine bloße Haut. Er fluchte laut und ausgiebig, und dann stieß er hervor: »Dieser verfluchte feige Hund Lee glaubt, daß wir den Briten nicht standhalten können.«

Erstaunt hörte er, daß Royal seine Flüche mit ebenso wütenden Beschimpfungen beantwortete. Anscheinend war der Junge kein Junge mehr.

Sie kamen an dem Pferd vorbei, daß Royal getötet hatte, und näherten sich den Trommelsignalen, die von der anderen Seite des McGellaird's Brook herübertönten.

4

Sie marschierten unter den sengenden Strahlen der Sonne. Sie marschierten auf einer Straße, die halb aus Sand und halb aus Schlamm bestand, in eine Richtung, die nach Philips Meinung in den Westen führte. Zurück nach Englishtown, zurück zum Hauptkorps der Armee.

Sie marschierten in Viererreihen und fluchten bei jedem Schritt. Jeder Mann wußte, wie nah sie daran gewesen waren, den britischen Gegenangriff endgültig zu brechen und bis zu den Vorratswagen vorzustoßen.

Philip hatte das Gefühl, daß sich die Schrecken von Breed's Hill in einer unheimlichen, subtilen Variante wiederholten. Diesmal hätten die amerikanischen Bajonette den Sieg erringen können. Zumindest auf diesem begrenzten Gebiet.

Und dann war wieder einmal das Signal zum Rückzug ertönt. Nicht um ihnen eine Niederlage zu ersparen, sondern um den Sieg zu verhindern. Verdammt!

Sie trotteten die heiße, sandige Straße entlang und beklagten sich bitter.

Aber der Rückzug verlief geordnet. Das hatte von Steuben ihnen beigebracht. Und er hatte ihnen auch sonst noch eine Menge beigebracht, dachte Philip wütend. Fähigkeiten, die sie nun nicht nutzen durften.

»Glaubst du, daß irgend jemand zurückgehen wird, um Breens Leiche zu holen?« fragte Royal neben ihm.

Philip verzog das Gesicht. »Das ist kaum anzunehmen. Es sieht so aus, als würden wir nun meilenweit bis zu der Stelle zurückgetrieben, von der aus wir losmarschiert sind.«

»Wird Captain Webb an Breens Familie schreiben?«

Philip zuckte mit den Schultern. »Breen hat uns nie seinen wirklichen Namen genannt. Man müßte einen Besuch in Andover machen, um herauszufinden, wer er war.«

»Trotz all seiner Grobheit – er war bestimmt kein schlechter Kerl.«

»Nein...« Die Erinnerung an den älteren Mann, der von einem zufällig durch die Luft wirbelnden Säbel getötet worden war, schmerzte Philip. »Nein, das war er wirklich nicht, er...«

»Sieh doch!« unterbrach ihn Royal. »Da kommen Reiter!«

Ein Mann hinter ihnen stöhnte plötzlich auf und fiel zur Seite, von Hitze überwältigt. Royal sprang hinzu und zog ihn hoch, während Philip Hufschläge hörte, die durch die flimmernde Luft von Westen herandrangen.

»Linksum!« befahl Captain Webb an der Spitze ihrer Kompanie. Präzise führten die Soldaten die Bewegung durch, wie von Steuben es ihnen beigebracht hatte. Sie behielten die geordneten Reihen bei, als sie durch das feuchte Gestrüpp marschierten. Royal ließ den ohnmächtigen Mann auf den Boden sinken und fächelte ihm mit beiden Händen Kühlung zu.

»Ich wette, wir werden hier in einen neuen Kampf verwikkelt«, sagte einer der Soldaten. »Diese verflixten Briten schneiden uns jetzt den Weg ab.«

Neue Flüche erklangen. Doch dann schrie Captain Webb: »Haltet doch den Mund! Hört ihr die Hochrufe? Die gelten nicht dem Feind ...«

Die Männer reckten ihre von Insekten zerstochenen Hälse, um besser sehen zu können. Und plötzlich hörte auch Philip das Stimmengewirr.

Lauter und lauter hallten die Schreie unter dem heißen Himmel heran. Eine Lärmwelle rollte auf sie zu, von einer Staubwolke begleitet.

Ein Reiter löste sich aus dem aufgewirbelten Staub. Er war in Blau und Beige gekleidet, trug keinen Hut und lenkte sein großes weißes Pferd in die Richtung von Monmouth Court House.

Hinter Washington sprengte ein Gefolge von Offizieren in voller Geschwindigkeit heran. Der Jubel dröhnte in Philips Ohren.

Der Oberbefehlshaber sah weder nach links noch nach rechts, als ihm Hochrufe entgegenschlugen, er achtete nicht auf die Bajonette, die sich in die Luft schwangen, im Rhythmus des gellenden Hurrageschreis. Nur für einen kurzen Augenblick sah Philip das Gesicht des hochgewachsenen Generals, bevor er in der Staubwolke verschwand, die sich hinter den Pferdehufen bildete. Aber dieser kurze Augenblick genügte, um Philip nachdenklich zu stimmen.

Washingtons Gesicht hatte hochrot ausgesehen. Und wenn er keinen Sonnenbrand hatte, mußte er wütend sein.

Verwirrt starrten sich Philip und Royal an. Aus dem Osten war noch etwas anderes zu hören. Pfeifen und Trommeln. Begeisterte Männer jubelten einander zu.

»Wir marschieren zurück!«

»Sie sagen, er hätte Charlie Lee zum Teufel gewünscht!«

»Er hat Lee einen verdammten Hasenfuß genannt! Einen stinkenden Feigling!«

»Lee ist entlassen! Washington übernimmt persönlich das Kommando!«

»Kein Rückzug mehr!«

»Formiert euch!« rief Captain Webb und versuchte vergebens, seine Leute zu ordnen.

Die enthusiastischen Schreie übertönten seine Befehle.

»Wir kehren um!«

5

Am Nachmittag hockten sie hinter der Hecke eines Obstgeländes. Soweit Philip es beurteilen konnte, befanden sie sich im Zentrum der amerikanischen Linie südlich der Straße nach Englishtown, noch immer westlich von Monmouth Court House, und feuerten durch die Hecke auf die britischen Grenadiere, die in wunderbar lückenloser Formation heranrückten.

An Philips Händen bildeten sich bereits Blasen, da er nun schon stundenlang in der feuchten Hitze die Muskete umklammerte. Royal saß noch immer an seiner Seite. Wayne hatte das Kommando. Philip beobachtete ihn, wie er durch den beißenden Pulverrauch starrte, der aus den Mündungen der Musketen und der Kanonen an den Flanken stieg. Der Nachmittag schien nicht enden zu wollen. Immer wieder neue Positionen, Angriff, Gegenangriff...

Erschöpft zielte Philip mit der Muskete durch das Heckengestrüpp und suchte sich einen schwitzenden Grenadier mit Pelzmütze aus, der mechanisch auf ihn zukam. Er drückte ab, der Grenadier taumelte nach vorn, sein Bajonett bohrte sich in die Erde. Der Soldat wußte, daß er sterben mußte. Trotzdem stützte er sich auf den Griff seiner *Brown Bess,* um seinen Fall zu verhindern. Als könnte er damit Philips Schuß ungeschehen machen.

Langsam gaben die schweißnassen Hände des Grenadiers nach, er sank auf die Knie, unaufhaltsam glitten die Finger am Lauf der *Brown Bess* hinab. Philip blinzelte, und als er wieder klar sehen konnte, hatte der Grenadier seine Muskete losgelassen und lag reglos auf dem Rücken. Die Waffe steckte neben ihm im weichen Boden, wie die widerliche Parodie eines Grabmals. Andere Grenadiere marschierten mit erhobenen Bajonetten an dem Toten vorbei, ohne ihm einen Blick zu schenken.

Philip fragte sich, wie lange er es noch ohne Wasser aushalten konnte. Direkt hinter ihm sank ein älterer Mann ins Gras, nicht von einer Kugel getroffen, sondern von einem Hitzschlag. Die Zunge hing ihm aus dem Mund, seine Hände krallten sich in den Magen, er stieß gurgelnde Laute aus...

Philip fehlte die Energie, sich die Gefahr ihrer Situation auszumalen. Er hatte auch keine Energie, um über irgendwelche Strategien nachzudenken, über den endgültigen Erfolg oder Mißerfolg der amerikanischen Armee. Clinton hatte rasch zugeschlagen, hatte eine Einheit nach der anderen auf breiter Front gegen die Amerikaner in den Kampf geschickt. Aber für Philip war die ganze Welt wieder einmal auf einen kleinen Grasflecken geschrumpft, auf dem er geduckt hinter der Hecke saß und versuchte, sich auf den Ladevorgang zu konzentrieren, den von Steuben mit ihnen exerziert hatte.

Philips zerschundene Hände arbeiteten fast unabhängig von seinem erschöpften Gehirn. Er lud die Muskete und feuerte.

Und er duckte sich instinktiv, wenn er eine Kugel durch die Blätter zischen hörte.

Das amerikanische Feuer schlug den Angriff der Grenadiere dreißig Meter vor der Hecke zurück. In den Rauchschleiern sah Philip einen Rotrock nach dem anderen fallen. Plötzlich stolperte jemand über seine Beine.

Mühsam hob er den Kopf. Walter Webb zeigte mit einer blutigen Hand durch eine Lücke im Blätterwerk.

»Wir haben Colonel Monckton getroffen, ihren Kommandanten.«

Nach links und rechts verbreitete es sich wie ein Lauffeuer.

»Monckton ist tot! Jemand hat Monckton erschossen!«

Als die Grenadiere den Rückzug antraten, um sich für einen neuen Angriff zu formieren, spürte Philip Webbs Hand hart auf der Schulter.

»Monckton ist eines ihrer Aushängeschilder gewesen. Könntet ihr beide ihn hinter unsere Linie bringen?«

Philip rang nach Luft und sagte: »Ich werde es versuchen. Komm, Royal! Laß die Muskete hier und halt den Kopf unten!«

Auf dem Bauch krochen sie durch die Hecke hinaus ins hohe Gras. Über ihre Köpfe schossen noch immer vereinzelte Musketenkugeln hinweg. Plötzlich hielt Philip inne.

Er bohrte die Ellbogen in den weichen Boden. Seine Ohren dröhnten. Erschöpft ließ er den Kopf sinken, war hilflos der Übelkeit ausgeliefert, die seinen Magen zusammenkrampfte.

»Royal, ich kann nicht mehr«, keuchte er.

»Es ist nicht mehr weit.« Royal packte Philip hinten am Hemd und versuchte ihn weiterzuziehen. »Du schaffst es...«

Sein Blickfeld bestand nur aus Rauch und einem geahnten Stück Himmel. Philip war so müde, daß er kaum mehr denken konnte. Sein Kopf rollte seitwärts, er sah, daß Royal ihn angstvoll beobachtete. Philip bemerkte, daß der Junge irgendwann während des Tages seine Jarmulke verloren hatte.

»Komm weiter!« drängte Royal.

Philip stemmte die Ellbogen ins Gras und zog seinen erschöpften Körper ein paar Zentimeter weiter. Noch ein paar...

Royal Rothman streckte eine Hand aus, die Finger schlossen sich um die pulvergeschwärzte Uniform des Kommandanten der Grenadiere, der mit offenem Mund und offenen Augen im Gras lag. Unsichtbar hinter den hohen Halmen gaben die britischen Trommler das Signal zum nächsten Angriff.

»Hilf mir doch, ihn hinter unsere Linie zu ziehen!« flehte Royal. »Wenn du mir nicht hilfst, haben uns die Grenadiere bald eingeholt.«

Philip hatte kein Gefühl mehr im rechten Arm. Mit aller Willenskraft zwang er sich, ihn trotzdem zu heben und über Moncktons Nase und den Mund hinweg zu dem schweißdurchtränkten Uniformkragen zu greifen. Er krallte die Finger in den Stoff, dann begann er rückwärts zu kriechen und war überzeugt, die Last der ganzen Welt mit sich schleppen zu müssen.

»Noch ein bißchen, nur noch ein kleines bißchen, Philip! Laß ihn nicht los!«

»Ich ertrage es nicht, ihn anzusehen!« schrie Philip. Seine Hand glitt zum Kopf des toten Offiziers, er schloß ihm die Augen.

Aber nachdem er das Gesicht berührt hatte, begann seine Hand zu zittern, dann sein ganzer Arm. Es war alles so sinnlos. Diese Hitze, dieses Abschlachten...

Er wollte nur noch aufgeben. Liegenbleiben. Nicht mehr aufstehen. Die Augen schließen.

»Zieh weiter, Philip! Die Grenadiere haben uns gesehen. Aber wir haben es bald geschafft. So zieh doch!«

Er versuchte es. Bei Gott, er versuchte es. Er hatte keine Kraft mehr. Sein Arm zitterte unkontrollierbar.

Was für ein Mann war Monckton gewesen? Sicher hatte er jemanden geliebt. Eine Frau. Kinder. Sicher hatte er genauso geglaubt, im Recht zu sein, wie die Männer auf Philips Seite.

Was für eine Vergeudung von Menschenleben – was für ein gräßliches Hinschlachten...

Die Erinnerung an Anne und Abraham half ihm, den Toten weiterzuzerren. Er mußte sich nur ganz fest auf diese Erinnerung konzentrieren...

Er wußte, daß ein Ziel hinter diesem Kampf lag, ein Zweck, der über den Erfolg des Tages hinausging. Er wußte es, weil Anne ihm das in den ersten Monaten ihrer Liebe klargemacht hatte. Er hatte daran geglaubt, als er sie geheiratet hatte. Auch jetzt noch?

Ja, er nahm es an. Aber er war so erschöpft, daß er sich nicht mehr erinnern konnte, was für ein Zweck das war. Was ihn aufrecht hielt, ihn zwang, sich auf Knien und Ellenbogen voranzuschieben und einen Toten mit sich zu ziehen, war die Erinnerung an zwei Gesichter. Alles andere war ausgelöscht.

Eine Frau, ein Kind... Das war es, warum er hier ausharrte. Warum er immer wieder seine Muskete abfeuerte, warum er Befehle ausführte. Damit er am Leben blieb, damit er zurückkehren konnte.

»Los, Philip! Weiter! Beeil dich! Die Grenadiere zielen schon auf uns.«

Noch ein halber Meter bis zur Hecke... Philip kämpfte sich weiter, zerrte an dem schweren Körper. Er schien unfähig, ihn auch nur noch einen Zentimeter weiterzubewegen. Warnende Schreie erklangen von der amerikanischen Seite der Hecke. Er fragte sich, warum seine Kameraden schrien – einen Augenblick, bevor hinter ihm das Musketenfeuer explodierte.

Royal schrie auf, warf sich flach auf den Bauch und ließ den Toten los. Philip reagierte zu langsam. Auf Händen und Knien kauernd, bot er ein kaum zu verfehlendes Ziel. Über einem riesigen Schlund aus Rauch und Lärm schien er Royals schweißglänzendes Gesicht zu sehen. Royals Mund öffnete sich zu einem Warnschrei. Irgend etwas summte an Philips Ohr vorbei, Blätter raschelten, Geräusche wie aus einer Traumwelt...

Das Summen kam von einer Grenadierkugel. Royals Schrei klang plötzlich dünn. »Um Himmels willen, runter...«

Eine neue Musketenexplosion schluckte den Rest des Satzes. Philip spürte, daß etwas gegen seine rechte Wade prallte, ein brennender Schmerz durchfuhr ihn. Einen Augenblick später erkannte sein halbbetäubter Verstand, daß etwas seinen rechten Stiefelschaft durchbohrt hatte. Er stützte sich auf die Hand, die Moncktons Kragen festhielt, richtete sich ein wenig auf, starrte ungläubig auf das Loch im Stiefelleder.

Schmerz dehnte sich im Innern des Stiefels aus. Sein Gesicht verzerrte sich, als ihn ein neues, seltsames Gefühl ergriff. Sein Unterschenkel fühlte sich, als sei er in einen Topf voll kochenden Honig getaucht worden...

Idiotisch, dachte er und blinzelte, um eine Schleierwand zu vertreiben, die sich nicht entfernen ließ. Der Schleier war in seinem Gehirn. Honig ist doch nie so heiß, nie...

Er sah rote Flüssigkeit aus dem Loch im Leder dringen. Mein Gott, ich bin getroffen, dachte er in einem kurzen lichten Augenblick.

Er hörte Royals Warnrufe, verstand ihn aber nicht. Die Trommeln der anrückenden Grenadiere hämmerten in seinen Schläfen. Er versuchte den Blick auf das Blut zu konzentrieren, und brach dann über Moncktons Leiche zusammen.

Ein paar Minuten später kam er wieder zu sich. Royal schlug ihn auf die Wangen. Sein Unterschenkel und sein Fuß brannten wie Feuer. Als er den Kopf zur Seite drehte, sah er, daß das Hosenbein, das im Stiefel steckte, mit Blut getränkt war.

»Steh auf, Philip! Wenn du hier liegenbleibst, werden sie dich töten oder gefangennehmen. Wir müssen dich zum Arzt bringen.«

»Ich...« Mit rissigen Lippen formte er gedankenlose Worte. »Ich bin getroffen...«

»Das weiß ich, und deshalb müssen wir dich ja auch von hier wegbringen.«

»Ich weiß nicht – ob ich gehen kann.«

»Versuch es.«

»Ich bin müde, verdammt müde, Royal.«

»Hör auf die Trommeln.«

»Die Grenadiere?«

»Nein, unsere. Wir ziehen uns zurück.«

»Ich glaube nicht, daß ich...«

»Du mußt! Ich habe dich nicht durch die Hecke geschleppt, damit du hier dem Feind in die Hände fällst.«

»Nett von dir, Royal. Aber ich würde mich lieber ausruhen. Geh nur.«

»Du weißt nicht, was du sagst«, keuchte Royal. Sein Gesicht war hinter verschwommenen Nebeln kaum erkennbar. »Hör doch auf mich! Steh auf, ich werde dich stützen.«

»Nein, ich...«

»Doch! Du mußt aufstehen! Hör doch!« Royal brach vor Verzweifung fast in Tränen aus, als er Philips Kopf hin und her drehte, um ihn aus der Lethargie zu reißen. »Willst du den Rest des Krieges auf einem ihrer Gefangenenschiffe im New Yorker Hafen verbringen?«

»Nein.«

»Was glaubst du denn, welche ärztliche Behandlung sie dir dort bieten werden? Keine! Sie werden sich einfach nicht um deine Wunde kümmern. Du wirst den Wundbrand bekommen, dein Bein wird verrotten... Willst du das?«

»Nein, aber...«

»Dann hör auf, dich zu wehren, und steh auf!«

Heftig schob Royal die Arme unter Philips Achseln. Philip sah die Muskete seines Freundes auf dem Boden liegen. Sie schien sich wie eine Schlange zu winden und zu zittern...

Mühsam zog Royal ihn auf die Beine, ließ ihn fast wieder fallen. Unwillkürlich verlagerte Philip das Gewicht auf den rechten Fuß und schrie laut auf. Aber irgendwie schaffte er es, auf Royal gestützt stehen zu bleiben.

Er schlang den Arm um Royals Hand und zog das rechte Bein an. Irgend etwas, das Royal gesagt hatte, trieb ihn zu dieser Anstrengung. Wundbrand...

Nicht daran denken. Er mußte sich an Royal festhalten.

Der junge Mann keuchte, die Muskete, die er aufgehoben hatte, zog er mit der rechten Hand nach. Sie erreichten die Hecke und durchquerten mühsam das Obstgelände. Nach ein paar Minuten kamen sie schneller voran, und die Nebel in Philips Gehirn begannen sich zu lichten.

Aber warum spürte er in seinem rechten Fuß nichts?

Schweiß rann ihm in den Nacken. Mücken und Stechfliegen plagten ihn.

»Das – das müssen hundertzehn sein«, stammelte er.

»Mindestens, und wenn wir uns nicht beeilen, schnappen sie uns. Komm, wir haben es bald geschafft.«

Das Trommeln dröhnte in Philips Ohren. Er schämte sich, so kraftlos zu sein, biß sich auf die Unterlippe, um sich aus der dumpfen Müdigkeit zu reißen, die nur einen Wunsch übrigließ – sich hinzulegen und zu schlafen. In einem Alptraum aus Rauch und Lärm, aus Trommelschlägen und rötlichem Nachmittagslicht humpelten sie an den Obstbäumen vorbei. Nachzügler einer Marschkolonne, die sich auf die nächste Position zurückzog. So gut sie konnten, hielten sie mit den Kameraden Schritt.

Bald hörte Philip Hufschläge, das Rattern von Wagenrädern – dann Royals jubelnden Ausruf: »Hier ist ein Sanitätswagen! Wir heben dich sofort hinauf. He, Fahrer, halten Sie! Ein Verwundeter...«

Unwillkürlich entspannte Royal den Arm, mit dem er den verletzten Freund stützte, und Philip sank auf die Knie. Er spürte nicht mehr, daß er mit dem Gesicht aufschlug.

6

Er erwachte im Inferno eines Sanitätszeltes und wünschte sich, für immer schlafen zu können. Es war, als erlebte er Brandywine zum zweitenmal, nur daß der Mann, der sich diesmal auf den blutigen Planken wand, nicht Lucas Cowper hieß.

Er schmeckte Rum im Mund, biß auf die Patronenhülse, als man es ihm befahl. Er bäumte sich auf, stöhnte leise, als unsichtbare Pinzetten sich in das Fleisch seiner Wade bohrten, dicht über dem Fußknöchel.

Dann sah er zwei Kugeln auf sich zukommen. Die eine war groß, weiß und feucht, die andere kleiner, rot und naß.

»Ich habe sie sauber herausgeholt...«

Die weiße Kugel war das schwitzende Gesicht des Arztes, die rote die flachgedrückte Musketenkugel, gehalten von der schmutzigen Pinzette. Der Arzt ließ das Instrument mitsamt der Kugel fallen und packte Philip an beiden Schultern.

»Halten Sie jetzt still! Wir müssen die Wunde mit Eisen ausbrennen.«

Bevor Philip die Lippen bewegen konnte, berührte das glühende Metall seine Haut. Er begann zu schreien. Von hinten drückte ihm eine Hand die Kiefer zusammen, damit er die Patronenhülse zwischen seinen Zähnen nicht verschluckte.

Geruch verbrannten Fleisches stieg ihm in die Nase, ein unkontrollierbarer Brechreiz würgte ihn. Die Hülse wurde ihm aus dem Mund gerissen.

Harte Hände packten das verwundete Bein, hielten es fest. Seine Wade und der Fuß, vom glühenden Eisen betäubt, fühlten sich eigenartig dick an. Das feuchte Gesicht des Arztes schwebte über ihm, eine Laterne ließ die Schweißperlen aufglänzen.

»Sie verbinden Ihr Bein jetzt mit sauberen Tüchern, und dann bekommen Sie eine Krücke. Draußen wartet einer Ihrer Kameraden auf Sie. Er wird Ihnen beim Gehen helfen. Wir können Sie hier nicht liegen lassen, wir brauchen den Raum für ernstere Fälle. Sie verstehen...«

Der Tonfall der erschöpften Stimme verriet, daß es dem Arzt ziemlich gleichgültig war, ob Philip es verstand oder nicht. »Gebt ihm die Krücke!« rief er über die Schulter. »Und den Gutschein für den Rum. Den braucht er als Schmerzmittel.«

»Werde ich wieder richtig gehen können?« fragte Philip.

Der Arzt wischte sich die Hände an einer blutbefleckten Schürze ab. »Sie haben die Kugel gesehen. Ich habe sie sauber herausgeholt. Ob Muskelgewebe beschädigt ist, kann ich nicht sagen.«

Dann wandte er seine Aufmerksamkeit einem anderen Patienten zu, der auf dem Nebentisch lag, und dessen Schmerzensschreie sich mit dem Kreischen einer Knochensäge mischten.

Wie ein Tier, das man aus einem Gehege jagt, wurde Philip auf ein Bein gestellt, benommen wie er war. Man rammte ihm eine Krücke in die rechte Achselhöhle, half ihm zum Zelteingang zu humpeln, vor dem Royal ängstlich wartete. Philip konnte das Gesicht seines Freundes im schwachen Laternenschein, der aus dem Zelt drang, nur undeutlich sehen.

Er keuchte. Jeder Schritt war anstrengend. Aber er hatte keine allzu großen Schmerzen. Der Rum, das Brenneisen, die Bandagen hatten seinen Unterschenkel und den Fuß zu einem gefühllosen Fleischklumpen reduziert.

»Komm«, sagte Royal und legte sich Philips Arm wieder um den Hals. »Ich denke, ich weiß, wo unsere Einheit ist. Wie fühlst du dich?«

»Ein bißchen benommen«, erwiderte Philip wahrheitsgemäß. Irgend etwas flatterte ihm aus der Hand. »Royal – das Papier. Ich brauche es für eine Extraration Rum.«

Royal bückte sich und hob den Gutschein auf. Philips Finger schlossen sich um das Stück Papier, als wäre es ein Stück Gold oder ein Edelstein.

Er war zu benommen, um Angst vor Wundbrand zu haben, um zu überlegen, was er spüren würde, wenn die abtötende Wirkung des Brenneisens nachließ. Er fragte sich, ob er jemals wieder normal würde gehen können, aber er war zu müde, um lange darüber nachzudenken. Und dafür war er dankbar.

7

Nicht lange nach Einbruch der Dunkelheit lagen sie wieder unter Obstbäumen, zusammen mit mehreren hundert Männern. Einige waren leicht verwundet. Philip war froh, daß heute nicht mehr gekämpft oder marschiert wurde. Er hätte keinen Schritt mehr gehen können, selbst wenn ihm General Washington es persönlich befohlen hätte.

Royal lag neben ihm. Philip lehnte an einem Baumstamm, das rechte Bein ausgestreckt. Der Verband von der Fußsohle bis zur Mitte der Wade sah im schwachen Licht gigantisch und grotesk aus. Seine Krücke lag über den Oberschenkeln.

Royal hatte ihm die Extraration Rum gebracht. Er trank aus seinem handgeschnitzten Holzbecher, nahm einen kleinen Schluck, wenn die Schmerzen unerträglich wurden. Mit der anderen Hand schlug er nach den Stechfliegen, die ihn in die Wangen stachen.

Mit Einbruch der Dämmerung hatte der Kampf geendet. In der heraufziehenden Dunkelheit nahm Philip Gesprächsfetzen wahr. Er fragte sich, was alles während des Nachmittags geschehen war. Wahrscheinlich würde er das nie genau erfahren.

Allmählich drang Royals müde, monotone Stimme in sein Bewußtsein.

»... manche sagen, wir hätten sie geschlagen. Aber andere sprechen von einem Unentschieden. Clinton ist mit seinen Wagen in der Dunkelheit abgezogen, und wir werden ihn wohl nicht mehr einholen.«

Mit einem unartikulierten Laut gab Philip zu verstehen, daß er verstanden hatte.

»Es wird auch behauptet, daß wir mehr als hundert Mann durch Hitzschlag verloren haben.«

Wieder konnte Philip nur Unverständliches stammeln. Rechts von ihnen verbreitete eine Laterne ihren trüben Schein. Einige Offiziere gingen wie Schattenfiguren langsam durch die Reihen der liegenden Männer. Philip glaubte eine Stimme zu erkennen, die eine Frage stellte, auf die niemand eine Antwort wußte.

Royal wußte sie jedoch.

»General Wayne?« rief er.

»Wer ruft da?«

»Hier, Sir!«

»Wer ist das?«

Die Offiziere kamen näher. Philip hob den Kopf und sah ein verwirrendes Doppelbild des völlig verschmutzten Anthony Wayne.

»Private Rothman, Sir. Ich habe gehört, daß Sie nach General Washington gefragt haben.«

»Wir können ihn nirgendwo finden.«

»Einer der Kameraden hat mir erzählt, der General schlafe bereits. Unter einem Baum auf der anderen Seite des Obstgartens. Er fand General Lafayette erschöpft im Gras und breitete seinen Umhang über ihn und sich.«

»Vielen Dank...« Wayne wollte weitergehen, aber dann wandte er sich zögernd noch einmal um und sah Philip an. »Sie sind Kent, nicht wahr?«

Jedes Wort schien in Philips Mund tonnenschwer zu wiegen. »Ja, Sir.«

»Sie waren am McGellaird's Brook.«

»Ja, Sir.«

»Sind von einer britischen Kugel erwischt worden, wie es scheint.«

»Ja, Sir.« Er mußte sich zu jedem Wort zwingen und hoffte, daß er die Wahrheit sagte. »Nicht... nicht besonders ernst.«

»Trinken Sie Ihren Rum, Kent. Den haben Sie sich verdient, wie alle Ihre Kameraden auch.« Er grinste stolz. Es war dieses besondere Lächeln, das ihm den Ruf eines Draufgängers eingetragen hatte. »Aber heute war es nicht so wie beim Brandywine Creek, beim Himmel.«

»Nein, Sir. Gott sei Dank nicht.«

»Dafür danken wir lieber unserem Oberbefehlshaber. Gott möge Ihnen eine baldige Genesung schenken.«

Bevor Philip antworten konnte, ging Wayne davon, eine hohe Silhouette hinter den beiden Unteroffizieren, die mit der Laterne vorangingen.

Philip schloß die Augen. In seinem rechten Bein begann es wieder schmerzhaft zu pochen. Er hob die Hand, neigte den Becher, und der Rum rann über sein Kinn, bevor seine Zunge ihn aufnehmen konnte.

Royal seufzte tief auf. »Philip?«

»Ja?«

»Fühlst du dich etwas besser?«

»Ein wenig.«

»Dann will ich versuchen ein bißchen zu schlafen.«

»Gut...« Die Antwort war kaum hörbar.

Nach einem Moment Schweigen: »Philip?«

»Mhm?«

»Captain Webb hat mir erzählt, daß General Washington morgen im Lager bei Englishtown ein großes Fest veranstalten will. Er sagte, wir hätten uns wie eine echte Armee benommen, wir hätten einen Sieg über die Zierde der britischen Truppen errungen.« In Royals Stimme klang unüberhörbarer Stolz mit. »Die Zierde der britischen Truppen, genau das hat er gesagt. Captain Webb erzählte, daß nur wenige auf unserer Seite in Panik geraten sind, trotz des heillosen Durcheinanders zu Beginn der Schlacht. Ich glaube, das haben wir zum Großteil diesem

Deutschen zu verdanken. Vielleicht wird jetzt alles anders. Vielleicht können wir sie doch noch besiegen – endgültig.«

Philips Antwort war ein Schnarchen.

8

Bevor eine Woche herum war, wußte Philip, daß mit seinem Bein irgend etwas nicht stimmte. Die Wunde war zweimal neu verbunden worden. Beide Ärzte versicherten, Philip könne froh sein, daß ihm eine Infektion erspart geblieben war, die zuerst einen Wundbrand und dann unweigerlich eine Amputation zur Folge hätte. Aber als der zweite Arzt Philip aufforderte, das Gewicht probeweise auf den rechten Fuß zu verlagern, stürzte er wie ein Kind, das noch nicht laufen gelernt hat. Der Arzt wich Philips Blick aus, als dieser auf die Krücke gestützt, wieder vor ihm stand. Philip verlangte eine Erklärung.

»Ich glaube, die Kugel hat inneres Gewebe verletzt. Vielleicht eine große Sehne. Wenn sie nicht ordentlich verheilt, könnten Sie Schwierigkeiten beim Gehen haben.«

Angst griff nach Philip. »Für wie lange?«

»Für das ganze Leben. Unser anatomisches Wissen ist ungenau, aber...« Der Arzt brach ab, als er sah, daß Philip totenblaß geworden war.

»Sie meinen, ich werde immer auf Krücken angewiesen sein?«

»Ich kann es nicht mit Sicherheit sagen. Ich habe nach einem Pistolenduell bei Valley Forge wegen eines Kartenspiels ähnliches erlebt. Der Mann wird bis an sein Lebensende hinken.«

Tränen der Demütigung und der Wut traten in Philips Augen.

»Großer Gott...«

»Aber, aber«, sagte der Doktor mit wenig überzeugender Herzlichkeit und klopfte Philip auf die Schulter. »Zumindest haben Sie einen Vorteil – Sie werden bald den Abschied nehmen können.«

»Um zuhause ein Leben als Krüppel zu führen?«

»Ich habe es Ihnen doch schon gesagt – es steht noch nicht fest…«

»Entschuldigen Sie, Doktor, aber ich glaube, daß Sie lügen.«

Der Arzt gab ihm keine Antwort und wich seinem Blick zum zweitenmal aus. Mit blassen Lippen humpelte Philip davon.

9

Die Julidämmerung war kalt. Nachdem er seine Post geholt hatte, die endlich über Jersey in Washingtons Sommerlager an der Haverstraw Bay angelangt war, ging Philip zu den Klippen.

Die Vorhersage des Arztes hatte sich zum Teil als korrekt erwiesen. Seit zwei Tagen konnte Philip gelegentlich ein paar Schritte ohne Krücke gehen. Das verletzte Bein bereitete ihm kaum mehr Schmerzen, die Wunde verheilte, und offenbar waren keine Knochen verletzt worden.

Aber ein Schaden würde bleiben. Sein Fuß war steifer als früher, ihm fehlte die natürliche Elastizität. Als die Wunde zum letzten Mal neu verbunden worden war, hatte er sich die Sohle angesehen. Das Fußgewölbe hatte sich verflacht.

Heute abend benutzte er die Krücke. Ohne sie kam er nur langsam voran, und das Hinken war deutlich zu bemerken, genauso, wie sein bitteres Schweigen Royal, Gil und Captain Webb immer wieder auffiel. Seine Entlassungspapiere wurden bereits bearbeitet. In einigen Tagen würde er nach Boston zurückkehren dürfen. Es war eine Ironie des Schicksals, daß er sich nicht darauf freute, wo er sich doch in all den Wochen nichts sehnlicher gewünscht hatte.

Aber nie hätte er gedacht, als Krüppel zu Frau und Sohn zurückkehren zu müssen.

An den Lagerfeuern sangen seine Kameraden. Die Stimmung war gestiegen, trotz des beschwerlichen Marsches nach Norden. Philip hatte den langen Weg größtenteils auf dem Sanitätswagen zurücklegen dürfen. Und es war ihm nur selten gelungen, die neu erwachte Lebensfreude der amerikanischen Soldaten zu teilen.

Sicher, die Armee hatte eine großartige Gelegenheit verpaßt, Clintons Kriegsmaterial zu vernichten. Der feindliche Kommandant befand sich jetzt in Sicherheit auf New York Island, mehrere Kilometer weiter flußabwärts. Aber die Amerikaner hatten zum erstenmal wie eine erstklassige Armee gekämpft. Sogar Gil hatte das gesagt, der neben dem Sanitätswagen marschiert war und seinen Freund aufzuheitern versucht hatte. Washington, der Clintons nächste Aktionen abwartete und eigene plante, hatte immer wieder erklärt, wie stolz er auf seine Männer war.

General Charles Lee, der seines Postens enthoben worden war und vielleicht sogar vor ein Kriegsgericht gestellt werden würde, hatte sich zu diesem Thema nicht geäußert.

Um die Männer noch froher zu stimmen, war heute früh ein Kurier ins Lager gekommen und hatte eine Nachricht überbracht, die sich wie ein Lauffeuer verbreitete. Comte d'Estaings Fregatten waren vor Delaware gesichtet worden.

Auf Washingtons Befehl bekamen die Soldaten größere Rumrationen zugeteilt, eine zweite große Feier wurde veranstaltet. Vielleicht wendete sich das Glück der amerikanischen Truppen tatsächlich, wie Royal es in jener Nacht unter dem Apfelbaum prophezeit hatte.

Aber all das war für Philip jetzt nicht wichtig. Er vergaß sogar seine Verletzung, die Sorgen um die Zukunft, als er die beiden zerknitterten Briefe aus der Tasche zog. Er hatte eine einsame kleine Wiese erreicht, unter der die Klippen zum breiten, blauschwarzen Hudson abfielen. Träge strömte der Fluß dahin, seine Wellen schimmerten silbern im Licht der Sommersterne.

Philip hatte die Briefe dem Postbeamten aus der Hand gerissen und nur bemerkt, daß der eine Umschlag eine Männerhandschrift trug, der andere eine weibliche Handschrift. Unbeholfen ließ er sich im hohen Gras nieder und legte die Krücke neben sich. Lächelnd begann er Annes Brief zu öffnen.

Erst da sah er, was ihm bisher nicht aufgefallen war. Die weibliche Handschrift war nicht die seiner Frau.

Einen Augenblick später, als er das Siegel erbrochen hatte, glaubte er, die Welt stürze ein.

10

Der Brief stammte von Mrs. Eulalia Brumple. Das Schreiben war Ende April datiert. Einzelne Sätze und Wörter sprangen Philip mit schmerzhafter Gewalt in die Augen.

... die traurige Pflicht, Ihnen mitzuteilen...

... als ich zurückkam, traf ich sie nicht an...

... nach einigen Stunden begann ich mir Sorgen um sie zu machen...

... ein Seemann, ein Freund von Ihnen, kam zu Besuch und erklärte, er kenne den Verbrecher, der die Freveltat...

... hoffentlich erreicht Sie dieser Brief. Ich möchte Sie mit dem Versprechen beruhigen, daß ich mich um den kleinen Abraham kümmere...

Ein Wort brannte in Philips Seele, ließ seinen ganzen Körper zittern.

Freveltat...

11

Der zweite Brief war am zehnten Mai datiert und stammte von Kapitän Will Caleb. Er berichtete Philip die grauenhaften Einzelheiten.

Als er von einer Seereise an Bord der *Fidelity* zurückgekehrt war, einer Fahrt, bei der er eine wertvolle, britische Prise gekapert hatte, mußte Caleb entdecken, daß sein zweites neues Schiff, die *Gull*, aus dem Hafen von Boston verschwunden war. Es handelte sich um das Schiff, das unter Malachi Rackhams Kommando gestanden hatte. Selbst Calebs geschraubter Stil – ein Anzeichen vielleicht, wie schwer es ihm gefallen war, diesen Brief zu schreiben – konnte seinen Zorn nicht verbergen:

Der Schurke hatte ebenfalls eine Prise gekapert, vor der Küste Carolinas. Um sie zu versteigern, segelte er zu den Leeward Islands, statt zu einem amerikanischen Hafen. Ich bin sicher, daß es sein Ziel war, den rechtmäßigen Eigentümer der Prise um den Gewinn zu prellen.

Nach seiner Ankunft in Boston Ende April, und ich fürchte, er hatte schon damals Übles im Sinn, blieb er nicht allzu lange an Land. Ich hörte zu spät, daß er mit unbekanntem Ziel wieder davongesegelt war. Danach erfuhr ich über den Seefahrergeheimdienst, der trotz der Anwesenheit eines ausländischen Tyrannen funktioniert, daß er den Hafen von New York ansteuerte. Rackham plante, seinen Betrügereien in New York weitere hinzuzufügen und die »Gull« einem Tory zu verkaufen. Tatsächlich, er wollte etwas verkaufen, das nicht ihm gehörte.

Aber ich eile den Geschehnissen voraus und will kurz erklären, wie ich dazu komme, von Rackham in der Vergangenheitsform zu sprechen. Nachdem ich vom überstürzten Auslaufen der »Gull« erfahren hatte, begab ich mich sofort nach Cambridge, um Ihrer lieben Frau die betrübliche Wendung der Ereignisse mitzuteilen. Ich hoffte, ihre Enttäuschung mit der einzig guten Nachricht zu mildern, die ich ihr bringen konnte. Daß ich nämlich als Kommandant der »Fidelity« ein britisches Handelsschiff gekapert hatte, dessen Verkauf Ihre Investition um das Tausendfache vergrößert hatte. Ein schöner Gewinn...

Da Philip den Brief ungeduldig überflog, konnte er nicht die geringste Freude über diese Nachricht empfinden, die ihm unter anderen Umständen sehr willkommen gewesen wäre. Er war reich geworden. Aber das bedeutete ihm nichts mehr, denn er ahnte bereits, was auf ihn zukam.

In Cambridge erzählte mir die gute Mrs. Brumple, daß Ihre liebe Frau ganz überraschend verschwunden sei. Wir konnten uns beide nicht denken, was mit ihr geschehen sein mochte – bis ich am heutigen Tag weitere Nachrichten aus New York erhielt.

Diese Neuigkeiten überbrachte ein neutrales Schiff unter holländischer Flagge, das eine Woche zuvor im oben erwähnten Hafen vor Anker gelegen hatte. Die »Gull« lief tatsächlich in diesen Hafen ein, aber unter sehr mysteriösen Umständen. Der erste Maat, ein Bursche, der in Rackhams Pläne eingeweiht war, hatte das Kommando der »Gull« übernommen. Der Kapitän selbst war auf hoher See, irgendwo zwischen Boston und New York, ertrunken. Ich bedaure es unendlich, hinzufügen zu müssen, daß eine Frau unbekannter Identität mit Rackham den Tod in den Wellen fand – eine Frau aus Massachusetts, die Rackham in der Nacht, bevor er in See stach, an Bord gebracht hatte. Offenbar ging dem tragischen Ereignis ein Handgemenge voran, den beide stürzten aus Rackhams Kabine ins Wasser. Man fand Blut in der Kabine, und ein Schiffsfenster war zertrümmert. Die Affäre ist das Stadtgespräch von New York...

»O Gott«, sagte Philip mit erstickter Stimme. »Oh, du lieber Gott...« Er mußte sich mühsam zwingen, weiterzulesen.

So schien sich ein perverses Verbrechen zu enthüllen, ein Verbrechen, von dem ich nichts ahnte, bis ich mir Mrs. Brumples seltsame Erzählung und andere gewisse Beobachtungen in die Erinnerung zurückrief – zum Beispiel Rackhams unseliges Interesse an Mrs. Kent.

Ich werde mich bemühen, herauszufinden, ob mein Verdacht begründet ist oder ob er, Gott gebe es in seiner Gnade, auf einem unglücklichen Zufall beruht. Ich habe lange überlegt, ob ich Sie von dem derzeitigen Stand der Dinge unterrichten soll. Aber da Mrs. Brumple mir später sagte, sie wolle Ihnen einen Brief mit einer dringenden Botschaft schreiben, der Ihre Frau beträfe, dachte ich, es sei besser, Sie zu informieren.

Ich hoffe, die göttliche Vorsehung wird beweisen, daß alle Befürchtungen grundlos sind, und es wird sich herausstellen, daß es eine andere Frau war, die an Bord der »Gull«...

Philip brachte es nicht über sich, den Brief zu Ende zu lesen. Kapitän Will Calebs Hoffnung war sinnlos. Er wußte es mit dumpfer, schwerer Sicherheit, wußte es so gewiß, wie er hier zitternd auf den Klippen saß.

Schließlich las er einen Absatz des Briefes noch einmal. Im späten April, hatte Caleb geschrieben. Das war nach seiner Entscheidung gewesen, nicht nach Hause zurückzukehren.

Er verdammte sich selbst und sein idiotisches Pflichtgefühl. Er verdammte Henry Knox und Washington, und vor allem verdammte er den Krieg.

Ein Glühwürmchen flog goldschimmernd über das windbewegte Gras. Was konnte er nur tun?

Nichts. Es war zu spät.

»Anne!« schrie er. Aus dem Wald am anderen Ufer des Hudson hallte das Echo zurück.

Anne – Anne – Anne – Anne...

Ein Wachtposten kam herbeigerannt, die Muskete schußbereit in der Hand, um nachzusehen, wer da in der Julidämmerung wie ein Verrückter schrie.

12

»Ich fühle mich teilweise verantwortlich«, sagte Henry Knox mit unsicherer Stimme.

Philip war in Knox' Quartier gehumpelt, ein toter Mann, der sich dennoch bewegte, dennoch dachte. Die Einsamkeit war unerträglich gewesen. Er mußte mit jemandem sprechen, seinen Kummer mit jemandem teilen...

Oder war es das Schuldbewußtsein, das er teilen wollte?

Als er das erkannte, schämte er sich. Das Schuldgefühl stand Knox ins runde Gesicht geschrieben.

Philip zwang sich, den Kopf zu schütteln. »Henry, du brauchst dir keine Vorwürfe zu machen. Du hattest in allem recht, was du in Valley Forge sagtest. Und niemand hat mich gezwungen, hierzubleiben und eine britische Kugel einzufangen. Aber...«

Die Entscheidung fiel in diesem Augenblick, und er sprach sie ohne Zögern aus. »Ich warte nicht auf die Entlassungspapiere. Ich gehe schon jetzt nach Hause.«

»Ja. Das verstehe ich völlig. Hast du jemanden, der sich bis zu deiner Rückkehr um deinen Sohn kümmert?«

Philip stützte sich fester auf seine Krücke und zog den ersten Brief aus seiner Tasche. »Die Lady, die mir dies geschrieben hat – Mrs. Brumple. Sie kann Abraham ihre ganze Aufmerksamkeit schenken, da ja niemand« – sein Mund verzerrte sich – »da ja niemand begraben werden muß.«

Henry Knox nickte traurig.

Philip starrte auf sein rechtes Bein, das in einem neuen, größeren Stiefel steckte, damit der Verband Platz hatte. Seine Stimme klang schwach, fast wie die eines alten Mannes, als er fortfuhr: »Einmal habe ich Dr. Franklin in Philadelphia getroffen. Er erzählte mir eine Geschichte aus seiner Kindheit. Wie er sich ein Pfeifchen gekauft hatte, dessen Wert er nicht kannte, für das er viel zuviel bezahlte. Er sagte, daß er nachher immer alles an diesem Maßstab gemessen hat – bezahlte er zuviel für ein wertloses Pfeifchen?«

Plötzlich liefen unkontrollierbare Tränen über Philips Wangen. »Sie ist tot. Ich weiß, daß dieser Hund sie an Bord seines Schiffes geholt hat. Wahrscheinlich starb sie, weil sie sich gegen ihn wehrte. Das würde ihr ähnlich sehen. Ich weiß, ich hätte bei ihr bleiben müssen. Ich weiß auch, daß wir für dieses Land kämpfen müssen, wenn wir es behalten wollen. Aber der Preis ist zu hoch, Henry. Das Pfeifchen hat zuviel gekostet – o Gott – Annie ...«

Es war ihm gleichgültig, ob das unmännlich war – er schlug die Hände vors Gesicht und schluchzte.

Henry Knox starrte schweigend und verzweifelt vor sich hin, und dann fand er seine Stimme wieder.

»Sicher ist das nur ein kleiner Trost in deinem Schmerz – aber wie Mr .Paine es in seinem berühmten Pamphlet formulierte, hat alles, was von hohem Wert ist, auch einen hohen Preis.«

Philip schluckte die Tränen hinunter und sah seinen Freund haßerfüllt an.

»Ich will das nicht mehr hören, Henry.«

»Philip, du darfst unser Ziel nicht aus den Augen verlieren. Du hast es doch selbst gesagt – wenn wir diesen Krieg gewonnen haben, sichern wir unsere Freiheit für immer.«

»Ja, Henry. Ja, gottverdammt, ja, ich weiß sehr gut, was wir gewinnen. Aber du kannst leicht reden. Du hast nicht die Frau verloren, die du über alles liebst.«

10. Kapitel
Der Shawnee-Spion

1

Die tiefstehende Sonne schien den Fluß in Flammen zu setzen. Die amerikanische Fahne über dem Fort, das aus schweren Baumstämmen gebaut und an der dem Land zugewandten Seite mit Ziegeln und Steinen befestigt war. Östlich des Forts standen Läden, Hütten und eine Werft, dicht am Ufer des Monongahela. Das alles sah er durch die Wellen der feuchten Junihitze, als er wie ein lebender Leichnam vom Coal Hill herabstieg.

Sein Lederhemd und die Hose waren voller Flecken und zerrissen. Ein paar Streifen aus dem Hemd hatte er fest um den linken Oberarm gewickelt. Der Arm war noch an zwei anderen Stellen verbunden, unter dem Ellenbogen und am Handgelenk. Bandagen und Haut waren schmutzig, getrocknetes Blut klebte daran.

Ein eigenartiger, fast besessener Glanz lag in den Augen des blonden Mannes, als er in der frühen Abenddämmerung die Straße entlanghumpelte und sein Kentucky Rifle im Staub hinter sich herzog. Er begegnete Männern und auch ein paar Frauen. Die Männer trugen meist Jagdkleidung und trotz der Hitze Pelzmützen, an denen Waschbärschwänze hingen. Manche waren so dunkelhäutig, daß ihre Abstammung von Negern oder Indianern offensichtlich war. Fast jeder starrte den Fremden neugierig an, und manche machten ihre Gefährten sogar auf die seltsame Erscheinung aufmerksam.

Der Mann ging mit schlafwandlerischer Sicherheit weiter, ohne sich umzuschauen. Als er an einem zweistöckigen kleinen

Hotel vorbeiging, verstummten die Stimmen der Menschen, die auf der schattigen Veranda saßen. Der Mann schien nichts von dem Lärm der Flußsiedlung wahrzunehmen, nicht das Hämmern und Dröhnen, das aus der Werft drang, nicht das abendliche Trommelsignal, das aus Fort Dunmore ertönte, nicht das Holpern eines Wagens, der unter der Last schwarzglänzender Kohlen ächzte.

Aber als der Wagen an ihm vorbeifuhr, sah der Mann auf. Unbehaglich erwiderte der Fahrer den Blick, denn die Augen des Fremden schienen vor Fieber oder vor Hunger nach etwas Unbekanntem zu brennen. »Ist George Clark hier?«

Der Fahrer zog an den Zügeln und brachte das Gespann zum Stehen. »George Clark von der Kentucky-Miliz?«

»Ja.«

Der Fahrer deutete zwischen primitiven Hütten hindurch zum Monongahela hinunter, wo an einer Landebrücke Boote vertäut lagen. »Das sind seine fünf Lastkähne.«

Der Mann mit dem Gewehr schwankte, als könne er sich nur noch mit äußerster Willenskraft auf den Beinen halten. »Ich habe nicht nach Clarks Schiffen gefragt, sondern nach ihm.«

Der Fahrer schluckte verschreckt. »Versuchen Sie es doch in ›Semple's Tavern‹.«

»Wo ist die?«

»Gleich da vorn.«

Ohne sich zu bedanken, stolperte die seltsame Gestalt weiter. Der Fahrer schüttelte den Kopf.

Judson sah es. Aber es war ihm verdammt gleichgültig, was die Leute von ihm hielten. Er kannte nur ein Ziel. Und er hoffte, daß es dicht vor ihm lag – das Ende seiner weiten Reise. Nur noch ein paar Schritte...

O Gott! Wenn er nur seinen Durst mit einem großen Schluck Rum löschen könnte. Nur ein Drink, um sich von der inneren Anspannung zu befreien, um die rauhe, trockene Kehle zu befeuchten.

Seit der Nacht, in der er zwischen Sonnenuntergang und Morgendämmerung fünf Wölfe getötet hatte, als er aus dem alptraumhaften Grauen mehr tot als lebendig wieder aufgetaucht war, wünschte er sich nichts so sehr wie einen Drink. Der Alkohol hätte die Schmerzen gelindert, die er bei jedem Schritt spürte. Aber notgedrungen hatte er auf diesen Trost verzichtet. Er hatte sich weitergeschleppt zu der Flußgabelung, wo der Monongahela und der Allegheny zum Ohio zusammenströmten, mit den unzureichend verbundenen, schmerzenden Wunden als ständigen Begleitern.

Doch als er jetzt auf die Tür der Tavern zutaumelte, verwirrten sich seine Gedanken. Warum war er hier? Um sich einen Drink zu genehmigen?

Nein, das stimmte nicht...

Wie betäubt schwankte er, preßte die Hände gegen die Augen und wartete, bis der Schwächeanfall vorüberging.

Er leckte sich über die rissige Oberlippe, blinzelte ein paarmal, und dann bemerkte er, daß ihn jemand beobachtete.

Der Mann war eine verschwommene Gestalt im rasch hereinbrechenden Dunkel. Er lehnte gegen eine Hausecke der Tavern, trug Lederkleidung mit langen Fransen und Mokassins. Eine englische Dragonerpistole und ein Jagdmesser steckten in seinem Gürtel. Das Gesicht des Mannes lag im Schatten. Hinter ihm sank die Sonne, und sein breitkrempiger Hut tat ein übriges, seine Züge zu verbergen.

Seltsamerweise hatte der Mann keine Reaktion gezeigt, als Judson so dicht vor ihm fast in Ohnmacht gefallen war.

Nicht, daß Judson Fletcher von den Bewohnern von Pittsburgh besonderes Mitgefühl erwartete. Dazu sah er zu grimmig und abweisend aus.

Aber als sein Verstand wieder etwas klarer arbeitete, fiel ihm ein, daß der Mann nicht die geringste Gefühlsregung gezeigt hatte. Darin unterschied er sich von den anderen Einwohnern, die ihm unterwegs begegnet waren.

In den wenigen Sekunden, in denen die beiden sich anstarrten, stellte Judson eine weitere Absonderlichkeit fest. Der Mann hatte die Arme vor der Brust verschränkt und die Hände darunter verborgen. Judsons prüfender Blick machte den Mann nervös. Er sprang auf und verschwand um die Hausecke. Nicht bevor Judson einen Handrücken gesehen hatte. Er war entweder von der Sonne stark gebräunt oder von Natur aus dunkel.

Nun, er hatte in dieser Stadt schon Ähnliches gesehen. Er nahm an, daß Mischlinge nach Pittsburgh kommen konnten, solange sie sich den Amerikanern gegenüber loyal zeigten.

Nachdem Judson zu der Überzeugung gelangt war, daß sein sonderbarer Beobachter tatsächlich ein Indianer war, ging er zur Tavernentür und stieß sie auf.

Er hörte Stimmengewirr, sah verschwommene Gesichter im dumpfroten Licht, das durch die schmierigen Fenster hereindrang. Als er eintrat, wandten sich ihm alle Köpfe zu, und Gespräche verstummten.

Hinter der Theke zapfte ein Schankkellner unter einem riesigen Hirschgeweih, das an der Wand hing, schäumendes Bier. Der Geruch drang quer durch den Raum bis zu Judson, und ihm lief das Wasser im Munde zusammen.

Plötzlich schienen die Wände zu schwanken, wieder mußte er mit sich kämpfen, um aufrecht stehen zu bleiben. Er sah sich um, fand aber das Gesicht nicht, nach dem er suchte.

Er taumelte zwischen den Tischen hindurch, roch den Schweiß der Jäger, Fuhrleute und Flußschiffer, die sich über Teller mit Fisch, Wild oder Maisbrei beugten. Er sah, daß sich einige am Kopf kratzten, hörte ein paar geflüsterte Kommentare, die seiner abgerissenen Erscheinung galten. Aber das interessierte ihn nicht. Zwei Gefühle beherrschten ihn, als er unsicher einen Fuß vor den anderen setzte – Enttäuschung, weil er seinen Freund nicht sah, und Zorn über seinen unbezähmbaren Durst.

Durch die Nebelkreise vor seinen Augen sah er ein halbes Dutzend Männer, die an einem Fenstertisch saßen und ihn interessierter als die anderen Gäste beobachteten. Vor ihnen auf der Tischplatte lag eine Landkarte. Als sie erkannten, daß Judson in ihre Richtung kam, faltete einer der Männer rasch die Karte zusammen und steckte sie in die Innenseite seines speckigen Hemds. Seine Augen glitten zu Judsons verbundenem Arm und kehrten dann mißtrauisch zu seinem Gesicht zurück.

Judson ging an einem Tisch vorbei, an dem drei lachende Betrunkene in grobgewebten Hemden saßen. Einer griff nach Judsons Gewehr.

»He, Fremder, wo kommen Sie denn her? Sie sehen ja aus, als hätten Sie...«

Judson riß ihm so heftig das Gewehr aus der Hand, daß der Betrunkene fast vom Stuhl taumelte.

»Gehören Sie zu Major Clark?« fragte Judson rauh.

Ein Mitglied des Trios war mutig genug, dem harten Blick der blauen Augen zu begegnen.

»Sie meinen Colonel Clark? Er ist befördert worden.«

»Ich verstehe. Dienen Sie unter ihm oder nicht?«

»Nein, wir nicht, aber die Burschen da drüben.« Mit dem Daumen zeigte er zu dem Tisch der Männer mit der Landkarte, die die Szene beobachteten.

Judsons Blick wurde ein wenig milder.

»Danke«, sagte er und ging weiter. Der Betrunkene, der Judsons Gewehr gepackt hatte, schluckte, als er das scharfgeschnittene Profil sah, dann schrie er laut nach Rum.

Als er vor dem Tisch stand, an dem die sechs Männer saßen, blinzelte Judson in den dichten Rauch. »Hat jemand von Ihnen Colonel Clark gesehen?«

»Ja«, sagte der Mann, der die Landkarte eingesteckt hatte. »Er inspiziert gerade die Vorräte.«

Judson verbarg seinen Ärger über den kurzangebundenen Ton. »Wird er hierher zurückkommen?«

»Das wird noch eine Weile dauern. Haben Sie etwas mit dem Colonel zu besprechen?«

»Ja.«

»Erwartet er Sie?«

»Über die Einzelheiten möchte ich mit ihm persönlich reden.«

Der Mann zuckte mit den Schultern. Keiner Lud Judson ein, Platz zu nehmen. Aber Judson konnte Georges Männern wohl keinen Vorwurf machen. Wer konnte wissen, ob er nicht ein Spion war, den die Tories dem berühmten Grenzer an den Hals gehetzt hatten? Trotzdem ärgerte ihn die Schroffheit, und seine Wut machte sich beinahe in einem Fluch Luft. Aber er beherrschte sich noch rechtzeitig, wandte sich von den sechs ausdruckslosen Augenpaaren ab und setzte sich an einen kleinen Tisch an der Wand.

Es war ein Segen, sich auf dem harten Stuhl ausstrecken zu dürfen. Der Schankjunge drängte sich zwischen den Tischen hindurch und kam zu ihm. »Haben Sie einen Wunsch, Sir?«

»Ich warte nur auf...«

Er brach ab. Seine Schmerzen, die Müdigkeit, die Angst vor dem Empfang, den George ihm bereiten würde, das kalte Mißtrauen der sechs Männer am Fenstertisch – all das begann die eiserne Disziplin zu lockern, die er sich während des langen, qualvollen Weges nach Pittsburgh auferlegt hatte.

Der Junge bemühte sich, höflich zu sein. »Sie warten, Sir? Auf einen Freund?«

»Genau.« Judson griff in seine Hosentasche, berührte Münzen. Sein Blick war leer, als er weitersprach. »Auf einen Freund, den du in einem der Fässer da hinten aufbewahrst. Bring mir einen Rum.«

Als sich der Junge abwandte, rief Judson ihm noch nach: »Aber nur einen!«

Verwirrt blickte der Junge zu ihm zurück. Judson sah, daß die sechs Männer am Fenstertisch hinter erhobenen Bierkrügen miteinander flüsterten. Verdammt, sie trinken doch auch, dachte Judson. Da werde ich mir doch wohl auch einen Rum gönnen dürfen.

Er brauchte diesen Rum. Er würde ihn entspannen, ihm helfen, George zu erklären, warum er so spät kam. Der Junge kam schon nach wenigen Minuten zurück. Judson bezahlte, dann legte er beide Hände um den verbeulten Zinnbecher, hob ihn an die Lippen und trank.

Ja – jetzt fühlte er sich besser. Seine Zähne schlugen nach dem ersten Schluck nicht mehr so scharf aufeinander, nach dem zweiten noch weniger.

Das letzte Tageslicht drang durch das Fenster herein, vor dem die sechs Männer saßen, leise miteinander sprachen und wieder auf die Landkarte blickten, die ausgebreitet vor ihnen lag. Einer der Männer zeigte mit einer Messerspitze auf einen Punkt der Karte. Die Klinge blitzte auf, als sich das Lampenlicht darin fing.

Zu seinem Erstaunen entdeckte Judson, daß der Becher leer geworden war, ohne daß er es bemerkt hatte. Und George war noch immer nicht da.

Oh, es war wunderbar, die Beine auszustrecken, zu spüren, wie der Rum die Schmerzen dämpfte. Die Gaststube schien sich immer mehr mit Lärm und Rauch zu füllen. Als die Dunkelheit voll hereingebrochen war, wurden weitere Lampen angezündet. Judson trank einen zweiten Rum.

Seine Stimmung hob sich überraschend schnell. Er überlegte, ob er nicht zu Georges mißtrauischen Freunden gehen, sich vorstellen und ihnen erklären sollte, was er hier wollte. Es war sicher nicht günstig für ihn, daß sie ihn zunächst ablehnten. Zum Teufel, er konnte George genauso nützlich sein wie diese Burschen...

Ja, er würde noch einmal mit ihnen sprechen. Er war fest dazu entschlossen. Und wenn sie ihn beleidigen sollten, würde es ihnen noch leid tun.

»Junge!«

Der Schankjunge kam an seinen Tisch. »Ja, Sir?«

»Noch einen Rum – und eine Runde für die trübsinnigen Kerle da drüben am Fenster!«

Konsterniert sahen die sechs einander an, wußten nicht, was sie von Judsons Eindringen in ihren Kreis halten sollten. Judson lehnte sich grinsend in seinem Stuhl zurück.

Als der Junge ein Tablett mit vollen Bechern brachte, bedankte er sich dröhnend. Er warf Münzen auf das Tablett, und fügte einen Penny als Trinkgeld hinzu. Dann hob er einen vollen Becher, stieß den Jungen leicht damit an und rief: »Los, bediene die Lieutenants unseres Colonels Clark! Sie brauchen sich nicht erkenntlich zu zeigen. Sie sehen nicht so aus, als wüßten sie, was man in Virginia unter guten Manieren versteht!«

Er sah, daß die sechs am Fenstertisch mit schmalen Augen zu ihm herüberstarrten. Mit spöttischem Lächeln prostete er ihnen zu. Einer der Grenzer sprang auf, sein Gesicht lief rot an. Aber die anderen zogen ihn wieder auf seinen Stuhl zurück.

Judson sah sich grinsend um. Sein Benehmen erregte nun auch die Aufmerksamkeit anderer Gäste. Als er den Becher noch höher hob, hörte er eine Stimme, die vom Fenstertisch herüberdrang. Wem die Stimme gehörte, konnte er nicht feststellen, weil ihm der Schankjunge die Sicht versperrte. Aber die Worte waren deutlich:

»... ein Betrunkener. Es lohnt sich nicht, seinetwegen Streit anzufangen ...«

Judsons Finger, die den Becher umspannten, begannen zu zittern. Die Knöchel traten weiß hervor. Hart stellte er den Becher auf den Tisch, wollte aufspringen. Aber im gleichen Augenblick merkte er, daß sich alle Köpfe der Tür zuwandten. Durch den Dunst sah er flammendrotes Haar schimmern.

Der erste Ausdruck auf George Clarks Gesicht war Überraschung, die dann in Verwirrung, Enttäuschung und schließlich Abscheu überging.

George sah Judson halb vom Stuhl erhoben, den Rumbecher in der Hand. Sein Blick wurde traurig, seine Wangen schneeweiß.

Judson ließ den Becher los, der Rum ergoß sich über den Tisch, tropfte zu Boden. Judson versuchte, sich zwischen Stuhl und Tisch hervorzuzwängen. Der Alkohol hatte ihn benommener gemacht, als er gedacht hatte. Er glitt auf dem nassen Boden aus und landete auf Händen und Knien. Das Gewehr, das neben ihm an der Wand gelehnt hatte, fiel um, als er nach dem Freund rief. Aber der Name kam nur als unverständlicher, gurgelnder Laut über seine Lippen.

Lautes, verächtliches Gelächter drang von allen Seiten auf ihn ein. In seinen Schläfen hämmerte es schmerzhaft, sein Gesicht war glühend heiß. Er rappelte sich auf, griff nach seinem Gewehr, bereit, es mit allen aufzunehmen, die ihn auslachten.

Aber es waren zu viele. Weit geöffnete, grinsende Münder umringten ihn. Betäubt sah er die Folgen seines Verhaltens.

Der Eingang der Tavern war leer. George Clark hatte ihn betrunken gesehen und war wieder gegangen.

2

Der Vollmond beschien Georges Kopf, als er der Tavern den Rücken kehrte. Judson erreichte die Tür etwa eine halbe Minute, nachdem sein Freund gegangen war, und hätte ihn in der Dunkelheit verloren, wäre dieses silberne Licht nicht gewesen. George ging mit großen Schritten auf die Landebrücke zu.

Als Judson über den Hof des Gasthauses lief, vernahm er aufgeregte Stimmen hinter sich, hörte Stuhlbeine scharren. Aber er verschwendete kaum einen Gedanken an Georges Freunde, die in ihm vielleicht eine Bedrohung ihres Kommandanten sahen. Nichts berührte ihn jetzt außer der Verachtung, die er in Georges Augen gelesen hatte.

Er rieb sich die Augen, versuchte seine vom Rum vernebelten Gedanken zu ordnen. Sekundenlang sah er die Gestalt im Mondlicht noch, dann verschwand George im Schatten, den die Holzwand eines Krämerladens warf.

Verzweifelt begann Judson zu rennen.

Er rannte an der dunklen Vorderfront des Ladens vorbei, die Wand entlang, wo er den Freund aus den Augen verloren hatte. Keuchend blieb er an der hinteren Ecke des Gebäudes stehen, irgendwo vor ihm kratzte jemand auf einer Geige.

Er warf einen Blick zurück, sah Georges Freunde im Lichtschein stehen, der aus der Wirtshaustür fiel. Er hielt sich im Schatten versteckt, bis fünf der Männer nach lautstarker Diskussion wieder in der Schankstube verschwunden waren. Die Schwarzseher unter den sechs hatten offenbar den kürzeren gezogen. Aber ein sechster Mann lief in Richtung der Landspitze zwischen den beiden Flüssen, auf der das Fort stand.

Judsons Atem ging rasch und röchelnd, als er um die Ecke zur Hinterfront des Ladens bog. Er stolperte und verlor fast das Gleichgewicht, als er in eine tiefe Räderspur trat. Fluchend stieß er den Gewehrlauf in den Boden und suchte das Ufer nach seinem Freund ab.

Erleichtert seufzte er auf, als er ihn entdeckte – eine dunkle Silhouette vor dem gelben Schein der Laternen, die auf den vertäuten Lastkähnen brannten.

Fünf Kähne waren an der Landebrücke vertäut, drei an der einen, zwei an der anderen Seite. Jeder Kahn war etwa zwanzig Meter lang und sieben breit. Über den Rümpfen, die mehr als einen Meter aus dem silbern glänzenden Wasser ragten, nahmen Wände und Dächer den Großteil des Decks ein. Am Heck jedes Kahns schwankte eine große hölzerne Ruderanlage hin und her.

An Bord von vier Kähnen standen die Fenster und die Klapptüren offen, die in die Fächer eingelassen waren. Lampenlicht drang heraus. Nur ein Kahn war dunkel, der Kahn, der in der Dreierreihe am weitesten draußen im Wasser lag. Von den anderen drangen Geräusche ans Ufer – die kratzenden Geigentöne, Stimmen, das Blöken eines Schafes, das Muhen einer Kuh. Auf einem Deck, das nicht überdacht war, zeichneten sich vom Mondhimmel die Hörner eines großen Stiers ab.

Aber es war George, auf den sich Judsons Aufmerksamkeit konzentrierte. Der Freund ging am Ende der Landebrücke auf und ab, blieb immer wieder stehen und sah zum Mond auf. Judson zögerte, wußte nicht, ob er den schützenden Schatten verlassen sollte. Er erkannte an Georges Haltung, an seinen ausgreifenden Schritten, wie wütend der Freund war.

Mit dem Rücken der freien Hand wischte sich Judson den Schweiß von der Stirn. Er hatte nur zwei Möglichkeiten – entweder schlich er sich davon und versteckte sich, bis George den Ohio hinabgefahren war, oder er ging zu ihm und erklärte ihm, warum er sein Versprechen gebrochen hatte. Als Judson an den weiten Weg dachte, den er zurückgelegt hatte, an den Kampf mit den Wölfen, an den qualvollen Marsch nach Pittsburgh, blieb ihm keine Wahl.

»George?«

Georges guttrainiertes Reaktionsvermögen ließ ihn in geduckter Haltung herumwirbeln. Eine Hand zuckte zum langen Messer, das in seinem Stiefelschaft steckte. Judson rief den Namen noch einmal und trat ins Mondlicht, so daß der rothaarige Colonel ihn erkennen konnte.

George Clark richtete sich auf. An Bord des Kahns, von dem die Geigentöne kamen, lachten Frauen- und Kinderstimmen. Judsons Herz klopfte wild, als er auf die Landebrücke zuging. George wartete – eine reglose, schlanke Gestalt im Mondlicht.

Nie zuvor war ihm ein Weg so lang erschienen. Judsons Hände zitterten, und Bitterkeit stieg in ihm auf, als ihm bewußt wurde, wie sehr er nach Rum stinken mußte. Aber die Verzweiflung hatte ihn bereits ernüchtert. George wandte leicht den Kopf, als Judson auf ihn zukam. Das Mondlicht fiel voll auf das Gesicht des schlanken, rothaarigen Mannes aus Virginia. Judsons Atem stockte, als er den kalten Blick des Freundes sah, und erneut wünschte er sich brennend einen Schluck Rum.

Drei Schritte vor dem Freund blieb er stehen. Beißender Schweinegeruch trieb von einem der Lastkähne heran. An Bord eines anderen Kahns weinte ein Kind, eine sanfte Frauenstimme sprach Trostworte. Auf einem dritten Kahn erloschen die Lampen, mit dumpfem Krach schloß sich eine Klapptür.

Judson wollte sprechen, brachte aber keinen Laut hervor. Ein Nachtvogel glitt tief über den Wellen des Monongahela dahin, Mondsilber auf den Flügeln. Einen kurzen Augenblick lang schimmerte der Vogel als heller Fleck vor dem Schwarz der Wälder am anderen Ufer. Dann verschluckte ihn das undurchdringliche Dunkel.

»Ich hatte nicht erwartet, dich hier zu sehen, Judson«, sagte George kalt. »Als du nicht in Williamsburg aufgetaucht bist...«

»Ich konnte nicht kommen.« O Gott, wie dumpf seine Stimme klang. »Ich bin angeschossen worden. Keine schwere Verletzung, aber ich konnte nicht aufbrechen, bevor sie verheilt war. Und dann machte ich mich auf den Weg...«

»Allein?«

»Ja. Ich hatte einige Schwierigkeiten, habe es aber geschafft. Ich beeilte mich, weil ich fürchtete, du könntest Pittsburgh vielleicht schon verlassen haben.«

»Eigentlich müßte ich auch schon längst unterwegs sein. Aber wir wurden in Redstone, oben am Fluß, aufgehalten. Ich nahm zwanzig Familien mit, die nach Kentucky wollen, ungeachtet aller Gefahren.« Er zeigte auf die Kähne. »Es dauerte eine Weile, bis sie ihre Habseligkeiten verstaut hatten.«

»Du kannst auf diesen fünf Kähnen zwanzig Familien befördern?«

»Ja, und meine Männer. Die Kähne sind sehr geräumig. Und ich habe nur hundertfünfzig Mann rekrutieren können, und selbst das ist mir schwergefallen. Das ist ein weiterer Grund der Verzögerung.«

»Ich habe einige deiner Männer in der Schankstube gesehen«, sagte Judson. »Sie haben getrunken.«

George Clark seufzte traurig auf. »Judson, wenn du mit dieser Bemerkung dein Benehmen heute abend entschuldigen willst, kann ich dir gleich sagen, daß das keinen Eindruck auf mich macht. Diese Männer wissen, wieviel sie vertragen können.«

»Und ich weiß es nicht?«

»Du hattest mir ein Versprechen gegeben. Nur unter dieser Bedingung wollte ich dich in meine Dienste nehmen...«

»Mein Gott, ich bin Meilen und Meilen gelaufen...«

»So siehst du auch aus.« George deutete auf die schmutzigen Verbände.

»Durfte ich mir danach nicht einmal einen Schluck Rum gönnen?«

»Das mußt du selbst verantworten. Du warst es, der das Versprechen gegeben hat. Ich fürchte, du bist umsonst nach Pittsburgh gekommen, Judson.«

»Umsonst?« Ungläubig starrte er den Freund an. Dann brach seine ganze Wut aus ihm hervor. »Du scheinheiliger, arroganter Hundesohn! Du hast nicht genug Männer, aber mich willst du abweisen, nur weil ich einen Drink genommen habe?«

Georges helle Augen blitzten im Mondlicht. »Wie viele waren es denn wirklich?«

»Nun – nicht nur einer. Aber, nicht viel mehr, George...«

»Ich habe dir in Virginia gesagt«, unterbrach ihn George scharf, »daß ich am Ohio eine wichtige militärische Aufgabe zu erfüllen habe. Dort, wohin wir gehen, hängt die Sicherheit jedes Mannes von der Verläßlichkeit seiner Kameraden ab. Ich bin für alle meine Leute verantwortlich. Ich brauche Männer, bei denen ich sicher sein kann, daß sie keiner Schwäche nachgeben, wenn es darauf ankommt. Das hast du gewußt, bevor du in den Westen aufgebrochen bist. Du hast es gewußt, bevor du den Rum bestellt hast. Ich bin nicht prüde, nur pragmatisch. Glaub mir, ich habe nicht jeden Rekruten genommen, der sich mir in den vergangenen Monaten vorgestellt hat, und...«

Plötzlich lag Verzweiflung in Georges Augen, und er wandte sich hastig ab. »So sehr ich es mir auch wünsche, dich mitzunehmen – ich kann nicht.«

Judson wußte nicht, ob er vor Verblüffung den Atem anhalten oder auf die Knie fallen und George anflehen sollte, seine Entscheidung rückgängig zu machen. Dann begriff er langsam, daß der Entschluß seines Freundes endgültig war. Er verstand, wie tief die Kluft zwischen ihm und dem Gefährten der Kindheit geworden war. Und er fühlte sich jeder Hoffnung beraubt, die ihn aufrecht erhalten hatte, seit er mit George bei Williamsburg über das Land geritten war und mit zitternden Händen das Kentucky Rifle abgefeuert und sein Versprechen gegeben hatte.

Für einen Augenblick schien sich Angus Fletchers zerfurchtes, wettergegerbtes Gesicht vor die Züge seines rothaarigen Freundes zu schieben. Angus schüttelte den Kopf. Teufelsblut läßt sich nicht verleugnen...

Er wollte schon das kleine, schwarzgebundene Testament aus der Brusttasche ziehen und Angus Fletcher ins Gesicht schleudern, aber da verschwand das Phantom. Nur George stand vor ihm und verdammte ihn mit unbarmherzigem Schweigen.

Die Geige verstummte. Schafe blökten. Die Wellen des Flusses schlugen monoton gegen die Rümpfe der Lastkähne.

»Und was, zum Teufel, soll ich jetzt tun, George?« fragte Judson endlich. »Ich habe alles hinter mir gelassen. Alles.«

»Das weiß ich nicht«, erwiderte George müde. »Vielleicht kannst du hier in der Siedlung Arbeit finden.«

»Arbeit! Ich weiß doch nicht, wie man arbeitet. Aber ich kann kämpfen...«

»Nicht in den Wäldern. Nicht in der Prärie von Illinois. Nicht gegen die Dämonen, die deine Urteilskraft trüben, deine Willenskraft zerstören, einen nutzlosen Menschen aus dir machen...« George brach ab, fuhr sanfter fort: »Wenn ich als dein Freund meine Entscheidung rückgängig machen könnte, ich würde es tun. Aber es ist nicht mehr möglich. Ich kann dich nur an Bord meines Bootes einladen.« Er zeigte auf den dunklen Kahn, der am Ende der Dreierreihe vertäut lag. »Ich kann dir noch einen Rum einschenken...«

»Jetzt, wo alles zwischen uns zerstört ist?«

Verzweifelt senkte George beim bitteren Klang dieser Stimme den Kopf. »Nein, nur – um der alten Zeiten willen. Ich werde dir ein wenig Geld leihen, wenn du welches brauchst. Aber dies ist das Ende. Komm, streiten wir nicht mehr. Die Entscheidung ist gefallen. Ich würde mich besser fühlen, wenn du als Gast auf mein Boot kämst...«

Obwohl es in seinen Ohren dröhnte, spürte Judson das Schuldgefühl, das aus Georges Worten sprach. Er versuchte den Freund zu hassen, ihm wütende Flüche ins Gesicht zu schleudern, aber er war dazu nicht fähig. Er allein war der Schuldige, er war der Verräter. Er hatte alles verraten, auch sich selbst.

Ein ungeheures Gewicht schien sich auf seine Schultern zu legen. Irgend etwas, daß George vor wenigen Augenblicken gesagt, dröhnte durch sein Gehirn wie eine Totenglocke: Aber dies ist das Ende...

Lazarus, für wenige Stunden wiedergeboren, hatte nicht genug Kraft zum Überleben besessen. Letzten Endes behielt Angus Fletcher doch recht. Es war Judsons Bestimmung, zu verraten und zu vernichten, nie stark genug zu sein, nie zu wissen, warum...

Nun, wenigstens hatte George ihm einen Drink versprochen.

»Gut, ich nehme dein Angebot an«, sagte Judson mit leerem Lächeln und folgte seinem Freund die Landebrücke entlang.

George bewegte sich mit der gewohnten, lautlosen Geschmeidigkeit. Der Stier brüllte und hob die Hörner, als sie an ihm vorbeigingen. Judson starrte auf den rasch dahinströmenden Fluß und dachte an die zerstörerischen Fluten, die sein Leben bestimmten. Diese Fluten hatten ihn zu seiner letzten Chance getrieben und sie ihm dann gnadenlos aus den Händen gerissen.

George fühlte sich sichtlich unbehaglich, begann aber ein Gespräch.

»Das sind interessante Kähne. Sie sind so entworfen, daß man sie auseinandernehmen und aus dem Holz Hütten bauen kann, wenn wir am Ziel sind...«

Judson merkte kaum, daß sein Freund zögerte. Er wollte umkehren, fliehen, denn sein Schuldgefühl vertiefte sich mit jeder Minute. Er würde George sagen, daß er es sich anders überlegt hätte, daß er in die Siedlung zurückgehen würde. Doch gerade als er sprechen wollte, fiel ihm die sonderbar angespannte Haltung seines Freundes auf.

George war vor seinem Boot stehengeblieben, dessen Heck sanft gegen die Pfähle der Landebrücke stieß. Der Mond schimmerte in Georges Pupillen, als er einen Finger an die Lippen legte.

Judson blickte in die Richtung, in die sein Freund zeigte, zu den Bretterwänden an Deck, an einem verriegelten Fenster vorbei zu einem leicht geschwungenen Dach. Judson hielt den Atem an. Die Klapptür stand offen. Und vom anderen Ende des Daches führte eine schmale, glitzernde Wasserspur darauf zu.

George beugte sich zu Judsons Ohr. »Jemand ist auf meinem Boot. Er ist von der Flußseite her über die Reling an Bord geklettert.«

»Wer?«

»Keine Ahnung. Aber ich habe wichtige Dokumente an Bord in einer Kassette eingeschlossen. Ich habe mir schon oft überlegt, daß ein Tory-Sympathisant versuchen könnte, sie zu stehlen. Eine zweite Niederschrift habe ich hier.« Er zeigte auf eine Brusttasche seines Jagdhemds. Dann wies er auf Judsons Gewehr. »Ist es geladen?«

»Ja.«

»Also gut – paß auf...«

George schlich an die Reling des vertäuten Kahns, eine Hand glitt zu seinem Stiefelschaft. Die Klinge seines langen Messers blitzte auf, als er es hochschwang.

»Es macht mir nichts aus, durch die Klapptür zu springen und unsere Besucher im Dunkeln zu überraschen«, flüsterte er. »Aber vielleicht können wir sie ins Licht locken.«

Judsons Hände schwitzten, er hob das Gewehr. George beugte sich vor und hämmerte mit der Faust gegen die Seitenwand des Bootshauses.

3

In dem Augenblick, als George zu klopfen aufhörte, drangen Geräusche aus dem Inneren. Rasche, leise Schritte, dann ein Fluch, als etwas gegen die Deckplanken stieß.

»Sie sind tatsächlich hinter meiner Kassette her.«

Hände schnellten aus dem schwarzen Viereck der offenen Tür. Dann tauchte ein hoher Hut mit verbeulter Krempe auf. Als sich der geschmeidige Eindringling auf das Dach zog, erkannte ihn Judson.

Es war der Mann, der an der Ecke von »Semple's Tavern« gesessen und seine Hände versteckt hatte.

Der Hut des Eindringlings wehte davon, als er zur Flußseite des Bootes kroch. Judson sah ein Messer in einer braunen Faust aufleuchten, im Gürtel glänzte der Metallgriff einer Pistole. George schwang sich über die Reling und dann auf das Dach.

Judson riß das Gewehr an die Schulter. Es war nicht schwer, auf den Fremden zu zielen, der vom Mondlicht übergossen war. Er drückte ab.

Eine Explosion, ein dumpfer roter Schimmer...

Dann Stille, nur ein kurzes Aufblitzen der Zündpfanne. Verdammt, entweder hatte er den Großteil seines Pulvers verloren, oder es war feucht geworden.

»Halt!« schrie George und sprang über das Dach des Kahns. Er befand sich jetzt zwischen dem Eindringling und Judson, und dieser konnte nicht mehr schießen, selbst wenn sein Gewehr funktioniert hätte. Judson stemmte ein Knie gegen die Reling, streckte den verbundenen Arm aus, biß die Zähne zusammen und zog sich auf das Dach. George warf sich auf die andere Seite des Kahns, eine Hand mit dem blitzenden Messer erhoben; die andere schnellte vor, um das mit Fransen besetzte Hemd des Eindringlings zu packen.

Der Mann stieß einen Angstschrei aus, auf den sofort aufgeregte Stimmen an Bord der anderen Boote antworteten. George hielt den Spion mit aller Kraft am Hemd fest, während Judson mühsam über das Dach kroch. Vor sich sah er das maskenhafte Gesicht des Eindringlings, sah blitzende Augen, in denen sich das Mondlicht spiegelte, und gleichzeitig Wut und Angst. Er sah dunkle, eingefettete Haare, die glatt bis in den Lederkragen herabhingen.

Der Indianer wehrte sich heftig, als George ihn auf das Dach zurückzuzerren versuchte. Judson stand auf der Kante des Dachs, auf unsicheren Beinen, weil der Kampf den Kahn schwanken ließ. Plötzlich sah er, daß neben Messer und Pistole noch etwas im Gürtel des Indianers steckte.

Gefaltete Papiere, die Dokumente, die der Mann aus der Kassette gestohlen hatte.

Mit einem gurgelnden Laut riß der Indianer das Messer aus dem Gürtel, in glänzendem Bogen glitt die Klinge auf Georges Hals zu. Judson stieß einen Warnschrei aus, aber George war noch rascher. Er ließ seinen Gefangenen los und sprang nach hinten. Sein linker Stiefel landete in der Wasserspur, die der Indianer hinterlassen hatte, als er an Bord geschlichen war. Er rutschte aus und stürzte rücklings auf das Dach. Aber da kroch Judson auf den Indianer zu. Nur vage hörte er die erregten Stimmen ringsumher, die Schritte, die über die Landebrücke dröhnten.

Aber alles, was er sah, war die Hand des Indianers, die sich nach hingen schwang und dann vorschnellte.

Das Messer war schlecht gezielt. George wich zur Seite, die Klinge traf das Dach, das Messer rutschte davon.

Die andere Hand des Indianers schloß sich um den Griff der englischen Dragonerpistole. Geduckt nahm er die Waffe von der Linken in die Rechte und ließ den Hammer zurückschnappen.

George bot ein so großes, so nahes Ziel, ein Ziel, das sein Gegner unmöglich verfehlen konnte. Die weißen Zähne des Indianers blitzten. Mit gestrecktem Arm richtete er die Pistole auf Georges Brust. Verzweifelt versuchte George sich auf die Seite zu rollen – zu spät.

Judson stieß sich mit aller Kraft ab und hatte das träumerische Gefühl, über das Dach zu fliegen. Instinktiv fuhr der Indianer herum. Die Pistole explodierte, Judson krümmte sich zusammen, als ihn die Kugel in den Leib traf.

Rauchschwaden trieben vorbei, Judson spürte fließende Wärme in seinem Inneren. Dann Schmerz.

Er sank auf die Knie, unterdrückte den Schrei, der ihm in der Kehle aufstieg. Er hörte die Stimmen der Männer, die an Bord kletterten und ihre Laternen hochhielten. Licht überflutete das Dach. George Clark war wieder auf die Beine gekommen und hatten den Indianer zum zweitenmal gefangen. Er hatte einen Arm an die Luftröhre des Spions gepreßt, mit der anderen Hand hielt er die Klinge seines Messers an den Hals des Gefangenen, der sich verzweifelt in dem festen Griff wand.

Judson beobachtete das alles mit einem schwebenden Gefühl von Unwirklichkeit, obwohl sich brennender Schmerz durch sein Inneres fraß und Blut in seine Hosen rann. Er wußte sehr gut, warum er sich geopfert hatte. Es war mehr als Freundschaft gewesen – es war die Sehnsucht nach Erlösung.

Seltsamerweise erfüllte ihn trotz der Schmerzen eine große innere Ruhe. Mit dem hohen Preis, den er gezahlt hatte, um einen Teil seiner Schuld auszulöschen, hatte er Erleichterung und Freiheit gewonnen. Für einen Augenblick verzerrte ein Abglanz seines alten strahlenden Lächelns das blasse Gesicht.

Die rauhen Stimmen kamen näher.

»Sind Sie verletzt, George?«

»Wen haben Sie denn da gefangen? Wer hat geschossen?«

»Dieses verdammte Halbblut – sieht aus wie...«

Aber da hob sich klar und deutlich Georges kräftige Stimme über das aufgeregte Geschrei.

»Kümmert euch um Fletcher! Der Indianer hat ihn getroffen.«

George stieß seinen Gefangenen in die Hände der anderen. Laternen warfen groteske Schatten über das schwankende Dach. Im Gehege des Nachbarkahns blökten verängstigte Schafe. Das Quieken von Schweinen mischte sich in den Lärm, dann das Weinen eines Kindes.

George stürzte zu den Männern, die Judson umringten, und stieß sie beiseite, als Judson sich mühsam auf die Planken des Daches niederließ. Es fiel ihm schwer zu atmen. Der heftige Anfangsschmerz hatte nachgelassen, jetzt erfüllte ein leichterer, aber stetiger Schmerz sein Inneres. Er war in Blut gebadet. Er spürte die Nässe an den Oberschenkeln.

George kniete neben ihm, sein Gesicht war bleich im Sternenlicht. Einige Männer hatten den Indianer gepackt und bedrohten ihn mit Messerklingen und Pistolenmündungen.

»Sprichst du englisch?«

»Wie heißt du? So rede schon, du verdammter Hund!«

»Woher kommst du?«

»Sag endlich etwas, sonst schlagen wir dir den verfluchten roten Schädel ein!«

Mit röchelnder Stimme stieß der Indianer ein Wort hervor. *»Nen-nemki.«*

George, der gerade mit Judson sprechen wollte, blickte über die Schulter zurück.

»*Der Donner*. Ich habe von ihm gehört. Er ist halb Engländer und halb Shawnee – und einer von Hamiltons Spionen. Er war hinter meinen Anweisungen her, die ich in der Kassette verschlossen halte.«

»Und beinahe hätte er sie auch bekommen.« Einer der Männer riß die gefalteten Papiere aus dem Gürtel des Indianers.

Judson hustete, und das verstärkte den Schmerz in seinem Bauch. Er legte den Kopf auf die Dachbretter und sah die Umrisse von Georges Kopf, die sich vor dem Sternenhimmel abzeichneten. Das Haar seines Freundes glänzte wie silbernes Feuer, seine Stimme klang seltsam erstickt.

»Du hast den Schuß absichtlich aufgefangen, Judson.«

»Sonst...« Es bedeutete eine ungeheure Anstrengung, zu sprechen. »Sonst... sonst... wärst doch du... getroffen worden...« Er hustete wieder. »Und... es ist wichtiger... daß du dein Ziel erreichst... als daß ich weiterlebe.«

»Hör mit diesem Unsinn auf! Wir bringen dich jetzt ins Fort, zum Arzt.«

»Wie du willst... Ich zweifle nur... daß sich die Mühe lohnt.«

Das Halbblut wurde weiter verhört. Der Spion wand sich im harten Griff der Männer, versuchte vergeblich, den Tritten und Hieben auszuweichen, die seinen Bauch trafen, den Messerspitzen, die seine Haut aufrissen, den Händen, die an seinen Haaren zogen. Aber George hatte nur Augen für Judson, seine Kehle war wie zugeschnürt.

Nen-nemki begann seine Peiniger anzuschreien, rief in

schlecht akzentuiertem Englisch: »Verdammte lange Messer! Kommen nur, um Pelze zu holen. Land ist groß genug für alle. Aber jetzt wollen verfluchte Kentuckys auch Land haben. Kommen mit Frauen und Pflügen und Holzhäusern, stehlen Wälder und Jagdgründe. Deshalb kämpfen wir gegen euch und für großen Vater GeorgIII. Ihr könnt *Nen-nemki* töten…«

»Du kannst deine verdammte fette Haut darauf verwetten, daß wir das tun werden«, unterbrach ihn eine heisere Stimme.

Aber der Shawnee achtete nicht darauf. Sein Kreischen ließ die Menschenmenge, die sich auf der Landebrücke drängte, verstummen.

»… aber andere werden euch auf Fersen bleiben, mit Waffen und Pulver von dem Haaraufkäufer. Ihr habt unser Land gestohlen, wir kämpfen, bis wir siegen oder sterben.«

Die Stimme überschlug sich und übertönte das Summen, das in Judsons Ohren immer lauter wurde. Irgendwie tat ihm der Gefangene leid. Hinter dem Zorn des Shawnees lag ein unverkennbares Elend, ein schmerzhaftes Gefühl des Verlorenseins. Judson litt in diesem Augenblick mit dem Indianer. Er verstand, warum der Shawnee seine Verzweiflung hinausschrie. Wie die Pflanzer an den Chesapeake Bay den Schwarzen allmählich die Freiheit geraubt hatten, so nahmen sich nun auch die Grenzländer die üppigen Wälder und Wiesen, die ihnen nicht gehörten, die Judson nur aus den Beschreibungen in Georges Briefen kannte. Aber auf diesem Land hatten *Nen-nemkis* Vorfahren seit Generationen gelebt. In diesen Wäldern waren sie auf die Jagd gegangen.

Und jetzt fuhr George Clark mit ganzen Bootsladungen von Männern und Frauen und Kindern und Schweinen und Schafen auf dem großen Fluß nach Westen. Wenn George seinen Plan verwirklichen konnte, würden die Indianerstämme noch mehr Land verlieren, viel mehr, als sie seit der Entdeckung Amerikas eingebüßt hatten.

Vielleicht mußte das so sein. Aber merkwürdigerweise empfand Judson keinen Haß gegen den Shawnee, obwohl ihn das Halbblut tödlich verwundet hatte.

Judson nahm die weiteren Ausbrüche *Nen-nemkis* nicht mehr wahr. Das Dröhnen in seinen Ohren war zu laut geworden. Er wollte nur noch schlafen.

Finger berührten seine Wange. Georges Finger.

»Wir bringen dich jetzt zum Arzt, Judson.«

»Ich glaube noch immer... daß es sinnlos ist.« Er hob mühsam eine Hand, um die Rechte seines Freundes zu umklammern. Mit einem Mal war ihm kalt, er hatte Angst. »Es tut... mir leid... daß ich niemals mit dir... Kentucky sehen werde.«

Dunkelheit senkte sich herab.

4

Er erwachte auf einem Strohsack im Fort Dunmore, in einem Raum mit Holzwänden. George und der Arzt standen neben ihn.

Der Doktor zögerte lange und räusperte sich zweimal, bevor er leise sagte, daß die Pistolenkugel nicht entfernt werden könne. Daß Judson innere Blutungen habe. Daß man ihm Opium eingeflößt habe, um die Schmerzen zu mildern. Daß es so gut wie unmöglich sei, sein Leben zu retten.

Judson hörte zu, als ginge ihn das alles nichts an. Als der Arzt schwieg, flüsterte Judson, die Wunde würde kaum schmerzen, dank des Opiums. Er überstand einen Hustenanfall, und dann fragte er George, wann er mit den Lastkähnen den Ohio hinabfahren wolle. George sagte, sie würden am nächsten Tag kurz nach Sonnenaufgang aufbrechen.

»Ich...« Judson schluckte, dann lächelte er. Sein schweißnasses Gesicht glänzte im flackernden Licht der Laterne, die den kleinen Raum schwach erhellte. »Dann werde ich noch so lange leben... um das mitanzusehen...«

George und der Arzt wechselten Blicke. Judsons schwache Stimme hatte sehr überzeugt geklungen.

Wie eigenartig, dachte Judson. Er spürte einen tiefen inneren Frieden. Als wäre ein langer Kampf zu Ende und er könnte nun mit reinem Gewissen zur Ruhe kommen.

Bevor er wieder in einen Dämmerzustand hinübertrieb, fragte er nach dem indianischen Spion. George erzählte ihm, daß *Nen-nemki* alles gestanden hatte. Hamilton hatte den Shawnee in Detroit beauftragt, herauszufinden, ob sich in Pittsburgh militärische Kräfte zusammenzögen.

»Ich nehme an, Hamilton hat ihn ausgesucht, weil er ein halber Weißer und deshalb weniger verdächtig ist. *Nen-nemki* machte eine sehr aufschlußreiche Bemerkung, wenn ich auch bezweifle, ob ihm selbst die Bedeutung dieser Worte klar war. Hamilton will wissen, wie viele Männer die Siedlungen in Kentucky befestigen und verteidigen würden.«

»In Kentucky? Das bedeutet, daß die Briten noch immer nicht wissen, daß...«

Judson brach ab, als ihm bewußt wurde, daß der Arzt immer noch im Raum war. Er wollte eine Entschuldigung stammeln, aber Georges Lächeln sagte ihm, daß das nicht nötig war.

»Nein, sie wissen noch immer nicht, was wir vorhaben.«

Judson keuchte, brachte nur noch ein einziges Wort hervor. »Gut.«

Er erinnerte sich, daß George noch lange bei ihm blieb, daß er auf ein paar Holzscheiten saß, die Arme vor der Brust verschränkt und ihn mit seinen hellen Augen ansah, in denen Schuldbewußtsein und Reue standen. Manchmal erwachte Judson, versuchte mit dem Freund zu sprechen. Er wollte George sagen, daß er kein schlechtes Gewissen zu haben brauchte. Er, Judson, sei es gewesen, der sich von einer Schuldenlast hätte befreien müssen. Deshalb habe er sich zwischen George und die Pistole des Shawnee geworfen. Aus diesem einzigen Grund.

Aber er fand nicht die Kraft zu sagen, was hätte gesagt werden müssen, und das machte ihn traurig. Er trieb dahin in einem Nebel, in dem die Schmerzen ihm stetig folgten und manchmal unerträglich wurden. Aber er schrie nicht.

Einmal, als Judson bei Bewußtsein war, kam ein Freund George Clarks, einer der sechs Männer, die in der Taverne gesessen hatten. Er berichtete, daß *Nen-nemki* gehängt worden war.

5

Mit letzter Willenskraft riß er sich aus dem Dunkel, das ihn umgab, und bat beim ersten Schein der Morgensonne, man möge ihn zum Ufer tragen.

Er spürte, daß sich eine Menschenmenge um seine Trage drängte, konnte erregte Stimmen hören. Wenn er es in seinen eiskalten Händen auch nicht fühlen konnte – er wußte, daß er das kleine Testament umklammerte, weil er sich erinnerte, darum gebeten zu haben.

Allmählich konnte er einzelne Geräusche in dem wirren Lärm unterscheiden. Das stetige Trommeln von Stiefeln auf den Planken der Landebrücke, die scharfen Stimmen von Georges Männern, die die Lastkähne zur Abfahrt bereit machten.

Judson sah fast nichts von dem Leben und Treiben ringsumher. Seine Augen waren im hellen Tageslicht halb geschlossen. Er spürte die Sonne auf den Wangen, aber seltsamerweise waren ihre Strahlen ohne Wärme. Von seiner Brust abwärts schien sein Körper gefühllos zu sein. Er wußte, daß er verbunden und mit Opium betäubt worden war.

Die Zeit schien sich endlos zu dehnen. Schließlich rief eine Frau in seiner Nähe: »Sie fahren ab!«

Hurrageschrei stieg in den Sommerhimmel. Judson rief mit schwacher Stimme: »Hebt mich hoch! Oh, bitte, hebt mich doch hoch...«

Endlich hörte man auf ihn. Hände griffen nach dem Kopfende der Trage, stemmten sie langsam hoch. Er war enttäuscht, denn er konnte nichts sehen außer bewegtem Wasser, auf dem Sonnenstrahlen funkelten.

Aber er blinzelte, blinzelte angestrengt weiter, bis er schließlich in einem verwirrenden Spiel von Licht und Schatten einen leuchtend roten Fleck ausmachen konnte.

Rotes Haar ...

George Clark.

Wo stand er? Auf dem Dach einer der Lastkähne? Ja, so mußte es sein. Die hochgewachsene Gestalt seines Freundes glänzte in der Sonne. Und langsam, ganz langsam glitt George davon.

»Alle Mann an die Ruder, wenn wir in der Strömung sind«, drang eine Stimme aus der Ferne heran.

Plötzlich fürchtete Judson sich mehr als zuvor in seinem Leben.

Seine Hände waren zu Eis geworden. Und er mußte sich gewaltig anstrengen, um die rauhe Oberfläche des Bucheinbands zwischen den Fingern zu fühlen.

Glänzend und mächtig glitt George Clarks Gestalt im Sonnenschein davon. Wieder klangen Freudenschreie auf. Er ist gegangen, dachte Judson, er ist in den Westen gegangen, den ich nie sehen werde. Er ist gegangen nach ... Wie war der Name? Kaskaskia? Und der andere? Er konnte sich nicht erinnern. Aber er erinnerte sich, daß George eine wichtige geheime Mission im Nordwesten zu erfüllen hatte. Und indem Judson seine Schuld bezahlt hatte, einen Preis, den er schon vor vielen Jahren hätte zahlen sollen, hatte er George diese Reise ermöglicht. Es war ein guter Gedanke. Ein Ausgleich für all das Böse.

Gesichter fluteten durch die Nebel in seinem Gehirn. Ein wütender Angus Fletcher, ein enttäuschter Donald, ein niedergemetzelter Seth, eine ertrunkene Alice, eine rachsüchtige

Lottie, ein sorgenvoller, aber unerschütterlicher Tom Jefferson...

Peggy. Geliebte schöne Peggy...

Die Erinnerungen störten seine schläfrige Benommenheit. Er hatte anderen Menschen so viel Leid gebracht, so viel Verächtliches getan. Er besaß so wenig gute Erinnerungen. Die beste von ihnen war vielleicht, daß er die Geburt der Nation miterlebt hatte...

Und da war George. Darauf konnte er stolz sein. Es war sein Verdienst, daß einer der fähigsten Captains von Virginia die Grenzen einer neuen Nation ausdehnen konnte. Das konnte auf jener Seite vermerkt werden, die so viel spärlicher war als die andere...

Er konzentrierte sich auf die ferne rothaarige Gestalt, die nun in einem dichter werdenden Nebel davonzutreiben schien. Mit einem leichten Schauer erkannte er, daß der Nebel nicht in der Ferne lag, sondern ihn umschloß. Er umklammerte das Testament fester, flüsterte ein Wort, während die Jubelschreie immer lauter dröhnten.

»Vater...«

Der erste von George Clarks Lastkähnen bog in die Kurve an der Flußgabelung. Die Ruder strichen kraftvoll durch die Wellen, als die Strömung einen Kahn nach dem anderen erfaßte, die Strömung, die die kleine Armee den Ohio hinuntertragen würde, in den Westen.

Aber das sah Judson nicht mehr. Langsam schloß er die Augen, sein Kopf fiel zur Seite, sein schwaches Lächeln erlosch. Einer der Männer, die die Trage hochhielten, sagte leise: »Ich glaube, jetzt können wir ihn wieder abstellen.«

11. Kapitel
Der Preis des Himmels

1

An einem Frühlingsnachmittag, elf Monate später, stiegen drei Spaziergänger den Breed's Hill hinauf und blickten auf den Bostoner Hafen hinab.

Der ältere der beiden hinkte ein wenig, und das stand in hartem Kontrast zu den fröhlichen Sprüngen des kleinen Jungen, der seine Hand umklammerte. Es war ein hübsches, dunkelhaariges Kind. Die braunen Augen leuchteten, als es über die Obstgärten und Steinmauern und windbewegten Wiesen der Halbinsel blickte.

Der Junge zog an der Hose des Vaters. »Wollen wir um die Wette laufen, Papa?«

»Du weißt doch, daß ich nicht laufen kann«, erwiderte Philip Kent scharf.

»Aber wir sind doch schon miteinander gelaufen.«

»Nur, weil du darauf bestanden hast, Abraham. Und nur zu Hause.«

Der Junge runzelte die Stirn. »Gut, Papa. Aber können wir nicht auf den anderen Berg steigen. Ich möchte die Schiffe besser sehen.«

»Nein.«

»Papa, bitte...«

»Ich habe nein gesagt.«

Der Marquis Lafayette verschob seinen Dreispitz ein bißchen, um sich vor den Sonnenstrahlen zu schützen. Er trug die Kokarde mit dem weißen Mittelpunkt, die das amerikanisch-französische Bündnis symbolisierte.

»Mein lieber Freund, warum läßt du deinen Sohn nicht umherlaufen? Ich könnte mir inzwischen den Schanzengraben ansehen.«

Philip zuckte ergeben mit den Schultern. »Also gut, du kannst laufen, Abraham. Aber nicht weiter als bis auf den Morton's Hill! Und bleib in Sichtweite.«

Abraham nickte. In seinen dunklen Augen lag Angst, als er in das strenge Gesicht seines Vaters sah. Dann wandte er sich hastig ab und lief davon.

Die neugewonnene Freiheit hob seine Stimmung bald wieder. Fröhlich rannte er den Grasgang des Morton's Hill hinauf.

»Ein netter Junge«, sagte Gil und sah dem Kind nach. »Er ist jetzt vier, nicht wahr?«

»Noch nicht ganz. Im September hat er seinen vierten Geburtstag. Aber er ist sehr klug für sein Alter. Mrs. Brumple hat ihm schon ein wenig Lesen und Schreiben beigebracht.«

Der junge Franzose sah zu den Dächern von Boston am anderen Ufer des Charles River hinüber.

»Kommst du gut mit ihm aus?«

»Ich weiß nicht, was du meinst«, erwiderte Philip. »Ich bin sein Vater.«

»Bist du viel mit ihm zusammen?«

»Ich sehe Abraham, wann immer ich kann, und zweimal in der Woche, am Mittwoch und Sonntag, gehen wir morgens immer nach Watertown.«

»Und was ist dort so interessant, wenn ich fragen darf?« erkundigte sich Gil leichthin.

»Der Gedenkstein für meine Frau.«

»Ah – natürlich. Entschuldige, das hatte ich vergessen.«

Nachdem er sich von seiner Verlegenheit erholt hatte, überlegte Gil, was Philips kurzangebundene Antworten zu bedeuten hatten. Philip war dem Freund für sein Schweigen dankbar, denn er hatte sich zum Thema Abraham bereits genug von Mrs. Brumple anhören müssen. Erst gestern hatte sie ihm wieder eine dieser ermüdenden und ärgerlichen Lektionen erteilt, die ihn schon längst veranlaßt hätten, sie aus dem Haus zu werfen, wenn er sie nicht so dringend gebraucht hätte. Er hatte sonst niemanden, der sich um seinen Sohn kümmerte. Sogar jetzt erinnerte er sich an jedes Wort des unerfreulichen Gesprächs...

»Mister Kent, verzeihen Sie, wenn ich mir eine Bemerkung erlaube...«

»Natürlich«, erwiderte er schlechtgelaunt wie immer in letzter Zeit. »Das vergebe ich Ihnen doch andauernd, oder?«

Die verwirrte Mrs. Brumple zwang sich zu einem Lächeln.

»Ich möchte ganz gewiß keine Kritik üben, Mister Kent...«

»Aber Sie tun es trotzdem, gute Frau, also sprechen Sie ruhig weiter.«

»Also wirklich, Sir, das ist unerträglich...«

Philip seufzte.

»Entschuldigen Sie. Nun, was wollten Sie mir sagen?«

»Ich wollte mit Ihnen über diese häufigen Ausflüge zum Friedhof sprechen.«

»Das klingt, als würden Sie diese Ausflüge nicht billigen. Ich sehe nichts Falsches darin, Anne die Ehre zu erweisen, die ihr zukommt.«

»Aber muß denn Abraham jedesmal mitgehen? Zweimal die Woche?«

»Warum sollte er nicht?«

»Nun, Sir, das ist meine persönliche Meinung... Und Sie finden es vielleicht seltsam, daß ausgerechnet ich das sage, wo ich mich doch ständig über die Gottlosigkeit meines Mannes beklage. Aber ich finde, daß es nicht gut für Abraham ist, wenn er so oft zu Mrs. Kents Gedenkstein geht.«

»Es ist nicht gut für ihn?« Philip hob die Brauen. »Und warum nicht, in Gottes Namen?«

»Sir, bitte, fassen Sie das nicht falsch auf, aber – der Name Gottes sollte nie benutzt werden, um...«

»Ja, ja, schon gut, es tut mir leid. Können wir jetzt endlich zur Sache kommen?«

Mrs. Brumple preßte die Lippen zusammen und nickte. Philip erkannte, daß er ihren Kampfgeist geweckt hatte.

»Die Sache ist die: Ein kleiner Junge sollte mit seinem Vater in einer fröhlichen Umgebung zusammen sein, nicht immer nur auf Friedhöfen, auch wenn die Dahingeschiedenen unsere Liebe und unser Andenken noch so sehr verdienen.«

Philip antwortete ruhig und ernst, und in seiner Stimme klang die tiefe Trauer mit, die er nun schon so lange mit sich trug und die ihn besonders in den Nächten quälte.

»Mrs. Brumple, ich habe Anne mehr als jeden anderen Menschen auf der Welt geliebt. Ich wiederhole, sie verdient es, nie vergessen zu werden.«

»Da kann ich nur zustimmen, Sir. Sie haben mich mißverstanden. Ihre Besuche auf dem Friedhof sind zu einer fixen Idee geworden. Der Junge kann sich kaum an seine liebe Mutter erinnern. Und seinen Vater erlebt er fast nur im Zusammenhang mit Verzweiflung und Trauer. Ich kann mir nicht helfen, aber ich glaube, es wird seiner Seele ernsthaften Schaden zufügen, wenn das ewig so weitergeht.«

»Danke für den Rat«, erwiderte Philip kurz. »Ich werde darüber nachdenken.«

O Gott, wie er sich manchmal über die alte Gans ärgerte. Er hatte keineswegs vor, auch nur eine Minute lang über ihre Worte nachzudenken...

Aber jetzt, als Philip neben Gil stand, dem kleinen Abraham nachsah und sich an jenes Gespräch erinnerte, regte sich sein Gewissen. Er hatte die Angst in den Augen seines Sohnes gesehen, als er vorhin so scharf mit ihm gesprochen hatte. Vielleicht war seine Trauer wirklich übertrieben, und was noch schlimmer war, er zwang seinen Sohn, diese Trauer zu teilen.

Aber – lieber Gott, er vermißte Anne so sehr! War es denn falsch, sich zu dieser unsterblichen Liebe zu bekennen?

Gil sah ihn nachdenklich an, und dieser Blick veranlaßte Philip, sich zu verteidigen.

»Ich überlasse Abraham nur ungern sich selbst, Gil. Aber ich habe viel zu tun. Ich muß in der Druckerei nach dem Rechten sehen und diese verdammten Lehrlinge im Auge behalten. Und wie du weißt, habe ich eine Menge Geld in mein erstes Buch gesteckt.«

Gil nickte und zog den schmalen Band aus seiner Jackentasche. Das Buch war in glänzendes braunes Leder gebunden. Philip hatte eine große Summe investiert, um diese Luxusausgabe von Thomas Paines *The Crises* herauszubringen.

Paine schrieb natürlich weitere Essays. Aber Philip hatte alle bereits erschienenen Flugblätter in gut lesbarem Druck in gebundener Form neu herausgegeben. Er rechnete damit, zweitausend Exemplare an private Sammler und Leihbüchereien verkaufen zu können.

Vor drei Wochen waren die Bücher aus der Binderei gekommen, und bisher hatte er erst zweihundert Exemplare an Bostoner Buchläden in Kommission abgeben können. Etwa fünfzig Bücher waren verkauft worden. Philip hatte mit einem wesentlich besseren Geschäft gerechnet.

»Wenn die Geschäfte nicht bald besser gehen, gebe ich die Druckerei möglicherweise wieder auf.«

»Was?« rief Gil. »Du hast doch gerade erst angefangen.«

Philip starrte auf die Berghänge, auf die vorbeiziehende Wolken Schattenflecken warfen.

»Ja, aber Annes Tod hat vieles geändert, Gil.« Er wandte sich seinem Freund zu. »Ich habe dir nicht alles gesagt, als ich dir heute vormittag die Druckerei gezeigt habe. Selwyn Rothman, den du ja kennengelernt hast, will mich dazu überreden, eine langjährige Verpflichtung einzugehen. Ich soll eine monatliche Miete bezahlen. Aber ich habe ihn erst einmal vertröstet, weil ich wirklich nicht weiß, ob ich weitermachen soll. Ein paar Monate, nachdem ich das Geschäft eröffnet hatte, bestellte ich ein Schild, das ich neben den Eingang zu Rothmans Obergeschoß hängen wollte. Obwohl das Schild längst fertig ist, habe ich es nie abgeholt. Der Lehrling des Schildermalers kommt deshalb fast täglich zu mir und liegt mir in den Ohren.«

Gil runzelte besorgt die Stirn, als er das braune Buch wieder einsteckte. »Aber wenn du deine Druckerei aufgibst, was willst du dann tun?«

»Vielleicht versuche ich es mit einem anderen Gewerbe – in einer anderen Stadt.«

»Aber du hast doch nur das Drucken gelernt.«

»Das stimmt. Aber ohne Anne macht es mir überhaupt keine Freude mehr.«

»Mein Freund, es ist nicht gut, wenn du so tief trauerst. Wenn man dich reden hört, glaubt man, du wärst ein alter Mann – trotz deiner fünfundzwanzig Jahre.«

»Sechsundzwanzig. Vergiß nicht, daß das die Hälfte eines durchschnittlichen Lebens ist.«

»Trotzdem – du brauchst nicht so tun, als stündest du schon mit einem Fuß im Grab. Ich bin erst seit einer Woche in Boston, aber das ist mir schon oft aufgefallen. Du hast dich sehr verändert, seit wir uns zum letztenmal gesehen haben – zu deinem Nachteil.«

»Vielleicht darf ich dich daran erinnern, daß es immer anstrengend ist, ein neues Geschäft anzufangen. Besonders, wenn man sich ständig fragt, ob man nicht lieber wieder aufhören soll. Aber ich wußte nicht, daß ich dir wie ein alter Mann vorkomme.«

Gil spürte Philips Sarkasmus, und er lenkte ab. »Ich war von der Druckerei sehr begeistert.«

»Dieser ständige Kampf um das Buch! Wie der Teufel muß ich hinter neuen Bestellungen her sein. Rothman ist ein netter alter Herr. Er setzt alle seine Beziehungen ein, um mir zu helfen. Aber andere Mieter würden ihm viel mehr für das Obergeschoß bezahlen als ich. Deshalb setzt er mich ja unter Druck, daß wir einen Mietvertrag aushandeln. Sehr sanft – aber er setzt mich immerhin unter Druck.«

»Rothman ist der Vater des jungen Mannes, der mit dir im Krieg war, nicht wahr?«

»Ja, Royal ist noch immer bei der Armee.«

Philip setzte sich auf eine Steinmauer und schlang die Arme um die Knie. Es kam ihm vor, als hörte er Trommeln in der Ferne und schwache Stimmen. *Vorwärts...«*

Er schauerte. Aber die Visionen ließen sich nicht vertreiben. Er hörte Annes Lachen...

Seine Blicke suchten die Stelle, wo sie zum erstenmal gepicknickt hatten. Es schien ihm, als wären seither Jahrhunderte vergangen.

»Philip, du darfst nicht so rasch aufgeben«, unterbrach Gil seine Gedanken. »Die Kent-Druckerei wird sicher florieren, aber du mußt Geduld haben.«

»Ich fürchte, kein Geschäft wird wirklich florieren, solange wir keinen Frieden haben. Und der Krieg geht immer weiter.«

»Ja, aber das Blatt wendet sich zu unseren Gunsten. Innerhalb eines Jahres hat sich viel geändert. Die großartigen Siege Colonel Clarks – beide britischen Posten im Nordwesten sind erobert worden, und dieser perfide Hamilton war gezwungen, sich in Vincennes zu ergeben. Captain Paul Jones segelt mit seiner *Ranger* nach Whitehaven in England und vernagelt alle Kanonen des englischen Forts. Und jetzt die Gerüchte über die Versöhnungsversuche, die Lord North unternommen hat... Hoffen wir, daß die Gesandten in Paris nicht lockerlassen. Nur die völlige Unabhängigkeit. Mit weniger geben wir uns nicht zufrieden.«

Philip rieb geistesabwesend sein rechts Bein. »Nein, wir kämpfen für die Unabhängigkeit, darunter geht nichts. Gott sei Dank, daß wir die Franzosen haben. Ohne die Hilfe deines Landes hätten wir kaum einen Bruchteil der Verhandlungsstärke, über die wir inzwischen verfügen.«

Das stimmte. Besonders seit dem vorangegangenen Dezember, als der Kronrat König Ludwigs XVI. beschlossen hatte, die Vereinigten Staaten als Nation anzuerkennen.

»Also ein strahlendes Zukunftsbild!« rief Gil mit erzwungener Heiterkeit. »Und ich hoffe, sie noch heller glänzen zu lassen, wenn ich nach Paris zurückkehre. Ich werde persönlich zum König gehen und um eine größere Flotte und zusätzliche Truppen bitten. Glaub mir, Philip, es ist nur noch eine Frage der Zeit, bis der Krieg zu Amerikas Gunsten entschieden sein wird. Natürlich, bevor dieses Ziel erreicht ist, wird es noch ein langes Tauziehen auf beiden Seiten geben.«

»Sie haben Savannah erobert. Und sie scheinen einen Feldzug im Süden zu beginnen.«

»Ja, aber Clintons Strategie ist sehr interessant. Und was wichtiger ist, ich halte sie für bezeichnend.«

»Ich habe mich nicht besonders dafür interessiert.«

»Seit Monmouth Court House haben die Briten nirgendwo mehr eine ganze Armee ins Feld geschickt. Ich glaube, sie wittern ein Patt oder eine Niederlage. So wie ich den Sieg wittere. Wenn nicht in diesem Jahr, dann in vierundzwanzig Monaten. Höchstens in sechsunddreißig. Darauf wette ich.«

»Ich hoffe, du hast recht.«

»Frankreichs Eintritt in den Krieg hat den amerikanischen Befreiungskrieg zu einem globalen Kampf ausgeweitet. Und diese Art von Kampf kann sich England nicht leisten. Wir plagen die Engländer von der Karibik bis zum Indischen Ozean. Sie können ihre Aufmerksamkeit nicht mehr ausschließlich auf euch rebellische Amerikaner konzentrieren.«

Gil schlug Philip auf die Schulter, aber die freundschaftliche Geste fand keine Erwiderung. Auch ein weiteres gezwungenes Lächeln konnte Philip nicht aufheitern. Er starrte düster auf die sonnenüberfluteten Hügel, auf die Schiffe, die im Hafen vor Anker lagen, die Häuser des neuen Charlestown, das sich an der Stelle erhob, wo das alte abgebrannt war.

Gil setzte sich neben Philip auf die Steinmauer. »Ich habe General Washington unter anderem auch deshalb um die Erlaubnis gebeten, von Boston aus nach Frankreich segeln zu dürfen, weil ich dich sehen wollte, mein Freund. Ich fürchte, ich bedauere es fast.«

»Das tut mir leid. Aber ich kann nicht so tun, als wäre ich bester Laune.«

»Aber du kannst doch nicht bis an dein Lebensende trauern, Philip.«

Philip antwortete nicht.

Gil seufzte und gab dem Gespräch erneut eine andere Wendung. »Ich würde gern die Überreste des Schanzengrabens sehen, in dem du gekämpft hast.«

Philip hob lustlos die Hand. »Dort drüben.«

»Verdammt, du kannst ja nichts anders mehr als Trübsal blasen!« Er deutete auf die kleine Gestalt, die über eine sonnige Wiese lief. »Wenn du schon nicht an dich denkst, dann denke wenigstens an das Kind. Verzeih mir, daß ich dir das sage...«

Philip sah den Freund wütend an. Es war ihm, als höre er das Echo von Mrs. Brumples Worten.

»Aber manchmal behandelst du Abraham«, fuhr Gil unbeirrt fort, »als wäre er irgendein hessischer Balg und nicht dein Sohn.«

»Ich habe dir gesagt, daß ich im Augenblick viel zu tun habe, Gil. Ich arbeite an einem Rundschreiben, mit dem ich Paines Buch auch in anderen Städten bekannt machen möchte.«

»Und doch bist du dir nicht sicher, ob sich die Mühe lohnt.«

Philip schwieg.

»Kein Wunder, daß der Junge leidet«, murmelte Gil.

»Mrs. Brumple ist eine sehr gute Haushälterin. Sie kocht Abrahams Essen, kümmert sich um seine Kleidung und sorgt dafür, daß er seinen Mittagsschlaf hält. Unsere...«, Philip zögerte, das Wort auszusprechen. »Unsere Investition in die Kaperschiffe hat sich rentiert. Natürlich habe ich viel von dem

Geld in die Ausstattung des Obergeschosses und in die Herstellung des Buches gesteckt. Aber ich achte darauf, daß immer genug für Abrahams Bedürfnisse übrig ist.«

»Für seine materiellen Bedürfnisse. Aber eine Frau, die du als Haushälterin eingestellt hast, kann ihm die Liebe und Aufmerksamkeit seines Vaters nicht ersetzen.«

Philip sprang auf. »Bist du hergekommen, um den Schanzengraben zu sehen oder um mir Vorhaltungen zu machen?«

Gil errötete. »Aus dem ersten Grund. Verzeih mir meine Unverschämtheit.«

Philip seufzte. »Wenn du mir meine Reizbarkeit verzeihst... Es ist offensichtlich, daß ich in letzter Zeit Schwierigkeiten damit habe.«

»Mit dem Jungen?« fragte Gil sanft.

»Mit jedem.«

Dieses Geständnis fiel ihm schwer, aber es entsprach der Wahrheit. Die Monate seit seiner Rückkehr aus dem Lager an der Haverstraw Bay waren wirr und hektisch verlaufen, und er hatte sich an keinem einzigen Tag aus seiner Verzweiflung lösen können.

Früher einmal hatte er sich darauf gefreut, sich eine eigene Druckerei einzurichten. Aber dem Kauf von zwei Druckpressen aus zweiter Hand, der Einstellung von zwei Lehrlingen und den langen Stunden bis zum Auslieferungstermin seiner ersten schwer erkämpften Aufträge für Flugschriften, Plakate und Anzeigen hatte die Freude und Genugtuung gefehlt, die er sich davon versprochen hatte, seit er bei den Sholtos in London das Druckerhandwerk gelernt hatte.

Die Wirklichkeit hatte nicht mit seinen Erwartungen übereingestimmt. Wenn Anne nicht mehr da war, um sein Leben zu teilen, war es nichts weiter als eine Folge ermüdender Tage und verzweifelter Nächte. Es war eine emotionale Qual, regelmäßig den Friedhof von Watertown zu besuchen, und trotzdem war er überzeugt, keine andere Wahl zu haben. Er hatte einen

Gedenkstein auf dem Friedhof errichten lassen, neben dem Grab von Annes Vater. Es war ein Stein ohne Grab, denn Annes sterbliche Überreste lagen auf dem Meeresgrund.

Gil hatte seinen Freund minutenlang forschend betrachtet. Jetzt sprang er auf. »Philip, es tut mir leid, das sagen zu müssen. Aber ich kann mich an unsere Vereinbarung nicht halten.«

Philips dunkle Augen wurden schmal. »Welche Vereinbarung?«

»Ich habe mich entschlossen, den Brief an deinen Vater nicht über den Kanal nach England schmuggeln zu lassen.«

Das riß Philip endlich aus seiner Lethargie. »Aber du hast es mir doch versprochen. Ich habe ihm zwei Jahre lang nicht geschrieben.«

»Ja, das weiß ich. Aber wie dem auch sei...« Gil zuckte mit den Schultern. »Du bist nicht gerade liebenswürdig gewesen. Ich lehne es schlichtweg ab, von einem Mann so gelangweilt zu werden, den ich als Freund betrachtet habe.«

Einen Augenblick lang glaubte Philip, daß Gil es ernst meinte. Aber dann sah er das spöttische Aufleuchten in den braunen Augen des Franzosen. Er verstand den Grund für Gils Scherz nicht ganz.

»Meine letzte Nacht in Amerika steht bevor«, sagte Gil. »Kurz nach Sonnenaufgang wird mein Schiff auslaufen. Heute abend nehme ich an einem Essen teil, das mir zu Ehren veranstaltet wird. Aber der ganze Abend wird mir verdorben sein, weil mir die düstere Stimmung meines Freundes nicht aus dem Kopf geht.«

»Wenn das ein raffinierter Scherz sein soll, Gil, so fehlt mir der Sinn für diese Art von Humor. Ich habe nicht vor, dir dieses verdammte Essen zu verderben.«

»Mach dir nichts draus – aber glaub mir, du hast es mir bereits verdorben. Und einem Mann, der mich so schäbig behandelt hat, kann ich keinen Dienst erweisen. Aber wie auch immer...« Er hob die Brauen und betrachtete die langsam vorbeisegelnden Wolken. »Wenn du wirklich aufrichtig an meinem Wohlbefinden interessiert sein solltest...«

»Das bin ich.«

»Dann begleite mich.«

»Was?«

»Ich habe gesagt, daß du mich zu dem Essen begleiten sollst.«

»Das kommt überhaupt nicht in Frage.«

»Hast du schon eine Verabredung?«

»An einer meiner Pressen ist etwas gebrochen. Ich wollte am späten Nachmittag in die Druckerei gehen, um den Schaden zu beheben. Wahrscheinlich werde ich bis in den Abend hinein daran arbeiten müssen.«

»Es genügt doch, wenn du morgen früh damit anfängst.«

»Ich muß doch dieses verdammte Rundschreiben fertig drucken.«

»Das sind doch alles nur Ausreden«, erklärte Gil mit einer wegwerfenden Handbewegung.

»Nein, ich...«

»Warum machst du dir die Mühe mit Reparaturen und Rundschreiben, wenn du das Geschäft aufgeben willst?«

»Ich habe bis jetzt noch nicht endgültig entschieden...«

»Aber du spielst mit dem Gedanken, die Druckerei aufzugeben. Also sind weder Reparaturen noch Werbeaktionen so wahnsinnig wichtig. Außerdem«, fuhr Gil hastig fort, als Philip erneut protestieren wollte, »möchte ich aus einem ganz bestimmten Grund, daß du mich begleitest. Die nette Familie, die mich eingeladen hat, hat noch einen anderen Gast – eine junge Frau, die Nichte meiner Gastgeber. Da ich ein verheirateter Mann bin, hat mir die Hausherrin eine ziemlich bejahrte Lady als Tischnachbarin zugeteilt, irgendeine Verwandte von Mister Hancock, glaube ich. Aber die andere Lady, die ich erwähnt habe, eine junge Witwe, hat keinen Tischherrn... Bleib hier, laß mich doch zu Ende reden!«

Philip war aufgestanden, hinkte die Steinmauer entlang und starrte in den von Wolken durchzogenen blauen Himmel. Gil lief ihm nach.

»Sei doch nicht gleich so ungehalten. Du wirst einen Abend in weiblicher Gesellschaft sicher genießen«, sagte er noch immer leicht spöttisch.

Gil wartete die Wirkung dieser Bemerkung ab, aber Philip runzelte nur die Stirn.

»Die junge Frau kommt aus Virginia«, fuhr Gil unverdrossen fort. »Sie heißt McLean. Wie ein Gastgeber mir versichert hat, ist sie hübsch und intelligent. Wenn du mit ihr zu Abend ißt und dich angenehm unterhältst, heißt das noch lange nicht, daß du ihr einen Heiratsantrag machen mußt -- wenn es das sein sollte, was du befürchtest.«

In der Tat hegte Philip ähnliche Befürchtungen. Aber er gab es nicht zu. Statt dessen sagte er: »Es ist doch lächerlich, einen völlig Fremden zu diesen Leuten mitzuschleppen, Gil.«

»Laß das bitte mich entscheiden. Kommst du mit?«

»Selbstverständlich nicht. Ich bezweifle, ob die Lady einen Mann wie mich als Partner haben will. Ich meine ...« Er zeigte auf sein rechtes Bein. »Man kann wohl kaum behaupten, daß ich als Tänzer eine gute Figur mache.«

»Es wird nicht getanzt. Aber deine Besorgnis ist entlarvend. Ich dachte mir schon, daß du deiner Verletzung eine viel zu große Bedeutung beimißt.«

»Ich bin ein Krüppel.«

Gil zuckte wieder mit den Schultern. »Wenn du glaubst, daß du ein Krüppel bist, dann bist du auch einer. So einfach ist das.«

»Für dich.«

»Du willst also wirklich nicht mitkommen?«

»Diese Frage habe ich bereits beantwortet.«

»Mit anderen Worten – du weist deinen Freund und das Interesse, das er für dich zeigt, zurück?«

Philip seufzte. »Wenn du es so nennst – ja.«

»Gut. Ich werde meinen Sekretär bitten, dir den Brief an den Herzog zurückzugeben.«

»Verdammt, du hast es versprochen...«

»Ja, aber ich habe meinen Preis.«

»Vorhaltungen, Einladungen zum Abendessen... Was, zum Teufel, soll das denn alles?«

Der Marquis de Lafayette war plötzlich sehr ernst. Er wirkte viel älter, als er es den Jahren nach war. Voller Mitgefühl legte er die Hand auf Philips Arm.

»Es geht mir doch nur um dich, mein Freund. Ich möchte dir begreiflich machen, daß dein Leben weitergeht, auch wenn du deine geliebte Frau verloren hast.«

Gil wandte sich ab und deutete auf Abraham, der auf dem sonnenbeschienenen Gipfel in der Ferne umhersprang.

»Willst du ihn dazu verdammen, seine Jugend in tiefer Trauer zu verbringen, nur weil du dich nicht aus deiner Verzweiflung befreien kannst? Das ist nicht nur sehr kurzsichtig, sondern auch selbstsüchtig. Ich habe dir heute schon einmal zu erklären versucht, daß jede Trauer um einen noch so geliebten Menschen irgendwann ein Ende haben muß.«

»Meine Frau mußte sterben, weil ich nicht bei ihr geblieben bin.«

»Warum hättest du denn hier bleiben sollen? Kannst du mir das einmal genau erklären? Du hast doch an die große Aufgabe der amerikanischen Armee geglaubt, oder? Und du wolltest mithelfen, diese Aufgabe zu erfüllen, nicht wahr? Du wolltest einen Beitrag dazu leisten, daß diese neue Nation ihre Freiheit gewinnt – die Freiheit für jeden Menschen, der sich seinen Weg suchen will, ohne zuvor Könige und Minister um Rat zu fragen. Ich bin ein Ausländer, aber ich glaube, die Ereignisse in diesem Land während der letzten paar Jahre machen auf mich einen größeren Eindruck als auf dich.«

»Das ist eine verdammte Lüge. Ich bin überzeugt, daß es sich gelohnt hat, zu...«

»Aber nein, davon bist du nicht überzeugt. Sonst würdest du das alles nicht so wegwerfen.«

»Was werfe ich denn weg, um Gottes willen?«

»Die Zukunft, für die Amerika so hart gekämpft und die es nun beinahe für sich gewonnen hat. Aber du machst diesen Kampf zur Farce, denn die Zukunft ist dir gleichgültig. Oh, du läufst herum und tust, als wärst du weiß Gott wie beschäftigt. Du setzt wilde Arbeitswut an die Stelle eines höheren Zwecks. Du hast dich selbst aufgegeben, indem du dich in deine Trauer vergräbst. Du wirfst die Karriere weg, die dir einst so wichtig gewesen war. Du mußt doch einsehen, daß du mit deinem Verhalten eine unüberwindliche Barriere zwischen dir und deinem Sohn aufrichtest. Nein, leugne es nicht. Ich habe gesehen, wie er dich vorhin angeschaut hat. In zwanzig Jahren wirst du keinen Sohn haben, der es wert ist, das zu erben, was du begonnen hast. Denn was du begonnen hast, geht bereits jetzt in Apathie und Bitterkeit unter. Auch die Liebe deines Sohnes wird bald untergehen – und zweifellos auch dein Sohn selbst, wenn er alt genug ist, um vor dem schwermütigen, unfreundlichen, lieblosen Mann zu fliehen, der nur dem Namen nach sein Vater ist. Ich wiederhole ... Nein, laß mich ausreden, ich bin noch lange nicht fertig.«

Gils Wangen waren hochrot.

»Ich weiß, ich sollte nicht so mit dir sprechen«, stieß er erregt hervor. »Es geht mich nichts an, wenn du den Rest deines Lebens in einer Gruft verbringen willst, wenn du alles aufgeben und in deiner Verzweiflung verrotten willst. Aber die eine Woche in Boston hat mir genügt, um zu sehen, was du damit anrichtest. Du wirst deinen Sohn bald in die Flucht schlagen, und du betrachtest das, was ihm eine Zukunft sichern könnte, als unwichtig – dieses Land, in dem er aufwachsen wird, ein Land, das sich von allen anderen in der Welt unterscheidet. Früher einmal hast du für diese Nation dem Tod ins Auge gesehen. Jetzt ist sie dir nichts mehr wert. Auch alle die anständigen

Männer sind dir nichts mehr wert, die ihr Leben für diese neue Nation hingegeben haben. Du hast bequemerweise vergessen, daß sie nicht für sich selbst gestorben sind, sondern für dich – und was noch wichtiger ist, für den Jungen. Du vergißt das, du spuckst geradezu auf das Opfer, das sie Amerika gebracht haben.«

Gil zitterte am ganzen Körper, er wandte den Kopf ab, als schäme er sich plötzlich für seinen Gefühlsausbruch. Philip versuchte, den wütenden Anschuldigungen mit Sarkasmus zu begegnen.

»Hehre Sätze. Aber übertrieben optimistisch, findest du nicht? Du redest, als hätten wir den Sieg bereits in der Tasche.«

»Das haben wir auch! Darauf möchte ich mein Leben verwetten. Amerika wird triumphieren, nachdem seine Armee die Zähne gezeigt hat, und eure Verbündeten...«

»Unsere Verbündeten? Wir haben doch nur die Franzosen als Verbündete.«

»Sicher werdet ihr bald weitere Freunde gewinnen. Vielleicht werden sie sich nicht formell mit Amerika alliieren, aber sie werden Großbritannien den Krieg erklären. Ich rechne fest mit Spanien. Aber wie dem auch sei – du kommst vom Thema ab.«

»Gil, ich kann meine Gefühle nicht ändern.«

»Sicher kannst du das. Du bist ein Mann. Trauere eben innerlich, wenn du ohne deine Trauer nicht leben kannst. Natürlich wirst du deine Frau nie vergessen. Aber die Welt existiert weiter. Und du mußt weiterleben.«

»Ich hätte lieber den Krieg verloren als Anne.«

Die braunen Augen schienen ihn zu durchbohren. »Siehst du? Ich habe mit meiner Beschuldigung völlig recht gehabt.«

»Ich...« Philip zögerte. »Nun, verdammt, nicht ganz, aber...«

»Du meinst, du hättest beides gewollt, den gewonnenen Krieg und deine Frau. Aber das hat nicht geklappt, weil große

Werte einen hohen Preis haben. Einen Preis, den man zahlen muß, auch wenn man noch so darunter leidet. Mister Jefferson hat diesen Preis beim Namen genannt: ›Unser Leben, unser Gut, unsere heilige Ehre.‹ Wenn du nicht bezahlen willst, hättest du das gleich zu Anfang sagen und dich auf die Seite der feigen, verdammten Tories schlagen sollen. Aber daß ein schwacher, unfähiger Kerl wie du, ein Mann ohne jedes Rückgrat solche Sätze dann auch noch druckt...« Gil riß wieder das schmale braune Buch aus seiner Tasche und hielt es Philip vor die Nase.

»Das schlägt dem Faß den Boden aus. Du druckst diese Worte, weil du davon profitieren willst, und doch bist du blind für alles, was in deiner kostbaren Luxusausgabe steht. Mister Paine weiß, daß der Himmel einen bestimmten Preis für seine Güter festgesetzt hat. Aber in deinem jämmerlichen Selbstmitleid hast du das vergessen.«

Er warf Philip das Buch vor die Füße und ging davon.

2

Wie betäubt griff Philip nach dem Band, der so viel für seine Zukunft bedeutete – für eine Zukunft, die er in seinen dunkelsten Augenblicken tatsächlich am liebsten aufgeben würde.

Als er sich aufrichtete, sah er Gil, der nach wenigen Schritten stehengeblieben war und ihn anstarrte. Abrupt wandte sich der junge Franzose ab.

Philip schluckte. Er erinnerte sich fast Wort für Wort an den Absatz, den Royal ihm als ersten gezeigt hatte. Den Absatz, den er so sorgfältig gesetzt hatte, als er mit der Arbeit an der Paine-Ausgabe begonnen hatte.

Was wir zu billig bekommen, schätzen wir nicht hoch genug ein. Es ist allein die Kostbarkeit, die den Dingen ihren Wert gibt...

Der Himmel kennt den richtigen Preis für seine Güter...
Es wäre tatsächlich seltsam, wenn so himmlische Güter wie die Freiheit nicht sehr teuer wären...

Auch für Anne hatte es kein größeres Gut gegeben als diese Freiheit. Und jetzt war sie nicht mehr bei ihm. Sie war für immer gegangen. Das war der Verlust, der Preis, den er gezahlt, der ihn in Verwirrung und Verzweiflung gestürzt hatte, in Unsicherheit, weil er nun nicht mehr wußte, was er mit den Jahren anfangen sollte, die noch vor ihm lagen. Wenn er überhaupt noch etwas anfangen wollte.

Gil hatte sein Temperament wieder unter Kontrolle. Langsam kam er zu seinem Freund zurück und verbeugte sich höflich. »Jetzt war ich wieder einmal gräßlich impertinent. Aber diesmal entschuldige ich mich nicht. Das alles mußte einmal gesagt werden.«

»Gil, ich – vielleicht kannst du mich einfach nicht verstehen. Glaub mir, es stimmt, wenn ich sage, daß ich mich an Annes Tod schuldig fühle.«

»Dann befindest du dich in einem schrecklichen Irrtum.«

Philip schüttelte resigniert den Kopf. »Es wäre doch nicht das erstemal...«

»Ich kann es nur wiederholen. Wenn du dich nicht bald von dieser Trauer, dieser Mutlosigkeit befreist, wirst du die Schuld am Tod deines Jungen tragen. Selbst wenn er hundert Jahre alt werden sollte.«

»Gil, das...« Philip starrte in das Gesicht seines Freundes, entsetzt und gekränkt. Diese letzte Beschuldigung hatte ihn tief getroffen, und allmählich begann er die Beweggründe seines Freundes zu verstehen.

»Das ist eine sehr harte Anklage, die du mir da ins Gesicht schleuderst – nur aus Rache, weil ich nicht mit irgendeiner verdammten Witwe aus Virginia zu Abend essen will.«

»Das Dinner ist Nebensache. Es kommt nur darauf an, daß du dich endlich wieder dem Leben zuwendest.« Gil berührte seinen Arm und fügte leise hinzu: »Komm – willst du denn deinen alten Waffenkameraden wirklich zurückstoßen?«

Langes Schweigen. Dann sagte Philip:

»Kommen wir auf das ursprüngliche Problem zurück. Wenn ich mit dir komme, wirst du dann meinen Brief befördern?«

»Ja.«

»Sonst nicht?«

»Nein. Dann mußt du selbst sehen, wie der Brief nach England kommt. Und ich würde unsere Freundschaft als beendet ansehen.«

»Das ist nicht dein Ernst.«

»Mein völliger Ernst.«

Diesmal schwieg Philip noch länger. Der Wind frischte auf, ließ dann wieder nach. Schließlich begann Philip mit unsicherer Stimme: »Wann...«

Er konnte nicht weitersprechen, denn Gil schrie: »Um Punkt sieben hole ich dich mit meiner Kutsche ab.«

Philip war erschöpft nach diesem Streit, und er hatte das qualvolle Gefühl, die Erinnerung an Anne verraten zu haben. Resignierend seufzte er.

»Also gut. Um sieben Uhr.«

»Großartig! Du mußt ja gar keinen Spaß an dem Dinner finden. Hauptsache, du gehst überhaupt hin. Und jetzt...«

Gil packte Philip bei den Schultern und drehte ihn herum.

»Dein Sohn ruft dich. Offenbar hat er etwas Interessantes entdeckt.« Eine der Wolken, die langsam über den Himmel segelten, beschattete Philips Gesicht. »Warum gehst du nicht zu ihm, sprichst mit ihm?«

Philip blickte zum Morton's Hill hinüber, als Gil hinzufügte: »Ich sehe mir inzwischen an, was vom Schanzengraben übriggeblieben ist, und komme später nach.«

Und sehr elegant, mit Spitzenmanschetten und Goldborten, die in der Sonne glänzten, schritt der Marquis de Lafayette durch das hohe Gras davon.

12. Kapitel
Die Witwe aus Virginia

1

Philip kletterte ungeschickt über die Steinmauer und stieg zum Fuß des Morton's Hill hinab. Sein Hinken war ihm ständig bewußt, und er war überzeugt, daß es auch die anderen Gäste bei der Dinnerparty merken würden. Was für ein Narr war er doch gewesen, daß er der Schwäche eines Augenblicks erlaubt hatte, seine ursprüngliche Ablehnung rückgängig zu machen.

Aber war es tatsächlich Schwäche gewesen? Könnte Gil nicht vielleicht recht haben, wenn er behauptet, er dürfe in der Trauer um Anne nicht seinen einzigen Lebensinhalt sehen?

Die Streiterei um den Brief an James Amberly, den Gil nach England befördern sollte, hatte nur eine untergeordnete Rolle gespielt. Er hätte andere Wege gefunden, den Brief nach England zu schicken. Aber er hätte es nicht ertragen, die Freundschaft des Marquis zu verlieren. Je länger er darüber nachdachte, desto größer wurde seine Überzeugung, daß Gils Drohungen nur der Absicht entsprungen waren, ihn aus der Verzweiflung und der Trauer zu reißen, die ihn schon seit Monaten gefangenhielten.

Trotzdem – der Gedanke, neben einer fremden Frau zu sitzen und zu Abend zu essen, zerrte an seinen Nerven. Aber er hatte zugesagt, also mußte er das Dinner durchstehen. Der Abend würde sicher eine Katastrophe werden.

Er war froh, als er wenigstens für den Augenblick von diesen Gedanken abgelenkt wurde. Abraham winkte ihm vom Gipfel des Morton's Hill aus zu.

»Papa! Papa!«

Als Philip die Senke zwischen den beiden Hügeln erreicht hatte, zeigte der Junge auf etwas, das im Gras lag. Philip blinzelte in die Sonne und dachte, er würde Anne da oben stehen sehen – so schön, wie er sie in Erinnerung hatte, von ihrem ersten Picknick auf den Wiesen der Farmer Breed und Bunker...

Das war so lange her.

Wieder hörte er die fernen Trommeln, die fernen Stimmen.

»Vorwärts! Vorwärts!«

Wie dieser Ruf sie erschreckt hatte, kurz bevor die Rotröcke auf den Schanzengraben zugestürmt waren, zu dem Gil jetzt schlenderte und die Konturen der Befestigung im hohen Gras zu erkennen versuchte.

Philip stieg den Hang hinauf zu Abraham, noch immer verstört, weil er den Abend in der Gesellschaft einer fremden Frau verbringen sollte. Die Party konnte höchstens den Vorteil bringen, daß er von dieser jungen Witwe erfuhr, wie sich der Krieg im Süden ausgeweitet hatte. Vielleicht nicht einmal das, wenn sie eine oberflächliche Frau war, die sich für die Belange der neuen Nation nicht interessierte.

Er dachte an das lange Gespräch, das er mit Gil geführt hatte. Mit einem seiner Argumente hatte der Freund recht gehabt. Die Amerikaner hatten allen Grund, zuversichtlich in die Zukunft zu schauen. Das konnte Philip auf jeder Straße und in jedem Café von Boston hören.

Es war eine stürmische, begeisterte Zuversicht, die sich phönixgleich aus der Demütigung jener ersten Kriegstage erhoben hatte. Es war eine Zuversicht, die der harte Kampf um militärische Disziplin geformt hatte. Es war eine Zuversicht, die standfeste, mutige und ehrenhafte Männer wie Washington und großartige Könner wie Baron von Steuben geschürt hatten. Es war eine Zuversicht, die nun in Frankreichs Unterstützung ihre Bestätigung fand, wenn diese Hilfe auch mehr dem Wunsch entsprang, dem jahrhundertealten Feind zu schaden, als dem neuen Freund zu nützen.

Aber wie immer auch die Motive für dieses Bündnis aussahen, Frankreich hatte entscheidend in den Kampf eingegriffen. Die Bastard-Nation war legitimiert worden, zumindest ein anderes Land hatte sie anerkannt. Sicher würden andere Länder diesem Beispiel folgen.

Philip blieb zögernd stehen, als er den halben Hang hinaufgestiegen war. Geister der Vergangenheit regten sich, Geister, deren Anwesenheit seiner Trauer neue Nahrung gab.

Schweiß trat ihm auf die Stirn. Er legte die Hand über die Augen, um sie vor der Sonne zu schützen. Er sah nicht, daß Abraham die Arme sinken ließ – enttäuscht, weil sein Vater auf der windbewegten Wiese stehengeblieben war.

Philip war blaß. Das unheimliche Trommeln hatte sich zu einem Donner verstärkt, der Gesichter heraufbeschwor – Gesichter, die er vergessen wollte. Salem Prince mit der schwarzen Haut, der gutaussehende Dr. Warren, der im Schanzengraben den Bajonetten der Briten entgegenblickte – und dem Tod... Eph Tait, der um ein Gewehr bat, das in den schneebedeckten Bergen seinem Leben ein Ende setzte... Lucas Cowper, der schreiend auf seinen Armstumpf starrte und seine ganze Zukunft und seine Existenz vernichtet sah... Ein Lehrer, in dessen feuchten, totenstarren Mund eine Fliege kroch. Nie mehr würde er eifrige Kindergesichter sehen, über Fibeln gebeugt, oder mit einem Mädchen namens Patsy zusammensein...

Da waren noch viele, Tausende, deren Namen und Lebensgeschichten er nie erfahren würde. Gil hatte gesagt, daß sie für ihn gestorben wären. Und er wäre für sie gestorben, wenn das Schicksal ihm dies vergönnt hätte. Gemeinsam wären sie für ein Stück Papier in den Tod gegangen, das in Philadelphia entworfen und in die Welt geschleudert worden war als leidenschaftliche und großartige Kampfansage an die Tyrannei. Als Bekräftigung all der Ideen, an die ein schönes Mädchen aus Boston, ein Mädchen mit einem starken Herzen, geglaubt hatte.

Auch er hatte daran geglaubt.

Früher.

Ein neuer Gedanke kam ihm in den Sinn. Auch Anne hatte ihr Leben hingegeben, war genauso ein Opfer des Krieges wie all die gefallenen Soldaten. Und er war sicher, daß sie sich bis zuletzt ihren Glauben an den tiefen Sinn dieses schwierigen Kampfes bewahrt hatte.

Was wir zu billig bekommen, schätzen wir nicht hoch genug ein...

Der Himmel kennt den richtigen Preis für seine Güter...

Alle, an die er sich erinnerte, Anne eingeschlossen, hatten den Wert des Ziels erkannt, für das die Nation kämpfte. Und hatten den Preis dafür bezahlt. Nicht freiwillig. Aber sie hatten bezahlt.

Er blickte auf sein rechtes Bein hinab und dachte – ich auch.

Hätte er lieber gesehen, daß es anders gekommen wäre? Hätte er lieber auf die Freiheit verzichtet als auf die persönliche Sicherheit, das persönliche Glück? Das war die fundamentale Frage, die Gil ihm gestellt hatte. Vor seinem Gewissen mußte Philip sich eingestehen, daß die Antwort »nein« lautete. Aber es war eine Antwort, die ihm fast das Herz brach.

»Papa? Komm, sieh doch! Ich habe einen Vogel gefunden. Ich glaube, es ist ein Seidenschwanz.«

Philip sah zu seinem Sohn hinauf. Bestürzt erkannte er, daß der Junge ängstlich aussah. Offenbar rechnete Abraham mit einem abwesenden Blick, einem Stirnrunzeln, Tadel.

»Ich komme, Abraham!«

Er stieg weiter den Hang hinauf, das Phantomtrommeln wuchs zu einem Crescendo an. Das Dröhnen schien von allen Seiten auf ihn einzustürmen.

Und dann, als er sich auf das gespannte, abwartende Gesicht des Jungen konzentrierte, verhallte das Trommeln...

Und auch die schrecklichen Rufe jener längst verklungenen Stimmen.

»Vorwärts! Weiter! Vorwärts...«

Und plötzlich war nichts Furchterregendes mehr in diesen Stimmen, die im sonnigen Wind verhallten. Nur noch eine Herausforderung. Sein Mund formte stumm die Worte: Vorwärts, weiter...

Das war es, was er tun mußte, den Schmerz und die Trauer hinter sich lassen, so gut er konnte, und in der Gegenwart leben. Nicht in der Vergangenheit und in einer Zukunft, wie sie vielleicht hätte sein können.

O Gott, es würde schwer werden. Aber der Antrieb war da, der Junge.

Es ist gut, daß ich das rechtzeitig erkannt habe, dachte er müde.

So schnell er konnte, humpelte er zum Gipfel des Morton's Hill hinauf. Als er neben Abraham stand, zeigte der Junge nach unten.

»Sieh mal, Papa, ist das ein Seidenschwanz?«

»Ja, ich glaube schon.«

»Mrs. Bremple hat mir letzte Woche einen Seidenschwanz gezeigt. Sie sagte, sie kämen und gingen, und niemand wüßte, woher und wohin.«

Er sah auf den braunen Vogel mit der Federhaube, der im Gras saß und mitleiderregend mit einem Flügel flatterte. Geistesabwesend folgte Philip dem Blick des Jungen.

»Er ist verletzt, nicht wahr, Papa?«

»Ja.« Philip kniete nieder, um den Vogel zu berühren, aber er zog die Hand sofort wieder zurück, aus Angst, den verletzten Flügel noch mehr zu beschädigen.

»Glaubst du, daß wir ihn gesund bekommen, wenn wir ihn mit nach Hause nehmen, Papa?«

»Abraham, ich weiß nicht, wie man verletzte Vögel pflegt.« Wieder sah er die Enttäuschung in Abrahams runden braunen Augen und fügte hastig hinzu: »Aber ich wette, Mrs. Bremple weiß es. Und wenn nicht, wird sie jede Tür in Cambridge einrennen, bis sie jemanden gefunden hat, der was von kranken Vögeln versteht.«

»Ja, sie weiß fast alles«, sagte Abraham, und die braunen Augen begannen zu strahlen. »Sie sagte, daß Seidenschwänze Maulbeeren und Kirschen fressen.«

Philip strich über das Haar seines Sohnes. Er sah Annes Gesicht wie eine Vision über dem Kopf des Jungen, so nah, daß er fast glaubte, sie berühren zu können.

»Aber ich wette, daß sie etwas nicht weiß, Abraham. Und zwar, wie man einen Vogelkäfig baut. Das gehört zu den Aufgaben, die normalerweise die Väter übernehmen. Komm, heb den Vogel auf. Nimm lieber du ihn, weil deine Hände zarter und kleiner sind als meine. Und wir brauchen etwas, worin wir ihn tragen können. Ich werde mir Gils Hut leihen. Übrigens, ich habe Gil versprochen, daß ich heute mit ihm zu einem Abendessen gehe.«

Sein Magen krampfte sich schon bei dem Gedanken daran zusammen.

»Ich werde das zerbrochene Teil der Presse erst morgen reparieren. Deshalb gehen wir jetzt gleich zu Mister Rothman und bitten ihn um eine Lattenkiste, aus der wir einen Vogelkäfig bauen können. Dann packen wir den Vogel in den Käfig und tragen ihn zu Mrs. Bremple, damit sie ihre Künste an ihm erproben kann. Und wenn es möglich ist, den Flügel zu heilen, hat unser Seidenschwanz einen schönen, gemütlichen Platz, an dem er sich erholen kann. Bist du damit einverstanden?«

»O ja, Papa! Gehen wir gleich, ja? Darf ich Gil rufen?«

»Ja, wir...«

Philip brach ab und richtete sich auf. Er kniete noch immer, als er die kleine Hand seines Sohnes in seine große nahm. »Abraham...«

In Abrahams Lächeln lag die bekannte Unsicherheit. »Ja, Papa?«

»Abraham, du bist ein guter Junge, und ich wollte dir schon

immer sagen, daß ich dich sehr liebhabe. Ich war in den letzten Monaten nicht besonders gut gelaunt, aber ich verspreche dir, daß sich das ändern wird. Ich will dir zeigen, daß ich dich liebe, und es dir nicht nur sagen.«

Der Junge schlang die Arme um den Hals des Vaters und legte den Kopf an seine Brust.

Philip drückte Abraham an sich, spürte den Puls des Lebens und die Wärme des kleinen Körpers. Nach einer Weile schob er seinen Sohn sanft von sich und sah ihm in die Augen, glaubte noch einmal die Frau zu sehen, die Abraham das Leben geschenkt hatte – eine schöne Frau mit kastanienbraunem Haar, die ihn gelehrt hatte, die Freiheit genauso sehr wie sie selbst zu lieben.

»Noch etwas, Abraham...«

»Ja, Papa?«

»Von jetzt an werden wir nicht mehr so oft nach Watertown gehen.«

»Zu Mamas Stein?«

»Ja. Ich werde gelegentlich allein hingehen, aber du brauchst nicht mehr mitzukommen. Außerdem hast du jetzt ja nicht mehr so viel Zeit, weil du dich um deinen Seidenschwanz kümmern mußt. Wir beide können etwas anderes zuammen unternehmen.«

»Ich würde gern mit dir in die Druckerei gehen, Papa.«

»Hast du denn Lust dazu?«

»Ja, ich rieche gern die Druckerschwärze. Und ich mag den Lärm und die Jungen, die für dich arbeiten. Ich würde auch so gern etwas tun...«

»Vielleicht kann ich eine Arbeit für dich finden, Abraham.«

»Ich weiß, daß ich noch nicht sehr alt bin...«

»Aber du bist sicher alt genug, um ein kleines Faß Druckerschwärze zu tragen.« Philip streichelte die Wange seines Sohnes. »Jedenfalls werde ich von jetzt an Mamas Gedenkstein allein besuchen, ja?«

»Ja, Papa.«

Philip war beschämt über die Erleichterung in den Augen des Jungen.

Aber er war dankbar für die Fröhlichkeit, die bald darin aufleuchtete.

2

In der Abenddämmerung fuhr Gils Mietkutsche durch die schwach beleuchteten Bostoner Straßen. Der elegante junge Offizier saß auf dem Sitz in Fahrtrichtung, und Philip hockte ihm unbehaglich gegenüber.

Schon seit Monaten hatte er sich nicht mehr so gut angezogen. Aber Mrs. Brumple hatte die Behandlung des Seidenschwanzes um eine Stunde verschoben und war zu einem Herrenausstatter gelaufen. Von dort war sie zu einem Nachbarn gerannt, um ein anständiges Hemd in der richtigen Größe und eine farblich passende Krawatte auszuleihen. Philips Rock und die Samthosen in dunklem Blau paßten nicht ganz dazu. Aber seine weiße Weste und die Strümpfe sahen neu aus, und waren es auch. Eulalia Brumple war über ihn hergefallen, als wäre er ihr Sohn und nicht ihr Arbeitgeber.

»Verzeihen Sie, wenn ich das sage, Mister Kent, aber Ihr Haarband ist nicht ordentlich gebunden. Sieht genau so schlampig aus wie bei Brumple, Gott habe ihn selig... Kommen Sie einmal her...« Trotz seiner Nervosität war Gils Ankunft schließlich eine Erlösung gewesen.

Aber jetzt war die Angst wieder da, mit dem unbestimmten Gefühl, Anne zu verraten. Gil sah eine Weile zu, wie Philip mit den Fingern auf seinem rechten Knie trommelte, dann packte er seinen Freund am Handgelenk.

»Hör auf! Du führst dich ja auf wie ein Rekrut, den man zum erstenmal in die Schlacht schickt.«

»Genauso fühle ich mich auch.«

Gil lachte.

Philip sah aus dem Fenster der Kutsche und rief: »Wo findet dieses Essen eigentlich statt, zum Teufel? Entweder sind deine Gastgeber in finanziellen Schwierigkeiten...«

»Ich kann dir versichern, daß sie das nicht sind.«

»Dann hat sich der Kutscher verirrt.«

»Auch das nicht. Wir holen die junge Frau ab, von der ich dir heute nachmittag erzählt habe.«

Philip starrte auf die Häuserreihe, an der die Kutsche vorbeirollte. Sie waren inzwischen im North End in einer ziemlich heruntergekommenen Straße.

»Als ich die Einladung heute nachmittag annahm, wußte ich nicht, daß ich mich damit verpflichtet habe, diese Witwe persönlich abzuholen.«

Gil grinste. »Zu diesem Zeitpunkt wußte ich es auch noch nicht. Ich habe mich erst später entschlossen, sie abzuholen.«

Philip deutete auf die schäbigen Häuser, an denen sie vorbeifuhren. »Wohnt sie – in diesem Stadtteil?«

»Nein, sie wohnt bei unseren Gastgebern. Die Frau meines Bekannten ist Madame McLeans Tante mütterlicherseits.«

»Willst du mir nicht endlich erklären, was das alles soll, Gil? Was machen wir dann, zum Teufel, im North End?«

»Nun, die Antwort auf diese Frage ist ein wenig heikel. Wir holen Madame McLean von dem Haus der Frau ab, bei der sie ihr Kind in Pflege gegeben hat.«

»Ihr Kind?« rief Philip. »Willst du mich mit einem alten Weib verkuppeln?«

»Philip...«

»Du halst mir da eine Frau auf, die verzweifelt versucht, einen neuen Mann einzufangen, damit er ihr Balg großzieht. Ich hätte große Lust, auf der Stelle auszusteigen.«

Belustigt legte Gil die Hand auf Philips Arm. »Mein Freund, ich versichere dir, daß Madame McLean weder die Lust noch die Absicht hat, sich unter den kaltblütigen Neu-Engländern einen neuen Ehemann zu suchen.«

»Warum gibt sie dann ihr Kind in Boston in Pflege? War ihr Mann ein Bostonian?«

Gils braune Augen wurden ernst, als er antwortete:

»Nein, Philip. Bitte, behalte für dich, was ich dir jetzt sagen werde. Soviel ich weiß, ist die Tochter der jungen Frau erst lange nach dem Tod ihres Mannes auf die Welt gekommen. Sie ist unehelich geboren worden.«

»Dann habe ich mehr mit dem Kind gemein als mit der Mutter.«

»Ich glaube, es ist hier in Boston auf die Welt gekommen.«

»Nicht in Virginia?«

»Nein. Die Mutter stammt aus guter Familie. Sicher wollte sie daheim einem Skandal aus dem Weg gehen. Ich weiß, daß sie zwei beschwerliche Reisen von Virginia nach Boston unternommen hat, um nach dem Kind zu sehen.«

Philip schüttelte den Kopf. »Ich verstehe noch immer nicht...« Er zeigte auf die vernachlässigten Häuser mit den abgetretenen Stufen und den schmutzigen Fenstern. »Warum muß das Kind in einer solchen Gegend aufwachsen statt bei Mrs. McLeans reichen Verwandten?«

»Weil ihre Tante zu alt ist, um für ein Kind zu sorgen. Du wirst das sehen, wenn du sie kennenlernst. Und eine private Unterkunft ist einem Waisenhaus vorzuziehen, denke ich mir. Außerdem kann sich Madame McLean das leisten. Sie ist gut situiert. Du brauchst also nicht zu denken, daß man dich als wohlhabenden Ehemann ins Auge gefaßt hat, Philip. Du gehst zu einem Abendessen, weiter nichts.«

Philip runzelte die Stirn und schwieg.

»Bist du denn so ungalant, daß du Madame McLean nicht einmal stilvoll zu einem Essen begleiten willst?«

Philip zeigte auf seine Rechte Wade in dem neuen weißen Strumpf. »Man kann mich wohl kaum als stilvoll bezeichnen.«

»Verdammt, hör doch endlich auf, dich selbst zu bemitleiden!« rief Gil, sein Lächeln verschwand.

Aber er bereute sofort, so schroff reagiert zu haben, und wollte ein paar begütigende Worte hinzufügen. Aber da hielt die Kutsche vor einem wenig einnehmenden Haus.

»Wir sind da, Philip.« In den braunen Augen spiegelte sich das Licht, das aus den Fenstern des alten Hauses fiel. »Verzeih mir, wenn ich einen Fehler begangen haben sollte. Aber ich dachte, du würdest dich etwas unbefangener fühlen, wenn wir Madame McLean abholen und du sie schon vorher kennenlernen kannst, nicht erst in der etwas steifen Atmosphäre des Essens.«

»Nun, ich fühle mich ganz entschieden unbehaglich. Geh du allein.«

»Nein, das werde ich nicht tun.« Sanft, aber bestimmt schob Gil seinen Freund zu der Tür, die der Kutscher geöffnet hatte. »Jede Schnecke muß gelegentlich aus ihrem Häuschen kriechen.«

Als Philip aus der Kutsche kletterte, fluchte er erbittert vor sich hin. Gil tat so, als höre er es nicht.

3

Philip versuchte die Schultern gerade zu halten, als sie die Treppe hinaufstiegen. Es war unmöglich. Seine rechte Schulter sackte jedesmal ab, wenn er das Gewicht auf das rechte Bein verlagerte.

Um alles noch schlimmer zu machen, wurden Philip und der elegante Marquis aus vielen Fenstern zu beiden Seiten der Straße angestarrt. Aus dem Haus drang schrilles Jammern.

»Verflucht... Anscheinend ist ihr Kind unruhig«, sagte Gil. »Sie wird noch nicht fertig sein.« Er ließ den Türklopfer fallen.

»Wie alt ist denn die Tochter?« fragte Philip.

»Laß mich nachdenken... Ein Jahr, glaube ich...«

Die Tür öffnete sich, und ein dicker Mann Mitte Dreißig stand vor ihnen. Entweder war er Geschäftsmann oder hatte sich als solcher kostümiert, als er erfahren hatte, wer heute bei ihm vorsprechen würde. Wahrscheinlich war letzteres der Fall, vermutete Philip, als er sich die Nachbarschaft in Erinnerung rief.

Der arme Kerl rückte seine Perücke gerade, rieb sich verlegen die Hände und trat von einem Fuß auf den anderen, während sein distinguierter Besucher seinen Freund und sich vorstellte. Von irgendwo aus dem Oberstock drang Kindergeschrei, als der Dicke sagte: »Oh, bitte, treten Sie doch ein, Gentlemen. Ich bin Chadbourne Harris. Meine gute Frau und ich sorgen für die kleine Elizabeth...« Ein durchdringender Schrei unterbrach ihn, und er schluckte.

Harris hatte ein recht komfortables Heim, dachte Philip, als er einen Blick von der Diele aus in das Wohnzimmer warf. Aber es roch nach gekochtem Kohl. Gegenüber dem Wohnzimmer stand die Doppeltür eines Speisezimmers einen Spaltbreit offen, und neugierige Augen sahen hindurch. Wahrscheinlich die »gute« Mrs. Harris, vermutete Philip. War sie zu verlegen, den Gästen persönlich gegenüberzutreten?

Gil unterhielt sich freundlich und liebenswürdig mit dem nervösen Hausherrn. Harris fingerte noch immer an seiner Perücke herum, seine Hände waren schon ganz weiß von dem Puder. Das Jammern im Oberstock war noch immer nicht verstummt. Philip sah einen Damenumhang aus feinem Samt auf einem Stuhl in der Diele liegen. Die Frau selbst ließ sich nicht blicken.

Plötzlich stand sie im Lampenlicht des oberen Treppenabsatzes, das weinende Kind auf den Armen. Philip, Gil und Harris wandten die Köpfe und sahen hinauf.

Die junge Frau war sehr elegant gekleidet. Ihr dunkles Haar bildete einen starken Gegensatz zu ihrer hellen Haut. Ihre feingezeichneten Gesichtszüge spiegelten ihren Kummer, aber sie zögerte nicht, die Stufen herunterzukommen. Das kleine Mädchen trug ein Nachthemd und schrie.

»Mister Harris, ist Ihre Frau in der Nähe?« fragte sie. »Ich weiß einfach nicht, was ich mit Elizabeth tun soll.«

»Meine Frau? Ja, sie ist irgendwo. Ich werde nachsehen.«

Er rannte zur Wohnzimmertür, besann sich eines besseren und stürzte zu der Speisezimmertür. Er riß sie auf, und das gerötete Gesicht einer Frau erschien, deren Leibesfülle der ihres Mannes nicht nachstand.

»Mrs. McLean verlangt nach dir.«

Mrs. Harris kam in die Diele und starrte Gil an, denn es war offensichtlich, wer von den beiden Besuchern der französische Offizier war. Sie nahm der jüngeren Frau das weinende Kind ab. Für einen kurzen Augenblick sah Philip das Gesicht der Kleinen. Sie war schön wie ein Engel mit ihren blonden Haaren und den hellblauen Augen. Im Moment war das Gesichtchen jedoch vor Wut und Empörung verzerrt.

»Madame McLean«, sagte Gil, »darf ich Ihnen einen guten Abend wünschen? Ihr bescheidener Diener – Marquis de Lafayette.«

Sie knickste anmutig. Ihre geröteten Wangen verrieten, wie peinlich ihr das Benehmen ihres Kindes war, und sie mußte ziemlich laut sprechen, um das Geschrei zu übertönen.

»Es ist mir eine Ehre, einen so hervorragenden Soldaten und Patrioten wie Sie kennenzulernen, Sir.«

Die Sprechweise der Witwe McLean war weicher und rhythmischer als die der Neu-Engländer. Ihre Stimme klang sehr angenehm. Aber Philip beeindruckte es noch mehr, wie sie ihre Haltung bewahrte, obwohl ihre kleine Tochter wie am Spieß brüllte. Er mußte auch zugeben, daß die Lady aus Virginia eine sehr hübsche Figur hatte. Und was seine besondere Sympathie fand, war der Ausdruck ihrer Augen. Eine Trauer lag darin, die nicht zu ihrem Lächeln paßte.

Gil wollte Philip gerade vorstellen, als das Kind laut aufschrie und Mrs. Harris auf den Kopf schlug.

»Elizabeth!«

Mrs. McLean eilte zu Mrs. Harris und gab ihrer Tochter einen Klaps auf die Hand. Das Kind brüllte noch lauter, während Mr. Harris seiner Frau mit Gesten klarzumachen versuchte, sie solle mit dem Schreihals endlich verschwinden.

Das tat Mrs. Harris auch. Sie lief mit der Kleinen die Treppe hinauf, und allmählich verebbte das Geschrei. Die junge Frau strich sich eine dunkle Haarsträhne aus der Stirn. Philip sah, daß die Trauer in ihren Augen für einen kurzen Moment noch intensiver geworden war.

Doch dann wandte sie sich lächelnd an ihre Begleiter.

»Ich muß mich bei Ihnen entschuldigen, Gentlemen. Elizabeth ist mitunter so unbeherrscht, daß man meint, sie sei beim Teufel in die Lehre gegangen.« Ihr Lächeln war jetzt hinreißend, aber Philip hörte den erbitterten Unterton in ihrer Stimme.

Als Gil ihr in den Mantel half, sagte er: »Darf ich Ihnen meinen lieben Freund vorstellen – Mister Philip Kent aus Boston.«

Als sie die Bänder des Umhangs schloß, sah Peggy McLean lächelnd in Philips Augen. Er trat vor, um sich leicht zu verbeugen – und erkannte zu spät, daß er automatisch sein Gewicht auf den rechten Fuß verlagert und dadurch sein Gebrechen verraten hatte. Die junge Frau senkte sekundenlang den Blick. Sie hatte es gesehen.

Philip errötete, brachte kein Wort über die Lippen. Gil unterbrach das gespannte Schweigen. »Mister Kent ist erst vor kurzem aus der kontinentalen Armee entlassen worden. Er war ein ausgezeichneter Soldat und wurde in New Jersey verwundet, in der Schlacht von Monmouth Court House.«

»Eine Kriegsverletzung ist sehr ehrenhaft, Mister Kent«, sagte Peggy McLean. »Ich habe gelesen, daß die Armee in dieser Schlacht großartig gekämpft hat. Hätten wir mehr so mutige

Offiziere wie General Washington aus Virginia und General Wayne aus Pennsylvania, wäre der Feind längst vernichtend geschlagen.«

Gil strahlte. »Genau, Madame. Philip und ich kennen uns schon seit vielen Jahren. Wir haben zusammen bei Monmouth und auch in anderen Schlachten gekämpft. Glücklicherweise hat mein lieber Kamerad seinen letzten Kampf überlebt, und so kann er seine bemerkenswerten Talente einsetzen, um einem bewundernswerten Beruf nachzugehen – der Verbreitung des Wissens, der Buchdruckerkunst.«

Nachdem Gil diese verwirrend blumigen Informationen von sich gegeben hatte, öffnete er Peggy McLean die Haustür. Philip fing einen auffordernden Blick seines Freundes auf und reichte der jungen Witwe den Arm.

»Vielen Dank, Mister Kent«, sagte sie.

Nebeneinander stiegen sie die Stufen hinab. Philip merkte, daß er kleiner als Peggy McLean war, und fand das verwirrend. Er erinnerte sich, daß er in jenen ersten Tagen, als er Anne den Hof gemacht hatte, ähnlich reagiert hatte.

Als er ihr in die Kutsche half, überlegte er, daß Gil das Gespräch sicher absichtlich auf sein Hinken gebracht hatte, um das Gebrechen zu bagatellisieren und um zu verhindern, daß es für den Rest des Abends eine ständige Quelle der Verlegenheit wurde. Er kletterte selbst in den Wagen und erkannte erleichtert, daß Peggy McLean sich von seiner Behinderung nicht im mindesten abgestoßen fühlte. Und als der Kutscher anfuhr und ein paar spielenden Kindern zurief, sie mögen aus dem Weg gehen, erlöste sie Philip endgültig von seinem Unbehagen.

»Ich nehme an, Ihre Druckerei befindet sich hier in Boston, Mister Kent?«

»Ja, das stimmt. Meine Firma ist bisher noch ziemlich bescheiden. Hauptsächlich bechäftige ich mich mit Flugblättern und Anzeigen.«

»Ich stimme mit dem Marquis überein, Mister Kent. Die

Buchdruckerkunst ist tatsächlich sehr bedeutend für die menschliche Gesellschaft. Besonders in diesen Zeiten, in denen alle Staaten vom gedruckten Wort abhängig sind, um die letzten Neuigkeiten zu erfahren.«

»Es ist eher der Eigentümer der Firma, der bescheiden ist«, mischte sich Gil ein. »Philip hat gerade eine sehr ansprechende Ausgabe von Mister Paines *Crisis* publiziert.«

»Tatsächlich! Ich habe mehrere dieser Essays gelesen, Mister Kent. Ich bewundere den Inhalt ebenso wie den Stil. Läßt sich Ihre Ausgabe gut verkaufen?«

»Nicht so gut, wie ich es erhofft hatte. Ich bereite gerade ein Rundschreiben vor, um auch die Buchhändler in den anderen Städten auf die Ausgabe aufmerksam zu machen.«

»Vielleicht könnte ich einige Exemplare nach Virginia mitnehmen. Ich habe Freunde in Richmond und Williamsburg, und ich bin sicher, daß sie die Rundschreiben in die richtigen Hände weiterleiten können.«

»Das ist sehr freundlich von Ihnen«, lächelte Philip. »Ich nehme an, Sie reisen gelegentlich zwischen Virginia und Boston hin und her?«

»Ja, wann immer das Wetter es zuläßt und die Seereise nicht gefährlich ist. Wie heißt Ihre Firma? Handelt es sich um ein Familienunternehmen?«

»Nun, ich habe einen kleinen Sohn. Er heißt Abraham, nach dem Vater meiner verstorbenen Frau. Natürlich hoffe ich, daß er das Geschäft später übernehmen wird. Aus diesem Grund habe ich die Firma Kent und Sohn genannt.«

»Ich wünsche beiden Kents viel Glück und Erfolg«, sagte Peggy und erwiderte Philips Lächeln mit herzlicher Wärme.

Ein seltsames Gefühl stieg in Philip auf. Überrascht erkannte er, daß er an der Gesellschaft dieser jungen Frau und an dem Gespräch mit ihr Vergnügen fand. Seit Monaten hatte er sich nicht mehr so wohl gefühlt. Und er ertappte sich sogar dabei, die Rundungen unter dem Samtumhang zu mustern.

Wieder meldete sich sein schlechtes Gewissen. Es war sehr verwirrend, daß er auf die Gegenwart der Witwe McLean durchaus mit körperlichem Vergnügen reagierte.

Vielleicht würde der Abend doch nicht so katastrophal werden, wie er befürchtet hatte.

Gil klopfte ihm auf die Schulter. »Übrigens, mein Freund, hast du dir inzwischen überlegt, wann du endlich dein Schild neben deine Tür hängen willst?«

»Nein, ich...«

Er brach abrupt ab, als er erkannte, wie geschickt er in eine Falle gelockt worden war. Aber Philip war nicht verärgert. Hinter Gils Lächeln stand echte Besorgnis.

»Ich war zu beschäftigt, um viel darüber nachzudenken«, sagte Philip. Doch dann traf er seine Entscheidung. »Ich werde das Schild holen lassen und es innerhalb einer Woche anbringen.«

»Großartig!« rief Gil. »Schade, daß ich es nicht mehr bewundern kann.«

»Die meisten Firmenschilder hier in Boston sind sehr eindrucksvoll«, sagte Peggy McLean. »Trifft das auch auf Ihr Schild zu, Mister Kent?«

»Ich habe einen Entwurf machen lassen. Ob er eindrucksvoll ist, kann ich nicht sagen. Nur der Name, Kent und Sohn, in Goldbuchstaben. Kent oben, die anderen beiden darunter. Dazwischen ist eine grüne Flasche gemalt, mit schwarzem Inhalt. Das Schwarze soll Tee darstellen. Ich war nämlich in Griffins Werft, als...«

»Als Mister Adams seine berühmte Teeparty abhielt«, vollendete Peggy den Satz. Damit stieg sie in Philips Achtung, denn was immer sie auch sonst sein mochte, sie war keine geistlose Schönheit, die neben dem Weltgeschehen herlebte.

Als er sich leicht vorbeugte, stellte er fest, daß er sie vielleicht eine Spur zu interessiert ansah – und mit leicht sündigem Vergnügen...

»Ja, das stimmt«, sagte er. »Als wir die Teekisten ins Meer leerten, geriet etwas von dem schwarzen Zeug in meine Schuhe, und ich hob es als Souvenir auf. Die Form der Flasche gefällt mir, aber wichtiger ist mir das, was sie symbolisiert. So wählte ich die Flasche als Dekoration des Schildes statt eines vielleicht typischeren Gegenstandes – zum Beispiel einer Presse oder eines Buches.«

Er merkte, daß die Kutsche hielt. Draußen ragte ein großes, eindrucksvolles Haus auf. Hinter den Fenstern im Erdgeschoß brannten unzählige Kerzen, und aus den Räumen im Oberstock drang helles Lampenlicht auf die Straße. Livrierte Diener kamen auf die Kutsche zugelaufen. Als Philip auf der anderen Seite aus dem Fenster sah, stellte er fest, daß sie in der Nähe von Boston Common waren.

Einer der Diener half Peggy McLean beim Aussteigen. Philip folgte ihr, so sicher, daß er kaum auf seine Behinderung achtete.

Peggy McLean wandte sich ihm zu. »Ich werde die Rundschreiben bei Ihnen abholen, bevor ich die Heimreise antrete, Mister Kent.«

»Ich kann sie Ihnen auch bringen lassen.«

»Aber ich habe noch nie eine Druckerei von innen gesehen, und wäre Ihnen daher sehr dankbar, wenn Sie mir erlauben würden, die Ihre zu besichtigen.«

»Mit dem größten Vergnügen.«

»Vielleicht finden Sie, daß es mir an damenhafter Zurückhaltung fehlt. Aber seit mein Mann vor ein paar Jahren ums Leben kam, mußte ich mich auf Gebieten betätigen, die normalerweise für Frauen als nicht schicklich angesehen werden. Mit der Hilfe meines Aufsehers leite ich zum Beispiel meine Plantage. Und ich interessiere mich auch sehr für den Handel. Ich schmeichle mir sogar, auf diesem Feld gewisse Talente zu besitzen. Und ich möchte meine Kenntnisse auf allen Gebieten des Geschäftslebens erweitern.«

»Dann sind Sie bei Kent und Sohn mehr als willkommen, Mrs. McLean.«

»Wunderbar! Wir können ja beim Essen besprechen, wann ich zu Ihnen kommen darf. Und bei meinem nächsten Aufenthalt in Boston werde ich Ihnen berichten, welchen Erfolg ich mit den Rundschreiben hatte.«

»Kommen Sie bald wieder zurück?«

»Ja, Mister Kent, sehr bald.« Sie stand einen Schritt von ihm entfernt und sah ihn im Licht der Fackel, die ein Lakai hielt, lächelnd an. Das Blut stieg ihr in die Wangen, und sie wandte sich hastig ab. »Darf ich Sie um Ihren Arm bitten, Mister Kent?«

»Aber gewiß...« Als er den Arm hob und sie ihre Hand darauf legte, spürte er ein seltsames Prickeln am Rückgrat. Und nur noch eine winzige Spur von Schuldbewußtsein.

Philip konnte nicht sehen, daß der Marquis lächelte, als er dem Paar im zuckenden Schein der windbewegten Fackeln die Treppe hinauf folgte.

Epilog
Die Welt ist aus den Fugen

Am 19. Oktober 1781 legten etwa achttausend britische und deutsche Soldaten außerhalb des kleinen Tabakhafens Yorktown im Staat Virginia ihre Waffen nieder, zum Zeichen, daß ihr Kommandant, General Charles Cornwallis, vor den vereinten amerikanischen und französischen Streitmächten unter General Washington und seinem Verbündeten, dem Comte Donatien de Rochambeau, kapituliert hatte.

Die Hessen, die in Yorktown belagert worden waren, zwischen der amerikanischen Armee und der französischen Flotte unter Admiral de Grasse in der Falle gesessen hatten, streckten resignierend die Waffen. Die Briten ergaben sich nicht so willig in ihr Schicksal. Immer wieder sah man erbitterte Rotröcke, die ihre Musketen zertrümmerten, und Regimentsmusiker, die ihre Trommeln einschlugen. Lord Cornwallis schützte eine Indisposition vor und schickte zur Kapitulationszeremonie einen Vertreter.

Aber General Washington lehnte es ab, mit dem Abgesandten zu verhandeln. Er bestand darauf, daß Cornwallis' Stellvertreter mit seinem eigenen Stellvertreter sprach, einem amerikanischen General namens Lincoln.

Während eine britische Einheit nach der anderen Waffen und Musikinstrumente abgab, spielten die britischen Musiker seltsame Weisen – nur wenige Märsche, meist aber entschieden melancholische Stücke. Eine dieser Melodien, ein populäres Kinderlied, trug den Titel *The World Turned Upside Down* und schien den letzten fehlgeschlagenen Angriff der königlichen

Armee zu parodieren. Die Armee hatte die Südküste der Vereinigten Staaten überschwemmt, in der Hoffnung, hier endlich den Sieg zu erringen, der den Briten im Norden versagt geblieben war.

Auf Sermon Hill in Caroline County erfuhr Donald Fletcher schon nach wenigen Tagen von der Kapitulation. Erleichtert atmete man auf. Monatelang hatten die Farmer und Pflanzer entlang des Rappahannock befürchtet, sie würden auf ihren Feldern und Veranden gegen die Rotröcke kämpfen müssen.

Die Nachricht von der Kapitulation löste Jubel aus. Und die Sache von dem Kinderlied begeisterte Donald mehr als alles andere.

Donald spürte sein Alter. Die Gicht in seinem Bein bereitete ihm ständige Schmerzen. Er verließ Sermon Hill selten und nur unter großer Anstrengung.

Donalds Bauch hatte ungeheure Ausmaße angenommen, da er sich weigerte, im Essen und Trinken Maß zu halten. Nachdem sein Vater im Juni 1870 an einem Schlaganfall gestorben war, leitete er die Plantage. Aber das wurde ihm immer mehr zur ermüdenden Routine ohne tieferen Sinn. Nur ausgiebiges Essen und große Mengen von Portwein halfen ihm über die Gleichförmigkeit der Tage hinweg.

So genoß er die Abwechslung doppelt, sich jede Einzelheit von Cornwallis' Erniedrigung berichten zu lassen, einer Demütigung, die am Ende der Feindseligkeiten die verschiedenartigsten Interpretationen fand, zu einem Zeitpunkt, da der Friede noch keineswegs offiziell war.

Bevor das Jahr zu Ende ging, mußten die vornehmen Leute am Rappahannock feststellen, daß auch ihre kleine Welt durch unerwartete Ereignisse aus den Fugen geriet. Das erste Ereignis warf zur Zeit des Erntedankfestes seine Schatten voraus. Und Donald, der durch seine schwarzen Hausangestellten von den Gerüchten erfuhr, erkannte bald, daß sie nicht ohne Grundlage waren.

Williams, der Aufseher, der Seth McLeans Witwe geholfen hatte, die Plantage während des Krieges so gewinnbringend wie möglich zu führen, hatte den Auftrag erhalten, den Besitz zu verkaufen.

Peggy Ashford McLean hatte wieder einmal eine ihrer häufigen Reisen nach Boston unternommen, als die Plantage zum Verkauf angeboten wurde. Im frühen Dezember kehrte sie nach Caroline County zurück, und brachte zur Überraschung der Nachbarn einen neuen Ehemann und zwei Kinder mit.

Das eine Kind stammte aus der ersten Ehe ihres Mannes, das zweite, ein Mädchen, war ein paar Jahre jünger, und man nahm an, daß es eine entfernte Verwandte Peggys aus Neu-England war.

Keine Feste und keine Galabälle fanden statt, um das jungverheiratete Paar willkommen zu heißen, denn es hatte den Wunsch nach einem zurückgezogenen Leben geäußert. Das Ehepaar blieb meist in dem großen Haus und ließ sich nur am Sonntag beim Gottesdienst in der kleinen presbyterianischen Kirche blicken, die wenige Meilen von Sermon Hill entfernt lag. Die Kinder kamen nicht mit in die Kirche.

Wie die meisten anderen angesehenen Pflanzer am Fluß hegte Donald am Anfang gewisse Vorbehalte gegen Peggys neuen Ehemann. Er sollte nur ein gewöhnlicher Geschäftsmann sein, sagte man, der Besitzer einer Druckerei. Die Nachbarn, die Donald besuchten, stellten einstimmig fest, daß der Bostonmann ein Glücksritter sein mußte. Diese Meinung war weitverbreitet, bis Williams allmählich gewisse Informationen durchsickern ließ, die das Gegenteil bewiesen.

Wenn man dem Aufseher glauben durfte, so besaß Mr. Philip Kent eigenes Vermögen, das er bei der erfolgreichen Investition in ein Kaperschiffunternehmen erworben hatte. Seine Druckerei arbeitete erfolgreich, wenn sie auch keinen hohen Gewinn abwarf. Und er hatte wichtige persönliche Verbindungen.

Er war sehr gut mit einem reichen jüdischen Kaufmann aus Boston befreundet. Zu dieser Zeit lebten ein paar tausend Juden in Amerika, und sie waren alle sehr wohlhabend. Man behauptete, daß Selwyn Rothman, Kents Freund, zu den Männern gehörte, die Amerika während des Krieges vor dem finanziellen Ruin bewahrt hatten. Gemeinsam mit Gleichgesinnten hatte er der Regierung große Summen privater Mittel zur Verfügung gestellt. Rothman hatte fast so viel Geld beigesteuert, wie der aus Polen stammende Haym Solomon, und wie Solomon hatte er keine Termine für die Rückzahlung festgesetzt.

Außerdem erfuhr Donald, daß Rothman Peggy McLeans neuem Ehemann geholfen hatte, die Firma Kent und Sohn zu etablieren. Aber Kents guter Ruf war erst dann endgültig gesichert, als seine Freundschaft mit dem Marquis de Lafayette bekannt wurde. Über diese Freundschaft wurde viel geredet. Der Franzose war ein Held in den Augen jedes Virginiers, erstens, weil General Washington große Stücke auf ihn hielt, und zweitens, weil er in der Schlacht von Yorktown mitgekämpft hatte.

Weil Donald neugierig war und endlich Näheres über Peggy Ashford McLeans familiäre Veränderungen erfahren wollte, nahm er an einem verregneten Sonntagmorgen den beschwerlichen Weg zur Kirche auf sich. Er sah, daß Peggy vor Glück strahlte, als sie am Arm ihres neuen Mannes das kleine Kirchenschiff betrat. Erstaunt stellte Donald fest, daß ihr Mann einen halben Kopf kleiner war als Peggy McLean und daß er merklich hinkte.

Aber die Haltung des Bostonians war sehr aufrecht, und in seinen Zügen lag Kampfgeist. Er erschien Donald als energischer, willensstarker Mann.

Nach dem Gottesdienst fand Donald die Gelegenheit, den Neu-Engländer im Kirchhof zu begrüßen. Er stellte fest, daß Kent gebildet war, soweit man das bei einem kurzen Gespräch feststellen konnte. Was Donald am meisten beeindruckte, war Kents herausfordernder Blick. Dieser Blick schien jeden in die

Schranken zu weisen, der sein Recht zu bezweifeln wagte, eine Frau von so untadeliger Herkunft wie Peggy McLean zu heiraten.

Peggy sah viel gesünder aus als in den letzten Jahren. Sie lud Donald für den Nachmittag in das McLean-Haus ein, und er sagte gern zu.

Donald konnte die Schmerzen nicht mehr ertragen, die ihm das Reiten bereitete, und so pflegte er die Kutsche zu nehmen, wenn er Sermon Hill verließ. Auf der Rückfahrt hing er noch immer den unheiligen Gedanken nach, die ihn während der langweiligen Predigt beschäftigt hatten.

Peggy schien mit ihrem neuen Lebensgefährten sehr glücklich zu sein. Aber Donald wunderte sich über die intimeren Einzelheiten dieser Ehe. Er wußte, daß Peggy in der alptraumhaften Nacht des Sklavenaufstands 1775 vergewaltigt worden war. Würde sie imstande sein, das zu tun, was man beschönigend die Erfüllung weiblicher Pflichten nannte?

Donald erkannte, daß er die Antwort wohl nie erfahren würde, und schließlich ging ihn das alles auch nichts an. Aber neugierig war er trotzdem.

Der Dezemberhimmel war noch immer regenverhangen, als er das Ehepaar im McLean-Haus besuchte. Er genoß die Unterhaltung mit diesem Kent, der ein paar Jahre lang in der amerikanischen Armee gedient hatte und nach der Schlacht von Monmouth Court House, bei der ihn eine britische Kugel getroffen hatte, entlassen worden war. Die Unterhaltung wurde unterbrochen, als die beiden Kinder hereinkamen.

Das eine war ein untersetzter, dunkelhaariger Junge von etwa sechs Jahren. Das andere war ein ungebärdiges, aber hübsches Mädchen von drei.

Philip Kent stellte seinen Sohn Abraham vor, aber Peggy fand keine Gelegenheit, die kleine Elizabeth mit dem Gast bekannt zu machen. Das Kind beschäftigte sich damit, kleine Tische umzustoßen, Bücher aus Regalen zu zerren und lauthals zu brüllen, als Peggy ihm Disziplin beibringen wollte – zuerst sanft, dann ziemlich energisch.

Glücklicherweise rief das kleine Mädchen in den wenigen Minuten, bevor Peggy es packte und aus dem Zimmer trug, so große Verwirrung hervor, daß niemand die Verblüffung in Donald Fletchers Gesicht bemerkte.

Als Peggy atemlos zurückkam und sich entschuldigte, hatte Donald sich schon wieder soweit in der Gewalt, daß man ihm seine Überraschung nicht anmerken konnte. Aber er stellte einige Fragen nach dem kleinen Mädchen. Sie würde ein Mitglied des neuen Haushaltes in Boston werden, mit dem kleinen Abraham aufwachsen, erwiderte Philip Kent.

Peggy erzählte ihm, die Kleine sei eine entfernte Verwandte aus dem Norden, eine Waise. Elizabeth hätte eine Zeitlang in einem Privathaus in Boston gelebt. Peggy hätte das Kind regelmäßig besucht, zuerst zweimal jährlich, dann öfter. Donald nahm an, daß die kürzeren Zeitabstände zwischen den Besuchen der Romanze mit Kent zuzuschreiben waren.

Während des Gesprächs über die kleine Range kam es Donald vor, als würde ihn Peggy ängstlich beobachten. Obwohl er immer noch verwirrt war, bemühte er sich, ihren Blick möglichst ausdruckslos zu erwidern, um sie nicht merken zu lassen, daß er den größten Teil ihrer Geschichte für erlogen hielt.

Als Donald sich verabschiedete, hörte er irgendwo im Obergeschoß das kleine Mädchen schreien. Bevor er über die Veranda zu seiner Kutsche ging, verabschiedete er sich erst von Kent, dann von Peggy. Auf ihrem Handgelenk sah er gerötete Spuren. Sie war gebissen worden.

Auf der Fahrt nach Sermon Hill fragte er sich immer wieder, ob er sich nicht vielleicht doch täuschte. Als er am Abend in dem großen, einsamen Speisezimmer saß, stellte er fest, daß er keinen Appetit hatte. Er setzte sich vor den Kamin und legte sein bandagiertes Bein auf einen Stuhl. Ein Glas Portwein in der Hand, starrte er nachdenklich auf die neuen und weniger neuen Einrichtungsgegenstände des Raumes.

An einer Wand hing ein Ölporträt Angus Fletchers, die Leinwand glänzte im Kerzenschimmer.

Das Porträt war sehr groß. Es zeigte einen alten Mann in einem eleganten dunklen Anzug. Diesen Anzug hatte Angus Fletcher nie besessen, der Maler hatte ihn auf seinen Wunsch hinzugefügt.

Während seines ganzes Lebens hatte sich der alte Fletcher kaum um seine äußere Erscheinung gekümmert. Er war überhaupt nicht eitel oder stolz gewesen, bis auf die Tatsache, daß er Sermon Hill nach eigenen Vorstellungen leitete und damit beträchtlichen Profit erzielt hatte. Dann hatte er sich ganz überraschend malen lassen – einen Monat, nachdem er die Nachricht erhalten hatte, daß Judson in Pittsburgh erschossen worden war.

George Clark war ein weiterer Held in Virginia. Nach dem Sieg bei Kaskaskia und dem noch unglaublicheren Triumph von Fort Vincennes, zu dem seine kleine Armee mitten im Winter marschiert war, über überflutete Prärien, die jeder für unpassierbar hielt, hatte er Angus Fletcher einen Brief geschrieben. Donald hatte den Brief oft gelesen. Er befand sich noch immer bei den Papieren seines Vaters im Büro.

In diesem Brief hatte George Clark Judsons Heldentat in glühenden Farben geschildert. Er hatte klar zum Ausdruck gebracht, daß das große Unternehmen im Westen ohne Judsons Opfer niemals so erfolgreich geendet hätte.

Nachdem er diesen Brief erhalten hatte, erkundigte sich Angus Fletcher nach einem qualifizierten Porträtmaler. Er entschied sich für einen Künstler aus Baltimore, nachdem er mehrere Angebote geprüft hatte.

Der Maler wohnte sechs Wochen lang auf Sermon Hill. Angus saß ihm willig, stellte aber gewisse Forderungen, gegen die der Maler protestierte. Sermon Hill hatte im Hintergrund des Gemäldes sichtbar zu sein, und in mittlerer Entfernung zwei oder drei schwarze Gestalten auf den Feldern – Sklaven.

Der Maler sagte, diese Bedingungen würden seine künstlerischen Fähigkeiten einengen, seine Ausdruckskraft hemmen. Aber Angus Fletchers Eigensinn und der hohe Preis, den er für das Werk zahlte, trugen den Sieg davon. So hing Donalds Vater jetzt an der Wand, mit einer weißen Spitzenkrawatte geschmückt, die er nie besessen hatte. Und hinter ihm standen lächelnde Neger. In der rechten oberen Ecke ragte das schimmernd weiße Sermon Hill auf.

Der Maler aus Baltimore hatte erklärt, er sei ein Bewunderer des bekannten Miniatur- und Porträtmalers John Copely aus Boston, der vor dem Krieg nach Italien gegangen war und jetzt in England lebte. Er erzählte Donald, Copely hätte ein paar Radikale aus Boston gemalt, die für den Ausbruch des Konfliktes verantwortlich waren – zum Beispiel Samuel Adams und Paul Revere. In diesen Porträts hätte Copely nach Natürlichkeit gestrebt und gleichzeitig nach einem Ausdruck, der den Charakter des Dargestellten verdeutliche. Deshalb hatte er Angus Fletcher gemalt, wie er eine Faust in die Hüfte stemmte. Und Angus blickte den Beschauer voll an, so daß diesem sofort die Unnachgiebigkeit und Härte dieses zerklüfteten Gesichts auffiel. In den Augen lagen kleine Glanzlichter, und Angus sah aus, als würde er im nächsten Moment einen Wutanfall bekommen.

Zuerst hatte Donald den Wunsch seines Vaters, auf einem Porträt verewigt zu werden, für eine senile Laune gehalten. Und er hatte angenommen, Angus hätte endlich erkannt, daß auch er wie alle Menschen eines Tages das Zeitliche würde segnen müssen. Aber dann dämmerte es Donald allmählich, daß Angus aufrichtig stolz war auf das Opfer, das sein Sohn Judson in Pittsburgh gebracht hatte, daß er aus diesem Grund die Fletchers für würdig genug hielt, um in einem Familienporträt der Nachwelt erhalten zu werden.

Es war, als hätte Angus zeitlebens Zweifel an seinen Prinzipien und seinem Lebensstil gehegt und als wären diese Zweifel nun beseitigt worden. Aber Donald sagte sich, daß er die Beweggründe seines Vaters, der sich porträtieren ließ, wohl nie ganz begreifen würde.

Und jetzt saß er vor dem Kamin, während der Regen an die Fenster schlug und die Kerzen in ihren formschönen Haltern langsam herunterbrannten. Er füllte sein Glas nach und betrachtete das Porträt mit spöttischem Lächeln.

In den Stunden, bevor Angus Fletcher endgültig die Augen geschlossen hatte, war Donald vieles klar geworden. Er hatte am Bett seines Vaters gesessen und gehört, wie stolz Angus darauf sei, daß Judson seinem Leben am letzten Tag doch noch einen Sinn gegeben hatte. Aber er hatte seinem älteren Sohn auch erklärt, er sei froh, daß Judson keine Kinder in die Welt gesetzt habe. Denn trotz seines Opfertods sei Judson vom Teufel besessen gewesen. Stolz und Trauer mischten sich in diesem letzten Urteil, das Angus über seinen Zweitgeborenen fällte.

Es war ein Segen, daß Angus den heutigen Tag nicht mehr erlebt hatte, daß ihm das erspart geblieben war, was Donald im McLean-Haus gesehen hatte.

Jetzt begriff er, warum Peggy McLean so lange in Neu-England geblieben war, nachdem Judson in den Westen gegangen war. Damals hatte sie sein Kind unter dem Herzen getragen.

Wann war es gezeugt worden? Soviel er wußte, hatte Judson die Witwe nur jenes eine Mal nach Seths Begräbnis besucht. Vielleicht hatte es noch zusätzliche Zusammenkünfte gegeben, von denen Donald nichts erfahren hatte.

Sicher würden auch andere Leute in der Nachbarschaft nun die Geburt eines unehelichen Kindes als Grund für Peggys mysteriöses Verhalten ansehen. Aber Donald glaubte, daß nur sehr aufmerksame Beobachter ahnen würden, wer der Vater war.

Er verstand jetzt auch, warum ihn Peggy während seines Besuchs am Nachmittag immer wieder so ängstlich angesehen hatte. Er war froh, daß er sich nicht hatte anmerken lassen, wie sehr ihm die Ähnlichkeit der kleinen Elizabeth mit seinem Bruder aufgefallen war.

Elizabeth hatte Judsons helles Haar und seine hellen Augen geerbt, und auch in den Gesichtszügen lag eine gewisse Ähnlichkeit. Wie es schien, hatte das kleine Mädchen aber auch Judsons heftiges Temperament geerbt.

Und dieser Kent nahm das Kind in seinem Haus auf? Donald konnte ihm nicht genug innere Stärke wünschen, um diese Prüfung überstehen zu können.

Wie eigenartig war doch der Lauf der Welt.

Ein paar entschlossene, hartnäckige Kolonisten, die den verschiedensten Ständen entstammten, hatten letzten Endes die militärische Macht des größten Reiches der Erde besiegt. Und im Prozeß dieses Kampfes war eine neue Nation entstanden.

Judson, der den Großteil seines Lebens mit wilden Ausschweifungen verbracht hatte, war den Heldentod gestorben und hatte sich in den Augen seines Vaters rehabilitiert...

Und hinterließ keine Erben.

Doch jetzt trug ein kleiner Irrwisch mit einem Engelsgesicht das Fletcherblut direkt in eine Bostoner Familie. Gott sei Dank, daß ich nicht mehr lange genug leben werde, um mitanzusehen, was daraus wird.

Donald lachte laut auf und goß sein Glas noch einmal voll. Der Regen peitschte stärker gegen die Fensterscheiben, und die Augen des alten Fletcher funkelten im Kerzenschein.